中公文庫

私の作家評伝

小島信夫

中央公論新社

目次

私の作家評伝

永遠の弟子／森田草平

「つまり、私には人の師となる資格はない。一生弟子として終る人間である」

と草平は、六十をこえてからその『夏目漱石』の緒言の中でいっている。また晩年の覚書の中には、

「とにかく漱石は、晩年子買（飼）いのおれ達よりも芥川や志賀を尊敬していた」

という言葉が見える（『森田草平選集』月報「漱石についての雑録」）。いずれも率直でわだかまりのなさそうに見えるが、いうにいえない腹立たしさがこもっているようだ。誰に対して腹を立てているかというと容易にこたえられる性質のものではないのだろう。

『煤煙《ばいえん》』事件当時（明治四十一年、平塚明子＝雷鳥と心中未遂をはかり、翌年『煤煙』として小説化）のことを思いだして草平は恨みをこめて縷々《るる》として書き綴っている（『漱石先生と私』下巻）が、その中で思わず息をのむところがある。

草平は雷鳥をモデルにした橘朋子とのあのダヌンチオの『死の勝利』を地で行った交渉について、次のようにいっているのである。実はあれは、漱石先生とつきあうような気持であったというのである。漱石先生にはどうしても分らぬところがある。自分は体当りで分ろうとつとめてきたが、体をかわしてさきへ行ってしまわれる。朋子に対しても、自分はおなじことを感じ、これこそ何ものかだと思って追究した。

これだけではない。草平はまたこんなことも確かいっていたような気がする。相手の朋子は自分とつきあうに当って『草枕』の那美さんをアタマにおいていたらしい。少なくとも自分が漱石先生の弟子であるということは無関係ではなかった。そして、こういうことは、私は今まで一度も口にしなかったが、事実はそうであった、というのである。

この事情を漱石はうすうす感じていたのではないだろうか。もし感じていなかったとしたら、漱石は草平をまだほんとに理解していなかったといわれても仕方がない。

草平が漱石の作品の批評をし、漱石からきみの評論はなかなかいい、というようなことをいわれていた頃、自分にとって気にかかる重大な秘密を告白する手紙を漱石に送った。漱石は草平の告白をだいたい当惑した顔をしていつもきいていたらしいが、このとき翌日早速手紙をくれた。その中で打明けてくれたことをありがたく思うといいながら、「同時に此一事を余に打明くべく余儀なくさるる程、君の神経の衰弱せるを悲しむ」と書き、最後に「君の偉大なるを切実に感ずるとき、這般《しゃはん》の因果は紅炉上の雪と消え去るべし」と述べているが、そのあと、またきみの手紙は裂きすてたといっている（明治三十九年十月二十二日付書簡）。

草平の告白は出生にからむ問題であり、自分の父親がほんとの父親ではないのではないか、というようなことや、自分の家の血統のことであるらしい。あとで『煤煙』（明治四十二年一月〜五月、東京朝日新聞）にもそのことは書いたというから、たぶんそうだろう。血統については『輪廻《りんね》』（大正十二年十月より「女性」連載）のなかにくわしく書かれている。旧制の高校生の主人公が悩むのは（『輪廻』）、身体がくさって行く病気に父がかかっていたというのが、この青年にこびりついていて、自分もやがてそうなるのではないか、自分は誰とも結婚はできない身の上なのではないか、と悲観するのである。漱石に訴えたさいにはこの血統のことにはふれなかったかもしれない。そういうことは、どちらでもよいと思うが、草平は漱石に対しても、暗い過去を感じており、中野重治が小説の中で安吉に「陰気で気狂い見てえに暗かったんだ」（『空想家とシナリオ』）といわせたようなことを早くから感じていて、漱石の出生のことや、その他漱石の中に、何か分らぬものの核みたいなものがあると、自分ふうに思っていたらしい。

『煤煙』で要吉が朋子をまつりあげ、まつりあげたうえで、自分のものにしようとあせり、朋子はそこから逃れようとする、この珍しい男女の葛藤《かっとう》をつづけて行かせた一番人きなものは、要吉にしてみると、朋子をあがかせて、支離滅裂なことをいわせている大もとに、何かしら運命的な「一人前の女」ではない悲しみのようなものがほんとにあるのではないか、その本体のようなものを見極めたかったというふうにくりかえし書かれている。その秘密に迫ろうとすると、またはぐらかされる。はぐらかすのは、つらいからだろうと思い、そこにいとおしさや、女のプライドの強さや新しさを感じながら、ひかれて行く。その間に要吉は、ちょうど漱石にしたように、自分も暗い過去を背負ったものだと、いわばよけいなことまで朋子に告げたりして、あまり彼女に効果をあげていない。

一方朋子の方は自分の世界をとにかくつくろうとしていることだけは、まちがいがない。すくなくとも、誰かにその世界を見せつけようとしていることだけはまちがいない。その相手は直接に要吉であったかもしれないが、ことによったら、実は漱石であったのかもしれない。

草平は晩年（昭和二十四年）に『細川ガラシャ夫人』を書き、その仕事の中途で六十八歳をもって死んだ。ガラシャ夫人には秀吉が触手をのばしてくる。そのために夫の忠興は悩むような次第になるのであるが、草平の心の中に秀吉を書こうとして漱石のイメージがありはしなかったか。

『煤煙』の中にお倉という女が出てくる。この女は、『暗夜行路』のお栄のような役割を受けもっている。『煤煙』の中だけではない、『初恋』（「中央公論」明治四十四年十二月号）の女主人公お粂（源氏名田毎《たごと》）であり、『輪廻』のお粂である。彼女は番太の娘で、金がなくなると娼婦としてかせぎに出かける。この三つの小説の中で、多少のニュアンスの違いはあるが、旦那をもったり、やめたり、『輪廻』では祭りになると野外興行の小屋をかけるというので、親や弟と大八車をひいて行く。主人公とその恋人との駆落ちの世話をする。この駆落行の前に主人公の青年は、母親に向って、お条と一緒になろうかな、といったりして、何もそんなことせんでも、と母親を驚かせる。そしてこの時、主人公は出生のことで気になっているのである、というふうに小説はしくんである。

ところが『初恋』では、この女は直接少年の恋人となっている。少年は十二、三も年上のこの女に結婚を迫るのである。

漱石がこれだけは賞めてくれたという『初恋』は百枚ぐらいの短篇である。いま読んでも瑞々しくてあきらかに秀作といわざるを得ないような作品である。その面白さについてはこれもあとで述べるとして、こんどこの作品を読んで驚き（それにはいろいろの理由がある。その一つは方言のことである）、それから『煤煙』を三十五、六年ぶりに読んだ。岐阜へ帰った小島要吉（この私の姓と同じ小島には私は正直いってちょっとびっくりした）が風呂へ入っているお倉の身体を見てブロンズのようだ、と思うところがある。そのあと東京へ出て朋子と会ったときに、こんなふうに書いている。

《朋子の態度は落着いて居るが、顔だけはやや赧らめて、黒みがかった唇が愈々黒ずんで見えた。平常《ひごろ》地味な服装《なり》をして、つとめて若い血潮の溢れるのを隠そうとして居る。それが一寸した機会《はずみ》にも現れるのだろう。何うもこれに似た顔を見た様な気がする。何処かで見たに違いない。左様だ。故郷《くに》へ帰った夜始めて見たお倉の顔だ。勿論両者の間には野生の儘なのと、幾代の修養を経たのとの差別《けじめ》はある。併し如何しても両者の間に相通ずる何物かがある。何物とも指さしては云われない。けれども其の何物かを、要吉は自分ひとり捉え得たような気がした。》

稚拙なところがあるが、いっていることは、お倉と朋子との似ているところと違うところである。ここでは野生という点が違うが、顔付きが似ていると書かれている。田舎者のお倉が野生的でないことはないが、野生的という感じは『煤煙』からはあまりしない。『初恋』や『輪廻』においては一層そうである。この女はつまらぬことにはこだわらない女なのである。世の中の下づみの生活を渡り歩いてきているが、よごれてはいない。秋聲の小説に出てくるような女だが、もっと大まかな人を食ったようなところがある。

《「亮はま、何時入りゃアた」（亮さま、いつおいでになりましたか）

背後《うしろ》で女の声が聞えた。振回って見ると、何時《いつ》の間にやら女は寝返りを打って、此方を向いて枕をしたまま、眼を開いて居る。

「一遍此処へ入りゃアせ」と、片手を畳の上迄伸ばしたが、「おいやかいも」と云って、其儘又うっとりと半眼に成って行く。

私は女の紅く膨れ上った眼瞼を見ながら、それ限り物を云って呉れぬのが、何か物足らぬような気もした。

やがて女は又不意に眼を開いた。四辺をぎろぎろ見廻して居たが、急に腹ン這いに成って、長煙管の雁首で朱塗の煙草の箱を引寄せながら一つ大きな欠伸をした。

「亮はま、お前はまえも（お前さまねえ）、好《え》え人だに其処にある燐寸取って頂戴はんか」

「何《ど》れな」と云って、私は部屋の中へ這入ったが、「あ、これか」と、長火鉢の猫板の上にあった燐寸を取って、女の手に渡した。

女は燐寸を擦って、お腹の中迄煙草の烟を吸込んだ。それから又物臭そうな手附をして、二度目の煙草を詰めながら、ぷーと鼻の孔から太い烟の柱を吹出した。

私は不思議相に其顔を見守った。

二三服立てつづけに吸って、ぽんと煙草を抛り出したが、基儘左の頬を枕紙に押附けて、

「お前はまえも、些とも叔父さまとも似てりゃアはんなも——阿母さまとも、沢山《たんと》似てじゃない」

こう云って、一寸言葉を途切らしたが、
「本当に好え生際《はえぎわ》だなも——女でも欲しいようだがいも」
と、じろじろ私の顔を眺めて居る。》（『初恋』）

恋心を抱いて見ている少年の眼をやや裏切るような温かい女がそこにいる。廓にある彼女は、いくぶん自堕落なかんじがある。心を許して自分の八分目通りを見せている。しかしけっきょくは裏切るものとしてとにかく描かれている。『煤煙』のあと二年たってから書かれたこの短篇においても裏切られるというテーマは変りがない。しかし自然主義的なこの小説が今もって新しいのは、さまざまの理由はあるが、この女の中にある自由なものに作者が愛着をもっているからであろう。しかもその自由さは、作者が同質を感じるような自由さである。

年上の女で、番太の娘で娼婦であるこの女は、田舎の鷺山《さぎやま》で、大して気がねもしていない。廓の中にあっても、気儘にふるまい、大垣在の旦那にひかされて気に入らぬと、「油《あぶら》舐《ねぶ》り」を演じて、ほうり出されるようにしむけて、それに成功したこともある。

私は「田毎」とお条という女のしぐさ、いいぐさを読んでいて、自分の郷里でもある岐阜のことを思った。

「本当に好え生際だなも——女でも欲しいようだがいも」

これとおなじことを私は姉にいわれたことがある。この女の言葉は名古屋弁がまじっている。お条は名古屋でも働いていたことがあるにちがいないが、この言葉と彼女の行状とが、私はいかにも岐阜的だという気がしてならない。読者よ。笑うなかれ！

草平の生家は今は岐阜市の中に入っている長良川の川向うの鷺山という、麓から頂上まで二町ほどある、山の麓にあった。草平は再婚後生れた次男に長良という名をつけていて、あとになって、東京生れの妻と子供たちを連れて、売ってしまった生家を見せに行っているが、この平地の中に急にふくれあがった小山は、今はくずされて住宅地や団地になりつつある。

岐阜市は山をもっている。信長が、それ以前は斎藤道三がいた稲葉城がある。鷺山には道三の息子の義時がおり、濃姫もここから輿入れをしている。それに道三の墓がある。

こんなふうに丘や山があって、その麓を流れる長良川は、ＰＲをする気はないが、清冽で、川原は石がごろごろしていて、この頃は上流にダムが出来たために放し飼いになっているが鮎《あゆ》がいて、私たちが子供の頃泳いでいたのと少しも変らないが、一里も下るともう石ころは見られなくなる。長良川と一里半ばかり離れて流れている木曽川、ほとんど並ぶようにして流れる揖斐《いび》川、この三つの川はデルタを作って海にそそぐ。といってもデルタに届くには、いくぶん間があり、海には縁のないかんじがある。そうして要するに濃尾平野がこうした丘や山を尻目にかけてひろがりはじめる。汽車でこのあたりを通過する人は、きっと実にとりとめのない景色にうんざりすると思う。

　彼らは、関西弁と東京弁と、どっちつかずの言葉を使っている。恥かしがっているような、それでいて人を食ったような言葉を使ってきた。名古屋弁で書いた小説は、ほとんど知らない。それにくらべれば、瀧井孝作は、草平とおなじように、地の文にさえ岐阜弁を使っている。それで名作（短篇『積雪』、長篇『無限抱擁』）がある。しかし瀧井孝作はおなじ岐阜といっても、飛騨の高山の産であって、平野《へいや》の岐阜弁とは違う。高山には岐阜のような蕪雑《ぶざつ》さというものはないはずである。たしかに岐阜の言葉には、尾張弁も大分入っている。そういう理窟はともかくとして、私は郷里を訪ねて赤電話をかけようとして、先客を待っているとき、ふと耳にする岐阜弁（商談をしている）をきくと、これは何という言葉だろう、と思う。

　横道へそれるが私は草平が漱石に告白をしたり、外国文学の話をしかけたりしているとき、草平は意識せずとも、岐阜ナマリであったにちがいなく、この師匠は、ふしぎな気持を抱いてきいただろうと思う。第一、外国文学というものは、東京弁で話されるにふさわしいものだからだ。漱石は松山にも熊本にもいた。九州弁というものは、どこかご立派なところがある。松山弁は、関西弁のケン内に入っていて、何か分りのいいところがある。関西弁の流れだと思っていれば、安心できるところがある。気質もそうだ。しかし岐阜弁というやつは、その言葉の奥に、何か恥かしさが瀰漫《びまん》していて、下手にふれると、切りかえしてくるところがある。

《「志賀は初めから好き嫌いを言明している。漱石然り、しかるに俺は父母が好きでも嫌いでもなかった。ハッキリそんなことを考えたことがない。至極平凡だ」

「好き嫌いが強いのは上品な家庭に育ったためか、ブルジョワ根性か。とにかく俺から見るとトリヴィアルのような気がする」

「俺はお袋を下品で無教育だと思っていた。それが恥しかった。だからといって、親だからきらう訳にもゆかなかった。嫌うのは別っこになることだ。親は別っこになる訳にはゆかない。ただ恥しかった」》（『森田草平選集』月報3「漱石についての雑録」）

岐阜弁で書かれたものではないが、この遺稿にはとりとめのないところに、身をおく姿勢が現われていると思っていい。ただ恥かしかった、といったあとで、この浅薄で無教育な母が、羨ましいと思う他人の母よりも、金ばなれがよかったと直ぐつけ足している。草平は田地や家を売った金をずいぶん貰っている。一人息子（?）であったせいもあるし、倅《せがれ》には気兼ねがあるだけのわけもあったようであるが、しかしそれだけではなく、この母親には何か無頓着なところがあるように思われる。その意味で、お条（お倉）にも通じるところがある。『輪廻』によると、父親は、遺言として、必要とあれば、田地はどんどん手放すがよいといっている、と母親が息子に告げている。もっとも、このときは、彼女が世話になってきたという「おじさん」のために金を作ろうとして、息子に相談をしかけるとき口にした言葉ではあるが。業病にかかっていたこの父親は長期にわたって母親の看病をうけていた。父親としては先のことを心配していたのだろう。だからといって、父親の遺言をかんたんに守るというところは、たしかに特徴的である。

「どんどん使った」ということを『漱石先生と私』（下巻）によって具体的に示すと、草平は、明治三十九年のことだが、散々使った後の売れ残りの田畑を五、六百円で売り、しばらく母に預けておいたが、その金を就職が決るまで持ち怺える費用として、五十円、百円と取り寄せ、お料理屋《ちゃや》、小待合で酒の味をおぼえていた。朋子と尾花峠に行く時には、遊蕩費のつもりで取り寄せた金二百円の中、半ばを宿の諸払いに残し、百円だけ持って家出した。尾花峠から帰り漱石宅に寄宿、その後下宿へうつった。『煤煙』を書くための籠城費として家屋敷を五百円足らずで売った。屋敷を売られ、母は、檀那寺の食客となったといったぐあいである。

　小島要吉はお倉とよく似ている、もうひとりの東京の娘、朋子に接触する。

　朋子は要吉がよく知っている世界の女ではない。外国の小説の中に現われてくる女としてつきあうことは、朋子をあがめることであるし、また自分の中の劣等感に対する言訳になる。ただ東京の教養のある女性というよりは、その方が都合がいい、とこう思ったはずである。そして外国の小説のことなら、彼はよく知っていると、こう考えただろう。朋子との交際が進むにつれて、朋子には秘密があると思いこみ、そこにつながりをおぼえた。その秘密をもつことを含めて新しい女性がここにいると、自分にいいきかせた。お倉の場合も彼女が番太の娘でなければ、あのような関心をもつことはなかったことは前にもちょっと述べた通りである。

「きみたち二人のしていたことは、ただの遊戯だ。とにかく死ねばよかったんだよ」

と漱石は草平にいった。

遊戯ではなかったのだ、といくらいっても、漱石はうんとはいわなかった。何か霊的な交際だったといった。恋愛によってしか男女は霊的になれやしない。きみらのしていたのは恋愛ではないのだ、といった（『漱石先生と私』下巻）。

草平が霊的といったのは、肉体的関係があったのではない、ということだけではなかろう。この秘密をさぐり、はぐらかされると、それをまた秘密があるために隠そうとするのだというふうにとり、またその秘密をさぐろうとする態度のことであろう。この態度は刃物を雪原へ投げるまで続けられ、『煤煙』を書いている間も続けられたことは、『煤煙』のすぐあとに書かれた『自叙伝』（明治四十四年四～六月、東京朝日新聞）を読むとよく分る。

一方、朋子について霊的だとは、支離滅裂になるほど、何かに憑《つ》かれている、ということであろう。

秘密はとうとうつきとめることが出来ず、要吉が途方にくれたように、読者もこの女には途方にくれる。そんな女にへばりついている要吉という男も、また分らないという印象をあたえた。

草平はこの小説を誰よりも「あの人」に読んでもらいたかった、と自叙伝の中でいっている。読んで貰って、私はこんなふうにあなたを真剣に扱ったのに、あなたの本意は何でしたか、それをきかせて貰いたい。二人だけが知っているこのことを、世間に出す。そうである以上うそいつわりがないことを書くはずだ。よくあなたはふりかえって見て下さい。こうしたことを訴えるつもりだったことは、あきらかである。

しかしこの秘密は彼が冷静になって行くにつれて分っていったというものではなかった。このことは重要である。彼女の口にした言葉をもとにして、そのうち秘密をあかすに役立ちそうなAからBにうつり、それから、いやCもあったというぐあいに辿るだけで、彼はついに結論を得られなかった。得られたのは、ある女というものは、こうしたものであった、ということを示すデテイルだけである。

私は、草平は結論を得られないことを、むしろ心の底で喜んでいたのではあるまいかと思う。彼女の奇抜な言行の中に、人間の可能性を見ようとしたがっていただろうからである。小説の材料があったり、外国小説に似た状況があったりすることの魅力というものとつながりがあったとしてもである。

私はあたりまえのことをいっているかもしれない。『煤煙』が連載されたときにこの小説を支持した人々の何パーセントかの人々の中にはたぶんそれを認めており、漱石も、『煤煙』の単行本の序文の中で、「もちろん私はさまざまの美点を認めてのうえではあるが」と最後に書き添えている（この序文もほとんど厳しい批判に終始している）からである。

だが、草平がさっき私が述べたようなことを感じて心の底で喜んでいたことそのことを、漱石は気に入らなかったにちがいない。草平のこの態度は、『初恋』で田毎、すなわちお粂を書くときに、はじめて生きたのではないか。『煤煙』を書いたあとにならないと、草平は『煤煙』のお倉がつかめなかった。朋子を書いてはじめてお倉が、デテイルの中から一つだけ彼の中でふくらんできたと私は思う。こだわらずに生きる女の姿というものがである。それでは朋子はこだわらない女か。こだわらないどころか、少なくとも、自己にこだわりすぎるぐらいではある。しかし、彼女は常識というものには、こだわってはいない。『初恋』を書いたので、はっきりしてきたのだが、朋子を見つめる眼の背後にあるものは、もともとお倉を見ていた眼の背後にあるものとおなじであって、そのお倉を見る眼がどのようなものかは、私が前にふれたところである。

『煤煙』の中のはじめの方は要吉の郷里岐阜でのことである。上京して下宿へもどってから、郷里に残した妻の隅江との同棲生活が行われる。朋子にうつつを抜かしている間に子供は病気で死んでしまう。朋子に何度めかの手紙を書く。

《直に出して仕舞わないと、又思い返して出さなく成ると思うから、宛名を書くと共に立上った。恰度そこへ隅江が夕餉の膳を持って来たが、
「郵便なら、入れて参りましょうかなも」と訊く。》

こんな調子で、隅江には頑固に岐阜弁をつかわせている。田舎から出てきて間もない女が同郷のものに物をいうにしても、まったくの岐阜弁をまる出しにしているということは普通にはないことだ。それをこんなふうに書くというのは、読者に田舎の人間らしさを見せるためばかりではなく、方言というものが、この小説にとっては重大なものであることを勘定に入れていると思っていいであろう。要吉自身の影の声である。

《此涙を隅江に理解されようとは思わぬが、切めて女から憐れまれたいという一念は失せない。要吉はじりじりと身体をずらして、影に成った自分の顔を洋燈の光に照し出した。》

ちょっと虫がよすぎる、と誰しも思う。隅江を協力させて東京の朋子に当らせようとし

ているような、気配さえ見えるのである。しかも虫のよすぎるところは、作者はかなり意識して書いている。しかし中途半端である。それでいてこの虫のよすぎるところは、この小説の面白いところなのである。

　草平は、漱石が自分のことをエゴイストと思いこんでいるといったとして腑におちない顔付きである。自分は朋子という人間を理想化するために、要吉をエゴイストに書いたのだ、という。それから、もう一つ、妻の隅江を苛酷に扱っていることについては、これは『煤煙』の中には書き切れず、どうしてもいつか書きたかったので、それは『輪廻』一篇になった（『漱石先生と私』下巻）。

　このことをもう少しくわしく書いてみることにしよう。

　漱石は草平のことを、かねがね自分勝手なやつだ、と、その生活ぶりなどに対して、からかい半分にいっていた。（そして漱石の本音でもあったことはいうまでもない。）『煤煙』の要吉が、あんな勝手なことをしていたのでは、あとになって朋子との恋愛に真実性をもたせることがむずかしくなるのではないか、という意見を、『煤煙』の最初の何回かを読んで草平に述べている。それに続いて次のように述べている。

　《要吉は細君に対して冷酷なる観察其他要吉の名誉にならぬ事をしたり云ったりする。五六行先へ行くと必ずそれを自覚して自己を咎めている。是草平が未だ要吉を客観し得ざる書き方なり。自己の陋を描きながら自から陋に安んずる能わずして一解ごとに弁解しつつ進まば厭味にあらずして何ぞや。但し是は書き方にあらず寧ろ書き方の呼吸なるべし。御注意ありたし。》（明治四十二年二月七日付書簡）

作者が「虫がよすぎる」要吉を、くどくどしい言訳をつけ加えずに書くことが出来るためには、要吉も朋子も隅江も見すえられていなければならない。作者の世界の中に住んでいなければならない。つまり、そして、おそらく一番重要なところで、この「虫のよさ」は発揮されていなければならない。たとえば、師匠の『明暗』におけるように。そして小説ぜんたいが、「重層的」に進められていなければならない。普通の意味で「告白的」であっては、むりである。『明暗』ではこの「虫のよさ」は作者の手がかかっていないようにバラまかれていながら、読み進むにつれて、次第に意味をもってくるというぐあいに書かれている。「虫のよさ」が作品で生きるのは、この形しかない。よかれあしかれ、師になる道であり、それはそれなりに一所懸命に世界を構築しようとあがく朋子にも、草平とは異質なものとしてある。それにもかかわらず、草平の『煤煙』の中の「虫のよさ」は、うんざりしながら、部分的にはふしぎな魅力となっている。

『煤煙』執筆当時は、草平がまだ事件の渦中にあり、この女主人公を理想化しなければならない事情にあったがために、かえって芸術性を保つことが出来た（平野謙『芸術と実生活』）、という説がある。一応もっともな意見である。しかしもし理想化という点ならば、彼は晩年にいたるまで、その理想化をやめてはいなかったのではあるまいか。

『煤煙』のあとに書かれた『自叙伝』では、裏切られた白々しさが語られ、そのウサをうらぶれた同郷出身の東京の娼婦によってはらす。うらぶれた生活のあと、郷里へもどり、もうここよりほかに行くところはない、と失意の思いが述べられているけれども（読者よ、ここでも、この娼婦は同郷の女である。もちろん、あのお条ではないが）、時間の推移によって決定的な別離が行われただけで、『自叙伝』にある白々しさは、『煤煙』にもある。朋子はほとんど最初からそのような女として書かれていると思えるが、どうか。芸術性を保ったとするなら、理想化のせいというよりは、むしろ、朋子という女の奇怪さや狂気の現実性に確信をいだいていたからだと思う。女のディテイルだけが積みあげられたというふうに、私はのべたが、そのディテイルというのは、つまり狂気のディテイルだというわけだ。

あなたこそ狂気を書くべきだ、というふうに、草平はドストエフスキイなどを、漱石にすすめている。きみはこの小説（『白痴』の英訳本）を読んでいないじゃないか、と漱石は草平にいった。なぜか、ときくと、ハサミが入れていないままじゃないか、といわれた。いいえ私は、読んでいます。それは、この本ではなく別の本で読んだのです。とこたえた。漱石はそれで、ああ、そうか、と納得したそうである。とにかく漱石は、先ず疑ってかかっている。『白痴』を草平に返すとき、漱石はやはりその公爵の異常さには賛成しかねる、というようなことをいった。しかし、漱石は既に『それから』の結末で直接狂気をのぞかせているが、次第にそれは作品の中でまともにとり扱われてきた。その狂気については、私の見るところ、漱石はほとんど草平に語ってはいないようである。日記、断片の中で、自分が危うく死をのがれたさいの感想を『白痴』の主人公にことよせて、漱石は書いている。

それに対して草平は、ドストエフスキイの場合は、自然死ではないのだ、ときびしいことを書いている（『漱石先生と私』下巻）。

草平は『行人』や『こころ』を賞め、『道草』は漱石でなくとも書けるといい『明暗』については、途中までで、あれだけでは分らないというふうにも書いている。いずれにしても、漱石はわずか数年の間に、漱石ふうにではあるが直接狂気にとりくみ、『明暗』では、一般化した人々の中にひそんでいる狂気にまで、金の延棒をのして行くようにのして行った。

『煤煙』にあらわれた草平の、外国小説傾倒の結果に辛い点をつけ、内外にはっきりと戦闘的に表明した漱石を、無念に思ってきた草平は、喜びもしながら、自分のいってきたことは、無駄ではなかった、と思ったにちがいないが、漱石の方では、『煤煙』のような作品を書きはしなかった。それに草平の言葉によると、どうしてか、漱石はあの頃から自分につらく当られるようになった、と書いている。おそらく自分が認めていない作品で（自あきたらぬ気持や、弟子たちの間のバランスもあったと思う（草平自身がいっている）が、草平のいう「狂気」を受け入れはじめていた証拠とも見られなくはない。

漱石は誰にも分るように、狂気を書いた。その代り、お直や、お延やお秀や三十代は、その人柄に差はあるがあの時代に生き、今の時代にも十分に生きているが、『煤烟』の朋子は、誰にもよく分らない女である。といって今の時代にも生きていることはまちがいない。この問題はどう解釈したらよいだろうか。

『行人』のお直は、普通の女であるが、一郎の眼を通すと、不可知の女とうつり、一郎はだんだん狂って行く。私の朋子だって普通の女かもしれない。しかしたしかに要吉とのかんけいでは不可知の女であった。けっきょくおなじことではないか、と草平はこれまた無念そうに語っている。誰が見ても、お直がただの人間であることは、明瞭なのである。一郎の狂いもしごく分りやすく書かれている。朋子は要吉に分らぬように、読者にも分らない。この差はしごくはっきりしている。

自然主義的小説と、そうでない小説との差だということは容易である。また漱石がくりかえしいっているような、小説には意味がいるということや、特殊から発してこれを一般化しなければならない、そうすることによって特殊が生きるし、作者と読者とのコミュニケイションが行われる、という説とも大いに関係がある。そうしてこの一般化や意味については、この「田舎《いなか》者」の草平にとうていつかむことが出来ないものであったこともある。
（このことはあとで述べたい。）

色々割引しても、新しい時代を歩もうとする日本人の、とくに女の見せる狂い、というものを、狂いそのものを、不十分ながら描きだした最初の作品は、おそらく『煤煙』だということになるのではないか。

これに較べると、漱石の女たちは、風俗を変えれば、そのまま外国にいてもよいような人物である。このことは、むしろ漱石のえらさであることは勿論だが。とにかくこの差はある、と私は冴《さ》えない頭を叩いて、自分にいいきかせる。

さて大ゲサにいうと、師匠というものは、弟子から奪うものである。それはたえず世界を構築し、意味の足がためにいそしんでいるからである。多くの弟子たちは、その憂目にあっているが、漱石の死後ずっとあとに書かれた、芥川晩年の『歯車』のような作品でさえ、『夢十夜』に吸収されているかのように見えるのは、不思議なことだ。

だが草平の吸収のされ方の中には、田舎と東京というかんけいがあるように思える。草平は自分の家歴と漱石の家歴とが非常に似たものであるとして、くわしく例をあげて説明している。田舎者だ、貧乏人だ、と漱石にいわれたことがあった、ただ馬鹿にしているのでなくて、ダヌンチオのような恋愛は、もっと西洋のような、豊かな、本家本元から出てくるもので、徒《いたず》らに真似をすべきものではない、という漱石の真意は分っていた。しかし、漱石が自分を田舎者、貧乏人あつかいにしているという恨みが腹の中に残っていたことはもちろんだ。

草平の育った岐阜のような田舎は、秋聲の生れた金沢のような市とも、藤村の生れた木曽の山中ともちがう。彼ら一代の比較ではない。親兄弟、親戚、仲間をふくめての比較である。彼の生地は戦国時代の野望の一拠点であった。また二十七、八キロ西へ行くと関ヶ原がある。ところが徳川三百年の間隣りに尾張藩があり、この跡は小藩に分断され、明治維新には何の精神的役割も果していない。草平の母親は若いとき尾張藩の奥女中か、それに近いことをしていたようであるが、戦国時代の夢の方が、草平の中にもはるかに強くのこっていたと思う。だがこれは遥《はる》かで、後ろめたいものだ。とりとめのない風土の中で、とりとめのない気質が育成され、支柱のない批判者となる。何かしよう、いおうと思うと、「極端から極端」へ走るように思える。

師になろうにも、その器量もなければ、見透しもない。裸をさらけ出すことが唯一の批評であり、弟子であって、弟子以上のもの、つまり、自分の存在理由をもつための方法なのであろう。草平は「恥しかった」と母親のことをいっているが、恥というものは、普通のかたちで草平の中にはあまりないのは、前にもいった通りだ。これはかなり格別なことなのである。

また草平が先生、師とくりかえすとき、その師というものは、文句をつける支柱という象徴的なものであったので、普通の意味の師ではない。彼は、「私は一生弟子として終るしかない」というのは、その意味だと思う。いわゆる「師」など、もともと彼にはいらないものなのだ。

「木曽路はすべて山の中である」から藤村の『夜明け前』は、はじまっている。

「橋本の家の台所では昼食の仕度に忙しかった。」

と藤村の『家』は、はじまっている。街道筋にある古い封建的な家である。

馬籠《まごめ》は美濃路からするとトバロに当り、美濃側に明るい眺望が開けているそうである。藤村と草平を考えると、この地理的条件が非常に興味ぶかい。藤村の小説は『家』にしろ『夜明け前』にしろ、作品そのものがある時代の日本の象徴になることができる。一つの枠組の中に入る。東京へ出て行ったり、平野や他国を漂流する藤村には、あの山の中が、小宇宙としてまとまってあったと思う。それにくらべて草平の場合には、藤村の作品のような、ある時代の日本の象徴というものを、あの田舎をもとにして、まとめることは、なかなか、困難であるように思われる。

《日が落ちて、空模様が怪しく成った頃である。東海道線の下り列車は、途中で故障を生じたので、一時間余りも後れて岐阜駅へ着いた。車掌が「ぎふ、ぎふ」と呼びながら、一つ宛《ずつ》車輛の戸を開けて行く。其後から、乗客は零《こぼ》れる様にプラットフォームへ降りて、

先を争って線路の上に架けた橋を渡ろうとした。》

という『煤煙』の冒頭の一節がそれをあらわしている。単に未熟とか、作家的能力の差ばかりではない。またここに積極的な愛情をもつことの出来ない妻や子供がいる気のなさばかりではない。この次の節に見られるところの「天が下に自分の生国というものが無ければ可いと思うことさえあった」ためばかりではない。要吉ではなくて、作者の中に郷里は漠として横たわっているからだと思う。

浦西和彦氏が、関西大学「国文学」第四十六号に載せている五十枚に及ぶ「『煤煙』論の前提」という綿密な論文によると、右に挙げた『煤煙』冒頭の文章は、実は本にまとめる時に書きあらためたもので、訂正したものの方が優れているとしている。もともと朋子という不思議な人間の存在を紹介するつもりでいた。『煤煙』という題名は、彼女の性格をあらわしているというつもりであった。ところが要吉の身柄を説明するために、要吉の田舎への帰郷の場面から始めた。要吉が身動き出来ぬ窮境から逃れるために朋子を必要としたというふうにもっていった。そして窮境のもとは彼の家の運命にある。これは「煤煙事件」の「世間の誤解」に対する自己弁護であった。そういうわけで草平はあとで、漱石にいわれたことも頭においたつもりで訂正したが、たぶん漱石の『煤煙』評は変らなかったに違いない。以上は、私が自分ふうに要約、引用したものであるから、原文を参考にしてもらいたい。

意味深いこの論文から二つのことを私は考える。一つは前述したように、冒頭の文章は前よりは的確になったとはいえ、作者の中にある田舎は依然として茫漠としたものであるということである。もう一つのこと、つまり彼の過去、彼の秘密についてはこのあとでふれることになろう。

草平は晩年の日記の中で「葬り去られるべき作品ではないと思った」と『輪廻』について書いている。この作品が戦後、もう一度印刷されることになって、ゲラ刷を見たときの感慨であったと記憶する。

この小説で草平は、『煤煙』の隅江に当る娘といかにして結ばれたかを書き、自分の血統におびえ、その血統は、祖父が道三塚の松の木を伐ったたたりだというふうにもって行く。それを藤村や太宰の家霊と較べているのは、岐阜の「輪中」の今尾村の宮司をしている若い学者の森磐根《いわね》氏で、私に送ってくれた国学院大学の紀要の中でふれている（「神道の人間観——家の虚構的人間像について」）。

『輪廻』という作品の意図は分り易く文章も落ちついているし、お粂の活躍も面白いし、おとなしい隅江の前身である可憐な女性もそれらしくよく書けている。そうして森氏のいうように家からはみ出して行く者のニヒリズムというものもなかなかよく出ている。決して凡庸な作品ではない。しかし、『煤煙』は不十分に書かれ、これは十分に書かれていながら、フレッシュな感じをあたえないのは、それ相応のわけがあるのではないか。
先ず血の問題は、いかに若い主人公にとって重大な問題であろうと、それが血統は切れていたと知ったとき、消えてしまうものである。現にあれほどまでにして駆落ちした女が、真相を知ったあと、もはや必要な女でなくなりはじめる。

そういうことが、何を示すのだろうか、その女がとばっちりを受けた、ということではないか。もともとそう気に入ってもいなかった女と一緒になったその女が、『煤煙』の隅江である、と作者は言訳をするために書いているような印象をうける。

そうしたことはしばらく措くとしても、家の問題についても、どういう特徴をもって書き貫かれているであろうか。ふしぎに明るい穢多《えた》か番太かのお粂の一家や（『破戒』と較べてもらいたい）、あきらめのいい母親や、それに、流域にあるだだっぴろい土地柄が印象的であるくらいである。道三塚は小説の中では決して生きてはいない。そのことと結びつけて悩む主人公はちょっと理解しがたいところがある。家の桎梏《しっこく》については、あまりひびいてこない。

私は『輪廻』が、草平がどうしても書いておきたいと思った作品であったかもしれないし、かんたんに葬り去られていい作品とも思わぬが、やはり、草平の主題はこういう形で扱われるべきではなかったように思われてならない。『輪廻』は夏目漱石の霊前に捧げられている。いつか漱石に告白し、誰もこの話はきかなかったことにする、と漱石が破りすてたあの手紙の中に、この小説のモチーフはあった。彼の秘密をついに書いたわけである。

しかし作家の秘密が書かれることが、小説として重要なことであろうか。作家の秘密というものは、時にはたわいのないものである。少なくとも、これは私の秘密だとして出すと、たわいもなく見えることがある。もともと作家の秘密が重要なのは、作家が何を書こうと、一貫した秘密をめぐって同心円をえがいているということである。いやそれだけではない。それが何か意味を内蔵しているということである。漱石が意味とか、一般化とかはっきりいっているあれである。

告白がいいとか、わるいとかいうわけではない。告白する人間の人格が問題なのだ（『日記及断片』）、というようなことを漱石はいっている。私たちが今人格をどんな意味にとろうとも、これだけは分っている。墓の下から漱石は、円熟したかに見えるこの作品をそんなに賞めはしなかった、ということが。

やはり、告白する主人公の青年がじゃまになり、分りにくい。主人公によりそって輪廻と感じるそこのところが、分りにくい。私は、この主人公はこの土地の人間らしくない、頭だけ道三塚のことを考えている男であると思う。もしこの青年をうまくつかまえて書くほど、作者が見きわめていたら、この小説は、まったく変った、珍しい生き生きした土俗的文学となり、ことによったら、私たちは東京の文学でもない、城下町の田舎都市の文学でもない、重要な街道筋の山国の文学でもない、恨みをこめた辺陬《へんすう》の地の文学でもない、とりとめのない平地から生れた文学に出会うことができたかもしれないのである。案外それは日本のある時代を象徴し、日本そのものを象徴していたかも分らない。『初恋』でつかんだ手がかりを、主人公の見きわめ方の浅さのために失った。一つには漱石を誤解したまま、漱石にこだわりすぎた結果のように思われる。『煤煙』の要吉がエゴイストではないということにこだわった結果のように思われる。

森磐根氏はこういっている。

森田草平とても同様で、『煤煙』から『輪廻』更に『細川ガラシャ夫人』に至って、ひとつの結論を出してきた。これについては註で紹介しておくので参照願いたい。それは、日本の家族制度からはみ出した者、はみ出て行かざるを得ない境遇に立つ反逆者明智光秀の娘は、家族制度にくみする既成宗教によっては救済されないということであった。宗教が人間を規制するときにくみせざるを得ない社会との関係において出てくる矛盾に、強い反撥を覚えた革命抗議でもあった（註『森田草平選集』第一巻）。

《天正十五年、忠興が島津征伐に向った不在中に、おたまは廿五歳で受洗した。……（略）……穢多のように、日本の上下から忌憚の目で見られている自分は、もはや日本人ではない。世界人である。……（略）そう思って彼女は外来の牧師の許へ走った。他に行くべき所も、自分を容れてくれる所もなかったのである。一つは日本人の権威に属することが彼女には出来なかった。仏教は日本人の権威と結託した宗教である。ヤソ教は当時庶民階級の宗教であった。》（『細川ガラシャ夫人』梗概より）

『細川ガラシャ夫人』は草平が病にたおれ、中巻下巻が未完に終り、その梗概だけが残されている。この梗概には、「穢多のように」と書いてある。お粂（お倉）と朋子がここでは一つになっている感がある。そればかりではない。細川ガラシャ夫人に、作者草平の面影さえあることは瞭然である。しかも忠興にも要吉の心境が託されていることは、前にもふれた通りである。しかも今一つこれは、戦国時代の話である。

《「なお予は当分吉良家の人々に倣いて、在来世間から一種の偏見を以って見られいる歴史上の人物にジャスティースを与えるような創作に従事せんとの志念あり。例えば、足利尊氏、斎藤道三、江戸町奴の翹楚《ぎょうそ》とも云うべき大鳥逸平等。」》（改造社『現代日本文学全集』の「年譜」）

というように、草平が偏見を以って見られた人物に自分を託そうとしたことを考えると、後半生の草平の集大成的作品ということができる。

草平はかかりきりであったわけではないが、二十年の歳月が、この資料の蒐集、検討に費やされているので、考証的にはいいかげんなことは一つもない。それだけは自信をもっていえる、といっている。忠興はおたまを何処へかくまおうとしたか、ということについても、その踏査によって、空想と推理のあとが確認されたことを喜びをもって語っている。漱石が『明暗』執筆の中途でこの世を去ったように、彼もこのライフ・ワークを成就せずに死んだのは、印象的である。

しかし『戦争と平和』を頭において書かれたのではないかと想像される（前記文学全集の中にある随筆の一つで、このごろは、ドストエフスキイよりもトルストイの方が好ましい、というようなことをいっている）この大作が完成されたとして、森磐根氏がいうような意味の草平の発展というものは、充実した文学としてのこされたか、疑わしいように思われる。歴史上実在のこの人物に、作者が『煤煙』で発見し、遂に答えが出なかった問題をあてはめようとすれば、このような大がかりな、いわゆる本格小説の形式では、描き出すことは、困難である。忠興とおたまの間の奇怪な関係に、きわだった特殊な光のあて方を施す必要がある。作者の想像を駆使して示す二人の間の奇怪さは、周囲の状況とおそらくはバランスがとれない。工夫をこらし、つきつめて、おたまの苦衷を描こうとしても、けっきょく薄められた結果になるように思われる。もう少し詳しくいえば、こういうことだ。

世に入れられない人間、穢多と同様に扱われる人間というのは、草平が最初から歌ってきた歌であるが、やはり、この歌によってでは主題は外される。

このことは草平が「私は一生弟子として終る人間である」というそのことと関係がある。世の中に迎えられないばかりか、師にも迎えられなかったと彼は思う。そう思ったとたんに、彼はおのずから弟子になっている。

彼が『輪廻』のような作品の中で、「もうどこへも行くところがない」、故郷の人間であるしか仕方のない人間としての主人公を書こうとしていたら、彼は彼自身になることが出来た。弟子ではなくて。それが出来なかったところが、いかにも草平らしいと思い、私は同郷人として、よく分るような気がする。

草平は戦後共産党員になった。たまたま見た草平選集の月報の中で彼の戦中戦後の日記を評して、平野謙氏の次のような言葉が掲載してあるのを目にした。

《草平は、ソントクずくも充分考えたにちがいないが、病人と大学生という二人の子供をかかえたまま入党したのである。としよりのひやみずとか死に花さかせるつもりなどという世評も承知の上で、決然と入党したのである。……（略）……注意すべきは、この著者にあっては、戦中と戦後との断絶がほとんどみられないまま、共産党に入党したことである。戦中時のオールド・リベラリストはおおむね戦争に批判的だったが、その批判的はすべて戦後の反共的につながるものだった。ここに著者のデモクラットとして

の真面目がある。》

私がいいたかったのも、デモクラットだということかもしれない。しかし作品の中で、デモクラットとして徹底するとは、どういうことであろうか。デモクラットという主張のもとに書かれるというのではなしに。私が『輪廻』や『細川ガラシャ夫人』が主題をあやまったというのは、そこに疑点を感じてのことだ。いや、主題をあやまったなどというのは、愚かな思いあがった私のいいぐさで、あったことをあったように理解すれば、こと足りる。

死ぬまで漱石山房の亡霊にとりつかれていたのは、弟子の中で彼ひとりだったかもしれない。

『明暗』の小林に草平の姿を見る人がいる。こうして草平を晩年まで辿ってくると、あれはやはりそうではなかったか、という気がする。小林の道を草平が歩こうとしたかもしれない、というつまらぬカングリさえ出来そうである。小林は師になれない人間である。身勝手ながら心に悲憤をこめている。しかし、津田もまた師になれない人間として漱石は書いている。師は登場人物の中にはいない。師は作者漱石の中にあることは勿論だが、作者の中にある師というものは、もともと師としては問題にする必要はないものである。

順子の軌跡／徳田秋聲

　徳田秋聲という作家は明治四年金沢に生れて、昭和十八年に七十二歳でこの世を去っている。その間に二千数百の小説を書き続け、あまり筆を執らなかったのは、昭和六、七年ごろで、このときは、書きたくても仕事の声がかからなかったのであって、これを「失意の時代」と自分で呼んでいるように不本意な時代で、プロレタリア文学の勢いが盛んになり、新興芸術派が華やかに登場したりして、彼ひとりに限ったわけではないが、時代から置いておかれたのである。

　いずれその頃のことはあとでくわしく物語ることにするが、そんなに書き続けなければならなかったのは、一つには彼の作品が同年輩の藤村のように長い作品を一つ書いておけば、財産になって食いつなぎが出来るというわけには行かなかったからだ。藤村といえば「失意の時代」に地方新聞の小説の口をこさえてくれたのは、その藤村であった。

田山花袋と藤村と秋聲の三人が並んでいる写真があるが、藤村は伊藤整によると《五尺三寸の伊藤整が訪ねると、五尺一寸の島崎藤村は……》（『我が文学生活』）という文章があるように五尺一寸ぐらい。それより秋聲はちょっと低いぐらいである。明治初年に生れた作家の多くは一般に、上背がないが、これは夏目漱石も同じことで、漱石の息子さんは私の見たところ五尺二寸ぐらいであるが、河出書房のHさんという女の編集者の話だと漱石はほぼ息子さんと同じだったというから、漱石の背も五尺二寸ぐらいと思ってよいだろう。荷風や二葉亭は別として潤一郎も低い。

　こういうことは作家を理解するのに大事なことだと思う。なぜかというと、いくら明治生れの作家たちが全体に小さいといっても、潤一郎でも秋聲でも、藤村でも再婚をしたり、再婚しないまでも新しい女性とつきあっている。秋聲など山田順子という愛人をはなれては考えられないが、この女性は秋聲よりは大きかったからである。潤一郎の夫人の松子さんも大柄である。このような美しくて大きいスラッとした女性を溺愛したり、その前にひざまずいたりするのは、当然のことであって、年齢も相当になり、しかも名声も得られるとなれば、そうして、その作家が、どちらかといえば受身的な処世に慣れている人であれば、尚更のことである。

　ここで潤一郎の名が出たから、ちょっと横道へそれさせていただくと、潤一郎は紅葉山人の作では案外に『多情多恨』が気に入っていたのではないかと思う。紅葉は硯友《けんゆう》社の親分で、いくつも年下でない秋聲はその弟子となり、硯友社四天王の一人といわれた。この四天王の中には同じ金沢の出で小学校では一年下の泉鏡花がいた。それはそれとして話をもどすと、秋聲も先生の紅葉山人の作品では、気ばっていた『金色夜叉』よりは『多情多恨』がいいといっている（『尾崎紅葉』改造社）。

それでは『多情多恨』とはどういう作品かというと、妻を亡くして、めめしく思い恋《こが》れ、友人の家に厄介になるうちに、その細君と仲よくなりそうになってそこを出るというような作で、今読むと冗漫だが、男の弱さというものが、素直に書かれていて、華やかな作風の潤一郎と、地味で枯淡な作風だということになっている秋聲とは、ことによったら表と裏というかんけいにあるのかもしれない。

秋聲は士族の第六子三男として生れたが、御維新になって士族の生活は苦しく、秋聲は農家にくれてやることになっていたが、生れてみると可哀相なので、思いとどまったといわれる。士族の娘は遊廓に売られるものが多かったそうで、秋聲の面影の人となった母の遠縁に当る踊りの上手な女性も、やがて芸妓となった。

秋聲はもともと病弱で、小学校も一年おくれていた。専門学校では数学や化学の点数が悪くて落第した。退学した（父の死なども原因しているが）後、しばらく大阪にいったりして放浪したあと、東京に出て紅葉の家を訪ねて、玄関に出てきた鏡花に不在をいい渡され、がっかりして帰郷し、もう一度数学の勉強をして復学しようとしたが、一日受験しただけだった。けっきょく二十四歳のとき再び上京してうだつのあがらぬ仕事をしているうち、鏡花の世話で紅葉に紹介されて、次第に筆で食えるようになり、二十八歳のときには、読売新聞に美文雑報記者として入り人力車で通ったりした。おかしなことだがこのとき生活がいくぶん安定したため（小説も書いていた）、食いすぎ胃下垂になって、胃腸病院に入院した。おそらくもともと胃が弱かったのであろうが、この胃腸病はずっと続き、やがて小石川表町ではじまった結婚生活でのはま夫人にあとで述べるように辛く当ったりしたのも、異常なシット心のほかに、この持病のせいもあるらしい。それに食物のおいしい金沢生れの秋聲は長野県出身のはま夫人の作る料理が気に入るはずがなく、ずいぶんうるさいことをいったが、やがてこの方は、夫人の努力によって、ほぼ満足のいく状態になった。

　明治三十五年、三十一歳になった秋聲は、このはま夫人と同棲した。それというのも、秋聲が友人の三島霜川《そうせん》という作家といっしょに借りていた表町の家へ家政婦としてきていた婆さんが、ある日娘を連れてきて手伝わせることになり、買物籠をさげて娘が買出しに行く姿がちらと眼にうつり、何か楽しい気分でいるうちに、娘と二人になる機会がその母親によってうまく作られ、いつしか結ばれることになった。

　秋聲はまんまとワナに陥ったといやみをいうこともあり、このことは夫人にも、秋聲にも、妻の母親の頭にもあったと思われる。結婚当初の条件は一生通じて何かの影をその家庭に投げかけるもので、それに自分の口からいうように、たしかに怠け者で不精者で小心者でもあった秋聲は、ズルズルとそうなり易くもあったが、けっきょくはまと別れることなく、長男の一穂が生れる頃に、しぶしぶ籍を入れたりした。あとでこの出生の年を秋聲は一年間違えた。わざと間違えたり、その年がどうでもよかったからではなくて、いつどうしたか、というようなことは、もともとあまりこだわらぬ人で、このことは、彼の小説においても同様で、時間が入り乱れて、それが一つの魅力にもなった。

妻のはまは結婚したことがあり、その夫が少し足りないナラズ者であったので、別に恋人があった。霜川の叔父になる人だ。もともと、そんな因縁ではまの母親は秋聲のところへ住込んでいたのだが、秋聲は恋人と会っているのではないか、とシットして足蹴りにしたこともあった。

こういうイライラした気持は『黴《かび》』（明治四十四年　東京朝日新聞連載）の中に、次のように巧みに書かれている。

《花は可也《かなり》にはずんだ。頭脳《あたま》の悪い笹村は引いているうちに、時々札の見えなくなるようなことがあった。そして思いがけないところで、思いがけない手違いをやった。お銀は笹村を庇護《かば》うようにしては、花が引きづらかった。

お銀の手で、青が出来かかった時、じらしていた友人が、牡丹を一枚すんなりした其の掌に載せて、剽軽《ひょうきん》な手容《てつき》でちらりとお銀の目前《めさき》へ突きつけて見せた。

「お気の毒さま、一人で花を引いてるんじゃありませんよ。」
「ちょっ憎らしい。」お銀はぴしゃんとその手を打った。》

夫人は社交的で勝気で、庶民的で男なれもしていた。こういう女性は全面的にではないにせよ、秋聲の好みであった。それに彼女に過去があることは、彼の作家としての好奇心ばかりか、人間としての親しみをおぼえさせたと思われる。ここに書かれた結婚当初の生活は、あとで本人がいっているように、行く先々の生活の心配があったのに、妻が明るく楽天的であるのが、不安で仕様がなかったわけでもあった。この頃の特に田舎から上京した文学青年たちは、商売女を買うか、下宿の女と関係が出来る、というケースが多かった。権威の否定というような考えも根柢にあったのである。

霜川の結婚式の時のことだ。はなやいだ髷《まげ》をゆって媒酌人の雑誌記者と話をしていたはまを突然秋聲がそばへ寄りその髪の中に手をつっこみ、ヒイヒイいわせてひきずりまわしたという事件があった。このシーンを不運にも考証的文学者和田芳恵氏に見られ、何度も引用されることになった（筑摩『現代日本文学全集』月報26）。

これはいうまでもなく劣等感であるが、四十歳という秋聲の年齢を考えると、一種の中だるみの時期にあって、彼自身の中にもイライラしなければならぬものがあったのかもしれない。このようなイライラした状況を書きながら、妻のはまなども生き生きと描かれている。何とか別れようとして別れ切れないというようなことばかり書き、陰気くさくて、今読むと小さいことが細々とよくもこんなにというほど書かれていてむしろ驚くほかはないが、それにもかかわらず傑作であることはまちがいない。

この作品は連載されはじめると、秋聲を朝日に推薦して書かせた漱石は、小宮豊隆に手紙を書き、「秋聲の小説今日から出申候。文章しまって、新らしい肴《さかな》の如くに候」といったと伝えられている。

ここで面白いのは、漱石の依頼で新聞小説を書こうとしてどうしても果せなかった志賀直哉は、漱石に気楽に、書けないということでもいいから書いて見たら、といわれながら、けっきょく漱石存命中、作品が出来ず、これがやがて『大津順吉』をうみ『暗夜行路』をうんだことである。この直哉の代表作が完成したのは昭和になってからであるのに、秋聲は忽ち『黴』を仕上げたということである。

秋聲が『黴』を書くしばらく前のことである。当時、俳句や写生文や『俳諧師』などで高名であった高浜虚子の来訪をうけた。中篇小説を依頼されたのだが（『新《あら》世帯』として、国民新聞に連載、明治四十一年）、そのとき、能を見るなら案内しようといわれた。

それから一両日してから、招魂社の近くにある虚子の家を訪ね、連れ立って九段の夜能を見に出かけたら、別の枡《ます》に漱石がきていた。秋聲は漱石に世話になっていたが、ロクに挨拶に出かけたこともなかった。

このとき漱石は萬三郎の謡についていった。

「あんなに低い声を気取らないで、もっと高く謡ったらいいだろう」

すると虚子は、うむ、うむとうなずいていた。秋聲はそのやりとりをじっときいているだけで、とうとう文学談らしいもの一つしないで終ってしまった。

秋聲は当時の自分をふりかえってヘンクツ者だったといっているが（「四名家第一印象」昭和十三年六月二日付東京日日新聞）、そのヘンクツさは紅葉山人とのつきあいにも、ハッキリとあらわれ過ぎたために、鏡花をおこらせ、絶交状を叩きつけられることになり、その不和はほとんど生涯つづいた。

そうなったイキサツはやはり『黴』の中に克明に書かれているから、暇のある読者は労をいとわず目を通してもらいたいが、こんなことが書かれている。

秋聲は、紅葉から頼まれて『ノートルダムのせむし男』か何かの英語からの重訳をやっていて、ある日その稿料のことで先生の家を訪ねてきた。紅葉はガンでもう先が短かった。紅葉は自分の身体のことやなんか洒脱な調子で話していたが、紅葉のいうことが気がきいていればいる程、金のことをいついい出そうかと考えている秋聲の立場というものは困ったものであった。小説にはそのことがマトモに書かれてあった。二人のコントラストが面白いわけである。

しかし、これは私たちが小説として見たり、秋聲、鏡花、紅葉を直接に知らないからのことで、先生を神の如くあがめていた鏡花にとってけしからぬことであった。鏡花がけしからぬ、といい出すことが秋聲には分っていたのか、分っていなかったのか、いずれにしても、この作家は、先生といわれ、弟子といわれる人間どうしの間にも、人間はかくの如くあらわれるということを、いいたくていいたくて仕方がなく、そこに生甲斐を感じたことだけは確かである。

　秋聲は大正に入ってから長篇『爛《ただれ》』（大正二年）『奔流』（大正四年）中篇『あらくれ』（大正四年）などの傑作、名作を発表しているが、その十数年の間には、文壇は、白樺派、芥川、谷崎などが擡頭《たいとう》してきて、その中にまじって、たくさんの通俗小説を書き続けたが、どんどん子供は増えるし、書いた作品がその場かぎりで金を産まないので、いたしかたなかったわけだが、あとで全集を出すとき、駄作が多くて編者を慨嘆させたし、その弟子のひとりともいえる舟橋聖一氏なども、秋聲は本質的に、通俗作家になりたくてもなれない人で、通俗小説の下手な人だったといっている（『徳田秋聲』弘文堂）。

　この間に秋聲は、二、三、小料理屋に働いたような女と交渉をもったようであるが、彼は自分の見聞きしたものをもとに、さきに述べたような通俗ではない客観小説をも書いた。彼が、ききとったこと、それを元にして働かした想像力というものが、意外に大したものだったということは、私たちは考えなおしてもいいところである。しかもそれがイヤになるほど日常的な些細《ささい》なことに対する想像力で、私は秋聲が茶の間で横になりながら、じっとしぶい顔をして人の話をきいている有様を思いうかべることが出来るのである。それらの些細なことは、よく考えてみると、人物ひとりひとりの身にとっては大事なことばかりである。その大事なことが、読んでいて、そのへんに転がっていて、耳からきこえてきて、どこかへ消えて行く話のように見えてしまうのは、日常的で些細な顔貌を見せているからだけではない。彼は人間の営みというものは、第三者にとってみれば、茶の間のきこえてくるお話にすぎない、と感じる一種の冷酷さというものを、身につけていたのであろう。『未解決のままに』という身辺を書いた短篇によると、ある日彼の家へ、彼と関係があり、モデルにもした女が訪ねてきて、夫人が応対した。そんな女は知らないといって帰すわけには行かず、話をきいて見ると、けっきょく、秋聲の子供が出来ている？　そのことについての相談であった。小料理屋か何かにつとめていたような女で、いろいろ男関係もあり、秋聲はそういう身の上話をその女からきくために出かけて行っていたので、女がほかの男とつきあっているという安心があり、女は子供が出来ないように処置しているから大丈夫だ、といっていたはずであった。秋聲はこの女からは度々金をせびられていた。女は子供を産むとそれが双子であった。秋聲が度々その女の家を訪ねると、可愛がってやってくれといってつきつけられたりした。こういうわけで、その女が遂に自分の家へやってきたのであった。一時は家へ引き取った方がさっぱりするかと思ったりしたが、友人に相談し、警察を間において話をつけることになった。友人は、あくまであなたの子供ではないといいはりなさい、といい含めていたが、あとで、「しかし子供は肖《に》てるそうですよ」と友人は付加えた。

《「何だか腹が立って為様《しよう》がない。貴方の顔を見るのも厭になってしまった」お峰はそう言って袂《たもと》で涙を拭いていた。

「じゃ、見なけりゃあ可《い》いじゃないか。」融はすかすように言った。

「私貴方だけはそんな事はないと思っていた。」お峰は濡れた顔に、寂しい嘲笑を浮べた。

「まだそんな事を言っているのかい。為様がないな。」融は舌打ちした。

「わたし何《ど》うしても我慢できない。」お峰は泣声で言った。そして起上って枕をそこへ投げつけた。

融はそんなにまで荒びたお峰を見たことがなかったが、そんな真実に衝突《ぶっ》かったこともなかった。

「あれ程言っているのに、解ってくれないんだね。」

「貴方のお話はよく解っています。困っていらっしゃることも解っています。でもそう思えないんです。何も彼も歴歴《ありあり》目に見えて仕方がないんです。」

「少し静かにしてくれ。」融はそう言って、彼女を宥《なだ》めにかかった。》（『未解決のままに』）

秋聲と妻の間には実際にこんな会話がかわされたのであろうが、このやりとりを見ると、こういう事件は秋聲夫婦に余程のショックであったと見える。秋聲が日常生活の中にほとんど忘れかかっていた妻の中の一個の人間としての心をいたく肌でかんじた機会でもあったといえる。家の中をきりまわし、内助の功を誇ってきた四十過ぎの妻が、どこの馬の骨とも分らぬ女との間に夫が子供をこさえて、物心両面になやまされ、このように枕を投げつけるなど心の乱れを出すのを見るということは、彼の心にも、何かと重大な作用を及ぼさざるを得なかった、と思える。

妻は秋聲にいった。

「どうしてそんなことになったのです」

「横になって話をきいているうちにそうなったのだ」

「どうして横になってなんかいたんですか」

これは秋聲が前述の女のワナにはまって子供を作ることになってしまったときのことを妻に追及されるところであるが、事実秋聲は小説になるような話をききだすために、屢々《しばしば》女の前で、ラクな姿勢を保つために横になっていたようである。

私の友人のKは、聞きがき小説を書くために、手土産《みやげ》をさげて度々、ある簡易食堂をやっている千葉県の夫婦を訪ねた。相手が夫婦だからよいようなものの、ある時何時間もかかって着いてみると、幼い女の子がひとり留守番をしていた。

「お父ちゃんもお母ちゃんもいないのよ」

というので、

「そうか、そうか。そんならおじちゃんは、一寸待たしてもらおうか」

といった。Ｋは関西弁の抑揚でそういった。Ｋはノートを持って出かけて行く。気に入った人から要らざる羞恥心なくきき出したりするような心の柔らかさと、よい意味の積極性をもっているＫはもう何冊分ものメモをとっていた。女の子は、チャブ台の前でひとりで遊んでいたが、Ｋの方に注意を向け、とくにＫの持ってきた土産に眼をつけた。

「おじちゃん、それ、なあに、××ちゃんのところへ持ってきたの？」

「これ？　これ、これはね。××ちゃんにあげるつもりで持ってきたけどね、お父ちゃんか、お母ちゃんが帰ってきてからあげるから、それまで待ちなさい」

といった。

私はこの話をきいてキマジメなＫが土産を手もとへひきつけたところまで眼にうかぶような気がした。

この後、妻は母に死なれ、ようやく夫に心を預けるようになると同時に、秋聲の心も妻に対して開かれて、落着いた一、二年が訪れてくるのだが、気の毒に夫人は六人の子供を残して大正十五年一月に亡くなった。このとき四十四歳であった。

この大正末期に秋聲は通俗長篇小説のあい間に、主として身辺のことをもとに心境のにじみ出た短篇をいくつも書いた。『花が咲く』『風呂桶』『未解決のままに』『挿話』などである。可愛がっていた女の子を一人亡くし筆一本で材料をかき集めながら書きつづけ五十の坂を越えた彼の心境には、夫人はまに対するいたわりが感じられる。『挿話』は昔の面影の人がやっている待合にしばらく寄宿しているときの金沢の生活だが、この傑作短篇は、無愛想でとっつきが悪い。私はようやく最近読み終えて、なるほど傑作であることを確認した始末である。それというのも、いずれ後で述べるが、秋聲の小説は、彼が舌の人であったように、味の小説で、味というものは、馴染むのに手間がかかるのであろう。

大正九年秋聲が五十歳の時、文壇で秋聲、花袋の生誕五十年の祝賀会が催された（今と違ってこのとき五十歳以上の作家は数えるほどしかいなかった）時のことにふれておこう。それは二つのことを読者に伝えておくためである。これとほぼ同じ頃に、日本社会主義同盟の結成が行われていて、その出席者は、二人の祝賀会の場合と同数の三百であった。

祝賀会と併せて記念小説集が新潮社から出た。祝賀会といい文集といい、大正作家たちの気勢をあげるための催しであったが、秋聲は餌にされていることを心得たうえで、座にのぼった。このとき秋聲は「祝賀会の後」（「時事新報」十一月二十八日）という文章の中で、意味ぶかいことを述べた。

《私たちはやはり退いて、所謂文壇という天地に終始すべきであろうか。生ぬるい芸術などを棄て、もっと実行的な道へ足を踏み出すべきであろうか。それとも、一切を棄てて、独善を楽しむべきであろうか。少なくとも私一箇はその岐路に迷っていることを感ずる。》

秋聲の歩んだ道は、誰の眼にも明らかなように、生ぬるい道であることはいうまでもなかったが、彼は彼なりにぬけ出すための方策を考えていたのであって、プロレタリア文学運動と、芸術派運動との間にはさまれて、明治・大正作家である秋聲は、何らかの活路を開きたいとも思っていたのである。妻の死による順子とのめぐりあいがあったという見方も出来る。人が何といおうと、自分が活路を開こうとしているということを、秋聲は直観していたのである。

もう一つのことは、いかなる文壇内の暗躍があったのか、この祝賀会に秋聲の弟子をもって任じていた葛西善蔵が宴会の接待係という下積の役を与えられたために、紋付も着ずに会場に赴き、そのために接待係の徽章さえ渡してもらえなかったという小さな話である。

この二つのことは、私はあとで述べたいと思う。昭和八年の秋聲をめぐる、小さいようで大きな事件にふれるときに、もう一度思い出してもらうことにする。

山田順子は秋田県本荘の廻船問屋の娘で、文学少女であった。大正九年二十歳のとき、東大法科出身の北海道小樽の増川と結婚した。創作出版を志して、度々家出をしたりしていたが、大正十三年、「婦人之友」の選者をしていた秋聲を頼って上京して、千五百枚の小説を見せた。このとき最初増川が来て原稿を読んでくれといった。秋聲はその作の情熱にはおどろいたが、大して認めなかった。増川は宿で待機している順子に失望させないように、つくろって話した。このとき順子は夫が帰ったあとしばらく滞在した。どうせハデな土産をもってきたと思われるがその御礼をかねてだろう、夫人が宿へ順子を訪ねた。秋聲のいいつけではあったが、はまもけじめをちゃんとつけておこうという、ハッキリとした気持が腹の中にあったはずで、この時のことは、あとで小説の中にこう書かれている。

≪「あの時貴方が一度宿へ行ってみましょうと仰しゃったから、私御一緒に御飯を食べるつもりで、先生のお好きそうな御馳走をうんと誂えてお待ちしていたのに、先生ってば奥さまにお菓子なんかお持たせになって、奥さまから戴くお土産なんかちっとも有難くなかった。私あのとき何《ど》んなに先生をお待ちしたか。宅が上れないからなんて、随分だと思ったわ。」

「そんな事知らなかったな。家内に何か話でもするかと思っていたんだ。結婚のことで悩んでいたから。それに僕は愛子の宿へなんか気が差して迚《とて》も行けなかった。」

「でもあの時の奥さまは、迚《とて》も感じがよかったの。奥さまには随分冷淡に扱われたけれど。」

「そう？」

「私苦しくなってくると、よく先生のお宅へ泣きに上ったもんですけど、あの板塀のところまで行くと、御門が開けにくくって、いつでも躊躇したものなのよ。（略）お留守のときの奥さまの態度ったら、迚も侮辱を感じたわ。」

「そのくせ僕がいたって、長く話してはいなかったじゃないか。蒲団も敷かずに、入口の方に小さくなって。」（略）

「一度なんか、たしかに先生のお声が聞えたの。尤も夜分に上るのが失礼だけど。何でも奥さまと長火鉢のところに、お睦まじくお話していらしたに違いないの。」

「そんなことはない」融は擽《くすぐ》ったそうに笑った。

「でも先生は私をお好きだったのね。」

「初めからね。しかしこう云うことは、予想しようとも思わなかった。」》（『元の枝へ』より、大正十五年）

ここには当時の順子の気持がよく出ている。妊娠していた順子は北海道へ一度もどって、子供をうみ、再び上京したが、その内に増川は破産し、夫婦の間もうまく行かなくなった。順子は出版の約束をさせたうえ、ある出版社の社長に身体を任せた。この本は翌年に秋聲、菊池寛、久米正雄、土岐哀果の序文をつけ、竹久夢二の装幀で出版された。順子は夢二と五ヵ月間同棲したが、夢二には別に愛人がいたので、結婚式を前にして、帰郷してしまった。大正十五年はま夫人が亡くなると、秋聲宅に近い本郷森川町一の本郷屋に下宿して、妻のいない家に出入りするようになった。

　私の年齢となると、本郷森川町あたりをうろついたのは昭和十年前後で、秋聲と順子のことは耳には入っていたけれども、どこが秋聲の家だとか、どこの宿に秋聲が順子といっしょにいたとか、いうようなことを、たとえきいたことがあるとしても、今はその事実さえぜんぜん記憶にないくらいである。『仮装人物』が昭和十三年にあらわれて、順子に当る白い肌をした梢葉子が、秋聲に当る庸三に赤くうんだ痔瘻《じろう》の部分を見せる場面だけが、あの単行本の紙質といっしょに印象にのこっているくらいのものである。

　右に要約した順子の秋聲とめぐりあう前の経歴は、信用できるある本（野口冨士男『徳田秋聲伝』筑摩）から写したものであるが、もちろん小説として、秋聲自身がふれている。夢二などはたしか詩人として書かれている。夢二と同棲していたというような、私たちより少し年の上の人たちには何でもない知識だって、私には今度秋聲のことを横着に横眼で調べているうちに分ってきたくらいのものである。したがって、私も読者も距離をおいて見ることが出来る。

　正直いって順子が、秋聲を含めて何人かの推薦文を直接か間接か知らぬが集めて、人気者の夢二の装幀で出版したというようなことは、自らの身体を使ったことを含めてだが、女でなければ、しかも美貌の女でなければ出来ないことである。右へ習えした男たちはみっともないように見えるが、現今だって女流作家志望者に対しては勿論、女流作家に対しても、男の作家批評家たちは、かくべつその人が美人でなくとも、作品の内容は二の次といったところがなくはないのである。

　そうさせるのは、男の中にある、一種の助平根性のようなもののためだけではない。たとえ出世慾、虚栄心のためとはいえ、女が男の世界の中に割りこんでこようとし、積極的に自分の全部を作品にかけたりするようなところには、男にしてみると、女と角力《すもう》をとるような快感があるのである。たとえ、角力をとって女に負けたにせよ、それはそれでいいばかりか、たまには負けることがあることの方が楽しさがあるのである。もしその女が自分をいくらか足蹴《あしげ》にしたり無視したりしたとしたところで、腹の底から憎んだりすることは出来ないのである。

　もしそれが美貌であれば、男心をくすぐる度合というものは何倍にもなる。

《葉子にも古くさいところがあって、さあとなれば身体を任せるというところがあった》という『仮装人物』の中の言葉は、誰も疑えない真実であるけれども、その古さや愚かさというものが、最初から秋聲に分らなかったはずはない。それにもかかわらず、秋聲はお嬢さんふうの女がもっている自由さというか、野放図さというか、そういったものは、どの女にもあるわけでないという思いがつよかったのであろう。いやほんとういえば、秋聲はじめ多くの作家たちが自分達もそうありたいと望んでいた生き方であった。

　順子の中にあるのは、恋愛至上主義的なものと、それから、芸術至上主義的なところが一緒になったものである。芸術を生かしたり、あるいは作品を出版したりするためには、ほかのことは棄ててかえりみない。自分の身体のこともそうだが、子供のこともそうである。男の自然主義作家はそうでなかっただろうか。恋愛至上主義的でありながら、身体もすててしまうというのは、矛盾と見えるが、考えてみれば、この二つは同居できるわけである。もちろん子供を棄てて平気であるわけでもなくて、順子は子供のことを思ってあるとき歎き悲しんだに違いない。彼女の意地がその初志を貫こうとさせ、あるときには彼女を非情な、白痴的な、ヤクザな女に見えさせ、ヤクザにもさせたのだ、と思う。

　女の作家は、今でもすぐヤクザっぽくなるのは、どういうわけだろう。先日もある中堅作家たちが集まるパーティがあった。出版社が呼ぶことになっている恒例のパーティなので、社のものや作家たちが座敷にゴチャゴチャに坐って歓談しながら芸者の踊りなどを見たあとはクラブあたりへ出かけて行くというものである。時代も変り、作家も多少はサラリーマン化しているので、気恥かしく思いつつ互いにそれを礼儀と心得ている。ここに集まっている十数人の作家たちは、だんだん顔ぶれがふえてくるので、多少とまどったり、一種インビな興味もおぼえ、人によっては顔をしかめている者もいる。会が終る頃、座敷へある女流作家が、若い歌手が着るようなヒラヒラのものが袖にもズボンの足にもついた紫色のうすものをまとって登場した。もちろん顔の化粧はその服装にふさわしい細工が施してあった。そういう女流作家を見て、多少おどろくが、しばらくすると、そう抵抗もなくなるというのが、私などの感想である。

　ところが、誰でもそうだというわけではない。あとで耳に入ってきたところでは、その作家は、私どもが出かけたあと、その料亭を出てそこに待っているハイヤーに入りこんできた。

　車の中には一人の編集者と作家が乗り合せて待っていたが、暗くて誰がいるかハッキリしなかった。彼女は乗りこみながら、

「あんたたち、こちらの人？」

　といった。車の中の人たちには「こちらの人」というのが何を意味しているのか、よく分らなかった。彼女は大分酒を入れていた。中が暗いので、自分が呼ばれている場所へ移動する仲間かどうか、問いかけるつもりだったのであろう。

　酒をのんでいたといっても、既にさっきの座敷へくるまでにわざと飲んできたのかもしれないし、そうではなく、若くて非常に忙しい仕事をしている人なので、飲む暇さえもな

く、仕事を終え、着換えをして、ただ急いで駈けつけてきただけかもしれない。

車の中にいた作家と編集者は、とっさに妙に親しげなヤクザふうな話し方で、

「こちらの人？」

といわれたので、おどろいた。編集者もその女流作家とくらべるとずっと年輩であり、その道で知られた人であったし、今一人の奥の方にいた作家は、一口でいうと、道徳的な傾向で有名な人であった。この男の作家は、さっきから、この若い女の作家の風態をにがにがしく思い、このような女の作家が同席するようになったことを、心外にも思っていた。そこへもってきて、

「あんたたち、こちらの人？」

ときた。

中にいた二人は一言も返事もせず、奥にいた作家は反対側の窓から外を見て、完全に無視した。その毅然たる態度に右へならえして、年輩の編集者も黙っていた。

女流作家は、だんだんきまりが悪くなり、手持無沙汰になった。そこで酔ってもいたであろうが、鼻唄をうたいだした。車は銀座の方に向っていた。どのあたりまでやってきたときか、知らないが、

「私、公衆便所へ行きたいのよ。おしっこがしたいのよ」

といった。それからしばらくして運転手にとめさせて、降りてしまった。

その女流作家は、恋愛追想の話を書いているわけでもない。自分の話を書くような人ではない。今ふうの人であるが、この人がヤクザふうであることは確かである。といって悪ければ、ヤクザふうにでもしなければ、女として何か男に伍して一人前にやっている女というものを、正当化することがかなわぬ、と思っているらしいことは、確かである。

その女流作家も美人といえば、美人である。美人であるために、尚更、そういう、へんに下品なことを男の前でいってみたりするのも、分る気がする。

芸者がタンカを切ったり、時には酒に酔って、あっと思うことをいい、妹芸者やカアさんなどが、はらはらしたりするのは、芸者が一人前の人間であったり、一人前以上の人間であったりするということの主張であって、これも私にはよく分る気がする。

男っぽいことで有名な、あるもう年輩の主婦でもある現代女流作家は、男よりも女が好きだと称して、美しい芸者を見るのが好きである。少なくともそう語ったりする。その作家は芸者のことをきき出したいというので、芸者に化けて客の席に出たところが、そばにいた芸者からこういわれた。

「おい、お前何だい。客の前で肱《ひじ》をついてさ。お前が素人だということは一眼見て分るんだよ。つまらねえ了見を起して、恥をかかさないでおくれよ」

私はこの組合せは、面白いと思う。タンカを切りそうな二人がそこで角をつき合せたわけである。ひとつは、職業柄タンカを切りたいのである。

秋聲は順子と深いつきあいをもつようになってから、順子の宿へ時に出かけて行って泊ったりしていたが、あるときは、長男の一穂が乗りこんできて、同衾《どうきん》しているところを見た。秋聲と一穂とは泣き出した。

一家の家長が大学生を頭に六つか七つの女の子まで六人の家族がいるのに、仕事を口実にしたり、しまいには半ば公然と順子のところへ出かけるとなると、留守家族というものは、まるで浮草みたいな思いにさせられるものである。やがて彼女は秋聲家に女の子ひとりを連れて住込むようになり、秋聲の末娘も順子の連れ子と遊んだり、順子になついて、順子がいなければ、眠れないというくらいになった。末娘だけではない。長男の一穂にしても、順子は如才なく愛嬌をふりまくことが出来たし、一緒に散歩したり、芝居に連れ立ったりすることが出来たし、一穂も不快どころではなかったようだ。

順子が淫蕩な女だとか、何とかいうふうに解釈することは出来ないのであって、川崎長太郎という秋聲の弟子であった作家はその頃、二十六ぐらいであったが（川崎長太郎「徳田秋聲の周囲」群像、昭和三十五年五月号）、当時の思い出を小説ふうに書いている。順子が作家気取りで、袂の中へ手をひっこめて、たたむように胸の前へ合わせて、前かがみになって歩くことや、つやっぽい調子で誘いこまれるように話しかけられて、こちらの方も大人ぶって応対すると、

「今日は駄目よ」

とか、

「私、これでも、その方はしっかりしているのよ」

とかいうような調子のことをいわれ、一方秋聲には甘えた口調で話しかけるところを見せつけられたかと思うと、秋聲の眼をかすめて、色っぽい視線を送ってくるところが、くわしく書かれている。事実そのままではない、と但し書きがしてあるので、全部そのまま信じることが出来ないし、第一、四十三、四年も前のことである。

もっとも秋聲自身もそういうことにはシット心に苦しめられるところを書き続けている。あるときなど、順子の連れ子と秋聲の末娘との人形のことで争った。末娘はかねて大事にしている人形をもっていた。その人形をもう一人の幼女が欲しがったので、貸してやったところ、それを庭に投げてしまった。末娘の気持が手に取るように分る秋聲は、そのことで、あなたの子供は我儘過ぎるといった。連れ子のために平素から気を使っていた順子は、そんな思いやりのないことをいわれて、もうここに厄介になってはおられない、というと子供を連れて出て行ってしまった。そのあとで前に泊っていたことのある旅館に子供を一時預け、夜ひきとりにくる。旅館と秋聲の家とは近くなのに、そのまま帰ってしまったのだが、秋聲は順子を慕って淋しがる娘の心を思ったりして、心は乱れ、息子といっしょに本郷、神田の心当りの下宿を探しまわり、ある日など途中で道端に貧血を起したのかフラッと倒れたりする。ほんとかうそか、川崎長太郎氏が探しまわっているところに出会ったと書いている。秋聲の家には六人の子供のほかに、その世話をしに金沢から姉がやってきていた。子供たちはこの美しい闖入《ちんにゅう》者をどんな気持で眺めていただろう。順子もこれまた容易なものではなかったので、二人の恋愛（？）がこのような家族と家族のシガラミにせかれるところ、息子が不思議な応援をするところなどが、この話をもとに書いた短篇『元の枝へ』を文句なしの傑作にしている。おそらく、どのような意味がつけられようと、くりかえし、順子を追いかけるために、しまいにタイクツさを免がれぬ『仮装人物』という、『元の枝へ』もそっくり入っている長篇よりも、直接面白く、とくに今の読者の方に親近感をもたせるのではないか、と私は思う。

　秋聲と順子との間は、数年間に曲折を経てときに順子と一緒にホテルへ行って泊りこんで小説を書いたり（順子も小説がある程度売れるようになったので、作家気取りになるのである）、秋聲を自分の郷里へ連れて行き、家の者は秋聲と結婚できるのを喜んだり、その後、金を作るために、夢二にも会ったり、北海道の代議士から金をしぼりあげる代償に身体を任せたり（おそらくその時、好きだ、というようなことをいったのだろう）、……そののち、北海道にいた増川が会社の金を横領して上海に高とびする途中東京によるので会ったり、順子は精力的に活躍する。

　私が書いたのは、ほんのまだその活躍の一部分であるが、ここで一息つきたいのは、ほかでもない。『仮装人物』の中で最も面白いと私が思ったのは、彼女が秋聲をうまくなだめすかしたりして、自分なりの行動をする仔細ではない。そういうことは、くりかえされると、かえってあきる。

郷里の本荘の家へ秋聲をつれて行って何日か滞在したときのことだ。順子は増川の妻、前の女中が文句をつけにくるのを立膝をして知らぬうちに口をついて出てきた秋田弁でやり返し、お伴についてきた男に酒をのませて帰してしまった。

別室で呆気にとられて一部始終をきいていた秋聲が、「あんなことをしていいのか」というと、「いいのよ、あれでいいのよ」とこたえる。

私は前にのべたが、順子の面白いところは、こういうところで、たまたま、そういう勝気な生命力のあるところが、小説家志望のカタチであらわれたともいえる。

私が前に秋聲夫人が、急に起きあがって「私、どうしても眠れない」といって胸のウップンをさらけ出し、とうとう枕を投げつけるところを例にあげて、秋聲のうけたショックを語った。そしてあのショックは、ただのショックではなくて、女の発見、女の中の自由な人間の発見といってもいい、とも述べた。

順子の中にある、今あげたこの立膝をついてヤリ返すところが魅力的なのは、きいていた秋聲が、同じようなショックを受けたことから察することが出来る。

夫人のはまといい、順子といい、順子と平行して女友達としてつきあって、ドイツ人貿易商の妾《めかけ》であり、待合をやっていた美貌の女性、柘植そよといい、やがて日本文学の最高傑作といわれた最後の作品『縮図』の女主人公銀子に当る小林政子といい、秋聲の好むタイプの女性である。その中で、順子というのは、秋聲にとっては、思いがけない、モダン味を帯びた、つまり育ちからいっても夫人や政子などとは反対の女であった。

父と順子のためもあって、秋聲宅では次男がぐれ出して、金を持ち出したりした。順子がきて書斎で一緒に仕事をしたりするようなときは勿論のこと、そうでなくとも、子供たちは茶の間に集まって、誰一人父のところへ顔を見せなくなった。長女は女学校で、父のスキャンダルのために学校に行きづらくて退学することにもなる。

ある日長男の一穂が秋聲のところへやって来て、

「もう順子さんとのことは止しにして下さい。あなたはどう思っていらっしゃるかもしれないが、世間ではあなたをバカにしているし、あなたの書くものだって、もう見放しているのですよ」

というようなシンラツではあるが、真実を述べ、弟のぐれたこと、妹の苦悩も、父のせいだといった。

そこで二人はとっくみあって云い争い、心臓の丈夫でない秋聲は貧血をおこしそうになった。このとき、もちろん順子もきいていたし、川崎の小説（前掲書）によると、彼自身もそこへ来合せて、小さくなって様子を見ていたが、一穂を別室へ引きはなした。やがて秋聲が仰向けに部屋の中にたおれ、その胸もとに、秋聲より大きい順子がとりすがって、ソプラノで泣きじゃくっていたという。

ところで親子が争うとき、秋聲が息子にいったことは、真実がこもっている。あいつがグレたのは、おれのせいというより、自分のせいだ。人間がしっかりしてないからだ。娘のことについては、どういったか、はっきりおぼえていないが、順子とのことについては、「順子さんのことを悪くいうが、お前たちを食わせているのは、おれじゃないか。おれが書けるのは順子が材料を提供してくれるおかげじゃないか！」

というようなことをいった。

秋聲と、後に作家になった一穂との関係は一見なかなか変っていた。痔の手術をしてくれた某博士と順子がいつのまにか関係が出来たあと、一穂の友人の若いマルクス・ボーイ（マーク・ゲイン『ニッポン日記』訳者井本威夫がモデルといわれている）と仲よくなると、一穂は自分の責任だ、というので、父を連れて、順子のいたホテルかどこかに乗りこむようなこともあった。

息子に父と同じような血が流れているからそういうおかしなことになったというよりも、家の中をとりしきってきた夫人を失ったことが、そういう混乱をまきおこしたのであろう。いつか夫人が、双子を産んだ女のことで気を病んだあの役を、長男が果さざるを得なかったのである、と思う。但し、一穂がスリルを味わったに違いない点が異なるけれども。

マルクス・ボーイとの結婚問題が新聞沙汰になったとき、秋聲は意見を求められ、口にした言葉が、新聞に出た。それが酷であるとして、順子に取消しを迫られて、その通りにしたりしたあと、順子はこの結婚も失敗に終り、別な男とくっつくようになった。秋聲が審査員をしていた新聞懸賞小説に順子が偽名をつかったことが分ると、パスしてもよかったかもしれないその作品も葬られた。

この原稿を書くとき、アパートの一室で、順子はまだ世の中に出ていなかった佐多稲子に口述筆記させたが、そのとき、秋聲は押入れの中で横になっていた。

順子とのことは、こうして昭和三年頃には下火となった。この間、秋聲は一穂のいった通り、文壇ではその書くものの多くが冷汗ものだ、という印象をあたえた。友人の白鳥は『春来る』という短篇を読んで、腹を立てて、この一作について長い失望の時評を書いた（後に『徳田秋聲論』に挿入）。

この作品はホテルの一室で二人が同じ部屋で仕事をしていると痔が悪くなり、やがて恢復に向う話だが、白鳥は、二つの例をあげた。

一つは、秋聲に当る作家が順子に当る女性を背負い、こんどは、そのまま背負われた方が抱きあげるというようなところ（この反対だったかも分らない）。

もう一つは、秋聲に当る人物が、

「ぼくなんかにないものが愛子にはある」

といって女性の原稿をほめると、

「あら、そんなことないわよ。先生には何といったって三十年の年期の積み重ねがあるんだもの」

といいあったあと、先生のものだって仲々いいわよ、といったりする。

老大作家をおそれぬこの女も女だが、それを許している男も男で、どうしてこんな恥かしいものが書けるのか分らない、と白鳥はいうのである。

老大作家が、自分なんかにないものがある、といったって不思議はないし、ふざけ合ったとしたって、これも不思議ではない。鼻の下を長くしているのが目ざわりだし、抑制の利かなさが、腹立たしかっただろう、と白鳥に同情できるけれども、今私が読むと、ここには何か生き生きとしたものがあるように感じられる。秋聲はこの作品で、何とか順子の側に立って物を考え、自然主義的我をすてようと、いっているのであって、秋聲は何かを棄てて、何かを得ようとしている姿の現われであるとも見られなくはない。ただぜんたいに「春来る」というつかみ方にもあるような、大甘なところがあってこの儘では確かに困る。これより七、八年あとの昭和十年に書いた『仮装人物』となると、甘いようなにがいような態度で、回顧する小説だが、大分冷静にきびしくなっている。その態度となれば、誰も悪口はいわないが、順子という女から遠のいたようにも思えるし、正直いってぜんたいとして安全だがそう面白くない。

昭和八年四月号新潮に当時三十三歳の川端康成氏が「三月文壇の一印象」というエポッ

ク・メーキングな文芸時評を載せている。

この年の二月二十日に小林多喜二がゴウモンで殺された。川端氏の批評はこの事件からはじめ、「悲しむべきことながら、日頃を省みれば、小林氏の死に際して、突然大きな声を出すのも、むしろ恥かしいことであろう」といい、「小林氏の運命はやがて他のプロレタリア作家の上にも相次いで降りかかる恐れが十分あるゆえ、芸術派の文学者達も、そのような受難の続くのを防ぐために、せめてなにかの（原文十一字伏字）は、自由主義の文筆者の良心的義務であると考えられるが、それもまた、小林氏等の思想に立たざる限り、そのようなまぬるい動きは最早無意味に近い今日である。」

というところから、自らの前途の暗さを洩らし、文壇の頽廃ぶりを強い語調で述べ、どの小説もうまいなりにウソくさい中に、秋聲の短篇『町の踊り場』を神品だといっている。

川端氏は、

「著述家の矜《ほこり》なんかは、疾《とっ》くにどこかへ吹飛んで」と（秋聲が）作中自ら告白している通り、作家振った目はどこへも向けようとしていず、姉の死の枕もとで、直ぐ足が痛くなったとか、腹が空いたとか、甘いものがほしいとか、勝手気儘なことを書いているのであるが、自から悟りのありがたさが感じられるのである。

とこう述べている。

この絶讃によって、不死鳥の如く、秋聲は甦えり、名短篇や『仮装人物』『縮図』など書き続け、その動機となったのが一短篇であるところに、興味は尽きないのであるが、私がここでいいたいもう一つのことは、この文章のすぐ前におかれた奇妙な前置きである。

「新聞の文芸欄の噂によると、徳田秋聲氏はアパアトを建てて、生計の助けとされるそうである。結構なことだと思うが、その前には『徳田秋聲後援会』という企てがあった。」

と川端氏はいい、要約するとこんなことをいっている。

この後援会は秋聲がいやがって拒否したかもしれないが、けっきょく、まあやるならやれ、というわけで、いうままになった。そのためにたとえ色紙にしろ末輩の川端康成のところへまで後援のしるしを求めるとは、いくら何でもおかしなことではないか。誰も秋聲を悪くいうものはいないが、こんなこともあった。というのである。すなわち、ある画家のところへ、その係りの人が頼みに行ったところが、その夫人が、

「徳田さんて、徳田さんて、あのよくダンスホールへ出入りされる徳田さんですか」といったというのである。

これは皮肉ともとれないことはないが、こんなような徳田秋聲の美しさは、芸術にでもしなければ現わしようがあるまい。

この川端氏の言葉も皮肉ととれるが、皮肉ではなく、驚いているのであろうと思う。皮肉は作家一般、世間智にまみれた偽善者に向けられている。

このとき、後援会の係りをして歩いたのは、葛西の弟子ともいわれた嘉村儀多《いそた》であった

という。嘉村は昭和八年にこの世を去っている（葛西は昭和三年に死んでいる）。死ぬ何年か前といっても一、二年のことであるが、あのキマジメで、直観の鋭い恥じがることの強い嘉村が、この皮肉をいった夫人の前で我がことのように、首をちぢめ、冷汗を流していたのに、一方当の秋聲はその金をどう使ったか知らないが、嘉村より十年も長生きしたということである。

大正九年に社会主義同盟が出来あがり、時を同じゅうして秋聲の祝賀会が催される。昭和のはじめプロレタリア文学は隆盛、流行をきわめ、秋聲はパッとせず後援会が出来る。この二つの事件に葛西と嘉村が似たようなカタチで関係しているのも面白い。

秋聲は昭和の初め「失意の時代」を迎えるが、実際は円本でかなりの金が入った。この金を、彼としては、濫費している。『町の踊り場』のような作品は、娘の死、晩年の夫人との生活、順子との生活、三男の死、友人知己の夥《おびただ》しい死、それから一種の濫費などによって、秋聲なりに枠を取り外して行った結果、出現を見たのであろう。

秋聲はこれより前、順子と併行して、料亭か待合をやっていた、もとドイツ人の妾であった美人を友達として、相談にも乗ってもらったりしていたのは、前述の通りである。そのうち昭和七年頃には、その前に知りあっていた小林政子という芸者あがりの女性が彼の書斎に同棲するようになっていた。順子の場合もそうだが、書斎に同棲するというのは、要するに秋聲とは暮すが主婦的な役は果さない、ということで、この頃は女学校在学中の次女喜代子が台所をとりしきっていた。

ある日のこと、秋聲は金沢から送られてきた好物の餅が残っていることを知っていて、それを書斎へもってくるようにいっていた。政子はきこえなかったのだろう。あるいは秋聲が餅のことをしゃべったのは家族のものであったかも分らない。とにかく餅は政子が食べてしまった。政子はうっかり食べたのだと思う。秋聲は餅のことを政子にいった。政子は食べてしまった、といった。すると秋聲がどなり出し、餅ぐらいのことでそんなに怒り出す男の気が知れず、彼女は徳田家をとび出してしまった。

このあと人が入って仲直りしたが、政子は芸者を何人か置いて白山に小さい待合をもち、秋聲はそこへ泊りこんで仕事をしたり、ハナ代勘定の手伝いをしたりした。

こんなふうにして、六十代から七十へかけての人生を送ったこの老作家はその生活を材料にいくつかの短篇群を書いた。その一つの作品『一茎の花』というのが、再び白鳥によって主観的すぎるといって文句をつけられた（正宗白鳥「文芸時評」昭和九年八月）。この作品には秋聲の奥さんになれるわけでもないので、ほかの男のものになろうか、どうかと迷っている女と、それにシット心をおぼえるところが書かれるが、順子の時ほど激しいものではない、という境地が、積極的意識的に書かれている。

このとき、白鳥の批評に対して秋聲は「正宗白鳥氏へのお願い」というはげしい一文を書いて、反撥し、次のように結んだ。

「曽つての畏友正宗氏に対して、余りに礼を失した事になるかも知れない。ただ私は書かないと食っていけないので、老境の仕事で氏には目だるいところも多々あるだろうが、商売の邪魔をすることは御控えていただきたいと、お願いしたいのである。」

　私の読んだ印象では、正宗氏のいうこともまちがっているとはいえない。しかし一方に秋聲が『春来る』とは大分違うけれども、自分の気持を見きわめ、その変り工合を語ろうとしているようにも思える。その意味では、長篇『縮図』への道が徐々にならされていたといえるのである。

『仮装人物』がそうであったように、『縮図』もそのもとになる短篇群よりは客観化されていることは争われないのであって、けっきょく白鳥のいう通りになったように見えるのは、皮肉である。

　長篇『縮図』は昭和十六年「都新聞」に連載されはじめたが、情報局よりの弾圧のために、八十回で中断した。八十回目も書きかけのまま、あとを続けないで放置した。ひそかに続けたらよさそうに、たぶんこれがほかの作家、たとえば、藤村のような作家ならそうするのにといわれている。

　昭和十七年に「日本文学報国会」が結成された。このとき秋聲は小説部会長に就任した。昭和十八年、七十二歳で亡くなったとき、その葬儀は小説部会会葬の名で行われ、彼の作を弾圧した連中の名で代読が行われた。友人代表としては弔辞は白鳥が読んだ。秋聲より一まわり小さい白鳥が空っ風に吹かれながら読む姿は印象的だったといわれている。

その年の夏に、藤村が死んだ。その日、軽井沢からその葬式に参列した川端氏は、その足で秋聲を訪ね、

「あなたは怠け者ですね」

といった。すると秋聲も、

「そうだ、怠け者だ」といったように見えた。

「怠け者というのは、怠け者ではないですね」

というようなことを川端氏がいうと、

「そうだよ」とこたえたように思われた。

これを察するに、藤村や鏡花が、いかにも全力をふりしぼって小説を書こうとしているのに、秋聲が心の赴くままに書き生活し名品を作り、一種の小説の名人だということ、そのためには、本質的には怠けてなぞいないのだ、ということを、あらためていって見たかったのだ（筑摩『現代日本文学全集』月報26）。

秋聲と川端氏とは深い因縁があるが、川端氏は昭和二十二年、金沢に文学碑が出来たときの講演で、源氏、西鶴、秋聲、という系譜を語り、また昭和二十七年には、こう書いた。

《こんな見方をしてみて、今の日本の小説はどうなのだろうね。明治は西洋の影響で盛

んな上り坂であることに異論はないが、昭和へくると、議論がある。日本の近代小説はまだ発達の途上と私は思いたい。しかし、明治から後の作家で、その作品が時を経ても新鮮な生命を保ちそうなのは、まことに少ないようである。徳田秋聲氏や志賀直哉氏などは、そういう人であろう。》（「月下の門」）

　また昭和十九年に広津和郎氏は、秋聲について、長い評論を書き、マラソンを駈けつづけ、幾変転しながら、次第に境地を深め誰も真似の出来ない世界に到達した模様をつぶさに語り、私の読むところ、秋聲が最高度の味わいの小説を書いた、といいたがっているように思われる。この評論は入門であり結語であり、その洞察の深さには驚くべきものがあり、将来秋聲が残るか和郎が残るかは分らぬとしても、秋聲と広津の評論との組合せは、永久に残るものと、私は思う。秋聲の作品にある、一種の無道徳の世界や、よくいわれる主客同一の世界、したがってスクリーンを抜けてゆくように自由に過去にさかのぼり場所をうつる小説は、とくに最近のような、枠のない不安定の世界においては、つきつめて物を考える人に、何かのヒントをあたえそうな気がする。

　昭和三十六年に順子は六十一歳で亡くなっている。それ以前に彼女は秋聲とのことを小説に書いているが、取るに足らぬものといわれているようだ。そうであっても、私には順子の存在は、依然として色々な意味をもっているように思える。

狂気と羞恥／夏目漱石

夏目漱石という人は、文学者というのにふさわしい人である。小説の達人でもあったのだが、普通の小説家と違って、その生涯を見通してみても、妻以外の女とのことで華々しい事件があったわけでもなく、いって見れば貧弱な内容しかない。白鳥も、大分あとになって『道草』を読んだとき（「『道草』を読んで」）、この小説にほとんど漱石の小説の材料がこめられているのを発見して、この小説は漱石理解の上で非常に大切な小説だといっているが、また、漱石という人は、あんな僅かな材料からよくも小説を書きつづけたものだ、と驚いている。このことは、文学者漱石のことを何かにつけて文学史的に勉強している人には珍しいことではないが、本当はやはり驚くべきことなのである。

鷗外はドイツで異国女性とのあついロマンスがあるし、その結婚は二度にわたり若い女性と再婚し、甘い『妻への手紙』一巻がある。自然主義作家はもちろんのこと志賀直哉にしても、青春時代と、中年とに二度の危機をもっている。谷崎は勿論のこと、芥川にも晩年に何かある。女性とのことが、あるかないか、ということが材料として豊かか貧弱かということと直接関係があるか無いかは簡単にいえないとしても、何しろ漱石は、恋愛小説を書きつづけた人であるのに、彼は終始家庭の人であった。こういう人は、ほかに思い当らない。

　漱石は私が生れた頃に亡くなったし、だいたい私の父親の年齢の人である。自分の年齢が漱石没後の年数である。私はもともとこの偉大な作家のものは少年の頃『門』を読んだきりであったが、東京の高等学校へ出てきて、漱石とつながりのある三人の教授の存在を知った。

『三四郎』の広田先生のモデルといわれたドイツ語の岩元先生は、私は直接教わることもなかったが、昭和十年になっても、昔同様に、先生の訳のいいまわしと少しでも違っている答案には零点がつくので、落第者が多いといわれた。私は菅虎雄にドイツ語を習ったが、漱石が松山行きのときに世話になり、熊本の五高へ行ったときも、先ず菅さんのいた家に寄宿したり、鏡子夫人がツワリがもとで強いヒステリイになって井川淵にとびこんだのを新聞沙汰にしないように止めてくれたのは、菅さんの知人の浅井栄熙という人であった、というようなことを何にも知らなかった。況《いわ》んや明治四十二年、菅さんが夫人をなくされて、漱石夫妻が葬式に出かけて行かれるのが日記に出ていたりすることも知らなかった。

小柄で温厚な痩身の菅先生は、黄色い表紙の青木留吉のドイツ語教本をもって、ブラリブラリと着物に袴をはいた姿で教壇に登り、ハリのある愛情のこもった声で話しかけられた。その黒板にかかれるドイツ文字は美しかったが、果せるかな、先生は書家であった。一年の終り頃から先生は休まれるようになり、それから何年後には亡くなられたけれども、家に残っているテン書で書かれた卒業アルバムの題字は先生の筆になるものである。アグ、アグという綽名《あだな》の西洋史の先生は、戦闘の話に及ぶと微に入り細に入り、先生の話がつまらないというわけではないが、当時そういうことに興味がなかったのか、怠け者だったせいなのか、やがてノートをとることを止めてしまい、そのまま代返で通してしまった。この先生が、漱石の友人であり、漱石が斎藤阿具先生のあとを譲りうけてたしか千駄木町の家に入られたことなど、一向に知らなかった。

　校長のモリケンと綽名された骨っぽいセイカンな感じの森巻吉氏には、入学式のときに、お前たち秀才と思ったら大間違いだぞ、という話を中心にした長い演説をきいたが、これまた漱石の親しい友人である。私の在学中に亡くなられ、渋谷の宮益坂を少しのぼって左に折れたあたりの大きい邸へ葬式に参列した。

　私の卒業した岐阜中学の運動場の垣根の向うに見えた「訓盲院」の創立者、初代院長が、ほかならぬモリケンの尊父、森巻耳であることを知った。もともと森巻耳氏は岐阜中に英語教師として赴任されたが、眼病になりその任に堪えなくなった。やがて氏は伝道師A・

F・チャペル氏によってクリスチャンとなり、両氏力を合わせて聖公会訓盲院を創《はじ》められ、のちこれは県立となった。大正三年、巻耳氏が亡くなられ、夫人しげ女史は舎監として学校に残っていたが、大正十四年退職して、東京の巻吉氏のところに移った。明治二十四年、濃尾大震災が起り罹災盲人の生活安定のため両氏が鍼按《しんあん》伝習所を設けたのが、「訓盲院」創立のそもそものきっかけであったが、この年は漱石にとってもなかなか意味深い年であることは、あとで述べなければならない。

私が当時既にかなりイメージが色あせていた第一高等学校にいたときに、漱石とつながりのある人を見聞した次第は右の如くであるが、第二高等学校にある教養的フンイキというものの何分の一かは、漱石によって代表されるものであったといってもよかった。そうしたことにうとかったのは、私ぐらいだったかもしれない。

私は今、その昔漱石がしばらく講師として出ていた明治大学に勤めをもっているが、この工学部に同郷の人、堀口捨巳氏（建築学）がおられるが、氏の語るところによると、漱石が亡くなったという悲報が伝わると、当時大学生で本郷通りを歩いていた氏らは、眼の前が真っ暗になってしまったということである。私はどういうものか、この話を思いうかべる度に胸がつまってくる。

堀口氏は濃尾震災の震源地の根尾谷に近いところの出身であるが、もう少し岐阜よりの鷺山《さぎやま》という長良川べりの部落が森田草平の出身地である。草平は漱石の弟子の中でも変り種だが、いかにもこの土地出身の人らしく漱石の前で小さくなっていたくせに、いったん口をひらくとズケズケしたことをいい、漱石門下生となるきっかけになった『草枕』のあと、先生に思いきった作品評をし、先生にドストエフスキイをすすめ、あとで漱石が修善寺で胃から血を出して死にかかったあと、漱石が自分とドストエフスキイとは、不思議なほどよく似ているといったら、草平は笑った。そのくせ、平塚雷鳥と心中未遂事件をおこして、新聞沙汰になり、身柄を漱石にひきとられ、夜いっしょに二人は風呂に入った。「先生はもう一度この世に生きることになったら、生きたいと思いますか」というような妙に子供じみた、思いつめた、宗教的なニオイのする質問をしたところ、草平の前に裸でいた漱石は胃のあたりを叩いて「胃病さえなけりゃねえ」とフィジカルなことをいった。草平は、これは自分への思いやりかもしれぬ、と述べている（『漱石先生と私』下巻）。

朝日新聞に漱石の世話で、心中に至るいきさつを書いた『煤煙』が評判になり、当時は、漱石以上だといわれた。そんなことでのぼせあがったはずはないと思うが、と草平はいっているが、先生は自分には何かしらつらく当られるような気がした。最も可愛がられた小宮豊隆も、漱石の作品のモデルとなったりしていることは勿論で、うるさい男の草平もまた漱石に大いに影響をあたえているが、少なくとも表面上は作品理解のうえで漱石と草平はどうしても折り合いがつかぬところがあった。

この草平のことを「あれが一番いい人だった」と私によく語られるのが、俳人であり元明大教授の英文学者、林原耕三氏である。氏はもともと岡田と名のり、芥川や久米正雄を大正四年に漱石山房に連れて行った。私は結果的には林原先生のひきで明大へ勤めたことになるが、そのときも先生と漱石との関係はよくは知らなかった。八十をこえられた先生は漱石の思い出を時々書かれるが、先ず第一に河出から出たグリーン版の漱石集の中の『作家の横顔』に「世にも優しい人」（林原耕三『漱石山房の人々』講談社に収録）というのがある。

　漱石は大ざっぱにいって三度「神経衰弱」に見まわれている。その第三のときであろうと思うが、林原先生が鈴木三重吉からきいた話である。神経衰弱が昂じると、漱石夫婦の仲は険悪になり、漱石は書斎へ籠《こも》ってしまったものだが、ある日、漱石は三重吉と次男の伸六と一緒に散歩に出かけた。玄関のあたりで伸六が石か何かに躓《つまず》いた。すると漱石は、

「伸六、気をつけろよ、女にはかなわぬからな」

　といったというのである。林原先生はこう書いたあと、三重吉はフィクションの天才だから、これも作り話だったかも知れないが、そうとしたら、三重吉一代の傑作だ、という。林原先生もいわれるように、漱石はこの病気になると長女の筆子や次女の恒子も夫人と同じく女の仲間に入れて、剣呑《けんのん》な者たちのシンボルとして頭の中で取り扱った。その模様が手にとるように分るのである。

　上の二人のお姉さんと二人の坊っちゃんの先生の印象は、こわいの一語に尽きるが、中

の二人のお嬢さんの場合は違っていた。

林原さんは、このあとで、愛子の父の思い出の言葉を引きながら、次のようなエピソードをあげている。三女の栄子さんが人形をほしがっていた。それを買いに、四女の愛子さんと遊びにきていたイトコの少女と三人をつれて、寺町へ出かけた帰り道のこと、漱石は疲れた愛子を背負い江戸川堤を歩いてくるうち、だんだんに羽織の手が抜け、紐が胸へあがってきた。漱石は何度も愛子をずりあげる。胃弱の父はさだめし大変だったのだろうと悲しくなる、というのである。林原先生は、恐ろしいばかりの父であったという漱石の優しい面をあげ、恐ろしいという印象をあたえたとすれば、気の毒な病気のせいだ、という。

林原先生は、筑摩書房の『現代日本文学全集』の漱石集の月報に「あの眼、あの言葉」という暗示的な文章を寄せている。それに移る前に林原先生について少し紹介しよう。

先生は漱石の書簡に度々あらわれるが、漱石の日記及断片集の中にも登場する。

明治四十二年四月三日の日記に「岡田耕三小田原の塩辛を送る。明日東京へ帰る由。『煤煙』に厭きたとある。」と見える。同年八月七日には、「一昨日岡田耕三が来て第一高の仏文学志望の試験を学科の方で及第したが、体格があやしいと云って落胆していたが、新聞を見ると首席で及第していた。定めし嬉しかろう。」と見える。小説『それから』が漸く終末に近づきつつあった頃のことだ。ついでだが、それからしばらくして「菅虎雄の細君死す。産後経過不良」とある。

林原先生の文章によると、耕三が一高三年のとき（明治四十四年頃か）、退学しようかと思い、漱石に相談した。しばらく前に北海道で父が事業に失敗したので急に学費が途絶えてしまったからである。育英会から借金をした（漱石も学生時代借金をし、結婚後も月給から返していた）あと、漱石の著書の校正をして若干援助をして貰ったが、のこりは下宿の借金になっていた。右手の書痙《しょけい》に悩み、学校もサボっていた。山房の客間に漱石夫婦と三人でいたとき、鏡子夫人はこうきり出した。

「あんた、からだも丈夫でないのに、そんな無理をして、学校へも出ないでいるなんてつまらないでしょう、うちの子に貰ってあげるわよ」

漱石の意向をさぐるふうでもなく、ごく自然ないい方であった。すると漱石は、

「突然こんな大きな息子が出来たら、うす気味がわるかろうな」

と穏やかな口調でいった。

耕三はそのとき、長女筆子のフィアンセになることだと思い到らなかった。このあと、鏡子一流のやり方（さしあたり『明暗』の吉川夫人が思い浮ぶが）で、漱石の承諾を得たものとしてどんどん進められた。

「実は筆子を小宮さんに貰ってもらうのが一番いいと前から思っていたのに、あの人去年の夏帰省した時、出し抜けに田舎からお嫁さんを貰って来てしまったじゃありませんか」

といったりした。

このあと、耕三は漱石の家で、筆子が妹にいじめられたといって耕三の胸に顔を埋めて泣き出しそうになり、そこへ夫人が通りかかってチラと眺めたので、あわてて身を離そうとして羽織の紐の環に筆子の髪の毛がひっかかってとれなくなり狼狽し、この一件が漱石の耳に入りはしないか、と恐れた。

このことはそのままにすんだが、あるイキサツから養子の件も取り消しになった。「（夫人の）不興の理由は、悲しいかな、先生に関していた」。それは漱石の神経衰弱が昂じて夫人との間が険悪となっていたとき、耕三が先生をかばって夫人の意に逆らった結果になったからであった。

それが如何なることであったのか、書かれていないし、私も直接うかがっていないけれども、いずれ後で述べるこの夫婦の生活について唯一の自叙伝小説『道草』だとか、鏡子の談話をもとにした『漱石の思い出』の中の実例によって、ほぼ想像がつこう（最近出た『漱石山房の人々』の〝鏡子夫人〟の節に、くわしく記されている）。

それはそれとして、私は少年時代、久米正雄の『破船』を読み、はじめて小説の真似事をしたことがあるが、漱石の死から始まるこの小説をこんど読み直してみると、林原先生は原田として登場する。小説では、久米に当る小野が次第に夫人や筆子の信用を得るが、松岡譲に当る杉浦が小野を出しぬき結婚する失恋物語である。

先輩格の森田や小宮も登場して苦々しげに様子を見守っているが、芥川に当る柳井が冷静な批判者で、菊池寛に当る人物が実際的な意見を述べる。『破船』の作品としての価値は別として、筆子をめぐるこれらのイキサツには、何か暗澹たるものがあるが、私はこの小説を読みながら、弟子たちは、師匠の書いた『門』『それから』『心』の三角関係を地で行こうとしていたのではないかとさえ疑ぐられてきたのである。筆子は久米にも松岡にも、ちょうど耕三に対したと同じような、自然的なコケトリイを示しているし、夫人の態度にも、女親分ふうの態度が見られる。漱石が腹を立てそうな慎しみのなさがそこにある。林原氏は『漱石山房の人々』の中で、漱石の家の女性たちはコケトリイから最も縁のない人たちばかりだったと書いている。

　林原先生が「どうしても誤解をといておきたいから」というつもりで書かれたというこの一文の最後に（どうして養子の件が取消しになったか、という理由についてだと思う）、その一文を書いた真の目的は次のことだ、といわれているのである。

　《先生（漱石）のあの「突然こんな大きな息子が出来たら、薄気味がわるかろうな」という表現に就いてである。あの時の先生の眼つきと言葉のニュアンスとが深く私の心に刻みつけられて、いつまでも忘れられない。これはウィットでも、ジョークでもない、先生独特のヒューマーである。そしてそれは先生のシャイネスから浮かび出るものである。このシャイネスを見逃しては所詮、漱石文学は語れない。あの暖いヒューマーの裏

に潜む愛情と羞恥《はにかみ》、これが先生の「人」と文学とのたぐいないチャームの源泉である。》

(『漱石山房の人々』)

漱石のシャイネスの理解者である林原先生は、実はこのシャイネスの持主である。弟子の中でも、林原や芥川などの後期の弟子にのみ受けつがれたものなのだろうか。漱石の眼つき、言葉というものは、私には正確につかめるというわけではないが、チャームの源泉であることはいうまでもなく、漱石の狂気というものとも、どこかつながりがあるような気がする。私はこれから、限られた短い枚数で、漱石の生涯を辿ってみるわけで、いかなることになるか分らぬが、おそらくこの問題が中心となるのだろう、と思う。

漱石は慶応三年、江戸牛込に生れているが、秋聲や、犀星がそうであったように里子に出され、里親といっしょに一時はビクのようなものの中に入れられて、夜店に出ていたが、その後、問題の人となった塩原家に養子にやられた。夏目家はもともと勢力のあった名主だったが、家運は傾きかかっていた。五男末子で父の五十三、四の年寄りっ子であり、一方もと御殿女中であったという母親が四十になって出来た子供なので育てるのが恥かしいというわけでもあったらしい。塩原家にゴタゴタがあって、九歳のとき夏目家にもどってくるが、実母は十四歳のときに死んでいる。十分に母親の愛を得られなかったということは、この少年に影を投げかけたにちがいないし、家庭というものが、一つのきまったコースを辿るものではない。この少年をしてやがて人間というものもアテになるものではない、というふうに感じさせたのは当然のことである。また田舎育ちのものは、成人しかかると直ぐ東京へとび出して行ってしまうが、東京生れの者は、親類縁者の家庭というものと、鼻をつきあわして暮さなければならない。漱石がそうであった。この二つのことは重要である。

一高のとき子規を知った。その後の二人の友情の深さは尋常でない。鼻っぱしの強いこの田舎者に圧倒された模様であるが、明治二十四年の四月に子規に書いた手紙には「我狂に組せん」というようなことをいってやっているのである。

かねて英語で外人にも負けぬ文学を作ろうと思っていたのがムリであり、間違いであるらしい、というふうに考え始めた（子規は国文にいたが、翌年、落第退学した）。

ところで、この頃、漱石にとって二つの大きな事件あるいは、事件のキッカケが起ったことになっている。一つは何年越しのトラホームをなおしに駿河台の井上眼科へ通ううち、物腰のやさしい若い女を見かけ初恋をおぼえたというのである（夏目鏡子『漱石の思い出』）。

この女のことで、漱石はある日実家へもどってくると（それから三年後のことらしい）兄に向って、とつぜん、

「私のところへ縁談の申込があったでしょう」

と、険しい眼つきをしてたずねた。自分に話もしないで断わってしまったと怒り出した

というようなことがあった。これが、漱石がおかしくなる最初のことである。

この女については、漱石は晩年になって、虚子と九条へ能を見に行った折めぐり会って、すぐそれと気がついた。してみると、漱石の頭の中に相当の印象をとどめていたことはまちがいない。だが教師として松山に行ってからも、芸妓あがりの、漱石の嫌いなタイプらしい、この女性の母親が、彼を追いかけてきて何ごとか探索していると妄想をいだいたことがあった、ということを併せて考えると、気味の悪いものが、漱石の中にあったことになる。そして何ものかが漱石の求めるものを逸速く妨害しようとしているらしい、という考えでいることは察しがつくのである。この女性が漱石の理想の女の一つのタイプであったようであるが、その理想そのものが幻滅に終ったという消息はない。しかし、この女性が、けしからぬ女の娘であるということも、漱石にとって腹の立つことでないとはいえない。つきつめて見れば彼を妨害するものとはその女性自身の中に潜んでいたことになりかねない。そうなるとハムレットとオフェリアとの関係みたいなことになる。

もう一つは、三男である兄・和三郎の妻の死である。漱石は数年前に、ほとんど時を同じゅうして二人の兄を肺結核で失っている。和三郎もまた身体が弱く大事にされていたせいもあってか遊人ふうの男であった。嫂は漱石と同じ年であったし、夫の愛を受けていないことを彼は知っていたのだから、話相手になっていたに違いない。美しくて敬愛に足る女であったと、子規に手紙で伝えたあと俳句をいくつも書き添えている（明治二十四年八月三日付）が、その中に恋心をおぼえていたらしいと思わせる句がある。死んだものが立派に見えるといってすますには、漱石の乏しい女との交友の経験の中では、断然このエピソードは光っているからである。特に彼女が死んだということは、大きなことである。

この書簡には、「一片の精魂もし宇宙に存するものならば、二世と契りし夫の傍か平生親しみ暮せし義弟の影に髣髴《ほうふつ》たらんかと夢中に幻影を描き……」と云う一節が見え、その後に俳句、三十首が添えてある。二、三取り出すと、

君逝きて浮世に花はなかりけり（容姿秀麗）
鏡台の主の行衛《ゆくえ》や塵埃《ちりあくた》（初七日）
吾恋は闇夜に似たる月夜かな

そもそも嫂というものと、義弟というものほど、とくに我が国の家族生活の中で興味ぶかいものはない。ここには相当につよい不倫のにおいがある。それでいてきわめて自然に愛情が通い合う機会や要素に恵まれている。嫂は一番生き生きと楽しく自分が発揮できるし、義弟に母親の愛を補ったり、未熟な男に適度に女を感じさせてくれる。

いずれにしても、井上眼科で会った女に恋心をいだいた頃にはもう嫂は死んでいる。そして少なくとも表向き、この嫂と大したことがあったはずはないし、もう一人の女性とも

（嫂のイメージを受けついだかもしれないが）、大したことがあったわけではない。ところが困ったことに、大したことがあったわけではない、というのが漱石の場合には油断がならないのである。

　この眼科の女（くりかえすのがイヤになるが致し方ない）に漱石は結婚を申込むようなことをしなかった。嫂とはこまやかな愛情を抱き合ったかもしれないが、決して不倫といえることはなかった。いや、彼ひとりが思っていたととる方が妥当であろう。ところがそれだからこそ、そこに漱石の作品の中で、姿を変え、意味を深めて登場することになったのだ、と私は考える。

『それから』の三千代を、代助は義侠心から友人の平岡にゆずった。夫婦の仲が悪くなると、三千代に同情するうち、三千代との間が再燃し、三千代と結婚しようとする。義侠心から三千代をゆずったというのは、私たちにはよくは分らないし、それが分ったとしてもたしかに作品を浅くしている。少なくとも義侠心というものは、気楽に扱われ過ぎているという非難は免れない。何度読んでもそう思う。草平と同意見である（『夏目漱石』の中の「長篇小説」）。

　それはともかくとして、結婚しなかったこの理由は、『彼岸過迄』に「須永の話」という部分があって、これと較べると意味ぶかい。さきの代助もこの須永も年齢はともかくとして、漱石とよく似た考えをもった人物である。そして須永が許嫁《いいなずけ》になっている従妹《いとこ》の千代子とは、一向に結婚の運びにならない。二人は顔を合わせれば好き勝手なことをいいあう仲であるが、その間にも、千代子は須永の気を引くようなことをいったり、須永に昔かいてもらった絵をもっているといったり、そのうち高木という外国帰りの男が出入りしはじめると、須永は、嫉妬心をおこす。こういった細々したところが鮮やかに自然に書かれている。

《「千代ちゃんの様な活潑な人から見たら、僕見たいに引っ込み思案なものは無論卑怯なんだろう。僕は思った事をすぐ口へ出したり、又は其儘所作にあらわしたりする勇気のない、極めて因循な男なんだから。其の点で卑怯だと云うなら云われても仕方がないが……」

「そんな事を誰が卑怯だと云うもんですか」

「然し軽蔑はしているだろう。僕はちゃんと知ってる」

「貴方こそ妾《あたし》を軽蔑しているじゃありませんか。妾の方が余っ程よく知ってるわ」

僕は殊更に彼女の此の言葉を肯定する必要を認めなかったから、わざと返事を控えた。

「貴方は妾を学問のない、理窟の解らない、取るに足らない女だと思って、腹の中で馬鹿にし切ってるんです」》

このあと徳義上の意味で卑怯とか下劣な人物だというのなら、説明しろ、と迫ると千代子が泣き出してけっきょく、

《「貴方は妾を……愛していないんです。つまり貴方は妾と結婚なさる気が……」
「そりゃ千代ちゃんの方だって……」》

こういう態度こそが侮辱をあたえている、と千代子はこたえる。

この小説のこの部分は『道草』や『明暗』の場面をそっくり思い出させるような場面であって、鏡子夫人との生活がもとになっていることは明らかである。しかし、ぐずぐずいって結婚に踏切らないことのイキサツは（義侠心から恋人をゆずって結婚しないというのではなくて）、漱石の身についたものであるように思われてならない。

漱石の死によって未完に終ったナゾの小説『明暗』において作者は、津田が恋人の清子と結婚をせず、そのことを津田も気にしておるし、相手の清子にも傷をあたえているというような筋を、立てているのである。なぜ清子とそんなことになったかは語られていない。やがて語るつもりであったのだろうが、いったい理由は何であったのか。千代子の場合と同じなのか。いずれにしても結婚するのに戸まどうところが重要な小説のカギになっている。しかも、それがさっぱり分らない。宿命などといっているばかりである。ダメな構成

だといってしまうには、異様な気持の悪さである。

「須永の話」において、この青年がぐずぐずして、隠微に千代子を眺めている様子は、きわめて尋常ではない。それは妻と弟との間を疑いつづける『行人』よりもリアリティがあってよく書けているともいえる。評判の高い「須永の話」は読み直してみて驚き入った次第である。ここには何かしら、好きでありながら、とうとう大して発展もせず、兄のところにどなりこんできたり、松山へおふくろがさぐりにくるといった妄想にとりつかれたりしただけに終った漱石の不毛の恋愛の秘密が分るように思える。


《「僕は自分と千代子を比較する毎に、必ず恐れない女と恐れる男という言葉を繰り返したくなる」

「純粋な感情程美しいものはない。美しいもの程強いものはない」千代子が恐れないのは、そのためだ。こういう女と結婚したら、その強烈な光に堪えられないだろう。

……》

これは鏡子との生活から逆につきつめてきた男と女についての思想にちがいないが、ハッキリとは意識せずに直観として漱石が二十五歳のときこんなことを考えていたとしたら、直観であるだけに矛盾の衝突がはげしくて、多少とも狂わねばならない運命にさらされている。私は前に井上眼科の女そのもののなかに妨害するものがある、といったが、須永が千代子に感じたような恐れを、ぼんやりとだが、漱石が感じとっていなかったと考える根拠はない。この二つのものは表面は共通しないにしても、漱石を脅かす、何か同じパターンに還元されるような影の予感として受取られたともとることが出来る。そして黒い影は、過去の生立ちの記憶の中から、夢の奥底から訪れたのかもしれない。

　漱石が青年時代の林原耕三（この場合はこう呼ぶのがふさわしい）に「こんな大きな息子が出来たら、薄気味わるかろうな」といったとき、不意にそうした大きな青年が養子になることの奇妙さに対する感慨だけではない。純粋無雑ともいえる鏡子の発意によって、忽ち息子が出現するということをも含めての、奇妙さなのである。漱石はそういいながら、自分は気がついていなかったかも分らない。しかし心の奥では感じていたはずであった、その純粋さが、漱石を「そうだ、それなのだ、そいつがどうにもならず立ちはだかるのだ」となげかせた。

　それはちょうど、隣室からきこえてくる妻や女中の大きな笑い声のように、時々きこえてくるヒソヒソ声のように、そして彼が「ヌスットウ！」とどなって妻をおこしに行き、女中に「どうしてあんなことを旦那さまはおっしゃるの」ときかれて、鏡子が、「まだ偉くないからよ」といっているのがきこえる（大正三年『日記及断片』）……そうした声と同じところがある。少なくとも一緒くたに思えて「だから女にはかなわんよ」と彼に叫ばせるものがあったと思う。

明治二十八年、漱石二十八歳の年、それまで勤めていた高等師範と東京専門学校をやめて子規の故郷である松山の中学へ赴任した。

例の女との失恋のためといわれるが、東京の教授生活にイヤ気がさしたのか、結核をやったり、参禅したりしていた彼は、心機一転しようと思ったのか、あるいは頭の状態がおかしくなったのを感じとっていたので、田舎の風光に接したくなったのか、おそらくそのすべてであろう。このとき従軍記者をしていた子規が喀血をしたために松山へもどり、二カ月ほど漱石の下宿にいた。

漱石は、翌年、貴族院書記官長の娘の鏡子と結婚し、熊本に居をかまえ、五高の教師になったが、こうした田舎の印象があとで『坊っちゃん』となり『草枕』となった。このことは興味ぶかい。つまり田舎というものを、このように尻をまくって活躍する舞台に、一つは絵と観じる世界として。

『漱石の思い出』によると熊本での新婚生活はむしろどこの教授の夫婦にもあるように平凡であった。ただ漱石が「女のきれいな着物を着ることが好きで、私（鏡子）が脱いでおくとよくそれを羽織って、褄を取ってみたりなんかして、家中歩き廻ったもの」（『漱石の思い出』角川文庫）だったとか、ツワリで死にかかったというようなことぐらいである。私は漱石が子規に対しても、シャイな顔をしていたのではないかと想像する。

女の着物を着ていたときも彼のシャイネスが潜んでいると思える。そして次のことも無関係ではないと思う。

すなわち、結婚した年の十月に早くも五高の雑誌に一文（「人生」明治二十九年十月、第五高等学校「龍南会雑誌」）をよせて、人間は「何時にでも狂気し得る資格を有する動物」とし、思いがけぬ心は心の底より出て来る。容赦なく乱暴に出て来る。「海嘯《かいしょう》と震災とは、三陸と濃尾に起こるのみにあらず、亦自家三寸の丹田中にあり、剣呑なる哉」といっている。剣呑なるものというのがくさいのである。

漱石は二年間イギリスに留学した。パリで博覧会を見たり出来たばかりのエッフェル塔に上った。ロンドンへやってくるとビクトリア女王の葬式にも出あった。このときは背が低いので下宿の亭主の肩馬に乗って見た。アイルランド人のシェイクスピア学者クレイグに個人教授をうけたが、一説によると、この人に教わったのは、漱石のコンプレックスのせいだそうである。

この老人には一回七シリング払うことになっていたが、その講義はかなり自分勝手で、熱してくるとその言葉は、東京弁と鹿児島弁ぐらいの違いになった。ある日、漱石はこの外人から前借を申込まれた。次女の恒子がうまれるはずなのに、鏡子からはうんともすんともいってこなかった。この夫婦の手紙のやりとりは、傑作であったが、草平でさえも小宮の整理した書簡集が出てから、その内容を知って、急に漱石のことがよく分った、といっている。

鏡子は留守中、実家の離れにいた。漱石は年千八百円の学費で悲鳴をあげていたが、鏡子の方も毎月二十五円しか渡されなかったうえに妊娠中であった。お嬢さん育ちで父を尊敬して育ったような妻によくあるように、実家へきたら大いに羽根をのばしたに違いない。そうでなくとも、鏡子は宵ぱりで夜なら何時まででも起きていられたが、朝早く起きることが出来ず、漱石帰国後も主人や子供は学校へ出かけたが、自分はまだ寝ているというようなことが屡々《しばしば》であった。血圧が低かったかもしれない。こういう人にはまたツワリのひどい人が多く、それがまた親分肌で、細々したことをいわれるとアタマへくる傾向がある。「お前、シュウトメがいたらどうする」と漱石にいわれると、鏡子は「その代り私はほかのことで能力を発揮して、文句をいわせないようにして見せますから」とこたえた。じっさい、そう思っていたし、そういう力はあったのだろう。

漱石は朝何時に起きているか、ときいてやったりしているが、それには平然と九時とか十時とか昼までとか書いている。

読者は『明暗』の中の結婚して間もない延子が、津田が出かけたあと寝直すところを思い出して貰いたい。漱石は決してその手紙ではそんなことを咎《とが》めているのではなくて、気持が悪いくらい優しく注意している。それから、頭の禿がひどくなるといけないから、日本髪は止すようにと鏡子にとっては苦笑を禁じ得ないようなことをいってやっている。

そういうような手紙に対して鏡子の返事はそっけなかったり、生れてくる子供のことを心配して様子をきいてやったのに、その返事がなかなか来ない。漱石は、前に早起きをするようにといって何時に起きているのか、ときいたら、お前は九時とか十時とかいってきたのは、どうかと思いますよ、といった調子の優しい手紙であった。

鏡子にしてみると、生活が大変でそれどころではないと思っていた。金が足りなければ、お父さんから借りておいてくれ、といっているが、鏡子の実家は食うのにやっとという状態になっていた（『漱石の思い出』）。

あきらかに漱石の方は、一種愛情の飢餓状況にあった。語学力の不足とか、生活が惨めだというようなことよりも、日本の家を離れて異郷にあるとき、既婚の男は妻のことを、まるで抱擁するように恋い慕うものであって、これは日本にいる妻の方よりは、もっと強烈な感情である。

私の考えでは、夫婦の間柄が愛情の交換が優しく行われていない場合ほど、夫はこういった表現をするようである。それにもう一つ、鏡子という人は、年齢は夫より十歳も若いが前にも述べたように女親分ふうのところがあった。ある点では頼み甲斐があるが、こまやかな愛情のやりとりがめんどうくさい人であろう。そこに何か十分に愛情をあたえきれない母親といったかんじがある。こうした妻に対してだからこそ、一層漱石はああした手紙を書いたのではないか。故郷の妻は、母なる国といったものに近いかんじになってきていたともいえようか。

漱石が食物を節約して本を買った。そうしていかに読みあさっても、遂に限度があることだから、こっちは日本人という立場で、文学というものを、心理と哲学から分析して見ようと思い立った。化学者池田菊苗がベルリンからやってきて同居したことがきっかけとなったが、その下地は、学生時代、松山、熊本時代からあった。その後一層本を読み出したが、あたまがおかしくなった。

ある日、下宿の女主人が漱石の部屋をのぞいてみると、暗い部屋の中で、この東洋の黄色い人はしくしく泣いていた。漱石の文部省への報告書が白紙だった。文部省の好みにあった報告はできないからというのが、彼の本心である。頭の状態もおかしかったが、いかに思いあぐねていたかの証拠である。彼は一方下宿の人にすすめられて神経衰弱をいやすために自転車に乗ることを習った。彼は発狂したと伝えられ、鏡子の耳にも入っていたので、鏡子も手紙の書きようがなかった。

外国の真っ只中で自分本位の立場をつかむのだと思い、それをさぐるということは、私の経験では、多少とも頭が変になることである。愛国心と直接かんけいなく、誰しも外国では、自分を日本人ぜんたいの代表と思わせられるものだが、しかし漱石の場合の自負心というもの、寄せられた期待などは、今とは違う。彼は英文科のほとんど最初の卒業生であり、自信もあった。既に三十四、五歳になっていた。自分がイギリス人に頭を下げるということは、日本が頭を下げるということであった。だが、自分が本当に分っていることというのが、そもそも日本人であることがもとになっているとすれば、自分の意見は相手にとっては、虚空に拳を振りまわしているようなものである。

おそらく彼が英国では、林原耕三のいうあのシャイネスを見せていたのである。そのシャイネスは、一つ間違えば辛辣《しんらつ》な言葉となって表現されるものであろう。イギリス人という相手は、現地の外国人であるが故に、日本人には、一種純粋無雑なものの形をとってうつるからである。これは須永の眼にうつる千代子と似ている。妻の鏡子もまた同じだと本当につきつめて思いはじめるのは、たぶん帰国してからのことであろうか。

漱石の鏡子への手紙は、結果的にひとりよがりの感情を吐き出した感があったことはまちがいなかった。漱石は丸二年外国で暮し、明治三十六年の一月矢来の中根家の離れに入ってきた。彼が出発のさい、俳句を書きのこしておいた短冊が、今も床の間の横にかけてあった。

秋風の一人を吹くや海の上

というのである。彼はこの短冊をとると、いきなり破いてしまった。鏡子はなぜそんなことをしたんでしょう、と思った。やっぱり、この人、気がふれていると思ったかもしれない。しかし、その理由はあきらかである。

だが、夫人はこういうときの漱石の気持をくみとるには不向きでもあった。そのとき留守宅の荒れ様は甚だしく、先ず畳はボロボロ、障子はビリビリに破れ、フトンは綿がはみ出していた。そういうものを整える余裕も金もなかったというのである。

漱石は千駄木町に移り、留学中よりやめるつもりでいた五高の職を辞して、第一高等学校と帝大講師を兼任した。合わせて年俸千五百円であった（松山中では月給八十円、五高では百円であった）。私が昭和十六年に中学の教師になったとき、九十円であったのを考えると決して少ないとはいえないが、丸善から本を買込むせいもあって、翌年には月給三十円で明大の講師も勤めた。東大の講義は、イギリスで勉強した「文学論」だった。

このときには鏡子はそうと知らせず漱石を医者に見させ、精神病の一種らしいということにもなっていた。漱石は妻に当り子供に当り女中を追出し、そのうち彼は、妊娠してツワリで苦しんでいる鏡子に向ってしきりに、お前、里へ帰れ、といいだしたのである。

二カ月後、漱石の兄がとりなした。漱石は、

「つまり両方で神経衰弱なんだ。帰りたいというんなら、そんなら帰ってくるがいい。が、大体中根の家では子供を甘やかせて我儘に育て過ぎる」

というようなことをいった。兄は、

「お前自分の女房のことだから、自分で教育したらいいじゃないか」

というぐあいだった。鏡子が、三女の栄子が生れてから寝ていると、屏風のそばへきて、

「お前はここの家にいるのはいやなのだが、おれをいらいらさせるために頑張っているんだろう」

といったりした。ある日は、女中に、

「奥さんのところへ持って行って、これで沢山小刀細工をなさいって、そういいなさい」

といって、錆ついた小刀を渡した。そのうち、彼は妻に財布をもたせなくなり、自分が全部月末にまとめて払ってやるといいだした。それやこれやの末、鏡子の父のところへ引取るようにいってやったりした。

『道草』では、塩原の問題を底辺において夫婦が互いに相手の気持が分りあえず、夫は「お前なんかにおれの考えが分るか」といえば、妻は「どうせ私は馬鹿ですよ」というふうにして泥沼からなかなか出られないくせに、子供はうんで行くことを書いているが、一見して分ることは、結婚した場合の須永と千代子みたいだということである。漱石は何を考えてあがいていたのだろうか。

いったい、この鏡子の「思い出」を読むと、彼が自分をいらいらさせる細君や子供を出て行かせて、そうして一人になりたいと思っている、ということだけは確かだ。また金のことにひどくこだわっている。子供、女中、妻、こういった身近なものに当り散らしている。この頃、彼は文学一本で身を立てようかどうか迷っていたともいわれている。そうと

すれば、妻と子供と金とのしがらみの家庭というものから離れたい。離れたいが行くところはない。思うようにならぬ細君は元の古巣へもどるがいいとも思ったかもしれない。いや自分が家族を幸福にすることが出来ないかもしれないから、自分のところから去ってくれるがいい。この二つのものが彼の中でとぐろを巻いていたのかもしれない。それは秋聲が、細君に出て行けといったのと、不思議によく似ている。

　あのとき秋聲は妻子をかかえ筆で立って行くことが不安でならなかった。漱石が狂ったのは、このことが原因だというわけではない。狂ってきたから思いつめたのかもしれない。だが、狂ったときに、ひとは心の底にあるものを本当に出すということも、彼には分っていなかったわけではない。いずれにせよ、漱石は作品では、彼に似た人物の中から、誰にもハッキリ分る理由によって悩んで「神経衰弱」になるような小説しか書かなかった。

　ついでにふれておくと、私の考えでは夫婦というものは、たとえば短冊をひきさいたような行動を一つとったということだけで（それが思いつめた根の深そうなものがあるとすると）、妻は調子が狂い、夫の顔色をうかがい、双方がおかしくなり、ノイローゼにもなるものである。鏡子は、漱石が「神経衰弱」になりかかるときは、きまって顔が赤くほてってきた、といっているが、漱石自身が第三回目の発病のさいに、妻が赤い顔をしている、と書いている。

《大正三年十〔一〕月八日（日）
妻は赤い顔をして引き下がった。下女に頭へ濡手拭を載せてもらって仰向けに寝ていた。それから按摩をした。元来妻は毎日のように按摩をする。聞けば肩がこるのだそうだが》（『日記及断片』）

互いに事実そうだったのか、あるいはどちらかが口に出して、「顔が赤くなってきたから危ない」といったことがこうした言葉を導いたのかもしれない。どっちにしても、「二人とも神経衰弱なのだ」と漱石がいったというのは、妻に対する思いやりと考えるよりは、事実そのものをいったとか、あるいは二人を神経衰弱にさせるものは、いったい何ものだろうか、という彼の問いをも含んでいると考えられる。

《あたまの工合がよくなりかけると、段々怒る度合が少なくなって、ただ黙って人の様子をうかがってるのです。私たちにはすぐそれが分るのですが、自分ではあたまがなおりかけて来たとは思わずに、反対にあいつ近頃はおとなしそうな顔をして、飴を食わせているなと、それで気をゆるさずに警戒しながら眺めている様子です。しかしよくなったとは申せ、ほんの一時小康を得たという程度で、（明治）三十七八九と続いて、一進一退の状態でしたが、本当によくなったと思ったのは、四十年に今の早稲田の家に越してからで、それから大正二年迄は、まずまず出ないといってよかったでありましょう。その間にあたまの代りに胃を悪くしてしまいまして、それがとうとう死病になってしまったのでございます。》（『漱石の思い出』）

漱石の作品活動はこれから十年間にわたって休むことなく一歩一歩と積みあげて行われ、前述したように断簡零墨《だんかんれいぼく》に至るまで問題にされたり読まれようとしたりするのは、大きな理由の一つは、その教養的性質のためである。知識人の生き方をとことんまで追求して行き核心をついているのと、文章のうまさと、それから明快であるのと今の日本人にも通じるところがあるのと、それがあまり借り物でなかったからである。そのためにどのくらい考え続けていたか、どのくらい大変なことであったか、想像に余りある。日本人のあり方をどう表現するか、ということをとにかく作品化したのは、明治以来、彼をおいてない、とさえ考えられているくらいだからである。

『吾輩は猫である』や『草枕』が漱石の生地を一番出したものである。しかし小説らしい小説は、教師をやめて朝日新聞へ入ってから本腰を入れはじめ、読者や人間の心理のことを勉強しはじめた。こんなふうに気をつかわなかったら、かえっていいものを残したかもしれないと白鳥はいっている（「夏目漱石論」正宗白鳥全集6）。事実外国の小説は、参考になるものは参考にしながら、とるべきものはとり勉強しに行ったのは当然のことで、近代小説は、漱石の書く一作一作によってはじめて日本に現われたといっても許されるだろう。文壇からは馬琴の現代版だと悪口をいわれたが大評判をとった、美文調のドラマチックな『虞美人草』、ストレイ・シィップという言葉をはやらせた、大学生と都会の女子学生との話になるともう美文調ではない。

私が前に扱った秋聲あたりだと、人生や女は描かれているという感じがするが、人間の在り方の問題、つまりいわゆる倫理というものはない。それがハッキリと漱石の思想をもった人物を中心に展開する『それから』（明治四十二年）、続いて『門』といったぐあいに新聞に連載してきたとき、転地療養さきの修善寺の菊屋旅館で吐血し、人事不省に陥った。

漱石山房には弟子が集まるようになっていた。この頃は、草平にいわせると先生は、家庭というよりは、われわれとつきあったといっている。この頃彼は多くのものを弟子にあたえたが、弟子からとるものの方が多かった。表向き小説材料としては貧弱な実生活の中で、彼は大学生や、大学を出たばかりのエリートたちとのサロンを通じて若い者の考えていることや、その恋愛などを知ったらしい。彼らは熱心な読者の代表でありまた一流の評者でもあった。今では考えられない不思議なサロンであった。

草平が『煤煙』の朋子、つまり都会の進歩女子学生雷鳥《らいちょう》とつきあったとき、田舎者の草平はちょうど漱石先生とつきあうような新鮮な昂奮をおぼえていた。ところが禅にこっていたりした雷鳥は、『草枕』の那美さんのような口をきいたばかりか、漱石のスウィフト論の中の「氷の中で火のように燃える」人だというスウィフト論にそっくりのことを自分にあてはめてそれを口にしたり書いたりしたのであった。このことは草平も恋愛しながら不思議であった。なぜなら、漱石の『文学評論』は未だ出版されていなかったし、事実雷鳥自身も、このスウィフト論も知らないという。この二人の塩原の雪の峠の心中未遂事件に至る二人のやりとりも、恋愛というより、文学的芝居だと断定、気性のつよい女というより、ただ女ふうの女だ、といいきっていた漱石は自分が書いて見せようという気も手伝って『三四郎』の中で美禰子として書いた。草平は、あの程度のものでは私の書きたかった女ではないといった。そして先生は、もっと深みのある、常識をこえたものを書くべきだ、といった。

　草平にいわせれば、次第に漱石はそうなった。その証拠に「須永の話」とか『行人』『心』を書かれたではないか、と述べている。草平のいう、人間の中にひそんでいる狂気が作品に出てきたのだ、という（『漱石先生と私』）。このことについては、くわしく述べなければならないが、先生の方は筋を通して展開して見せ草平のようにべったりくっついてそこのあやしげなところを描くというのとは異なっていた。狂気は整理されて因果関係が納得されるようになっていた。草平は因果関係がよく分らないところを書き、本当は本人もそこに興味を抱き深味と考えていた。

　こういうことはあったが、漱石は確かに弟子たちに迷惑がかからぬようにモデルを作ったり、刺戟をうけたりして、そこに鏡子のイメージが重なり、昔日の井上眼科の女とのことや、嫂と弟との友情や恋情が、母の愛を十分に受けなかった恨みのようなものの吹きあげてくる冷たい熱気にあおられながら、漱石の書く女は肉体と肉声をもって成長してきた。

　私たちは明治以来たえず西洋に追いつこうとしてきた。しかし自分本位にならなければ、自分を失い、存在が危うくなる。こういうことは馬鹿でも何でも、多少とも外国と日本とのあり方を身を以って経験した人にはすぐ分ることだ。ところがこれをおしつめて自分本位に立とうとすると、たとえば家庭の中では、男女の間では、忽ち「愛」を疑われる結果になる。夫婦の愛はキリスト教では契約である。この契約の部分を、空白のまま開化されてきた男女は、どんなふうにしたら、愛の表現が可能なのか。漱石山房のエリートどうしの間の友情というものとはワケが違う。

　こういう点からいうと、大学も、文部省も、文壇も、その「神経衰弱」も手伝って自己本位のむずかしさを痛感していた漱石にはノンキに見えて仕方がなかったし、自分のしていることに対する相応の誇りがあった。それに自分の庇護の下に大きな顔をしはじめた弟子どもが時に腹立たしくもあった。強硬に博士号を辞退しつづけた。優秀な作家を見つけてきて、朝日に書かせた。これがほとんど傑作ばかりだった。にも拘らずこの頃からまた孤独は激しくなり出したといわれている。

　漱石は修善寺でたおれたあと、一年間小説を書かなかった代りに関西を講演してまわり、大阪で胃をわるくして入院した。帰京後は痔の手術をしている。五女ひな子をなくした。一年ぶりで『彼岸過迄』の連載がはじまると、また胃を悪くし、痔の再手術をしたりしたが、休む間もなく『行人』を書きだした。一年に一つは長篇を発表するのが、約束であった。翌年の大正二年に入ると、神経系統の病気と胃潰瘍とが重なり、最悪の状態になって執筆を中断せざるを得なくなった。新聞小説を休むということは、並大抵の事情ではなかったわけである。

私は漱石の小説は中学を出て浪人中に『門』を読み、高等学校へ入ってから『行人』を読んだ。この二つの小説の印象は深かったが、一郎の妻の直子と義弟の次郎とが和歌山へ泊るところは忘れられなかった。一郎は妻と弟との間を疑って弟に二人で一夜を過してこいといってきかない。直子はそれを知って黙って出かける。ためされたこの二人の状況ほど狂気じみたものはないが、この夜停電した宿での直子の態度にはおそるべき真実味がある。初期のロマンチックで物凄さのある、『幻影の盾』にある不倫の恋、女の恐ろしさ、といったものが、つややかさといっしょに顔をのぞかせているが、ここにはたとえ想像にせよ、深淵をのぞいた人にしか書けないものがあることは否めない。

その頃彼は、「神経衰弱」の絶頂にあったのである。にも拘らず書かれている部分について作品が乱れることのないのは、この「神経衰弱」というのは、そういう性質のものなのかもしれない。このことについては前述した。

『行人』は、次郎の話からはじまって病気をして友人を大阪で見舞うところから、兄夫婦や母親がやってきて和歌山へ出かけることになる。和歌山のことがあったあと、一郎は神経衰弱が昂じてHという友人と旅に出て、Hの報告文で終る筋になっている。これは漱石がすぐ前に講演してまわったところが舞台となっているのが興味ぶかい。

彼は関西で五つの講演をした。その一つ、和歌山では「現代日本の開化」という講演をした。この中で彼は外発的に西洋の文化をとり入れ、内発的な日本本来のものとまぜ合わせて、早く西洋に追いつかなければならない。これを十年間ぐらいでやってしまおうとすれば、どうしたって神経衰弱にならざるを得ない、といい、つづいて、さてそれならどうしたらいいかということになると、この私もよく分らない。ぼつぼつやるより仕方がないといったところですね、というふうに終えている。

漱石は和歌の浦の富士屋に泊った夜（明治四十四年八月十五日）、翌年書いた『行人』の中の直子や次郎と同じように暴風雨にあっている。兄の一郎は漱石に近い人物である。その一郎に強要されて二人が泊る宿へ、漱石が講演の日に泊っていたのである。また彼は、次郎の友人が入院していたことになる病院へ、自分が入院してしまっていたのである。その友人三沢が語る狂女の話があるが、この狂女は、漱石の親類の娘さんの話であるらしい。そのほかデティルの中には、彼は身辺のことを多くつかっており、一郎がHと旅に出るように、漱石も友人と旅に出ている（講演旅行中は頭の方はさしてひどいぐあいではなかったであろう。尤もひどい最中でも彼は講演もし、小説も書いている。たとえば学習院で行なった「私の個人主義」（大正三年十一月二十五日）という講演は、漱石が親戚の葬式に乗る馬車のことで、激しく、恨みがましく妻を呪って読むに堪えないようなことを日記に書きつらねた頃である）。

だが、「神経衰弱」にもならざるを得ないと講演を結んだ和歌の浦での一夜が、一郎とお直のお互いに入りこんで行けない、不毛な「愛」に起因する神経衰弱の、極端なあらわれとしての一夜となったことは、暗示に富んでいるように思えてならない。

私はこんな空想をする。弟子たちと、たまに書斎に入ってきた妻とのやりとりを、彼の好物であった落花生をつまみながら、優しく鋭い油断のならない視線を向けながら、きいている漱石。若い者と別の部屋で話をしたり、いそいそと出かけて行ったりする妻。あるとき吉原見物から帰ってきた小宮と鏡子に「人の細君を勝手に引廻して……」といった漱石の苦々しい顔。（このとき、漱石は、決して冗談めかしていっていたわけではなかった）。

ロンドンの下宿へこもってしまったように、書斎にこもって、胃袋という厄介な生物さえもかかえこんで、ときどき画をかいたり漢詩をつくっていた漱石……。

そのうち長女をめぐって、小宮とか、岡田（林原）とかの問題が起きてきた。こういうことが、『心』を書かせるために役立ってきた……。

永遠に妻に真実を打明けずに自殺する先生に自分の身をあてはめた。登場人物の中には、漱石の昔の友人の中に似た性格のものがいたというが、二人の男が下宿している様子は漱石山房の経験も大きかろう。先生の遺書をうけとる青年は小宮が似ているという。

それはそれとして、この小説を支えているのは、真実は妻に打明けない、といった先生の生き方である。せっぱつまったギリギリのところで、妻に対してとる方法はこれしかないし、妻を生かすことはこのことだし、「愛」というかたちで生かすべきだ、という考えがそこに認められるのである。

このあと自伝ふうの小説『道草』において、「愛」の在り方の難しさをもう一度きわめるようにしたあと、つづいて『明暗』に至って、平凡なサラリーマン夫婦を扱って、愛の問題をときあかそうとして彼は中途でたおれた。

まだ息のあるうちに、鏡子が写真をとるといいだし、フラッシュの音がするというので弟子たちが気をもんだ。これは一種のおまじないだった。写真をとると回復するというわけだ。草平がいいだしてデス・マスクをとった。弟子たちの中では先生を失って、もうどうしていいか分らないといって嗚咽するものがあった。何と幸福な連中だったろう。

帝大で解剖し、脳をとり出した。これは鏡子のいい出したことだが、夫の「神経衰弱」になやまされた夫人は、夫の脳に異常がないか調べて貰いたいというつもりであった。

亡くなったのは大正五年十二月九日。十年間たゆまず書きつづけ、その作品がすべて問題になっているとは、とにかく驚くべきことである。

美貌の妻／森鷗外

この前、夏目漱石のことを書いたあと、用事があって北海道の小樽へはじめて行った。その足で羊蹄《ようてい》山麓の京極町の米穀・雑貨商、浅岡貞雄氏宅を訪れた。翌日、ギックリ腰になり、腰を空中に吊るようにして車で札幌まできた。ハイヤーの運転手は札幌までの遠出なので遠足のつもりで男の子を助手席に乗せているのが印象的だった。

浅岡貞雄氏は、浅岡仁三郎氏の四男で、長女のヒサが、愚妻（？）の母である。私が漱石のことを俄《にわか》勉強していたとき、何かの拍子に愚妻が祖父のところへ漱石が徴兵をのがれるために送籍したことがあるとかきいたことがあるといった。仁三郎というのなら、そうだよ、というと、そうだ、ということだ。丸谷才一君などは、最近の文章（「展望」昭和四十四年六月号「徴兵忌避者としての夏目漱石」）で、漱石の松山行も熊本行も、その後の精神生活も、この徴兵のがれの罪悪感と関係があるのではないか、といっているが、私には首肯しがたい。戦時中徴兵延期というものがあったが、これだって同じようなものだ。漱石も大して転籍の件を悩んだとは思われない。さて北海道の新聞にのった送籍についての記事の切抜を貞雄氏に見せて貰ったが、それにはこう書いてある。

「知人三井鉱山、岩雄登硫黄鉱業所長（事務所岩内町）の松小路という人に頼んで当時御用商人だった仁三郎方に、分家転属したと思われる」

　漱石と松小路とがどういう関係だったか分らないが、こんなことを書いておけば、誰か物好きな人が智恵をつけてくれるだろう。

　さて森鷗外となると、私は漱石と較べて入って行くことがいくぶん難しい。早い話が晩年の史伝、傑作『渋江《しぶえ》抽斎《ちゅうさい》』のようなものにしても、一偉容ではあるが、乱暴ないい方をすると、私とは直接かんけいのない世界で、読み通すのは、いささか面倒である。それはちょっと秋聲の『縮図』の場合と似ている。

　史伝小説の前の歴史小説、その前の私小説、ずうっと初期の『舞姫』などロマンチックなドイツを舞台にした三つの短篇、原作よりもいいといわれた、和漢洋の文章の粋を集めた沢山のホンヤク、新体詩を創った人、「三田文学」や「スバル」のあと押しをし、たえず寄稿した人。自然主義に反対し、やがて一種の自然主義に行った人。ほとんど感情が入っていないように見える日記を書き続けた人。一種の啓蒙家。その私小説にはたえず意見が入っている人。いや、歴史小説もそうである。たとえば、『高瀬舟』がそうだ。沢山の雑文、論文。性慾から、兵食についての啓蒙的論文。男色を小説に書いた人。

それからスッタモンダがあったが、軍医総監になった大事務屋。政治、文学、医学の時事問題について、ただちに意見をのべたり、作品化したりした人。それに漱石と違って子供から慕われ、娘たちから恋人のように思い出される、微笑をうかべた優しい父。博愛主義者だから、私には物足りなかった、と妻のしげにいわれた男。後年、妻に源氏物語を説いてやった夫。こういう人は、多忙さを含めて、いわゆる大小説家になるためには、想像力に欠けたばかりでなく、想像力を育てる機会を失うであろう。つまり、大ジャーナリストなのである、という意見が出てくる（例えば渋川驍『森鷗外』筑摩叢書25）。私は賛成である。この人、いくら書いても書いても、どういうものか、自分のもっているもの、人の中にあるものの全部を作品に書き現わすことは出来ないと思ったに違いない。意見が主になりすぎているからである。そういう彼は、自分と似たものをなるべくみんなもっているような過去の歴史上の人物に出あうと、それを描くのに情熱をもやした。

そして最後に、不思議な遺言書をのこし、「馬鹿らしい」といって死に、その病名は、その父親と同じ萎縮腎《いしゅくじん》だというのに、実は老人結核でもあったということが、あとで明るみに出たりした。いったい家人は、妻のしげ女はその病気を知っていたのだろうか。もし知らぬとしたら、これは何ということになるか。

以上が鷗外の輪廓である。反対意見もあることも承知のうえで一先ずこうしておこう。

鷗外に未完の長篇『灰燼』（明治四十四年、五十歳）というのがある。鷗外は十歳で島根県の津和野から上京し、親戚でもあり、陸軍の要職にあった西周《にしあまね》という人の家に寄宿してドイツ語の勉強をしたりし、その後医学を学ぶが、この小説では、あきらかに西の家らしきところにいた二十歳ぐらいの節蔵の話というのが出てくる。この男は、小説の始まる現在の時点では二十九歳になっているが、もともと田舎にいた少年の頃には、笛を上手にふく友人がいると、不意にその前で笛をとって二つに折ってしまったことがある。学校では反抗的な答えをして、じっと教師の顔を見ている。それが日によって、何の動機もなしにそんなようになる。

節蔵はその後、反抗的であることから、こんどは、相手を気の毒な男だ、と思うようになり、そうすると周囲の人達も自分を尊敬するようになった、という。これが二十歳の男というのは、少しおかしくて、これを書いた五十歳の鷗外の心境が入っていると考えた方がよいのであって、そうすると、これはまことに不思議な小説ということになる。とにかく節蔵は、女から男に性転換を行なった少年が、自分の厄介になっている谷田の家のお嬢さんに話しかけるのを（この少年ピストルをもっている）追い払ってやり評判をよくするのである。この節蔵は小説家志望となり、何があったか知らぬが、お種さんという女学生のお嬢さんに何かの打撃をあたえ、自分は谷田家を出なければならないことになる。小説は九年後、谷田の葬儀場で、お種に出会うと、お種は燃えるような怒りの眼を向けるのである。何故お種に恨みを買わなければならないのか、未完のこの小説では分らない。が、その美少年に興味をもち、その接近を許すことが原因となっているように見える。どうも不思議な小説である。

この小説のようなことが鷗外の若い頃にあったか、なかったかは全く分らないけれども、祖母と母とに育てられた我儘な男の子の、一種の欲求不満みたいなものは、この節蔵のようなぐあいであったらしい。そうとすると、美少年の話も満更の作り話とはいえぬかもしれない。

西氏の家にいる頃、小説本など読んで一年落第した鷗外は、二つ年上のお梅という女中を追いかけてからかったりし西氏を困らせたので、西氏は気に入っていたその女中に暇を出さざるを得なかった（座談会『明治文学史』岩波書店）。このお梅というのは、鷗外の頭から離れず、この女が縁となって鷗外というペンネームが出来たそうであるが、この由来については、鷗外自身は語らず、この名を使いたがらなかった。

この事件も、鷗外が女好きだったというようなことではなくて、母親のようなものを、その女の中に求めていたのであろう。そしてその種の愛の表現の仕方は、節蔵が教師に見せたような文字通りからかいの要素もあったのかもしれない。おそらく鷗外は、自分の中に、母を求める性の問題を感じとるようになったに違いなく、その過去の経験が、性転換の美少年との接近の連想を導いたのかもしれない。

『雁《がん》』という小説には、「窓の女」のお玉が登場する。鷗外は医学生の頃、散歩の途中あいさつをかわす岡田ほどではなく、ほとんど通りすがりに注目するだけであったらしい美しい女があった。通新町の古道具屋「秋貞」の娘である。いつも島田をゆっていた。もしや自分が話しかけるのを待っているのではないか、と彼は思った。

　この「秋貞」の女お玉は、あきらかに、あとで述べる「隠し妻」といわれる児玉せきの面影がかさなっているばかりか、しげまで入っているように思われる。それはそうとして、この見事な小説の中で、岡田が小鳥をねらう蛇を殺したり、大学生が池の雁を殺してしまう即物的な話は、高利貸から心の去ったお玉の心を知らず岡田が外国へ旅立つという、一種ムゴイ話とおのずから符合しているが、当時のエリートたちがまっしぐらに出世街道を進もうとする血祭りの儀式のようにも思われる。

　西氏の家にいる頃か、谷豊栄という鷗外の知人でもある巡査部長が品川楼の盛糸というオイランと心中した事件があった。谷氏はマジメな人であったから、鷗外は大ショックをうけ、感情にとらわれてはえらいことになる、自分は一家を立てて行く人間であるから、よほど気をつけなければいけない、というふうに反省したということである。鷗外の中にある屈折ある強い感情と、それを抑えなければいけない、という心がけ、という二つのものが、少年時代からあったことが分る。これがドイツ留学から、その後にわたって見られ、複雑にもつれて行くわけである。

「窓の女」はこの意味で、窓の中にあるだけでちょうど恰好の女として記憶の中にとどめるだけにしておいたが、留学中に知り合ったドイツの女のエリスは、鷗外が横浜に到着してから二週間たったとき神戸から訪ねてきた。だいたい二年後に書かれた『舞姫』のエリスをあたまにおけばよいらしい。鷗外は新しい自然派というべき医学を学び、浪漫主義系の文学、その流れを汲む哲学などを勉強し、将来要職につく軍人として高位の人たちの家にも出入りしたが、エリスに追いかけられるということにもなった。そもそも、仮面をかぶった優等生的な生活に見切りをつけて、大いに自分を伸ばしたいと思ったことが、こうした結果にもなったのである。

　エリスは平凡な女だ、と鷗外の妹などもいっているし（小金井喜美子著『兄の帰朝』筑摩書房、森鷗外別冊）、向うの女は、少し親切にするとどこまでもついてくるものだ、というようなことをいう友もいたが、森家では大騒ぎとなった。エリスは鷗外と同じ船で日本へきていたが、一先ず神戸で待機していたらしく、鷗外は故国に近づくにつれて障害が大きく立ちはだかり、途方にくれたものと見える。

　あとで書いた『舞姫』『うたかたの記』『文づかい』の三作はいずれも若い日本人留学生が、ドイツの女に親切にし、好意をもたれる話ばかりである。少なくとも好意をもたれたということを小説に書くことに彼の喜びがあり、彼の小説の願いもあった。彼自身が異国の女に好かれたいという願いがあり、したがってエリスとのことでも有頂天にもなっていたことがあるのも当然であろう。

神戸にエリスを置いてきたということを、彼は、家の中をとりしきっていた母の峯子にどのように話しただろうか。エリスが現われるまで彼はどういう気持で過したか。その頃彼は、帰朝報告会などで多忙であったはずであるが、その報告会において、彼は上司にうかがってからでないと、何事もしゃべることは出来ぬ、といって、彼の話を期待している青年将校を失望させたという。そこに暗雲が低迷し、将来の官職の方面にも、家庭の内情の方面においても、二十六歳で帰国し、陸軍軍医学校教官となった彼の前に、何ごとかが起りそうに感じられる。

何週間かしてエリスは船の切符や旅費をもらって帰国していったが、鷗外は横浜で見送っただけで一度も会わず、弟や、妹の夫の小金井が代りに会っていた。見送った彼の眼に涙が光っていたというが、そのようなことがなくても、この事件は本人の彼には、複雑な感慨をのこしたに違いない。

エリスの立場はお玉のそれとどこか似ている。この事件で母峯子はあわて、息子にいい嫁をもたせようとして、翌年二十七歳で彼は海軍中将の娘赤松登志子と、父母のいうままに結婚し、上野花園町の赤松家の持家に住むようになる。

登志子には老女中がついてきた。そうして十二時頃に文学関係者が訪れてきて二時三時頃までいるようなことも珍しくなく、あるとき、駆出し記者をしていた内田魯庵《ろあん》が訪れたとき、「もう十二時でございますよ」と女中がいったのに対し、鷗外は「もう、とは何だ。十二時だといえばよい」といったという生活が続いた。登志子は夫の寝るまで待っているので朝は起きられない。睡眠時間が四時間ぐらいでいいという夫をもったのが不運というより仕方がないが、夫の方は昼間の勤めとの切換操作を行うためもあって宵のうちに一眠りしていたとすれば、登志子の方は迷惑千万である。おまけに、鷗外は二度めの妻しげが来てからそうであったように、母の給仕で食事をしたとすると、そのときには登志子はフトンの中にいたことになる。

翌年一月に『舞姫』、八月に『うたかたの記』を書いているが、早くも九月に於菟《おと》を産んだ登志子と別れている。鷗外はノイローゼになり、それを理由に峯子は赤松家へ頭を下げて涙を流して詫びに行った。ノイローゼとはだらしがない話ではないか、ここには何かがある。このところのことを考えると、私は晩年の作『渋江抽斎』の中の三人目の妻お徳と、抽斎の父のことが浮んでくる。

お徳は出来の悪い女房である。兄にほれこんでいたので、その妹なら、というので嫁にする。ところが、お徳は父の偏狭な性質をうけついでいて、アンチパチイを起した、とある（登志子が、お徳のようだったというのではない）。

克己を忘れたことのない抽斎は、徳を叱り懲らすことはなかったし、不快な色さえ見せなかった。結婚してから一年半ばかりの間、親近せずにいた。ところが弘前へ旅行に行ったあと江戸の徳からは長文の手紙がきて留守宅のことが細かに書いてある。それを数行読んで、これは自分の父が背後にいるのだと察する。父は日課に手習いさせ、日記をつけさせた。このことを察して、抽斎は手紙がくるごとに父のために泣いた。江戸へ帰ると徳に親しみ、徳は子供を三人産んで亡くなった。

私には大事な息子のために、白髪頭を下げている峯子と、この抽斎の父親とが重なって見える気がしてならないのである。徳を書くとき、鷗外は、果して登志子のことを頭においたか、二度めの妻、しげのことも念頭においていたかは分らない。それに徳は歴史上の動かすべからざる人物である。そういうことを承知の上でどうしてもお徳と登志子とを結びつけて考えたいのである。

登志子と結婚後何カ月もたたぬのにもう『舞姫』を書いた以上、鷗外の頭の中には異国の女エリスとのことがこびりついていた。それに格式の上の家からきた登志子に対して、彼が一種のこだわりをもっていたこともあり得ることである。

『舞姫』の主人公太田が気を失っている間に、エリスに別れ話が伝わり、太田が正気に戻ったときには、エリスは気が狂っていた。これは鷗外を除外してエリス帰国の手順がとられた次第と符合している。「ああ、相沢謙吉がごとき良友は世にまた得がたかるべし。されどわが脳裡に一点の彼を憎むこころ今日までも残れりけり」という恨みは峯子に向っての声だという説はもっともである。

　こういうところから『舞姫』一篇は、登志子と私はうまくやって行けませんよ、という宣言文でもあるという（平野謙『芸術と実生活』）、うがった考えも出てくる。登志子に因果を含ませるよりも、母に恨みの所在を訴えたことの方が強いとも思われ、いずれにしても、鷗外が「病気」になったというのは、屈服できるものか、という不服と、抑制しようという気持との二つの葛藤からきたフラストレーションではなかったか。ここで私どもは、鷗外の少年時代の素行を思い出さないわけには行かない。

　そうなると白髪頭を下げて赤松家で涙を流して詫びる峯子の胸の中は、相当に複雑であって、それをまた鷗外が心の中にしまいこまなかったはずはない。

　後にしげ子の小説『波瀾』（短篇集『あだ花』の中）の中で、妻に、あなたは優しいけれども冷淡で、もっと叱って下さった方がいいのです。前の方にもあなたはそうだったのですか、というようなことをいわれると、いや、あの頃は若かったので、よく物が分らなかった、とこたえているところが出ている。今ならああいうふうに要求過度にならずにすんだ、という意味だから、登志子よりも彼の方に、老女中につきまとわれたお嬢さまに、やり切れないものを感じたことを勘定にいれないわけには行かない。

鷗外はその後、日清戦争で台湾に赴いたり、父の死にあったり、近衛師団軍医部長兼、陸軍軍医学校長になったりした。小説こそ書かなかったが、ホンヤク評論など書き、既に文壇の神様であった。衛生評論も書いた。ところが明治三十二年、三十七歳になっていた鷗外に、十二師団軍医部長となって小倉へ左遷されるという事件が起った。これは当時医務局長の座にあった、年長で留学の時期も遅いがもともと成績もよかった同期生の小池の差金で、本務をおろそかにするというのであった。鷗外は一度は職を投げ出そうとしたが、友人同期の医者賀古《かこ》の助言で思いとどまった。在小倉中に発表した『即興詩人』の例言の中に彼はこう書いている。長いが引用する。

《此訳は明治二十五年九月十日稿を起し、三十四年一月十五日完成す。殆んど九星霜を経たり。然れども軍職の身に在るを以て、稿を属《しょく》するは、大抵夜間、若《もし》くは大祭日日曜日にして家に在り客に接せざる際に於てす。予は既に、歳月の久しき、嗜好の屢々変じ、文致の画一なり難きを憾《うら》み、又筆を擱くことの頻《しきり》にして、興に乗じて揮瀉《きせき》すること能わざるを惜みたりき。世或は予其職を曠《むな》しくして、縦《ほしいまま》に述作に耽ると謂う。冤《べん》も亦甚しきかな。》

たえず反駁文を書き続けた鷗外らしい一面であるが、直接小池に向っての怒りの発言にもなっているのである。小倉へきてから彼は、うっくつした日々を送ったが、女中や馬丁に米櫃《こめびつ》の米などをチョロマかされたりした。女中との仲を疑われそうになって女中を二人おくことにしたりした。鷗外の給料は当時、俸給、職務給あわせて年二千三百五十二円であった。その頃小諸の藤村は月給二十五円で、その十倍だ、と伊藤整はいっている（『日本文壇史』）。それでも、鷗外の東京の生活は、母、長男、弟、女中二人。月に百七十円から百五十円送っていたし、小倉でも八十円から百円かかるので、きゅうくつだった。

賀古がどういって思い止まらせたか知れないが、到底稿料では食わせて行くことが出来なかった。これが勤めをやめなかった理由の一つであることに間違いない。

小倉にあっても文壇を横に睨《にら》んで、稿料ぬきで意地悪な匿名批評をしたりしたし、関心は失わなかったが、『鷗外漁史とは誰ぞ』という自嘲的な気配も示した。彼はここで梵語《ぼんご》やフランス語を勉強しはじめ、師団長のすすめで、師団将校のためにクラウゼヴィッツ『戦論』の講義をした。これが数年後出版されると、山縣有朋に重用される機縁となった。

鷗外は四十歳になって、判事荒木博臣の長女しげを迎えた。

母峯子は一度結婚したことのあるしげと料亭であって、こんな美しい人にあったことがない、と絶讃した手紙をよこした。母も祖母も写真によると、なかなか美人である。二代にわたって養子を迎えた森家では、祖父が勝気な妻と可愛い娘のために優しい婿をというので、静男をえらんだというが、この娘峯子も、文芸好きのしっかりものの女で、長男林太郎によって家名をあげることは、一家の願望であった。しげはこの対面のさい、一度も笑わなかった。無口で正直者で、気の利《き》いたことがいえぬ性質のせいだろう。私は杏奴《あんぬ》の文章の中で（小堀杏奴編『妻への手紙』岩波新書、昭和十四年）、病院に入院中のおじいちゃんのところへ見舞いに行って、佐賀の「丸ボーロ」を貰ったと書かれたのを読んだときに、それでは荒木氏は佐賀の人だろう、と思った。

　佐賀の「丸ボーロ」は、私も佐賀に関係があるので印象ぶかく、そんなことを思い、そのさい、しげがその血をうけた色の黒い人ではないか、とか、なかなか直情の女性ではなかろうか、と想像していたが、私の想像は一応当っていたようである。しげ女は写真で見るかぎりいわゆる佐賀系の顔立ちではないようだ。しげ女の美貌については、まかりまちがえば毒婦にもなりかねぬかんじのする、いわゆるスゴ味のある美人で、おそらく小股のきれあがった人であった。

　それにしても、彼の小説などには、やたらに美女というものが登場する。『安井夫人』は、奇怪な風貌の息軒が美貌で賢い夫人をもつ話である。どうしてであろう、彼は自分の顔には自信がなかったらしい。美人好みで息子の於菟にも、年上でも何でも構わず美人をすすめて驚かしているが、於菟も自分と同様、美男子ではないので、美しい女房を貰ったら、きれいな子供が出来るだろう、と思ったせいかもしれぬ、と於菟はいっている。いかなるときでも、女性は美しく可愛くなくてはいけない、という考えを鷗外は作品の中で残している。

鷗外は生涯、軍服、解刀で十四貫五百だったというから、中肉中背である。大学のとき胸を悪くしたことがあり、食事は半つき米を主にした、だいたい菜食に近いもので、酒をのまず、甘いものを飯の上にのせて茶をかけて食べたりするのが好物で握飯二つとか、焼芋を昼食にしたという食事で、これには一家言あった。漢方でいう正食に近いもので、それならばこの食事はだいたい睡眠時間が少なくてすむし、頭脳も冴えるであろう。

彼は帰京してしげと結婚し、小倉へ連れて帰る。これより七年後の小倉の夫婦生活を語る、しげの小説『波瀾』には、新婚の夫婦が寝台車で出発し、京都で下車したりするときの親切な夫の姿が描かれる。結婚式ではじめて夫と顔を合わせたとき、夫が鋭い、きつい眼つきをしたので、妻はそのことがずうっと気になっていて、あとで尋ねるところがある。夫はああ、そんなことがあったか、といいながら、それなら、フランスの小説で美しい最愛の妻がほかの男に心をうつしてしまう小説を読んだばかりで、そのことを思い出したからだろう、と話してくれる。この頃のことはあとで述べるとして、たぶんこれに似たことがあったであろう。

私には想像の中で、鷗外の見せる微笑と、ときどき見せる鋭い眼と、それからおそらく時には気持の悪いような穏やかな応答の仕方とが、三つ巴《どもえ》になって廻転するのであるが、このこともいずれあとで述べようと思う。

美人妻だという評判の高いしげが千駄木町の鷗外邸にはじめて入るときのことであった。近所の人が一眼見ようと集まっていた。その中に電柱のかげにかくれて、一人の女性がじっと眺めていた。このことは於菟の耳に入り、たぶん鷗外の耳にも入った。

この女性は児玉せきといって、於菟によると、鷗外が小倉へうつる前につぎのような交際があった。

「千駄木町の家の近く、それは千駄木秋町で観潮楼の裏門の前を入った横町を左の方へ曲ったあたり」に住み、出入り産婆の口ききで、せきは「旦那様の仕立物をし」、「その入口は格子戸づくりの狭い家であるが小ぎれいに住んでいた」。峯子に「兄さん、もうずいぶんおせきさんの所へ行かないから気晴らしに行っておいでよ」といわれると、鷗外は、うん、うんというばかりだが、時には出かけて行った。といっても泊るわけではなく十時頃出かけて一、二時間するともどってきた。せきは「地味作りだったが、おとなしいきれいな人」であった。彼の留守にやってくると、針仕事を手伝ったり、隠居の話相手になり、台所仕事をしたり掃除をするときには、白金巾《かなきん》の前掛をし、手拭を襟《えり》にするか頭にかぶるかした。

於菟はせきと遊んだ。二人のうつった写真がのこっている。この写真によると、なるほどせきはなかなか美人である。於菟は、せきは『雁』のお玉とまったく関係がないというが、間接的には関係があろう。肉体関係はあったと思うが、あったはあったで、なければなかったで、せきは「旦那様」を慕っていないはずはない。電柱のかげから見ていたせきの姿は、岡田たちの姿を見送るお玉の姿でもあるはずだからである。峯子は、せきには子供が出来ないことを知ったうえで、こういう世話をした。せきはこの後は姿を見せなかった。急に思いついたから書いておくが、鷗外は、彼女という代りに彼と書いている（森於菟「鷗外の隠し妻」）。私はこれは、とてもいい表現だと思う。

小倉での新婚生活が始まると、最初のうちは時々散歩に連れて出たりしたが、偕行社であるパーティなどにも、よその夫人に同道を頼んだから、といって彼は妻だけをやった。「お前、××というのは好男子だから、浮気心を起してはいけないよ」というような、くすぐるような云い方をしている。二十三歳でもマジメなしげは、そういうことをいう時は、本当に自分を疑っている時ではないか、と思う。疑わないのなら、口に出していわなければよいが、と鷗外の心の内が、はかりかねる。また彼は妻には手がきたなくなるから、お前さんは女中任せで何もしなくてもいいんだよ、といったり、女というものは、愛される人のためには、色々な世話をしたいものだ、といったりしている。

雑誌「潮」の十月号だったかに、谷崎松子と森茉莉の対談があって、潤一郎や、鷗外のことを語りあっている組合せは面白いと思った。鷗外の作品の一つの系統を潤一郎がひいているということばかりではなく、潤一郎が松子夫人を神の座において、『春琴抄』のお琴と佐助を地で行くような生活をしていたということは、潤一郎の死後、松子夫人の書いた文章（『倚《い》松《しょう》庵《あん》の夢』）であきらかになった。潤一郎は夫人が欲しがる子供をおろさせたりしていることも、誰知らぬものもないくらいである。夫人が不満をいだいていたが、それをけっきょく無視した、その一種の非情さというものが、つまり潤一郎の作品を作ったのであるが、夫人にしてみると、あきらめきれぬ恨みが残り、それを潤一郎が知っていたということである。

鷗外にも潤一郎と同じく、美人好みがあり、作為《さくい》的なものがあった。それに潤一郎も鷗外も絶世の美人を手に入れたばかりでなく、本人たちは四十を過ぎていた。その年齢の差が永久にちぢまることがない、というようなことは、こういう立場の男にとっては、ありがたいことではないか。

鷗外が妻を人形扱いしていたわけではない。むしろ自分の要求がきびしくなり過ぎるのを恐れ、そうならないですむ自分が快く、せっかく手もとにある美しいものを、なるべく美しくしておこうというような気持であった。これは自分の手もとから美しいものが奪われまい、と抱きかかえているというのとは違うのである。よく一般に再婚者がその妻を大事にするように見えるのは、必ずしもその妻そのものを大事にしているというのではない。

明治三十七年に日露戦争が始まると、既に東京にもどっていた鷗外は、第二軍軍医部長として出征した。芝区明舟町の荒木邸にきていた妻のところへ手紙を書いたのが残っている。

こういう次第は、先ず『妻への手紙』（戦前の岩波新書）によくあらわれている。読者はこの手紙を読まれて漱石のロンドンから妻へあてた手紙と何かしらよく似たフンイキがあるのを感じられると思う。愛情をあたえてやりたいと願っている夫というもののお説教をまじえた奇妙なユーモアである。留守宅が心配だからお説教をするということもあるが、むしろ、それよりも、お説教の形を借りて愛情の表現を行なっている明治の夫というものの姿かもしれない。だが、若妻へあたえる距離をおいたいたわりというニオイが強いことはいうまでもない。

広島から出した第一信（明治三十七年三月二十九日付）は、

《手紙は昨日来たよ。今の内案じてくれて、段々に忘れるようではうれしくない。茉莉を大事にして待って居ておくれ……》

として、受信者の妻を「やんちゃのしげ子どの」とからかっている。

第三信（明治三十七年四月七日付）には、

《広島で遊興をするだろうなどというのは大間違いだ。此前に来て居た近衛が病人の半分は悪い病であったというので今度は上のものが手本になって取締まるのだ。》

という文句が見え、これには、発信者である自分のことを、「日蓮」と記している。日蓮と記したのは、これがこの年書かれた『日蓮上人辻説法』をしげ子が観に行った事を知らせたものに対する返信で『日蓮』の作者である鷗外と「手本になって取締る」と云うことをひっかけたザレである。

第五信には、

《わが跡をふみもとめても来むといふ遠妻あるを誰とかは寝む》

という歌を書き、お前も歌を書いてよこさないか、とすすめ、これには、受信者は「遠妻殿」とし発信者を「歌よみ」とし、ザレている。

これらの夫の手紙から、若妻がどのような手紙を出しているかが分るところに、期せざる面白味があるわけだが、ここには手紙の交換という形式によって、愛情の交換が理想的に行われている。書斎はともかくとして、閨房《けいぼう》と茶の間と玄関先における夫と妻の智、情、意の表現が、一層うまく適度に愛の妙薬にまぶされている。

第二五信には、

《十月九日と十二日とのお前さんの手紙がとどいた。向嶋においでだったそうだが茉莉をしっかり頼んでおく人さえあるなら気晴らしに出るが好いよ。同窓会なんぞというような処へもなる丈出るようにしてかわった人に逢うのは至極よろしい。内にばかり居てくだらない事ばかし考えて居るほどつまらないことはないのだ。○下田うた子さんの演説をきいて人を慰めるどころではないと云っておよこしのを見ておかしくてたまらないよ。そうお云いのところがお前さんの正直な処だ。人は自分の体の始末をつけてそれからよその人の事に手を出すのがあたりまえだから自分の始末のつくまではどうもならない筈なのだ。○お前さんも知っておいでの山根少将が云うのに人間には上等中等下等がある。自分のために人にめいわくをかけて居るのが下等でじぶん丈の事をよく始末して行くのが中等でじぶんの事を始末した上に人の世話をしてやるようになれば上等だと云って居た。なかなかうまいことを云ったものだ。しかしこの理くつからいうとお前さんなどはまだ随ぶん人にめいわくをかけて居る方だからこれから奮発してじぶん丈のしまつをよくして中等にならねばならない。人の世話をしたり国益をはかったりするという上等のしごとに手を出すどころではないのだ。おやおやお講釈をして居るうちに紙が一ぱいになりそうだ。こんどはこれでおしまいだ。あばよ。》

ここにあるような山根少将の言をもとにしての「講釈」は、それだけ取り出してみると一面にはいかにももっともらしい儒学的なひびきがあって、かえって俗物的に見えるかもしれない。それが、この手紙の中ではそうは見えないのは何故か。下田うた子の演説をきいて、私なんか人を慰めるどころか、自分のことで一杯で慰めてもらいたいほどです。ああいういい方はきらいです、という直情的なしげ子に同調しながら講釈すると見せて実は、慰めているわけだからである。

　そういうことは、手紙を受けとったしげ子にもそれは分ったであろうが、お前なんか、と馬鹿にされているようにもとれることはいうまでもない。この手紙を受取ったしげ子がどんな顔をして読むであろうか。もし眼前に夫がいたら、何をこの人はいっているのか、という顔をして、じっと夫の顔を眺めたことであろう。

　ところで、この十月二十四日に出した鷗外の手紙は、十月一日に鷗外の出した手紙をしげ子が読んで、九日か十二日かに書いて寄越したものに答えていることになる。それでは十月一日の手紙には何が書いてあったかというと、

　《九月十五日のおまえさんの手紙がとどいた。茉莉が海になれたそうだね。長谷さんが度々いくと見えるがあの人はずい分両方へよいかげんの事をいうからそのつもりで話をきくがよい……》

とはじまるものである。鷗外の次女、小堀杏奴の註によると、長谷さんとは鷗外の弟、篤次郎の妻の父のことで、出征中の鷗外に、しげ子が明舟町の長屋にいる下端役者と関係しているようなことを書き送った。それを読んでいた鷗外は、長谷さんには気をつけるがよい、といってやったのである。それを読んで、しげ子は長谷氏が何を書きおくったのか不審に思ったことも考えられる。

長谷氏が何をいったのか、自分でさぐりを入れたかもしれないし、大方想像がついて（ロクな噂話ではないくらいに分ったはずである）、すっかり不愉快になってしまったしげ子が、留守をしている妻というものの割の悪さをなげき、たまたま出かけて行ってきいた講演にかこつけて愚痴めいたことを書いてよこしたのかもしれない。だいたい、前述した通り、もっともらしい意見というのが、この女性はきらいであったらしい。それはかなり徹底したものに違いなくその気性がために最初の結婚もうまく行かなかったのかも分らない。くりかえすが、私はそこに佐賀県人の血が流れているのを感じるのである。

十月二十四日の鷗外の手紙には、とにかく以上のような事件や感情の起伏がかくされている。

杏奴の註では、鷗外は長谷氏のザンゲンの内容については帰国してから妻に話したというが、妻は夫の手紙から察していたかもしれないし、鷗外にはある程度妻が察しているということが、これまた分っていたかもしれない。『波瀾』というしげ子の小説では、夫の鋭い眼を不審に思い、あとになってそのナゾが解けるところで終る。若い美人の妻をもった夫の不安がポイントになっていることと思い合わせると、このときのしげ子の印象、つまり胸の中におさめておいて知らぬ顔をしている夫の心の不思議さの印象は、決して弱いものではなかったように思われる。

この後妻への手紙は続けられたが、手紙は、病身の茉莉のことに大部分使われている。『うた日記』としてまとまった陣中詠がはじまった。第二軍奥大将幕僚として各地を転戦、三十八年には、奉天大会戦に参加し、奉天残留ロシア赤十字社員護送問題に全権として尽力していた。

六月十九日、その会議に奉天へ出かけるところだ、と書いているが、その前九日には、海戦で手紙がとめられていたらしいと記し、写真のことを書いている。しげ子が結婚式の写真をとっていなかったので、このときになって花嫁写真をとったのだが、「うまく化けたでしょう」といってきたので、そのことにふれて心待ちにしている。そして六月十三日には、

《花よめぎみのお写真つつがなくお着きになって安心した》

と書き、

《一寸見れば威があってよく見れば愛敬があって何ともいえないいい花よめさんだよ。此写真を見るとおれのかみさんだなんぞというのはすこうし気の毒だがまあどうかした気まぐれで来たもんだから大まけにまけておれのところにいてもらうよ。さてそうきめて机の上にかざっておいて見ると一しょにいるような心持がしてお役の事やなんかで少しはいやな事があってもおこらないですむ。実は一しょにいるのよりいいかもしれない。写真なら喧嘩をしないから。……》

と続けられている。結婚後三年めの写真である。鷗外がこの写真を机のうえに飾ったり、しまいこんだりしているさまも浮ぶが、留守宅では、しげ子の実家と森家、とくに峯子との間にすっきりしないものがあり、いよいよ講和条約の間もない八月十日の手紙には、

《千駄木町や曙町や（小金井）南鞘町からたびたび人が来ればいろいろ気骨が折れることだろうとおもう》

と慰め、母のことを「気むづかしい」からといい、

《すべてだれにもやさしくしてあんまりだまってもおらずいいすぎもせぬというところでうまくやっておいておくれ》

そして自分がおればうまくやるのだが、いないのだからお前に頼むより仕方がないのだ、といっている。

しげ子が千駄木町へもどったのは翌三十九年夫が帰国してからである。それも故国の土をふんで二十日間ぐらいは、まだ手紙は明舟町へ出されているから、しばらくは実家を離れなかったと見える。鷗外は於菟と母のいる千駄木町と、しげ子のいる明舟町の両方へ手紙を出していたのだが、陣中詠に、

「二人子のすむ二家のいづれにかいなんと夢にまよひけるかな」

という歌をよんでいる。

彼は戦功によって爵位を期待していたが、あたえられなかった。小池は自ら男爵となった。小池は満州に視察にきて第二軍の戦功を低く評価した。このことは恨みとなって残らないわけには行かなかった。

三十九年一月頃から、於菟が里子にやられて同じ乳をのんで育った「明星」の平野万里《ひらのばんり》のすすめで新詩社の月例集会に出席しその後、戦争中その作品を投じ親交のあった、佐佐木信綱の「竹柏会」との接触、次に、根岸短歌会の「馬酔木《あしび》」の検討を行なった。そうし

て三十九年六月から山縣有朋を盟主にいただいて開かれていた、「常磐《ときわ》会」へ参加して意見をたしかめ、それまでの詩と短歌から新しい抒情詩の一体化を目ざして「観潮楼歌会」を発足させた。国風振興の野望であるが、鷗外はその後も常磐会にはドイツ留学時代から因縁のあった山縣との人間関係のために、多忙にもめげず椿山荘ばかりでなく小田原の別邸古稀《こき》庵にも出かけ、熱心に出席した。

　こうして四十年十一月、小池の後をうけて待望の陸軍軍医総監、陸軍省医務局長になったが、ムリヤリ小池を座から引きずりおろしたために、しこりを残すことになった。エリス事件のときにも、鷗外は山縣に話をしており『舞姫』の中にも、山縣に似た伯爵を登場させることにも承諾を得ていた、ということをつけ加えておいた方がよかろう。やがて石本次官との間に不隠な空気が流れはじめ、文学活動をもって身を立てようという気持が次第にきざしはじめた。

　翌四十一年、弟篤次郎の死につづいて次男の不律が百日咳で危篤になった。このとき安楽死させることを母、峯子が主張したことで鷗外はショックを受け、このことは母に対して今までと違った距離感をいだくようになったといわれており、この事件は、あとになって『高瀬舟』などに取扱われることになった。

　翌四十二年、木下、吉井によって「スバル」が創刊されると、私小説『半日』を書いて二月十五日渡した。これは、家庭の母と嫁との間の不和を扱ったもので、しげ子が亡くなるまで全集から省かれていたものである。原稿を手渡した九日後の日記には、「是日俸給を受け取り帰りて、これよりみづから会計を委すこととす」と記されている。『半日』においてはこうなっている。

　美人の妻は、文学博士の夫に母のことで不満である。母は会計を自らで取りしきっている。夫にいうと、お前がやるよりうまくやってくれるし、けっこうお前の好きなものが買えるじゃないか。自分でやってみたら、着物も買えないぞ、という。私は誰の妻ですか、お母さんと結婚したのでなくて、あなたの妻です、となじる。それで家を出るというと、実家で少し休養せよ、という。子供を連れて行くというと、それはまかりならん、という。

　だいたい食事のとき、給仕をするのは、母であり、そのために妻は、あとでひとりで食事をする。母が寝室をのぞきにくる、色きちがいかと訴える。そもそも、妻は、「おや、まだお湯が沸かないのかえ」という声をきくと、その癇走った声にやり切れない。「何しろ丙午《ひのえうま》だから」といったりする。妻は稽古事に通ったりする。が、芸人とつきあう程度のものだから、散歩した方がよい。何より根本の原因を解消しなくて何になる。この奥さんは、町を歩いて窓の内に飾ってあるものを見ても、只見ても面白いと思わぬ。「買わない位なら、見ない方が好いわ」と横を向く。

《一体おれの妻のような女が又と一人あるだろうか。性慾の対象が妙な方角にそれるのをPerverseだと言って、病的にする以上は、嫉妬の方角違になるのも、病的ではあるまいか。……（略）これもあらゆる値踏を踏み代える今の時代の特有の産物か知らんと、博士はこんな風なことを思っている。》

我々の今の常識からいうと、母が給仕するのも、財布を母がもつのも、おかしなことである。寝室をのぞきはしなくとものぞいた、と感じる妻の方に心理的必然があろう。たしかにこれは、漱石の描く女たちと同じように、新しい時代の女たちの姿であって、こうした家庭においては、妻は月を見て美しいとか、散歩して楽しいとか思う余裕はもちろんなく、買物をして、気分をはらしたり、稽古事に出て、シンキくさい空気からはなれたいと思うに決っている。いわば当り前のことである。

鷗外はこの小説の中で、本当に別れる気もない、となじっているが、自分の方は友人賀古と相談して、離縁をすすめられていたというから、その気にもなっていたはずで、そういう激しい妻への批難の言葉が出てくる所以《ゆえん》も理解できるのである。行きつくところへ行きついた感がある。

漱石は日記には、こういう激しい批難の言葉を妻にあびせているが、小説の中では、男女のエゴの問題に深く入りこんで、愛とは何か、と追究している。姑の問題が入ると、このようになるのか、それとも本質的に二人の間に相違があるのだろうか。母、峯子は文芸愛好家であり、『即興詩人』はこの人のために、わざわざ活字を大きくした、と、その例言の中でことわっている。まるで母に捧げられたも同然である。また峯子は日記をつけていた。『渋江抽斎』の最後の妻、六十にして英語を学びはじめる五百《いお》が鷗外の理想の妻であり、これには母のイメージが重なっている。しげ子はやりきれない。

　小堀杏奴『朽葉色のショール』の中で、偶然こんな文章を発見した。


《暖い微笑を浮かべながら、黙って少年を眺めていた父が、母に向ってその子が、父の小説『舞姫』の主人公で、ドイツ留学時代の父の恋人の面ざしにそっくりそのままだと語ったことを、大人になってから私は母に聞いた。

　知っている人々の顔の中で、その少年の面ざしに似通っている人をと、私は記憶の中を馳せめぐったが、それらしい人は浮かんでこない。それが今日、祖母、森峯子の正面向きの写真の顔に影像がぴったり重なった。そして父はドイツで意識せずその母の面ざしを求めていたのだと知った。》

　鷗外は『平日』のあとつづけて『魔睡』と『キタ・セクスアリス』を書いた。『魔睡』は妊娠中の妻が知人の医師に催眠術にかけられてイタズラをされたかもしれないことを妻の言葉から知り、妻には穏やかに、このことは秘密にしていなさい、といったあと、「糞！」と呟く話である。この「糞！」にはいかにもおかしいような面白さがあるが、こういうときには、「糞！」というより仕方がないものであって、実感がこもっている。ここには美しい多少ウカツな妻をもった遣場のないいまいましさが出ている。それに『キタ・セクスアリス』は誰も知っているように、自分の性生活のワイセツ感はないが類例のない思いきった記録である。『半日』が妻の怒りをかったのは前述の通りだが、『キタ・セクスアリス』の載った「スバル」は発禁の処分にあい、石本は「戒飭《かいちょく》」し、新聞に署名執筆を禁じた。鷗外はいう通りにした。それ以上の厳しいものであったら彼は職を投げうつつもりであったが、そうはならなかった。ここで、しげ子が軍医総監の妻であることを念頭において貰いたい。

　一方の妻しげ子は小説を書きはじめ「スバル」の十二月号に『波瀾』を載せた。鷗外がすすめたといわれ、鷗外が冗漫のところをカットし、真赤に朱を入れた。この小説は、鷗外ふうのものでとくに夫の言葉や心理は、いかにも鷗外の手が入っているように見える。しげ女は翌四十三年短篇小説集を出版した。

　こうしてみると、いかにも思い切りの悪い中途半端な生き方をしているみたいな、俗な人であるように見えるけれども、彼の官職は、彼に高給の保証をしたばかりでなく、実は生き甲斐のある、正にこの世の中の一面を示した世界であった。地位をめぐって人間の醜い確執の世界が魅力があるか、ないかは別として公的生活の中には、男の仕事としての生活そのものがあったし、彼等役職者の一挙手一投足によって世の中が動いて行くということは、いわばマトモな生活でないといえようか。彼は功賞において不満を齎《もたら》したとはいえ、日露戦争従軍一つとって見ても、時代の動きの真只中に参加しているという喜びが彼にあった。

　彼は公的生活から起る問題を、私的生活における問題と同じようにすぐさま筆にのせて世に問うということをした。一般の眼から見ると、自分の文章がもとで私生活、公生活の両面で彼は生き恥をかいたようなことになった。日露戦争後彗星《すいせい》の如くあらわれた漱石から刺戟をうけていた彼が、いよいよ自分のかぶっていた仮面をかなぐりすてて、文章で立とうと思い立ったとしても、その時仮面をかなぐりすてるとともに彼は生き甲斐を感じたことも重要である。ところが、彼は役所もやめなかったし、妻と別れもしなかった。それら二つの恩愛の巣に彼が愛情をかんじていなかったはずはないし、第一、何か生活があるとすれば、どうして止める必要があろうか。何となれば、公的にしろ、私的にしろ、そういうものこそこの世の生活というものではないか。合理の眼から見れば、どこへ行っても、免れることは出来やしない。さてこうなると彼は仮面をかなぐりすてて、なおかつ生きる道をさぐらなければならない。

『半日』を書いたあと、胸のウップンがはれたせいもあって、やはり財布は母からとりあげるべきだ、と思ったかもしれない。いったい鷗外は、母から取りあげて自分がもつことにした財布をその後どうしたのだろう。私の俄《にわか》勉強では、それはどこにも見つからないが、考えてみれば、夫がその気になってくれたというだけで、一応満足すべきものがあったのであろう。『半日』の中に扱われたよりは、この財布の一件は大きな、実に大きな問題である。

　後になるとしげ子に『源氏物語』を講釈してやっている。お前は風流を解しない、とうそぶくよりは、風流を解するようにしてやるべきだ、という簡単なこと、みっともないともいえるが小説を書かせること、ここには術策を弄する人間の弱点がさらけ出されるが、少なくともそうしたバカげたことをすることが、向う側に立って、向うの身になって感じることを学ばせた。――母から財布をとりあげたことも、『半日』を書いたことも、しげ子を怒らせたことも……すべて彼が学んで行ったプロセスである。彼にとっての発明、発見である。

　財布事件は四十二年のことであるが、四十三年には幸徳秋水事件が起った。多くのアナキストが断罪せられ、鷗外は山縣から意見をもとめられた。皇室を含めて歴史というものを絶対としてあるかのようにみなすより仕方がない、といった対話ふうのエッセイふう小説（『沈黙の塔』）を書いた。ここで彼は当今の全共闘の学生に対するような、破壊するだけで先のことを考えていない、ということを中の人物にいわせている。彼は山縣の手前そのようないい方をしなければならなかったが、釈然とせぬ思いをそのまま残すように、かきたいものをかくという画家の対話の形式をとっている。鷗外にしてはじめておかれた奇妙な困難な立場である（だからといって、職をすてる理由が根本的に一つもないのは前述の通りであるが）。山縣はこれから社会主義の研究をはじめ、鷗外は離れるわけには行かない。

鷗外が只中にあった歴史の中でスケールの大きいのは、乃木大将夫妻の殉死の事件である。まことに興味が尽きないのはあの西南戦争以来山縣と乃木は仲が悪い。退役中の乃木が起用されて第三軍司令官となったが、なかなか戦況おもわしくないので更迭の話がもちあがり、天皇のお言葉でそのまま続けさせることになった。山縣は激励の電報を打ったが、これが後ろから刃をつきつけるようなものであったといわれている。

乃木は二人の息子を失ったとき、鷗外は詩を作った（「乃木将軍」――『うた日記』の中）。息子がドイツ語の原書を読みたがっているが、どういう本がいいか、と問われたことがあったという。そればかりではない。鷗外が小倉へ転任するとき、先輩である乃木が新橋駅まで送りにきてくれたことがあった。この乃木の行動は鷗外の胸を打つものがあった。乃木にとっては日露戦争以来鷗外は忘れられぬ人であったので、カタミの品をもって訪ねてきた。それが別れのあいさつだと知ったのは、勿論自刃したあとのことである。

鷗外は乃木の事件のあった一週間後に水を得た魚の如く、『興津《おきつ》弥五右衛門の遺書』を書いた。最初の歴史小説であるが、あまり問題にされなかった。そっけない書き方のこの遺書が乃木だけではなく、鷗外の心さえも盛りこまれてあるということに思い及ぶことがむずかしかった。それに若い知識人は乃木の自刃を非難したから。

前にいったように、書いた二つの事件は、実にスケールが大きい。漱石が大分たって『心』の中で殉死にあやかって自殺する先生のことが出てくるのと比較されるが、漱石が乃木事件に対面したのと、鷗外のとは、そのスケールの大きさが違う。『心』の先生でも、漱石でもよいが、こういう一知識人の中に弾丸のように入りこんできたのとは違って、鷗外は歴史の只中にいたのである。これは彼が立身出世慾というより、族長としての責任感に後押しされその恥多きマットウな生活というものに生涯を捧げてきた恩恵であった。

ところで、このようなスケールの大きい事件群と併行して、活潑な文芸活動をしていた鷗外の家庭生活が営まれていたことが、まことに興味ぶかいのである。『雁』という小説は茉莉のいうように（森茉利『父の帽子』）、鷗外としては出来のよい作品である。鷗外その人のような知識人は出てこないけれども、鷗外の感性を十分に発揮した傑作である。この中にたとえば、こういう場面がある。

《そして丸髷の震動が次第に細かく刻むようになると同時に、どの子供にも十分の食料を供給した、大きい乳房が、懐炉を抱いたように水落の辺に押しつけられるのを末造は感じながら、『誰が言ったのだ。』と繰り返した。

『誰だって好いじゃありませんか。本当なんだから。』乳房の圧はいよいよ加わって来る。》

これは高利貸の男が美しいお玉を妾《めかけ》にもっていることが女房に分って、問いつめられるところである。ここに私どもは、鷗外その人が妻に文句をつけられている、妻の嫉妬にさいなまれている姿をかんじることが出来る。

この作品には感性の面で当時の鷗外のすべてをあらわしているが、その表現には漱石などが取り扱うはずもない、即物的な、自然主義作家たちに近いが、もっとそっけない特徴がうかがわれる。彼はこういう眼を向けて物を見、感じていたのであるが、こういうソッケなくて一種光沢のある文章は、やはり、外や内の大、小の危機を通ってきて、相手側に立って見るようにならなければおそらく出てはこなかっただろう、と思う。だが、歴史の真只中にあったこの作家が『雁』の世界にもっと沢山のものを入れて行くとして、そういう生々しいもの、『雁』の大学生が成長したときに直面するさまざまの、現代小説の御手本にはない、そしていかにも日本ふうな、そして材料としては、人を傷つけるかもしれない恨みがましい材料をどう『雁』のような世界に盛りこめるだろうか。

彼はいよいよ渾沌《こんとん》と、複雑になって行ったと思われる。こうして彼は堅固な実質感をもった過去の記録である歴史を頼りにして、歴史の中で生きている複雑な渾沌とした自分を掘り出したり、刻んだりしようとしはじめたのだろう、と思う。

鷗外のこの方面の仕事は明治末から大正十一年まで続き、新聞にも連載することが多くなったのであるが、そういうことは、ここで触れているわけには行かないので、大正五年三月に、母が亡くなったこと、つづいて陸軍軍医総監と、医務局長を退職したことをいわねばなるまい。『高瀬舟』『寒山拾得』の両名作を書き、思想的にはその集大成といわれる『渋江抽斎』の連載をはじめたところであった。

小島政二郎が、先生がせっかく退職されたのだから、こんどこそ漱石のように（漱石は大正五年に亡くなった）ゆっくりと腰をおちつけて小説らしい小説を書いてくれるものと思ったら、また（大正六年になって）帝室博物館長とか、図書頭《ずしょのかみ》になったりして、そこへ通いはじめたのに口惜しがっている（『森鷗外』筑摩、現代日本文学全集）。しかし本人はそういう多くの声を無視した。運動のためであり、資料の宝庫に出かけられることの楽しみもあったが、自分の資質の特徴を知っており、更に公の生活というものから離れたくなかったのであろう。正倉院拝観の特例をひらくようなこともした。

鷗外晩年の三つばかりの逸話は何を物語っているのか。

一つは、「アンヌコ」と鷗外が階段を降りようとするときだったかに、お母ちゃんが病気だから、音を立てるんじゃないよ。といったが、このとき、彼の病気の方がひどかった、という話。

友人の賀古鶴所《つるど》に向って自分の尿をしげ子に見せないでくれ、といい、「これは小生の小水には御座無く、妻の涙に御座候」といったとかいう話。いや、書いたのだったかもしれない（『晩年の父』岩波書店）。

これはイタワリのエピソードである。母が死に、自分が死んだあと、森家をどういうふうにやって行くか、彼は正直者で時々ウカツな愛すべき点もある妻をいとおしんだのかもしれない。あるいは母が死んでから六年しかたっていないことを、可哀相に思ったのかもしれない。

それから森於菟の書いている次のような話（『父親としての森鷗外』筑摩叢書）。

《ある時はそっと役所の出がけに私の家のくぐり戸をあけて顔だけ見せ、『博物館でお前のドイツ語の論文をすっかり直してあまりうれしかったので、つい日記に書いたら見られてしまった。おこっているから当分うちへ来るんじゃないよ』といってトボトボ出て行ったりした事があったが、こんな凄惨な父を見たことはないのであった。死床の父も額田博士のいった如く悟りすました哲人のように見られる時ばかりではなかったかも知れない。》

それから小島政二郎のあの話。あるとき博物館へ行く途中の坂で向うから地面に這うようにして登ってくる老人がいるので、誰かと思ったら先生だった。先生の脚はむくんでいた、という話。

おそらく妻のしげ子が止めるのもきかず、鷗外は動けなくなるまで博物館の坂を登りつづけたのだが、たぶん鷗外が「自分のいいようにさせとくれ、私は役者なのだから、自分のことは分るのだ」といったのに対して、しげ子は「あなたはよくっても、私が困るんです。それに死んで行くあなたはそれでいいかもしれませんが、あとに残った私の身になって下さい」というようなことをいったのではないか。

死ぬ数日前に彼がこの人だけには、何もかも打明けて相談してきた賀古と連名捺印の、遺言書を書いた。財産のことではない。その遺言書は別に早くから書いてあったのだから、葬式について、墓のことについてであった。お役所からきて葬式をやってくれるな、特別の栄典（爵位のことらしい）もいらない、石見の人、森林太郎として死ぬのだ、というのである。かなり激しい調子のものである。作品としてではなくて、実在の自分をタテにとっての批評と抗議であったことはまちがいない。彼の作品の人物のように死によってする抗議というものに、憑《っ》かれていたようにも見える。

女の伊達巻／有島武郎

この前、森鷗外のことを書いたときに、彼の『魚玄機』という作品にふれて、ある一つの話を述べておくべきだったので語っておくことにする。これは、有島武郎と関係のないことではないからである。

日露戦争に行く前に鷗外は、支那の芸妓でもあり道士でもあり、天才的詩人でもある美しい女、魚玄機のことを知り、佐佐木信綱に手紙に書いてやったりしている（明治三十七年二月十日付）が、戦争がはさまったりして、ウヤムヤになってしまった。その後、前にも紹介したことのある、草平の『煤煙』事件、というのが起った。つまり平塚明子（雷鳥）という東京生れの才女に、田舎者の草平が、新しい小説的人物とめぐりあったような気持になって恋を語りあい接吻したりするが、どうしても肉体的に一つになる機会が得られない。一方雷鳥のいうことは哲学的、禅的になり、食いちがいを埋めあおうとして、さぐりあううちにとうとう自殺して一つになろうと思ったらしい。塩原付近の雪のつもった峠で実行にとりかかり、不意に自殺の無意味さをさとった。この事件は新聞沙汰になった。

雷鳥は、昭和四十六年六月五日に亡くなった。没後出た自伝『元始、女性は太陽であった』によると、『煤煙』と同じようなことが書いてある。雷鳥は水道橋で草平と出会い甲武線で中野駅まで行き、西新井薬師付近の田舎道を歩き、夕方、九段に引返し洋食を食べ、電車で上野へ来て山を歩きまわり、草平が騎士が貴婦人にするように跪いて雷鳥の指をかんだりした。雷鳥はそのとき「本気でやって下さい。ウソはいやです。もっと本気になって！」と先生（草平）にとびかかったという。このあと二、三日して草平と待合へ行き、そこで草平に「ほんとはね、あなたがあの夜（上野公園の）大胆すぎたから試して見たかったのですよ」と、いわれたりする。

雷鳥と草平は最初のあいびきの折、歩いたり、電車に乗ったり長い一日であったわけだが、ついでにいっておくと、雪の尾花峠へのぼるとき、大きくて（甥の安藤氏の話によると六尺ぐらいだったらしい）肥っていた草平は、脚も身体も丈夫な雷鳥にひきずりあげられるようにしてついて行っている。前の晩、宿でぼくは若いときからの不摂生がたたって不能だから何もする気はないから心配いらない、ともいっている。雷鳥は草平が何のことをいっているか分らなかったと述べている。

鷗外は気鋭の才女の集まりである「青鞜《せいとう》」の後援をしていたが、その創始者である雷鳥が書いた文章の中に、思わず膝を叩きたくなるような個所を見出した。それはほかでもない。雷鳥が、『煤煙』事件のあった五、六年後にほかの男性を知り、それとの交際のうちに、女の春を知ったと記しているところである。女の方も、猫も杓子《しゃくし》も性のことを語る、あけっぴろげの近頃と違う。女性の解放を新鮮に叫んでいた彼女らの文章の中にとつぜん顔を見せた開眼の告白は、どれほど鷗外を喜ばせたか。少なくとも、鷗外という人は、そういう人であった。鷗外の『魚玄機』は原作にかなり忠実であるが、同時に雷鳥の開眼が刺戟となっている。一方『煤煙』事件が一つの刺戟となって、漱石は『三四郎』を書いていることは誰しも知っていることだ。

一人の新しい女性が、直接間接に男の作家に影響をあたえていることは、まことに興のつきぬところであるが、雷鳥より前に、いったん独歩の妻となったが、忽ち逃げ出した佐々城信子がいる。煤煙事件より十数年前のことだ。この信子を有島が知っていて後年『或る女』のモデルとなった。その有島は、『或る女』を大正八年に完成してから、四年たたぬ大正十二年に別の女性とではあるが、情死をしている。

そこへもう一人、有島が思わず接吻せざるを得なかった神近市子という女性がいる。神近は大杉栄がほかの女に心をうつしたといって、短刀でつき刺そうとして入獄することになり、有島との交情はその一年後（大正六年七月）のことであった。つい先だっての選挙で社会党の神近は引退しその地盤を、ほかの社会党の候補者にゆずったが、社会党の退潮のあおりを食って失敗した模様である。一月ばかり前のことである。朝のテレビで鋭く彫りの深い顔をした、確か八十一になった元気な神近が、

「私のたった一つの望みは、死ぬときには、自分の力で死にたいということなのよ」

といっていたのは、印象的であった。

神近市子が、自分の力で死にたいというのは、かつて大杉栄を自分の力で抹殺しようとしたのと同じことで、自殺のにおいがするが、実に力強く、これは、いわゆる社会の政治理論などとは、無関係なほど、個我尊重の願いが強烈である。大正時代のシンボルである個我尊重の念が強いからといって、武者小路や志賀直哉が八十いくつになりながら、まさか死期がきたと知って、自分の力で死にたいとは口にすることはあるまい、と思われる（直哉、昭和四十六年十月没）。

その意味からすると、神近はやはり、有島の系統であって有島の『惜みなく愛は奪う』に共鳴し有島とロヅケをしあった神近が、有島の死後、有島の唱えた道を歩いてきているとも考えられぬことはない。

この夏、私は有島が定山渓《じょうざんけい》と深いつながりがあると知らず、ギックリ腰を宙にうかして、車の中で一刻も早く札幌へ着かぬものか、と願っていた。その道を、二十一歳の有島は、

七十年前に友人の農学校の学生、内村鑑三の弟子の森本厚吉と自殺するために歩いていた。そのほんのしばらく前、彼の日記（明治三十一年四月二十八日）によれば二十歳の四月五尺二寸九分、十四貫九百七十五匁、胸幅、常時八二・五センチの美少年であったこともほとんど知らなかった。いや、そういうことを日記にキチョウメンに書いていたことを知らなかった。

有島武郎の七回忌が行われたあと、武郎の弟や妹たちが相集い、その席上、生馬が、何故兄貴はああいうふうに死んだのだろう、という問いを出した。評者たちが述べてきた意見には、何か納得がいかぬところがあると思っていたからである。するとそのとき生馬の姉、武郎の妹である愛子が一つのエピソードを出した。

武郎が七つか八つの頃である。子供たちは、オート・ミールがおいしくて夢中になって食べていた。砂糖とミルクがかかっていて、その三つがまざった味が食欲をそそったに違いない。武郎は皿に残ったオート・ミールをかきこんでいた。そこへ父の武があらわれて、武郎を、

「何ということをするのか」

と叱った。そのあと武郎は廊下の片隅に二時間ばかり坐って泣いていた。

この話をきいて、生馬は、我が意を得たと思ったらしく、兄は人生の残り物には堪えられなかったのだ。そのために死んだのだ、と結論を下した（鈴木重夫「追悼講演会を聴く」、

有島武郎全集、月報第4号、新潮社)。

人生の残り物には堪えられない、というのは如何なる意味なのだろう。人生の残り物とは何なのだろうか。有島の思想が世の中の先端を切っていなければ気に食わぬということなのだろうか。それとも婦人公論の女記者で、自殺讃美者であったともいわれる、写真を見たところバラの花みたいな波多野秋子が、他人の妻であり、その夫に露見し、有島がその夫に打明ける前に、その不道徳を詰問され、ゆすられそうになった、ということが、人生の残り物、なのだろうか。分らぬ。なぜ生馬がこんなことをいうのか、分らぬ。私に分ることは、父に叱られた武郎が泣きつづけたのは、どうにも自分に対して我慢がならず、屈辱のためであったということである。

優等生で、長男で、サムライとして、もと薩摩《さつま》の武士であった父から鍛えられ、その前、幼児の頃父が関税局長で横浜の税関にいたとき、愛子と一緒に外人のところで育てられた。学習院で皇太子、後の「大正天皇」の学友になるような運命にあった少年である。

生馬と、その弟の里見弴《さとみとん》の二人は、まだ存命中である。この二人とも武郎とは少なくとも表面にあらわれたところでは、大へんに異なった性質である。生馬の一年年少でこの人によって刺戟されて文学へ入った直哉は、生馬とも弴とも喧嘩をしている。弴とは仲直りしているが、生馬との間のコダワリは一向にとけず『蝕まれた友情』という小説を直哉が書いたのは六十四歳のときで、相手の生馬を驚かした。幼い頃何かのことで急におこり出した生馬は兄の武郎を廊下から雨の中につきとばした。武郎はそのまま物置きに入り、そこで好きな本を読んでいるのを、愛子は見た。そのことをきかされた母が生馬を叱ると、生馬は食事に出てこなかった。そして武郎が自分で呼びに行った。私の話に多少の違いはあるかもしれないが、武郎と生馬とはだいたいこんなふうな関係であった。

武郎がアメリカからヨーロッパへ廻ったとき、そこで生馬とめぐりあった。既に武郎の方はアメリカにいる間にキリスト教に疑問をもち、ホイットマンの本能自然による生き方や、社会主義の息吹を吹きこまれていたが、キマジメな清教徒ふうな賢い悩める男であったが、生馬はノンシャランな生き方をしていたらしく、兄には不満でもあったが、これが「芸術家」ふうだ、と物分りよく納得するところもあった。

この生馬が七年間だったかヨーロッパにいて本物の絵を見てきて、日本へもどってきたときに、直哉らに神戸に迎えにこいといった。直哉はそんな必要はないと迎えに行かなかった。東京駅頭で生馬の対面の仕方、脚のくみ方、タバコの吸い方、「どうだい」という見下したようないい方の中に不快なものを見出した。何か「芸術家らしくないもの」を見出した。この印象が三十数年間、くりかえし直哉の頭の中に甦えり、生馬の絵が次第にダメになった証拠はここにあった、と思えてならない。少なくとも直哉はそういいたくてならなかった（『蝕まれた友情』）。

兄武郎が、一応芸術家ふうだと見た生馬の中に、友人直哉は芸術家らしくないものを見た。直哉のこの厳しさは、一口にいえば、直哉の中にある仁義礼智信の作用である。たいていの日本人の出迎え人は、洋行帰りを、この眼で見る。直哉が酷であるのか、生馬に、日本ふうの拘わりや考え方に対する、どこか次男ふうな反撥があったのか分らないが、直哉が無事であるように、生馬も無事な人であることだけは間違いない。

　直哉は生馬だけでなく、四男の里見弴とも若いとき喧嘩をして、後仲直りをした。弴はそれこそ三男坊的な、感受性のいい神経の鋭い、自由でいくぶん甘えっ子で音楽好きな少年であったようだが、あとで一方人間の機微についてよく心得ているという作家だとレッテルをはられた。弴は、兄武郎の死を評して、「兄貴は女を知らなかったからあんなことになったのだ」（『安城家の兄弟』）といったようだ。これはまことに興味ぶかい発言で、武郎の死、武郎の文学や人柄に断を下すいくつかの批評のうちの代表的なものの一つである。こうしたことについては、あとでゆっくり、私なりの意見をのべるし、そのことこそ、この小文の目的なのである。

　さて、武郎を直哉はどう見ていたか、私は勉強不足で紹介することが出来ないのは残念だが、武郎が農学校を出て麻布の三聯隊にいるとき近くの直哉のところへ風呂へ入りに行った頃のことを懐かしげに思い起したりしている様子からしても、あとになって洋行帰りの武郎から、直哉は生馬に対して抱いたような不快なものは感じなかったし、武郎は、直哉の仁義礼智信の枠組にも、一応は、ハミ出るものがあったにせよ、どこも抵抗はなかったに違いない。そうではあるが、ここで直哉、生馬のことが出てきているついでに、この三人に関係のある重要なエピソードをどうしても添えて見なければならない。

　直哉は中学生の頃、横須賀の大津海岸で生馬を含む三人の友人と和船を漕いで遊んでいるうちに、泳ぎの達者な友人がまず海にとびこんだ。この時は直哉が友人の後をゆっくりと舟を進ませていたのだが、岸が近くなったところで、生馬も飛びこみ、直哉も友人一人を置いて泳ぎ始めた。ところが、和船をマトモに漕げるのは直哉一人であった。その直哉も飛びこんでしまっているから、和船は思うように進まず生馬がふりむいたとき和船は離れたところにあった。こういう不用意は、いかにも生馬らしいと私は思うのだが、アップアップしている生馬にしっかりしろ、と叱咤《しった》して、直哉は岸へ向って泳いだ。生馬はどうやら浮き沈みしながら直哉のあとから岸へ辿りついたけれども、どうして自分を助けにきてくれなかったといった。すると直哉はきみを助けようとしたら、きみにかじりつかれて二人とも死んでしまう。それより一人でも助かるべきだ、と思った、といった。それをきいて生馬は、ぼくは何もきみにかじりつくものか、ただちょっと肩に手をかけるつもりだっただけだ、といった（『蝕まれた友情』）。

　とっさに、本能的にこの判断を下してもけっきょく二人とも助かることが出来たことは、直哉にとっても、生馬にとっても仕合せだったといえるが、よしんば生馬が溺死したとしても、直哉は仕方がない、と強く割り切っただろうし、そうした態度こそ、彼が小説に書くべきことであっただろう。

もし、この直哉が武郎だったら、どうであっただろう。まったく似たようなシーンが武郎と妹の愛子との間に起った。

避暑地の海岸で武郎少年と愛子と、武郎の友人の少年とで浅いところで遊んでいた。波がうねりながらおしよせてきていたが、大したことはなかった。そのうち、大きな波がやってきた。こういう波は、逆らうよりは乗った方がいいというので、三人は波に乗ることにした。うまく行った。波は通りすぎた。ところが立とうとすると足がつかない。おそらく、波が立った瞬間に沖の方へ一段か二段か流されていたのだろう。愛子は沖へ流されながら溺れかけている。武郎は岸へ向って泳いだ。岸へ着いたとき、愛子はかなり沖にいて、頭が浮いたり沈んだりしている。既に岸へ上っていた友人が若者を連れて走ってきた。若者は着物をぬいで海の中へ入り、愛子を助けてきた。愛子を横たえて大きく息をついている若者のそばへ武郎がよって行くと、若者はうるさそうに押しのけるようにした。そこへ武郎の母方の祖母、山内静がこの事件をききつけて砂原をかけてきた。溺死をまぬがれた愛子は涙をうかべながら別荘で寝ていた。その枕もとに武郎がつき添っていたが、愛子は兄に気がつくと顔をそむけてしまった。そのとき祖母は、もし子供が死ぬようなことがあれば留守を預った自分の過失を償うために自害するつもりであった、といった。祖母は砂原をかけてきたとき、実はそういう覚悟でかけつけていたのである。

武郎はこのエピソードを『溺れかけた兄妹』という題で大正十年に書いて今でも動悸がするといっている。直哉が昭和二十二年、六十四歳になっても鮮やかに思いうかべているように。そのときの武郎よりも直哉の場合は年も上であり、相手が友人である。そういうことも一つの条件として、直哉はしっかりしろといって生馬をふりすてて泳いだ。とった行動は武郎も直哉もほとんど違わないともいえる。もし武郎が愛子にある叱咤を行なっていたとしても、愛子は顔をそむけなかっただろうか。いや、直哉の側に立って、直哉が武郎の立場で愛子のような妹とのことがあったとして、顔をそむけられただろうか。そうでないとはいえない。だが、その場合も、直哉は割り切ることをしたかもしれない。

いずれにしても、自害を覚悟でかけつけてきた祖母がそばにいたこと、そのことをはなして武郎の気持を考えるわけには行かない。オート・ミールの一件のあと二時間廊下の隅で泣きつづけていたというのと同じ状況がここにあるのはいうまでもない。すべきでないことをした屈辱感、すべきことをしなかった卑怯《ひきょう》者であることの屈辱感が浮き彫りにされている。

武郎と直哉の二人の差は大きい。二人とも内村鑑三の弟子であって、途中から、どちらもその門を去っているという点では同じだ。つまり、二人は背中合わせになっている。

武郎は学習院の中等科を終えたあと、チフスをはじめとして色々な病気をして身体が弱いのと、森有礼《もりありのり》が殺された事件で、政治家として立つことをあきらめたとかで（海軍軍人の志望があったともいう）、札幌農学校へ行き、新渡戸《にとべ》稲造《いなぞう》の家に寄宿し、新渡戸氏が札幌を去ったあと、友人森本厚吉によって内村を知り明治三十二年二月十九日森本と定山渓へ自殺に出かける。これは奇妙な不思議な話である。

　禁慾的生活をしている森本が夜になると夢の中で性慾に悩まされ、そういうことは、お前はないか、というふうに武郎は話しかけられる。そういう悩みをもつ森本に武郎は驚いたりしているうちに、武郎は森本のペースにはまりこんで、自分もそういうことはある、というように寧ろ森本を誘うようなことをいったり、ある夜一緒に寝ているさいに、してはならないことをしてしまう。いったい、どういうことを二人は話しあい、したか、ということは、この程度以上のことは分らないが、森本の悩まされた性慾は直接には武郎に対するものであったらしく、たとえ最初は女性に対するものであったにしても、それは男性どうしのものへの導火線みたいなものであったかもしれない。いや、あとの自殺行というものを考えたり、このようなストイックな若者の親しみ方というものを考えると、最初から男色的なものであったと思った方がよいかも分らない。

　武郎がしばらく顔を見ない森本を訪ねると、彼は見舞いにきてくれなかった武郎を恨んでいた。そうしてこんなふうに悩む自分には神の声はきこえないのか、と悲しむ森本に同情した。このとき武郎の反応は、森本同様かなり特異なものである。

　白殺の直前の心境においては神の啓示があるかも知れない。自分が自殺を実行してみる、そして自分が見た神をきみに教えるから、きみはそれによって信仰を確固たるものにして、生きながらえてくれ、と武郎はいった。森本はきみ一人死なせて、自分が生きながらえるということは出来ない、というと、武郎は、それなら見届けてくれ、という。そういうふうにして、それなら、一緒に自殺してもよいではないかという結論になった（『観想録』明治三十一年十二月三十日～二月二十二日）。

こうして二人は一梃の鉄砲をマントの中へかくして定山渓の宿へ七里の雪の道をのぼり、夕方辿りついた。このあと一緒に風呂へ入ったり、死ぬに至った理由など書きのこすうち、うまく書けないというので交互に散歩に出かけたりし、自殺の時間をのばしているうちに、神の姿は見えてこない。こんなことでは死んでも何にもならないし、第一、たとえ神の姿が見えたとしても、死んで何になるものか、信仰のうすい自分達はもっと厚くすべきではないかと反省して指と指をからませるように、握りあい甦えったようにして戻ってくる。

当時武郎は二十一歳である。彼はそれ以前に一、二度神の啓示らしきものに接したと思うことがあったので、自分が神を見ることが出来ると思ったのかもしれない。神を見たか見ないか、というようなことは、我こそ神のしもべである意気に燃えあがった明治の若者たちの間で、先進者としての誇りといっしょになっていた。

武郎が森本に代って神を見よう、そのために自殺を企てたということは、武郎にとっては、もっとも得心のいく行いであった。こうすれば彼は卑怯者と思わなくてもすむし、屈辱感を抱かなくともすむ。逆にいうと、もし、森本の悩みを全力あげて解決に参加してやらないとしたら、彼は自らを責めなければならない。

藤森成吉が武郎が亡くなってからあとで、愛子からきいた話として、どうしてもこの優しさを伝えておきたい、といっている話は、こういうふうのものだ。

まだ幼年時代、横浜でアメリカ人の夫人のところへ預けられたとき、ある日勉強が出来なくて、愛子は罰として菓子をもらえなかった。武郎は愛子の分を口に含み、愛子にくれてやった、というのである（藤森成吉「二つの逸話」、有島武郎全集、月報2）。

武郎が生き甲斐を感じ、自責の念にかられずにすむのは、こういう行為なのである。優しさは勿論のこととして、危険といえば、危険なものがここに含まれている。もし実行するとなると、男色的行為をしたり自殺をしたり、アメリカ夫人の眼をかすめて、よからぬことをしなくてはならないということである。こうした「危険なもの」、「よからぬもの」は、姿を変えて色々なふうに現われる可能性があった。優しさだけの問題ではない。

明治三十四年、二十三歳、農学校本科を出ると入営し、翌年見習士官となったが、面白いことは軍隊が人間のあるべき姿を抹殺するというふうに思ったということである（書簡集）。戦前私らの時には当り前のことを、当時では入隊してみなければ分らなかったというのが興味がある。この頃知りあった独歩の妻であった佐々城信子が農学校時代の友人、森博と結婚すると約束した。そしてアメリカへ上陸せず、そのまま引返し、事務長と深い仲になったという事件にめぐりあい、あとで『或る女』のモデルとなるのだが、この作品の中で、武郎に当る古藤青年は、軍人としてキチョウメンで堅物で、もっともらしい意見を、葉子（信子に当る）にいってのけるだけである。

ところで武郎は、日記には軍隊について不満を書きつらねているとはいえ、やはり信子の前では、軍人としてのキチョウメンさと、クリスチャンのキチョウメンさで意見をいったりしたのであろうと思われるのである。事実そうであった、と私は思う。そうであったからこそ、武郎は後年『或る女』の中で、悔恨を語るように、信子に理解を注ぎこもうとしたのであろう。

とにかく武郎は明治三十六年（二十五歳）、森本厚吉と米国へ留学の途に上った。同じ頃、荷風が留学しているし、漱石は帰国して千駄木町へ落着いている。

独歩が信子に逃げられたのは、明治二十九年で（その前年に信子と北海道で開拓を行おうとして空知川沿岸の地所を選んで、これは信子の不賛成で取止めになった）武郎がはじめて札幌の農学校へ入った年である。独歩はこの年に内村鑑三の世話でアメリカに渡ろうとして、金がないのなら止した方がいいとたしなめられている（内村鑑三から独歩への手紙、明治二十九年五月二日）。

独歩は北海道からアメリカをあこがれたという点では武郎と似ている。「自然は神の衣である」というカーライルの考え方は武郎だけでなく、独歩にもいくらか身についていたであろう。その独歩に当る人物を『或る女』の中で浅くしか描いていないのは、さっきの古藤の場合と同じだ（独歩を近代文学の祖として武郎は認めている）が、それはまた別のところで触れるとして、いかに理想の国としてアメリカへ渡ったか、想像に余りある。神を見得る国として、アメリカを考えたのであろう。

ここで大学へ入ったり、内村先輩がしていたと同じように、精神病院に看護夫となったり、友人の恋愛事件に一役買わされてノイローゼになって農家へ仕事に行ったり、プラトニック恋愛感情を少女にもったりしたが、ちょうど起った日露戦争をクリスチャンであるアメリカ人が高処の見物で、トバクの勝負を見るようにしているのに失望したりする。こういうことをきくと幼稚にきこえるが、留学ということは、今でも大なり小なり、こんなふうなのである。

友人の恋愛事件というのにつながりがあったかもしれないアメリカ人の弁護士を通じてホイットマンの『草の葉』を知ったり、友人の刺戟があって社会主義に興味をおぼえる。要するに武郎はクリスチャンであるだけでは物足りなく、自然本能の讃美と社会主義という先端の思想に禁慾的な一途《いちず》さで入りこんで行くのだが、非常に短い期間に当時の全思想を遍歴したことになる（座談会『大正文学史』岩波書店）。

アメリカで、イプセンの『ヘッダ・ガブラー』などを読んで感心したり、帰途ヨーロッパでクロポトキンに会ったり、船の中で、トルストイの『アンナ・カレーニナ』を読んで、人間理解のふかさに驚く。「アンナ」の中には、本能の問題も神の問題も、社会主義的な問題も、何もかもある。歴史がそう移り変った。その移り変ったものを、彼は一つの身の中でまたぎつつあった。

武郎は札幌で森本によって入信したあと、祖母の危篤の報を受けてさきに東京へ帰った。宗教心は厚いが、ヤソ教に反対だった祖母は、妥協することない孫に不満を抱いて、孫の帰札後死ぬのだが、ある夜寝ていると、寝巻姿の看護婦が起しにきて、眼のやり場に困って、心の中で犯しそうでありながら、実際に犯すこともなかった自分の中途半端さをはげしく反省したりするのは、いかにも武郎らしい（瀬沼茂樹『有島武郎伝』）。武郎はアメリカ、ヨーロッパにあって、自分の中のこの中途半端さに何度もめぐりあったはずであり、彼がノイローゼになったのは、一つはこの中途半端のために違いない。これはスイスでティルダというホテルの娘と一週間遊んだときにも起った。

ティルダは婚約中だった。武郎は湖畔で彼女の手をとろうとすると、彼女はポケットから手を出さなかった。それを恥じて武郎はロンドンへ行ってから別れの辛さを告げる手紙を書き送っている。彼は彼女の手を無理矢理にひきずりだして握り、あつい接吻をかわし、彼女を自分の物にし、そのことによって苦しむなり、結婚問題で悩むなり、逃げ出して大恥をかくなり、神の前に大ピラに懺悔《ざんげ》するなりすべきであったのである。いっさい彼は奪うということを、表向きは一向にしていない。歯がゆいほどしていない。そして一番歯がゆかったのは、本人であったのであろう。

不意に接吻したくなって、やにわに実行するということは、札幌にいるときも、見知らぬ小娘にしている（明治四十一年七月二十九日、日記）。それは瞬間的に彼の中から、ほとんど淫らなといえるような、想像を起す余裕もなくおそってくる感情である。こういうときだけは、彼は身を委ねる。おそらくティルダに対してはその衝動に身をふるわせたのだろうと思う。その一歩さきが、手を握るという動作である。

慎しみぶかく紳士的な、信仰心のあつい、顔立の整った東洋の青年武郎はその後、ティルダと生涯にわたって文通を行う。そうして彼の結婚も、その妻の死も、財産放棄も、彼女に対する愛と一緒に熱烈に語りつづけられ、そのうえ、ティルダに結婚をすすめる。ティルダもその気になるが破約になる（書簡集）。こうしてオールド・ミスになって行く彼女との関係は、有島好みのものであり、実に無事なものであり、愛という名にふさわしいものであったが、考えてみれば、何かしら腹立たしいところがある。

何も奪ってはいない。何も奪っていないから心安らかである。彼が反省したとて、奪っていないことこそが許すべからざるものだ、と書いてやったとしても、それはティルダの愛を深くすることになる。こういう不思議なキリスト教徒的黙契につながれたやりとりは、やがて、何もかも話せる心の友というものになって行ったらしく、心からティルダの結婚を願ったし、結婚したからといって手紙の交換は少なくとも武郎の方は続けることが出来たかもしれない。中途半端がとにかく一つの実を結んだ珍しい例であるが、帰国後の彼は、キリスト教徒であることと、本能、社会主義の二つの間に揺れ、一口にいえば、彼もいっているように聖書と性慾、財産の問題である。これはやがて青島攻略の司令官陸軍大将の娘神尾安子との結婚、札幌農科大学の教師となったり、夜学の教師となったり、札幌独立教会をやめて、クリスチャンをやめたり、思想上危険人物とし、北海道庁から大学へ報告があったりするという事件のうちにその姿をだんだんに現わしてくるのである。この数年の間に、「白樺」は発刊され、『或る女』のもとになる、『或る女のグリンプス』を発表する。

安子と結婚したのは三十一歳である。このときまで童貞であったことは自ら書いているし、偽りがあろうとも思われないが、クリスチャンとして筋を通し、たえず日記をつけて反省をしている彼にとって、童貞を破るキッカケとなる理由は何もないというか、容易に見つかるものではない。霊肉一致の境地ということさえ、ようやくにして辿りついた岸辺であった。

安子と結婚するときに、この可愛い娘に、霊的なものさえ見た彼は、半年の交際のうちに霊肉一致の楽園を作ろうと努力し、接吻一つ交わしただけだった。早くも、女は華美好きでウソつきだとか何とか、思いはじめ、日記に書きつけるという有様で、幻滅の状態のまま、とにかく結婚した。

肉の生活が日常的になり習慣的になると、結婚生活がイヤになってきたのは、結婚前の交際と同じく武郎に限ったことではなくとりわけ珍しい現象ではない。

封建の世の中においては、妻は家を守るもので、子供を産み後嗣を作るもので、妻とはあまりなれ親しんではいけない。それを親しみ、女を女として扱うのは、外においてである。

武郎の父・武は薩摩の出身、母は東北、南部（岩手）の武士と久留米の武士の娘との間に生れている。九州の血の方が濃いが、北の冷静な血と南のあつい血とが自分の中にあると自らいっている。この母はガッシリした骨組でヒステリーをおこすと、少しもわめかず、ただ倒れてしまい、それを運ぶのに大変だったということであるが、夫の前で、四十回とか五十回とか引越しをさせられました（「私の父と母」）、と皮肉をいったりしたこともあるという。武は気に入った家があると、引越しを命じて自分はいなくなってしまうので、妻が一切をとりしきらなければならなかったのである。

武に妾がいたかどうか知らないが、子供が出来て、それが貴族になること、大政治家や大金持になることを願い、出来損いになっても食って行けるように、狩太に四百五十町歩もの土地を払下げて貰い、五年がかりで二万円ばかりつぎこんでどうやら作物がとれる農場にして、有島農場にした。

武の場合でも、妻は度々ヒステリーを起したのである。武郎のように、女の中に思わず衝動的に接吻したくなるような部分をのぞんでいるような虫のいい夫、すぐ机に向って本を読んだり、考えたり、小説を書いたり、日記をつけたりするような夫、自らは好かれてはいない、嫌われているとしか思えない妻。そこで妻は夫を責める。彼が結婚するつもりになったときはもう手遅れになったり、手遅れになってから乗気になったり、相手が気づくとかえって彼が次第に乗気ではなくなったりしていた、新渡戸稲造の親類の河野信子という女のことを安子は口にのぼせて、あの女の人のことが忘れられないからでしょう。あの人とだったらそうなったのでしょう、と責められてつくづくいやになる。自然よその女に心がうつり、妻の安子にも、お前にも自由はあたえてあるよ、といったりして、かえって途方にくれさせたりする。

　物書きなんてものは、大なり小なりこんなものである。佐々城信子が独歩のところから逃げ出したのは、独歩が、詩をいっしょに口ずさんだりしろというかと思うと、食物のことにうるさく、ムラがあったり、そのくせ女大学みたいなことを要求してしつっこくコントロールしようとする。そして男性としての力はよわい。独歩に当る木部は大たいこんなように『或る女』の中に書かれる（もっとも、この女大学云々《うんぬん》は、独歩が妻にあたえるそのような文章を公開発表しているから、私が推量したことだ）。

　木部という男は独歩の一面を表わしているが、同時に、武郎の一面でもあると思えてならない。

武郎があとで書いた『アン・インシデント』という作品は当時の夫婦生活のある夜のことをホウフツさせる。

ある夜のこと夫が仕事を終えて寝床に入ろうとすると、子供が眼をさまして、ぐずぐずいいはじめる。夫は妻が何とかするものと思って黙っている。その状態がつづくので、夫は、

「お前のしつけが悪いからだ」

という。

妻は起きあがって、「お父さまの邪魔になりますから」とかいって撫でたり、あやしたりするけれども、一向に泣きやまない。しんぼうしきれなくなって、突然立ちあがると夫は子供を横抱きにして、どこへ連れて行こうかと思い、押入れの真暗なところへ放りこんで、戸を閉めて戻ってくると、そのまま妻に背を向けて寝てしまう。

夫は眠ったふりをしているが、眠れるはずがない。妻の様子をさぐっていると、妻はじっとしている。遂に、夫は妻に向って、

「お前何とかしたらどうだ」

という。すると妻は、

「私が、そんなことをしたら、あなたの威厳がなくなるじゃありませんか」

とこたえる。夫はとうとう押入れへ行って子供を連れて戻ってくると、自分にすがりつ

く子に、

「もう、しないな」

という。妻はまだ寝ないで起きているが、泣いていることが分る。自分のしたことをいいようのない恥かしさと憤りをおぼえるという話である。

あたえることによって、満足すべき状態を保ってきていた武郎が、何一つあたえてはいないということにぶつかった。

武郎のしたことは、くりかえすが、たいていの物書きのしてきたことである。いや、私たちがそうであるだけで、ある時期までの夫は必ずしもこうであったわけではない。武郎のような反省はしないかもしれないし、少なくとも直哉の場合なら、後悔しないところで堪えるだろう。仕方がないと頑張るだろう。しかし武郎はそういうことは出来ないし、その根拠が何もない。つまり強くあるべき精神的、習慣的根拠というものがない。

この小説で分ることは、妻がぜんぜん動かず、夫を圧倒している。夫はどこかで間違ったために、屈辱感を抱かざるを得ない。おそらく結婚したことこそが、間違いのもとだろう。そういう性質のものである。志賀直哉のいくつかの行為とは異なった意味で、女が、妻が生きている。どこかしっかりしない女々しい夫というものをもった妻、というものが出ている。

ところで、一方、ハデ好きでうそつきな女そのものというものを、彼はあるとき、心の中でひそかに満足させてやりたいものだ、と思わなかっただろうか。

いずれにせよ、外へあらわれたものを私たちと較べてそれほど変りがなくとも、武郎の心の中にあるモヤモヤは相当のものであったに違いなく、そのとき、自分と安子のことから、ひいては武郎は、独歩と信子のことに思いをいたしたに違いない。

いや、安子から信子を思い浮べるまでに沢山の女が介在していたのであろう。河野信子。望まざる結婚をした妹の愛子（彼女は彼の友人と好きあっていて、よそへ嫁した）（明治三十四年三月六日、日記）。夜学校での教え子の貧しく、彼を慕い、その女っぽさに悩んだりしたという娘のこと。自分を愛しているらしい異国の女ティルダのこと、なかんずく淫婦だと評判されていて、武郎自身とも異質な、独特の激しさ、色っぽさ、悪魔的なところに圧倒するところをもった佐々城信子のことに思いを馳せたに相違ない。そうしてそのとき、どうしても信子を満足させる倉地という男を描かなければならない。佐々城信子は、独歩を捨て、木村を捨てて、倉地に当る実在の事務長を選んだことは間違いないからである。

武郎は、何度も思っている。悪魔的であり、野性的であり、女を女としていや動物としてでもいい、征服する男というものであったら、それはそれでかえって、罪ぶかくないかもしれない、と。少なくとも救われる、と。

『或る女のグリンプス』の信子と事務長に当る人物を描くとき、武郎の頭の中にそういう考えがあったことは、先ず間違いあるまい。このとき外国の小説の人物が彼の中を去来していたことはいうまでもない。

　武郎と安子夫婦には三人の男の子が出来ていた。『アン・インシデント』を書いた大正三年（三十六歳）八月に妻の父といっしょに久留米から、父の郷里、鹿児島をはじめて訪ねた。八月の南国からうけた印象は、東京と北海道との間を行き来していた彼に、自分の中にあるあつい血について思い起させたであろうが、それはそれとして、夫婦の日常的な状態がこのまま続いたら、武郎はどのような態度に出ただろうか。というのは、北国で学校の仕事や、書き物で多忙な夫のもとに三人の男の子を育てていた安子が胸をやられて、一家は東京へ移り、あくる四年、安子を平塚の杏雲堂病院に入院させたあと、武郎は札幌にもどって辞表を出して家財をまとめて帰京した。このあと武郎は非常の家庭生活を送り、もはや二度と通常の夫婦、家庭というものにめぐりあうことはなかったからだ。日常生活があったのはたった五年間である。子供がいるとはいえ、入院した妻をたえず見舞って激励したり、涙を流していたとはいえ、ここにいたって、おそらく一種幸福な長い童貞時代と同じ、彼一流のあたえることの出来る、彼一流の筋の通った、生活を送ることができるようになった。

　肺結核である安子は入院するときに、病が癒えない限り三人の子供と二度と会うまいと誓い、大型の自動車にのると、子供たちは挙手の礼をした。見舞いにきた夫をさいなむかと思うとそれを恥じたり、苦しさのために早く死んでしまいたいと思ったり、子供の世話が出来ないことを口惜しがったり、夫の成功を心から信じたりしている安子の手記は『松蟲』一冊となって死後発表されたが、安子が死んだとき、遺言通りに武郎は子供たちに母の死顔を見せなかったし、葬式にも来させなかった。こうした安子が武郎の心を捉えなかったはずはない。安子はこうして、スイスのティルダと同じように、安んじて語りかけることの出来る普通の意味では危険のない女性となった。

しかし考えてみれば、ティルダにしろ、とくに身近なところに暮した安子の中にある、女としての本能の声や慾求、背のびしようとするものは、ティルダが遠いところにいるだけに安子が死んでいるだけに、さらに心おきなく感じたり、思い返したり、想像の中で伸したりできた、と私は思うがどうだろうか。

安子への愛情は、武郎が十分に満たしてやれなかった部分に、焦点を集めて、膨張したに違いあるまい。それはやがて彼が『或る女』として『或る女のグリンプス』をもとにして後篇を書きつなぐときに、移行しなかったはずはない。三人の子供がそばにいるのだから、安子はたえず武郎のそばにいるも同然なのだから。

二十七歳の若さで安子の死んだあと、父の武が胃ガンで死んだ。七十四歳である。いずれも大正五年のことだ。

この二人の死によって、武郎は解放されて一気に仕事をはじめたというふうにいわれている。長男である武郎が父親からうけた圧迫感は生易しいものではなかったので、父が次第に弱ってきたときひそかに喜んだほどである（大正三年十一月八日、日記）。そういう彼のことだからじっさいに死なれたときにかえって支柱を失ったように思ったり、自分をひどい男だと思ったりしたことは当り前である。思いきって文学で身を立てようとすることが出来るということよりも、自分の思い通りに考えを実行にうつしたり、徹底させることが出来、そこから創作熱も起すことが出来るという、筋を通せるということを喜んだ。

同じことは、安子からの解放についてもいえる。それは日常化させ、ダレさせてしまうものからの解放であるからだ。この点においても、彼は筋を通すことは出来たといえよう。

しかし、この二つの死によってきゅうくつなものから解放されたことは確かであるが、私の考えでは、このような解放というものは、そう簡単に行くものではない。いよいよ複雑になって行く第一歩がこの時から始まったのだ、とみるのである。

安子のことについてはもう触れた。父、武の圧迫は、武の時代の父親が求める当然のものがもとになっている。息子の武郎が当然のものとして求めるものとは大いに違っているし、早い話が武郎は自分の子供に武のようなことを求めはしない。教育の仕方も違う。正反対かもしれない。だがその激しさというものは、武郎は父の死によって、本質的に自分が受けついだともいえるのである。私が安子と武は武郎の中で寧《むし》ろ生き始めたのではないか、とさえ想像するのは身勝手な想像だろうか。

大正六年『カインの末裔《まつえい》』『クララの出家』『迷路』など、おびただしい作品を書いて日本にはじめて現われた、近代人を描いた作家として一躍人気沸騰するのであるがその小説群と同じ内容のものである『惜みなく愛は奪う』の第一稿を発表している。

　愛というものは、生易しいものではなくて、自己を開放し、相手を自分にひきよせて、一つにしようというものであり、それには本能というものを尊重せざるを得ないというものである。この考えは対社会的には、無産主義を標榜《ひょうぼう》するものであるし、婦人解放にもつながるもので、彼の中に長年あった矛盾を一つにまとめ、作品活動も、その考えをもとにして行われるとするわけである。

　前年、与謝野晶子を知っていた彼は早くも神近市子と接吻し「大変感じの鋭い手紙」を受けとった、と白樺ふうな表現で書いたりするが、彼の『惜みなく愛は奪う』の趣旨とちがって、全心全霊的でないというので、自ら恥じて急いで離れてしまう。生きている人間に対して全心全霊的であるというのは、一時的にはともかくとして難しいことである。とくに神近のような女性に対しては忽ち違和感が生じてくる可能性がある。それなら寧ろ、ただの女中のような女の方がよい。

　いわゆる「劣情」を抱いた相手は二人ばかりいて、かこったりしていたことがあるともいわれるし、よその夫人たちとの出入りもあり、ウソかホントか分らないが、ある夫人などは、弴の『安城家の兄弟』によると、三度武郎と泊る機会はあったが、彼が禁慾生活が長くつづいたので、三度とも不完全に終ったといっている。これは夫人が、武郎の自殺直後、波多野秋子と張合うつもりがあっての言葉でもあるから、信用できない。

兄が死んだとき弟の弴をなげかせたように、この流行作家、有島のところには、彼をあがめる思想青年や、文学夫人の出入りが多く、そこへだんだんと、無産者運動を食いものにするブローカーの出入りがヒンパンになっていった。ちゃんとした結婚もしないで、大正十一年、狩太農場を解放し、そこへ出かけて行って演説をしたりして評判になり、老母には孝養を尽し、子供思いであったり、無産者思いであったり、人格者であったりする。世間にそういう面を見せているこの兄貴の、長男ふうの坊っちゃんぶりは、タガが外れたみたいで、見ていられないと、いかにも三男ふうの弴に思えたのも無理からぬことであった。何故、結婚しないのだ、子供のことが心配で結婚できないのなら何故女を堂々とかこわないのか、と弴などは思ったらしい。

それはいうまでもなく彼の『惜みなく愛は奪う』の趣旨が許さなかった。だから辛うじて出来る道は、この論文にもいっている、ピッタリと一致した男と女の関係である。奪ったことが与えたと同じになる関係である。この方は彼が論文の中で力説しているように情死につながって行く。

さてこれに較べると、対社会の問題は、どうだろうか。それは財産放棄して、一個の働く人、になったとしたって、無産者と彼との間にしたって、ピッタリと行く道はない。彼は有価証券などの額面的評価だけで七十万の遺産を相続し、麴町《こうじまち》に巨大な邸をもっていた。遺産は父の死一年後に弟妹に分配し、終るとよかったよかったと涙を流して喜び合ったというが、やがて北海道の農場は開放するし、譲歩しない母に邸をあたえ、自分は比較的小さい家を新築して四人で住むことにした。武郎が自分のもてるものを投げ出して行ったのであったが、彼の行為の美しさというものは、十分に満足な報いをうけるわけには行かなかった。彼が筋を通そうとすればするほど、文壇も社会主義の仲間も、彼をバカにすることになった。

大正八年に完成した『或る女』の、後篇の部分で、葉子はヒステリーがこうじて行きいよいよ死ぬところで終る（実在の信子は昭和二十四年まで生き栃木県の真岡で七十いくつかで死んでいる）。ヒステリーになるところも、「アンナ」とよく似ているが、作品の質は本人が心得ていたように比較にならぬほど低い。内村鑑三を通して救いを求めるところも、「アンナ」とどこか似ている。それにしても、今となってはタイクツだがヒステリーにこれだけ熱をこめて書いているというのは、女のヒステリーにうんざりするほどつきあわされてきたというばかりではない。彼が女の身になって書いているからである。

彼は表面上は彼とは違う人物の身になって書いたことについては、そのイキサツを私なりに述べたけれども、それはローレンスがそうであったように、それをあるべき姿として求めたのだ、ともいわれている。私もほぼこれには賛成である。彼が自分は男性的すぎて、女性がいなくては困る、というようなことを日記に書いているとしても、だからといって、彼が特別、本能や野性を、肉体的に強く具えていたということとは必ずしも関係はない。禁慾の強さ、そこからくる揺れのはげしさが、彼に逆に本能の問題をああいうふうにとりあげさせたのであろう。

大正十一年、彼は「泉」という個人雑誌をもち、ここにしか作品を発表しなくなったが、大長篇『星座』が連載され、第一巻分で中断された。芥川などにもバタくさくてやりきれぬといわれ、またムードで人をつるといって批難する人も多かった、有島の小説らしくない、一種素直な作品である。札幌農学校の若者や若い女たちの身になって、彼らの観点でもって文体も変えて書いてあるし、同じ場面を別々の人物から描いているところさえある。

創作の気力も衰えたとか、生活態度をたて直さなければならないとか、いっているがこの作品に関する限り、悠々と続けられそうに見えるのに、果してどういうわけだろうか。彼が筋を通したいと思い、卑怯者になりたくないと思いあこがれていたものが、次第に現実化してくると、つまり他人の身になって色々行動してみると、それは結局自分の気の弱さだけが目立ってしょうがない、ということが、『星座』そのものの自己批判となって感じられたのであろうか。なぜなら、その気の弱さは、彼の弟たちにも、先輩にも武者小路にもないものだからである。『星座』をそのように書いたことが気の弱さであり、書き続けることは、気の弱さの持続であり、行先はどうなるかも分らない、……分らないことはいいがそれは彼には刺戟するものとはいえない。……

漱石の『明暗』では、周知の如く小林というアナーキストみたいな男が登場して、津田の弱みをつつき、夫婦にひびを入らせる役割を果しマントをせびる。親からの財産をうけついでいる有島武郎は、親の世話になりたくない、と思い、捨てようとする。武郎そのものが次の時代の津田である。津田より遥かに相手の身になる。津田は頑固な男だが、小林の声を無視することは出来ない。やがて妻お延の声を無視することが出来なくなる気配が、書かれた部分の『明暗』の中にも既にほの見える。武郎は社会性を問題にする作家や評論家から、戦後も問題にされているが、相手の身になることに徹底した不思議さや、宿命については語らないから、一番大切なところを残しているように思われる。

波多野秋子は春房氏の妻で「婦人公論」の編集者になるとき夫がついてきて、妻が紹介されたあと、後ろから可愛がってやって下さいといって、おかしなことをいうと皆に思われた。芸妓の娘であったりして暗い過去をもっていたが、女学生のときに春房に見そめられ、春房は妻と別れて結婚したのだが、夫婦仲はさめており、その給料は不幸な実母に渡すつもりなのが、夫にとられたりした。美貌でパッと明るく気転がきいて、ちょっとやそっとでは書かない荷風からも原稿をとったことがあり、武郎からも原稿をとって見せるといって、事実とった。商売誌に書かぬ、といっていた武郎はこれは童話で本ものの小説ではないから、といって渡してくれ、その後屢々《しばしば》針や糸をもって有島家に現われ、だんだん、社の編集者に「タケオ」が「タケオ」が、というようになった。

二人の仲は進展した。大正十二年三月十七日頃、武郎は秋子への手紙で春房に打明けたいし、もうこれ以上、つきあうことは止したい、といっている。ところが、秋子はそういうことは許さず、いっしょに死んでくれというようになった。六月に入ってとうとう春房の方から事実をつきとめられて、女はくれてやるから、金をよこせといわれるハメになるのである。その額は一万円とか二万円とかである。

春房につきとめられたについては二色の説があるが、その一つは春房の留守宅にいるところを春房に乗りこまれてなぐられたのが一つ。もう一つは夫に催眠術をかけられて秋子が自白させられたというのが一つである。どっちにしても、武郎は屈辱をかんじた。金で解決することになると、武郎は監獄へ入ってもいいから金は出さぬ、と筋を通した。女を金で取引するのがいかん、というわけである。これがまた皆の笑いものになるところであって、春房の方が筋が通っているという意見もあり、春房は秋子の死後しばらくして英語芸妓と結婚したりするのだから、心中したりしたのは一層バカだったというふうにもいわれる（木佐木勝『木佐木日記』）。

このあと、武郎は右往左往して、もう既に秋子と死ぬつもりであったがもう死んでやるものか、と友人にいったりしたのが、考えてみるとそれが既に死にそうな気配が濃厚だった。友人は子供や老母のことを思い秋子を責め、秋子はそれをいい返し、武郎は友人と抱きあって泣いたりして、ちょっと当節では見られない光景を演じた。その後けっきょくこれもあとで弴にやり切れない歯が浮くようだ、と思わせるような短歌などを机の中に残して、フロシキ包み一つをもって秋子と待合せて軽井沢の山荘へ向った。汽車の中で手紙を書き、雨の中を目的地へ着くと宿で一泊したあと、山荘の食堂で、秋子は腰紐で、武郎は伊達巻を梁《はり》に通して抱きあったまま首を吊った。

　武郎は、飯田伊佐夫手記によると、遺書六通（財産に関する覚書を含む）を書いていた。その中で、外部からの圧迫によったものではないとか、自分たちは愛の絶頂にいて、小児のようにたわむれていて、決して死はいやなものではないとか書いている。また死体が見つかるときは、腐爛《ふらん》しているだろうと、よけいなことまで書いている。じっさい一カ月以上もたって発見されたので、その通りになった。そして死ぬことを「私達は行きます」（足助素一宛）と書いてもいる。この遺書はさまざまの人にさまざまな意味合いで腹立たしい気持にさせるところが、たしかにあったことが分る。

　この遺書の文句は、白樺派的である。個我の勝利をうたいあげている感じがある。問題はこれが遺書だということだ。そこにこそ武郎の特徴がある。ここにザンゲの調子があったり、ヒステリーの葉子が死んで行くときのあの禁慾的な、西洋のにおいのする残酷さが、あったりして、ほとんど趣味的にさえ見え、日本人の仁義礼智信のカンにさわるものがある。肉親の弟であり、仁義礼智信の裏返しである弴が涙を流して、「甘っちょろいや！」

というのは当然である。

武郎には、「女の身になって」というエッセイがあり、女をこうさせたのは男であるという彼の考えに立ったうえで、女は女の中から目ざめ解放して行かなければならない、ともっともなことをいって激励しているのであるが、ただこれは甘っちょろいといい捨てるわけに行かない。とにかく『或る女』の程度にしろ、女の立場に立って書かれた小説は当時皆無といってもよいくらいだからである。

このような作家の前に女が現われた場合に、条件がととのいさえすれば、彼は女の身になって、その愚劣さや、身勝手さをも、その奥底に渦巻いている本能を勘定に入れて、理解しようという態勢にあったと思われる。この理解には際限がない。向うの身になれば際限もなく、先方の方になり変る。このことは私には非常に意義深いことに思われる。

秋子が性的魅力がなかった女だとか、秋子に見すえられると、たいていの男は参ったとか、彼女は死んだとき、金の蛇の指輪をはめていたが、蛇は有島が大きらいで、北海道へ行くようになったのも、そのせいだから、魔性にひっかかったのだ、といわれたりする。有島がほとんどニヒリスティックになっていたとも、周期的にめぐってくる自殺慾みたいなものに襲われていたのだとも、いわれている。

有島は自分の手を光太郎に作って貰って神秘をかんじていた。五月の末のある晩訪問した秋田雨雀《うじゃく》に、その手は宗教上のインを結ぶ形だといっていた。

「この手は正面から見るより、横から見た方がいいよ」といって何度も、手を廻して見せてくれた。このような挿話から何からうがった想像も出てくる。そうしたことがいくばくかは本当で、いくばくかはウソであろう。

そこで最初にあげた、あのオート・ミールの一件であるが、有島がいう人生の残りものに我慢が出来ないとは、最先端を引受けて走らなければ気がすまなかった、ということだろうか、とふと私は考える。そういう宿命を負っていたかもしれないが、やはり武郎の場合重要なことではないと思う。

武者小路が武郎について、その弱さを説いているが、その中にある、次の言葉が面白い。

「いつかお父さんと対立したときにも譲歩したと話していたが、譲歩しないと頭は変になるといってたそうで、際限もなく譲歩する」

「際限もなく譲歩する」

この言葉を二、三日前に発見して、私が俄《にわか》勉強でこの小文をまとめようとしたときに辿りついた、「際限もなく相手の身になる」ということと、相通じるところがあるので驚いた。と同時に、譲歩したというのは、表面のことで、その身になったのだ、と私は思い返す。

トルストイ、イプセン、ホイットマン、ゴーリキイ、彼が影響をうけた人たちは、ただ巨人であるばかりでなく、少しも女々しい感じがしない。『惜みなく愛は奪う』の種本ともなったベルグソンは、エモーショナルな人ではあるまい。(もちろん本能ばかり強調したわけではない。その反対である。)おそらくローレンスにしても違う。伊達巻を首にかけて、女と抱きあって死んだ有島武郎の女々しさはどこからくるのだろうか。この何かイヤラシイものは、何だろうか。

このイヤラシイものは、昭和四十五年に生きている、私たちの中にないだろうか。有島のムードははげ落ちたし、彼の行なった土地開放、婦人解放の問題も、敗戦を機にして一般に実行されることになった。そういうわけで、彼が唱えたり実行したりしたことは、何でもないことに見える。白樺派の中で孤独な存在である彼の、その特徴は、私たちのように、死ぬこともなく(おそらく、彼のように死ぬには値しないからだと思われるが)際限もなく、女や子供の身になっている者たちには、ほとんど近しさをおぼえるようだ。忙しい遍歴を通してではあるが。

彼は生きていると、志賀や武者小路より年長で九十二歳(昭和四十五年現在)のはず。信子も同じ年である。

東京に移った同族／島崎藤村

北村透谷《とうこく》が「女学雑誌」に、内田魯庵《ろあん》の訳した『罪と罰』についてそう長くもない評論を書いたのは、藤村が二十歳のときで、藤村自身もしばらく前から寄稿していた。

二回にわたるこの評論で透谷は、ラスコルニコフの気鬱病ということに着目していて、その原因は無形の社会而巳《のみ》といっている。更に、ハムレットの言葉を例にあげて、われわれは、涯《はてし》なき天と底なき地の間にうごめく哀れむべき生物だとも述べている。

もともと、ドストエフスキイが多少なりともハムレットを頭において『罪と罰』を書いたのかどうかはよく知らないが、透谷自身は、近代の夜明けの問題を一身に背負うかのようにして次第に気鬱病にかかったようになり、それから二年後に首をくくって死んだ。啓蒙家ふうの透谷は、藤村の父の正樹とどこか似たところがあって、藤村がいつまでも透谷のことが忘れられないのは、父のイメージとダブっていたようでもある。藤村自身が自分でも書いているように、彼自身若い頃から憂鬱におそわれることがあって、自分は父に似ているのだ、と書いている。

藤村はこの透谷の論文にひきつけられたに違いない。たとえそういうことがないとしても、『春』にもあるように、彼らはドストエフスキイやハムレットについて語りあっていたのだから、直接透谷の口からこの論文の趣旨をきいていたはずである。

藤村は『破戒』の丑松を憂鬱な人間として描いている。これはその後の自伝的長篇にそのまま引きつがれて行くわけである。『罪と罰』という小説からこの憂鬱を学んだといって悪ければ、同じような体質がそこにあると思ったことであろう。

いったいドストエフスキイという人は、誰も知るようにテンカン持ちである。この病気が起るときは前ぶれがあって、一つの神秘的な世界、主客合体の世界の中に漂うのだ、というふうに、本人が記している。このロシアの大作家の秘密はこのテンカンにあることは想像できることだが、先日私が友人と話しているさいに、友人のいったことがなるほどと思えるのでここに紹介する。

それは、この大作家がその小説の中で、「そのとき突然」という言葉をヒンパンに用い、それが煩《わずら》わしいどころか、思わず読者がひきつけられてしまうのは、「そのとき突然」の「突然」が、彼がテンカンに襲われるときの「突然」の感じが母胎となっているからである。……これはもう私が友人からきく前に誰かがいっていることかもしれないが、私は初耳なので、よく考えてみると、まことにもっともと思えてきた。

ドストエフスキイの人物たちはとつぜん奇妙な言動を示すといっても、必ずしも憂鬱な人物のみではない。それに一方藤村はテンカンではない。この二人の作家を簡単に結びつけるつもりは微塵もないが、藤村が『罪と罰』の中から、何かしら私が今ドストエフスキイについて友人と話しあった特徴というようなもののにおいを嗅《か》ぎつけたらしいということはいえるようである。このことはこれからある程度発展させて行くつもりだが、ここで『破戒』を読んで印象に残ることから入って行ってみることにする。『破戒』は決して『貧しき人々』には似ていなくて、細かい点まで『罪と罰』とによく符合するのであるが、ここに丑松に身分を明かすなという父の「掟《おきて》」がきこえたり、死ぬとき幻覚を見たりするところは、『ハムレット』そっくりである。このことを一応いっておくとしてさて、この小説の中で何といっても不思議な場面は、丑松の身分が知れてきたとき、自分は生徒をあざむいていたというので、教室で手をついて告白をするというところである。

この部分はルソーの『告白』よりはずっと『罪と罰』の中のラスコルニコフがセンナヤ広場で大地に接吻してザンゲするという場面と似ている。こういうことはこれまた当り前のことで今更いう必要もないことであるようだが、少ししんぼうしてきいて貰いたい。

いったいラスコルニコフが、こうしたハタが見ると突然の行為をしたときには、実はソーニャがじっと見ていて、そうするように導いているのである。『罪と罰』の中で最も感動的なところであるが、ラスコルニコフはこのとき、心の中でイマイマしいとも思っている。少なくとも次の瞬間そう思っていた。それなのにそうした行為をしてしまい、そのことを恥じてもいる。彼がシベリヤへ流刑の旅に出る処では、『破戒』ともこれまた似ているが、このときも決してラスコルニコフは十分にザンゲしているわけではない。

ところが丑松は手をついてザンゲする機会をねらっていたようにも見える。

ザンゲする丑松の気持の中にどんな気持がかくれていようかということにはどうも読者は興味は起さないようだ。藤村はそういうことに生き甲斐をかんじてはいない。こうして信頼する生徒の前で手をついてザンゲするという辛いことをさせることで、丑松といっしょに自分も涙を流し、丑松と共々に憂鬱から解放されようとしているように見える。

丑松の憂鬱の原因・理由はかなりハッキリしている。自分の存在が恥かしいものであるばかりか、ウソをついているからである。それならば、それを書いた藤村自身も一種、憂鬱好みというか憂鬱体質というかそういうものを持っていたことは勿論であるが、その気質的なもの以外のものは何であったか。部落民の丑松に当るものが、藤村は藤村で何かあったのではないか、ということが、気になるところである。もともと評伝が目的なので、このさい藤村という人の生立《おいたち》や、『破戒』を書くに至るまでのことをかいつまんで述べてみよう。

彼は木曽の馬籠《まごめ》に生れていることは誰でも知っている。明治五年生れだ。その家が陣屋であったことも知っている。父正樹が平田派の学者であり、母の縫がまた妻籠《つまご》の同じような家の出であって、同族である。血はこい。これは大事なことである。

　正樹は藤村が一歳のとき、自分の山の木を自由に伐《き》ることを許して貰う運動をして当局に睨《にら》まれて隠居して宮司になった。この父から藤村は教育をうけ、九歳のとき上京、長姉、園の夫、高瀬薫のところから、泰明小学校に通いだした。このあと同郷の人の家に世話になりながら、父の願望を背負って勉強するわけだが、十四歳のとき父が座敷牢で死んだ。が彼は勉学中だからというので帰郷を許されていない。

　憂国の士の父の正樹が明治天皇に直訴をしたり、岩倉具視《ともみ》に預けられて、帰ってきたときにフンドシを忘れてきたり、先祖の建立《こんりゅう》した永昌寺に火を放ったりしたこともたいていの人は知っている。そればかりでない。正樹は異母妹の由伎と関係が出来た。

　由伎の母の桂子は学問好きな女であったから、その娘の由伎も正樹の好みにあっていたのかもしれない。正樹の妻の縫はライラクなヒョウキンな人だが仮名位しか書けぬ人だったというから、これは正樹の気に入らなかったかもしれない。いずれにせよ、この縫は本をふところにして歩きまわっていたルスがちな夫に愛想をつかしたのか、由伎とのことで腹にすえかねていたのか、村の近所の稲葉屋という小間物屋との間に子供が出来た。これが藤村のすぐ上の兄、友弥である。

　二人が泰明小学校へ一緒に通うようになったのは、稲葉屋と縫とのことを子供たちに知らせまいとした父の配慮だったともいわれる。父のことは作品にもほのめかされているが、母のことは作品には出ていなくて、最近になってあきらかにされたことである。

藤村は明治学院に入って、洗礼もうけているが、文学青年にもなって行く。たいていの大作家は読んでいるようだが、その中にはダンテも入っている。こうして「女学雑誌」に関係したり、透谷らと「文学界」に加わるが、教鞭《きょうべん》をとっていた明治女学校で教え子の佐藤輔子という、写真で見ると眼の大きいポッチャリとしたような顔立ちの女の子を愛したというので、教会も学校もやめ関西へ漂泊の旅に出る。九ヵ月後に、前にずっと寄食していた東京の家（吉村家）にもどる。関西でも年上の女の人との交際があったのだが、あとで書かれた『春』によると、国府津《こうづ》で文学仲間の友人たちに会い、フロシキ包みをかかえて友人のいない内に自分のムザンな運命を思ってひそかにあつい涙を流したりする。

藤村がほんとに涙を流したのかどうかということは、私たちからすると気になることであるが、彼は小学校か中学校かの頃、芝居を見ていて、まわりの者が誰も泣いていないのに、涙を流していたので恥かしく思った、と親類のものがいっているところを見ると、ほんとうだったことになる。父の正樹のことを考えると、既にいわれているように、正樹の外に現われたものが内にこもっただけであったともいえる。たしかに彼には辛いことが被さってきていたことも事実だが、人一倍激しい感情と抑制とが彼に涙を流させたようだ。

藤村が旅から帰ってきて間もなく、母と長兄一家が上京してきて、そこに住むようになるが、この長兄が事業を起して失敗し、入獄することになり、（この長兄は三度こんなことをくりかえし、とうとう台湾に落ちて行くことになるのだが）、早くもこの長兄一家の生計を助けなければならなくなる。二十二歳の藤村は食うために明治女学校へもどってはきたが、友人の透谷は自殺する。そうして嫁いで行った佐藤輔子は札幌で不意に死ぬ。馬籠の生家は焼ける。

藤村はさきに九ヵ月の旅から帰ったときフロシキ包みを抱いて泣くことにふれたが、実はそのあともう一度雲水《うんすい》まがいの姿で旅に出て海ぎわでほとんど空腹と絶望とで死にそうになり、透谷を訪ねて食事をし、そのあと、吉村家へ戻ってきてわびを入れるところがあったと思う。そこのところは『春』にあるが、どうも滑稽である。これは事実と同じであると思うが、ちょうど嘉村礒多《いそた》の小説からさっする嘉村自身のように滑稽である。藤村は自伝的な小説になると、この種の滑稽さが出てくる。（このことについてはいずれふれることになろう。）とにかく彼は雲水姿でたしか長兄の家に帰ってきてワビを入れ恐縮しているのである。

彼はその後東北学院の作文担当教師として仙台へ行くが、彼の文章を読むと芭蕉らのような俳句の先生が田舎まわりをするような気持があったらしい。明治三十年、二十五歳のとき仙台で書いた詩集『若菜集』を出版する。これが当時の青年のウックツした気持に迎えられて大好評を博したというふうにいわれている。二十七歳のとき、彼は木村熊二の小諸義塾の国語、英語の教師として小諸へ赴き、その後「女学雑誌」の主宰者、巌本善治のすすめで明治女学校の卒業生である、商家の娘秦冬子と結婚する。

冬子とのことは、この小文の重要な部分の一つなのであるが、今はとりあえず『破戒』のことを急ぐことにしよう。彼はこの田舎での五年の生活のあと『破戒』の執筆にかかった。これを出版するために函館の妻の実家を訪ねて四百円を借りた。しっかりした印税の制度がなくて、出版社のいいようになるのをさけるためである。明治三十八年、小諸の知人から生活費百五十円を借りて山を下り、東京の西大久保の植木屋の一画に出来たての借家をかりて入った。当時の西大久保は、ほんとの郊外であったのはいうまでもない。この自費出版は彼の計算高さや計画性を示すいい例であるが、それにしても上京してから翌年までの間、ほぼ一年間に三人の女の子を死なせてしまう。とは注意の向け方がおかしいではないか、とか、いくら長篇小説に打ちこんだからといって、子供を殺して何になるか、という志賀直哉の意見がある。

冬子自身も鳥目《とりめ》になった。彼以外のものはみんな身体のぐあいが悪くなった。本人だけが丈夫で、自分は生来身体が丈夫なのだ、といわぬばかりの様子が見える。それに『破戒』は一冊七十銭だったが、初版千五百を忽ち売り切り、三ヵ月で四版を重ねた。こういう売れ方をし評判になったのも、文句をつけたくなる所以《ゆえん》であったかもしれない。しかしこの家族の悲惨はあとになって一層大うつしになって考えられるようになり、意味あるものとされるに至るのである。

小諸へきてから彼が『破戒』のヒントをいつ頃得たのか、ちょっと調べていないけれども、既に三年めに小説を書きはじめ『旧主人』『藁草履』『老嬢』『水彩画家』など、愛慾、とくにシットに苦しむ小説を、田舎を舞台にして書いているが、自伝ふうのものではない。『老嬢』は別として、あとで述べるが、妻の冬子へのシット心が投影していることは一読して分る。これらは今読んでも重厚でリアリティがあり、土俗といっしょになって読みごたえがある。

　このような自伝的でない小説をいくつか書いていた藤村が、日露戦争に従軍したつもりで頑張るといって書いた『破戒』が客観小説であるが、どうして、すぐあとから『春』のような自伝小説を書き『家』『新生』と書き続けて行くのか、というふうに文壇では本人の藤村とはほとんど無関係に、長い間問題にされてきた。

　それというのも、『破戒』から『春』を書いてしまったということが、せっかくの日本の近代小説の芽をつみとる結果になってしまったと残念がるのだ。そしてそれには花袋の『蒲団《ふとん》』の影響のせいだ、いや、そうでないといった議論が続けられている。既に告白小説だったとか、いや社会小説だったはずだとか、社会について関心をもって書いたのだが、告白をすることによって成功したので、そのショウコにそれを外《はず》れた部分は面白くないとか。

しかし、この小説にはこの程度では物足らぬとはいえ、小説的な面白さがあり、それが社会とつながりのある問題と個人の内的な問題とが一つに結ばれようとしているところにたしかに魅力がある。文体はいい気なものといえばいえるが、そう思っているうちに引きこまれてしまうような、力をもっている。それは外でもない、憂鬱好みにはその内容と一体となっているところがあるからである。文章についてはあとで語るとして、客観小説ということになると、彼は『新生』を書く前に、つまり『家』の途中、妻に死なれ、ヤモメ暮しをしている時に、愛慾のにおいのいっぱいする連作短篇を発表し、これには客観小説も入っている。藤村はシットに苦しめられていた頃と、妻に死なれた直後とに、愛慾小説を書いているが、この大部分は客観小説である。このことは一応頭においてもらうこととして、さて、客観小説をやめにした疑問についての一つの意見として、次のようなのがある。

『旧主人』でモデル問題があり『水彩画家』や『並木』でモデル問題が起きると、……いや『破戒』もその意味では部落民の方からも文句があった。こういうことが続いたので、自分以外の者をモデルとして書く小説は、モデルの使い方にもよるが、どうしてもウルサイことが起る。例えば、『突貫』の中に次の様な文章がある。

《あの雑誌が発売禁止に成ると間もなく、ある日、桜井先生の奥さんが私に向って

「――貴方は私共の家のことを御書きに成ったそうじゃ有りませんか」と言った時は、私はぎょっとした。私は先生の先の奥さんの若い生活の一部のさまを拝借したことを白状する前に、あの作物がいかに先生夫婦の心を傷つけたかということを思って見た。》

　それよりも自分のことを書いた方がよい。何故かというと彼の『破戒』は当時の短篇がそうであるように、けっきょく彼自身のことが書いてあるわけだからである。つまり『破戒』は彼が学校をやめ旅に出たこと、掟を破ったことを書いたものだからである（臼井吉見『モデル問題をめぐって』）。

　この説も、『蒲団』に影響されたというのも、どちらもまちがっていないと私は考える。ところで、私の空想を述べるとするところだ。ハムレットの父と母のあの話。父の異母妹との恋愛。同じ村の男と母とのこと。直訴。菩提寺《ぼだいじ》への放火と父の狂死。家の焼失。長兄の入獄。こうした彼のバックグラウンドを支えている濃密なものが、父の声となって掟を守れとささやいていたようにも思える。ここには、何かしら世間ではタブーとされていることがある。つまり木曽の山の中の血の濃いつながりや、濃いつながりとあんまり違ってはいない、同族を求めたり同族に近いところで恋愛をしたりするこの世間から伝わってくるものは、もしこれと一番近いものをさがすとすると、部落民のことしかない。事実、部落民は同族結婚をしていたと藤村はいっている。自分の家に誇りをもっていたに違いない藤村は、同時に「私の家でのことは実はこのような有様で、もし打明けていいますと、『穢多です。調里です』（『破戒』の主人公・丑松が終盤、教室で手を突く際の台詞）」とこういいたい気持というものがあったのではないか、というふうにも思えなくはない。

もし、そういうふうに考えてくると、『破戒』の中には、処女長篇にふさわしく、彼のその後の作品はみんな『破戒』に近づこうとしているようである。彼のいいたいことの原型が完成された枠組に入っているので、もし社会の問題と人間の内面との二つを彼が書き続けようとしても、これ以上に枠にはまったものは書くことは出来ない、とこう悟ったのではないか。藤村は象徴的なマトマリを見せて書くのが好きな作家だ。

いや、もう一つはこういうことだ。彼はあと『家』の中で画家が自分（藤村）が医者で相手（画家たち）がモルモットだといったと甥《おい》に話しかける。

《「研究、研究でネ。これがそもそも他《ひと》を苦しめたり、自分でも苦しんだりする原因なんです……しかし、君、人間は一度恐ろしい目に逢着《でっくわ》してみたまえ、いろいろなことを考えるようになるよ……子供が死んでから、僕は研究なんてことにもそう重きをおかなくなった……」》

この言葉は藤村の言葉と考えていいのだから、彼は子供が死んでからというものは、他を研究する態度で観察したりして書く小説は書くまいというのである。これはあのモデルを扱うのはよそうということとも軌を一にする考え方であるが、それればかりではない。研究しよう、観察しようという態度の中に、彼は何かしら早々とザンゲしなければならぬものを発見したのだ、ともいえるのである。彼が自伝的小説を書いた理由は色々に考えられるが、そのこと自体は私にはどうでもいい。『破戒』そのものの中に、藤村の特徴がまことによくあらわれていることの方が大切な気がする。それの中心は何といっても手をついてあやまる、ということである。手をついてあやまるということ。それも憂鬱から逃れるために、辱《はずかし》めから脱れるためには、人前で手をついてあやまるようなところを経なければならないというふうなテーマを選んだということである。

『春』を出版するに当って、藤村は再び妻の実家から借金する。『春』を書くとき暗い谷間を通りぬけてきたという感慨があった。この思いは、『春』の舞台となった青春時代の思いとダブったに相違ない。

『春』の最後は、

　《「ああ、自分のようなものでも、どうかして生きたい。」
　　こう思って、深い深い溜息を吐いた。》

に続く数行で幕が下りる。

「自分のようなものでも、どうかして生きたい」

というような文句は、多くの読者の心をゆさぶってきたが、同時に嘲笑《ちょうしょう》をも招いてきた。感傷的でひとりよがりで、自分の気分にひたり切っている。こういう態度が日本文壇の文学を歪《ゆが》めてきたというのである。一方伊藤整のような人は、山国の藤村のような人が都会人士にうけ入れられるためには、「自分のようなものでも」というインギンさが、どうしても必要である。そういうわけで藤村はほとんどが田舎人である読者というものの共鳴を呼ぶのだ、といっている。これらのことを私は否定するどころか、大いに興味をおぼえるのだが、私のもっと興味を抱くのは、こういうことだ。藤村一流の一種のイヤミなサワリはある。にも拘らず「自分のようなものでも、どうかして生きたい」というのは、藤村特有の新生の意味があるということである。その意味合いは、『春』より前、『破戒』にさかのぼり、やがて『家』にも『新生』にも、更にあとの『嵐』『夜明け前』と共通するものであって、その力強さのために、小説を読み進むにつれて、ファンであろうとなかろうと、ひきずられて行くのではなかろうか、といいたいのである。

　しかし、私は少し急ぎすぎた。ここでさかのぼって暫く、妻の冬子との生活――これは『家』に書かれるのだが――その十年間の生活を辿ってみよう。

「私のようなものでも、どうかして生きたい」として冬子をめとり、きびしい寒さのやって来る小諸の、武家屋敷を改造した家に落着いてから、彼は一見すると独得ともいえる生活をいとなみはじめる。藤村は妻の風俗を改めさせた。

《高い帯揚の芯《しん》は減らせ、色はもっと質素なものを択《えら》べ、金の指輪も二つは過ぎたものだ。なんでも身の辺を飾る物は蔵《しま》っておけという風で、この夫の言うことはお雪にとって堪え難いようなことばかりであった。》（『家』）

と彼は自らそう書いている。

この生活は冬子を失望させたらしい。最初の夏の休みに冬子の妹がやってきたとき、冬子は自分がかねてイイナズケであった若い男と妹が結婚することになったことを知り、妹の結婚を承諾してくれてうれしく思うと認め、「恋しき勉様……絶望の雪子より」（『家』）と書いた。その男からは度々手紙がきていたが、彼はそれほど気にしていなかった。ところがこの手紙をタンスの上に置いたままで妹と温泉へ入りに行った留守に彼は見つけた。

彼はふるえた。妻は自分を裏切った。彼はそこで一夜眠らずに考えた。

《旧い家へ死すべき生命も捨てずに戻って来た。その時から彼はこの世の艱難を進んで嘗《な》めようとした。艱難はすぐに来た。兄の入獄、家の破産、姉の病気、母の死……彼は知らなくていいようなことばかり知った。一縷《いちる》の望みは新しい家にあった》ところがその妻が……「自分のようなものでも生きたいと思った」彼がまたこうした目にあった、というわけである。そこで彼は相手の男にあてて、きみ達がその気なら、自分はいつでも身をひくから、ハッキリした態度を見せて貰いたい、という手紙を書いた。そして妻を呼んでこれを読んで見ろ、といった。

《オイ、そんなことをしていたってしょうがない。この手紙はみんなの寝ているうちに出してしまおう》といって泣いている妻を連れてポストへ向った。イヤミな滑稽なところである。やがて男からは彼と妻とにあてて手紙がきた。妻には、どうか自分に代って詫びてくれと書いてある、と藤村は書いているが、自分へきた手紙に何が書いてあるか、一言もふれない。そのうち妻の父が訪ねてきたり、子供が生れたりしたが、釈然としない。ところが、その夫のところへ、東京の音学学校の教師をしている橘という女が訪ねてきて軽井沢に一夏を過したし、彼も話をしに出かけて行った。

こういうときの妻の反応はどこの家庭でも同じことである。この訪問女性と一緒にお前も話をしろ、といわれても、私はここでいいんですといって、台所から出てきやしない。シットとくやしさと抑制とで、ただ眼を充血させ、拭き掃除したり片付け物をしたりする音を立てて見せるぐらい。

夫は妻に、つましさを要求し、芸術に理解があり、文学女性的であり、文学のためにする夫の行動に対して寛容であれ、という苛酷な要求を出したことになる。都会的なものと田舎的なものと両方を一緒に要求し、西洋と日本とを一緒に要求しているようなもので、同じ文学女性的なものを求めるにしても、泡鳴《ほうめい》とは正反対であった。

　彼は、彼女へ皮肉の一つも、さぐりの一つも入れてみなければ気がすまない。

「これはおれの子供かい」といってみたり、「どういうつもりでおれのところへきた」ときいてみなければ気がすまなかったらしい藤村は（というのは、これは『家』をもとにしているからだし、藤村の場合、まあ、そう思っていいだろう）、とうとう、この芸術女性とも会わぬと手紙を書くが、その代りに雲水になることを思い立ち、「一家解散」を宣言する。

　行きづまると旅に出るというのは、藤村が度々思い立つことで、身勝手といえば、身勝手なことである。それより何より「一家解散」という発想はいかにもそこに機械的な投げやりな、冷たいような、ヒビキがある。妻が私は帰りません、といいはった。当然のことである。

「解散！」という叫び声には外から見すぎた弱さがある。結婚してみたところ、妻というものは不自由なものである。おまけに妻というものにはシットを抱かせられる。これが小諸時代の藤村が、あたらしく積み重ねた感慨で、これをモチーフに彼は短篇を書きながら、並行して『破戒』の案をねっていたのである。

　藤村が小諸義塾へやってきたについては、これ以上東京にいる長兄一家の面倒を見るのはごめんだ、というつもりがあったともいわれているが、そういう憶測が出てきてもムリもないほど、同族の者と彼との関係は濃くなる。藤村の長姉の夫高瀬は芸者あそびをして困り者だったが、木曽福島の代々の薬屋の旦那におさまって、一安心と思ううち借金と妻と精薄の娘をのこして女と姿をくらましてしまう。

長兄は前述の如く何度も事業に失敗したり、だまされたりして入獄し、これ以上、弟たちに厄介をかけまいというので、追われるようにして、五十過ぎてから妻、子をおいて台湾へ行く。

異父の三兄は廃人となって《生物ならとうに食われてしまっているが、人間だから生きていられるのだ》といわれるような兄弟の家族にとっての荷物である。

次兄は父の志をついで、森林払下げの運動に奔走し、はじめは藤村といっしょに長兄らの面倒を見ていたが、とうとう藤村に借金を申込んでくる有様である。

高瀬の息子、藤村の甥は、番頭夫婦があとをついだ家にいる気がなくて、東京へ出て、大望を抱いているが、これも借金をしに度々訪れ、株屋になって名古屋で肺病で死んでしまう。

私は前に藤村と冬子のことについて少し述べてみたが、あれからさきの冬子との生活や三人の女の子を死なせる話などと並行して、音を立てて崩れて行く旧家島崎家との息苦しいほどの往き来がくわしく語られるのが、名作『家』上、下二巻なのである。藤村が借金をした筋金入りの商人である秦氏は、金を貸し借りすることによって駄目になる島崎家を嘲笑しているが、藤村自身も兄や甥に金をあたえながら、『破戒』出版のさいの借金は、とうとう払えぬままでパリへ出発する有様だった。

よく考えてみると、島崎家ほど同族あげて東京へ出てきているところは、今でも昔でも少ないであろう。ただ出てくるばかりではない。彼らは東京で、木曽の山の中の同族ぶりを再現しているのである。もはや破産倒産、そのほか息苦しい出来事のために田舎に住むことが叶《かな》わぬためもあるけれども、折にふれて先祖や父のことを思い出し、家霊がついているなどといいながら、一旗あげようとするのである。それをあおったのは、藤村自身の名声であったに違いない。

何しろ藤村は自伝的小説を書いているので、私の筆も小説の解説なのか、藤村自身のことなのか分らないように見えるが、いたしかたないところである。同じ自伝といっても進行中の生活を書いて行くというのだから、そこに書きたくても書くわけにゆかぬことがあったり、ことによったらわざと省《はぶ》いてみたりするようなところさえ出てこないわけに行かず、藤村という人を知ることは、即ちその省いてあるところを研究し、したがってその老《ろう》獪《かい》さを探り出すということさえ行われる結果になっているくらいである。老獪という結果になっていても、果して老獪だったといってしまっていいのか、そこに多大な疑問があり、これはあらためて述べよう。

『家』上巻が書き終えられたあと彼は大変革を迎えた。妻の冬子が七人めの子供を産んで、出血のため亡くなったのである。では『家』上巻にはそこまで書いてあったかというと、いうまでもなくさかのぼるのであって、『破戒』を書くために解散どころか家をあげて上京するところまでである。「犠牲」という題で書き始められた『家』の下巻の執筆にかかったとき、冬子は死んでいた。そうしてこの下巻は、妻の死の直前で終っているのである。『家』の下巻の部分、つまり、彼が『破戒』で好評を得、『春』を書きなどしている頃の生活では、もう冬子と別れることの出来る事態ではなくなっている。三人の女の子を失っているからである。冬子はあのまま小諸にいたら死なずにすんだ。書物の犠牲になったのだ、と歎いた。そして彼は依然として、彼の家に訪ねてくる昔の妻のイイナズケ、今は冬子の妹の夫で、函館の家をとりしきっている、人に好感をもたれそうな明るい性格の男のことを思うと、心がうずく。「じゃ、父さん、一寸行って参ります。」といって冬子がその男の宿へ訪ねて行く下駄の音を二階で黙ってきいていながら心穏やかでない。

　さて、それより以前のこと、四人めの子供、男の子を連れて、静養がてら夏の間冬子は函館へ帰った。もともと次兄の長女久子が藤村の家に英語の勉強もあって泊っていたが、留守の間の世話をするために、長兄の長女いさがやってきた。

　冬子の留守宅には花袋や独歩、秋聲、孤蝶《こちょう》などがよく遊びにきたり、知義やダン道子の父である牧師の村山鳥逕が讃美歌を教えてくれたりした。また『破戒』の芝居といっしょに、『博多小女郎浪枕』が上演されていたが、それを見てきた彼は姪《めい》の前で毎日その芝居のマネをしてみせて、姪たちを笑わせた。赤い花は夏らしくていいね、といったり、英語の詩を口ずさみながらトウモロコシの畑を散歩したりした。裸足で庭に水をまいたり、疲れると、姪に足の裏をふませたり肩をもませたり、白毛を抜かせたりした。

　これを要するに彼は久しぶりに若やいだ自由な気分を味わったのだが、一つの事件が起った。それは黙っているならば誰も知らずにすむような出来事だが、これは彼は小説に書いた。有名な小事件であるが紹介しよう。

　彼は姪のいさといっしょに月光を浴びながら近所にある雑木林へ出た。そこは娘たちが生きているときに手をひいてやってきたことのある処である。そのとき、

《不思議な力は、ふと、姪の手を執《と》らせた。それを彼はどうすることも出来なかった。「こんなふうにして歩いちゃ可笑《おか》しいだろうか」と彼が常談《じょうだん》のように言うと、お俊（いさ）はどこまでも頼りにするというふうで、「叔父さんのことですもの」と平素《いつも》の調子で答えた。この「こんなふうにして歩いちゃ可笑しいだろうか」が、彼を呆《あき》れさせた。》

（『家』）

　このことがあってからというものは、彼はともすれば姪にひきよせられるようになる自分に腹立たしく、それを知ってか知らずか誘うようにも思える姪の態度に苦しむ、という

ぐあいになる。

姪の結婚の話も、姪の家の家計もすべて彼が一役買っているのだが、彼は姪に対してわざと冷たい態度をとる。「叔母さんの留守中、叔父さんは私の手を握りました」といわれやしないかと恐れる。こんなことでは後見者としての道徳家めいたことはいえないと思うのである。

この姪とのことは冬子の死後書かれた下巻に描かれる。冬子の存命中は先ず書くことは許されなかったことである。こんなことは老獪とは関係はないが、さていったい、この「不思議な力」とは何であるかと、取沙汰されてきた。愛慾の力だとか、いやそれは浅い、これは同族間の恋愛を呼びよせる宿業《しゅくごう》の力を感じとって書いたのだと勘ぐられている。しかし、何度読み直しても「不思議な力」はあくまで文字通り「不思議な力」としかとれない。勿論その奥には宿業が働いているということは否むことは出来ないが、それは別問題というものであろう。

彼はこの許すべからざる独り芝居を恥じているうち、冬子が戻ってきてホッとする。こうして彼には妻のイイナズケに対するシット心は依然あるが、彼は家を寺院と観念し、夫婦を兄妹の如く思おうとし、連れ立って洋食を食べに出たりする。その後冬子は「父さん、私を信じて下さい……ネ……私を信じて下さるでしょう……」と夫の腕に顔を埋めて忍び泣きに泣くようなこともあった。

少なくとも藤村の筆に従うと、この二人の生活は愛憎の生活から抜け出て兄妹の間柄のようなカタチになったことになる。冬子の死後すぐ書かれたからというのでなく、たぶんこんなふうであった、というのは、これが彼の生活のコースの型のようであったから。これは彼が自由になろうとする道行きであるからである。

『家』発刊の翌年、久子と久子の妹とに世話をして貰って暮している頃に書いた、『柳橋スケッチ』の中に「日光」と題する随筆がある。その中で、「不思議な震動が私の全身に伝わってきた」とあきらかに、自律神経失調症か、ホルモンのアンバランスか老年病に襲われながら、妻子の死体やガイコツのことを考え、ワイルドの『獄中記』に勇気づけられ、それが作り物であろうとも「芸術的生活」をいとなみたいと思う文章がある。

この考え方と『家』の後半は符合するものであり、やがてそれこそ、宿業のようにして起る姪のこま子との間のことを書いた『新生』の話の筋とも符合している。

つまり、一口にいってしまうと『新生』上、下二巻の新生のテーマは『家』のテーマであるし、一方、彼が吸いこまれるようにして入りこんで行くザンゲのプロセスであり、ザンゲすることによって彼は宿業から解放されようとしているのである。このことについてはこれから述べて行くことになる。

藤村はさっきの『獄中記』の作者の新生について語っている。

『新生』のテーマはこま子とのことが起る一年前（四十四年）にハッキリと出されている。

そればかりか「新生」という言葉は既に明治四十二年、『新片町より』の中で「『新生』を明るいものとばかり思うのは間違いだ」といっている。そうして、すぐその次の感想文で「精神の自由と肉体の自由」ということを書いているのも印象的である。もともとダンテからきたと思える新生という考えは、そもそも冬子との生活の中で育ったものであるということをいいたいだけのことである。

　藤村は三男と末娘とはよそへ預け、長男と次男と、次兄の長女久子と次女のこま子たちとの生活をはじめた。再婚の話はあったし、変人でないかといわれたりしながら、彼は再婚にふみきらなかった。その理由としては、妻に苦しまされたので、女というものに復讐するつもりで、結婚してやるものか、と思ったのだ、と小説『新生』の中に書いている。死なれてホッとしたとも書いている。

　彼と冬子との夫婦生活は十二年めにして、漸く女というものが、どういうことをして貰いたがっているか、ということが分り、彼も妻の肉体の秘密を知ったらしい。聖域である彼の書斎へやすやすと入ってきた妻が彼を後ろから羽交《はが》い締めにしたりしてたわむれる。それから時には、夫がではなくて、妻の方がオンブして部屋の中をよろけながら歩く。私はこの部分を雑誌にのせたとき、夫の方がオンブしたように書いていて、今、本にするに当って書き直している次第で、その時の読者に申し訳ないことをしたと思っている。妻の方が夫をオンブするというのは、実にそれこそ不思議な、怪しげなエロティシズムを感じさせる。私は今から三十数年前、十八、九歳のときにこのところを読んで印象ぶかかったことをおぼえている。度々私が引用する、あの漱石の『門』の中のお米が、夫の宗助に物差で近江《おうみ》の〝近〟という字を教えてやるところと多少似たところがあるのが、この場面と同じようにおぼえている。そのくせ、どっちがオンブしたか忘れていたのは、けしからぬ話である。

それはともかくとして、妻の方がそうするのは、夫が心を開くのにタイミングが少し遅れていることを示している。

藤村は小柄である。それが写真では実物より大きく見えたというのは比較的脚が長かったのかもしれない。父に似て手足が大きかった。

冬子はしなやかな身体をしており、その頃になると（十二年目のこと）彼も惚々《ほれぼれ》したものだ。その冬子が「私を信じて下さい」といって泣いた。この二つの情景が藤村の頭の中にあったのは興味がある。

そして彼はパリで画家の正宗得三郎に話したことだが、一時、冬子の遺品である赤い腰巻をして暮していた。物いわぬ妻というものはつらいにはつらいが、甘美なものである。

そういうところへ若い姪が二人世話をしにきはじめ、彼は愛慾のにおう短篇をいくつか書いた。久子は四十五年結婚し夫についてペテルブルグへ行ったが、妹のこま子は自分の方が学問も出来るのにと、姉を羨ましがったという。こま子は色の浅黒い陰気な女だが、なかなか才があった。女中の老婆がいたとはいえ、既に結婚している姪のいさとのことがあったのに、性こりもなく別の姪を家に置いたというのは、ちょっと解せぬではないか。こんどは冬子が死んだあとだから危険は一層ある。それとも彼は女はうんざりだと思ったのだろうか。妻のことが忘れられぬから大丈夫だとでも思ったのだろうか。こま子は女学校を出たばかりであったからともかくとして、久子は自分のことが出てくる『家』の下巻を読んでいなかったはずはなかろうと思われる。そこには従姉《いとこ》のいさに対して叔父がひとり愛慾に苦しむ場面がハッキリ書かれている。それなのに、どうして彼女らは叔父の家へやってきたのか。

推測できる一、二の理由はあるが、同族の間の助けあいという考えが根づよかったというのと、いさと久子が数年前の夏、冬子の留守に彼の家で叔父と一緒に過したということこそが、今度も同じようなことを思いつかせたのではないだろうか。何かしら同族であることのために、どういうことさえも許すようなアヤシゲなところが潜在していたのかもしれない。それともいさと叔父とのことは小説のうえのことだと思っていたのだろうか。

考えてみれば、叔父と姪との間というものは、叔父が尊敬される立場にあるときには、非常に簡単な意味で誘惑しやすいものである。

気の小さい内気な藤村は芸妓などと遊んでウサを晴すことはできなかった、といわれているが、そこが彼の気鬱と表裏一体となった彼の新しさであった。彼は芸術女性や教え子の女性や質のいい文学少女や、生々《ういうい》しい娘や、そうでなければ妻、これが彼の相手にふさわしい女であった。何といっても妻は彼を不自由にした。芸術女性とつきあうことを許さず、しかもその妻に対してはシット心をおぼえさせられる。妻の相手の男は文学青年とは程遠い存在である。このような男にはいち速くカブトをぬがねばならぬ。これも、女を女として認めようと多少なりとも位を上にして考え、それ故にその相手の男をも認めようとする。その操作の中にどうしてもザンゲが入ってくる。位を上にすることによって、妻をうろたえさせ、ヘンな芝居をするような態度をとり、その結果コッケイにもなったのである。ポストへ妻を連れて手紙を入れに行くところを思い出してもらいたい。それが花袋にはあるらしい。秋聲にはなかった。秋聲に起ったのは、山田順子とのつきあいのときであって、妻に対してはなかった。花袋にはあったけれども、藤村のように掟をやぶるようなことはなかったし、また告白はあってもザンゲすることもなかった。

話は大分横道にそれたけれども、彼の子供たちや、妻の代りをするものは、新しい妻となる女性を求めるのでないとすれば、おいそれとあるはずがなかったわけである。女一般に復讐するつもりで、結婚なんかもうしてやるものか、というのは、ある特定の女のものではない自由な存在というもの、あらゆる可能性のある自由というものを捨てたくないばかりではない。結婚の話があるときに、断ることの出来る状態をたのしんでいたばかりではない。一口に言うと「結婚したくて、結婚の機会にめぐまれずにいる人が、いかに多いかを知った」というふうに思うとき、心の中に浮きあがってくる何ともいえぬ生き甲斐というものもあったのだ、と思う。ある意味でその境地を保つには忍耐がいる。尻の重さがいる。それもあった。

一方にこういうことはいえないだろうか。人は妻なり子供なりを失ったとき、その子供や妻と自分の生活をよく見ききしている子供や女を恋しがるものである。とくに妻についてはそうである。この世に妻がいないのだから、妻と自分との生活をよく知っている女によって、生活を追慕しようとする。そのとき久子やこま子という女性がどんなにふさわしいものか想像がつく、ということになる。一口にいって、彼の場合叔父と姪ほど肉体関係のでき易いものはなかった。この時、藤村は四十歳である。

姪の一人久子が嫁したのが六月、そしてもう一人の姪こま子が、その年の暮れにはもう妊娠の徴候をあらわしている。藤村は自由になったと思ったとたん、姪のこま子と事件を起したことになる。彼はそう書いていないが、不思議な力に導かれて、と『家』の場合と同じように書いてもよかった。

翌年大正二年三月には、修業のためという名目でフランスに出発する藤村は留守宅を芝に移している。大正三年に世界大戦がはじまり、大正五年にそっと帰国した。帰国してからこま子との情事は再燃したが、その最中の大正七年五月から朝日新聞に、その不倫関係を扱った『新生』が現われた。

こま子には承諾を得ていたが、不倫を知っていた、こま子の父、つまり次兄やその妻、従姉《いとこ》のいさなどをはじめ親類、親しい友人などもすべて寝耳に水であった。次兄は藤村の出発前にもあっているが、ほんとに知らされたのは藤村が船上の人となってからで、藤村は神戸に何週間と滞在していたのに、打ち明ける手紙を書くことが出来なかった。

　手紙を受け取った次兄は仕方がないので、ひそかに田舎で娘に子供をうませ、子供は他人にくれてやって、ぜったいに実の父の名をあかさぬことにした。この兄はライラクな性格であるし、藤村の子供達の面倒を引受けはするが、弟が立派な留守宅を借りてくれて、そこへ自分や妻が入りこむことになったし、相応の金も残しておいてくれたし、その後も眼を悪くしていたので、弟を頼りにしていた。そうしてこま子は早くどこかへ片づけようと思っていた。

　ところが、その藤村はそれに賛成するどころか、本人の意志を尊重するようにというし、こま子は自分達は一般の人とは違う尊い真の生活をいとなんでいるのだ、といってきかないので、愛想をつかしていた。その矢先に藤村が、新聞に自ら暴露し「青くなったり赤くなったりして」悩んだりザンゲしたりするところを書き進んで行ったので、次兄は腹を立てて義絶し、それからは娘と弟とは会わせず、台湾からもどってきていた長兄が旅立つときに、娘を連れて行ってもらうことにした。

　駈足で述べると以上のようなことなのである。ところが『新生』上・下二巻を読むとそう簡単にはいかない。

この小説は憂鬱な調子ではじまる。各節の終りが口ごもるような文章で終り、何かいいたいことを、岸本（藤村）が秘めていることが分る。第五節、第六節、第七節、第九節、第十二節がそうであり、突如として第十三節に入るとこう書かれる。

《ある夕方、節子は岸本に近く来た。突然彼女は思い出したような調子で言出した。
「私の様子は、叔父さんには最早《もう》よくお解りでしょう」》

これが妊娠の訴えである。

また、こま子と睦《むつ》みあったりするところは、ほとんど書かれず、とつぜんセキを破ったようにくちづけをするところが二度ばかり（二十九節・四十一節）あらわれ、その度にこま子はあつい涙を流すのである。もったいぶって妻の形見の着物をくれてやったりするけれども、吐気を催している姪を見て逃げるようにするだけである。いったいどうしてくれるのか、さっぱり分らない。外国へ行くということを冷淡に口に出し、同時にこま子に慰めの言葉をかけてやるわけではない。これで、こま子が喚《わめ》いたりヒステリイを起したりしないのが、ふしぎなくらいだが、ただ涙を流し、彼の方もひそかにザンゲするだけなのである。着々と彼の旅の準備は進み、あるとき「いいことがある」と姪を呼んでいうことが、金の用意はしてあるということなのである。生れてくる子供の処置についてどうするかということは姪と一言も相談しない。

そうして、留守宅となる立派な家に引っ越したとき、こま子が、「親類中でこんな家に住んでるものは一人もありゃしません」といったりする。叔父、姪の間柄でないとしたって、これでは二人の間はどうしたっておかしいと首をかしげざるを得ない。

妻の形見の着物や、結婚衣裳をあたえたことにしても、渡仏中、子供の面倒を何かと宜しく頼むということであって、自分の子供をうませた、その親密さの代償ではないらしい。読者は、ここで驚かざるを得ないが、作者、藤村はそのことには気がつかない模様である。思うに、彼はこま子に気易さを感じていたかもしれないが、心を開いてはいなかった。少なくとも、開いていなかった、と書いている。同族への親しみという点では開いていたかもしれないが、女に対する態度としては開いていなかった。

考えてみれば、彼はもともと同族に対しても心を開いていなかった、と考えていい。彼に限らず、彼の一族たちはそうであったのではないか。その濃密さの中では、心はもともと開かれない。閉じたままでの通じ合いだ。したがって、心を開いた経験というものを、彼も同族の人たちと同じようにもっていなかったのであろう。

長兄の娘西丸いさや次兄が、『新生』を発表したあと、どうしてあんなことを書かねばならないのか、といってきている。次兄に問いつめられて、心の中で『新生』の作者は、誰かは分ってくれるはずだ、と思うと書いている。更に、長兄が義絶した次兄との間を解こうとし、次兄の追及がきびしかったのか、とさぐりを入れたとき、岸本はそれもあったが、それだけではなくて、色々の心の経験が、重なりあって、ああいう心境になったのだとこたえる。この部分を読むと、『春』の中で、どうして不義理をして放浪に出かけたのか、ときかれて、〝言うことは出来ないのだ〟というのと、よく似ている。あのとき「新生」に出て行こうとしたのだ、と作者は書いているが、小説『新生』は、『春』と同じように岸本の新生の記録である。

　このとき、長兄に立派な仕事でもして、不名誉を挽回するがいいといわれると、節子（こま子）をあそこまで連れてきたのだって大変な仕事だった、人間のすることだ、そう大したことが出来やしないのだ、といいきる。

　また、こま子とのことは「自分のようなものでも生きたいと思ったことが、こういう結果になった」と書いている。例のあの文句である。

　自分のようなものでも生きたい、と思ったことが同族間の情事という掟を破ることになったのは宿命的で、父、正樹を思い出さざるを得ない。藤村は、ふりかえって、父の血が、自分の中に流れているといったりしているが、ザンゲしたい気持ばかりでなく、父を思うことがかえって、暗々裡に働いて、一線を越えさせたように思えてならない。そういう機会を待ち望むものが、彼の中にあり、それは、彼の気鬱なところにこもっているエネルギーみたいにも感じられる。

いさとの時がそうであったように、こま子の時も、藤村は芸術女性として愛を語らったりする相手と思ったわけではなく、何か不思議な力にひかれて、手を握り、それがひきよせることになり、接吻となり、不倫の関係をもつに至ったに違いない。それは嘗《かつ》て山の中で正樹が異母妹に接したとき、恋愛歌を送ったときの心境とも通じるものかもしれない。結果的には、ほんとうに不思議な力である。読者はここで私が冒頭でふれたロシア作家の「突然」を思い出してもらいたいと思う。

　肉体的愛着と悩みと、メンドくささと恐れと、叔父の体面のくずれる恐れとをもっていた藤村は、恋してはいなかったし、ましてや、こま子が自分を愛しているなどとは、思いもしなかった。奇妙なことだが、フランスにあって、分娩と共に次第に思いを述べてくる節子が、自分に愛を訴えてくるのに意外に思ったり、驚いたりしている。

　たとえば、自分が肉体的に誘惑しただけだから、こま子が自分に愛をささげない、と藤村が思っていたというのなら、これまた奇妙なことである。女が憎んでいるはずだと思うとしても、それが愛の裏返しであるのは当然である。年齢の開きがどうして問題であろう。とくに彼は、女学生たちの憧《あこが》れではなかったか。

『新生』によると、こま子は、藤村が帰国してから、再婚話が起きたりするとフテくされたりする。それが再婚話が起きているからだと、藤村はあとで知ってびっくりするのだが、これまた奇妙である。こま子が家の者と一緒に、藤村が借りてくれた別の家に引っ越してから、彼の中にうつぼつとした恋情が湧き、彼女に手紙を書いた後、漸《ようや》く次のような彼女の手紙によって、こま子の気持を悟るようになっている。

こま子（節子）の手紙はこういっている。

《わたしは心から微笑《ほほえ》みました。幾年も笑ったことのない人になっておりましたのに……何もかもお話しますと申し上げましたね。とうとうその時が参りましたよ。わたしは、その時がこんなに早く参ろうとは思いませんでした。すくなくとも二、三年は待たなければ成らないかと思いました……なんにも自分の心を満しては呉れなかったと申したことが有りましたね。幼少《ちいさ》い時分からいろいろな人をじっと見つめておりますと、どこか物足らないところが出て来るんですもの。ほんとうに自分を開放する気になれませんでした。わたしどもの創作は、最初こそあんなでございましたけれども、間もなくわたしは長い間自分で求めていたものであることを思い出しました。けれども、その頃は叔父さんは、ちっとも御自分の御心を開放しては下さいませんでした。それからあの三年の長い間、何一つ小さな物の影すらわたしの心に射すことは出来ませんでした。（略）》

ここから再び二人の愛慾生活が始まり、こま子は成熟してくる。彼はすっかりウツツを抜かしてしまい、自分のような年輩のものに惚れこんでくれるのをありがたがる。「葡萄酒」という隠語をかわしあい、これはどうも肉体的な睦みあいのことをいうらしい。

やがて、こうした生活から我に返り荒廃を感じ、彼は二人で尊い、高級な精神的な生活をいとなもうとする。そうして台湾へ連れ去られる姪に、あなたは我儘《わがまま》だから、つらいと思うだろうが、どこまでもしんぼうして行かなければならない、と説教して、別れの電話がかかってきても、無情にさっさと切ってしまう。

そこでこういう意見が出てくる。藤村は借金の追及のきびしさと、こま子から逃れるためにこそ暴露的な『新生』の筆を執ったのではないか。こま子には、自分たちは芸術的な高尚な生活をしているのだ、と思わせて、実はこま子から母性を奪いとり、小説の中で用心ぶかく母性的なこま子の要求にこたえる部分を省いてきた。こま子を芸術女性に仕立てて、煩《わずら》いのないものにしてしまい、台湾に送りこんでしまったと（平野謙『島崎藤村』）。

本当にそうだろうか。小説というものが、そういうことを目的にして書くことが出来るものだろうか、私には、それは、藤村のような作家のとれる態度ではないように思われる。

藤村は前にもあげた「日光」の中でワイルドの『獄中記』に思いをいたして、芸術的生活によって不名誉を挽回しようとしているところに大へん共鳴している。芸術的生活を思ったとき、彼は冬子の晩年の生活を頭においていたかも知れないし、パリ行きもそうだったかもしれない。それより一層、節子との「創作」生活はそれである。節子との、この生活によって二人が救われる。節子が救われるためには、彼が渦中にとびこまなければならない。これが、彼がほんとうに考えていたことであって、そのような努力をしたことが、彼女に対するつぐないであると同時に、人間の、いかにも感動的な芸術的生き方だと、彼は思った。そしてそれを発表することは、文字通り新生できることだ、と信じようとしていたとして、どうしていけないだろうか。

　そのように信じ、それを発表する異様さこそ、彼の小説の特徴であるし、彼の沈黙や、うっくつというものの本質であり、前述の如く、『破戒』以来のテーマではないのか。むしろ着々とパリ行きを考えていたように、「新生」への暗いトンネルの道を作りあげていたと言った方がよいかもしれない、といいたいくらいである。

　こま子は台湾からもどってきたあと、左翼学生といっしょになって警察に追われ、入獄したり、藤村に金を借りにきたりして断られたりするが、その後も数奇な生涯を送った。彼女は、藤村が静子と結婚してからも、自分の方がまことの妻であるように思っていたという（西丸四方「島崎藤村の秘密」）。そして度々精神に異常をきたしたりした。

　大正十一年女性雑誌「処女地」を創刊したとき、あの芸術的生活を願った二人なのに、又、実際、上手に和歌を作ったこま子に声をかけて原稿を書かせるということを、どうしてしなかったのであろうか。それはすなわち、あの芸術的生活の営みも別れるための段取りだったからだ、というふうな説に対しては、どうも私は肯《がえん》じがたい。

なぜかというと、あの芸術的生活を、こま子といとなんでいるとき、藤村は一方において、こま子という女性の中に好ましくない性質を認めていて、そのことを口にしているし、別れぎわにも、しんぼうしなさい、と説いている。彼女が勝手に帰ってきては困るし、彼ももう離れたいとは思っていた。芸術的生活を全うするにも、台湾行きはかえってよかろうと思った。もともと彼女とはつきあわぬ方がよいに決っているのだから、わざわざ彼女をひき入れる必要があろうか。第一、そんなことしたら、こま子は私は特別の存在だというところを見せるし、ほかの女性にも悪い影響をあたえる。藤村の読者は、とくに女性読者は『新生』を読んで、もう宜しい、そのくらいで宜しい、もうあなたを許してあげます、という気持をせっかくもってきていたはずである。こま子が台湾へ行ったが故に、こま子にキビシイ眼を放っているから読者は許した。もし、そのこま子が「処女地」に姿を見せたら、その題名さえ汚れるという印象を与える。藤村は許されなくなる。私は、別れたり、借金の追及を避けるためというより、むしろ平凡だが、許されるために『新生』は書かれた、そしてそこに流れているのは、両手をついて詫びる、何もわざわざ詫びなくてもいいのに詫びるという精神であると思う。

　しかしそれは芥川のいうように老獪なのではない（『或阿呆の一生』）。芥川は偉人な山国出の気鬱な平凡人を誤解している。気の利《き》いた人は平凡な生き方を老獪ととる。都会的な人ほどそう間違える。こんなときに例を出して何だが、それこそ私のようなものの場合でも、ただ自分の道を歩き、自分のいい方をいっただけなのに、そしてそれが自然だと思っていたのに、老獪といわれたことがある。そういう趣味が都会風の評者や作家にはあるものと見える。自分の理解できぬものを老獪というのであり、買いかぶりであり、自分のコンプレックスのせいでもある。藤村をあがめたてまつる人にも、コンプレックスはあるが、裏返してみれば同じことともいえないこともない。

　大正十五年『嵐』という作品を書いた藤村は、その中で、その墓地から起き上る時がどうやら自分のようなものにもやって来たように思われた、といっている。墓地とは、実は、フランス旅行をはさんでこま子との長い七年間の生活のことで、こういうことをいうからイヤミだといわれる。それはそれとして「起き上る」というのはなかなか意味ぶかいから要注意である。それは父は父、子は子ではなく、「私達」ぐるみ起き上るというのである。そうでなければ、新生へは進めない、というわけで、実はこれは静子のことが頭にあった、つまり再婚へと踏み切ろうという声であったようなのである。

　こうして、藤村は昭和三年五十六歳で、「処女地」の編集をしていた加藤静子と結婚した。この雑誌の創刊が大正十一年（翌年一月、十号で終了）だから、六年目のことだが、その間軽い脳溢血に倒れている。静子は津田出の才媛で、大柄だが子供の頃から病身で、どちらかというと陰気な性格だそうだ。彼女は弟子として藤村を尊敬し秘書として、藤村に仕事をさせるために全力を尽した。ただちに『夜明け前』の執筆がはじまった。島崎家の者は他人行儀に応接間に通され、加藤家の者は裏口から自由に通されるという具合で、藤村に会うのに静子を通さないと会うことが出来なかった。島崎家のものは「先生」を妨害しにきたり、心配をかけにきたり、金を借りにきたりするのが落ちで、「先生」の晩年のライフ・ワークにとって迷惑千万な話である。

押しも押されもせぬ大家となっていた藤村は、昭和十一年麹町区下六番町に新居の建築がはじまった頃、夫人同伴で有島生馬と一緒にペン・クラブ出席のためにアルゼンチンに赴き、帰途、アメリカ、フランスを廻ってきた。夫人は英語やフランス語も出来る。また風采からして、写真を見ると同伴者として夫人はもってこいの人に見える。

帰国後萎縮腎《いしゅくじん》に倒れた。が、翌年春には快方に向った。

「あんなことがおこったのは、あれは昭和十七年のはじめからではなかったろうか」と、静子は三十八年に出した『一すじの道――藤村とともに』の中で思い起している。

《先生の近親者の一人は経済上の不始末をしでかしてしまった。もちろんそのために被害をうけた人達もその他の関係者も、金についての背景には最初から先生の社会的位置を忘れてはいなかったが、先生に悪意を抱いているわけではなかった。それらの人達は、年齢の上からも健康の上からもすでに弱い先生を心配して、その事件に関する報告はすべてわたし宛に送られてきた。》

そのうち請求書をつきつけてきた。夫人の文章は藤村に似て隠してあるせいか、分りにくいが、このことは藤村も知ってはいたらしい。目に見えて沈んで行ったというのだから。そこで彼女はK市の兄を訪ねて相談した。藤村は金を出すか出さぬか、まだ考え中で苦しそうだといい、

「お金のところまでいかれないのよ」

「わからないな」

「わかるわ」

これは、兄と彼女とのやりとりである。

つまり彼女のいうのは、近親者が僥倖《ぎょうこう》を目あてに不まじめな態度で暮していた。そういう連中との関係を打ち切ろうか、どうしようか、考えて苦しんでいるのだ、というのである。

「これまでの先生のご苦労の原因は、大半は先生ご自身だとこの頃しみじみ思うのよ」

こんなことを話しあったあと、（会話は伏字の部分が多くて判読しなければならない。）

「どうかなさるんじゃないかと……」

「…………」

「心配で」

「…………」

というふうに書かれている。彼女は兄から金を借りて帰る。（彼女は通帳を任されているだけに、それを自由に使うことが気がひけたのだといっている。）

「先生が無言であることは、ちっとも変らなかった」だから「わたしは、思いきって話し出さなければならなかった」

とうとう彼女は代理として名古屋へ出かけて行くことになった。

「こんどの代理は、容易ならぬ代理ですよ」

と藤村はいった。ナゾナゾの文章である。

こういう文章を読むと、こま子が妊娠したときの藤村の態度がよくのみこめるような気がする。

静子は名古屋の宿で大任を果し、窓から外を見ていると、大磯の自分の家の部屋が見え、そこに先生が机の上の原稿用紙の欄外に鉛筆で細かく書かれた数字がハッキリうつった。そのいくつかの数字はこんどの借金の数字である。早く帰って明瞭な報告をせねばならぬ、と思った。

家へ帰ると、先生は驚愕の表情をうかべ、ふりしぼるような声で、「アッ、かえってきたか」といった。それは実は歓喜の表情であった。そのあと彼はいった。自分はどんな困難なことでも乗りこえてきたが、どうも喜びの修業は、積まなかったようだね、と。

静子のこの回想には、島崎一家、とくに過去の『新生』までの作品を生み出した土台になる生活に対する批判というものが言外に含まれているように見える。すべてもっともなことだが、藤村はそういう同族から逃れようとしながら、逃れられず、それを材料にして生きのびてきたわけである。外国へのがれ、外国文化の中へ入って行く途中の海の上で、両手をついて、藤村は神道に凝って寺を焼いた父に祈った。恥を作ったことだけは同じである父に祈った。このとき、『夜明け前』の発想が湧いてきていたといわれるのだから、夜明けは、木曽の谷には恥の中からしか生れない、と感じていたのだろう。同族から外《はず》れた静子のつらさはそこにあったわけだ。「喜びの修業は、積まなかったようだね」というようなことは、口に出していったかどうか分らないが、冬子が藤村を背負って書斎の中をよろけるように歩いているとき、妻とたった一度か二度、西洋料理を食べに行ったときも、それに似たものであった。

　私のいったことはよく誤解される、とどこかで藤村は語っていたが、私は「私のようなものでも」という言い方を、木曽谷ふうの発音と言葉できききたいものだ、と思う。おそらく文字に表現した場合と彼が心の中で呟いていたときとでは、ひびきが違うのではないだろうか。

男子一生の事業／二葉亭四迷

　たいていの小説家というものは、若い頃に有為転変《ういてんぺん》の生活を送るが、あとはひたすら小説業に励むというものである。そうでないとしても、まるで地震にゆさぶられているみたいに絶えず身心共に動き続け、自分の書いている小説にケチをつけ、自分が学んだ外国の文学にもケチをつけ、いわんやその外国そのものに対しても敵国として用心せよ、といい続けたりするような人は珍しい。二葉亭とはそういう人だ。まことに書きにくいし、いささかうんざりしてしまう。

　早い話が、二葉亭四迷《ふたばていしめい》、という名が、御承知のように彼自身の言葉によれば、クタバッテシマエ！　という意味だそうである（「予が半生の懺悔」）。『浮雲』第一篇を本にしたときに、こんな自嘲的な名をつけて出したのも変っているが、それというのも坪内逍遥《つぼうちしょうよう》の名を借りて雑誌に発表したそのことが金ほしさとはいえ不正直であり、「唯一つの取柄の正直」を破ったのが堪らなかったのに、書いた小説が意に満たないときているのだから、くたばるがよい、と号令をかけたり、冷々亭というそれまでの筆名をもって自からをやっつけたりしているのである。こういう態度はもともと戯作家によくあることだ。全部が全部信用する必要もない。筆者も度々皮肉な眼を向けて生涯を見守ってきたが、そのまま一生を終えてしまっているので、文字通り頭がいたんでならない。つまり通風孔というものがないのだ。せめて男子一生の仕事らしきものをやってくれて成功してくれればよいが、肺病で外国からの帰路海の上で死ぬ。せめて彼の地で死ねばよかったが、ムリヤリに送り届けられたので、それも叶《かな》わなかった。ベッタリ挫折という文字で塗りこめられてしまっている。

　彼の三つの小説が、いやそれよりは翻訳が何といっても救いではあるが、いっそのこと彼がしゃべった談話筆記のようなものの方に特徴が見える。ぐいぐいと自分を責めたり、急ブレーキをかけて別の方向に走ったりして、その短い文章の中に、曲折と変化とをもって、人生や時代そのものが、矛盾をはらんで入りこんでいる。「予が半生の懺悔」や「余が言文一致の由来」や「作家苦心談」「私は懐疑派だ」という文章は彼の面目が躍如としている。もっともこういうことを彼に対していってはいけない。そうすれば、彼は、「いやあそうでもない」と忽ち別の旗をかかげる。

　私は『浮雲』第三篇執筆当時のかれの「落葉のはきよせ　二籠《ふたかご》め」という「ノート」み

たいなものを見ている時に、いうまでもなく彼が『浮雲』に愛想が尽きて悩んでいる頃なのだが、文語文のまことに奇妙な文章を発見した。

このノートのことについてはこれからあとも縷々《るる》ふれることになるが、戯文《ぎぶん》ふうのものがあるかと思うと悩みのエッセイあり俳句あり、漢文あり、露文ありといった調子で、「一籠め」には『浮雲』の文字通りノートがある。芥川龍之介でさえ、ノートや日記類は文語文で書きたがった。その方が口語文より三倍も早く書けるからであるというが、とりわけ二葉亭の場合は三、四十年も前のことだから当り前のことだ（漱石のノート、日記は三十四、五年頃から口語が多くなり、三十八、九年にもまじっているが、四十年をこえると殆んど口語文になる）。

さて横道へそれたが、といってもこれは二葉亭の場合は大事なことだが、しばらく元へもどして、その奇妙な文章というのはこうだ。

《余の眼はおそろしく釣上れり、如何がすべきやほとほと困しはてたり、従来木だ曽つてレルモントフ文集をよみてわらいたることはなかりしに今日同文集を取り出し、夫のメイリイの章をよみたり。よみてメイリイのペチョーリンと相見る所に至りおもわず噴飯せり、おかしき事を写したるゆえにあらずして、作者のまじめくさりてメイリイの衰微せしさまを写すがおかしかりしなり、ミーロエチヂャとおもえり、レルモントフは露国文学家中余の尤も景慕する人なりしに今日のみしかおもいたるは如何にぞや。おもうに余の眼は釣上りしなり、眼の釣上りたるがゆえ人の肺腑より流れ出てし言を聞きてもおかしく聞えたるならん。これおそらくは失徳の事なるべし、されどそれを承知しつつ、尚おおかしく覚ゆるを如何にかすべき。》

これは「嗜好論」という小エッセイの続きと考えられる。嗜好に批評なく、相対的だ、と述べたあとに、「釣上った眼」のことをいっている。同じ作品が日によっておかしく見えたりする、ということがいいたいのだが、それにしても眼が釣上ったとは、どういうことなのだろうか。中村星湖は明治三十七年、二葉亭が「脳貧血症」を病んで田端へ引っこんだとき訪ねた印象を「極度の神経衰弱！」と思ったと書いている。これは漱石が二葉亭に会った頃と同じで、このことはいずれあとでふれるつもりだが、星湖はずうっとさかのぼって、既に明治十七年頃、父母とならんでうつっている写真にもその気配が見られるとして「尻上りの眉毛と高い顴骨《かんこつ》とに……」と書いている（内田魯庵《ろあん》「二葉亭の一生」『思い出す人々』所収）。

私には医者の家に八年間いたという星湖のこの骨相学ふうの描写が「釣上った」眼と関係がありそうに思われてならない。それにしてもいったい自分で眼が釣上ったなどとどうしていうのだろうか。この表現は私の想像では、母親か父親かが、息子の彼に向って、時に口にしてたにちがいない。つまり、「辰之助、お前の眼は釣上っておるぞ」といったように、たしなめの言葉としてであろうが。そうとすればそれこそ父母と一緒に猿楽町に住むようになってから耳にしていた言葉を、自嘲をこめて、致し方ないじゃないかという意味をもこめて書いているのだ、といえよう。

星湖は山田美妙《びみょう》の言葉をひいて少年の頃はフザケた子供であった、といっている。私もそうだと思う。彼のフザケた調子というものは、彼の『平凡』や雑談の中にあらわれているが、私は彼の処女作『浮雲』という小説の諷刺的な扱い方の中にあらわれている、フザケと神経症とは、無関係ではないようにも思う。

二葉亭は元治元年（一八六四年）に江戸市ヶ谷合羽坂《かっぱざか》の尾州藩上屋敷に生れた。明治元年、四つの時母といっしょに名古屋に行き、藩学校（後の明倫中学）に入り、仏語も学んだ。八つのとき東京にもどり十一歳のとき父が松江に転任したのでついて行った。十四歳になって帰京する。そのあと陸軍士官学校を三度うけて落ちたあと、明治十四年、十七歳で東京外語の露語科に入学した。

名古屋、松江は共に茶の湯の盛んなところであり、特に名古屋は歌舞音曲をたのしむところであった。一人息子の彼は両親や祖母の溺愛をうけて育ったが、これがあとで彼の重荷になった。彼は清元など俗曲が好きであるが、同時に、開校された士官学校へ入り軍人になろうとする人でもあった。彼は近視のために不合格となったのだが、何故三年続けて受けたのか疑問とされている。

それはともかくとして彼が外語で露人のニコライ・グレーという教師に露文学を教わり、ドストエフスキイやゴーゴリ、ツルゲーネフ、ベリンスキイなどを通し、ロシアの事情、農奴の解放、社会主義、ロシアの思想というものを知っていた。ロシア語を自由に理解するようになっていたのだから、これこそロシア文学が丸ごと彼の中に入りこんできた。これは大へんありがたいことではあるし、だいたい啓蒙期というものは、こうしたものだが、考えてみれば、日本語を通さずにたっぷりと無傷のままにしみこんできたこの外国の文学は、将来彼の中で矛盾を引きおこさないわけには行かない。

そこへもってきて、彼は思うところあって士官学校を受験した。それはロシア東漸《とうぜん》というものを頭においていたというのだから、そのロシアの文学を身体いっぱいに受け入れ、しかも、その外国文学を超克しなければならない、という羽目に追いこまれざるを得なかった。だから、彼は最初から矛盾の中にいたわけであった。

彼が外国語学校に入学したとき、その前年にプーシキン記念祭の除幕式で演説したドストエフスキイは六十歳で死んでいる。本国でも必ずしも面白がられなかったこの作家を、日本の青年たちが我がことのように理解したらしいので、この露人教師は驚いている。ほぼ十年後の明治二十五年に内田訳の英訳から翻訳『罪と罰』が出はじめ、透谷《とうこく》や藤村らに影響をあたえ、死後約九十年たった今も最も関心を抱かれているドストエフスキイ。その作家を、当時さきに述べたような風にして理解したということは、不幸といえば不幸ではないか。

彼は外語が東京商業学校に合併されたとき怒って退学してしまった。この年には帝大が設置され、帝大に対して外語の露語科はそのまま実業的なものとなって今日に至っている。このとき彼は二十一歳、既にツルゲーネフの『父と子』の部分訳である「虚無党形気」の原稿を、その頃知った坪内逍遥に渡している。これは出版されなかったがこれをケイキにして種々翻訳を行い、翌明治二十年、『浮雲』を坪内の名義で金港堂から出版したのである。

私は不幸といえば、不幸ではないか、と前にいったが、それは処女作『浮雲』がどんなふうにして出来、どんな結果となったか、ということを考察してみるとだんだん分ってくるのである。

彼は退学してホンヤクをしたり、創作にかかったりしたが、終始金は入らなかった。とうとうチリ紙まで親父の世話になるのか、といわれた程であった。父は退職し二千円ばかりの債券の利子をアテにし、それを息子がアテにする有様で、やがて、その債券も父が友人のために手放してしまい、そのために母が、離縁してもらうにも行くところもない、どうしてくれるのか、と泣いて食ってかかるのを隣りの部屋できくというような場面に出っくわしたりした。こういう生活は官報局へ勤めるまで続くのだが、それというのも彼が文学をやろうと考えていたからであった。当時の最高学府に学びながら、この有様では両親が嘆くのは当り前である。

　彼の近所に、園田せい子というモダン・ガールがいた。不良少女みたいな女でもあったが、男友だちがたくさんいた。あるいは彼の猿楽町の前の家に商家の娘がいて、そこへ彼はよく遊びに行っていた。どちらが彼の頭にひらめいたか、おそらく両方であろうが、その女をモデルにして、タチアーナみたいな典型を描こうと思ったらしい。

　文三という男がお役所を何が原因かよく分らぬがクビになる。彼は学生時代から叔母の家に世話になり、その娘の勢子に心を寄せている。叔母は行く行く一緒にさせようと思っており、二人も仲よくなっているところに、突然クビになる。文三がそのことを苦にしているのに勢子の方は文三に浮き浮きと好意を示し、つい真相を打明ける機会を逸してしまう。しかしとうとう打明けたところ、案のじょう叔母はののしり、文三の友人の如才ない昇のことを賞めちぎる。これが第一篇である。

　この小説は三馬を読んだり、饗庭《あえば》の真似をしたり、第二回はドストエフスキイとゴンチャロフ、第三回はドストエフスキイの真似をして書いたといっている。だいたい彼は、逍遥にいわれて円朝の調子を入れていた。これは漱石の『猫』などと同じである。

　こんなぐあいにはじめられた『浮雲』は、三馬の影響なのか、ゴンチャロフの影響なのか、ゴーゴリなどの影響なのか、生き生きとした江戸文学ふうの戯作調だとはいえ線が太く諷刺的な、現在形止めの文章ではじまる。そこへ文三がひそかに悩んでいる姿がちょっと『罪と罰』のラスコルニコフふうであったりして、あれやこれや思っていることと、ほんとうに心の中で思っていることと食いちがうところなどは、正にドストエフスキイ式でもある。

だいたいこの一篇はスリルに富み、人物の特徴もハッキリしていて、人物と人物とをリアルな感じで、浮びあがらせているのは、類例がない新しさであったのだが、その面白さを作っているのは、ほかでもない。それは、文三がひとり悩んでいるのに、勢子や叔母の政子がまったく知らずにいる。そのため文三は一層心苦しい。そういう文三の苦悩をよそに勢子があいかわらず部屋にやってきたりする、その二つのくいちがいというものが、この書き方でもって生きている。ところが、文三の秘密が洩れてしまったあと、お勢やお政が変貌し、そのため文三の悩みが増そうとも、それまでの面白さとは質がちがう。もしここで『罪と罰』とを考えてみれば分ることだが、ラスコルニコフの殺人は読者には最初から分るしくみになっているが、ほかの人物にはソーニャ以外は最後までハッキリとは分らない。この二つを較べるのは大ゲサ過ぎるかもしれないが、第一篇の面白さが第二篇以下に持ち続けることが出来ないことが分ってもらえればよい。

第二篇では昇が出入りして、文三をそっちのけにして政子と勢子さえもだんだん昇にチヤホヤしはじめるところが描かれると、昇が安っぽく書かれるのですべてが安っぽくなってくる。それに意見しようとする文三だけがよき取り扱いをうけているが、それがかえってここでは作者べったりで、文三も生きない。第三篇でその昇もだんだん足が遠のき、勢子が娘々《むすめむすめ》してくるのを見て、文三がもう一度、話しこんでみようとするところで終ってしまう。

もともと彼の前にあげたノートの「第一かご」や、彼の「作家苦心談」によると、昇が一旦お勢を手に入れてから、すててしまい、課長の妹を貰う。そうなることを知っていて、傍観していた文三は発狂して病院に入れられる、という筋だ。

それがお勢がだんだんと成長し普通の人間らしくなってきた。昇と結婚したがるような馬鹿ではないように書かれてきた。仕方がないから「お政はあいかわらず」と作者は書いているが、お政に対してだって何か処置し、変えてやらなければなるまい。こうなると、文三が発狂する理由もない。いや文三が発狂するためには、文三というのは、勢子の結婚とか、自分が問題にされないとかいうだけでは不足であろう。たとえば、ゴーゴリの『外套』にしても彼は新調の外套を盗られただけで死んで幽霊に出てくる。『狂人日記』は最初から狂人の筆耕者である。

こういった作品のことが彼の頭にあったかもしれないと思えるが、ラスコルニコフでもよい、アカーキー・アカーキエヴィッチでもよい。そういう人物とくらべると、文三が決定的に敗北したり発狂したりする外に道がないのは不自然である。文三をそう扱うためには昇はもっと勝者たる内容をもっていなくてはならない。ところがその実質がないためか、昇は次第に足が遠のきお勢が成長する。文三が悩む理由はほぼなくなり、彼はお勢が得られなくとも、新しい道に踏み出して下宿を出て行けばいい。そうなると何のためにこの小説を書いたか分らなくなる。

立身出世型の男と駄目なやつを配し、その間に行きつ戻りつするモダン娘、その後押しをするほかに考えることのない母親、といったもの、それが文三の止宿していた家の中で行われる諷刺劇だった。駄目な奴に同情がわき、より添い過ぎ、ついでにお勢にも最後に同情した。そうしてよく引合いに出されるが『猫』のように一貫した諷刺に徹することが出来ず、一方、文三の悩みが読者をひきつけたが、その悩みも篇を重ねるうちにたしかにひとりよがりになった。こうして諷刺としても、悩める若者を描くという点においても中途半端に終った。……

『猫』はウダツのあがらぬ先生である漱石一家や、その友人みたいな連中、当時の成りあがり者たちを、猫、いいかえればつまり作者というものの立場から一様に見ている。強力な精神であるが、このとき漱石は四十歳に近く、『浮雲』から十八、九年たっていることを考えると文三のような人間を見る眼が出来てきているのかもしれない。

明治二十年代の青年は、文三のようだったといわれる。二葉亭のようだったといってもよい。ついでだが、漱石はスウィフトなどの影響で『猫』を書いた。スウィフトはいかにも諷刺的諷刺である。ガリヴァーにどんな悩みがあるか考えてみると分る。ところがロシアの小説は二葉亭自身が「作家苦心談」でいっているように、ドストエフスキイなどは、中の人物により添っている。この方が人物がはるかに浮彫りになると感じたらしい。二葉亭はそのつもりで、とくに文三により添って書いた。少なくともそう書く羽目になった。

こんなぐあいにして、『浮雲』は、私の考えでは、一つはあとに『破戒』をうみ出す母胎となり、もう一つは大正期に入って、ゴーゴリが好きだった宇野浩二の『蔵の中』へ、昭和に入って井伏鱒二の小説のあるものへと移り変って行ったように思われる。スウィフト流の小説を日本版にした『猫』式のものは誰にも受けつがれなかった。

『浮雲』は猿楽町時代の父母との生活からつかんだものがもとになっているにしては、この小説は、文句はいうものの人物の典型はなかなかよく出来ていた。雅文調の文章の序文をつけているが、本文は前にもいったようにはじめて言文一致を試みた。言文一致で書こうとすると、文章に書くことがあるかないか分らなくなる。これがおそらく当時の文人の不安であったに違いない。外国文学には文語と口語の区別もない。これは彼が小説を読み、露人教師のしゃべるのをきいてその一致に驚いたことからきているが、そういう風潮は次第に起りつつあった。その先鞭《せんべん》をつけるのに彼が彼の知っている外国作家、中国の次に日本に近いところの外国であるところのロシアの小説の思想や書き方をお手本にすることによって言文一致を達成したということは自然なことであった。私たちが外国の小説を御手本にして日本に新しい小説をうつし植えようと思うよりも、その願いも切実であるが、そのギャップも大きかったにちがいない。ともすれば日本を忘れないわけに行かなかった。にもかかわらず当時の日本の背丈以上にはなれなかったということになった。

あとになってだが明治三十九年の「露西亜《ロシア》文学談」では、

《どの小説の主人公も皆同じ様な型で、それぞれ気質は異るが各々天賦の才能は持って居ながら、どれもこれも真の仕事を見出す事が出来ない。自分の精神を全く打込んで身を入れて働こうとする仕事を見つける為に、ああでもないこうでもないと、考え尽し求め尽して、終に一生の間見付からないで、ある者は自暴自棄となり、或者は懶惰《らんだ》になる。一般に露西亜人の短処はこの自分の真正の仕事を見付けることが出来ないという事だ。》

とゴンチャロフにふれながら述べている。これは確かにあとになって、自分のことと引きくらべながら述べたのだけれども、文三というのが既にそうであり、二葉亭は文三のロシア文学の人物ふうに歩いた姿であることが、次第に分ってくる。ロシア人からロシア語で文学を習った彼の不幸は、こういうふうにもあらわれている。二十年代の青年が放浪的だったといわれるとすると、日本もまたロシアのように「古く固定した信仰はなくなったが、新らしい信仰は得られない、即ち人心の中心となるべき物はない。真中心を非常に追求し終に得られない処から、寝台から起上るのも面倒くさいというオブロウモフのような者も出て来るのだ、斯様に露西亜は輸入文明だから落付かない……」（「露西亜文学談」）

寝台から起上るのも面倒くさいのも、放浪するのも裏を返すと同じことになる。彼がロシア文学から学んだ一番大きなものは、どうもこういう人間として生きることであったらしいのである。二葉亭はチェホフやゴンチャロフや、ツルゲーネフやドストエフスキイではなくて、彼らの描いた人物みたいな生活を送る運命にあった。

明治二十二年からあとは、事実上藩閥政治が固まる時期であり、その内に文壇というものがあるとすれば、坪内一派の改革派から、紅葉、露伴の元禄文学をとり入れたものにさかのぼるようになるというふうにいわれる。もともと二葉亭たちは、文化文政の文学に外国文学をとり入れたものであった。露伴は文語文を、紅葉らは会話のみ口語にして他の文は文語とし、彼は彼なりに外国文学をとり入れる。こういう話はまことに面白くないが、とにかく二葉亭はその後、小説の注文はあったが書きもせず、次第に忘れられ、『あいびき』『めぐりあい』などの翻訳を発表し、その方に文学への執着と多少の収入とを求めるようになったが、その間、彼が如何に悶々としていたかは、彼の古くさい名前のあのノートにはっきりあらわれていて、およそ、これくらいしんきくさいノートは見たことがない。

中村星湖が神経衰弱症を認めようとし、私もあの「釣上った眼」に不思議な気分になるのは、仕方のないところなのである。

自分は想像力が足りないし、日常瑣末《さまつ》の事も一々心に記しておかなくてはならぬのにそれが出来ぬから小説家失格だ、といっている。また結構の才がないと嘆いている。そうかと思うと、新井白石先生が、どことなしに気高くて流石《さすが》と思われると、感心している。外国文学と日本の伝統文学との間にあってさまよう時、多少とも啓蒙的なものを書いたあとの反省期にたいていの作家が考えるようなことも考えていることが分る。

明治二十二年六月二十五日の日記で、このあと『浮雲』の第三篇のことについてのノートを記している。つまり、お勢が一人前の女らしくなることの動機に当る部分を書いている。そうして『浮雲』第三篇の印刷を見て拙くて顔が赤らんださまを記し、あとはいわゆるグズグズしたことをつづっている。まったくこのあたりのノートが最もひどい。気力衰えたり、となげき、死んだ方がよいという。それというのも『浮雲』十九回を書きこじらしたからだ、と女々《めめ》しいことを分析さえしているのである。

私はこういう日記を見ると前の有島の日記や、独歩の『欺かざるの記』を思い出したりする。鷗外、荷風、漱石の日記はおのずから違う。鷗外は事実を示し、荷風は世間にすね批判している。どちらの文章もキゼンとしている。漱石は自由自在にいわゆる日記らしい日記をつけている。有島や独歩はクリスチャンふうのザンゲというものが根本にあるが、いったい二葉亭の場合のこの女々しさ、迷いは何と考えたらよいのだろう。あとで問題にせねばならぬが、「男子一生の事業に非ず」と文学のことをいう人にしては、もともと、如何にも女々し過ぎるように思えてならない。

いずれにせよ、彼は最初の大目標であり、彼に似つかわしいはずの文学実作の上で一人前の仕事を仕あげることが出来なかったことを遺憾に思い、死にたいほど女々しいほどはがゆくてならないのである。彼の努力は、天才は報いられなければならなかった。一人息子の彼はそういう報いられることに慣れていたのに、報いられなかった。かくして「落葉のはきよせ　二籠め」は、実に面白いノートで終っている。

《お勢に既に忠告したような気になった。が、お勢が平気でいるに吃驚《びっくり》心附いてい（み）れば、まだ忠告はしていなかった。》

分載していた『浮雲』第三篇のその後の部分について頭をなやましながら、まことに頼りない文三の意図と行為とのくいちがい、そしていかにも近代ふうに文章として表現されていることが分る。

彼が官報局雇員となって月俸三十円を支給されるようになったのはこの頃であって、このあと比較的経済的に安定をするのだが、明治二十八年松山中学の教師になった漱石の月給が八十円だったのに較べれば、大分少ないことが分る。また明治三十二年に小倉へ十二師団軍医部長となって行った鷗外は二百円ぐらいだった。同じ頃藤村は小諸で二十五円貰っていたことは、鷗外のときに述べたことがあった。

　このあと彼は遊里に足を運んだりして、荒《すさ》んだ生活をし、遅くなって勤め先へノッソリと巨体を運んでくると、給仕に「ベンション（小便の逆）はいやだよ」といって黄色い濃い茶を要求したりした。強度の近眼である彼は机に眼をつけるようにして露国の事情を翻訳紹介していた。そうこうするうちに彼は父母と離れ転々と下宿を変えて自由を楽しんだわけだが、そのうち福井つねという人のいいあけっぴろげの女といっしょになることに決めた。大口あいてあははと屈託なく笑う庶民的な逞《たくま》しい女は彼のような神経質な男にはひかれるところがあったと見える。少なくとも彼は気が楽だったのであろう。

　明治二十六年届けを出して正式の夫婦となったあと、実に小さな大事件が起った。彼の愛犬マルが行方不明となった。遂に見つからないと、放心したような日を送った。友人にこの犬のことを涙ながらに訴えた。

　ずっとあとで書いた『平凡』でポチが犬殺しに殺された話を少年時代の話にしているが、これが実は二十九歳になる彼の経験だから驚いてしまう。父を失ったことと、マルの失踪、祖母の死、こういったものが彼にとって相並ぶ大事件中の大事件であったというのは実に不思議なことだが、彼が性来、人並はずれて孤独な性向をもっていたことが分る。彼は猫も可愛がった。

文鳥を死なしてしまったとき、つい注意を怠って死なせた家族への怒りを爆発させ、そうしたものをもってきた三重吉の好意を怨んだというふうに書いたのが、漱石だった。彼は母や父から愛を十分にうけてはいないが、奇妙な愛を養父母からうけた。もっとも彼らはあとで金をせびりに来た。鷗外は生涯母を立て続けた。確か鷗外が死ぬほんの少し前になって母が死んだ。鷗外は小説を書くことによって生活を危うくすることを望まなかったこともあって、多忙な公職から縁を切らなかった。漱石もビッコの感情しか親から受けなかった孤独な男だが家族を扶養する点では責任をもっていたので、教師をやめる時も慎重だった。二葉亭は鷗外のように母親を満足させることもなく、終始つらい気持で、彼女は彼にとっては、眼の上のタンコブだった。

三人三様だが、こと母親に関しては、鷗外と二葉亭とはかなり似た立場にあったが、二葉亭は誇りある家名をあげる息子になれなかった。

愛犬マルの行方不明の悲しみは、長男玄太郎の出生によって漸くまぎれたというのだから、このまぎれ方もやはり異様である。

当時彼は「落葉のはきよせ　三籠め」を書きつつあった。どうしたら安心の境地に入れるか、と考えこんだり、自愛と他愛と扞格《かんかく》衝突することあるときは如何にすべきか、愛は解すべからず、というふうに書く。真実とはきまったものではないと、科学主義の立場をとろうとしたり、宗教も絶対ではないといったり、尺は寸よりも長く、又丈《じょう》よりも短かしと、相対主義を唱え、一方世にすてられた身をはかなんだりする。そして生きているから生きているだけだと思ったりする。これはつねとの離婚の届けを出す前のことである。

下宿におる頃で俳句を盛んに作っている。「女子の性は男の性と異なれり、男はたけく女はやさしきが生付なるべし」と書いているところを見ると、母とつねのことについて、思うところがあったのかもしれない。母はつねとの結婚を好まなかった。

長男が出生すると彼はつねを連れて真砂町に移った。数年前から彼のところへ出入りしていた内田魯庵は、遊びに行くと夫婦仲が悪くてたえず喧嘩していたが、それはどちらかというと神経質な夫の方が悪い、といっている（『思い出す人々』）が、誰が見ても分ることは彼が気楽に思った分だけ、こんどは彼が厭気がさしてきたに違いなかった。大口あいて笑うような女というものは、その分だけ彼を腹立たしくさせたはずだからだ。こうして最初は母との間が不仲のうちは、かばったりしていたが、彼は別れることを思い立った。届けを出したのが、明治二十九年（三十二歳）のことである。このときまでに夫婦には二人の子供があった。ところが二人の間はそれで終ったわけではないらしい。明治三十一年の坪内宛の手紙には、こうあるからだ。

《（略）かかる折柄つねハかねて臨月の見込の処どうやら早かりそうの様子にて杉野の

お袋も大いに心配いたし候ゆえ不得止《とりあえず》実家へ戻し申候それについてはいろ〳〵手当も致さねバならず既に多少の金を遣《つかわ》し候えどまた不足のよし申越し大いに閉口いたすにつけ生活問題も等閑に付し去る訳にまいらず因而近々御相談を願いに可罷出《まかりいずべく》考《かんがえ》に候えどまず予《あらかじ》め此頃勘考いたし候所を申上候へバ

一　産れたる児は里にやること

一　つねは乳母奉公に出すこと

つねの処分はまず如此《かくのごとく》にするより外致方あるまじと存候

次に小生の身のおさまりは

一　此頃は毎月のかかり四十円余に上る有様ゆえ六七十円の収入ある地位ならば如何なる地位にても甘じて就くべきこと》

そのあと就職の世話を細かく頼んでいる。

官報局を辞し、陸大の露語科の嘱託（月俸二十五円）となり、これまた直ちによしていた。このあと海軍省編修書記になる。早稲田専門学校、坪内雄蔵宛のこの手紙は、子も親もすてて三界無住之巡礼にも出かけて、旅先で野辺の露と消えたい、という弱音と共に書かれている。彼の『浮雲』は全篇が「太陽」の臨時増刊号に再録されたり、翻訳も改訳して『片恋』と題して単行本が出ているし、彼の主だった小説の翻訳はたいていこの間に行われている。そうであるが、生活が定まらず苦衷を訴えている。

　これは本人もいうように、二またかけているのは第三者から見ると虫がいいように見えるが、彼の苦心サンタンの翻訳は、大して生活の足しにならなかった。余裕がなければよい翻訳も出来ない。そしてその翻訳は十分に意義のあることであり、創作よりも直接意味があるかもしれないと思い、やりがいがある仕事だと思っていたことなのであった。いずれ語らねばならぬが彼の翻訳が若い文学志望者にあたえた影響がどんなに大きなものであったかは、次第に後になって分ってきたが、当時としても貪《むさぼ》り読まれた。そして彼は鷗外がそうであったように、翻訳によって、有益な才ある文学者として尊敬されていた。小説創作はとにかくとして、この有意義な仕事をして生きて行くための方便を、彼は、逍遥は分ってくれるものと思って話しかけ、逍遥もそのことを知っていたのであろう。

　妻のつねは彼のものでない子をもっていた。彼は二十九年に離婚届けを出したが、またヨリを戻そうとしかかり、この真相が母に知られてしまったものだから、仕方なくほんとに離縁にふみ切った。それがこの手紙の文面に示されていることのようである。つねは彼が止宿していた宿の長女で、当時彼は友人杉野と同宿していた。この手紙に杉野という名の出てくるのはそれであるが、彼は後に杉野の妹のちかという女性と恋仲となり、つねが別れるさいに、ちかを妻に推薦したりしているところを見ると、つねは自分の過失のこともあり、心から自分の子供たちの面倒を見てくれる人として、おそらくよく知っている仲の、ちかがよいといったのだろう。つねの人柄もうかがえるが、人柄だけの問題ではあるまい。彼がちかとどの程度の仲だったか分らないが、つねの過失は、ちかと夫とのことが原因だったのだろうか。もしそうならば、不和であったのは当り前のことである（中村光夫『二葉亭四迷伝』）。

このあと十年近くたって、彼は「嫉妬する夫の手記」という題の露文をのこしている。露文でのこしているもので、この種のものはほかにはない。この和訳が全集になっているが、枚数にして四百字詰二十枚ぐらいのものだろうか。訳された文章は、このままで志賀直哉の文章のような印象をあたえて珍しいものであるが、その内容は何か奇妙な感じである。

《四月二日、Ｏがうちへ泊りに来た。

はじめに妻は、客が居ると手足が縛られるものだから、その滞在を荷厄介にしていた。また女中を雇わないかと或る時妻に言ったら、妻は出費の嵩《かさ》むのを恐れて、そんな贅沢は出来ません、それにお客様もやがていなくなるのでしょうから、と云った。

ところがＯは引続き泊っている。

妻はＯのことで時々私に不平を云ったが、どうにかその滞在にも慣れたばかりでなく、進んで客の世話までするようになった。みんなあなたの為ですと、弁解か何かのように云ったこともある。私は口ではそれは有難いと云ったが、内心別なことを感じていた。不満でもあれば何か心配でもある。一と口に云うと何だか変に面白くないのである。》

こんなふうにして始まる。そのうちOのことが気にかかり仕事が出来ぬので、「私」は田舎へ行くことにしてそのことを口にすると、Oも友人の家へ移るといったので引留めずそのまま自分は田舎へ行った。Oがやがていなくなるだろうと思って六月九日に帰宅したのである。ところがOはそのまま在宅していた。母は自分の帰宅を喜んでいるし、妻とOとはだんだん親しくなっていく。二十五日？　二十三日？　と書いて、妻が一時間以上もOのそばにいて、蚊《か》帳《や》を吊ろうとして縁が自分の顔にふれたので、目を覚すふりをした。というふうに書かれる。

ところでそのあと、七月二日の日記に、二十七日、あるいはそのあとのことを思い出して妙なことが書かれている。

お前たちは好き合っている。お前はOに似合いだ。俺のところへ来たのは間違いだ。というようなことをいったあと、妻は元通り仲よく暮しましょう、というだけだ。

ここで読者も分るように、「私」は妻に一度も激しくつめよったり、なぐったりはしていないということである。妻の方も、マイペースでかなり自由に、それこそ今ふうに振舞い、少なくともオドオドしたりしていない。年上の女房が亭主をのんでかかっているようでもあるし、夫の母に対しても適当に突き放した態度をとっていることが分る。

こうしてOと妻が自分を玄関へ送り出してくるような有様となり、

《二人の様子を見ていると、何だかこっちが客で向うが主人のように思われて来る。だから勢いそんな不手際な態度も出て来るのである。》

その不手際とは、「二日も経てば仕事が片附く。あっちへもやっていらっしゃい」とムリにいったりしたことである。つまりハッキリとは書いてないが「私」は外に仕事部屋をもっているのである。

このあと、七月二日の日記に二日のことらしく、夕飯のために帰宅したことや、そのあと母と妻のことにふれ、二時間はOが妻と二人でいたことを指摘し、二十六日に月経が止ったはずなのに、二十七日の晩からまた始まってまだ終らぬ、のは変だ。

こんなふうにして「私」が妻を叱ったらOが庇《かば》ったとか、敷布に赤いシミがあったとか、Oが妻に文芸倶楽部をくれたとか、こういうところは、いかにもほんとうにあったことでなければ書けないようなことがそうした配列で書きつらねられている。そうして、

《三日、私は終日涙を流していた。

四日、妻との夫婦としての交渉を絶つことを妻に申し渡した。
五日、妻は半ば告白した。》

そのあと日中「トミ」をつれて来て（下宿先へであろうか）自分は何もしていないといい、喧嘩になり、晩に妻が一人できて告白する。そして五日になって、妻の不当のザンゲがあったとして、妻がOのそばに四十分間立っていたが、どんな風に時が経ったのか忘れた、とこういうふうの文章が二度あり、この部分は不思議な文章である。これは夫に問いつめられて、かなり妻が素直に話しているが、何分にもワケが分らぬ状態になっていることを示している。

手記はこのあと、もう一度最初からのことを整理しているが、ここからは新しい事実が出てこない。

時に横山とか長田とか不意にそれぞれ一度ずつ出てくる。横山は横山源之助のことであろう。彼がOであろうか。横山は十歳年下で、二葉亭の話からロシアの社会主義に興味を抱いていた。この男がよく泊っていた（中村光夫氏によるとOは長田とのことである）。

とにかくこの手記は、男の方の思いすごしなのかもしれないという気配がある。すくなくともそういう怪しげなところがある。本当の手記というものはそういうものかもしれないが、Oと「私」が深い関係があって、思い切ったことがいえないということがあるらしいが、それにしてもそういうことを恨みに思いながら喜んでいるようなところもある。すくなくともこの「私」は、ロシアの小説に出てくるような男である。

そうしてこの妻が夫に打明けるような打明けないような、思い沈んだり、よく時間の経過が分らなかったりする有様は、Oとの間がかなり肉体的につながりのある状態（たとえ実際に関係がなくとも）になっていることを示している。そういう妻の有様が実に不可思議にしかもよく分るような手記である。これは経験しなければ書けない。ここに女の本能についての神経質なかんじがある。彼の経験が『其面影』、『茶筅髪《ちゃせんがみ》』に生きているとも思う。四月から七月の間のことなのだから三十年の、美土代《みとしろ》町の宿に泊っていた頃か。いずれにせよ、翻訳に精出してツルゲーネフの『夢かたり』や『うき草』にかかっていた時のことである。

妻のつねが他人の子供を宿したことが分ったあと、別れることを思い止ったということは、この「手記」の気分と非常に似ているように思えないか。私はちょっとドストエフスキイの『永遠の良人』を思い出した。

問題はこの手記が『其面影』を書く前あたりに書かれたというふうにいわれていることである。もし本当ならいったい何故その時になって八、九年も前のことを細かく書くことにしたのだろうか。

もし彼が思い出して書いたとしたら頭の中に記憶されていたと考えてよい。これはこのまま自分のためのものであったのか、それともこれを他人が見ても分るように長くし、書き直すつもりであったのだろうか。この手記は『其面影』の小説とはあまり関係がない。勿論『平凡』とも無関係である。『其面影』は夫と妻以外の女との話だからである。だからこの「手記」をいずれ長いマトモなものにするつもりであったとしても、それは果さなかったことになる。

　私は前に「手記」の和訳したものは、直哉の文章と似ているといったが、今ひっくりかえしていると『平凡』とも似ている。『平凡』は面白おかしく割り切った書き方をしている点ではむしろ正反対だが、手記ふうのところから、おのずと文章が似ている。いずれにせよ、直接に似ている内容のものはこれしかない。そして妻を責めるとその動機となった友人が妻を庇うといったようなことを含めてそういう点に着目して書かれたこの「手記」は、二葉亭の特徴を最もよくあらわしているし、これをもしほかの作家の作品と較べるとすると、漱石の『行人』である。女々しいという点では、紅葉の『多情多恨』だが、これは死んだ女房のことで拘《かかわ》り続ける男であるが、かえって世話になる友人の妻とのことで迷惑を及ぼし、快活な親分ふうで紅葉ふうなその友人が、適当に処置するといった、ある意味では女々しい男を向う側に見た小説で、これはバルザックか誰かの手本があるそうである。これに較べると「手記」は悩む本人から書かれている。そこに紅葉が物語作者としては遥かに大人であったことになる。紅葉こそ、その意味で文壇で天下をとるにふさわしい人物であったといえる。
一方『行人』の作者は、これを弟や友人の方から見ている。二葉亭はこの「手記」を書きあらためてマトモなものとしても、おそらく悩める男を主人公の位置におき、それに添って書いたと思われる。ハッキリしていることは、この「手記」を綴《つづ》る二葉亭は「文学は男子一生の事業に非ず」という資格はなさそうだ、ということである。政治家になれず、作家にしかなれないような、将来の作家たちと似た物の感じ方がそこにあるからである。そして前にもいったように、いかにも彼が勉強したロシア文学の登場人物にも似ているということをもう一度いわねばならない。

　明治三十一年の十一月に父が六十で死んだ。独歩の父があっちこっち転任したように、彼の父も転任したあげくクビになったのが、たしか藩閥政治の確立とかんけいがあったと記憶する。父が死んだとき、犬が行方不明になったときと同じように深い悲しみに襲われ、悔悟の念を抱いたらしいことは、後の自伝ふうの作品『平凡』に見られる通りである。『平凡』では東京へ出てきて下宿した先の親類の娘、雪江への淡い恋心、そのあと料理屋だったか下宿屋だったかの女中であるお糸という女ときさくな話をしあううちに「この憎い人」といった調子で、不意にこの女がかぶさってきて遂に肉体関係を結ぶ。そのため病気の父へ送る予定だった金をつかってしまい、そこへ父が死ぬ。父の死顔を見てなげくという次第であるが、前の雪江は、『浮雲』のお勢そっくりだし、このお糸は何だか妻のつねそっくりである。

現実にはつねのお腹の子供のことを心配し、それから金がいるといい、就職のことに及んで坪内に頼んでいたあと、父に死なれる。十分な生活をさせてやったり、十分世の中のために働いた実績を見せることもなく、文学にうつつをぬかしていたといえばそういえないことはない。

つねとの結婚も文学も無関係どころではない。それこそ徒らなる煩悶《はんもん》の結果が、つねのような女でいいんだという気持にさせたのである。おまけに妻が他人の、それも友人の子を宿し、それがために本当に絶縁しなければならなくなり、二人の子供を母が育てるということになれば、これくらいダラシがない話はない。彼のような反省ヘキのあり、責めるくせのある男が、そのことで自分のしてきたことがムダであったと思わないわけはない。『平凡』では素人がいいというのでお糸のあと結婚を思いたつところで終るのだが、そのとき、文学にうつつを抜かした自分を責めて恥かしがるところが既に途中の四十三章にこういう文句で出てくる。

《ああ、恥ずかしくて顔が熱《ほて》る。何たる苦々しいことであった。私は当時のことを思い出すたびに、人通りの多い十字街《よつつじ》に土下座して、通る人ごとに、踏んで、蹴《け》って、唾《つば》を吐き懸けてもらいたいような心持になる……》

これを読むと、私は前回でふれたあの『破戒』の最後、丑松が生徒の前に手をついて詫びたいとその機会をねらうところが思い出されてくる。『平凡』は『破戒』の翌年に書かれたものである。あとでわかるが、『平凡』は自分をふくめて藤村の『破戒』のような小説さえも非難したところのあるアイロニーに満ちた作品であるが、『破戒』のことが頭にあったに違いないと思う。なぜかというと、『破戒』は三人の子供を犠牲にしたといわれる作品である。妻を鳥目《とりめ》にした作品である。苦心サンタンのあげくの作品である。二葉亭の場合と同様に。父の死や犬の失踪と較べてその感動の方が遥かに真実だというふうに書く彼は、『破戒』に対しても同じことを思わぬはずはない。

面白いことはそれだけではない。『破戒』の下敷になった『罪と罰』は、彼こそがよく読んでいた小説だ。二十年前の『浮雲』を書くときには彼が啓蒙的意欲をもやし、これこそ自分の男子一生の事業であると思って、下敷にした小説なのだから、彼のように「ノウ」といいたい、一種女々しいところもある男が、といってもアイロニカルな自己反省的でもある彼が、『罪と罰』と『破戒』にまたがる問題を、問題にしないわけはなかろう。

彼の『浮雲』が、その濃密にリアルに描かれた悩める青年の姿が、政治、キリスト教、文学、この三つの道にまたがっていた挫折の人でもある独歩や、木曽の家とからみついた悩みやその後の挫折をへてきた藤村らに感動をあたえたばかりでなく、『あいびき』などの翻訳が、独歩や藤村らの眼を開いた。それは自然が生き物の如く向う側にあるというつかまえ方だといわれ、これは本人の二葉亭以上に影響をうけたといわれる。

『罪と罰』の翻訳は内田魯庵が訳している。内田は二葉亭の弟子で『罪と罰』は英訳からの重訳でよくないそうだが、トルストイの『復活』の訳は、二葉亭から懇切な指導をうけ、名訳だといわれている。いずれにせよ、三十年代に入ってから独歩、藤村が仕事をしている。しかも二十九年に訳し直したものではない、『浮雲』の直後に訳された初訳『あいびき』が刺戟となっている。これも二葉亭には皮肉なことだ。

とにかく、ここで、『罪と罰』のラスコルニコフがセンナヤ（乾草）広場で雑沓の土の上に接吻し祈るという場面と、藤村、二葉亭という二人の日本の作家の同じような部分とを比較して貰いたい。まったく変なぐあいに二葉亭はしっぺ返しをし、仇を討った。そしてこれこそ彼そのものが、彼そのものの人柄の本質がよく出ているという意味もあって、『平凡』という作品は、その談話のように文章が躍動している。ここにも「文学は男子一生の事業に非ず」といいたくなる宿命をもって歩んだ、そして、そういう資格には乏しい彼というものがよく出ている。文学の否定という眼目は明治二十年代式かもしれないが、その否定の仕方そのものでは、『平凡』は大正期の一種楽天的な自己主張の仕方につながっている。

私は少し急ぎ過ぎなので、後へもどって明治三十二年あらためて設置された東京外語の教授となるところへうつらなければならない。彼は正式教授になり、海軍大学の嘱託になり、これで三十五円よけい貰い、職務勉励につき外語から四十八円支給されたりしている。この頃翻訳はまったくない。これはこの頃に英国から帰った漱石が一高や東大や明治その他の学校かけもちでフウフウいって暮していたのと大体同じ頃のことだと思えばよい。漱石の明大の講師給が三十円だった。

三十五年三十八歳のとき彼はせっかくのこの教授をやめてしまう。彼が早くも辞職したのは、一つには教え子の井田の代りに八杉が留学に決ったためだったともいわれるが既に渡露の計画があり、ハルビンから中国へ渡り、警備隊長みたいなことをやったが、意にみたず、引揚げてしまった。

ロシアが満州に兵力を増強していることをひしひしと感じていたので、帰国後西片町に住んだ彼は「露勢東漸考」という本を計画したが、出版の見込みは立たなかった。

翌三十七年大阪朝日新聞東京出張員となって、月給百円をもらった。適当に社へ出てだべったり、ロシアの情勢について原稿を書いていたが、その原稿はマトモ過ぎて新聞向きではなかった。

三十五年に結婚した高野リウとの間に男の子が生れ、結婚届けを出した。そうして脳をやみ十月に、田端で一戸をかまえ静養することになった。星湖が訪ねて、カサカサした陰気な顔にぶつかったのはこの頃である。彼の書くものは、戦後になるとロシアのことは沢山というわけで、一層不要になり止めさせられることになったとき、主筆の池辺三山が救い、彼に小説を書かせようとした。三十九年十月より『其面影』の連載がはじまった。

　これは戦争未亡人がクリスチャンである女友達の夫と恋をし遺児をとられ、悲惨な目にあう話として（『茶筅髪』）草稿が書かれてあったが、やがてその男の立場から書くように筋立てが進むとただの未亡人に変り、二人の女の関係も未亡人は父と女中との間の子というふうにもっと密接に家族関係にしぼられ、クリスチャンは別の女性となった。この家族関係にしぼられたことは重大なことである。日本の社会小説はだいたい作品として形が整うためにいつもこの方法をとってきたのであって、それは直接社会的な部分には小説となる生活がないからである。このことは、『浮雲』が半端になった理由の一つでもあるのであろうが、その点、家族関係の濃い『其面影』は一応マトマリはよいが、いくぶん魅力にとぼしい。ちょうど二十九年訳の『あいびき』改訳の文章が魅力に乏しいのと似ている。

　この小説も主人公の大学の教師が、妻の時子とその気の毒な異母妹、小夜子との間に板ばさみとなり、時子が、あの、お勢のように次第に気の毒な女性として夫にすがってくると、夫は心弱くなり、とうとう北京へ行き、グレてしまい、アル中になる。これも大きくいえば『浮雲』と似て後半に行くにつれて、作者が気弱になっている。これこそ正に作者の弱さを示しているが、同時に彼は作中の人物をそう書かなければならぬ理解と優しさがあり、またそこにリアリティを覚えていたのである。理解をし、より添うにつれて夫が錯乱しはじめる筋になるところが、あまりに作者に近づき似すぎている。二葉亭そっくりになったのが、『それから』の代助とは違う所以《ゆえん》である。辛苦の果てのこの小説を書いたあと、彼はまた恥かしい思いをした。ところが、もう翌四十年に入ると『平凡』の草稿の最初のノートが見られる。三山へ義理もあったのか、この数年、彼は朝日の社員であるせいもありエッセイを沢山かき、外に翻訳も相当多く発表している。

漱石はこの年の四月朝日に入社した。そうして『虞美人草』を書き一躍一流知識人の間に文名を高めた。そのあとのことだと思うが、漱石ははじめて池辺に招《よ》ばれて有楽町のクラブでの会合で二葉亭にあった。それまで漱石も西片町にいたが、二葉亭も前とは違うが、やはり西片町の別のところへ引越してきていた。漱石は同じ西片町とは知っていたが訪ねたこともなかった。

《長谷川君という名を聞くや否やおやと思った。尤も其驚き方を解剖して見るとみんな消極的である。第一あんなに背の高い人とは思わなかった。あんなに頑丈な骨骼を持った人とは思わなかった。肩の風丰《ふうぼう》はどこからどこ迄四角である。頭迄四角に感じられたから今考えると可笑《おか》しい。其当時『其面影』を読んでいなかったけれども、あんな艶っぽい小説を書く人として自然が製作した人間とは、とても受取れなかった。》

こうして漱石は、

《品位のある紳士らしい男――文学者でもない、新聞記者でもない、新聞社員でもない、又政客でも軍人でもない。あらゆる職業以外に厳然として存在する一種品位のある紳士から受くる社交的の快味であった。そうして此の品位は単に門地階級から生ずる貴族的のものではない、半分は性情、半分は修養から来ているという事を悟った。しかも其修養のうちには、自制とか克己とかいう所謂《いわゆる》漢学者から受け継いで、強《し》いて己を矯《た》めた痕跡がないと云う事を発見した。そうして其幾分は学問の結果自《おのず》から此《ここ》に至ったものと鑑定した。又幾分は学問と反対の方面、即ち俗に云う苦労をして、野暮を洗い落として、そうして再び野暮に安住している所から起ったものと判断した。》（「長谷川君と余」）

ここで漱石は、矛盾が一つに合わさって一つの品位を作っている。それが社交的でもあるということをいおうとしているが、ある程度漱石自身と似ているということでもある。しかし漱石よりもっと遊んだり、くずれたりしたことがあり、あとでいうようにロシアの政党の話などするところが全く違うのである。漱石の持っているものはすべて持っているようで、そのほかのものも持っている。ある意味では漱石は自分に最も近い人を眼前に見たのだが、しかもロシアの政党の話をこまごまとしはじめたので中座してしまった。漱石は日本の政党人の名さえ知らなかったから。

文学は男子一生の事業ではない、という姿勢を、二葉亭は漱石の前で自然に見せたかもしれない。しかし漱石にいわせれば、あとで泡鳴《ほうめい》のいったような意味でないにしても、どうして自分の考えていること感じていることの全部を文学の中に盛りこむことが出来ぬか、という疑問があった。既にあなたの書いた『其面影』の中に盛りこむことにしたらよいじゃないですか、という考えがあったと思われる。二葉亭がやっている政党の話は文学に盛りこめぬことはない。しかしそれはほんの僅かである。僅かなことはどの素材についても同じだが、あなたはたっぷりあるものをたっぷりあるように扱ったらいいではないか。ロシアの作家が、たとえばドストエフスキイが大思想家で、国家を扱うようであるが、それは彼らにとって、草や大根や地面や空気と同じようなものであるかもしれない、という考えがあったかもしれない。

ロシアの小説は革命を目ざしている。その歴史がある。明治維新で一応革命が成功してしまったのと違う。そしてこの国には真の陰謀家的な人がない。いや、『虞美人草』を書いた直後の漱石がこれから変貌を始めようとしているさいであって、当時はどのような摑み方をしていたか分らぬ。その後、社でこの先輩に会ったとき漱石が訪問しようかと思うというと、「いや低気圧のある内は来客謝絶だ」とききそれが天界の状況のことだと分り、あとで同じ西片町だから同じ銭湯で会い、裸で話しあったとき、脳が悪いことをきいて、やはり生理現象のせいでもあるか、と気の毒に思い（漱石自身がそうだったから）、その後「文学者を以て自ら任じていないとは夢にも知らなかったので」慰めになると思って『其面影』の読後印象として、感服した旨ハガキを出すと、そっけない返事がきた。その文字に風韻があるのを知ったといい、その書体も『其面影』流ではなかった、といっている。『其面影』はある意味からいえば今でも感服しているというところからすると、それほど感服していないことになる。この主人公の弱さが十分に客観化されていない、という点ではないだろうか。そして、作品に二葉亭の一部しか表出していないことをいっているととっていい。

『明暗』と『平凡』とくらべると、二人ともヘロイズムからエゴイズムの分別への道へと歩いたことは似ている。明治四十一年六月二葉亭が朝日新聞社からロシアへ派遣され、翌年、二月ペテルブルグで胸を病み、友人に説得されて汽車や船で漸くベンガル湾上にさしかかったとき（五月十日）彼はもち切れず死んだ。シンガポール埠頭を去る三哩《マイル》の丘の上で苦労して素人の船員が茶毘《だび》に付した。

五月十五日（土）以下の漱石の日記にこう書いてある。

《陰。池松雅常来。宮本武蔵の木太刀を持っていた。赤樫のぴかぴかした丸太の様なものである。先を虫が食っている。

二葉亭印度洋上ニテ死去。気の毒なり、遺族はどうする事だろうと思う。春陽堂から二葉亭の事に就てききにくる。何の知る所なし。

夜草平来。煤煙が出そうもないと云って憤っている。彼は他の書物が発売禁止になっても平気な男也。そこで余かれに告げて曰く。煤煙どころか如何なる傑作が発売禁止へ更になろうと平然たる時代なり、煤煙なんかどうなったって構うものか。

五月十九日

晴。メレデス死す。（略）坪内雄蔵、内田貢二人連名にて二葉亭に関する感想を認めん事を依頼し来る。霊前に供し、又之を出版して其所得を遺族に送る為なりという。

（略）

五月二十一日（金）

晴。非常に心持のいい午睡をした。矢来で金を借《ママ》せという。金ばかり借りられる。借りる方も心細かろうが貸す方も心丈夫じゃない。》

遺言には新聞社の弔慰金を六等分せよ、といい、母と先妻の子と暮し、妻とその子供とはいっしょに実家へ戻り、必ず再婚しろ、と書かれてあった。この通りには運ばれなかった。

不易の人／岩野泡鳴

先に藤村の文体のことについて書くと約束しながら、そのままになっている。あのことについて少しふれておくことにしよう。先日、性について、大江健三郎と吉行淳之介と三人で座談会をやった。その途中、大江が、こんなことをいって恐縮ですが、と吉行先輩に対して礼を尽して何かいいかかったところ、「おい、そんな言葉つかうの止せ」と吉行が即座にとめた。何でもないやりとりだが私には面白かった。大江は何げなく礼を尽して「恐縮ですが」といいかかったのだが、前々から私はこの現代青年（もう青年ではないかもしれない）の文章が、何重もの副詞や形容詞に守られていることを面白く思っていた。

最近の彼のエッセイで、軽井沢で彼が一生懸命に、ノイローゼになりながら小説の想を練っている状況を記した文章がある（『壊れものとしての人間』）が、大へんな問題の人物の悩みごとのように、そしてユーモラスに、ひびいてくる文章だ。その文章は形容詞と副詞に包みこまれている。私はそれを読むと、大江という人が松山の奥の肱川《ひじかわ》上流の、あの「おはなはん」と結びつけられてすっかり有名になった大洲《おおず》の、そのまた奥の山間に少年時代を過して、だんだんと中央へと出てくるにつれて、防備のために一つずつ形容詞や副詞をつけてきた様子が、しのばれる。彼は中央へ出るにしたがって外国文学をとり入れた。こうして彼の形容詞や副詞はきわめて外国文学ホンヤク風になっている。それはインギンでどこか不遜で、何ものかを茶化したように見える。東京育ちの吉行のような人は、どこかイキな文人ふうのところがある。「よしなよ、互いに仲間じゃねえか」という先住民ふうな態度がある。ある意味で主観的であり、それは吉行の文章の特徴にもなっている。

この二人の僅かなヤリトリを見ていて、私は大江の中に昔の藤村の文体を見る思いがした。藤村のもって廻ったいいまわしは、あれは当時の外国文学の影響がある。地方出身の山国の人が外国文学を受け入れると、ああいうぐあいになる。時代も違い、ニュアンスも違うが、それは大江にもある。これは私の空想である。

さて今回は泡鳴《ほうめい》である。この人は名前だけきいていたが、ほとんど読んだことがなかった。十何年も前に、彼の全集のうちの一冊、たしか『毒薬を飲む女』の入っているのを店頭で見て、ぼくも乱暴なことを書くが、なるほどすさまじいバトウの言葉が男女の間でかわされるなと思って、そのままになってしまったおぼえがある。この頃株があがってきたということだから、よくきいてみると、ある文学全集に一人一冊になって五部作が全部のっていたり、『閻魔《えんま》の眼玉』のような芝居が数年前に小さい劇団で上演されたりしたようなことらしいが、依然として婦女子にも若者にもそれほど人気がない。

私は泡鳴にも読者にも申し訳ないが、ひどく多忙で、その作品は詩とその五部作といくらかの代表の短篇と、有名な論文を当ったに過ぎない。作品は日記を含めてとはいえ十八巻もある。頑健だったこの作家は腸チフスくずれで、死ぬはずでなかったのに、何かの間違いで死んでしまうことがなかったら、どの位書いたか分らないといわれる。オメズオクセズ、論を張り、小説を書きつづけ、戦いつづけ、失敗するとハハハと笑い去った、偉大であることだけはまちがいのない人の全作品を読まなかったのは、時間がなかったからである。

泡鳴のいっていること、したことからすると、一人はヘミングウエイ、一人はローレンスとも似ている。ヘミングウエイも、三、四人奥さんを変えているが、泡鳴も三人変えている。一種の行動家という点も似ている。一度変えるというのなら分るが、三度も変えるということは、何といっても不見識のソシリを免れない。

女というものが、どういうものか、というくらいのことは一度で身にしみるはずともいえるからだ。ところが彼は簡単に身にしみなかった。そこが似ている。私は、ヘミングウエイという人は、優しさと強さとを女の中に求め、妻が妻としての要求がある度を越すと、忽ちさめてしまうところがあったと思う。女が男と対等に張合ってくれるのなら、それならそれで征服慾を燃えあがらせたかもしれない。しかしこのアメリカ作家は、小癪《こしゃく》なインテリジェンスというものを最初からきらいながら、インテリ女性と一緒になり、別れた。

　わが泡鳴はあとでくわしく述べるように「ソバ屋の娘がいいか、教育ある女にしようか」と白鳥にきいた（正宗白鳥「岩野泡鳴論」）。樺太で罐詰事業に失敗し北海道を放浪し、情婦しも江を岩手に置き去りにして東京へ帰ったあと、この女と切れることにした。そのときの言葉だ。薬をのんだり泡鳴をいっしょに自殺にひっぱり出すしも江にしても、たしか裁縫の代用教員あがりで、一応は教育があった。

　第一の妻の竹腰こうは教員あがりで、文章も書けるし歌もよんだ。第二の妻の遠藤清子はやはり論客だったし、第三の妻となった蒲原英枝《かんばらふさえ》は、「青鞜《せいとう》」に関係があり、ドフトエフスキイの妻となったアンナみたいに、口述筆記に頼まれた婦人だった。その後の愛人は荒木郁子とかその姉の滋子とかいわれ、この滋子は文学座の荒木道子の母である。

　考えてみれば、これらの女性にセツナの心熱が燃えあがり愛をささやいたということが、夫婦や愛人とのその後の日常生活では具合が悪いことになる。それが身にしみるから女房と愛人とは別々にというわけで適当に暮して行くのが普通人であるが、彼はそういうことに堪えられずハッキリ別れてしまって、まるで、ひどく立派なことを期待するかのように新しい女と一緒になる。その度に子供の数はふえて行く。泡鳴の女が日本人としては一応レベルの高い教育をうけた女だったのは、自我にめざめた女というものをあこがれていたからである。明治以来の近代文学、近代思想をとり入れようとした人たちは草平にしろ藤村にしろ透谷にしろ、独歩にしろ、武郎にしろ、後の秋聲にしろ、そういうことを願ってきた。ちなみにこの清子は、あの『煤煙』事件の雷鳥の友人である。

　ところがこの二人を較べると分るが、ヘミングウェイには、泡鳴のあの奇妙な野放図な、あけっぱなしのユーモアというようなものはどこにもない。微笑と軽蔑とをもって見られている泡鳴に近い主人公というようなものがない。その文章もストイックで、どちらかというと直截の文章に近いといわれる。おそらくヘミングウェイという人は隙など一つもなかったにちがいない。

　心霊一如といい陽根がすべての基本だというようなことをいい、神道《しんとう》から発した日本主義を鼓吹した彼は、さっきもいったように、ローレンスと似ている。ところがローレンスは、胸が悪く、フリーダという逞《たくま》しいドイツ女になやまされていたというから、『チャタレー夫人の恋人』のどの部分にこの作家がいたのか微妙である。しかしいずれにしても、一生懸命、ローレンスは性をもとに女のことを考え、女を十全に女にする道をあこがれつづけた。

　教育があり、自由がある女性をたのしんでいるというようなところが泡鳴にあったが、そしていうまでもなく、その自由や教育に性こりもなく復讐されたけれども、とにかく泡鳴は、スバラシイ理論にもとづいて、よしと思うことを実行したにも拘《かかわ》らず、事、志と違って挫折するとき、一歩も退かず、武者ぶるいして、懸命にふんばるところを書きつづけたわけである。

とうとう晩年になって、竹腰こうの立場から小説を書いたが、彼女のいじきたない哀れさを書いたものであって、こうを理解し、その女を十全に生かすために、こうあればいい、ということを書いたわけではない。お前はオレの理想の女ではない、哀れなことになったって仕方がない。おれだって死物狂いなんだから、という調子がどこかにある。そうしてその哀れさ、という一点で彼は身につまされている模様である。このことについては先走って書いてしまうことをよしにして、先へうつることにすると、要するに二外国作家とは似ているようで大分違っているということである。

泡鳴は兵庫県の洲本に生れた。阿波藩、江戸詰めの足軽に毛のはえたような身分だったが、父の直夫（養子）は巡査になった。直夫はのんだくれの親父の借金を返すのに一生懸命つとめたがやがて、実直なくせに、女好きの正体を見せはじめ、息子の泡鳴が通っている塾へやってくる若い女に夢中になって、妻をなげかせた。

泡鳴は故郷を憎んだといわれ、その理由は、浜屋敷のガキ大将であった彼が漁師の子供たちにひどくいじめられたせいだという。いじめられた理由はこれまた物語的である。淡路の稲田家は代々幕府の目付役のかたちであったので御一新のさい徳島の阿波藩と別扱いを受けそうになり、中央へ願い出た。これに怒って徳島の武士が押しよせてきて強姦したり、妊婦の局部に竹をつきさしたりした（舟橋聖一『岩野泡鳴伝』）。この稲田派の恨みを泡鳴がうけたというわけである。だが彼は故郷での何人かの年上の女の印象は胸にとめていたし、泡鳴というペンネームが示す如く、故郷の海には終生あこがれていたようである。

十四歳で洗礼をうけ、大阪のミッションの泰西学館へやって貰ったが中退して、東京へ移った一家のあとを追って上京し、一級上に藤村らのいた明治学院に入った。歴史小説を書いて失敗したあと神田の専修学校で経済をおさめたというが、これも満足に卒業したとも、しなかったともいわれる。その後牧師にならんとして東北学院の前身の仙台神学校へ押川方義を慕ってきた。先生になるつもりだったのが米人に試験をされて生徒になれといわれ、そのまま生徒におさまってしまった。

ここで三年間、エマーソン、シェークスピア、ミルトン、ギリシャ語、ドイツ語、梵語《ぼんご》、万葉集、詩経などを熱心に勉強した。勉強家であることは終生変らなかった。皇居警夫をしていた父の直夫が、これから問題となる「日の出館」という下宿屋を芝区の西久保に建てたが、女をかこった。こういう父を彼が非難することがほとんどなかったのは一つには直夫が美男であり、母が醜かったので当然だと思ったからしく、そこがいかにも泡鳴ふうだといわれる。

泡鳴とやがて死ぬ透谷との出会いはトボケていて面白いが、紙面の都合で省くことにして、彼は二十二のとき（明治二十八年）三つ年上の学校教員の竹腰こうという女性とどうしても結婚したいと思った。周囲の、とくに女の家の反対を押しきり、人力車にのせて西久保の家に運びこんだ。この第一の妻が次第にかえりみられなくなったとき、あんなに自分を好いていたのにと、くりかえしていうようになる。それに対して、泡鳴がどのようにアッパレな返答をするかが、見ものなのである。度々彼はこれからも、ほかの女と同じようなことをくりかえす。そのときの口約束や入れあげ方が、あとで女のグチの材料になるのである。

　泡鳴は明治二十八年から四十一年に父亡きあと下宿屋をつぐまでの十三年間のあいだに、子供を六人うませ、長女と長男と四男との三人をなくしている。滋賀県の中学や、大倉商業の教師をした。少なくともこの田舎の中学に勤めている頃は妻との間も仲が悪くはなく、妻の書いた文章を雑誌にのせたりしている。

　この間、彼は処女小説の『芸者小竹』というのを発表しているが、多くは詩や論文を書いている。韻律に関する独創的な意見を述べたり、明治四十年イプセン会を結成し、この仲間に国男、花袋、藤村、天渓、白鳥、有明、晁らがいた。自分の行動を通して、それをうたったものが、真実を表象するという考え方に立っていたらしいが、そのうち「新自然主義」を唱えて、友人達の間に吹聴してまわった。

　あとで、清子か誰だったかが、山河を眺めて、「新自然主義」とはそういうものを歌によむようなかんじの自然のことだと思いこんでいるのを知って腹を立てる文章があるが、彼のは独歩のようなワーズワースふうな、あるいは、ツルゲーネフのホンヤクの『あいびき』の中に出てくるような人間と対等の自然というものでもなければ、バクロしたり、いわんや平面的に眺めるというふうのものでもない。

　こういうものは生ぬるくって文学なんてものじゃない。全身全力あげて生き、その最高潮のセツナだけが真実で芸術となるという考え方だが、この説をきいて説得されるものは誰もいなかった。泡鳴はあとで述べるように妻のこうと争うときに、あなたの新自然主義ですか、と皮肉をいわれる有様で、もっとも納得せず、もっとも批判者であったのは、一番そばにいて、六人の子供をうんだ妻であった。

　いったい泡鳴は発明の才があった。彼に『浅間の霊』という短篇がある。これは便所のくみとりが来なくて次第に溢れてきて、新聞紙をもって便所へ入らないと、尻がよごれて困るようになるに及んで、その主人公は考えこんだ。彼は最初に水車式のものを便所の中におき、それに固形物がのると、くるっとまわって下へゆっくり運びおろしてくれるという仕掛けである。しかしこれをどうして便所の中に置いたらいいか。そこで、便所に宙ずりすることにした。いざ実演してみると、その仕掛けは一つ落ちるとぐるぐる忙しく廻りつづけ、落ちる場所も不安定である。主人公は一心に思案する。

　次に考案したものは、大きなブリキの樋《とい》のようなものである。これを吊下げ、しかるべきものが落下すると、その物の重みでもってゆっくりと水面へ落しこむというものである。これで特許をとり莫大なもうけを得ようと、役所へもって行くと、相手はじっと考えていたが、前後に置くのですか、左右に置くのですか、ときかれる。勿論、前後にです、とこたえる。これは登録されたとかされないとか、どっちだったか知らないが、いわゆる彼の有情滑稽（ユーモア）物の一つであるらしい。

先日畏友M氏にこの挿話から小説のことを話していたところ、M氏は、ちょっと待って下さいよ、といい、その話を以前に（戦前だろうと思う）大阪のさる骨董屋《こっとうや》さんからきいたことがある。その骨董屋は泡鳴の近所にいたかどうかして、泡鳴がそういう発明をじっさいにしていたことを泡鳴からきいたか、あるいは見たか、であった。だから、それは泡鳴自身のことらしいですよ、というわけなのである。

この発明を泡鳴自身がしたとするなら、何日かかかって彼が考えている姿が思いうかぶ。彼は凝り性だといわれている。凝り性には違いがない。たいして上手ではないが、玉つきにこり、これは小説にもヒンパンに出てくる。気晴らしに行くとき大てい女の子をからかいながら玉をつく。碁や将棋をやる。ある時間に十数回やったというからその碁の勝負の一回にかかる時間は三十分ぐらいであり、したがってザル碁に違いないと柳田知常氏はいっている（『岩野泡鳴論考』）。

それから例の蜜蜂の飼育（このことはあとでふれる）である。それから……こうあげていくと彼がさまざまのものに凝り、実行したことはよく分るが、あの罐詰事業もその一つであり、実は詩や小説についての一見仰々しい論もまた発明の一つなのであるというふうに思えてくる。その発明の文学論や哲学論文が、どこかしら、あの便所におく、極めて日本的な機械と似ている点は、どうしようもない。

彼の小説、『浅間の霊』というのを例にあげたついでに、あのすばらしい活力に満ちた有情滑稽小説『ぼんち』（大正二年書きなおしで六十枚、単行本に入れられる）を紹介しよう。

これは十いくつの大阪のぼんちが玉突きをしている。そこへ来合せた年上の連中とやり、負ける度にビールをおごらせられる。連中は三人にふえ、とうとうビールではすまぬ、いっしょに芸妓を買いに行こうという。勿論おごらせられる。ぼんちは仕方なくいうなりになって電車に乗って行く途中顔を窓の外に出したとたん宙に吊ってある電柱にぶつけて痛くて堪らない。痛くて痛くて堪らない。脳ミソが出てしまったのじゃないかと思う。痛い、痛いと思うところから始まっている。

一行は彼をひやかすだけで、車中の客も連中をいやしむが、同時にぼんちには冷淡な眼を向けるだけである。いよいよ芸者を買うようになってから、医者を呼んでくれ、といい続ける。そのうち頭はいたいし自分の金でいいようにされるのはつまらぬから一番若い芸妓と寝たいという。こんなふうにして、手をかえ品をかえ、からかわれつづけ、いたい、いたいで終る小説である。これが短篇の代表作となっているのだから、よほど評判がよく本人も自信があったのだと思うが、この痛がってふんばっている少年は誰であろう。これは発明の才をひけらかし、自から偉大だと思っている部分を彼の中から除いたときの彼なのかもしれない。

その発明は、便所の中の脱糞処理の機械というような物であるうちは、それは面白い話に終るし、その発明的部分をのぞいた場合のぼんちの痛めつけられ方もけっこう死ぬほど痛いしシャクにさわるかもしれない。しかし、おれが生きるためにお前達が犠牲になったって仕方がないんだ、というようなハメに陥るあのすさまじい発明的意見にもとづいた生活の場合には大分うるさいことになってくる。自伝小説「泡鳴五部作」はこのうるさいことになった生活始末記である。

この五部作の制作、発表の順序は『放浪』『断橋』『発展』『毒薬を飲む女』『憑《つ》き物』という具合で、『放浪』は四十二年帰京した翌年に書きおろし出版され、『断橋』は四十四年、『発展』は四十四、五年、それから大正三、四年に『毒薬を飲む女』、『憑き物』がまとまったのは、大正九年である。彼は帰国後、北海道を舞台にした小説から始めたというわけである。内容からいうと『発展』『毒薬……』と続き、それから『放浪』という順序だ。『発展』から読み進めて行くと、この作家がどんなに不思議な人であるかが分る。どこを引用してもいいが、たとえば、冒頭からしばらくして、

《「何だ！」こう急に声が変って、脳天から出たような叫びをあげながら、廊下を渡って行って、まだ水も切れない手で妻の横っつらを平手打ちにした。

「………」

不意を喰らった妻は、片手を畳に突いて、倒れるのをささえた。

「何です、ね、義雄さん」継母もびっくりした顔を向けて、「可哀そうじゃありませんか？」

「可哀そうも何も」と、つっ立ったまま、わざと唇を噛んで見せ、「あったものか、所夫《おっと》に対して教訓的なことを云うのは無礼の極みだ」

「いいえ、教訓は必要です――子供に対しても、必要です！」

「まだ分らないか？」手をふりあげたのを、継母に押えられて、「いつも云う通り、おれは子供じゃない！」

妻はその少し出っ張っている前歯の歯ぐきに所夫の最初の手が当って、そこから血が出たのをふいている。》

これは紀州の、この継母（母の死後入籍したまつ。このとき父は死んでいる）の親セキ筋の女が東京へ出たいというハガキを手に、妻と継母が話をしているのを立ちぎきして、半ば冗談に「何を云ってやがるんだい、馬鹿」というと、妻が「ホ、ホ、ホ、ホ、あなたの信用はどこへ行ってもありません」といったあとのことだ。というのは義雄（泡鳴）が前に芸妓に熱を入れて、女優にするとまで思ったが、そのことを妻が知っていて、上京してくる女のことで暗示的に話しあっていたからである。義雄は弱味をくすぐられたような気がして何を小癪《こしゃく》なと思うが、誰が読んでも彼の言い種は高飛車で威張っているだけで、一向にきき目があろう、と思えない。一方、妻の態度も教員あがり風で筋を通していて一歩も引きそうにない。あきらかに憎らしい態度である。その言い方は違っていても、夫婦のオウシュウのはげしさは一対一である。

　驚くべきことは、妻はこの若い女が東京へやってくると思ったときに、もう泡鳴と何かが起るということを予想しているかの如く書かれていることである。いや、その予想をほんとうにもっていたのか、あるいは当てずっぽうに皮肉をこめていったのか、どちらか分らないが、とにかく事態は彼女の予言どおりになっていったということである。当てずっぽうにいったとしたら、むしろ驚くべきことである。このように見抜かれているとしたら、義雄が「おれは子供じゃない」といったって、彼女からすると、子供であるということを証明してみせたみたいなものではないか。それに彼が廊下で、妻と継母との話を立ちぎきしていたとき、彼は新しい若い女がくるらしいことに興味を抱いていたにちがいないから、滑稽なのは、この「義雄さん」の方である。

《「やって来ましたよ――紀州の女が」

「…………」洋書棚のそばで東向きの縁がわに向いた机のうえにイプセンの脚本を開いたままようすを聴いていた義雄だが、見向きもしなかった。千代子は左の手を壁の柱にして、からだの腰を少しかがめながら、

「いやな女よ――それは意地の悪そうな目付きをして――おおでこでこのひさし髪で――」

「それでも」と義雄は剣突くめいた声で妻を返り見た、「お前の引っ釣鬢《びん》の束髪よりゃァ多少の飾りはあろう」

「髪なんかに飾りがあったって――あなたはいつも内部的、精神的でなければいけないといってる癖に、直ぐその口でうわべを賞めるのですか？」

「外形にまでも」と、顎でしゃくりながら、「精神の若々しさが現れていりゃァいいのだ」

「なんぼ若いたっても、あんな意地の悪そうな、のッそりした女じゃあ――」

「じゃア、手めえは何だ――鬼子母神のお化け見たようなざまをしやがって――おれの女房なら、女房らしくなれ！」》

このあと学校から帰ったところなのにお茶一つ持ってこないか、というと、持ってこさ

せますからとこたえる。すると彼は、自分で持ってこい、とどなる。

　こういうのを読んでいると乱暴とはいえ誰しも気がつくようにイヤな感じがなくむしろさわやかであるのだが、何もかも弱味をつかまえられていて説得力はないのに、わめいているところが、茶目気さえあって、これにはいいたいことをいわれている千代子でさえも、憎めない人だと思っているに違いないからである。茶をもってこいといって持ってこなくても、滑稽だが、こうして持ってくるというのも滑稽である。いったいこの女房も、よき妻として仕えようとはするけれども、こと家のこと、よその女に関してはいうべきことはちゃんといっている。

　だんだんと分ってくることであるが、義雄は子供にかまけ色気がなくなっている妻にうんざりしていることになっているが、この敵のようにくいついて離れない妻に憎しみだけではなく、どうしてもやっつけ、それ見ろといわせてやらねばならぬ相手と見て敵意を燃やしている。そして、なかなか壮なりといいたいような気分さえもっていたように思え、悲痛感をもたせるこの女を、遠く引きはなしていえば、愛情さえ抱いていたかもしれない。もっとも、それは女に対する愛情というものとは、まったく別のものであることはいうまでもない。もっと抽象的な性質のものである。

　いずれにせよ、お鳥（増田しも江）という女がやってくると、彼は妻の予言通りけっきょく自分の女にするのだが、そのときのお鳥との話合は実にかんたんで、二人は温泉宿へ行く。そこで彼は小説『耽溺《たんでき》』を書く。お鳥は昔の男のことを引合いにして、彼のシット心をあおったりするが、けっこう夫婦気取りで暮したあと二人は戻ってきて、女を間借りさせ、彼が家へ帰ると、勿論妻はお鳥とのことは知っているばかりか、彼が耳を痛めていたことさえ知っている。

　彼はそれまで詩などを書いてきたが一向に生活も楽にならぬし、学校は『神秘的半獣主義』の出版の為《ため》喧嘩をして止めてしまい、何か有形的事業をしに樺太へ出かけるといいふらして見栄を切っている手前どうしても実行に移さねばならぬ。おれ達を子供扱いにしてきたアメリカを商売の上でもやっつけてかからねばならぬ、と憤慨している（『発展』）。だいたい彼は肺尖カタルが起り、息切れがし、近眼のためぶつかって生傷を作り、痔《じ》と鼻が悪く、身から出たサビだが淋病だ。そこへ徹夜して勉強して「デカダン論」を書いたりした。こういう悲痛も彼を鼓舞していたのだが、そのとき妻がまた部屋へ顔を出して喧嘩が始まる。そして彼はいう。

《友人は来ない。馨は行った。母も出て行く。これで清水（お鳥のこと）が自殺でもし、貴様が姦通なり頓死なりして、餓鬼どもが揃って焼け死んで呉れたら、おれの行動は最も自由になるのでこの家を売り飛ばして、おれが資本その物となって、樺太へ行ってやる。》

このときお鳥は淋病をうつされて病院通いをしはじめ、彼の熱もさめた。そして、樺太行きのために下宿屋「日の出館」を抵当に入れようとしていることは、ちゃんと妻は知っていた。そして「ひどいの、ね！」とかの女はあきれてしまった。と彼は書いている。してみると、あきれたこともちゃんと知っていたことになる。書いたときばかりでなく、その時に、彼はそのあきれられていたことをかんづいたことはいうまでもない。だが同時に彼は一歩も退く気はないし、あきれられたって、こっちは次元が違うことを考えているんだ、と思っていたのである。

　大分自分のいうことは一般世間の眼から見ればヒドいかもしれないが、と彼は思っていた。ヒドくても仕方がないんだ。そして、そのヒドさの中に芸術なり実行の真実があるんだ。おれにはその特権があるんだ。そう授かっているんだ。こう思っていたわけだ。

　しかし、ここで考えるべきことは、大なり小なり、そう思わなかった作家がいたであろうか、ということである。『道草』に出てくる健三にしろ、二葉亭の小説の中の人物や、武郎の『アン・インシデント』の主人公などから、いや直哉の小説の主人公から想像される作家たちは、大なり小なり、おれは一般世間の常識とは違うんだ、特権があるんだ、と思わぬわけではなかった。

　私たちだって、同じことだ。ある日、ある時、「お前が死のうが生きようが、知ったことか」と私が叫ばなかったか。みんな叫んでいる。何も小説家だからそうだ、というわけではない。私たちにはそう怒鳴りたくなるところが、どこかにある。競輪や競馬で金をすってしまい、酔いつぶれている人の腹の中は、やっぱり同じことだ、といってよかろう。

　事実泡鳴はこれから先、一見ヒドいことを実行する。だが、そういう実行をした人が世の中に皆無なわけではない。それどころか、禁治産者の多くはそうだし、それに似た人も少なくない。ところが泡鳴という人は、この人達の誰とも違っている。それは彼が理論を立てていて、いつもそれに立ち戻り、武者ぶるいし、しゃべり、実行し、論文に書き、また実行し、ということを継続してやっていたという点である。さっき述べた発明の才というやつと無縁ではない。理論に基づいているから、つよいと思って彼は大言壮語するし、理論に基づいているから実行もしなくてはならないし、事実、実行もする。

　彼が妻を罵倒していたとき、そのセツナ全力をこめて、生きていると感じていたし、それを是認し、相手があきれるならば、よけい武者ぶるいせざるを得なかったというわけである。その理論はエマーソンとかショウペンハウエルとか、メーテルリンクとか、イプセンとかがもとになり、やがて神道が入ってきたりしているのだが、要するに神秘的半獣主義的で自分がたぐい稀なる人間に生れついているということが前提になっている。そのことは容易に証明できることではない。作品が証明するかどうかというと、いくら作品が上出来であっても、それは証明にはならない。そんなにえらい人が、どうして事業に失敗するの、どうしてえらくなれないの、というふうにいわれるだけでも、もう言い返す言葉がないから怒鳴るより仕方がない。悲痛さはここからも起きてくる。妻との壮絶な一見汚ならしい言葉のやりとりは、この悲痛さの現われる現場なのである。

　これから先も、こういうことのくりかえしであるが、結論を急ぐと、もう先を書いたり読者が先を読んだりする意欲が失われるから、これくらいにして前へと進むことにしよう。

　それにしても、妻が歯をむき出しておこったり、冷笑するようにすましこんでいるとき、彼の視線が庭をちょこちょこ動きながら餌をついばんでいる雀の方へ行くのを、どうして二度にわたって書いているのだろうか。そういう部分にくると不意に吹きだしたくなる。

　別に、泡鳴は、

「てめえなんかより雀のほうがよっぽどましだあァ」

といっているわけではないけど、そんなタンカを切りそうに見える。もし泡鳴がそういえばそれに対して、

「私は雀ほどの自由さもないようにしむけられてるんですもの、当り前ですわ」

　と彼女はこたえるだろう。

　そういうことは想像がつくが、それにしても何だって泡鳴は雀のことに注目し、そのことを書くのだろう。雀とは、この場合冷静にさせる、第三者の存在だからである。庭は小なりといえ雀の存在を許し、ここに小宇宙がひらける。これは『ぼんち』などにあるユト

りや面白さとつながりのあるものである。

いったい泡鳴という人は自分の滑稽さに気がついていなかった人ではないか、というふうに思われるところがあるが、気がついてないはずはない。彼は懸命に自分の「偉大」な志のために「戦おうとしていた」がそのために、愚かしいことが自分にふりかかったり、自分とは次元の違う愚か者や、単なる雀のようなものにも劣ったもののように見える瞬間があることは十分に分っていた。

　ところがそういうことが現実に現われると（度々起っていた。いや、その連続であったに違いないのだが）、さもあらん、と笑いすてた。そこがまた滑稽なのだが、偉大なことのためにつきまとう滑稽さは、当然である、とまた思った。こういうことをくりかえし、それはそれで苦しくなると、その悲痛さに酔い、悲痛さが人間の行為（芸術をふくめて）の原動力だと思った。悲痛が原動力だという考え方は、二葉亭以来ずっとあることだ。透谷がそうであり、藤村がそうである、独歩また然り。泡鳴自身の詩がそうである。

　そしてこれまた、悲痛さが原動力だ、と旗をふりたてて武者振いするようなことは、誰も遠慮したり恥かしがったりして、していなかったのに、彼は堂々と押し出し、誰にもいって廻り、そういう主人公の悲痛ぶりを書いた。こんな文学者はほかには誰ひとりいない。

　ここで一つ書き加えておくと、滑稽というのは本来質の違うものをそのことに気がつかず較べることから起るものである。彼は次元が違うと思い、笑い飛ばし、憐れみ、軽蔑した。ところが、はたの者はその質の違いを笑った。

ところで、『毒薬を飲む女』に書かれたことと殆んど同じことが次の彼の生活に起るわけだが、ここでは主としてしも江（お鳥）との惨めったらしい下宿生活が（樺太行きを願いながら）大部分である。この少し間の抜けたような女は自分が美人であると思っている。色が白く皮膚がスベスベしていてそれに上背があり、どこかお人好のところがある。淋病をうつされて、治療に通うが、習いごとをしかけたあげく、女優になりたがり、そのうち写真学校に通いはじめる。いったい彼は芸者を女優に仕立てようとして失敗し、しも江も女優にと思うが、いざとなるとさすが品のないのに気がひける。が、紹介がてら舞台か何かへ連れて行き、そこで妻が冷笑をうかべてきているのを発見する。そのあと二人の女の喧嘩になり、妻は女の袖をもって、どこまでもどこまでもついて来る。

そうかと思うと、彼としも江との隠れ家をいつのまにか知っていたり、ある時は外からさかんに二階の部屋へ呼びかけ、子供が入院して死にかけているから、帰ってきてくれ、という。泡鳴は病院で子供の死にあうが、強がりをいい、タンカを切る。しも江という女を見た友人たちは、あんな女よりは奥さんの方がいいじゃないか、というし、白鳥なども、しも江にうつつを抜かしている泡鳴を冷笑している。

《粗野で無愛想なお鳥のモデルであった女は、かつて著者（泡鳴）に連れられて、例の

「メリンス無地の牡丹色の被布」を着て、一度私の家へ訪問したことがあったので、読みながら、そのいやな姿が目について私の興を醒ますのである。》（正宗白鳥「岩野泡鳴論」）

　正直いってこの文章はいやな感じがする。柳田知常氏が「白鳥はそういうことであったから、女から『馬鹿おやじ！　意気地なし！』と罵倒される幸運に恵まれることがついになかったのである」といっているが（柳田知常『岩野泡鳴論考』）、もっともである。白鳥は、あとで秋聲が山田順子のとりこになっているのを見ただけでなく小説に書かれている、その文章を見て、この大家のだらしがない有様に冷汗が出ると痛烈な批評を書いた（「徳田秋聲論」）。このことについて私は前に「秋聲」のところで意見をのべその秋聲の小説には、同じ作家のほかの小説にはない解放された面白さがあることをいった記憶があるが、そのこととよく似ている。そしてこれはまた、近松秋江のことを書いた白鳥の小説は面白くないのに、秋江の小説は面白いのと似ている。しも江の面白さを泡鳴はキャッチしていた。いや彼が面白くしてしまったのかもしれない。そしてそのために動きがとれなくなってしまったともいえる。しかし泡鳴という人は、何といっても女からすれば気の許せるいい人であったに違いない。このこともあって年齢のちがうオジさん、オジイちゃんはセツナ的な心霊一如の状態をしも江との情交において求めた。大分割引していたにしろそう思おうと思えば、思える程度のところはあったのだろう。だから、セツナ的な燃焼にふさわしいことをいい、愛しもしたにきまっている。こういう男を女が愛さぬはずはない。

彼が女と、下宿か、家にいるときのことについて、柳田泉氏がこんなことをいっているときいたことがある。ハッキリとデータに当ることは時間がなくて出来ないが、それはこういうことだ。

泡鳴という人は、あんなに大言壮語してさっそうと威張っていたのに、彼のうちへ行くと女にデレデレしていた。ところが近松秋江はあんなデレスケが家へ行くと肩をいからして、すましこんでいた。

いつの頃の泡鳴のことか分らぬが、最初の妻以外の女との場合には、大なり小なりそうだったろうと思われる。不思議でも何でもない。彼の小説には喧嘩をするところがあるが、そのほかのときは女とデレデレしている。かわいい女が矛盾したことをいったり、何か新しげなことをいったりするのを、そして、何はともあれ、その皮膚だけでも新しく、若いのを愛していたし、理論にも合致していたのだから。喧嘩の最中だって、ある程度はそうだったかもしれないし、最初の妻（竹腰こう）とのあの激しいヤリトリだってよく注意してみると、ほとんど彼が甘えているようにさえ見える。況《いわん》や竹腰こうからも彼は愛されていた。女は彼のような男を愛さぬわけには行かない、少々うさんくさいと思っても。

彼はつきあう女をみんな女優にしようとした。このあと、遠藤清子まで女優志願するようになる。自作上演に当って愛人にやらせるということは自我拡張の考えをもっている彼の場合、当り前のことで、これも彼の理論とうまく合致していることなのである。女性の虚栄心を含めての自己表現を満足させるためには、女優が一番ふさわしいことかもしれない。美しい女になりかわり、変った衣裳を身につけ、化粧をし、かっさいを受ける。女優にしてやるということを、本気でいったりするということは、ある意味では、女を最も愛してやっていることでもある。しかも女優というのは、子供をこさえてヌカミソくさくなるのとは正反対の新しい女の生き方だ。自分の知り合った女をみんな女優にしようとするというところにバカにされるところがあるが、それはまた別の問題である。そして困ったことに、誰彼となく一貫して女優にしようとすることは、正に彼が同じ考えを貫いていることとの証拠なのである。

易《えき》にこったりする妻が、夫の居場所をさがしあてたり、樺太行きのため下宿屋を抵当に入れようとしていることを知っていて、その通りになる。すべてこの「ヒステリー女」に見ぬかれたり、予言通りになる。そしてやがて彼女の予言通り、樺太行きを実行し事業に手を出して失敗する。私は自伝小説を読むと、この予言通りになるということが、大うつしになって迫ってくるので、彼もそれを相当に意識して書いたのであろうと思う。

書いたのは実際の事件より大分あとだから、よく見えていたというようなことではなくて、予言通りになるのに、事件当時いまいましいと思い、滑稽だとも思っていたのであろう。一口にいって、自伝小説によれば泡鳴の挫折はみんな竹腰こうの予言通りであって、彼の一生はこのこうの亡霊にとりつかれているようにさえ見える。あとで分るように、彼は大正九年、「五部作」完成の頃、「おせい」物を書いていて、それで不意に死ぬ。「おせい」とは最初の妻こうのことである。まことに不思議なことであるが、こうの予言通りになったと慨嘆するとき、こうに対するものか、もっとその奥にある何ものかに対するものかは、しかと分らぬけれども、愛を感じる。

　予言通りになるということが、愛なのである。唾《つば》をひっかけ、押しのけてきたものに対する愛なのである。たぶんこれ以外の方法では、表現は不可能だといったふうの愛なのである。男と女の愛のあり方は、大なり小なりこんなものかもしれない。すくなくとも、そんなふうにまで思いたくなる。

　彼は、増田しも江が樺太行きの資金の世話を頼んでいた友人と肉体関係があるらしいと思うと、それをタテにとって、別れることにし、下宿屋を抵当に当時の金で九百五十円借りて、現地にいるイトコと、そこで発病した腹ちがいの弟のあとを追って樺太へ出かけて行く。明治四十二年六月、泡鳴は三十六歳である。彼は出発にあたり、留守の妻には何とか食いつないで行けといった。しも江なんて女は、もともと問題ではないんだ、というと妻はそれみたことかといい、それでもまだ切れてしまったわけではないから追いかけて行くかもしれないとか、また現地で女をあさるだろう、というようなことをいった。みんなその通りになった。

泡鳴は東京で罐詰を作るために必要なカマを作らせて送ったり、色々のことを考えていた。しかし現地の三ヵ月の間にいろいろ手違いがあって三千円の借金を作ってしまった。

《何の　為めに、僕、
樺太へ　来たのか　分らない
蟹の　罐詰、何だ　それが？
酒と　女、これも　何だ？》（『放浪』）

もともと彼が成功すると思っていたものは、誰一人なかった。最初から冷笑していたのは妻である。半信半疑なのは、情婦しも江一人であった。とにかく樺太を歩きまわったりする機会にめぐまれはしたが、一敗地にまみれて、自分だけ資金集めをかねて無一文で北海道の札幌へやってきて、一先ず中学教師をしている実直な友人の家に寄宿し、昔やっていた文学美術雑誌「白百合」の同人で「実業之北海」主筆の山本露滴の世話になる。そのうち遊廓の女となじみになって一緒に住んでもいいと思ったりする。彼はこの間にも山本に頼まれ原稿も書いた。

《「書くとも、さ。自分が自分を思い切り投げ出して、而も自分の根底を離れていさえしなけりゃア、如何におおびらに自分のことを善悪ともに語っても、決して恥じることアないんだから――第一人称が乃ち第三人称、主観的が乃ち客観的、破壊が直ちに建設だ」》（『放浪』）

といって資金主をさがしたり、新事業の話に耳をかたむけたり、計画を立てかなり綿密な金の計算をしたりする。それは具体的で先ず文士でそのような計算をすることが出来たのは、彼のほかにはなかった。二葉亭も金のことをくわしくノートに書いていたが、いくら利益になるということを割出して来て悦に入ったりしたのは、彼のほかにはなかろう。いくら机の上で計算しても、たとえば蟹罐事業にしろ、北海道の原生野を手に入れて牧草を作って軍に売る話にしろ、どこか大事な条件が抜けている。常識人はやる前から、分っていたが、彼はいちいち実行しようと乗気になった。が、さすがにこんどは先立つ金もなく、彼にころがりこんできた話は、道会議員について北海道の山野を馬に乗って踏査し、その記事を新聞にのせる約束で二十五円かそこらをもらうことであった。この旅行中、稲田家の淡路人部落によったりするところを見ると、彼の故郷ぎらいも、決してただ嫌いというのではなかったことが分るが、彼の小説『放浪』の中で感動的なのは、彼が馬に乗って十勝かどこかの峠を越えるところである。彼が眠ると馬も眠り、こんなことで馬を可愛いやつだと思っていくのだが、急に馬がどうしても動かなくなる。熊がいるのだな、と思う。あとで馬が動きはじめて見ると、熊のいたあとがあったというような部分に見える……心と肉体と一つになって苦しい旅に堪えている文章である。寺田透氏もこのところを賞めていたと記憶するが、彼の「悲痛」思想が端的に表われているところで、最も好もしい面が出ている。しかし札幌へ戻ってくると、彼は二十五円だけであと少しも金を払ってくれない「北海タイムス」社にねじこんだが、この頃中学教師の友人宅にしも江が着いて待っていた。まことにもっともな、憎らしい次のような妻の手紙がきてからほんのしばらくしかたっていなかった。

《あなたがあんな事業などを思い立った為め、家族はこんな苦しみをしなければならぬ様になったのです。それも、今は、もう云いますまい。わたくし共が血を吐く思いを以って、家のことで奔走しているのも、今は云いますまい。その代り、家族に冷淡なあなたを措いて、家の処分はわたしが勝手につけます。あなたは帰って来てはなりません。

　仰せの通り、もしそのまま失敗に終るなら、二、三年が十年でも、あなたの所謂《いわゆる》放浪とやらをおしなさい。妻子は東京であなたは北海道でかつえ死にをすれば、さぞ世の中でえらいと賞めましょう。世間はあなたを先生と呼びます。おおかた、放浪と、餓え死にの先生でしょう。

あなたはお鳥を思い切ったと云って来ましたが、それを本当としても、時機が遅いです。あの女は毒とやらを移したり、移されたりして、加集と一緒にもがいていると云いますよ。（下略）》

そして、この手紙の終りには、「八月七日、千代より、田村先生」とあった。（傍点筆者）しも江がきたのは、出発のさいに一応は約束がしてあったからであるが、その私生活については疑いながら、まだ奔放なその若い女を愛していたからであろう。ところが札幌で入院をした彼女は彼の気を引くつもりか、病院内で医者が自分に気があるといって危なっかしい態度を示すかと思うと、彼が東京へ逃げ出しやしないかと、彼の下宿へ泣いてやってきたりした。事実彼は金さえ出来たら逃げ出そうと思っていた。彼女を連れて帰るとはいっていたが、一人で帰りかねなかった。その頃彼の尊敬する伊藤博文がハルビンで殺された。彼は中学校で演説をし、「我が国将来の戦争と発展との根本的性質に及び、欧米諸国の偽文明を排して実力を尊ぶ野蛮主義の必要を述べ、藤公の一欠点は野蛮主義を押し通す勇気に乏しかったところにあり」と、話した（『憑き物』）。豊太閤も伊藤公も僕に属している。僕自身である、と叫んだとき一番大事なところであるのに、どっと笑った。彼は睨《にら》みつけて、「おれは宇宙の帝王だ！　宇宙そのものだ！　笑うとは何だ！」といって、ますます笑いをかもし、彼はとび出した。友人も、しも江も彼が気が狂ったと思った。

　こうして彼の悲痛感は高まって行ったが、そのうち彼は樺太の方はいよいよ駄目になり東京へ帰る金も出来ず、まことに困り果て、彼の心と肉体とがバラバラになったとき、しも江の方も絶望的になったのか、ヒステリー状態になり死のうといいだした。その言葉に反対する気も起らず、彼女が死んでくれれば楽になるというような気持でかねて記憶にある豊平川の鉄橋へとやってきた。このところを書いた彼の小説を読むとハッキリ一緒に死のうとは書いてない。彼女だけ死なせて自分は生きのびようという程の計画が濃厚であるわけでもなく、とにかく彼女が言葉通りに死ねば楽になるということで自分のことは何かどこかに置き忘れているようなぐあいであったらしいのだから、彼は一種とくべつな心的状況であったと見られる。鉄橋のきれめから二人は落ちた。女が手をさしのべて、ひっぱってくれといったので、そうしたのだが、その直前に物思いにふけっているのを見て、こいつは東京の若い男のことを考えていると思った。そのあと手をさしのべたとき危ない、といい、どうせ死ぬんだと覚悟していた。彼らは水の中へではなく積った雪の上へ落ちた。そして、彼女は我に返って大事な櫛《くし》がなくなったとわめきだした。そのあと下宿へもどると、彼は夜を徹して『悲痛の哲理』の第八章からを書き足して行った。そして心中しかけたのは、優強者としての心にゆるみがあったのだ、と反省した。この中には、彼が中学教師の友人から借りた「気象学」という本から勇気づけられた、陽根中心説も入っていた。この一夜の出来事は昔からいかにも彼らしい面白い話としていつも引用されてきたようだ。

私はこの部分を読んで人がいう程滑稽とも思わなかった。雪の上へ落ちて命拾いしたことも、櫛をさがしたこともそれほど滑稽ではない。『悲痛の哲理』を書き足したことさえもそうだ。何故だろうか。彼が弱っていたというかんじのためなのかもしれない。それにしても、彼がここで死ななかったことは、ほんとに喜ばしいことであった。自殺未遂を反省し、例の論文を書きあげることによって彼は存在の理由があったからだ。彼自身もそのことをどんなに喜んだかもしれない、と私は考える。私が滑稽とあまり思わぬのは、たぶんその滑稽さには、ほんとうは彼独特のものが稀薄だからであろう。

彼はこの一年間に様々の見聞をしたが後半は活潑に創作を発表し食いつないできた。とうとう十一月六日しも江を伴って北海道を発った。途中岩手で腹痛を訴える彼女を入院させたまま辛うじて東京へ帰ってきたとき、妻はいやみをいったがその夜床をしき、夫婦の仲をとりもどそうと、その部屋へ入ってきたが、彼はとび出て行った。年上で婦道を心得た女のしそうなことだが、彼の心が戻ってくるはずはなく、またしも江が、連絡してあった別の男からの金で東京へ舞いもどっているのを知ると、これ幸いと婦人運動家の遠藤清子（当時二十八）と西大久保に世帯をもってしまった。その年のうちの出来事である。これから彼のめざましい活躍がはじまるのだが清子とのことは、九年もあとになって書かれた小説『征服被征服』という小説の中にある。この女は一年前におこった『煤煙』事件のさいの平塚雷島と似ていて、霊肉一如になってくれず、泡鳴をもどかしがらせたことは、

それこそ滑稽なことである。二人のことを、彼は、

「共通の欠点は婦人の個性を主張するに急にして、男子の個性を忘れ勝ちな事だ」と離婚問題のはげしい頃書いている（「男女の貞操問題」）。

泡鳴は清子を連れて下阪し大阪新報の記者となったがその後、日記をつけ続けるというキチョウメンな意志の強さを発揮するが、その中にこう書いている。

《（明治四十五年）

三月十一日。此頃、如何に尊敬し合っても、そんな事で夫婦の愛が虚偽なく行くものでない事実が頭を持ちあげて来た。肉の底の底まで動かないで、女に男を愛する情が充分あるとは思えない。かたわならば知らず、そうでないのに、淫乱のように思われるのを恐れて肉の動きを或程度にみずから制限しているような女は、愛する資格も愛せられる資格もないのだろう。クラシクや、ロマンチクや、霊というようなものが別に実在すると思う考えから来た形式の弊に堪えなくなった。

（大正二年）

一月二十日。昨日清子が女優になろうと云う決心をしたので、きょう、北村氏を訪い、その方法を相談して見た。

（大正三年）

八月九日。二三日この方清子と物を云わない。今回は向うに落ち度があるのだから、やがてあやまるだろう。》

大正四年、プルターク英雄伝の口述筆記を青鞜社補助団員である蒲原英枝にさせた。小学校教員をしていた夫と離婚していた彼女と関係が出来ると、清子と別居した。この事件はまちがって姦通事件として取りあつかわれたために大騒ぎとなった。

泡鳴は三年前の大正元年に妻と離婚し、二児をこうに渡し薫をひきとっていた。一時金百五十円を渡し、あとは月十円ずつ三百五十円になるまで送っていた。清子のことにしろ、こうとのことにしろ、それからあのしも江とのことにしても、格別彼が大それたことをしたわけではない。こうがもし簡単に別れていたら、彼のしたことはそれこそ少しも変ったことはなかったともいえる。こうは泡鳴の父から任せられた日の出館を守らねばならぬ、別れるわけには行かないといい続けていた。彼が安定しこうの生活の保障が十分に出来ていたら、また違っていたかもしれない。だから女に対する彼の態度は決して異常ではないといえるのである。

それにしても明治の末年に姪との事件を起し、大正の初めに帰国し、七年に『新生』を書いた藤村とくらべると、如何に泡鳴が正反対であったか、ということが分る。とにかく、清子はたきつけられたせいか、同居請求やら扶助料請求の訴えを出し、また異常性慾者として訴えるものが出てきたり、それにこたえて訴えを起すと、泡鳴は敗訴となった。それからあとは泥試合だ。ようやく金で折合いがつきおさまったのは一年半後のことであった。彼は大阪にいるときから蜜蜂をかいはじめ、東京にきてからも朝顔の花などに注意を払っていた。蜜蜂のことを考えてのことである。気晴らしのためよりも何事にも一つの普遍的論理を発見するという彼の性向が、この生物に凝らせたものと思われる。別れ話がついたとき、金（二百七、八十円）や債券（百五十円）、マント（二十四円）、銘仙綿入（八円）、火鉢（五円）などのほかに蜜蜂四群（百二十円）をあたえていたが、清子の代理人の執達吏が差しおさえにきたあと、泡鳴が怒って清子の家へふみこんだとき、蜜蜂の巣箱が放り出されて駄目になっていた。それで一層怒りくるった。

　離婚が成立したのは大正六年であるが、この間に、清子にひきとられていた二男薫を連れもどしたり、英枝の私生児正英をひきとったり、その後、こうの手もとから、二男真雄をひきとったりした。そして英枝は泡鳴の子、美喜をうんだ。ちなみに清子との間にも民雄という子供が生れていた。これを清子の養子として入籍させた。ついでにいっておくとこうのもとにいた次女の富美が死んだ。こうは最初真雄と薫と、この富美の三人を引きとり、富美だけを養女にしていたのである。

　別れた妻、竹腰こうは、四十代も半ばになっていたが、女手一つで下宿屋を営みきれず、人手にわたし、そのうち家政婦をして暮すようになっていた。こうの悲惨な生活ぶりは、前述したように晩年の大正九年に書かれた「おせい」物にくわしい。おせいとはこうのことである。「おせい」「おせいの失敗」「続おせいの失敗」「かの女の巡礼」などだが、その前年に「実子の放逐」「子無しの堤」などがある。

大正七年は、泡鳴が最も脂の乗りはじめた時機といわれる（大正八年には当時の金で四千五百円の収入があり、文壇随一であった）。この幸福な時機に、こうが彼の家にいる子供をそそのかして金を再三盗ませたというので、薫と真雄の二人とも学校を中退させ小僧にやってしまうという事件が起った。薫は英枝に悪感情を抱いており、自分に前を出しっぱなしにしているところを見せたことがあるくらいだから、父を誘惑したのもあの手をつかったのだ、とあとでいったり、十二、三のくせに意味ありげに六法全書をひろげたりしてやりにくいところがあった子供であったらしいが、泡鳴はその後こうの生活を逐一、こうの立場から書き続け途中で死んだ。

いったい泡鳴の沢山の論文の中で小説手法として一元描写論がある。世界中で自分が一番進んだ考え方をしていると自慢の物で、たとえば、こんなふうに書かれる。

《だから主人公は自分の心持並びにその心持に関聯して来る事柄丈を分っているが、主人公以外の人物の事は、主人公がその人物の言葉なり、こなしなり、表情なりによって判断若しくは想像するより仕方がない。そういう考えで作者はその主人公の世界を書いて行く、これが一元描写の肝腎な要点である。》（「一元描写とは」）

彼の短篇は自伝的でないものは、だいたい別の主人公を中心に右の論のぐあいに書かれる。『ぼんち』もそうだ。「おせい」物もそうだ。泡鳴以外の人間からまったくその人物のフンイキで書いたとしたら（彼は、感情移入ということに反対した）その世界は泡鳴の好む世界とは異なることだってあり得る。彼にセツナ主義の、神秘的半獣主義の考えがあってその説に基づいた生き方をしない主人公を書く場合、その世界は彼が書く必要があったり彼が理解し得る世界だろうか。書かれた小説は果して意味あるものであろうか。

実をいうと私は「おせい」物を暇がなくてくわしく読んではいない。彼のいう有情滑稽（ユーモア）ということが、何時いわれ始めたのかもよく調べてはいない。そこでもっぱら私の想像によると、大なり小なり悲痛感をもつ題材を、その悲痛感をもつ人物の立場で書いて行こうとしたので、彼は悲痛という一点で共感を抱くことにしたのではないか。悲痛にはピンからキリまである。「発明」の糞のたまる悲痛から、「ぼんち」のイタさから、「人か熊か」の文字通り獣的な悲痛から、「正美先生」の隣人間のたわいないが不如意の関係から、「おせい」の「身から出たサビ」とはいえ、その哀れな悲しさから様々ある。そしてそこでふんばって生きようとするとき滑稽となる。そこに真実があると彼は思っていたに違いない。

「おせい」物を書いているとき、彼は最も共感できる悲痛の体験者であるこうのことを時には一種のユトリをもってではあるが考えていたと思われる。遂に完全に断ち切れるどころか、彼をとりまいているこの女性に呆れはてていたのかもしれない。

大正九年、泡鳴は腸チフスで入院し、本来治るべきところ、英枝がリンゴを食わせたから死んだのだそうである。既に荒木某という女性のいた泡鳴を英枝が殺したのだという物騒な意見もある。私にはそういったことは大して興味はない。もうタイクツである。それにこの人はその精神力とかかわりあいのない部分の話はつまらない。彼の論と小説とのかんけいも、晩年になってどうなっていたか、しかと分らぬまま筆を進めていてもどかしいが、その婦人解放や「新らしい女」を求めていた彼の死に方は泡鳴の死後数年で心中した有島武郎とも大分違いがある。実にさわやかである。入院費が払えなくて死体提供の代金であててくれといったというのもそうだ（本人は死ぬつもりはなかった）。

彼の作品には偉大な作品として後へ残るには、何か足りないところがある。その代表五部作の中にある主人公の愚かさがどうしても深くなることの出来ぬものをもっている。そこに類例のない面白さや意味があるのだが、にも拘らず、そうだ。だが同時にこの人物の中には、私たちがいいたがっているものをいってくれる、時代を越えた代弁者がいる気がする。彼自身一箇のドン・キホーテということかもしれない。不易であるが故に流行しつづけることの出来ぬ、というところがあるようにも思える。

其中に金鈴を振る虫一つ／高浜虚子

漱石は友人であり満鉄総裁だった中村是公の請いに応じて朝鮮や満州へ出かけて帰ると『満韓ところどころ』という文章を朝日新聞に連載したが、その年もおしつまると、あっさり途中で止めてしまった。朝鮮も帰途見物して歩いたのだが、この分は書かれずじまいになった。漱石が「尻をはし折って」痛む胃を抑えながら出かけたのは明治四十二年の夏のことである。

その後二年たって、漱石より七つ年下の高浜虚子が朝鮮へ出かけている。私はたまたま『朝鮮』という虚子の長篇小説を読んだあと、漱石に『満韓ところどころ』のあったことを思い出し、一読した。漱石がクスリをのむためのきれいな水一つない満州を奥へ奥へと行かねばならぬ不安と腹立たしさがいたるところに感じられる。その風物、人間に対して地面に対してダダをこねるように文句をつけ、茶化し、勿論自分もひやかしている。第一、中村が「総裁々々」と呼ばれるのにケチをつける。夏目博士と呼ばれてからすぐ笑いをうかべる。馬車が人通りの多い中を我物顔に走りぬける権威のもつ物騒さに文句をつける。満州の家の中の汚さ、そのにおいに鼻をつままんばかりである。自分の入った風呂の水が罐に入れられ、いずこともなく運ばれて行くのを窓からのぞいて気味悪さをおぼえたりする。広さに、道の悪さに、それを見物している愚かさを嘲笑する。一生懸命に二百三高地の激戦の苦労などを話してくれる中尉の話をききながら、とてつもない長い距離に両軍が地下道を掘り進んだことに驚いてみせ、その将校の細君が入院しているので時間を気にし、こっちも気にしているのに話がはずむと一向に話をやめないのでハラハラしたりする（この人の名前をどうしても思いだせないといって申し訳ながっている。もう一つ、私も忘れかかるのであえて注意を促すのだが、漱石が高地に立っているのは、終戦後四年しかたっていない時期のことなのである）。旅順の戦争記念の品物の陳列所に、婦人の瀟洒《しょうしゃ》な靴が片一方だけだったか置いてある。これをロシアの元軍人がやってきて眼にとめ、「これは、私の家内のものです」といったという話をきくところがある。その奥さんが死んだのか助かっているのかきき忘れたが、というふうにつけ足してある。胃を抑えたり、講演をしたり、腹を立てたり気味悪がったりしているが、その中でこのロシア婦人の靴の話が、ときどき姿を見せかかって消えてしまう女中などと共に、情趣を添えて光っている。

この『満韓ところどころ』は、松山を舞台にして書かれた『坊っちゃん』とも似ている。

漱石と同年輩の子規がもう先が長くないというので、七つ年下の虚子に俳句の道で、自分のあとをついでくれるように道灌山で頼んだが、その意気ごみにもかかわらず一向に応じる様子がないのに業を煮やし、熊本にいる漱石に訴えてきたとき、漱石は、虚子は松山的ならぬ淡泊なところ、のんきなところ、気のきかぬところ、無器用なところがあって、普通の人間よりはいい方だからそう愛想づかしをするな、と慰めている（明治二十九年六月八日付）。

虚子が松山的でないかどうかは簡単にいえないが、漱石は淡泊でない松山に対して、松山にいるときは素ぶりにも見せなかったようだが、大分やっつけねばならぬところがあると思っていた。もっともそういう淡泊な江戸っ子がどういうものか、ということも知らぬではないのはいうまでもない。

漱石は明治四十年三月に京都へきて三高の校長狩野亨吉の家に泊っていた。京都大学へ招聘《しょうへい》の話があったこととの関係があったのかもしれない。いずれにしても朝日新聞に勤めるつもりになっていて、大阪朝日の村山社長にも会っているが、狩野や菅などと比叡山に登った彼は、あと三ヵ月後に開始される最初の新聞小説『虞美人草』のことを考えていて、マトマった小説を書く前によく起ってくるといわれているウツ病にも悩んでいたらしい。

京都へやってきたとき、三月も末だったのによほど底冷えがきつかったのか、「京に着ける夕」の中でその寒さにケチをつけている。その激しさは尋常ではない。桓武天皇の御宇に「ぜんざい」と下品に書いた赤提灯《あかぢょうちん》が暗くつき、京都とはこの赤提灯だ、ときめてかかろうとしているが、十五年前に子規と遊んだ頃をなつかしみ、子規も骨となり、その骨もこわれつつある、と子規も寒さの中にはめこまれている。京都は刺戟のない気味の悪いところでなじめぬところである。自分の中の東京での熱気が震動を起しやしないかと感じたりした、と書いている。教師をやめ、「新聞屋」になろうとする不安とイキ込みも感じられる。子規は一時新聞屋であった。子規のことを思い出したのもそのためもあろうか。終生正直であった子規をなつかしく思い出したのであろうか。いずれにしても京都に病的なほど底気味の悪さ、冷たささを感じている。

一月前に虚子は京都へきていてやっぱり山に登ったりして一力の舞子の舞を見て『風流懺法《せんぽう》』を書き、十周年を迎えた「ホトトギス」の四月号にのせており、こんどは奈良の法隆寺に遊ぶつもりでいた。これは『斑鳩《いかるが》物語』となって五月号に掲載される。虚子の二つの代表的名作小説が矢つぎ早に書かれるときで、自信に満ちあふれていたに違いない。その自信のことはともかくとして、そのときの思い出の文章が、漱石とはどんなに違うか参考のために引用しよう。これは思い出だからではない。

《それは春雨の降っている日であった。七条の停車場《すていしょん》から乗った俥《くるま》は三条の万屋の前に梶棒を下ろした。幌《ほろ》の中で聞いている京都の春雨の音は静かであったが、それでも賑やかな通に出ると俥の轍《わだち》の音が騒々しく行き交《まじ》ってやわらかみのある京都言葉も、慌しげに強く響いて来るのであった。今俥の幌の中からぬけ出て茶屋の前に立った私は春めき立った京都の宿の緊張した光景を直ぐ目の前に見た。二、三人の客は女中達に送られて門前に待っている俥に乗って何処かに出掛けて行くらしい様子であった。私の俥に並んで梶棒を下ろした俥からは、別の客が下り立って、番頭や女将から馴れ馴れしげに迎えられていた。私はその混雑の中を鞄をさげた女中の後について二階の一室に通された。客の多いに拘らず割合広い座敷が私の為めに用意されていたので私の心は延び延びとした。》（「京都で会った漱石氏」）

漱石は四月十二日には帰京しているから、春雨の降っているおだやかな京都と、夜漱石の着いた京都では、日にちにしてそう差があったわけではない。漱石は京の夕の中の気味悪さや、寒さばかりを述べたて、

《わが家の寂然たる十二畳は、われを封じて、余は幾重ともなく寒いものに取り囲まれていた。春寒の社頭に鶴を夢みけり

――四〇・四・九――》

と結んでいる。「取り囲まれていた」といういい方もハッキリしたいい方である。二人のネライもこのことはやがてゆっくり述べることにするが、異なることが明瞭なのである。

さて、虚子は漱石を連れて山湯の茶屋へきたがさすが淋しい。漱石は出たばかりの『風流懺法』を推賞し、ああいう短篇をいくつも書くといい、といった。それから虚子の泊っていた宿屋までくると、とつぜん漱石の様子が変った。ここのところは有名な挿話だから御存知の人も多いと思うが、やはりくりかえすことにしよう。

いったい虚子という人は、漱石よりは遊んでいる。三高が一時廃止になり、二高にうつったが、その仙台の二高をやめて碧梧桐《へきごとう》といっしょに上京して子規のところへころがりこんだあと、そこを出ると、吉原へ通ったり、女義太夫に夢中になったりして、俳句を作っていたものだ。漱石が外国から帰ったあと、鏡子夫人から遊びに連れ出してくれ、と頼まれたりして、かなり忠実に実行している。それから芝居や能に連れ出すのだが、漱石はたいがい不満でケチをつけ、部分部分にこだわって筋の発展がなかったり、大ゲサ過ぎる、と虚子に頼まれて書いたらしい文章で二度も主張している。虚子はそれを眺めながら、自分が文芸部長をしていた「国民新聞」に書かせている。虚子という人は、こうして自分の行動のサークルの中へ漱石をつれこむことが巧みだし、難クセをつけながら漱石もいうなりになってもいた。この芝居をめぐってのことは、漱石が満州へ出かける直前のことであるが、それ以前からも連れ出していたのであろう。あとで述べるように陰になり日向《ひなた》になり子規の世話もしているし、随分こういう世話役をしている。

話は横道へそれたが、漱石は宿の女中に対して冷たい眼を向け、イヤミをいい、お重という女中頭がアイサツをすると埃のついた汚れた足袋をつき出して睨《にら》みつけた。

「足袋をお脱がせ申すのどすか」

と「隠忍して」彼女はいうままにした。

このあと素直に漱石は虚子と風呂へ入るのだが、このときの足袋の一件については、虚子は、「何の為めに漱石氏がそんな事をするのかと、唯可笑《おか》しく思いながら、その光景《ありさま》を眺めて居た。」と記している（このことは面白いことに『柿《かき》二つ』など読むと、子規に対して虚子が、ちょうど、こんなふうに眺めている）。

そのあとで京都の街を二人で散歩していると、漱石が一人の外人の姿を認め、あれは何とかだ、と外人の名前をいう。そのとき漱石の顔がまた昂奮をあらわしているので、またはじまったなと思っていると、つかつかと外人のそばへより、

「ア、、ユウ、ウッド」

という極めて鋭い漱石氏の発音が虚子の耳をつんざくようにきこえた。

私も英語の教師をしているので分るが、だいたい外人と話すとき、つんざくような、教室で五、六十人に対するように発声するものである。しかし漱石はあきらかにそれだけで

なく、面責しようとしている気配があったらしく、相手は面くらってしまった。漱石の京都に対する態度と同じようなものが、外人に対してあったことは否めないし、漱石も無気味だが、漱石自身相手に無気味なものを感じていたことは想像がつく。

「京都で会った漱石氏」という文章の目的はあきらかに突如としておこってきた「天才漱石の神経症状」のことを、そのおかしさや、そのおかしさの見せる平凡さに焦点をあてようとしている。漱石は一生懸命文句をつけたりして、自分とのかかわり方に驚いたり、調節したり、要するに何かにおびえながら自からの主張に懸命になっているときに、それを眺めている虚子は、京都をうけ入れ、舞子を受け入れ、女中頭をうけ入れる。ここに虚子は、「俳話集」（下）という本におさめられた中に「平凡化された漱石」を「私には大概の人が平凡な姿に映る」と書き出している。

　虚子は少々機嫌の悪い状態のところへも、子規にしろ漱石にしろ、けっこう入りこんで行った、と自分で自信をもっている。漱石とは松山以来の間柄であり、子規とのつながり、漱石と松山で風呂の帰りに一緒に「神仙体《しんぜんたい》」の俳句を作りあったりしたような間柄だから当然であるが、虚子が『吾輩は猫である』を書かせたのが、お守り役の延長でもあったことが面白い。俳句や写生文の先輩として添削するくせがついていた虚子がこの小説の冒頭をチョン切った方がよいといったとき、漱石はいうなりになった。ところが次々と書いた漱石が虚子に朗読させてききながら、自から面白そうに笑うのであるが、漱石が悦に入っているときに、その部分が虚子には面白くなくて不興げな顔をして、わざと中断して見せる。ところが漱石は一向に気にせず面白そうに笑い続けたという。こういう具合にして虚子はそのまま出すようになるのだが、それがけっこう好評で「ホトトギス」の売行きもよくなり、五千も刷るようになる。値段も五十銭ぐらいだ。明治の末になるとまた薄くなって二十銭になる。

どういうところで漱石がいい気で面白がって笑い、虚子がにがい顔をしたか私は知りたいと思う。が、もっとも、ロンドンから送ってきた「自転車日記」という文章を虚子はつまらぬものだ、と思って「ホトトギス」にのせているところを見ると見当がつく。「自転車日記」が面白くないと「京に着ける夕」も面白くないし、京都での突如として起る昂奮にも、本当は同情がないと見ていい。文章と実生活とは違うが、この態度があの文章をというふうに考えた、ということはあるわけだから、ただ可笑《おか》しがっていただけではなかろう。

漱石という写生文畠の一変種が「ホトトギス」から育って行くのを、自分で関係しながら、しかもアレヨ、アレヨ、といった気持で眺めているうちに、俳句の方法を応用して小説的文章が書かれるというよりも、俳句の世界、禅味の世界そのものがとりあげられ、その文章は、写生というものから、ずっとはみ出してきていたのを虚子は、複雑な気持で目を見はって眺めていたに違いない。

私もこんど問題の『尼』という俳体詩などを読んでみた。松山の教師の頃、あの三階建ての風呂の帰りに春風をうけて歩きながら、子規の影響の下に漱石の発明した「神仙体」なる俳句を作ったといったが、これは、熊坂敦子氏によれば神韻漂渺《しんいんひょうびょう》、朦朧《もうろう》とした中で、脱俗的な境地を現出するといったもの、観念の世界、浪漫の色こいもので、文壇はそういう勢いにあったのらしい。ところで、虚子が頭やすめに誘って一緒に作った連句（虚子は連句俳体詩と呼ぶことにしていたが）、これはなかなか浪漫性の濃いもので頗る物語的なものだ。けっきょく作っているうちに虚子は「ワキ」で漱石が「シテ」役になってしまい「狂想乱調殆ど収拾すべからざる概《おもむき》があった」と虚子はいう。じっさいのところ、明治三十七年十一月、十二月の「ホトトギス」に発表されたこの『尼』というのは、四つずつの連句が二十四つながっている。二人の違いというものがあるとすれば、かなりハッキリ出ているに相違ないし、途中から虚子が漱石一人にまかせてしまっているさまもハッキリ分るので、好都合なはずだが、今私には不幸にしてそれを探究する余裕がない。それはとにかく、連句では必ずしも筋を追う必要はないと思われるのに、『尼』にはおのずから筋があり、女が尼となって人里はなれた僧房にいるところからはじまり、父のことなど考えている。何かしら恋も夢に入ってくるが、恋とは夫への恋らしく「夫の位牌に古き雨漏る」とくる。

　ところが一転二転して第十となると「此時か松の緑の吹き乱れ」と虚子が書き、鳥がバサと落ちて都作りの征矢《そや》を負っている。それを抜いてやると鳥は飛び立ってゆく。矢に夫の名が記してある。

漱石がどんどん一人で続けるのはそのあとである。前に椿の花が流れてくるところを漱石が読みはじめているが、その椿に矢を刺して夫を求めて岩かげなどさがしながらさまよい出て行くまでがくわしい。仙人の石に笑われたかと思い、そのあと虚子が第十八だけ読み、再び漱石の一人舞台となる。花吹雪《ふぶき》の中を里に入る。ここで狂い死にする。ここで一段落しているかたちになって、こんどは虚子が第二十三、第二十四で、古塚があり（狂尼の墓と文字幽かなり）と終ることになっている。何か謡曲をきく思いがする。内容もそんな思いである。踊りがあってもいい。連句には約束がある。その約束の中にはめることを何か喜ぶようにして二人が続けて行く有様は興味があるが、虚子も漱石も二人とも小説的想像が豊かであるということが分る。事実実際的に漱石をシテ役にまわした感じもあって、虚子は見守っているが、虚子がくりかえし、『尼』など俳体詩が漱石の小説の源泉をなしたというのは、いかにもそうだと思える。そればかりでなく、虚子もまた自分に対して同じようなことを感じたに違いない。虚子が『尼』一篇の中に小説の源があるということを痛感することが出来たのは、漱石がやがて書きはじめた小説を見ていよいよ思い始めたのであろう。一つには虚子が漱石の中の相当部分が迸り出ているのを一緒にやっていたからこそ肌でかんじたに違いないのに、そのことは、ほかの誰も省みることはなかったからであろう。漱石さえもそんなことはもう忘れたり、自分のことだから気がつかなかったのであろう。

漱石はじっさいには、英詩にも物語的なことはもう少し前からもうたっていたはずだ。だがこの合作である俳体詩はまた別のものであったようだ。合作とはフィクションの元だから。『尼』が狂女となるキッカケを歌い、それに責任をもって発展させたのは、漱石の方であって、それにのりうつっているかのようだ。それを虚子が最後に鎮魂させているワキの形となったのも暗示的なことで、これは私がだんだんと述べて行きたいポイントの一つでもあるのである。

私は道草をくってしまったので、そろそろ今回の文章の冒頭のところで名をあげた虚子の『朝鮮』をめぐっての問題に戻って行かなければならない。漱石が「京に着ける夕」のあと、そうして、虚子が漱石に「京都で会った」あと、予定通り虚子は法隆寺へ出かけて行き『斑鳩物語』を書いた。この小説でこわがりながら塔の上へのぼって行くあたり、宿で女中のお道という女と話したりするところ、漱石的である。塔の上から見ると偶然案内の坊主の兄貴株の坊主と件《くだん》のお道とが恋を語っているところを見かけたりする。お道という女は実在かもしれないが、この恋を語るところを見たというところなどは作り物らしい。これらの作品を集めた『鶏頭』序文を頼まれて漱石は言っている。

子規の写生文的から抜け出しているはずなのに、そしてそれこそ虚子の俳句の特徴なのに、この程度のものでは、まだまだ写生文的だ。もちろん賞《ほ》めてはいるが、別な小説、西洋の小説ふうのものがあるはずだ、というのである。もっとも『虞美人草』の出版のあとだからムリもない。もっともそういう『虞美人草』も虚子は賞めている。文章の調子から見ると、虚子はこれからあと『俳諧師』あたりでは、漱石に似た動的な文章で、現在形をふんだんにつかう。といっても、もともと虚子には、あの子規が絶讃したところの、

土橋越えて蝙蝠多き町はづれ（明治二十九年）

という句があるのである。子規は、碧梧桐ならば、土橋と町はずれ、と蝙蝠多きことのみを言うが、虚子は「越えて」と一語を挿んで絵画以外の働きをしている、と卓見を吐いて流石《さすが》一世の師表たるにふさわしい。すでに『斑鳩物語』においてもいつも動いているか、生き生きとしゃべっているのをきくか、時には塔にまであえぎあえぎ登っている。おしゃべりしながら比叡山へ登っているところからはじまる『虞美人草』と文体がどこか似ている。何のかんのといいながら、二人の文章が明治四十一、二年からずっと変り落ちついてきている。おしゃべりや主観の躍動する感じの代りに客観的な筆致に変っている。少なくとも漱石の『三四郎』あたりからそうであるし、虚子も『俳諧師』までとそのあとでは違ってくる。もっとも大ざっぱにいっての話である。一種の喜劇性みたいなものも二人とも

大分かげをひそめている。漱石といっしょに虚子までそうなっている。藤村の『破戒』が、余計な形容詞がないといってその文体の新しさなどを絶讃した漱石が、『春』については、終りの四、五行がいい、あれが三百何回全部に及んでいたらよかったのに、といっている。いずれも虚子あての手紙である（明治四十一年八月十九日付）。

『春』は明治四十一年の作でこの年、写生文のほかにもっと小説くさいものがあることを暗示した前述の『鶏頭』序文を書いており、その前年、京に着く何日か前に「写生文」という文章を書いて同じようなことをいっている。そうしてみると漱石は手さぐりで日本人の自分にふさわしく、しかも「小説」への道を、写生文から全然はなれはせずつかもうとしているし、その考えからすると、『破戒』はいいが、『春』は根本態度が気にくわず、虚子に対してはリアリティのあることは間違いないが、小説的要素がもっと徹底したら、そうして動きは、全体の中での動きに転化したら、という意見がもとにあったように思われる。そういうときの漱石の批評の言葉などは有名なことだから省くことにするが、こうして明治四十二年に漱石が満韓へ出かけた。それから二年たって四十四年に、前年に国民新聞を退いていた虚子が朝鮮へ出かける。

漱石が『満韓ところどころ』を書いたとき、長塚節がSというだけで、誰のことか私には分らないが、とにかくSのところで憤慨して漱石という男は人を馬鹿にしている、と第一回だけを読んでいった。漱石は節に「朝日」の紙面をあたえて『土』を連載させた。この節の手きびしい意見がいつ漱石の耳に入ったか分らないが、節の『土』の序文に、節に悪口いわれたことを書き、浮薄な人間でないから、この『土』に序文を書くのだ、といっている。漱石のこうした文章はどれをとっても気魄と思いやりに溢れ、正直で、さすが、と思わざるを得ないが、この文章を虚子が読んでいないはずはない。第一回はたしかに馬鹿にしているというふうにいわれても仕方がないところもあるが、虚子はひそかに『満韓ところどころ』とは違うものを書いて見せようと思ったに相違ない。『尼』を共に作ったときよりもっと早く、二人は松山の風呂の帰りにもっとも二人にふさわしい句を詠み合った。子規の写生とは違う部分である。『尼』それから『草枕』に似た『風流懺法』『斑鳩物語』、『坊っちゃん』に似た『俳諧師』正篇、虚子は虚子ふうに漱石と同じようなものを違った書き方をしてきた。

　明治四十四年十月、「ホトトギス」第十五巻第一号で、虚子は「本誌刷新」についてという文章を掲げる。要するに自分一人でこれからやるというのである。漱石は「ホトトギス」に書かなくなったのは、虚子と相談した結果である。売れなくとも今まで通りやるしかないという、漱石とはあい入れない仲間の意見を尊重したのだが、今後原稿料を払わず社員組織も解くというのだ。虚子はこの号に『死せる人を嘲る人と死せる人との問答』という題の小説を書くつもりでいたが、どうにも締切の九月三十日まで十日しかないので書けず、ほかの原稿で間に合せるということを巻頭に書いている。既に最初から躓《つまず》いているのだが、この題名が意味深いではないか。

このとき、七月から『朝鮮』を新聞に連載しているし、この年の一月から『東京市』という長篇を「ホトトギス」に連載しつつあるのだから、その多忙さは驚くべきものがある。『東京市』は六月号が休載になっている。

いったい『朝鮮』という小説は、虚子とおぼしき「余」が非常に慎しやかな応答をする妻を伴って釜山へ上陸し、そこで妻の叔母かイトコかに会う。この連中に陶器か磁器かの贋物《にせもの》をつかませられるのであるが、この一行は京城で政治ゴロや日本政府反対の運動に加わって拷問に遭い口に陰気な傷がのこっている洪という男や新聞支局長など、それに妓生《キーサン》、政治ゴロの友人に置いて行かれた芸妓お筆その他、宿のおかみさんなどが登場する。写生できたえた落ちついたタッチで書かれていて、『三四郎』などの文章とも似ている。京城で見物したり話をきいたりするうち妻がよその家へ招かれている隙にお筆と「余」は関係をもつ。

そのあと平壌へ向う。ここで大同江という川ぶちに茶店をやっているお牧という女とその夫にめぐりあう。京城の連中がみんなやってきて遊山したりする。お筆という女もやってきていて、妻も心配げな顔をするが、たいしたことにはならずお筆らは満州のほうへと流れて行く。こういう筋を話したとしても何のことはない。しかしなかなかの特徴をなしているのは次の通りである。三四郎が上京の途中汽車に乗り合せた女と宿へ泊るときに、敷布をマルめたものだったか、手拭だったかを真中へおいて寝る、という、まるで禅坊主がするようなところがあるが、「余」もまたお筆に迫られる。平壌へきてからは、妻も既にお筆とのことを知っているので多少は遠慮しなければならないし、彼もこれ以上つながりをもち、女のペースにはまるのを面倒に思って「卑怯者」といわれて逃れる。しかし、けっきょく彼女が執拗に彼の前に姿を現わして、とうとう夫婦であるマネをして歩く。

　この小説に書かれたように二度にわたって朝鮮へわたった虚子が、少なくとも最初のときには妻を連れて行ったのかどうかも私は知らないし、不思議なことに何処にもそういうことについて書いた文章がない。誰も問題にしないのだろうか。とにかく虚子は一度では足りないと思って二度行ったとしたら少なくとも二度めは妻を置いて行ったのだろう。いったいお筆の如き女性が出現していたのかどうか、それを知る手がかりもない。いずれにしても、この小説は浪人や芸妓が北へ北へと流れて行き、やがて満州まで行く不思議さ、そうしてこれにもふれねばならぬが確か敗残の人々を扱っている。そういう人と交りながら北へと送り届ける役をしているみたいな筋の小説で同じ人間がやたらに会ったりしているところは、いかにも朝鮮という当時の状態であるともいえるが、同時にフィクションくさい。それにしてもなかなかたっぷりと人事と風物とが俳句の中にあらわれてくる世界を拡大したような取り扱いでよく書かれている。

　漱石はこの小説の批評を「ホトトギス」に寄せて「けっこうです」といっている（明治

四十五年四月十八日付書簡）。そうしてお筆と芝居をするところや、お筆の最後の手紙はとてもいい、と賞めている。これは『斑鳩物語』や『風流懺法』の色つやがあるということで、正にこれを中心にして小説が書かれたら、朝鮮へ行く必要がありますまい。しかし、朝鮮のこと、なかなかけっこうです、とこういっているのである。

いったい虚子は「ホトトギス」へ『朝鮮』の批評をみんなに書かせている（明治四十五年三〜五月号）。秋江や、能成や草平も手紙をよせているし、「ホトトギス」には文芸時評があって『東京市』の批評なども野上臼川《きゅうせん》（豊一郎）が書いているといった有様である。草平は、漱石の『満韓ところどころ』と較べて客観的で、作者の気持が語られていない、ということや、女に甘過ぎるというふうにいった。虚子はやり返し、漱石とは違うが、自分の主観は出ていないことはないといっている。草平のいうように女に甘いとするならば、それは虚子のネライで、風物とマッチする世界なのである。しかし同時に虚子は、朝鮮を書こうとしたことも事実で、朝鮮という世界を、生臭いものがある世界を彼流のつかまえ方でつかまえようとしたことは間違いない。とにかく『朝鮮』にはかなり自信があったと見てよい。

第四十八節は「余」にあてたお筆の手紙である。

《今新義州の宿に居ります。淋しくって寒さが強うございます。慶之助さん（筆者注・

小説も書こうという役者）はお星様の光りが違っていると申します。私には判りません。今夜安東県迄行くと石橋の兄さん（友人が彼女を頼んで置き去りにした相手）は申しましたけれども厭だと駄々をこねて遣《や》りましたの。

私は手紙を書くのは、面倒で厭なんですけれども、今夜は何だか淋しいから此手紙を書きます、出鱈目ですよ。

今日汽車の中で一人の人と石橋の兄さんとのお話を聞いていました。其中に斯んな話がありました。

天草や島原の女が一番えらいんですってね。豆満江《とまんこう》を抜手で切って泳ぐんですってね。そんな真似は私には出来ないわ。何でも島原、天草、五島辺《あたり》の女が第一軍で、長崎、福岡、山口、大分、愛媛、広島あたりが第二軍ですって。私は何軍になるんでしょう。

兄さんにお目にかかったのは全く御縁ね。

兄さんはひどい人ね。奥さんにお打明けになってね。御夫婦の仲ってそんなもの？汽車の出る間際になって、雑餉隈《ざっしょのくま》の里子が見たいなんて、奥様が。

雑餉隈に行って御覧なさい。そうして何処かの子守の背に、其《それ》らしい子供が居たら知らせて下さい。

汽車の中の話をもっとしましょう。

安奉線の出来る時分の事ですって。お金は皆指輪や腕輪にして肌につけ、金目なものは風呂敷に包んで自分の背中に背負い、大きなものは苦力《クリ》に背負わして五六人位宛が一組になって、其安奉線のレール伝いを北へ北へと歩いて行くんですって。其がおかしいのよ。皆裾からげて赤い湯もじを出して、大きなお尻を動かし乍ら北へ北へと歩いて行くんですって。其が私には旨《うま》く書けないけれども、其人のお話は其は面白いのよ。目に見るように話すんですもの。

其が皆第一軍ですって。豆満江を抜手を切って泳ぐ手合ですって。

私何だか其女が今でもレール伝いに北へ北へと歩いて行っているような気持がするの。

旅順にお銀さん奉天にお島さんというえらい女が居るんですってね。

お京さん（お筆の朋輩）達はもう帰りましたか。

お牧さんによろしく。

私も満洲の山中で茶店でも出そうかしら。

小説はきっと書いてよ。（筆者略）

新義州にて　　筆》

このあと、第二信が安東県から出されることになっているが、最後のほうにこうある。

《兄さんと奥様は毎日何をしてお暮し遊ばす。多分此方へはいらっしゃらず、お国へお帰りの事とお推《すい》もじ。

浮気な旦那を出して遣ったあとの物思いよ。「人と契るならうすく契りて末をば遂げよ、紅葉を見よ、うすいがちるか濃いがまずちるものと知れ、そうじゃないかいな。」こんなのはいや。

「君と寝ようか、五千石とろか」もいや。

「露は尾花と寝たという。尾花は露と寝ぬという。あれ寝たという寝ぬという。尾花が穂に出てあらわれた。」馬鹿な尾花ね。

明日は奉天に行きます。もう暫くは手紙も差上げません。御無事に。

あの雑餉隈の里子の事。

安東県にて　　筆》

虚子と夫人とお筆とのことは、夫人が同伴していたかどうかも分らないから、お話にならないが、この手紙は虚子がじっさい受取ったかどうかは別としていかにも虚子好みのものである。そして手紙にふさわしいように立ち入ったことがその奥にあったとしたって、立ち入ったふうには書いてはない。適当に暗示的に書かれている。手紙というものはおのずからそういう性質をそなえてもいる。お筆という女も妻のある「余」の常識的な慎しみもあって、入りこんでは来ない。少なくとも入りこませないように「余」は自分を大事にしている。そういうような慎しみみたいなものが全体にあり、それは前述した通り俳句の味わいというものからハミ出ることがなくて、一つの世界を作っている。

たとえば、もう一つ、漱石があげた芝居をするところはこんなふうだ。

《「ハ、、、又始まったね。」と余は笑った。けれどもどういうわけだが、お筆の言葉は此場合人の心を支配する強い力を持っていて無暗に笑ってしまうことが出来なかった。

「何故そんなことがして見度いの。」

お筆は余の言葉には答えずに心ゆくような呼吸をして、

「私貴方の奥様ねえ、嬉しいわ。たった二三十分間の御夫婦だけれども其でも本当の御夫婦だもの。ねえ成るべくそろそろ歩きましょうよ。……」

「は……。」と余は覚えず泣くような声をして笑った。

「厭よ、そんな笑いようをしては。気味が悪いわ。」

「…………」（筆者略）

二人は黙って暫く歩いた。兎に角十分でもこの女が自分の妻かと思うとおかしいようななつかしいような変な心持がせぬでもなかった。深川以来持て余している不思議な女という事は忘れて此奇怪な二人の仮想的の関係を興味を以て考えるのであった。

「ねえ貴方。」とお筆は呼びかけた。

「何さ。」と余は答えて、

「貴方浮気をしてはいやよ。」とお筆は言った。

「するかも知れんよ。」

「厭ですよ、そんな事を言っては、たとい十分間でも妻になっている私に厭な思いをさすことは止して頂戴。浮気はしないと言って頂戴。」（筆者略）

「斯んな仕合わせな夫婦が外にあるでしょうか。」

「あるまいね。」

「久しい間の恋仲でしたものね。」

「そうとも。」

「見棄てちゃいやよ。」

「見棄てるものか。」（筆者略）

「何故夫婦でいて別れなければならないんでしょう。」

「そうさなあ。」

「あの児のことは忘れては厭ですよ。」

「え？」

「福岡の雑餉隈の里子に遣ってあるあの児ですよ。」》

次の節の最初に宿へ帰って妻にお筆とのことを話してしまう。妻は「まあ厭だよ」とこの小説のなかではじめてのように乱暴ないい方をするが、忽ち、

《「其里子の事が何だか気がかりね。」

「…………」

「実際そんな里子があるのでしょうか。」

「僕との間に出来た子がかい。」

「ええ。」と妻は笑って……》（『朝鮮』四十六）

妻はその児を育ててみたいわ、といったりする。妻とお筆とのことはそれで終っている。このことがさっきの手紙の中でつじつまを合わせて出てくるわけである。

『朝鮮』という長篇小説を読んで行きながら私が気がついたことは、この中に出てくる人物の言葉がていねいであることである。洪という志士も、芸妓も、妻も誰もかもていねいで、しかも妻は松山弁の調子さえもっていて、大ゲサにいうとその調子がぜんたいを支えているともいえそうなくらいである。

ここに出てくる風景も人物も俳句になり、俳句の中に出てくる物語になり、それを支える言葉づかいをする。その言葉通りふさわしい行動をするらしく、たとえば激しい行動が

あったとしても、物語の中に埋没している。そしてこのことは草平のいった女に対する甘さというようなこととは違う一種の甘さを、甘い快さを漂わせている。お筆の手紙や、お筆とのあの芝居というものが、その快い甘さと何か深いつながりがある。

『朝鮮』は、大阪毎日と東京日日とに連載されたが、大阪のほうは途中で断わられた。このことは明治四十四年の九月号の「ホトトギス」の広告文にこう出ている。

小説『朝鮮』を掲載せる東京日日

小説『朝鮮』を大阪毎日新聞と東京日日新聞とに載せることになって筆を取る事七十回、大阪毎日は販売部の抗議で中止。東京日日はもっと載せるという。斯《かか》る時に当りて日日の松内社会部長から九月のホトトギスに朝鮮の広告を出してくれ、文章は君が書いてくれとの事。実は何もいう事無し。只一言『朝鮮』は余が苦心の作なりと断言することが出来る。序に静岐君の挿画は余の考と始終違わぬように出来るのを妙と思う。以上。

虚子記

『朝鮮』上篇七十回にて八月二十七日終。
下篇八月二十九日の紙面より。
東京市麴町区有楽町一丁目二番地
合資会社大阪毎日新聞社東京支店

東京日日新聞発行所

この一頁広告の載った九月号は隣りの頁に「ツボミ」の第一号、第二号の目次の広告があり、別の頁に「青鞜」創刊号や「層雲」一頁広告がある。そしてまことに面白い小説、後年の鱒二の小説のような『牛の糞』という朝鮮旅行の副産物である虚子の短篇が見えている。夫が日本の女と一緒になり捨てられた醜い大きなロシア女に説得する通訳のそばからきいている話である。

《「私は理解した。そういう事をよく飲込んでいる。併し私が今日来たのは其夫婦喧嘩の仲裁という訳ではない。問題は彼の牛の糞の事で……」
「然り、紳士よ。其牛の糞に就ても彼プロブスキイは虚偽をいうのである。彼は其虚偽を以て私等親子を殺そうとするのである。（略）不道徳なるプロブスキイが、私を追出して彼の醜悪なる女を引入れる時に、彼は私に此粗末な家と、彼の一匹の雌牛とを呉れた。（略）そうして此の女の児の営養を取るには彼の一匹の雌牛の乳を以てするのである。彼女（雌牛）は我家の至宝である。そうして紳士よ。我等は衣食の外に又燃料を求めねばならぬ。（略）一年間の牛糞を乾し固めて、之を一冬の燃料に使うことは私の故郷の露西亜の田舎では普通の事である。（略）其に拘らず其燃料を奪おうというのは、彼は我等の凍え死ぬのを希望するのである……。（略）」

通訳は此大きな女の泣き出したのを見て、自分のほうが泣き出し度いような心持がしたが、漸く女の静まるのを待って斯う言った。（傍点筆者）

「今燃料を奪うとお前さんが言ったが、プロブスキイは燃料を奪うというのでは無い。其はお前さんの思惑違いである。プロブスキイは、お前さんがあの牛の糞を屋根の上の、而もプロブスキイの家の二階に近い処に乾すものだから、彼は臭気に堪え無いといって訴えるのである。（略）」

「紳士よ、貴方はプロブスキイに味方するのである（略）」》

あまり頁数をとっては困るからこのぐらいにするが、この小説の面白味がネチネチとした理くつのやりとり、その会話にあることは直ぐお分りになると思う。そうして今一つ、傍点を付した部分が『朝鮮』の中の、お筆の言葉をきいて「余」が、「余は覚えず泣くような声をして笑った」という部分とひどく似ているのを思い出してもらいたい。通訳と「余」との違いがあるが、虚子が他人に対しての応対ぶりの一端が分るような気がする。私がいった「甘さ」というのは、こういう態度と関係がある。

さて、もとへ戻って『朝鮮』はこのようにして東京日日に連載され、本になったときの広告がまた一種不思議なもので、翌四十五年一月の「ホトトギス」にのっている。この号には、『歳旦辞』が巻頭にある。子規門下の「我等仲間」と縁を切ったといい、必ずこれから自作小説をのせるのだ、といい、その手始めが『女優』だと胸をはり更に、

《登場人物三四人の言説ともに皆余の言説である。此の一作が兼て主張の小生の客観主義、写生主義、技巧主義とは頗る相容れぬものである事は十分承知の上で筆を取ったのである。そうして兼ての小生の主張はまた少しも動揺する処は無いのである。》

と宣言している。

小説『朝鮮』自序

余はここに簡単な文字を並べて本篇の意味を限局することを好まぬ。如何となれば本篇は余が明治四十四年の四月朝鮮に遊んでから十一月「東京日日新聞」紙上に最後の一回を稿し終る迄の余が生活の多くの部分を占めて居るから。何の為めに本篇を書いたかと問われたら余は何の為めに其八ヵ月間を生活したのかと自ら反問し度くなる。（傍点筆者）

唯技巧に就いて一言し度き事は、客観描写を主義とする写生文の技巧と主観的なる小説との間には屢々扞格《かんかく》するところがある事を意識しつつ、而も余は確かなる客観描写の筆

に俟《ま》たなければ大主観の文芸は生まれぬという確信の上に立っているのである。此の意味に於て従来の作篇も此の篇も写生主義と小説との愚鈍なる戦闘の歴史である。（傍点筆者）

明治四十四年十二月八日　虚子識

私が傍点を施した部分の第一は、食うためだったということである。これは「ホトトギス」を始めて、軽蔑されながら経営に成功したり、そのあと漱石の作品らによって売行きをのばし、そのあと三分の一に読者がへり刷新を断行せねばならない。その責任は自分がとるしかない上に、彼が雑誌を維持し食ってゆかねばならぬ。一方において彼は注文があったからであろうが、自分なりの小説を書き続けなければならない。

この頃までの虚子の小説は、当時の漱石の作品に比して決して劣るものではない、と思うだけのものをそなえていた。にもかかわらず、その結果は大阪毎日の連載が中止ということにもなった。漱石の場合とは違う。ところが『朝鮮』は十数年前二十四歳のとき子規にすすめられて書いたあのスケッチ『浅草寺のくさぐさ』の拡張、小説化であることはすぐ気がつくことだ。同時に「ホトトギス」に連載していて、やがて自分から中止する『東京市』もまた、その題名を見ただけで同じようなものであることが分ろう。

『朝鮮』も『東京市』もスケールの大きなものであって、地域的の広さや扱われる人物や人物の考えていること、いうことのスケールからいえば、この二つの小説に匹敵するものはなかった、といってもいいくらいである。改造社の全集本には『朝鮮』が朝鮮軍司令官だったか、総督だったかによく書いてくれたとお賞めいただいたことをわざわざトビラ裏に記しているところが虚子らしい。それはそうとして『東京市』のことをいわねばならない。この小説は、明治四十四年の一月から四十五年六月、第十二回で中絶となった。私が近代文学館にある「ホトトギス」をしらべたところ欠本になって、四十五年七月号までがない。それに朝鮮旅行中のせいもあってか、六月号は休載。

つい二、三日前になって存在を知った東大の明治新聞雑誌文庫へは今となってはもはや出かける暇もないし、「文学」(昭和四十三年二月号)の相馬氏の文章によって思い出している有様なのだが、手もとのメモを見ると、三月号に第九節、五月号に十、十一節とある。四十五年七月号も休載だったかもしれない。『東京市』は相馬氏の推測によると、これは全体の三分の一ぐらいに当る。

またこの未完長篇の一つの場面である日本座のモデルは、帝劇であって、伊藤博文、渋沢栄一などが中心となって発起され、四十年の五月着工、四十四年の二月にこけらおとしがなされたという。この工事をしている場面からや、劇場の中の設備が和洋折衷を思いきって行っていたり、女優にダンスをさせて客よせをねらっているような山川専務の俗人ぶりを好意をもって書いているところから始まる。新聞記者の山屋がこれらの連中と会うという形で運ばれるのであるが、新聞記者山屋がインタビュウしたりする女優が登場する。山屋はこの新聞社の不当の解雇事件をきっかけにやめ、文学者になる決心をかためる。

　虚子は文芸部長をしていた国民新聞社を四十三年に退いている。そうして住居も鎌倉由比ヶ浜にうつしているが、大いに不満があってのことだといわれているから、彼の生活と符合するといっていい。朝鮮人が登場して松戸近くの利根川に立って東京の肥船を見せる。つまり公害が起りつつあるということを示そうとしている。女優の確執も既にあらわれているし、いよいよこれからというところで中止されていて、からみ合いがはじまらずに終っている。しかしいったいからみ合いというものは起ることが出来たのであろうか。色々の人がしゃべっている部分が多くてその中には重大問題とかかわりのあることもあるし、一応のリアリティは虚子の筆によって過度にならずに描かれているが、これまでのところ『朝鮮』にある人事の見せ場のようなものさえも殆んどない。だから、結局「らしき」ままに終っているのだが。

　この間、四十五年の三月には国民新聞に『お丁と』という長篇を連載しはじめている。とすると国民新聞そのものとは仲が悪くなったわけではなかったと見える。これはいつ終ったのか、相馬氏も?を付している。とにかく六月号の「文章世界」には、俳句の文学価値はもう極っている。自分の天分は文章のほうが向いているし、さしずめイプセンなどよりえらい仕事が出来るという事になる、と書いている。もっとも、彼のイプセンというのは、要するに内部に石火矢《いしびや》のような強い光があり、これが色を生じ、石火矢の行き違い走り違うに従ってこの人物は即ち云々し行動する、これがイプセンの戯曲だというもので、写生文の応用によって出来るのだ、という意見である。イプセンよりえらい仕事というのは、写生文の文章の功徳という意味だろうか。

そうして面白いことは、相馬氏もいうように嘗《かつ》て漱石が虚子の短篇集『鶏頭』の序文に写生文の限界を述べたことを、いつのまにか虚子が受け入れているということである。この鼻息の荒さは多少異常なほどである。それはあとで述べることと較べれば尚更である。

私がここでいいたいことは、この頃つづけて頼まれるから拒まず書いたといわれる、三つの戯曲（上演されたかどうか知らない）『女優』（四五・一）『鳥羽の一夜』（四五・二）『お七』（四五・四）のことである。

私は写生文と芝居とがどこかつながりがあるという意見をもっているので、虚子が脚本を書いたことももともと私はあまり不思議だと思わない。芝居好きでそれに能とはつながりがある。父親が能をやっていて松山の城山の中腹の寺へ弁当をもって行って耳を傾けたともいわれる。宝生流の能の保存に心がけた実兄をもっている。

いずれにせよ虚子が芝居の脚本を書くのは極めて自然のことともいえるが、問題はその内容である。いずれも激しい「石火矢」をもち、虚子の心の中にあるものを何人かの人物によって演じられるというのは素直に受けとれるのだが、たとえば『女優』は二人の女優と作者と三人登場させ、新しい女優が古いの（咲子）を追い抜いて行き、彼女を作り出した作者（秀夫）も忘れられて喝采が起っているという筋のもので、その最後はこう終っている。

《咲子「私は先生からそういうお言葉を聞こうとは予期しませんでした。たしか海軍の軍人が日露戦争から帰った時『我等は子孫の為めに戦ったのだ。』とか言ったように記憶しています」
秀夫「又激しい喝采が起って来ました。……今私の言った事は嘘かも知れません。……私は其どよめきを聞くに堪えん」》

また『鳥羽の一夜』（一幕七場）は（この頃彼はたえず旅行しては写生文を書いたり芝居にしたりしている。朝鮮旅行はそれの大きいものともいえる）、旅客の良助がノイローゼ気味で海女を見てきたことから海女の海の中での戯れを夢み、その海女が恋人（？）の姿に変ったりする。「お七」はひそかに心の中で思いつめている女であって、手軽に書かれたイプセンの女に当るものかもしれない。芝居だからかえって直接的に人事を表現してもいいということもあってそうなったのだろうか。

『東京市』はそうなりかかって、どうにも写生文と小説との間がマトマらないと思ったのだろうか。この頃の写生文や小さい文章などは陰鬱なものが多い。『牛の糞』のような小説もあるけれども、これは裏返しともいっていい。四十四年十二月に見られる『休息の裏切り』は自殺するつもりであった男が休息したらその気持がなくなったというものだが、「自殺せる男の日記の一節」と書き出してあるところを見ると、結局自殺を決行したことになる。

《――二十五日夜――
余は死を待つ。
余はもう仕事に飽いた。愛情に草臥《くたび》れた。》

とあったり、その多忙の日の中で、友人、碧梧桐、子規のことは勿論、漱石のことが念頭にあったに違いないと私は空想する。このころまでに漱石は『彼岸過迄』しか書いてない。『行人』もこれからというときである。いうまでもないことだが、これらの脚本には虚子の快い甘さというものは、あまり見られない。そして生前に出た二種の全集の中から、『東京市』も『お丁と』も省かれてしまっている。

　大正二年、「此頃より健康を害し能楽に遊ぶ」（著者自筆年譜）とあるし、二、三年道草をくって遊んだ、このままでは俳句界が駄目になると思って、「ホトトギス」を俳句の雑誌としようと思い立って鮮やかな転身をしたということになっている。ノイローゼ気味になり疲れ易く、胃腸を悪くしたことは事実だ。俳句の講義、子規のことを書いた『柿二つ』そのほか短篇も書き続けるのだが、大正四年に発表した『落葉降る下にて』という短篇は、事業にも限界を感じ病気をし、娘にも死なれた中年の男が二昔も前に病をいやすためにきたのと同じ温泉場にきている。温泉場はあきらかに修善寺で、漱石がたおれたところである。この男は虚子自身がモデルになっているのはいうまでもないが、自分の父が癌で死んだとき、死ぬはずがない、医者が殺したのだ、と思ったということや、自分の娘たちは何度も大病したが死ぬはずがないと思っていたのに、死んだ一人の娘については途中からあきらめてしまい、妻から冷淡だとなじられるということを思い出すというようなことが重要な発見として語られている。事実、大正三年、虚子は四女六子に先立たれる。亡びるものは亡びさせよ、去るものは去れ、という態度や心境がこの一篇を支えている。大正六年に書かれた直哉の『城の崎にて』は不思議に虚子のこの作に似ている。

　直哉といえば、最近の里見との対談で「あの旅行中、法隆寺の大黒屋というのに泊ったあたりは、徹頭徹尾虚子だったね。相当いかれている」と里見がいうのに対し、直哉は「虚子は面白かったよ。三千歳の話」といい、「虚子なんていう人は、どうしてあんな面白いものを書いたんだろう」（笑）とある。そのあとで漱石と較べ、虚子は俗人だから漱石のことを調子の低い人だ、といい、「夏目さんが機嫌を損じているのに虚子の方は分らず、なかなか芝居をやるわい、と思っている」と難じている（「海」昭和四十五年二月号）。前にもいったように、これが前にあげた京都をめぐってのことなのである。しかし「自分の子は死なぬ」と思う強さと自信は、ある意味では直哉とも似ている。にもかかわらず、直哉のいう厳しさみたいなものは虚子には表向きはない。しかし虚子は『柿二つ』を見ると分るように、子規が自分ふうにせよ愛する虚子に説教をしたり、言いたいことをいったり、お前は身体が小さいからいいよ、邪魔にならなくて圧迫感がないから、と思うことをいったり、そして虚子の顔を皮肉っぽく下からじっと見上げていたりするのにつきあいながら、子規が死ぬ直前に野心がなくなった、と呟いたとき、虚子ははじめて親しみを感じた、という平凡化する執拗さというものは、子規や漱石にはないものだ。これが虚子の写生の態度であるだけではなく生きる態度だったと思ってよい。

平凡化するのも、亡びるものは亡びよ、というのも同じことなのだが、その態度はいよいよハッキリしてきたようで、しかも、一度燃えあがった内部の火みたいなものは、屈折して現われてくるようにも思える。大正六年に『漱石氏と私』を書いている。例の「京都で会った漱石氏」が入っている。この年、徳川慶喜公のところへ出かけて行った（四、五年前）ことを書いた『十五代将軍』（大正五年二月）のはいった同タイトルの本を出している。月並の句を作られる方がかえってふさわしいともいい、自分が直して差しあげた句を、なっとくされなかった様を描いている。ここに微妙な俗人、平凡人、ということにからんだなかなか面白い考えが感じられる。俳句の師匠と将軍との間柄では、もともと虚子のようなつかまえ方の方が当り前ともいえる（朝鮮軍司令官を思い出してもらいたい）。芭蕉も諸国を旅して歩き、宿をかしてくれた家の主人の句に一応の敬意を表したに違いない。食うためにはいたしかたがないどころか当然である。その態度に何の疑問もないはずなのに、それが問題になり、大正十一年丸ビルが出来たときに、一室を借りて移って非難され、虚子がリードしたとき、非難の声も起り、虚子のあの俳句の芸術的境地との差はどうして起るのだろうと多くの人が今でも首をかしげている。だが、『十五代将軍』のホロホロと涙が出るような能楽をきくような緊張と甘さは、実は、この凡俗を認めるところ一種の「調子の低さ」からきているのである。

彼の自信は才能に対するものであったかもしれないが、それだけのものではなかった。亡びるものは亡びよ、去るものは去れ、といったとき、たぶん自分の中の凡俗さでない要素をもう一度捨てようとしたともいえる。こうして碧梧桐の新傾向に反対し花鳥諷詠を守る。

私が想像するに、大正五年『明暗』執筆中に漱石が死んだときに、ほんとにこう思ったのではないか。漱石のような生き方をしたら、ああいう書き方をしたら死ぬと。

「見よ、どういう内容のものであろうと、たとえ、小説と殆んど同じ内容のものであろうと、とにかく俳句や漢詩を書いて午後を過したではないか。もし、そうなら……」と漱石のことを思いながら、虚子は虚子風の文章を書き続ける。

たとえば『虹』（昭和二十二年一月）というような愛子という女弟子を扱った一連の作品がある。『虹』は七十三歳の時の作品だが、瑞々しい。彼の俳句のように瑞々しい。

『虹』はたとえば筑摩の三段組み全集で、三頁の作品だが、その終りの一頁に当る部分は、虚子に当る俳句の大先生が泣くところである。

そのときその娘の愛子がほそい姿で後ろに立って踊りはじめる。予期しなかったことだ。

《私は遂に涙があふれて来た。覚えずハンケチを取り出して歔欷《きょき》するのを人に見られまいとしたが、及ばなかった。忽ち声を放って泣いた。暫く経《た》って気がついて見ると、私の傍にいた立子も泣いていた。遠くに坐っていた美佐尾も泣いていた。其他の人は皆七十の老翁が声を放って泣くのを怪《け》げんな顔をして見つめていた。第一踊っていたお母さんや愛子は踊るのを止めて、其に柏翠も、心配そうに私の前に来て坐ったが、私は尚も泣くのを止めぬ為めに自分等の座に帰って静かに坐った。愛子は暫く黙ってうつむいていたが、遂にハンケチを顔に当てて泣きはじめた。》

すると一杉《いっさん》という男が、先生を利用しようとして遠方までひっぱり出すから先生は泣くのであると怒鳴り出す。幹事は平蜘蛛《ひらぐも》のようになって詫びる。私は泣き止め、ほかの者も泣き止んだが、愛子だけは泣きつづける。おそらく自分のは、「酔い泣き」だろう、という。盃をふくんで酔い泣くと謡曲にある。その夜立子と愛子と美佐尾が温泉に入り、美佐尾の乳房を愛子が赤ん坊の如く吸う真似をした。

もしそういっていいのなら、ここには一種鼻もちならぬ世界がある。一族が俳句界に君臨している姿が見えるからである。

漱石の小説や文章は容赦なくそういうところにメスを入れるだろう。いや、最初から文章にしなかっただろう。いや、彼は四十九で死んだ。

ところで大正十五年のラジオ放送で俳話をやり、いくつかの句例の中に、自作の「其中に金鈴を振る虫一つ」というのをあげている。『虹』も泣くところは正に金鈴であり、彼が俳話の中でいうわざと地獄を通りすごす「極楽の文学」というものかもしれない。

その源は古い。漱石が高浜くん、と二階に声をかけ誘い出し、道後温泉に入りその帰り途春風の中で「神仙体」の俳句を詠み、その虚子が病臥する子規を見守り、『尼』を合作し、熱い大小説を夢み、俳句にもどり、俳句界に君臨するその押したり引いたりの呼吸を整えているその態度から出てくる甘い音楽だ、というふうに考えると、虚子という人物は私には納得がいくように思われる。やがて彼自身が金鈴となったといってもよい。

『朝鮮』の中の泣くような笑い。『牛の糞』の一緒に泣き出したくなるようだ、という箇所、あの応対の仕方。あれが金鈴のもとであり、俗物と見えるところともつながり、それが極楽なのである。

それは俳句をダメにするようなものどころか、その反対だったと私は考える。明治七年生れの虚子は昭和三十四年に八十五歳で亡くなった。前年に「ホトトギス」は七〇〇号を迎えていた。不遇のうちにライバル碧梧桐が死んでから二十二年目、子規が死んでから五十七年目、漱石が死んでから四十三年目だ。

平坦地の詩人／田山花袋

前回、虚子のことを書いたときは冒頭に日露戦争のことから始めた。あれは漱石の『満韓ところどころ』と虚子の『朝鮮』を比較しようと思ってしたことだった。花袋もこの大戦争には「第二軍私設写真班」の一人として参加している。博文館に「戦争写真画報」が創設され、ここに観戦記をのせるためであった。子規が九年前に出発したと同じように宇品から乗船している。鷗外も同じ四月二十一日に出発したことを、妻のしげ子に手紙で書いている。鷗外のところで記したように、鷗外は女を買わなかったことをいってやっていた。

花袋は、友人と一緒にうつったどの写真を見ても、大きい。独歩や藤村は小柄ではあるが、頭半分ぐらいは出ている。肩幅は広く、中年になって肥り出してから、いよいよ小山のような感じになり、貫禄がついてからも依然として「田舎の村長」のように見える野暮くささがある。従軍するのにはもっともふさわしい身体つきの人である。軍人になった弟の富弥の身体を見てもがっしりしている。花袋の父は警視庁の巡査だったが志願して西南戦争に行き戦死した。彼の一家の悲劇は父の死から始まるといってもいいが、父はその妻の反対を押しきって、出世のための賭けとして、もう一つは、薩長に対する恨みをはらすようなつもりで出かけ、まったくつまらない死に方をしてしまった。

花袋が従軍記を父に捧げているのは、父の経験を身を以ってたしかめたいのと、戦争には暴露されるべき真実があると思ったからに違いない。乗船埠頭で管理部の橘少佐に親切にされ敬服している。四月三十日、それまで同じ船にいた花袋ははじめて鷗外をたずねメーテルリンクやダヌンチオやハウプトマンやズウデルマンのことについて、それからイプセンについてもうかがい、意見をのべた後ストリンドベルヒのことに及び、鷗外は、緑《りょく》雨《う》がもう少し大きいとストリンドベルヒみたいになるのだが、惜しいことだ、と死んだばかりの緑雨（明治三十七年四月十三日没）と比較して語った。「女が男を玩弄にして気死《きし》せしめるところを書いたものがあったが、あれなどは実に凄い、すざまじい作で、短い物であるが、驚くべきある思想を其中に籠めて居る」と鷗外は十時三十分まで話し続けた。鷗外の船室を訪ねたのが夕食後だろうから四時間ぐらいは話したのだろうか。大同江から解《かい》纜《らん》して遼東半島に向い、上陸地点を鷗外も幕僚といっしょに望遠鏡で眺めたりしている。遼東半島を北へ北へ進むのであるが、五月二十七日、南山付近で戦争の悲惨の極に直面する。露の将校が二、三日妻子といたらしく、西洋種の草花の花壇があり、ツルゲーネフの全集や、レルモントッフの全集を発見しているところが面白い。戦争には次第になれてくるが、大戦争を見そこなってはいけないとあせったり、食糧を受領し損じて、「道明寺糒《ほしいい》」なりと貰わねばと気をもんだりするような日を続けるうち八月二十日遼陽を目前にして腸チフスにかかり鷗外は病院に行かないで面倒を見てくれるといったのだが、担架で兵站《へいたん》病院へかつぎこまれる。

この日の午後、藤村と有明の手紙がくる。藤村は津軽海峡を渡って函館に赴いた旨が書いてあるが、これは『破戒』の出版の費用を妻の父から借りるためである。彼はチフスではないことが分り、遼陽へ向おうとして、三十四聯隊長となった橘少佐の首山の激戦での戦死を知る。「涙の中に得たる歌」の一つに「さまざまに受けしめぐみも今ははや酬ひんよしも無くなりにけり」とある。実に平凡なる歌ではないか。「涙の中に得たる」もいかにもありふれた型にはまったものではないか。その後、車に足をひかれ負傷して九月十六日、五カ月ぶりに帰国する（以上『第二軍従征日記』）。

藤村も従軍の希望で上京したがその機会が得られなくて『破戒』に専念することになったが、この人たちの興味のもちようがどういうものであったか一応は察することが出来るような気がする。

この年、花袋は一月五日に藤村を小諸に訪ね、そのあと従軍の話がかかって「激昂」して即座に承諾するのだが、二月二十一日には次男がうまれ、例の『蒲団《ふとん》』のモデルといわれる岡田ミチヨが父に伴われて花袋の家を訪ねている。そして『露骨なる描写』をその頃書いている。この露骨ということは特別のことではない。篁村《こうそん》調、紅葉調、露伴調、鷗外調といったような特別の形式に陥っていたのを破るために多少とも粗雑でも新しい思想のための小説を書くべきだといい、外国の作家が手本としてあげられている。その名前の数には驚くほかはないし、そのあと戦地で鷗外の世話になっているのも面白いが、それはともかくとして、結婚後五年になった。既にして妻が、夫や子供の世話をするだけの女に化してしまい、昔日の恋の情緒が一カケラも残ってはいない、と思うようになっていたことは間違いない。彼はロマンチックなプラトニックなラブを書いていた頃があるが、そういうものは当然ながら妻との間には残っているはずがない。

　読者に思い出して貰いたいのは、藤村がヒサシ髪女学生との間のプラトニックなラブからやがて結婚生活に入ったとき、妻に恋人があり、文通をしていると知り、それをシコリと感じ、心を開くことが出来なかったと思っていたか、思おうとして暮していたことである。一方、泡鳴は恋女房がいやになり、花袋と同じようなことを思いはじめ何とか別れてしまいたいと思うし、別に女をこさえたりした。三人とも妻がただの世帯じみた女になって行くことを憎んでいる。藤村の場合さえも例外ではない。妻たちは夫が専心する文学がいったい何であるか分らない。花袋の妻のリサは、外国文学の話や、登場人物が激しい恋をする話などしてやっても殆んどアクビをする有様である。新婚のときのように妻が里へ帰って遅くなると腹を立てて物もいわず、いつものように屏風を立てかけて妻をよせつけず、研究と呻吟の世界に入ってしまうというようなこともなくなった。健康な普通の妻はたいがい外国文学のこうした話をするとアクビをするものである。しかし彼ら作家にとっては取り返しのつかぬ痛恨事のように思えた。彼らは芸者と遊ぶような金もなく、また心の中ではそれほど求めてもいなかったに違いない。彼らは外国文学を理解してくれる新時代の女を求めていた。時は過ぎゆきヒサシ髪の自由な女が横行しているのに、と花袋はなげいたらしいことが、あちこちに見えている。

　岡田ミチヨがきて一ヵ月ちょっとして三月（二葉亭が朝日に入社した頃）花袋は、既に従軍の途についている。若い新時代の教育をうけた神戸女学院出の文学少女の「華やかな」出現は、従軍と同じような新世界を見せてくれそうに思えたことは想像にかたくない。

　問題の『蒲団』という小説を「新小説」に書いたとき、花袋は明治四十年、三十五歳になっていた。藤村と同じ年である。彼は藤村を前に木曽福島、あとで小諸へと訪ねている仲である。その藤村は三十九年『破戒』を書き三十八年この年と一年ばかりの間に三人の女の子を死なせている。このような時期に、花袋は、たとえば三十九年にはミチヨの家のある備後《びんご》を通って出雲《いずも》へ旅行しているのだから実家へ話しあいに行ったのであろう。

　小説によると、ミチヨに当る女性は、彼の家にしばらくいた後、麹町三番町のリサの姉の家に下宿することになるのであるが、田舎へ帰って帰京したとき、恋人が出来ていることが分る。男が文学をやりに東京へ出てこようとするということをきいて彼は妻の反対を押しきって自宅へ連れてきて住まわせることにする。そのときには彼女は男との間に深い関係はないといいはっていたが、女の父が上京したあと、その事実を認める女の手紙を見て、もう止むを得ん、といって父に連れさせて帰してしまう。花袋に当る時雄は彼女と文学を勉強し恋物語を話しあううち、あやしく燃えてくることもあったが、そこを抑えてきている。それこそ彼の内心求める千載一遇の機会をのがすうちに、彼女はとるに足らぬと思われる文学青年と関係を結んで離れようとはせぬ。そのとき彼は立腹し悩み酒をのみフトンを引きずって小山の如く便所へ入り、そこで倒れてしまって細君をなげかせる。

　やがて女がその故郷へ去ったあと、女のフトンを引きずり出して、それを敷いてその中に寝て顔を埋めむせび泣くというように書かれている。

　女が離れて行ったとき涙する有様を読むと、私はさきにあげたように従軍記の中で、橘少佐の死に遭って涙の中に歌をよむところがうかんできてならない。「さまざまに受けしめぐみも今ははや酬ひんよしも無くなりにけり」それから、「まごころの底より出でしこの涙ああこの涙君ようけませ」などである。

　ここには過ぎ行く時の中で彼がすがりつこうとするもの、理想的なものを、途中からまたもや奪われてしまうときの哀惜がみなぎっているという点で、不思議に符合しているということをひとまずいっておくことにしよう。このことは、花袋にとっては重要なテーマであったというように思われてならないし、そのテーマが貫いていることにふれるつもりなのである。

この短篇『蒲団』が異常なショックを文壇にあたえたことはあまりにも有名で、いつのまにか、この小説の出現とそれが迎え入れられたために日本の小説が大きく曲ってしまい、自分勝手な告白小説やひいては私小説が氾濫するに至ったのだ（正宗白鳥「田山花袋」）、というふうにもいわれるようになり、非難の対象にもなっているが、こうなると、殆んど花袋その人とはかかわりあいのないことのようでもある。せっかく『破戒』を書きながら『春』というような一種の私小説を書くに至ったのは『蒲団』の文壇での成功のせいだとか、いや、『春』は『蒲団』が書かれる前から構想があったのだから違うとか、いや『春』の後半は明らかに『蒲団』の影響があるとか、取沙汰されている。この最後の説はおそらく正しいに相違ないけれども、その後の日本の作家たちが抜け出ることの出来ない牢固たるものを彼らが作ってしまったのであろうか。もしあとの作家たちがその気になって、告白小説やら私小説から離れようとしても出来ないほどの力をもってしまっていたとしたら、それは花袋や藤村らのせいだろうか。花袋や藤村らの小説をよしと思うところが、日本人の中にどこか潜んでおり、彼らの小説の中にひきつけるものが、どこかあったからであり、それは一つの必然かもしれない、と考えた方が当っているように思われてならないのであるが、どうだろうか。白鳥のいうように彼ら自然主義の作家たちは漱石と較べると、何といっても頭のよさや想像力において劣る、貧しさがあった。しかしそれはそれなりに彼らによってでなくてはどうしても書くことが出来ないものをたしかに書いていた、という考え方が正しいように思える。そのことについては、読者は私が藤村のところで書いた文章を見ていただきたい。

もし『蒲団』をあのように騒がなかったら、ああいうふうに暴露的なことを書けばよいと思って追随者が出るということはなかっただろうという白鳥の意見が、『蒲団』に罪を着せる動機となっているらしいともいわれるが、おそらくそうであろう。白鳥の意見がどのくらい評論家の諸氏に影響をあたえているか恐るべきものだから。しかし自然主義の隆盛期は四、五年であったのだし、やがて花袋その人さえも大正の末年には忘れられかかったのだから、どう考えても、『蒲団』に罪をきせるのは行き過ぎとしか思われない。

『蒲団』は前に筋をのべたように女弟子との愛慾性慾の悩み、シットなどが赤裸々に書かれている。しかもじっさいにあったことと思わざるを得ない、そういうことのためにシンセリティがある。よくここまで書いたといったふうに思われた。これを主として積極的に問題にしたのは、復刊された「早稲田文学」（明治四十年十月）での座談会であり、一方多くの人のヒンシュクもかった。彼の友人であった柳田国男などはその一人だし、自然主義の作家たちもそうよくはいわなかった。感傷的だという意見が共通していたが、花袋という人が花袋のしたことを書くのだから、仕方がないよ、というふうにもいわれた。

私はこの小説を読んで、懊悩《おうのう》する主人公にすっかり寄り添い自分に同情することを要求していることにはいくらかうんざりはする。しかし、女弟子は勿論のこと妻はさだめし当惑しただろう、ということもこの小説の中からちゃんと読みとれるのは、作者がありのままに書いたからであろうか。それとも、妻や女弟子の側のことも相当に心得たうえで書いているせいなのだろうか。いったい、小山のような主人公がフトンをかぶって便所に行くようなところのおかしさや、極端にいえば、懊悩するおかしさも、ちゃんと分ったうえで書かれているのではないだろうか。ちゃんとというのが少しオーバーなら、もう少し割引きしても宜しい。

田村松魚と共にアメリカにいたある男が『蒲団』という小説を読んだとき馬鹿らしくて笑えて仕方がなくて本をもって階段をおりてきてそのことを報告したというようなことを、白鳥が書いていた（「週刊朝日」昭和五年五月二十五日）と記憶するけれども、そのおかしさ、たとえば、夜着のにおいをかぐ最後の見っともないおかしな行いというものを、花袋は、知ったうえで書いてはいなかっただろうか、ということである。

ぶっきらぼうで無器用なら、それで通っていけばいいのに、感傷性があるのだからみんな文句をいいたくなるのだ、という意味のことをいって『蒲団』を批判した泡鳴（「花袋論の一端」大正六年四月「文章世界」）は、また「マッチを羊羹《ようかん》と間違えて口へもっていった」というエピソード（「感情家の花袋氏」大正六年八月「新潮」）をあげて、花袋のうっかりさにふれようとしていると思われるが、そういううっかりさの現われだったのだろうか。

更に文壇がショックをうけたのは、果して私が前述したような、赤裸々な愛慾、つまり普通あげられているような理由からだったのだろうか。

この最後の問いの方から考えてみることにすると、私はこの小説のあたえるショックは、いささか違うことのためのように思われる。従征に出かける前に花袋の唱えたような、いわゆる『露骨なる描写』というものがある。しかし、その露骨さは、シンセリティを感じさせるものは、これが家庭の中で、半ば遠慮しながら、その遠慮を押し切って時に我儘に、時には恰好をつけながら偽善的に行われたということが大きい役割を果していたのではないかと思う。それは必ずしも家庭の内部で行われなくとも往来であってもいい。田山家らしき家庭の中で行われなくとも、田山家の妻の姉の家で行われてもまあ同じことと見なしてもいい。

私は花袋が時雄に托して描いた滑稽な告白みたいなものは、妻にあきあきした、そのくせ遠慮がちな男たちに共感を起させたに違いないと思う。それはモデルを想起させない小説の姿を借りて描かれることが出来るような内容のものとは、いささか違うことであって、もし、これが体裁をととのえた、たとえば十年後になって漱石によって書かれた『明暗』というような小説で書くことが出来るような内容のものとは違うのかもしれないのである。

このことは、『道草』と『明暗』の二つの小説のことについて、もう一度考えてみる手がかりになるのではないか、と今私は考えたりするのである。もっとイジイジしたくそマジメな性質のものなのである。

少し先走りしすぎたが、この主人公のような田舎出身の、遊びなれていない、プラトニックな考えをもっている、だからこそ外国文学の中の女を夢みている男が、妻のある身で恋をしたり、もう一度芸術的雰囲気にひたろうとし、もう一度甦ろうとするためにすることは、家庭の中へ入りこんでくる女学生のような女に限る。このことは、私が前々からくりかえし述べているように、草平や藤村の場合も同じであるが、とくに藤村の場合と似ているようにも思われる。

当時の文学少女は、田山家のような立派な師匠のところへ弟子入りするという名目で、父親に伴われて上京してくる。この型をふんだからこそ、この若い女は上京して文学をやるということが許される。そういうわけだからこそ、田山家ではこの危険な女性の面倒を主人が見ることに反対しきるわけには行かないし、主人もまた反対を許さなかったに違いない。こうして家庭と結びついている条件の中で事件も、懊悩も、やつ当りも、だからこそ偽善も行われ続けるのであろう。

ミチヨのような女は、花袋がもっとも求めていたはずの女である。このような女以外の女では彼は甦ることが絶対に出来ない、願ってもない女であった。しかもそういう女が秩序という条件のもとに、手が届き息がかかるところ、畳の上、押入れの近く、文机のそばに、一緒に食事をし、共に便所を同じゅうする家の中にも入りこんできたのである。

それだからといっても自由に手出しが出来るというものではない。それはさっきもいった通りもともと条件があってのことだからである。

当時のことを花袋はこう書いている（この小説は百二十枚内外あるらしい。中篇といった方がよかろう）。


《『新小説』の主筆のG氏から社へ電話がかかった。（筆者略）

「題は？」

「蒲団」その朝途中で考えた題をつい言ってしまった。

「フトン？」

先方では一寸わからぬようなので、

「あの寝る蒲団のフトンです」

で、いよいよ原稿を渡すことになった。仕方がないと思った。そしてその翌日は原稿を持って来て渡した。

九月の『新小説』に載ったその作は、不思議に世間の評判に上った。一番先に、小栗君が「君の真《しん》の才をみたような気がした」と言ってよこした。あちこちでも何のかの言って批評した。机を並べていた前田君は「読みましたよ」と言って、変な不思議な表情をして私の顔を見た。そればかりではなかった。やがて山の中のアンナ・マールから悲しむような泣きたいような手紙が来た。

私は重々すまないような気がして、詫びを言うような手紙を書いた。》（『東京の三十年』の中の「私のアンナ・マール」）（アンナ・マールはハウプトマン『寂しき人々』に登場する、夫婦の家に同居し夫と恋愛関係に陥る新時代の知的な女子学生）

この引用文は、色々な暗示を含んでいると思われる。そうした花袋がミチヨに出した涙の手紙があったら是非《ぜひ》読んでみたいが、そういうものはないのであろう。またよしんばあったとしてもどういうこともないかもしれない。それはともかくとして一つ一つ考えて行くことにすると、題となった「フトン」が編集者にとっても意外であったことが、この会話の中からも察しられるが、フトンというといかにも世帯じみた日本ふうな、しかもあまり清潔でないこの生活必需品がいかにも象徴的であることは私が今更いうまでもない。この小説の中には花袋は前にもいったように恋愛事件を知り裏切ったというので酒に酔いフトンをかつぐようにして便所へ入るところがある。勿論これは女弟子のフトンではないが。

そのほか、あとでふれる『生』という小説の中では、

《「いいえ、――もう死ななけりゃなりません。治る、治ると医者は言って呉れますけれど、もう死ななけりゃならない。」

と顔を蒲団に押附て益々泣く。》（「生」第十九章）

というふうに見える。花袋の母に当る老女がなげく部分である。また、これより先に、

《若い細君が押入から蒲団やら掻巻《かいまき》やらを出して頻《しき》りに寝床を並べて敷いて居る気勢を聞いて居た。

『恋愛は本能である。』》（第五章）

《御維新の時、館林藩は烈しく動揺した。（筆者略）第一に蒲団は持って行かなければならぬ。

蚊帳を忘れてはならぬ。先祖の仏様だけは何を擱《お》いても携えて行かねばならぬ。》（第十一章）

と老母は追想していう。

こういうことよりも何よりも、たとえば晩年の作『百夜《ももよ》』の中などにも出てくる、飯田

代子《よね》とのことで妻と争う場面にこういうところがある。それは花袋の妻に当る女が彼がお気に入りの籐椅子《とういす》に横になっているときにいつもかけている夜着のようなものを、奪いにくるところである。この夜着のようなものは、愛人がこさえてよこしたもので、それを大事にしている。それを着て仕事に疲れたとき休んでいるというわけだ。妻は、どうしてもいただいて行きます、という。それに対し夫は絶対にこれだけは渡すことは出来ない、という。たとえ持って行ったとしたって魂までは持って行くことは出来ない、といったりするところがある。

　いったいフトンというのは、どういうものかということ、夫が大事にしてかぶせている物が女そのものを暗示しているというようなことはいう必要はあるまい。

　そしてフトンに執着するような作家は、かえってプラトニックなところがあるのだと私は思うが、それはとにかく、生活的な家庭の中というものの中において行われた愛慾への憧憬《どうけい》というところに、この小説がシンセリティを感じさせたものの根本があると考えていいだろう。人々といっても身近な人は、泡鳴や近松秋江が書きそうなこととは違って、おそらく花袋から彼がこんなに愛惜、懊悩したとは直接きいたことはなかったに相違あるまい。それは藤村の『新生』の場合とかなり似ている。親しい友人たちも真相は知らなかったし、知らせるわけにも行かなかった。それは文字にして告白する以外は出来ない性質のものであった。そういう真相を明らかにしたということで、それが何か大の大人が心の中に抱いていながら実はいったん口にしたり書いたりすると子供じみた、青くさいものになってしまうようなことを、花袋が書いたものだから、前田は変な顔をして眺めた。真相を書いて困りはしないか、ということも思ったのであろうが、困るも困らないも、本人がそう書くのだから到し方ないし、しかも読みごたえはあることも間違いない。前田はそう思ったのであろう。

事実『蒲団』はもしこれがそれこそ冷静なもっといわゆる距離を置いた立場で書かれたとしたら、書くに価するようなことであっただろうか。花袋のように今にも泣きそうな、泣く部分のふんだんに出てくる筆つきで書かれたことだから、読むに価するようにさえ、私には思われる。八方ふさがりの中から、彼が憧れたものだからであって、それは涙にぬれた息苦しい泣くように書くからこそ許されるといった、それ以外の方法では表現できない性質のものであった。ということを花袋はほんとうに心得ていたわけではないが、彼なりに分っていたのではないのだろうか。

ミチヨが田山家にかかわりをもつようになった頃、花袋は兄の家のすぐ近くに住んでいるはずである。母の死後、史料編纂員《へんさんいん》の職を追われてすっかり老いこみ花袋に借金したりしていた長兄実弥登もすぐ近くに住んでいては相談を受けている。この兄は『蒲団』が出てから二ヵ月もたたぬうちに亡くなっている。亡くなったことなどについてはあとで語るとして、この兄はともかく、やはり牛込にあった妻の実家では、ミチヨとのことは問題であった。そして麹町にいた妻の姉は一時ミチヨを預かっている。ミチヨの出現以来、書生が追い出されたようなこと、女中がどうのこうのしたといったような異変も起き、あの田山先生は果して、あの若い女と大丈夫だろうか、という声はいっぱいあった。それは『蒲団』に書かれている不穏な空気以上に親類の中で問題になっていた模様である。無器用で無技巧の花袋は、それこそその中で藤村のようにうっくつしたふうではなく、許される範囲内で相当に見苦しい騒ぎようをしただろうと想像されるのである。

　花袋は三十九年の一月にミチヨを故郷に帰しているが、その間ミチヨに対してそれこそ手一つ握ってはいない。家庭的な父親としての扱いを終始見せようとし、妻の前でも、懊悩しているのは、師としてだ、というふうにしている。さっきもいった通り、フトンは生活的で家庭的で、同時に貧しさのあらわれである。そしてその貧しさは、ただ日本人の平均的生活の貧しさというだけでない。サロン一つなかった国の貧しさである。草平の『煤《ばい》煙《えん》』事件のことは前にも書いたが、あの時、漱石は、ダヌンチオのマネをしている草平に「お前たち田舎ものの貧乏人に、ダヌンチオのマネが出来るものか」といってくやしがらせた（『漱石先生と私』）。『草枕』はどこからおしても貧しいものではない、どこからおしても『明暗』は貧しいものではない。

　こういう意味からしても、私は花袋がどのようにあがこうともそのあがきは、本人にも気がつかぬところの、別の性質のものを含んでいたということをいいたいのであるが、ここに面白い説がある。
それは、フトンということは作者の頭の中になるほど重要なものとして浮んでいたとしても、じっさいにフトンを拡げて臭いをかいだり、泣いたりというような大仰なことはしたはずがない。……ということは、作者はこの小説を作っているのであって、ありのままになど書いたのではない。……というのはつまり、一つの物語を書いたのである。……つまり、彼はこの一作によって世間に恥を暴露してその苦しいことを敢《あえ》てしたとして、真実をさらけだしたとして文学に一つの飛躍を遂げようと思ったのだ（平野謙「島崎藤村『破戒』と田山花袋『蒲団』」）、というのである。

これは、大分専門的になるので、読者には多少迷惑であるが、『蒲団』という小説はこういうことを色々いわれたりする不思議な立場の小説だということとなのである。

この説の最初に述べたところを今一度くりかえし敷衍《ふえん》すると、ミチヨが帰国するときに昔気質の父親がついているのだからちゃんとフトンを梱包して帰らぬはずはない。それにいつ妻がのぞきにきたり、様子がおかしいことを察したりしなかったはずはないし、あのとき妻は隣りにいたかもしれないとか、いたはずだからとか……であるが故にいくら何でも大ゲサな絶望的動作を行うはずがない、というわけなのである。私はこの小説を読んで、正直いってどちらとも判断がつきかねる。たとえば私であったなら、明治三十年代の終りに生きていなくとも、花袋とまったく同じようなことをしなかったという自信がないどころか、少々危険を冒しても実行したかもしれないのである。しっかりと麻縄か真田紐《さなだひも》かで梱包してあったとしたら、それをといたかとなると問題だが、それにしたって解いてみてのぞくぐらいのことをしたかもしれない。小説にはただ引きずり出したとしか記されてはいない。ここのところの真相はさきにもいった通り分らない。この評者の卓抜な意見の通りといいきるわけには行かない。それに花袋が偽善を暴露した、あるいは見っともない愛慾表現の行為が妻に見つかることを恐れたであろうか。それさえも私には疑問でならない。彼は何もしなかったのだ、手一つ握りはしなかったのだ。その男がこうして泣いている姿を見られてどうして恐れることがあろうか。ここで、読者はずっと、二十年近くもあとになるが、妻にあの夜着だったか、とにかく籐椅子に休んでいるときにかけたりするものを妻に渡さなかったところを思い出してもらいたい。フトンに顔をこすりつけたり、夜着の類を渡さなかったりするような男の中に、一つの動かしがたい信仰ともいうべきものがある。真実への憧れというものである。

　こういったうえで花袋が最後のフトンにまつわる部分が、果して想像に過ぎなかったかどうかについては、やはりどちらともいいかねるといった方がよさそうである。この始末については『縁』というものにも書きつがれているし、ミチヨ自身も小説を書いている（永井美知代「『蒲団』『縁』及び私」大正四年九月「新潮」）。

　そうして彼はミチヨを養女（いったん養女にすると、妻と離婚してもその養女にした女とは結婚できない）として入れ（明治四十二年一月十四日）、親代りとなって前の師匠として、立場をそのまま保ち続けた。こういう点からすると、あの最後のフトンの中でむせび泣くような危険な叙述は、あれは作りごとであったことを、ミチヨの父も花袋もその妻も知っていたからではないか、というさきほどの評者の説が、ここにまた頭を擡《もた》げてくるわけである。私はこれは本当に面白いうがった意見だ、と感心せざるを得ない。ところで彼はミチヨが帰国したあと『蒲団』を書く前の間に一度岡山県を訪ねている。このときにどんな話をしていたのだろうか。こういう次のような反論は果して出来ないかどうか。

周囲の作家仲間たちのうちの何人かは、『蒲団』を読んで事実だと思ったであろうし、花袋ならしかねないことだ、と思ったであろうが、多くの読者は半信半疑であったのかもしれない。やがて事実をありのままに書いたということが伝わり、そのつもりの批評があらわれるにつれて、多少感じ方は変って行ったのであろうか。案外、読者こそ物語として読んでいたかもしれない。自然主義の作家たちが、あった、なかった、というようなことに、変に真剣にとらわれはじめたと思う方がよさそうである。

一方ミチヨの父は、あの最後の問題の場面にかぎらず花袋の秘密を、果して小説のあの通りだととっていただろうか。花袋の妻は果して自然主義作家たちが思ったように小説に書かれたことを、事実だと思ったであろうか。事実であったととったとしても、その夫の今後のことを半ば信用してはいなかっただろうか。このことはもし、『妻』や『百夜』やその他の、飯田代子との恋愛と妻との間に板バサミになる状況を仔細に研究すれば、ある程度説得力のある結論が得られるかもしれないが、私はこれ以上このことには興味はない。

それにしても独歩にせよ、藤村にしろ、花袋にしろ、泡鳴にしろ、よく泣いたというふうに書いているのは、どういうものだろうか。泡鳴は悲憤慷慨し、泣いたふうに、その自伝を書く。哀感をつづった独歩は、たとえば、明治二十八年、彼に求婚されていた小野トミが九州の佐伯から上京、船で予定より二、三日おくれて品川に着いたとき、心配した独歩は「来たか」といって涙をぼろぼろ流した、とトミが語っている。藤村のことはくりかえし書いた。花袋の小説の中に、はらはらと涙を流した、というような無造作な一様な表現が随所に出てくる。泣くべきところではあるが、泣いたことだけは必ず書きこまれている。和歌や、漢詩の修辞がそのまま残っているのかもしれない、と思う程単調な泣き方であって、これは秋聲、白鳥には見られない。近松秋江のは、もっとハッキリと浄瑠璃《じょうるり》の泣き方で音楽入りである。

そして花袋の通俗的ともいえる泣き方が作品を物語だと見せたということも出来るのである、と私は思う。

花袋は藤村と同じ明治五年の生れである。田山家は館林秋元藩士であるが、秋元侯は徳川譜代の臣で、弘化二年までは山形の城主であった。館林に移ってから秋元侯は武のほかに学問、文学を奨励し、花袋は長兄その他の人からはじめ漢学を習う時期がある。維新のさい父鋿《しょう》十郎は上京して巡査となるが、西南戦争に出て明治十年に死んでいることは前にいった通りである。花袋には二人の姉と兄と弟がいたが、長姉は石井という警部に嫁した。石井も父と同じように出征するが無事にもどってくるのだが、長姉は肺を病んで死ぬ。田山家は父の死後、田舎へ引きあげ、長兄が漢学を身につけて僅かながら月給二十何円をとるようになるとそれを頼りに母のてつは祖父と盲いた祖母と花袋と弟といっしょに東京へとやってくるのである。花袋はこのとき十四歳になっているが、十歳のとき丁稚《でっち》奉公して金を盗んだといったような不都合なことがあったとかないとかで、好きな勉強でもさせた方がよいというので館林に連れもどされていた。

　上京後、花袋は、英語を学んで西洋文学をあさったりするような新時代の文学青年となって行く。兄は漢学を学んだあと大学へ行きたがったが、一家の面倒を見る責任のために許されなかった。その分を弟が果したことになる。

　十七歳のとき牛込納戸町へ移るが、当時の牛込は丘の上に畠がありのどやかなところで、そういう野面で彼は友人と文学を語りあうようになったが、桂園派の松浦辰男からありのままに自然によむという短歌を習いはじめる。やがて柳田国男を知り十九歳のとき紅葉門下生となっている。そのあと外国文学を盛んに読破し、その作家の数は百人にのぼるという、おそろしい勉強ぶりを示すのである。

一応ここまで書いて一息つき、私が紹介したいと思うことをいわせて貰うことにする。それはあとで書かれた短篇『朝』（明治四十三年）のことである、

《家の中二階は川に臨んで居た。其処にこれから発とうとする一家族が船の準備の出来る間を集って待って居た。七月の暑い日影は岸の竹藪に偏って流るる碧い瀬にキラキラと照った。》

というふうにして、盲目の老婆が夫である老爺に小田に連れて行って貰うところの叙景が始まり、五十二、三のてつに当る女が指図に大童《おおわらわ》になっているところにうつり、懐妊した次姉が、「私ばかり置いて行くのかえ、母さん」といって泣きに来た、というふうに描かれる。船は夕立が東で立つと涼しくなる。こうして兄弟は栗橋の鉄橋の橋杭を叩いたりし橋の下を通りぬける。

船の中の兄の少年は向学に燃えている。東京到着はこう書かれている。

《「そら、見ろよ……ああやって、東京では朝早くあさりを売って歩くんだぞ。」

母親は兄の少年に指さして見せた。

「もう、此処《ここ》は東京かえ？」

弟がこう訊くと、

「東京ともよ、深川って言う処だぞよ。」

少年達の眼には見ゆるものが皆なめずらしかった。白壁の土蔵、ブリキの屋根——河の岸には綺麗な路があって、其処を人がチラホラ歩いて居た。》

花袋一家のように船に荷物を乗せて上京してくるというようなことは、まことに作家の中でも珍しいことである。彼が平野、それも関東平野のような大きな平野が、そろそろ山地にかかろうとするところに育ち、そこから東京へ向って流れる大きい川を、途中運河などを通りながら、やってきた。光線と水と雨との中を、しごく平凡でタイクツとも見える風景画の風景のような中をやってきたということなのである。賊の汚名をうけ戦争が行われるところ、戦争は行われず官軍が乗りこんできた。そして城は火事になった。沼にかこまれた城跡がのこった。花袋の中には城跡とそれをめぐる沼というものが故郷のイメージとして根強く尾をひいていたといわれているけれども、そこに今一つこの平野感覚みたいなものをつけ加えてみたら、納得がいくような気がする。

彼が散文の詩人であったといわれているが、私にはそれは平野の詩人だというふうに考えることも出来る。彼らは多く、人事が一つ大きな自然によって淘汰されるようなとき、殆んどそれに似たようなことに遭遇すると、泣く。何かトリトメのなさの中に隠れていた力に圧倒されて泣く。そのことを待ちかまえ喜んでいるようにさえ見える。そうして平野の中を流れているゆるやかな川というものは、自然の中の最も絶え間なく動いているもので、自然の代表であり、自然の意志のように思われよう。

じっさいこの作家は、時は過ぎ行く、という思想を早くからもっているのに驚く。藤村の『夜明け前』に匹敵するということになっている花袋の叔父を中心とした田山家一族の生活史を『時は過ぎゆく』（大正五年）という題名の下に書き下している。それはのびあがろうとして戦いながら倒れ、涙と涙で数珠《じゅず》つなぎになった話ともいえる。そこの主人公は実は平野の中の川ともいうべき時の流れなのである。どういうふうにしてそれを知っていったか。それはどういう日本くさいぐあいに処理されて行ったか、話して行きたい。

花袋は二十九年、独歩、藤村などを知り、抒情詩や紀行文や翻訳などをしているが、詩人太田玉茗《ぎょくめい》の妹リサと結婚し（明治三十二年二月）、やがて博文館に入り、モーパッサンの影響をつよくうけたりし、『重右衛門の最後』という自然、野生、本能の讃美をする物語を書き、漸くその特徴を発揮するようになるのだが、これが明治三十五年のことである。当然のことだが、紅葉からすっかり離れている。

重右衛門は野人と化した男が復讐《ふくしゅう》のため民家を焼いて殺される、それを助けていた野生の少女がいっしょに焼け死ぬという見聞スタイルの小説であるが、一読して分ることは、作者はこの重右衛門に自からを托しているということである。このように少女の愛を得ながらうっぷんをはらして死んで行くというのであるのならば、もうそれはまことに好都合なロマンチックな物語であるけれども、恋女房は既に世帯じみ、彼の最もよき話の材料である恋愛物語の話などをしてやればアクビをする有様である。ここで彼はひっこんだ山の中の部落でこそ重右衛門が演じたと、同じような世界を求めて従軍し、今一度少女を求めてミチヨを憧れたか、憧れることが出来ればよいと思ったことは、自然の成行だった。

花袋は明治四十年、『蒲団』に先立つこと四カ月、即ち五月に『少女病』という短篇を発表している。行きずりの少女にあこがれる中年の男が電車にはねられて死ぬという皮肉な小説である。自分自身をこのように皮肉った花袋のことだから、『蒲団』を書いたとき皮肉な眼をもっていなかったはずはない、というふうにもとれないことはない。その程度に皮肉に見るモーパッサンの見方はあっただろう。しかし、この皮肉から何が出てくるであろうか、と花袋は考えたに違いない。それは翌年一月にいくつか発表した作品の一つ、名作『一兵卒』のように、心臓脚気《かっけ》になった瀕死の兵隊が部隊からはなれ、助けて貰おうと通りすがりの兵隊に呼びかけながら遂に死んで行く皮肉さとはワケが違う。『蒲団』は『一兵卒』につながることはいうまでもない。おそらくこの短篇には作者自身の見聞と経験とが生きているに違いない。どういう意味にしろシンセリティがあることは間違いないであろう。

彼は、この年、『生』と『妻』の二長篇を新聞に連載し終えている。漸く真価が認められた独歩の死んで行った年である。この友人の死を見舞う頃、花袋は九年前に死んだ母のことを生身の皮をはぐようなつらさで書いていたと自からいっている。真実性、シンセリティ、よくも思いきって書いた、というような声にこたえようとし、人間の生きんとする本能や、人間のうえに力を発揮するもう一つ大きな自然の力、そういったものを書くためには、母のことを書くのが最もふさわしいことだ、と考えたのはあたりまえである。

彼の母は『朝』にあるようなふうに長男を頼って上京した。長男は叔母の長女と結婚していた。この部分はあとで『時は過ぎゆく』の中にくわしい。『生』ではこの部分はあまり書かれない。おとなしい長男が嫁をいじめる母との間に立って苦しみ、嫁が男の子を産んで死んで行ったあと、迎えた次の嫁にも出て行かれ、第三の嫁（再婚）がやってくる。その頃、次男「花袋」は嫁を迎えて隣りの家に住む。三十八で夫に西南戦争で死なれ漸く子供たちが一人前になったときに母は死病にとりつかれる。

彼女は次男の嫁の初々《ういうい》しさ、子供を懐妊しているということが生甲斐と思いもするが、もう助からぬと分ると、その嫁もうとましい。この母ほど生に執着し、過去を未練に思い、長男をバトウし、もがく女性も珍しい。正に維新後三十年たって、この世の変革を家族に向って当り散らしているように見えるのは、田山家が再興する可能性のなさ、それを見ることが出来ないのが腹立たしいからでもある。客観的に印象的に、いや主観をまじえて事実を書く、いや状態の文学、平面描写というようにさまざまの言葉をつかってこれから数年論陣を張りつづけるけれども、それは自然主義作家の頭領のような立場にあったこと、文壇の真只中で仕事をしていたことから、次々と強調するための解説であったと思われる。これらの言葉はどれもみなつながりあって、既に学者によって十分に分析されていて、前回で述べた虚子の説と意外に接近してきている。経験をもとにして、なるべく公平に、それぞれ主情をもち本能に根ざして生きている人たちを客観的に、そのためには状態そのものをそっとつかむようにして、わざと印象に訴えるところだけを拾うふりをして書く、それはあたかも平面をすべるようでなければならない（明治四十二年「文章世界」）。そしてその場合、時に非情なものである。平面的とはそのことの別名ともいえる。平野的な把握《はあく》のしかたで、読者は『朝』のキラキラと光る水面を思い出していただきたい。

　そして花袋が書きたい主題を描くには、『一兵卒』とか『一兵卒の銃殺』（大正六年）のような強い材料でないとすれば、客観的スタイルの『生』などのような彼の自伝小説のようなものが、最もふさわしいことが分る。そして都合のいいことには『一兵卒』や『一兵卒の銃殺』などよりも、彼の中に次第にハッキリと根ざしてきた時を中心としたテーマの自伝小説は、これらの名作短篇、中篇をそっくり一部としてハメ込んでしまうことさえ出来る。彼の秀れた短篇、中篇は『蒲団』を含めて、本能によるあがきだ。そのあがきが時の流れの中にはめ込まれるときに、この平野の詩人の世界は全うするらしいからである。

　そうして、そういう自伝小説はどういうふうにしたらうまく真実を歪《ゆが》めずに公平に書けるか。こうなると書きたいことは決っているので表面上の技術や趣向の方からせめて行こうとする。この面だけが論となって現われる。

『生』は好評であった。『蒲団』とくらべると、こさえ物ではないというし、藤村や泡鳴も柳田国男もこの作は認めている。『妻』の中では、新妻が文筆家の夫の苦悶が理解できず、夫の愛に疑いをもつ淋しさを、夫と妻の立場の両方から書いて成功をおさめた。

しかし花袋が翌四十二年に書き下した『田舎教師』は不朽の傑作となる資格のあるものであった。ここには『生』の長兄や母や姉の憧れと不満や、『妻』の中の人物のそうしたものや、それから『蒲団』や『朝』、その他、今までその名をあげてきた作品の中で花袋が書いてきたものが、文句なく入りこんで一つの世界を作りあげることになっている。

《寺に行って、O君に逢って、種々戦場の話などをしたが、ふと思い出して「小林秀三っていう墓があったが、きいたような名だが、あれは去年、一昨年あたり君の寺に下宿していた青年じゃないかね。」

「そうだよ。」

「いつ死んだんだえ？」

「つい、此間だ。遼陽の落ちた日の翌日か何かだったよ。」》（『東京の三十年』の中の「田舎教師」）

住職をしていた羽生《はにゅう》町の妻の兄からきいた。若い中学出の教員は日本の輝かしい世界への発展の日に、戦場へ行かず事業もせず空しく死んでいった。とこう花袋は哀れに思った。今からみるといくらか幼稚に見える花袋の感慨は当時の青年の身にしてみれば、かえってぴったりだった。そしてその土地に生れ、東京へ出られず恋も全うせず、この平野の中で死んで行った青春の生活はいかにも作者の心をのせるにはぴったりだった。それに彼自身、遼陽作戦に参加していた。ここには想像力をかき立てるいい条件が全部そろっていた。彼は日記を読んだ。多分彼のことだからそれこそ涙を流したに相違ない。『破戒』のことも頭においていたかもしれない。従軍したつもりで書かれたという『破戒』と戦争にも行かれず遼陽落城の日だかに死んで行ったという感想のもとで書かれる『田舎教師』の間には、似た点が多いことはいうまでもないが、二つの点に興味がある。

一つは『破戒』が雪深い高原の村を舞台に、『田舎教師』が彼の故郷に近い、利根川上流の村や町を舞台にしていることである。

もう一つは、やがてあとで『時は過ぎゆく』に登場してくる多くの人の死を見てきているということである。『生』や『妻』にはまだ出てきてはいないが、そのとき、兄も、そうして兄の前には一家を背負おうとした長姉も肺病で失っている。彼らは田山一家の東京での橋頭堡《きょうとうほ》だったのだ。船で上京した昔日の想い出。まるである時期までの彼自身みたいな惨《みじ》めな青年。こうして『田舎教師』はその主人公が青年であるために、彼の想いは十分にのせることが出来た。平野、光線、川、肺病による死。廃墟。息子の精神物質両面の負担。プラトニックな恋。女郎買。失恋。戦争の報道。

これが漱石がいう「自然派」の特別な「趣向」というものであろう、と思う。ここには「人格」や「情操」の問題が直接には入ってくる余地がなかったように思われる。

いずれにしても、『田舎教師』は『破戒』よりずっと時が主人公であり、花袋らしい作品であった。

花袋は代々木に移り文学の道で名を成し、一族のうちで所期の目的を果している者の限られた一人であったが、東京の歴史はたとえば、こんなふうに運ばれていた。

《月日はまた経って行っていた。

裏の浄水池がすっかり出来上ってからも、もう二年や三年は経った。大きな赤煉瓦の建物、正門は良太のいる町の通りとは反対の町の通りの方に出来て、裏門は昔、切腹を命ぜられた侍や僧侶や、傴僂《せむし》の老いた爺や、おかねの姉などの葬られた寺の傍のところにつくられた。周囲はぐるりと石垣の上に芝草の生えた塢《どて》で取巻かれて、真中に湛えた浄水池は其処からは見えなかったけれども、梅の名所の角から曲って、十二社《じゅうにそう》の方に行くところは、丁度浄水が池に流れ込む閘門《こうもん》になっているので、其処からは、綺麗な広い平らな浄水池が絵のようになってひろげられて見えた。

「これがあの草叢《くさむら》、林、畠であったろうか。」

良太はおりおり其処に立って昔を思った。》（「時は過ぎゆく」四十二章）

花袋の母が死に、長兄が不遇のうちに死んで行った数年後の、今の新宿付近の状景である。ここに良太とあるのは実名人物で前にもふれたことがあるが、花袋の父の妹の夫で、おかねとあるのは、その妹である。館林の江戸詰家老は維新のとき九段に上屋敷を、角筈《つのはず》あたりに下屋敷をもち、七万坪の広さの庭があり、叔父夫婦はここで下働きをし、舶来好き、事業好きの旦那の手伝いをし、あるときは狭山茶を作った。そのうちビール工場が出来、旦那は失敗した。その娘が長兄の嫁となったのは前述の通りで、やがて、旦那の正妻も良太の妻も死んで行く。それはともかくとして、七万坪のうち六万坪が都市計画のために売られ、近所の百姓から十万坪が買いとられ、大きな変化が起る。母が死んだのは三十二年だから、その六年後、藤村が小諸から出てきて大久保あたりの新しく出来た植木屋の借家を借りて『破戒』に専念するということや、今や浄水場がとり払われ、大発展しつつあるということ、新宿の地価は銀座を抜いているということ、などと考えあわせると面白い。

花袋は明治四十四年には、向島の芸者であった小利（飯田代子）を愛人としていたが、その心をはかりかね、一方妻の嫉妬心との間で苦慮していた。ヒサシ髪の紫紺《しこん》の袴の女、つまりミチヨのような、すぐ結婚を急ぐような女と違って、いったい何を考えているのか、底が見えなかった。その代り、翻弄《ほんろう》されているとも思える。彼女は失敗した商人の家の娘であり、両親を養っており、妹の面倒も見ていた。結婚しかけ、別れ、苦い水ものんでいるし、男の気をひくこともベテランである。彼はこうして「三流芸者」に入れあげたが、「女が物思いに沈んだような顔をして居る時には、男は常に同情を持った心持になって居た。それと反対に、男が疲れ切った不安な顔をして居る時には、女はそれを慰藉する様なやさしい態度を取った。」（『髪』）というような一種の心理的な取引が小説家と芸者との間で行われた。不安定であるが飽きないところがあり、互いに自分を生かそうと思ってるというので、生甲斐を見出していた。やがて素人となるが、花袋の娘を借りて自分の家に連れて行き、なかなか帰さぬために妻があわてて出すというようなこともあったらしい。

　彼は作品の中で、妻との間の行きづまりをくりかえして書いている。

「ノラみたいに家庭をすてればよいのにすてないのだから、仕方がないじゃないか。」

　というようなことをいうと、

「日本の女だから、西洋の女みたいな真似はできません。」

「それなら、このままより仕方がない。」

　といったようなやりとりをする。そのあと二人はこんなことをいいあったりするのである。

《「だから、何もおやめにならなくったってよう御座んす。」

「そういう反抗的の言葉を言うのが既にお前の解らない証拠だ。お前は夫の苦しんでいるのを喜んでいるようなものだ。あの女に男があって、何うにもならないのを、お前は喜んでいるのだ……。」

「そんなことはありません。」

「無いことはない。必ずある。それは俺のあの女に対した心の形でわかる。あの女に他に男があって、それが自由にならない。夫婦約束までしても、一緒になれない。……（略）」》（『残雪』）

このあとで「不自然なことをしているのだ。一夫一妻が真理であるということはこれでも分るのだ」といったりする。そういうぐあいだから泡鳴のことを羨《うらや》んだりしたのは当然だが、その泡鳴が最初の妻と別れるのにどれほどの手数がかかったことか。そうして愛想がつきる程度貧乏でない以上は、当時の妻たちは進んで別れようとはしなかった。そして花袋は二重の生活を支えるために金をかせいだ。そのため一層妻と別れることは出来なかった。その妻が夜子供の世話が終ると、着物にきかえて髪結《かみゆ》いに行き、浮わついた表情で戻ってくる怪しげな場面などもあった。いずれにしてもこの関係は続き震災後妾宅を巣鴨に新築している。昭和三年、花袋が脳溢血でたおれるのは妾宅であるのだから、代子《よね》のところへ二十年間近くもあの巨体を運びつづけているのである。死後リサ夫人に会ったとき、ちゃんとした女性だったのでびっくりしたといわれている（『座談会明治文学史』）のを思い出して私はおどろいている。リサ夫人がちゃんとしていないというようなことをただの一カケラも花袋は書いていない。私は花袋ぐらい妻のことをちゃんと書き、しかもその夫人がちゃんとした人であったということが分るような小説はむしろ珍しいと思う。

藤村がフランスへ発つ相談にのった友人の一人はおそらく花袋であった。彼は藤村に金を貸し、出発前温泉で過したが、打明けるとすればもっとも話していい相手である花袋にも藤村はそうしなかった。大正五年に帰国した。藤村は花袋がその間に書いていた作品を休んでいたとか眠っていたとか思っていた。そうして大正五年に書いた『時は過ぎゆく』が出たとき、花袋の本領が見えたと評したが、中心人物の心の中へ深くのりこんでいないのを不満としたのは、これから『新生』の告白を行ったり、父のことを中心としていつか『夜明け前』を書こうと思っていた藤村にしてみると当然のことかもしれない。しかし花袋は時に代弁されている自然の力というものをいよいよ強く感じはじめていた。それに対して藤村は東京にあってもいかにも山国ふうな血のこいスキャンダルから離れるわけには行かなかった。花袋とミチヨとの間では手を握るようなこともなかったが、藤村は二人の姪の手を握りその一人を懐妊させ、帰国後も関係を続けた。それに較べると花袋にはスキャンダルめいたものはないし、律義に彼は愛人との生活も最後まで継続させた。

文壇から遠ざかるようになった彼が地方新聞に昭和二年に連載した『百夜』は、代子がもう若くなくなり花袋との間に子供のない不安をこぼすところからはじまる。素人となった彼女がまた古巣にもどろうといったりしながら、過去の男のことを度々《たびたび》口に出したりしながら、花袋と離れることの出来ぬようになっている有様。何のかのといっても妻のもとへ戻って行く花袋に恨みごとをいう。それに対し、この不安の状態こそが一番いい状態なのだ、ここにほんとの愛があるのだ、となだめる。しかし女は行く先の不安、金のことを口にする。実に不思議な作品なのである。花袋にはまごころの勝利という気持があり、その分だけ、代子の方は損をしていると思うところがあったにちがいない。しかし、自分たちには実質があるのだ、と思いこもうとし、思い切れず、癌のような病気にかかっていそうなところで終っている。小説ではこの女主人公お銀の死が予感されているが、じっさいは花袋の方がその病気になった。

さっきもいったが、この小説では過去のことや行く先々のことがたえず話題にのぼる。不思議さの一つはそれである。二人の間に子供がないからであるが、花袋の愛についての考え方、彼が若い頃からむきになって正直に求めてきたもの。人間には本当に求めているものがあり、それは充足させなければならない。充足させようとすると不如意がおきる。

決して思うようになるものではない。家庭にしろ文壇、文学の道においてもそうだ。代子との間においてもそうだが、ここにはとにかく実質があるらしいが、復讐をうけなければならない。充足させようとすれば、復讐される。そこで花袋は考えたと思う。けっきょく時は過ぎて行くように自然には勝てない。しかし、彼はお銀には直接そうはいわない。過去より今の方がよく、未来もそう悪くはなく、何より今をよくすればよい、とこんなふうにいっているようである。

『白夜』が出版されたのは、昭和十年だから、発表後八年たってからである。この本の序文の中で藤村は、花袋の活潑な作品を上州の山に比較し、「そこには滴《したた》るばかりの生気があり、潤いがあって、しかも物凄くない」といい、静かな作品を上州平野になぞらえている。それから『百夜』を利根の河口にも似ているという。

私は草平と平地のことを前から考えており、こんど花袋のことも、同じように考えていたところ、藤村のこの序文と『百夜』を読み、山国と平地を思っている彼の深い理解の言葉だと感心させられた。「子の誘惑ではなくて、教育である。感情の教育である」とは実にすばらしい。彼はそのとき自分のことを考えていたに違いあるまいが。

考えてみると、十八の妻をめとったとき、花袋は妻に感情教育を施そうとした。それに失敗すると入りこんできた女弟子に向った。忽ち妻と弟子とのことで不都合、矛盾に対面した。代子を愛人に仕立てて感情教育を施した。妻との間で当惑し、女を憎み、妻をあわれみもした。そして代子を妻に出来ず、せず、また妻と四人の子供がいるということで二人の間は持続し、複雑微妙、いよいよ矛盾をはらみ、そこで教育の教育たる所以《ゆえん》がおこってきた。身勝手だというふうにいってもはじまらないところがあったから、しまいに妻もあきらめざるを得なかったに違いない。ちなみに花袋は大正九年と十二年の二度にわたって妻と旅行したりしたりしている。

昭和五年、花袋の臨終の枕頭《ちんとう》で藤村が死んで行く気持をきいたり（花袋はその問いにこたえた）、藤村がフランスから帰ってから十年もたってから、物価が上っているのに同じ金額しか返さなかったり、花袋全集の刊行の後押しのための相談にきた人を『夜明け前』の原稿の時間だからといって追い返したりした、というようなことで、藤村が悪口の種にされている。藤村のことはともかく、ただ一ついえることは、いかにも花袋にまつわるエピソードらしいということである。

明治の弟とその妻／徳冨蘆花

徳田秋聲の『縮図』のお銀と同じ女が出てくる短篇『一つの好み』（昭和九年作）の中で、秋聲に当る康三という男が、女と映画「不如帰《ほととぎす》」を見て帰るところがある。康三が作家の生命を不思議がると、「あんな素直なものが一般に向くのよ。先生の自然主義なんかよりか」と女がいう。秋聲はもともと『自然と人生』の大ファンで、座右の書としていたが、この女の言葉を印象ぶかく思った気配である。

『不如帰』は、芝居でくりかえし演じられていたし、不幸な過去をもった芸者あがりの女が喜んで読んだのは当然である。『不如帰』はその頃までに四、五十万部は売れていた。手もとの岩波文庫にしても、四十六年の版で三十四刷である。昭和に入ってもかなり売れている。私はこの小説に限ったことではないが、蘆花のものは、今度はじめて読んだ。

『不如帰』はその文章の単純さ強さ、生き生きした叙述、小説でいわんとするネフィの線の太さといったものは抜群のものだと思った。通俗性もここではある程度魅力にもなっているハ、つまり、新派のお芝居を見るような快感があり、小説の運びも人物の出し入れも芝居ふうである。そういうこと全部を救っているのは、不思議な素朴さというものである。明治三十一年、蘆花三十歳のときの作だ。

彼はこの年の夏に逗子の柳屋に移り住んでいるが、同じ家に泊っていた福家安子という中年女性から大山大将の娘信子が胸をわずらってかえされ、病床で安子に「女になんか生れてくるものではない」となげいたという話を妻の愛子といっしょにきいた。夫婦二人でこの話をきき感動し、蘆花がどうしても書かなければと思い立ったということは、きわめて重要な面白いことであって、彼の一生を支配する生き方、その小説の種類とも大いに関係があるように思われる。

大山大将、当時中将だったかもしれないが、とにかくこれがそのへんの家の娘ではない。それに蘆花が社員になっている国民新聞社の社長の兄猪一郎、蘇峰は、そこで出す著作や国民新聞を足場にして政界とあいわたっており、冷飯の彼にしても大山大将は兄を通し遠い世界の人ではなかった。一方日清戦争が終って数年しかたっていない。ロシアとの間は剣呑となっている。そういう時、将軍の娘の話だ。それが、猪一郎を通じてではなしに、ひそやかな径路を通って彼の前にあらわれたのである。

この悲話が何故彼に感動をあたえたのか、ということは当時は本人にもそれほど分っていなかったかもしれない。このことを口にしはじめると、私の方もこの作家の問題の大半は語ってしまうことになるので、そこは手加減しながら進めることにしよう。彼が国民新聞社にあって冷飯的存在であったことや、兄をおそれ、うらみ、しかも兄なくしては生きて行けず、兄から離れることは、父母、親せきのとりまく家から離れることであるから、困るというようなことは、いずれいうことになるが、結婚（明治二十七年）以来数年を限ってみても、その夫婦生活を中心にした彼の生活ぜんたいは、『不如帰』を待ちかまえていたのである。いま私のメモを拡げて紹介すると、こうだ。

　結婚の翌年、妻の愛子はチフスで両親を失った。看病に帰った妻の方も感染したが、一命をとりとめた。愛子には兄がいるが、急に淋しくなってしまった。その彼女は、兄と、とりわけ夫を頼りにしようとする。夫を頼りにしようとする女高師を出て小学校の教師をしている彼女の月給は、十一円か十二円で夫より一円多かった。それに彼はもっていないのに銀時計をもっていた。彼よりも大きい机をそなえつけていた。同じ屋敷にいる蘇峰の世話をしろ、というとネクタイを結んでやったりするのを見て、兄を自分より頼りがいのある男だと思っているのではないか、兄の方もそう心得て悦に入っているのではないかと思い、あとでカンシャクを起し彼女を踏んだり蹴ったりする。

　いったいこういうときに明治の女であった彼女は一応忍従の顔つきを見せたに違いない。わびたり、すみません、といったりしたに違いない。特に愛子という女性は人の気持には気がつかないように育っているせいもあり、第一、ワケが分らないから、すみませんというより仕方がない。ワケなど話せるような性質のものではなく、夫のカンシャクは突発的に風の吹きおこるように起るとどうにもならない。

その間、彼は兄の社で面白くもない伝記や翻訳をしている。その弟がおこすカンシャクは、てっとり早くこれだけとってみてもよく分る。とにかく氷川町の海舟（勿論海舟は生きていた。猪一郎は海舟を尊敬していた）の屋敷内で父や兄たちと暮しはじめてから彼は、妻をもつことによってかえって妙なつらい気持を一層もつようになった。

蘆花は少年の頃、熊本に兄夫婦と一緒に住んでいるとき、静子夫人の部屋で話しこんでいたりして猪一郎に踏んだり蹴ったりされている。物分りのいい父親はこのとき、二人を引きはなすべきだ、と思った。父親一敬はこのあとも兄弟の争いになると、漢詩をよんであたえたりするし、気丈の母親久子も歌をよんだりする。こういう点はきわめてよく出来ている。ところがこれがいつかまた蘆花を憤激せしめるきっかけにもなるが、それは先のこととして兄弟二人は妻をめぐって、同じようなことをくりかえしている。ただ違うのは、結果において踏んだり蹴ったりされることになったのは、蘆花や愛子だった。

こういうわけで、彼は気を静めるために和田英作について洋画を習いはじめる。和田についたことだって多分兄と無関係ではあるまい。この兄が二十九年約一年の欧米旅行に発った。そのあと彼は兄の妻静子が失礼にも縁側に餅菓子の皿を置いて食べろといったといって憤激し、静子をおろおろさせている。夜半とびおきて蚊帳を刀で切ったり、一敬や一敬の師でもあり親せきでもある横井小楠の書軸を引き裂いたりしている。それというのも、何よりも骨肉の間の結びつきを優先すべきだ、というようなことを書いたものだからだ。するとそういうことを心得るように、と彼の部屋に額がかけてあったと見える。彼は出社するのをやめて家で原稿を書くことにした。彼はこのように抵抗を果した。誰にも分るように兄がそばにいないから敢えてしたし、出来たことである。

外遊中トルストイ翁に会った兄は、このロシア人のことを小説家でなくてもえらくなれるしたたか者だと弟に書いてきている。その後兄が大病したという知らせがきて一家を驚かせる。それを知って死ねばよい、と弟は思ったりする有様。それでも兄が命拾いして帰朝すると、やがて大臣になるのではないか、と噂される。兄は彼にイプセンなどの本を土産に買ってきてくれた。兄貴への反抗はこうしてまたも何ということなく大義名分のある兄の中に何事もなく吸収されようとする。兄はこういうときにも弟をじっと眺めたり、元気づけようとしたり、相手が黙っていると、皮肉なことをいってその場をつくろう。そうして兄は給料や原稿料の支払のこととなると、弟だからといって甘やかすようなことはせず、雇人として扱った。こういう態度は当然ともいえるが、うだつがあがらぬ使用人の、人嫌いでもある彼には、兄だけではなく、社員一同までバカにしているように見えた。

蘆花が紹介評論『トルストイ』や『コロー』を発表したりして、ようやくその前に本となった、いくらかの伝記と同じく、原稿料をもらうようになるが、そのことぐらいではあんまりありがたがらない。この『トルストイ』を彼は妻に献げた。愛子は『アンナ・カレーニナ』のアンナが、せっかく更生しかかってまた駄目になるのが、可哀相だ、と書いたのは、あなたらしい、といった。

トルストイが大物であるのは、正にアンナを更生させず遂に死に赴く破局に導いた点にあるし、これがトルストイの懺悔や宗教観に結びつく点でもある。この点、愛子は夫の蘆花と似た考えで結ばれていて、思うに兄の猪一郎とは違う点だろう。既にトルストイが晩年のザンゲの生活をしているところへ兄は訪ねて、あのような手紙を弟によこした。なかなかのしたたかものだといって。

『トルストイ』を書くことで弟は、日の出の勢いであり、大俗人で、文化人で、指導者でもある兄に反撥をなし、一方無声詩人（風景画家）『コロー』では、自分の理想や自分の立場の弁護者として書いているのである。無声詩人とは十分に声を出すことが出来ぬ彼自身のことだ。風景画家とは、当時、油絵をはじめスケッチをし、自然の中に心の慰めを発見する彼の孤独の代弁者である。そういうものを書いて、彼が金がほしいし、貰えば貰うで片腹いたいのは当然ともいえる。兄はこういう機会に無口な弟の心にあることをちゃんと分っていたし、また弟も分ってもらえることを当てにもしていたのだから。彼が匿名または兄の名で書いたということを考えてみれば、象徴的なことである。

彼が蘆花という名を掲げて物を書くようになるのは、「此頃の富士の曙」と題するスケッチで自然詩人として認められてからである。そしてこれは趣旨としては『トルストイ』、とくに『コロー』論にあらわれているものが、具体的に文章として表現された、いかにも彼らしいもので、内容的にも兄の名を冠するわけには行かぬものだった。

やがてこういうスケッチが書き続けられ、『自然と人生』のような作品も生れるのであるが、このスケッチは今読んでも新鮮さに驚く。そしてその新鮮さはどこにあるかというと、風景画家が風景に徹したように、風景そのものが書かれているということである。しかもリンリンとしたものがあり、富士は英雄的であり、希望でもあり理想でもある。兄を喜ばせるものがあり、しかも兄は書けなかった。兄はこれを文才のせいだと思い、自分が読ませた本の影響と思ったかもしれないが、兄にもあり彼にもあったウツボツとしたものが、弟の手によって外にあらわれ、彼の心を楽しませていたのである。

日清戦争のとき艦船の上から独歩が送り、蘇峰の「国民新聞」にのった観戦記があの『愛弟通信』である。蘇峰は、独歩の死後全作品のうちこれが一番いいといった。何かと世話になりっぱなしの蘇峰から独歩が遠ざかったせいばかりではない。そこにリンリンとしたものがあり、しかも独歩の細かさと優しさがなければ書けないものであった。

いずれにせよ蘆花は、このあと大山信子の話を妻といっしょにきいた。「二度と女には生れて来たくない」という感慨は、妻の愛子にしてみると、我が身についてのことだったかもしれない。いや、そのときはまだ彼女はそれほどそうとは思っていなかったかもしれない。夫の死後、『不如帰』は通俗小説といってすてさられるものではない、と彼女が思っているほどには。しかし、妻の愛子は「蘆花と共に」の中で強い口調で、

《「もう二度と女になんか生れてはこない」と、絶望的な自己否定の言葉を残して、一度小説のなかで死んだはずの浪子が、また立ちあがって歩きだしました。》

といっている。浪子に代って歩き出したのが自分だといっている。

蘆花は信子のおかれた理不尽な立場に、家というものの不自然さを感じ、そこに我が身を偲んだかもしれない。それよりも、彼の腹の底には、十九歳、同志社にいるとき結婚を約束しておきながら、悪い女だ、という一言で批評され、彼の世話になった新島襄や小楠の息子の伊勢時雄の強い反対や兄たちの同じ意見に従って山本久栄と別れてしまったときの無念さ、彼女に対するいとおしさが無意識のうちにも悠然と頭を擡げてきていたのであろうか。久栄は別れたあと、数年にして死んでいる。死んでいるものは、よけいに残ったものの中で生きつづける。あとで妻が別のいい方で理解しようとしたように、彼は久栄と愛子をダブらせていたり、久栄のイメージに合わぬと愛子をなぐったというふうだったかもしれない。

この年、印税四十円もって妻と伊香保へはじめて行く。『不如帰』はここが舞台となってはじまる。蘆花は読売新聞に連載されていた『金色夜叉』の文体を手本にした。着物のことや都会の言葉などよく分らないので、妻の力をかりた。シドニーからの武男の手紙は愛子自身が思いをこめて書いた。武男を海軍士官に選んだのは、逗子あたりでよく士官を見かけたからだという。武男は現実の人物より彼本人に似ている。驚くべきことは彼がこのように孤独であり、冷飯扱いに歯ぎしりし、眉間に太い縦皺をこさえたりしていたこともあったのに、この作にはそういうことが少しも書かれず、物語に必要なことしか扱われていないことである。一直線に浪子の悲劇（ナミコは女の子が生れるときにつける名前だったとか）に焦点が合わされ、上品な家庭劇になっているということである。「国民新聞」に彼が書いているうちに学んだ智恵とか、彼の扱った伝記などがそういう影響をあたえたり、御手本『金色夜叉』のせいともいえないことはない。つまり、彼自身にまつわる細部の恨みつらみの中から描いたのは、そのような悲劇の物語の世界であったということであり、それを形成させたのは、彼が手本としたという文体のためであろう。恨みつらみは、小説に扱われるべきものであろうと思わなかったことだけは間違いない。

　この小説は連載中から人気があり、兄も得意であった。文章にうるさい「ホトトギス」の虚子が、感銘をうけたと手紙をよこして特に蘆花をうれしがらせた。『不如帰』は『金色夜叉』と同じように当代の風俗を書いたものだが、十八、九の少年あいての作品だ、といわれるところがかえってこの作の特徴で、何よりもナミコのような女の立場にたって書いたということが驚くべきことであった。嫁と姑の問題に真向からとりくんだ小説の第一号でもあった。第一号であることの見識と単純素朴さと意気込みとがあって、この可憐な女の話はやがて二年あとの三十三年単行本になってから女性解放運動やら、一ひねりひねって矯風会事業やら、軍人の士気を鼓舞したりやら、四方八方に人気を高めて行ったらしい。くりかえしていうけれども、女の立場にたってナミコを書いたということが驚くべきことだ。女主人公には通俗性があるが、通俗性といっしょになってしか表現が出来ないものがある。とりあえず皆急いでのびて行かねばならない時であった。のびて行くというところに焦点を合わせるとすれば、どうしても通俗的にならざるを得ない。しかし単刀直入であるという美点を伴っていることに注意したいと思う。

兄の新聞は彼の斡旋で成立した松方・大隈内閣が瓦解したこともあって経済的危機に陥った。それが『不如帰』によってようやく息をついた。にもかかわらず兄が青山に大邸宅を買ったりすることもあって、弟は反抗心をつのらせた。一方この頃妻の愛子は『不如帰』によって夫と歩みよったと思ったのが、まだ子供がないこと、夫が十六、七の娘を見ると目の色が変るのをみて、生甲斐のなさをかこちはじめる。

自分の前で借りてきた猫のようにおとなしい妻が、兄がくると、自分にツンケンしたり、兄の物の考え方に同調したりするというふうに思って腹を立てた。ある時、妻が自分との交合の夢を見ていたが、そのうちいつのまにか兄に変っていた、それは口に出していわないがそうなのだ、と確信する。これはどうしてなのだろう。どうして確信できたのだろう。そこのところは『冨士』にも書かれてない。海に出て釣舟にのって遊んでいるときに、妻の釣糸と兄の釣糸とがからみあうのを見て胸がかきむしられるようなかんじになったりする。こういうときの兄の態度の中に（その新聞の内容と同じように）、ジャスティスがない、とクリスチャンらしく腹を立てる。

この妻と兄とのことは、弟は父親に訴えている。すると父親はよく分る、よく分るがといって漢詩を書いて心を広くもつように慰めている。父に兄のことを口に出していったのはこれがはじめてだ。それだけ彼は強い立場に立つようになったわけであるが、シット心をおこさねばならぬようでは、弱さがあかるみに出たともいえる。いずれにせよそこにうかがわれる、夫の蘆花のみならず彼女自身の不安な状態からしても、これは夫婦間の第一の危機といえる。この危機は、給料を貰うのを止め、原稿収入によることにし、原宿の十四円の家賃の広い家に入ったりして、小康を得るように見えるが、兄に対しては肩をそびやかそう、一人前扱いせよという態度をとりつづけている点で今までの延長線上にある。『灰燼』を書き『おもい出の記』（『思出の記』）を連載しはじめる。三十三年のことである。

蘆花は広い原宿の家で籐椅子に背中をもたせ、ざまあ見ろ、おれは一人前になった、といった気持にもなっていた。そしてイギリスのディッケンズ作の『デヴィド・カッパーフィールド』を笑ったり涙を流したりして読み、こういうものを書いてみたい、この線なら書ける、というふうに思った。私が見たところ『不如帰』にせよ『思出の記』にせよ、猪一郎と相談したとは蘆花はどこにも書いていないようである。これはどうしてだろうか。『思出の記』は、これまた笑ったり涙を流したりしながら書かれたのであろう。蘆花の作で現在読んで時代をこえて最も瑞々しく感じられるのは、この作であろう。肥後の山の中で育った作り酒屋の一人息子の少年が父を失い、軽蔑や薄情の中で、実業と政治とを行う、どこかしら抜けたところのある好人物のライラクな伯父に助けられ、しっかりものの母に激励されたりして、やがて熊本に出て漢学系の学校や外人の学校をへたあと、東京へ出ようとして、四国でスリにあい、英語を教えたりするうちに同志社とおぼしき学校に入り、ストライキをやり、東京で苦学力行する話で、もともと下男のようなことをしながら、やがて自分で炭鉱をもち八時間制をしいたりする男も出てくる。二人の女性があって一人は気のまわる姉ごふうの女で、今一人は妻の愛子の一面をあらわしている、一見控えめの女性である。

　ここには多少の悪はいるが、ほとんど善人ばかりで、行動も性格もハッキリしていて、何よりも主人公の少年は政治家になるのではないからとか、凡人であるからというふうにして気楽なかんじでしゃべり始める。文章はキビキビしていてその意見と意志と行動とがつらなり漢文体と欧文調と適当にまじりあっている。暗いところが少しもなく軽快で、さっきのべた多少の悪人さえも好もしく見える。彼は先ず主人公の出生の地に、前に訪れて気に入っていたらしい愛子の故郷の隈府《わいふ》（現在の菊池市）をつかい、父親は早々に死なせ、母と二人だけにしている。母は明治の母らしくきびしくて、単純であって物語ふうである。少年の行動には兄猪一郎のことが入っていたりするが、今治での乞食を教会へつれてきてめぐんでやったりしたようなことはちゃんと自分のことにつかってある。苦学するといっても、まっすぐ陽のてるところへ向っているし、金持からの縁談を断ったりする。女にはウブでうまく物がいえないところも自分の経験がつかってある。そして、突発的に行動に出るか、意地っぱりでそねみ屋でもある次男ふうの彼が、そねみ屋にならねばならぬ条件を全部とってしまって書いている。兄になり変っているようにも見えるが、また兄に一矢報いてもいる。そればかりでなく、おきゃんな女が好きであったらしい彼は、かつてのおきゃんな恋人久栄と、それに熊本によくあるようなおそらく彼の家の母や姉たちにも見られるような、それに似た要素を用いている。おきゃんな女、姪の鈴子を背景にしておとなしい娘、結婚の相手、敏子が生きてくるというふうになっているが、これは作者の中にある女の像の位置をあらわすものともいえないことはない。こうした二人の女の位置については、『不如帰』とあわせて、あとになって愛子が一ぺんにあるとき気がついたことではないだろうか。

《田舎は実に窮窟なものだ。云わば小さな盆の水、砂利一つ落しても、すぐ海嘯《つなみ》だ。一寸手を伸ばすと向うの田吾平の戸口にぶつかる、足を伸ばせば権左が背戸につかえる。女児《むすめ》の襟が異《かわ》っても、一村《むらじゅう》の問題を惹起さずに居られない。大隠《たいいん》は市に隠るで、呑気は都の事、田舎では、嚔《くさめ》一つ快よくせられない。其も、村第一の豪家で居る時分は兎も角も、零落した日になると実に溜らないのである。》（『思出の記』一の巻九）

これは任意の一節をとってみただけだが、初期の漱石の文章を思わすものがある。『坊っちゃん』や『吾輩は猫である』である。そして十年前に書かれた『浮雲』に似ている。それはそうだが、『浮雲』の文三はお勢に翻弄され、一応失恋の憂目にあうといってもいい。少なくともお勢の気持が解せずに苦にやむ。

そういう文三に、若い蘆花は共感したことがあった。ところが『思出の記』の青年は得恋をする。政治家にこそならないが文科大学生で、卒業するとジャーナリズムに活躍することになるらしい。これから五、六年あとになって書かれた『坊っちゃん』や『猫』より楽天的な空気である。漱石も文科大学を出るが『思出の記』の青年のように楽天的ではないし、軽快であっても楽天的には書きはしなかった。

《昼飯（であったと思う）が済むと、僕は理髪舗《とこや》に行って、其れから湯に入って、其れでもまだやっと二時、秋の日の長いこと夥しい。幸い思いがけない新五がやって来たので、取り止めも無い事を話して、時間を殺した。》（『思出の記』十の巻十五）

のテンポ。それに（であったと思う）の自由さ。これは正に一人称の「僕」という呼称が生きている例だ。

『思出の記』は、蘆花が自分の中のうっくつしたものを吐き出すことが出来るように書いて行ったものであるが、結果においては、兄の蘇峰をも満足せしめることが出来るような、少なくとも兄が納得するものと同じような線に沿って書かれていることはまちがいがない。出世物語の中にこうした自分を満足させ、そのことによって兄をも満足させることが出来たというところに、この作品の一般性があるし、作品になった。また兄の新聞「国民新聞」の読者を喜ばせ、当時の政府の状態にあっても十分に希望的であり得るというふうに思わせるのにも役立ったともいえよう。『思出の記』の成功は、『不如帰』や『自然と人生』と同じく単行本になってから次第に決定的になった。三十四年五月刊行し、七月、小諸から藤村が訪ねてきた。藤村と蘆花とは兄へのザンゲの態度からいって似ているし、一種の啓蒙的小説を書いたりまた自伝的小説を書いたりしたなど蘆花は藤村を文学的すぎると思い、藤村は彼の思想、行動の飛躍ぶりについては行けないと思ったに違いない。九州熊本の人と木曽の山中の人との相違を考えると面白い。蘆花と私小説との関係については別な機会にふれよう。

しかし考えてみるとおかしなことだが、小説が成功するには「国民新聞」の読者に読ませなければならないし、(たとえ読者の中には蘇峰の考えと違うような人がいたにしても)、読者を喜ばすことは、ひいては兄を喜ばすことだ。兄もその程度の融通はきいた。それに弟は兄を喜ばせようと思わなかったであろうか。兄に対し目に物見せようとすれば、兄を納得させる必要がある。知らず知らず、弟は色々の意味で兄の土俵の中で相撲をとっていたことになる。

『不如帰』『自然と人生』『思出の記』の三作の成功は、直接間接に兄とのからみあいが、その中にこめられていて、作品を一般化し通俗化し力強いものにし、稚いという批評はあるが光明のある小説ということになったのであろう。

まだ蘆花が原宿へ引越す前、つまり逗子にいた時分、父母の家に兄がやってきて、そこにいた弟にこういう小説を書いてみないか、ときり出した。

《明治政府に反感を持って、落魄して死んだ志士がある。其子が父の志をついで明治政府とたたかう。追々と時代が移り、子の眼界がひらけ、反感が消える。同時に世間の誤解を浴びる。しかし融けるものは融け、光るものは光り、けっきょくはめでたしめでたしに落ち着く。敵方に可憐な女性があって、恋愛がからんだら面白かろう。》(『冨士』)

そうすると不思議なことに、蘆花はすぐ応じて、

「それは面白いでしょう。書きましょう。モデルは直ぐそばにある」

といったらしい。こんなようなことが『冨士』に出ていて、そのあと兄弟が仲がよいので母は悦んで台所へ行き、朝っぱら牛鍋を食堂に持ち出し、朝から牛鍋ですか、と蘇峰はあきれている。それにしても随分朝から牛鍋とはこだわらぬ大ざっぱなところのある母親であるが、それはともかくとして、何故蘆花は一も二もなくＯＫをしたのであろう。この小説の計画はそのあとも何度も話し合っている。

　その牛鍋の席であったか忘れたが、兄はイギリスの政治家と同名であるウインストン・チャーチルという人の『危機』という南北戦争を扱った小説の話をし、この手でいったらいい、と見本を示した。見本から逆に思いついたのかもしれない。アメリカの南北戦争が終ったのは一八六五年であるから三十七年しかならない。この見本はなかなか立派なものである。文学者も大勢育ててきた兄は、よくこれはという目ぼしい外国の新刊書には目を通し、またジャーナリストとしての鋭いカンももっていた。ズバリと見本を出すところもいかにも明治らしいし、蘇峰らしい。兄の頭の中には、前に訳した（抄訳と思うが）『タラス・ブーリバ』をもとにした『老武者』のことがあったかもしれない。モデルもそばにあるとは誰のことなのだろうか。

明治政府に対する反感が消える。同時に世間の誤解をうけるとは、兄とのことでもあるではないか。この小説のどの部分に弟自身はいることになるのだろうか。そのとき彼はこれはおかしいと気がついて面白いけれど私のガラではありません。むしろ兄さんが書かれたらいいですよ、ぐらいいわなかったのか。すくなくとも、どうして喜んだりしたのだろうか。兄がヒントをあたえた小説は『黒潮』という題で一、二年あとに、つまり三十五年に掲載されることになるから、これから『黒潮』と呼ぶことにする。

そこで先ず第一に彼は今までの小説の成功の理由がよく分っていなかったのであろう。彼は政治家というものになろうという気はなかった。『思出の記』の冒頭にそう書かれている。その態度がこの小説を成功させる素地を作っていたことは前にもいった通りである。彼が興味を抱いていたのは、あの悲恋に終わるような段階の乙女の話とか、それをさいなむ老婆のこととか、牧師や学者や、故郷に山林をもっていて、選挙にも出ようとするような政治家である。政治家的要素があり、しかもジャーナリストとしても偉大な人物として、そうして一方には彼自身をつなぐ橋となるのは、せいぜいが兄の猪一郎である。その兄は兄であるが故に彼は格別に興味をもったり、拘わったりせざるを得なかった。その兄ではなくて、専らの政治家をえがくということになると、どういう扱いをしてよいか分らない。複雑なものとして扱わなければ当時の政治家はえがくことが出来ない。その複雑さがきらいであったのではないか。蘆花という人は。だから彼は兄がヒントをあたえた以上に先まわりをして単純な悪人にしてしまった。伊藤博文を好色な政治家として扱った。猪一郎はそう願ったとは思えない。

敵にまわしている伊藤公をやっつけてもらいたいのは山々だが、そのためにちゃんと書いてもらわなければなるまい。チャーチルの『危機』という長篇小説は南北の和解の物語だろうと推測されるが、北部を悪人として語っているはずはない。南部の方にある執念のはげしさと、北部の大義名分を立てた強引さや、進歩主義的な態度の中にどうしてもついて行けない憎悪の対象となるものがある。しかし、一方北部としてみると、それが一人物の好色であるかどうか、ということではなくて、それはそれなりの北部としての必然があり、そのために、かえって、反対側は憎悪の火をもやす、といったぐあいに違いない（しらべてみたところだいたい私の想像の通りである）。

猪一郎はたしかに伊藤公を憎んでいた。その理由には三つある、と前田河広一郎はいっている。

①—貴族的欧化主義及び藩閥政府の首班としてかれに対するものであり、転じて、
②—三国干渉問題の責任者として彼に対する憎悪に変じ、最後に、
③—『黒潮』の発表される現在にあっては、「国民新聞」が全幅的に支持する桂内閣の仇敵としての攻撃に変った。（前田河広一郎『蘆花の芸術』）

蘇峰は、あとで回顧して、もし『黒潮』が書きあげられていたら大社会小説が出来ただ

ろうに、と残念がっている。蘇峰は自分の頭の中で、自分がたずさわってきた世界が描かれることが出来るような空想を抱いたのであろう。そのとき、蘆花の書く『黒潮』ではなくて、『危機』や『戦争と平和』が頭の中にあったのだと思う。「和解」して挙国一致国難に当るというのがネライであっただろう。

『黒潮』は三十五年の六月末で第一篇が終り、六篇からなる大長篇は休載ということになった。そのまま放置するわけには行かないものだから弟は何とかいい材料はないかともだえた。自分の経験を書くわけでもない小説を計画もなしに始めたので先を続けるのに途方にくれ、ある青年の持込材料にとびついたりするが、これはこれでそう簡単に行くものではない。これは『黒潮』中断の埋合せにずっとあとで『十年』という小説となったが、これも中断した。『黒潮』で兄が弟にほんとに托した夢はかなえることが出来ず、それが弟をくるしめた。弟は『黒潮』を成功裡に完成させることが、ほんとに兄の上に出ることであった。なぜかというと兄と離れて別なところで兄とかんけいのないことを書いて成功したとしても、大して意味がないからであった。

『黒潮』の執筆中にどのような兄の注文があったか細かいことは分らないが、三十六年に第一篇『黒潮』を自費出版しそこに兄との訣別をうたった文章をかかげたときに、思想の点で兄とは異なり、所詮兄は文芸を政治に利用する人だ、といっている。桂内閣の御用新聞であったことは事実だから兄はどうしても圧力を自分にかけてくる。その意味で兄の態度は、家の中で自分を抑圧していたように、対世間との関係や仕事においても自分を圧えつける。

それにしても前述した通り、兄と政治とのかかわりかたは分っていたのだから、彼はその政治家的な点には反撥をかんじていたけれども、そうかといってその内容となると、それほど関心がなかったのであった。ところが小説を書きはじめているうちにもともと政治家には興味がないから書きたくない、面白くない、と思いはじめ、それに評判もよくないのは、そういうことを書かされるからだと思い腹が立ってきた。

ところが勝本清一郎に語った片山潜の言葉によると（「蘆花とキリスト教」・「文学」昭和三十一年八月）蘆花の小説は蘇峰の意図と違った方向になったという。そこで蘇峰は『黒潮』の材料になっている敵方の政治家たちとも妥協し、蘆花に干渉したそうである。私の誤読でなければ兄の方は「敵方」に対してああいうふうに悪人として書いて貰いたくなかったのに、我が意を得たりと蘆花が書いた。そのために迷惑をしたのは兄の方である。兄は弟に干渉したからといって急にどうなるものではないから中断という方法をとるより仕方がない、というのだ。そうなると、圧力のかけ方は逆だ。やはり私が前に書いたように蘇峰の方こそマトモな小説を希望していたととった方がいいのではないか。

この干渉の償いに弟が「順礼紀行」をしたときに、蘇峰が敵方から金を出させてそれをくれ、あとでその事実を弟が知って怒ったということが起る。これは弟が怒るのは潔癖という点では分るけれども兄にしてみると、そのくらいのことはいいではないか。それが小説を書くのに影響するのか、という気持があったともとれないことはないし、それは一応もっともともいえるのである。

どちらにしても、蘆花の「告別の辞」は、その前に兄に話していたとはいえ、兄が予測していたように非難の矢は兄に集まった。少々弟のことで兄が悪くいわれても困りはしないが、自分の新聞にケチがつくのは閉口だった。『黒潮』の単行本は序文がついているせいもあって、当座は大いに売れた。そこで蘆花が「新紀元」という雑誌に意気込んで続篇を書きはじめた。社会主義者らしい人物が登場するらしいがその冒頭を見るに文章は彼の特徴がない。第一篇『黒潮』より一層密度がなく、読物めいている。とにかくこれが兄との第一回の訣別である。もともとワケが分らぬものが混り合って訣別しているのであるから、彼がまたヨリを戻すことがあるのは当り前のことで、たとえ弟を怒らせるについて兄の方に責任はあるにせよ、こういうことは、兄の方で余裕をもって見守るし、そのことで兄としての強者の優越を保つことになる。それが弟をまた怒らせる。そのくりかえしである。

弟は兄との「戦争」を両親に話す。父は祝儀一円をくれ、母は「河水の彼方此方に分れても澄みて流れん事をのみこそ」という歌をひそかに作ったことをあとで知った。また母は妻の愛子にお前たち女がつなぎになれといったらしい。兄の妻の静子がわざわざ子供たちをカルタとりによこしたりした。兄は妻に、「どんなことがあっても、兄弟は兄弟たい」といったという。

『黒潮』の本が出たとき、蘆花はこう献辞を書いてあたえている。

To my dearest wife,
“This is our first-born, the dear offspring of
our new independent life.”

この本はわれらが独立生活から生れた子供だというわけである。子供の出来ない夫婦の間でのこの文句は、これからあとの二人の生活に暗示的な意味をなげかけている。この年（三十六年）一葉について本郷教会の婦人会に乞われて講演をした。このとき幹事は愛子の同窓生であったが、彼女を招待しなかったせいもあり、どうせ行ってもつまらぬよ、といって蘆花一人出かけた。一人のこされた妻は、同性の侮辱に堪えられなかった。留守になると雷雨が起った。彼女は屋敷の中であれまわった。兄からの独立生活をはじめた二人の前に待っていたのは先ずこういうことだった。このことは重要なことである。

この年『寄生木《やどりぎ》』のモデルとなる小笠原善平が訪れ、後に彼が旭川師団にいるというので、北海道へ夫婦で旅行を企てている。こう書くと夫婦の間は円満に見えるし、母を支那料理を食べさせに出かけたりして孝行しているので、彼の不満な気持のほかは万事ぐあいがよいように思われるが、実はそうではない。社会主義の本など読んでいる以外これといって仕事をしていない。

蘆花は怒り狂うことが多くなり、眠れぬ日がきたりする。それに尿石が音を立てて出てきたりして、医者に見せると、十九歳のとき京都から鹿児島へ向う途中、大阪で拾った淋病がのこっていることが分る。二十二、三貫になっている彼は食物を変えなければならぬといわれる。美食と運動不足と肥満しやすい体質が、そのきざしを見せはじめ、そうした体質の人特有の躁鬱のウツのほうがあらわれてきているようにも見える。三十七歳という年齢は私の経験ではそういうことがはげしくなる頃である。少年の頃くせのついた自瀆行為のために、育ち損った小さい陰茎が医者や学生の前にさらされたことを気にしたらしい。

こういう悪い状態が一度に頭を擡げはじめるその直接原因は兄にもって行くわけには行かない。つまり彼には新しい形の悩みが、独立生活からくる悩みが起ったのであろうが、ある夜眠れぬ彼は、妻に子守唄をうたってもらって眠りについた。子守唄はほんとうは讃美歌であってもよかった。キリスト教から離れた蘇峰は別にして、蘆花本人を洗礼に連れて行った母も（後年父も受洗した）、父もその他一族のほとんどがクリスチャンであったのに愛子ひとりは受洗していなかった。頼るものを失った愛子は（夫より前から知っていた蘇峰は、蘆花が疑ったように彼女の心の頼みであったのかもしれない）教会へ行きたいといいはじめていたが、夫は許さなかった。その理由は自分が牧師になったら自分の手で洗礼を施してやるというのである。愛子が自分以外の者に頼るのをおそれたのであろうか。そしてこの頃、彼は自分が相手を見ることが出来るが、先方からは見られない黒眼鏡をかけて歩きはじめる。このときもうモジャモジャのヒゲをはやしていたのだから、彼は異様の風態であったことは間違いない。

そうして彼の心の底では、兄に手をさしのべたいという気持が巣くっていて、いつ頭を擡げてくるかも分らないという状態、その無念な淋しさというものがうごめいていたことは容易に察しがつく。彼が認められ独立したかに見え、兄が世間で隆々としていればいるほどそうであったと思う。黒眼鏡をかけねばならぬようになった弟が、どうして隙さえあれば一きょに兄のもとへ走りこまないはずがあろうか。世間にどう思われていようとも劣等感と自信喪失の彼には、菜食にきりかえた男には既にそこにザンゲの要素がなにがしかは存する。迂余曲折をへてザンゲとなって奔騰する。そしてそのザンゲがただのザンゲであり得るだろうか。それは先のこととしてこの年（明治三十七年）ロシアとの戦争がはじまっていたので、彼は兄をロシアに見立てて一貫した正義の戦争をしていると思いこんでいる。これはおかしなことである。

そういうことにそもそもムリがある。何故なら日英同盟を促進させロシアとの戦いに挙国一致当るべきだ、と説いているのは、蘇峰でもあったからである。といっても彼は筋道をつけてあるだけに、その底に潜んでいるものには典型や一般性があると思える。こうして三十八年の一月に桜島の有村温泉に出かけた。桜島や鹿児島は彼の好きな所であるが、一般に涯へと出かけて行くのは、自分自身から外へと逃亡しようという心理的要因によると私はきいている。彼はこのときの旅を「死の影に」とりつかれた旅と宣伝している。彼は温泉から熊本女学校長の竹崎順子（母のすぐ上の姉）の病があついと知って熊本へかけつけ、順子の死からザンゲを思い立った。少なくともこのめぐりあいを、彼は精神生活上大事件のように思いこんでおり、帰京すると、思い出したように先ず妻に帰省墓参をすすめている。

　このあと八月に妻や同居している娘一人を連れて二度目の富士登山を実行するのである。山頂で暴風雨にあい五日間人事不省に陥り、念力の力で治ったとして、これを重大な事件だと思いはじめる。それが晩年の未完の自伝大作『冨士』（愛子との合作）を思い立つキッカケを作っていることは知られていることであろう。それはそうであるが、不思議なことはそういうことではない。

　当時彼の原宿の家には女中のほかに娘三人が寄宿していた。『冨士』によると、小説名でむら子、松子、とよ子の三人がいた。松子は姉栄子の子、つまり姪であるらしい。むら子は、特別の関係のない人の娘らしい。『冨士』への登山を思い立ったのは、前田河氏のいうように、心機一転を期してのことであろう。だが彼の家庭の中の状況は次第に分ってくるのであるが、夫婦の間はぐあいの悪いことになっている。まるで若い頃のトルストイが行った放埒な生活のマネをしているようにさえ見える。つまり何かしらザンゲする材料を自分の手で作りあげ、いつか機会があったらザンゲするのに好都合なキッカケを作っておこうとしているようにさえ見えなくはない。しかしじっさいはそうではない。

　富士へは妻とむら子、とよ子の三人をつれていくつもりだった。ところが出発前日に、むら子のところにきた彼女の弟の手紙に「熊次（蘆花）さんによろしく」と書いてあるのを見て、普段からむら子の家の高慢に何かしらバカにされているようなものを感じていた彼は、お前の弟は礼儀知らずだ、と腹を立てる。彼がムキになっているのに、むら子は笑っていた。思わず彼は「出て行け」と言って追い出してしまう。愛子は別に不服ではない。私も、もともと同じ意見だったのだから、という。ところで後で判明するのだが、むら子は近所の大工と関係があった。そのことを、むら子の母親を通して、妻から聞かされた彼は、「すでに自分は危く大工の二の舞をした彼娘は已に処女ではなかったのである」とつぶやく。

　松子については、富士から帰京後、命じておいた撒水がずさんだったので植木が枯れているのを見て、これも「出て行け」とどなりつける。彼女はさっさと荷造りをはじめた。さらに怒った彼は松子の尻をつかむと、彼女がおならをする。不意をつかれてついそうなったのだろう。

　彼女を妻の前に引きずって行って怒って見せる。そうなる前に彼は、松子が段々色気づいて厭になったといっている。そうではない。彼は、彼の中の危険なものを感じて厭になったのだろう。要するに彼は若い娘を相手に肉慾に悩んでいたのであって、そういう夫の態度が妻に分らぬはずはない。彼の年齢で家の中に娘がおればこういうことが起きるのはそう不思議でない。仕事が行きづまっているときには一層そうなる。そもそも子供が出来ないのは、若いときの病気のせいかもしれない、と思ったり、いっぽう妻は手術を受けるといい出したりもしていた。子供が出来ぬのは彼のせいかもしれない。そういうことはウヤムヤになり、妻に申し訳ないと思ったりもした。その一つのあらわれが妻を墓参に帰らせるという行為にもなっている。だが、どこにも証拠はないとはいえじっさいはその妻の留守に何か企んで実行しなかったとはいえない。

　今の原宿の駅をおりて神宮の方へ行かないで反対の方へ降りかかると右にマンションや大きな中華料理店がある。あのあたりから右に入ったあたりを穏田《おんでん》というが明治の三十年代の終りには雑木林があったらしい。その村やそれから渋谷の雑木林まで出かけては感慨にふけっている。

　三十八年（戦争中）の終り、富士山から帰ったあと、彼は突然兄を訪ね、

《「今日は謝罪に上りました」
第一、『黒潮』の公開書は、「卑怯」であり
第二、K新聞焼打の際、心は逸りながら看過しにしたのは済まぬ。》

といい、「懺悔」の一文を発表したいといいに行った。それに対し兄は「こっちの方は別に」といって微笑をもって応対し、涙をうかべた妻の静子が子供らを連れてきて叔父さんにあいさつさせ、出社する兄を見送ったり、見送られたりする。もっともこの文章はひっこめた。

それは先のこととして青山の兄の家での自分の行為を愛子に話すと、彼女は「おそろしい勇気！」といった。この「おそろしい」という意味が正直なところ私にはよくは分らない。あとで書いたものだし、夫婦の合作だから、こだわっても仕方がないとばかりいえない。「おそろしい」の真意が分れば、この夫婦のナゾも大分分るのではないか。

蘆花夫婦はいよいよおかしくなっていた。

蘆花は逗子で好きになったことのある別の娘に似た西洋画を書斎にかけていた。それを破って捨てたりしている。そのうえ妻にこの女のことを話し、そのあと塩原か、伊香保に夫婦で出かけている。よせばよいのに、過去の氷川町時代に二度、川崎で一度遊んだことを告白し、前述の『冨士』ではむら子という名の娘のことを話す。それのみかこれは打明けていたかどうかしかとはおぼえていないが、おきゃんな、彼好みの女中にも男とのアイビキをおそれて外出を許さなかったというようなことも書き記されている。

兄と妻と両方に対するザンゲである。こうなると、これもおそろしい勇気なのか。愛子は女にまつわる告白に驚き呆れ別居をいいだす。特に売笑婦とのことは、過去のこととはいえ、ショックをあたえたように見うけられた。不思議なものでこういうことが次々と書かれている『富士』という小説は、頭がいたくなってくる。妻に別居を迫られると、彼は「いやだ、いやだ」と子供のようにダダをこねる。すると、妻は、

「そんなら行きません」

と母親のような声でいった。以上のような家の中で、ヤヤこしい乱れの行為がなされている時、彼の心の底には京都で別れて死んで行った久栄の茶色の眼が光っていなかったはずはない。

三十九年、彼女は伊香保からの帰り、安中教会で、蘆花の同志社時代の友人でもある柏木義円から洗礼をうけた。

伊香保へ三度行ったうち妻と行ったのは全部か、それともそのうち一回だったのか。いかにもややこしく、せせこましく動揺があったことが分って貰えればいい。いかにも傷つけられ、そのザンゲぶりを無下に咎めるわけにも行かず、何より自分が持ちきれなかった。

「トルストイに会いに行ったら」「トルストイは奥さんと別居しているのだから、様子をききに行ったら」と彼女は皮肉とも本気ともとれるようなことを夫にいう。こうして四月彼はエルサレムへ行きロシアをまわることにした。金がなくなれば労働でもする気でと口にしたりしたが、兄はそんなことが出来るものか、といって金の工面の相談にのってやっ

ている。夫婦はマタイ伝から毎日読みつづけて行く約束をし、手紙を出しあった。妻は夫と共に寝ているエロティックな夢をテンメンと報告している。ヤスナヤポリヤナでトルストイに会った。このトルストイ邸での滞在は五日間であったが、便所に行くのを遠慮したあげく野糞をしたことや、トルストイ翁が夫人とは性生活をする能力がないといったということを『ヤスナヤポリヤナの回顧』（大正六年）に書いている。夫婦いっしょにくるべきだったと淋しくなった彼は早目に帰国した。

　帰国した蘆花は第一高等学校に招かれて『勝利の悲哀』のもとになる演説をしている。ポーツマスでの講和の結果得たものが予想外に少なかった。日比谷焼打事件で、国民新聞社がうけた襲撃は、その弱腰を怒った群衆のしたことであった。蘆花はそのとき兄のところへ駈けつけなかった。彼は講和の結果に不満な一人であった。彼ももっと大きな報酬を期待した。ロシアが悔いあらため、日本はもっと得るものがあることを期待していた。兄や政府に対する不満が頭を擡げ、戦争の勝利が何になるか、神の前に祈れ、というトルストイふうの考えを説いた。

　ここでいよいよ複雑になるのは、彼が兄とロシアを敵と見たてており、その両方の戦いがいずれも空しいと思ったただろうことである。いうまでもないことだが、妻へのザンゲ、妻をもっと愛すること、肉慾はすてること、肉慾は妻との間にかぎり、寧ろ積極的にもつべきこと。……やがて愛するためには争いも必要であること。彼の妻や兄とのかんけいのように。争ったあとには愛が甦る。愛子はそういう愛し方を心得てなかった頑なところがあったと彼は考えた（やがてこれゆえに愛子を自然の子だったといいはじめたりする）。ほんとうはロシアも悔い改めていれば、美わしい国と国とのかんけいが出来ていたのに。このように彼の思想の進むレールが敷かれはじめたように思われる。

翌年、明治四十年、蘆花は、今の蘆花公園、つまり恒春園のある、北多摩郡千歳村粕谷に移って晴耕雨読の生活をはじめる。やがて、大正三年、父一敬が死ぬと、大正六年まで閉門三年の喪に入り、訪問客の面会謝絶をおこなった。

太田静一氏の「懺悔道としての私小説の系譜」によれば、その間に嘉村礒多が訪問せんとした。嘉村の『途上』には遠縁の娘の山下ユキをめとろうとして、『不如帰』の武男と浪子のような精神になろうと思うたんじゃ、と母に訴えるところがある。そこから、葛西善蔵との関係より蘆花とのつながりを考えた方がいいという、もっともな説を打ち出している。

やがて家は建増しをしてだんだん立派なものになったので粕谷御殿といわれたらしいが、もともとトルストイの生活を真似たものである。このように田舎へひきこもってトルストイ式の新しい生き方をはじめたのだが、愛子は子供を求めてやまず、兄の第六子、鶴子を養女にした。熊本の「徳冨記念館」を訪ねると、粕谷の家の庭で東京在住の一族がうつっている写真がある。鶴子が五、六歳に見えるから明治の終りか大正のはじめのものではないか。この中で愛子の顔が白くつぶしてある。『冨士』には、結婚当初、愛子が気に入らぬ自分の写真の顔を爪で傷つけるという場面がある。ほかの子供ならともかく、兄の子を養女にするというやり方は、何だか戦国時代の武将のすることに似ている。蘇峰がのちに政界とのかかわりから身をひき、『近世日本国民史』という彼にもっともふさわしい著述にかかりその最初が近世であるから当然とはいいながら「織田時代」であったことは興味がある。

　夫婦の間は一応小康状態を保つようになったらしい。鶴子と三人で北海道へ行ったり、父母らと一緒に関西旅行したり、あとでは、鶴子をつれて二人で今度は朝鮮旅行をし兄にも京城で会っている。ところが彼の中には、何かしら秘密が巣くっている。

　四十四年幸徳秋水らの助命嘆願を、これまた兄を通じて桂内閣に行ったりした彼は、これまた第一高等学校でこのことについて演説（「謀叛論」）をし、秋水らの目的には賛成すべきものがあり、またもし助けてやれば、天子様の徳があがる、というようにいっている。このとき演説を頼みに行った河上丈太郎などをはじめ一高生にあたえた感動は、新渡戸校長のケンセキ問題にまで発展したりして大騒ぎになった。ようやく弟も世間という場で文学ということを離れて兄と一対一になったといっていい。その点では裏側から兄に近づいたといっていい。文学プロパーにはなり得ぬところが、彼にはあった。これからあと当分彼の仕事は『みみずのたわごと』というスケッチ随筆と『黒い眼と茶色の目』や『新春』

や『冨士』のような弱い性格の部分をもった人間を描くことをおぼえさせた、つまり『思出の記』の主人公になり切れぬあわただしい明治から大正への移り変りの時代の論評が多い。

私はどうしてもここで大正三年の夫婦にとっての大事件に、ほとんどここで絶頂にのぼりついたと思える事件に辿りつかなければならない。

この年彼は四十六歳、妻も四十歳をこえている。結婚二十一回記念に当るといって日記をつけはじめたりしているが、これももう一度兄からの独立を再びねらっているように見える。兄との間はまた不穏になっている。それというのが前年、第二の日比谷焼打事件でこんどは弟が兄の社へ赴いて困った兄に手を差しのべようというので、『黒潮』の埋合せに『十年』という長篇連載を約しそれが忽ち挫折してしまったあとである。てんで不義理と無能を示したことになる。彼の劣等感をあおった一つであろう。

彼は父一敬の病床にも出かけず、鶴子を連れて出かけた妻にその娘を置いてくるようにといっている。父が死んだとき顔を出さなかった。これが彼の三十八年に次ぐ転回である。

このとき彼の頭は妙なぐあいに働きツジツマを合わせていたのである。

鶴子には色々とつとめたが、どうしてもほんとうに愛子は我が子のように扱うことが出来ず、不自然なものがあった。そのときにいい母親ぶりを示す愛子も不自然になる。鶴子も揃って不自然になるようなことはよした方がいい。自分はこれからほんとうに吐き出すべきものを吐き出して自由になるのだから。兄を中心とした徳冨家の成立から自由になるのには、あのときの久栄との自分のことを書いて解放されねばならぬ。ちょうど『寄生木』の小笠原が自分の愚かしい寄生木であった過去を綴ったように。それなら自分も寄生木ではなかったか。

ふしだらな女だからという理由で久栄との恋愛や約束を反故にされた過去の話はおぼろげには、愛子も知っていた。夫は前に京都で落合ったとき、彼女が夫の姉・湯浅初子に会っていたり、同志社へ遊びに出かけていたことをきいて急に立腹し帰るといい出した。それならと一緒に何も見物せずにそのまま戻った記憶があった。こんども妻、女中を連れて伊香保へ行って一カ月半滞在した。その間に漠然とした話はしたのであろう。打診しながら想を練ったのであろう。打明けられたうえ、原稿を見てみると（夫は前にもこのことを書こうとして筆を折っている）、愛子は気も顛倒せんばかりに驚いた。二十年以上も前の女のことを書く夫の筆が鮮明だからだ。

「桜のような……」と書くところを「秋桃のような……」とすると肉感的である。これは真実ではない、当時のプラトニックなものではなくて私ども二人の間で培ったものだ。自分の直感は正しいと思う。だから四十六の今から見た、京都の思い出として書いてもらいたい、と愛子はいった。夫は困って原稿をお前に渡すから焼くなり何なりどうでもしてくれ、という。妻はけっきょく久栄さんは私の敵ではなくて、日本が支那を抱きとらねばならないように抱きとるべきだ。久栄さんは私の前身と考えれば、敵ではない。こう考えると安らかになったというがそう簡単に安らかになれるはずはない。その戦いは血みどろなものだったとも愛子は書いている。愛子はとうとう大病するに至る。

「私ども夫婦生活のクライマックス」と愛子は書いている（「蘆花と共に」）が、これは正直な言葉である。

　とうとう親子兄弟、夫婦を含む劇はここへきてクライマックスになり集中してしまった。夫が生きようとする手段が今まで兄を傷つけたり、妻を傷つけたりし、そのためにザンゲが行われたこともあった。そういうものはどこか逃れ道があった。ナレアイともいうべきものがどこかにあった。お芝居があった。ところが、これは真の劇である。私の考えでは人間はこういうところを通るときは大へんな経験をしなければならない。そこで化学変化、変身をするものだ、と思う。

　それに愛子は私との経験からだ、というが、それはそうではないともいえないことはない。また前述したように彼が若い娘たちを何となく愛したのも、久栄をさぐっていたのかもしれない。それは蘆花自身だって分っていたわけではなかろう。大正三年に『黒い眼と茶色の目』が出版された。愛子への長文の献辞をつけて。

　大正四年三月から六月の間順天堂に入院した愛子は、私はこの手紙を読んでいないが、夫と九十通もの書簡を交している。妻は『不如帰』のことも考えたに違いない。ナミコの身にうつりかわったつもりでいた自分がほんとうにナミコと同じように葬りさられる自分であった。一方にナミコは自分のことではなく久栄のことを考えて書いたのだ、とこう思う。さだめしこんぐらかってきたに違いない。そこからクリスチャンでありプライドのある明治の女でもある彼女は立ちあがる。ところがそうして立ちあがった女性というものは、どこまでもツジツマを合わせて行かねばならない。

とにかくまた夫婦は伊香保へ出かけて行き、夫は弓術を習うと年譜にある。西瓜を入れたような大きな腹をつき出した褌一つの蘆花が松の木の弓を引いており、その足もとで蹲って矢の行方を見ているような夫婦の写真がある。愛子回復後の写真であることはまちがいない。

ことによったら、妻は「蘆花と共に」の中で「秋桃のような……」といった表現にこだわるように性慾のことにその後もこだわったかもしれない。自然であるべき性慾が障害をうけたために（このとき人道的社会主義のことも併せて考えていたかもしれない）こんなことになった。そのもとは……とこう考えて行った。二人いっしょに話しあったのかもしれない。妻を納得させるにはツジツマを合わせなければならない。またツジツマが一応合えば妻が頷き、そうすると孤独な二人はどちらがいい出したことか分らずツジツマのあう世界を合作して行くことになったのではないか。

『みみずのたわごと』の中に友人と百草園へ出かけて行く話がある。今も野鳥を食べさせる家が数軒並ぶ丘があるが、どうもあのあたりから武蔵野や多摩川を眺めて感心し、そのあと百草園から調布へ出て粕谷へもどって行く途中、雷雨に会う。彼の前に稲妻が光った。誰かが死ぬ。聖書の中の文句にある二人のうち一人が身代りで死ぬという言葉を思いうかべて帰宅してみると妻が軒の下でこちらを見ている。彼女も同じ聖書の文句をひいて、あなたが雷にうたれて死んだのではないか、と思っていたという。これはどのていど含みがあるのか全くこれだけのことなのか、私には分らないけれども、二人が期せずして同じ聖書の文句を思いうかべるように、彼らは大きな「争い」のあといっそうそういうエンギをかついだり思い当ったりしつづけたことであろう。

　大正六年から七年にかけ『新春』の原稿を書く。これは母にささげられている。この中で彼は一きょに読者を驚かすことを書いた。多くの読者が離れ、そっぽ向くようなことがあった。しかし思うに、その意味でそっぽ向かれることも目的の一つでなかったとはいえない。『黒い眼と茶色の目』は、あんなもの読むなと同志社当局はいったそうだが争って読まれた。しかし、これは違う。

　トルストイの影響がはげしいといえばそれまでであるが、しかし五歳のとき、乳母から教わった遊びを母の懐で実行して（何のことか？　大体は分るが）、母につきとばされてからというものは自分は不自然児となり、母を恋いそれが入れられず、一方自分に似て弱い父の愛の下に育った。そうすると父を喜ばすために不自然なこともした。孝子気どりもし

遅刻して来た幽霊

赤川次郎

突然自殺した新入社員と上司。関連の見えない連続死の謎を女子社員が追う（表題作）。意外な事件の真相に、凍りついた心も溶ける傑作六篇。〈解説〉山前 譲

●836円

お山の上のレストラン2

青葉の頃ハーブポークの休息

髙森美由紀

〈葵レストラン〉のシェフ・登磨には亡き祖母との思い出の味があった。それを思い出させてくれたのは、意外な人物で。『山のふもとのブレイクタイム』改題。

●814円

決定版 ゲゲゲの鬼太郎

猫町切符

水木しげる

ある日突然、地球に飛来した宇宙人たち。彼らの狙いは一体——？ 天狗、猫又、化け狸、異国の神や悪魔まで、異界から来た妖異に鬼太郎が挑む！ 23話を収録。

●990円

今月の新刊

ちぎれ雲（一）
浮遊の剣
富樫倫太郎

女たちが群がる美丈夫・麗門愛之助。大身旗本の次男坊にして剣の達人の彼が対峙したのは、江戸中を震え上がらす、冷酷無比な盗賊団！　書き下ろし時代小説。

●836円

陽炎の旗
続・武王の門
北方謙三

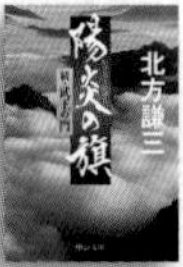

生まれながらの将軍・義満の野望とは何か——かたや征西将軍・懐良親王の、かたや九州探題・足利直冬の一子が相見える時、それぞれの宿運が激突する！

●902円

あの日の交換日記
辻堂ゆめ

嘘、殺人予告、そして告白……。大切な人のため綴った日記に秘められた謎とは？　気鋭の若手ミステリ作家が日記に紡ぐ謎と感動！〈解説〉市川憂人

●836円

た。勿体ないがこの父が長生きして貰っては自分が死ぬことになる。母は死ぬと性慾を斥けた。父は生きる性慾をさずけた。だから自分は生きる。自分が生きるためには古い葉のように枝から落ちて貰わねばならぬ……こんなことをくりかえしくりかえし書いている。一体、父は生きよと性慾をさずけた、とは、何のことをいっているのか、分りにくい。父が女遊びをしたことをいっているのだろうか。私の愚かしい誤解だったら許して貰いたい。

こうして彼は最近よくある作家や社会評論家のように黒眼鏡をかけ、ヒゲをはやしていたが、満鮮旅行のあとアゴヒゲも上ヒゲも剃りおとし、眼鏡をとってしまった。それから百日たたぬうちに父が死んだ、といっている。還俗したのだ、と妙な言葉を使っている。ヒゲは卑下に通じるともいっている。卑下を剃りおとしたから父が死んだ、といっている。これが追善だともいっている。ゴチャゴチャに色々なことをよせ集め、カツギまくって要するにほんとうの第二のアダムとイブになったのだ、といっている（『新春』）。

愛子が自分あっての久栄だ、と思う思い方にも、狭い自己肯定が見られることは前に述べたが、彼の方も彼なりの自己肯定の道を進み、そこにはクリスチャンによくある自己卑下と自己肯定とがすぐ結びつく身勝手さがあらわれているが、驚くべきことは、遂にアダム、イブとなり、日子、日女となったことである。子供を産み出すことはなかったが、日本という国を産んでいると思えば、大いなる父母である。イザナギノミコトとイザナミノミコトが性的交合のうえ国を作ったというふうに考えたのであろう。夫婦はこう思いながら性的生活をもったこともあり得る。愛子にそうさせたのは、子供がないということと、それに彼の「秋桃のような」という表現であろうと思う。

この年、弟の『新春』と併行して兄の『織田氏時代前篇』が発表刊行されたことは象徴的である。

大正八年、第一次世界大戦が終ったあと、夫婦は日子、日女だという「自覚にめざめ」世界一周の旅に出る。印度洋上で新聞によって母の死を知るが、それも偉大なる新生の旅をしている自分達へのハナムケだというふうに考えようとしている。こともあろうに『新春』をささげられ、同時につきはなされ母は病床で洩らしていた。

「世の中が変れば変るとはいうものの、親ば勘鍋からはする（勘当をする）というこつがあるもんかな」（筆者註・前田河氏は「からはす」と引用している。今ふうに書けば「からわす」と思うが「くらわす」のことであろうか）

すててきた母の死を知って歯を食いしばっていたというから当然のことながら強がりであったことはいうまでもない。それはちょうど日子日女というのが、強がりであるのと同じである。エルサレムで二人は同じように母にさいなまれる怖い夢を見ておびえている。世界単位、人類単位、世界史単位、日本史単位で考えているつもりになっている二人に、一つの使命があった。平和についての具体的「要請七ヶ条」で平和会議に出席している列国首脳に当てたものだ。彼はこの提案をエルサレムで行った（いまの平和運動のはしり）。

彼の提案は時間的にも間に合いはしなかったし、彼が思うほど問題にされた模様はない。その内容は勿論とるに足らないというより、おいそれと誰も、どこの国も実行しそうにないものである。

夫婦は旅先でよく喧嘩をしたそうである。当然のことである。喧嘩をしなければ、かえって安心も出来なかっただろうし、もともと折合いがほんとについたわけではない。クライマックスのドラマからお芝居になっていたのだ。そのお芝居にムリがあることで二人は時間をかせいでいるともいえた。

時代としては、有島、武者小路、倉田百三、賀川豊彦、その他多くの、宗教と文学といっしょにしたような文章で人をひきつけることの多かったときのように思える。色々な宗教を一しょにし、読みたいものを書く、リーダーが多く現われた。子供の頃私のまわりに、後藤静香の「泉」のようなパンフレットがあり単行本も出ていた。私の姉は愛読者で唯一の生甲斐ある教養書だったようである。

そういう時代に蘆花夫婦もいたことは事実である。これらリーダーの一人々々のことは分らないが、蘆花夫婦が一種のリーダーであり、選ばれた人と思いこむようになったことについての経緯はやはり私を感動させるものをもっている。

このあと『新春』の具体版自伝小説『冨士』（合作）が書きはじめられたが未完に終った。小説作品として瓦礫だらけのこの作品は、作品としてではなくて、ここの中に含まれているもの、書かなければならなかった所以のものを考えさせるという意味でまず画期的なものである。

彼が書くべきだったことを作品としてほんとうに書きそうだったのは、漱石ぐらいかもしれない。有島にしても彼の存在そのものの意味を小説化することは出来なかった。谷崎はある意味では蘆花より単純ともいえる。そして『思出の記』が当時の時代の象徴であったようには『冨士』は行かなかった。合作であることがこの作品の不成功を物語っているが、そのこと自体が（作品としてではなくて）その生き方が、その彼の弱さが時代をよくあらわしている。また前田河氏の愛惜こもった次の評言は注目に価する。

《それは後世に、現実というものは、過去と現在と将来を、一つの姿に具備しているものであることを彼は教えて去った。この簡単な事実を発見するのに、ああ、かれは、六十年を費した。》（『蘆花の芸術』）

少なくとも戦後は、少なくとも最近は、作家は一般に蘆花が『冨士』に書いたことをこそ小説として書くべきだ、とは心得ている。

父母、兄、家、それに妻。世間というもの。彼らをつなぐ「性」という太い線。性とかんけいの深いコンプレックス。愛の問題。彼が自分でそこまで切りひらいたことだけは認めざるを得ない。
弟は伊香保（ここへくれば何かいいことがあると思ったのだろう）で心臓病と腎臓病が悪化し、時に耶蘇はペケだといったりして昭和二年死ぬ直前、兄に来てもらい仲直りしている。はじめから仲直りしていたようなものだからこうならなければ幕が降りないと兄は思っていたに違いないし、弟もそう思っていた。自分たち兄弟のことが、世間一般にかかわる重要なことだと思っていたのはジャーナリスティックであるというより、いかにも明治のにおいがする。それにしても彼の一族はそろって八十から九十、百の間の長寿を全うしている。蘆花のように五十八というのは例外中の例外ともいうべき早死である。

矯風会会長、母の妹矢島楫子とのいきさつにふれるスペースがなくなったが、楫子は離婚後東京へ出て兄の家をとりしきるうち、そうとは知らず妻子のある年下の男と子供をもうけ、後里子に出した。世に出てから養女にして過去のことは知らぬ顔をしていた。蘆花は彼女を妻と共に病床に訪ねその事実を公表せよと皺が波うつ九十いくつの彼女に迫った。このことについては、中野好夫著『蘆花徳冨健次郎』の序「この人を見よ」にくわしい。有島武郎の『或る女』の葉子が、矯風会に反撥したことを思い出して貰いたい。なお、浅原丈平氏によると矢島家のオバたちの没年は「一人は七十五、二人は八十を越し、さらに二人は九十数歳」となっている。

徳冨・矢島家系図

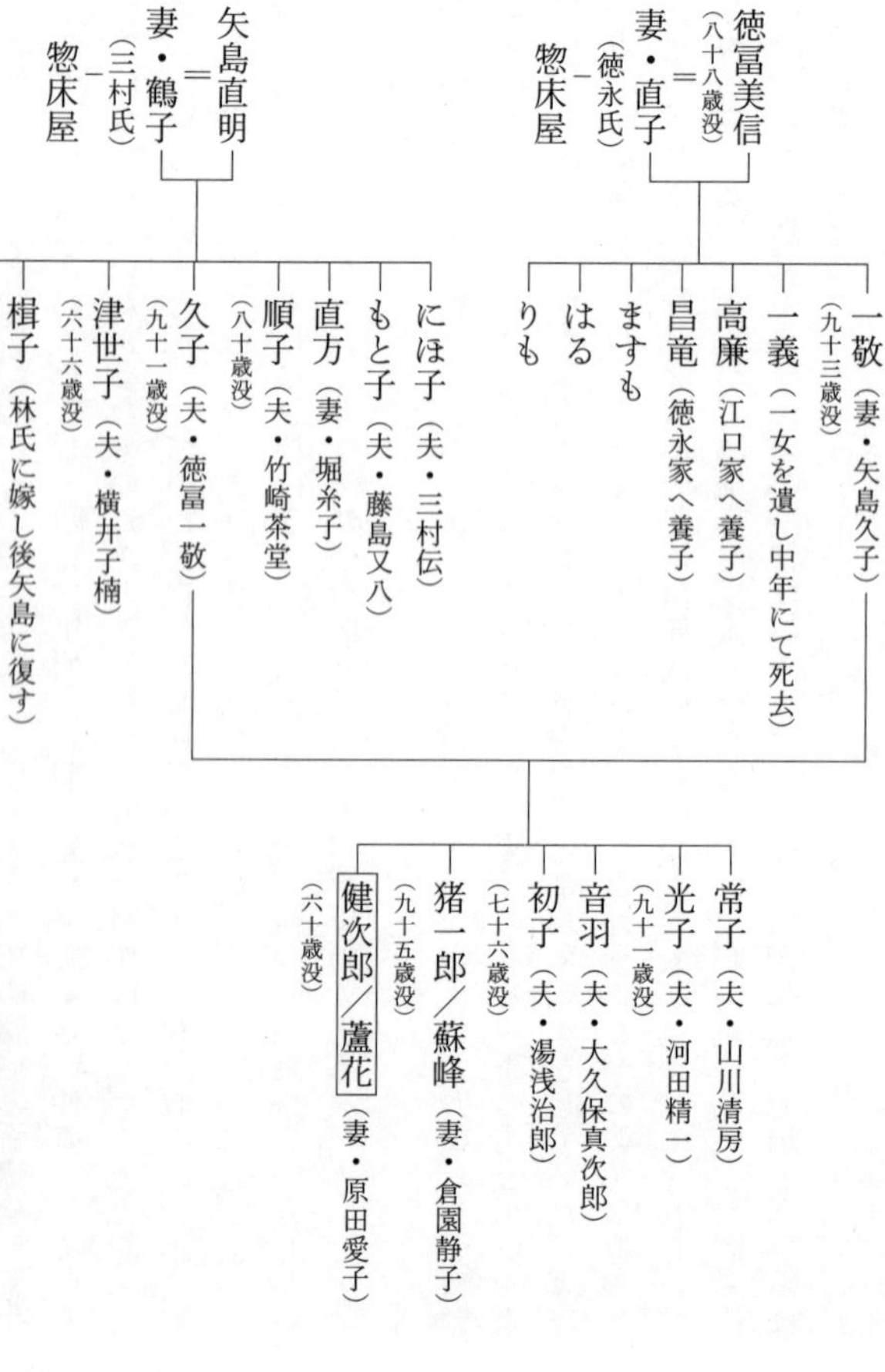

浅原丈平「蘆花系譜其他」（『明治大正文学研究』第二三号）による。年齢は数え。

渋民小天地／石川啄木

　啄木があっちこっちで借金をしまわる話は、誰でも知っていることだ。現に借金の天才だというふうなタイトルで語っている人もいる。私もあまり馴染のなかったこの文学者をいろいろ調べているうちに、借金のこともあんまり気にかからなくなってしまった。それが何となく笑えてしまったのは、渋民での借金のメモを見たときだ。ほんの一年少しの間に百五十四円というのは、月給八円という代用教員の給料と較べると少ない金額ではないが、そのことではない。また彼が同僚の女子師範出の女教師上野さめ子から三円借りたり、村長や医師から借りたりしたことではなくて、父の一禎から百円借りていることである。

　しばらく前に宝徳寺の住職をやめさせられて野辺地に行っていた一禎は、渋民村にもどってきて斎藤という家で一緒に暮しはじめた。そのあと再任問題をめぐって村は騒がしくなった。啄木は「わが一家を――つまり予を中心とした問題が、宗教、政治、教育の三方面に火の手をあげて渋民村を黒煙に包んでしまった」というふうに日記に書いている（『渋民日記』八十日間の記、明治三十九年）。

田植えの時期になると啄木は、役場から汽車賃を借りて上京し、一禎復帰運動の様子をさぐった。このときの汽車賃というのがさっきの村長名義のものである。一禎は百円の金をどんなふうにしてこさえたのだろうか。寺を出たときの家財は渋民へくる前の盛岡の帷子《かたびら》小路や、加賀野での生活の間に大分売りつくしている。一禎が金をもっていたとしたら、野辺地の対月師のところを去るときに手に入れて用意していたものか、それとも渋民へきてから彼の名でどこかから借りたものだろうか。もし、そうではなくしてそれ以前からもっていたとしたら、あるいは秘かにもっていた品物を売ったりしたのだろうか。どちらにしてもこの百円は渋民生活では大きな比重を占めているし、百五十四円の中でも大きいように思われる。

復帰運動の結着がつかぬ冬のある日、一禎は家出し青森街道を野辺地へ旅立ち、途中倒れているところを助けられて目的地にようやく辿りつく。これを知って啄木は、このときばかりは泣いたといわれる。一人食ブチをへらすために渋民を去ったという一禎の気持を知って、腑甲斐なさに泣くというわけであるが、かんじんの父が去っては、運動の迫力がなくなるがゆえに、水を差されたような気持になったのでもあるらしい。

一禎が去ったについては本人には考えがあったという意見もある。ほかでもない。一禎は息子が宝徳寺に復帰する運動をしてくれるのはありがたいが、息子にはあんまり寺のことにかかわりをもってくれるな、というのである。今では誰も知るようにもともと一禎が宗費百十三円を使いこんだということが本山に訴えられたのだが、息子の啄木が上京して病気になったときに裏山の木（これは栗とも杉ともいわれ、よく分らない）を売って二百円作ったのがもとらしい。（二百円と百十三円との差はどうなっているのか私は知らない）。そのために息子も責任を感じて、父のため家のため自分のために奮闘するのであったのだが、父の方はだんだんそれがイヤになったというのである。もともと一禎自身は寺にはあまり執着がなかったともいわれる。それは何故かというと次の通りだ。

　彼の母親えつは出もどりとなって、そのうちの一人の子供を対月和尚に預け、盛岡の龍谷寺で一人前になった彼は対月の妹と結婚する。寺へやられるということは大なり小なりそのようなケースが多かったのであろう。三つ年上の対月の妹は一禎と結婚し、住職となった夫について渋民から少し入った日戸村の常光寺に入り、明治十八年の秋に長男一《はじめ》、のちの啄木を産む。ところが、禅宗では建前としては妻帯を許されないために一は六歳になるまで工藤姓を名のっている。禅宗の寺というものは一般に豊かではない。豊かではないといってもお布施の米によって食うことは出来る。ただ現金は入らない。そこで歌よみ友達の立花良吉の尽力で名目だけ小学校の小使いということにしてもらい、いくらか金が入るようになっていた。そのあげく一禎はこれも歌よみ友達のトリオの一人、宝徳寺住職の遊座徳英が、急死したあと、立花を動かして宝徳寺へ入り、十年前に焼失していた堂宇を再建するという業績をあげた。現在でもこの寺の本堂の横に啄木の育ったという部屋があるが、なかなか立派なものである。裏にはかなり広い庭があり山があった。百姓ばかりが檀家であったこの寺の住職になったあと、常光寺よりは楽であったとはいえ、まあ知れたものであったと思われるが、いずれにせよ一禎は息子を坊主にする気はなかった。

啄木はブラリ提灯とアダナされながら貴族として育ったという。そう変ったことではないが、一禎が寺をつがせる気はなかったということはハッキリしている。一禎はおそらく禅宗の寺というものは一代限りのものであると思ったからに違いないが、それだけでなく、寺というものに、不幸なにおいを嗅いできたからであろうというわけである。

とにかく一禎は思い出のよくない寺というものにイヤ気がさし、息子が再任に骨折ってくれてもあんまり有難がらなかったというのである。しかも寺に再任したあと、息子は寺をアテにし、さあとなると寺へ転がりこみ、そうして寺を食い物にし、けっきょく東京で出世することも出来なくなってしまうのではないか。こういうふうに一禎は思ったというのである（遊座昭吾『啄木と渋民』）。

私は右のようなことを思って、百円の借金に笑いを漏したわけではない。ただ何となくおかしく、借金を申込まれたときの一禎の顔が浮ぶような気がしたのである。なぜかというと、啄木は誰から借りるときも、肩をいからし当然借りていいのだという顔をしていたに違いないからで、しかも父の方は息子が借金を踏みたおし続けてきたということは知らぬはずはないからである。現に盛岡の加賀野という町の住居の八ヵ月分の家賃の四十円は未払いだし、渋民へ来て間借りしていた斎藤家の家賃は全く払っていなかった。いくら親子共に家賃を払わずお布施で食う生活に慣れ切っていたとはいっても、啄木が宝徳寺や自分を食い物にしかねないという想像は、かなり現実的で強迫的であったに違いない。

　たまたましらべていると、盛岡にいるときの丸一年間の借金は二百八十三円で、啄木の妻の実家から百円借りていることになっている。

　借金というものはおよそそういうものかもしれないが、あの人にいくらいくら借りたからもう遠慮しようというふうのものではない。そうでないとはいえないことはないが、貸せそうな金をもっている人からは、人情として見るに忍びないと思っている人からは、必ず借りてしまう。身近な人ほど借りられる可能性がある。貸さぬためには多少とも金のある人は絶縁するより仕方がない。しかし絶縁した方はされた方より遥かに後味が悪い。そのいまいましさはやりきれたものではない、今まで貸した分が何のためだったか分らないどころか逆恨《さかうら》みを買うことにもなる。そういうわけで普通はある程度は貸しつづけることになる。父親のことに少しこだわるようだが、ここでほかの作家のことを考えてみると面白い。

　あとで啄木が師事した鷗外の場合、啄木が一年間に多勢から借りまくった金の総額は、軍医官としてのただの一ヵ月分の給料だった。啄木がまだオデコの大きな腕白な子供として小学校へ通っていた頃、漱石は松山中学へ月給八十円で勤めた。しかも一人暮しであった。啄木の中学生の頃に、漱石は教師をしながら百五十円から二百円近い金をかせがねば食べて行けなかった。家族と暮すために鷗外も漱石も実に慎重だった。もっともこの二人から啄木も世話になり、死の直前啄木は草平が使いとなって漱石夫人から十円ばかりお布施を貰っている。先日東北大学主催の漱石展が宮城図書館であり、漱石の貸金メモを見たが、その中にも啄木への金はあったように記憶している（？）。

　それから『破戒』を書いた藤村を考えてみるといい。誰かが被害をうけないですますためには、しかるべき定収がいる。そうでなければ借金をしなければならない。漱石は借金をしなかったかもしれないが、彼の書いた小説の人物は、『それから』の主人公にせよ、『明暗』の津田にせよ、父親にたかっている。

　啄木も敬意を払っていた泡鳴を考えてみるといい。彼には妻にやらせている下宿屋があった。二葉亭は翻訳をし勤めをもっていた。その彼も一時は親を十分に食わせるわけには行かなかった。父親というものは食わせて貰うどころか、下手をすると頼りにされるのは極く当り前のことであった。当時啄木は二十歳であったのだから。

　いずれにせよ、寺を去るということは失業することだから、二十歳にもならぬ息子に頼ることになることに決っているにも拘らず、もう一つ頑張らなかったのはおかしい。それには年上の気の強い姉さん女房が息子を買いかぶり、夫に一思いに辞めてしまいなさいといってきかなかったせいかもしれない。それは大いにあり得る。だがそうとしても、妻のいうなりになるということがおかしい。そうならば、一禎は息子の力を買いかぶるというか、息子をかばいつづけてきた妻に対して、お前がそういうのなら、お前のいう通りに私は一をアテにして寺を出よう、といったのかもしれない。そういうようなことを含めて一禎の態度はぜんたいとしていくらかおかしい。

　一禎はおとなしい人だったとも打ちとけなかったともいわれている。どちらもウソとはいえない。しかし何といっても何よりも暗示的なのは、彼が檀家に無断で裏の山の木を伐って金を作ったことである。この時に何故借金をしなかったのだろうか。その愚かしさの中には、いうにいわれぬものがひそんでいた。その時すでに近いうちに寺を辞めようと思ったのだ、という考えも起ってくるのだ（遊座氏はこの点を力説している）。

　中学を中途退学した息子が東京に出てそれを連れに行くとき、寺をやめようと思っていたというのは、息子に寺へ戻ってこようという考えをもつな、今度だけは金を作ってやるがいずれ寺をやめるかもしれないぞ、というつもりだったとも考えられる。そして、そのいずれが早く来すぎたのだろうか。

　一禎は息子に望みを托していたことだけは事実であろう。息子は田舎のケチな宝徳寺如き寺とは関係のない一個の神童として家名をあげ出世してくれるに違いない。そのためには学校を中退したとしてもその文才によって雄飛してくれるであろうくらいに考えたのであろう。東京からよこす息子の手紙などを読んで、一禎もけっきょく無分別にすっかりだまされてしまっていたのではないか。息子が寺の一室で友達と文学談に花を咲かせ大言壮語しているのを苦々しげに思ったとはいえ、既に三千首の歌（歌集『みだれ芦』）を詠み重ねていた一禎は、息子が新しい歌いぶりの明星一派の弟子になり、可愛いがられているとつい思っていたのかもしれない。寛や晶子夫婦のように暮している人がいるではないか！

　それにしても一禎が、啄木の渋民での行動についてどんな考えをもっていたのか、さっぱり分っていないのは不思議なことである。一禎には何か陽性ではない反逆の虫が巣くっていたように思えてならない。息子が父親や母親の前で優等生然、貴公子然としているために、そしてそのように育てたのは彼でもあったが、息子に向って意見をのべる機会を逸してしまっていたのかもしれない。大飯をくって、友人と放屁をしあったり、先生の前でそのマネをして見たり、娘めあてに別の先生の家を訪問したり、数学など嫌いな課目をカンニングをして三、四番目に答案を提出して、その出て行く恰好でクラスメートを笑わせたりする無邪気なところをもっていた息子は、三年生のとき実力者及川八楼の下で働いてストライキの文章を起草したりして騒ぎをおこした（明治三十四年）。一禎はこの息子とどこかつながりがある。どこか同じようなにおいがする。

当時、盛岡中学校ではよその教員をボイコットしていて教員間の内紛があり、それがもとでストライキとなった。結果は教員の大異動と及川の退学となったが、及川のことは誰も知らなかったという。おかしな話だ。おそらくその異動のはげしさとそのあとに襲ってきた厳格な教育方針のために唖然とするのに忙しかったのであろう。

啄木がほんとに文学少年になったのはそれからあとで、よくあるケースだが学業は放擲《ほうてき》した。色々会合をもったり雑誌をやったりして歌を作り、「岩手日報」に書いたり、足尾鉱毒事件のことで、友人伊東圭一郎のすすめで号外を売ってその金を寄付したりする。そのあと校友会雑誌に短歌をのせている。「明星」には応募しているが、模倣の多い歌はちっとも載らない。こうして一方学校ではカンニングをしてバレた。そうでなくても落第は必至であった。そこで彼は明治三十五年十月二十七日、周囲の反対をおして退学届を出した。十月一日には「明星」にはじめて歌が載ったからふんぎりがついたのであろう。

よくある、文学少年の辿る道である。その後、堀合節子や友人らに送られて上京し、新詩社の会合に出席し、翌日与謝野宅を訪ね、図書館に通って勉強したりするうち金はないし、そのうえ病気になって、父が金をこさえて連れにくるのである。田舎者とはいえ一人の少年が東京に出て書生をしながらでも食えないことはないが、そういう道を彼は選ばなかった。渋民へ戻ってきた啄木は寺で静養していたが新詩社の同人に推せんされ、精力的に詩を作るようになった。そのうち小学校へ出かけてオルガンをひいたり、校長から「太陽」を借りたりしはじめた。

その校長相馬徳次郎は相馬大作の子孫と称して教場で剣を抜いてみせたりした。他国者でもある、この校長のことは噂にのぼっていた。啄木は村の青年教師らと排斥運動を起し、中心人物が宝徳寺へ集まったりした。「太陽」を貸していた校長はさだめし、びっくりしたことであろう。この運動は成功し、徳次郎は転任後やがて死んだ。啄木少年は渋民小学校に新時代的でないものをかぎとり気勢をあげたく思った。それが権威者であれば、まことに好都合である。東京とつながりを持った者の意気込みがあった。そこここにロマンチックな象徴詩を、雅語をつかって描いている少年の……それは何と渋民村とは縁遠いといえば縁遠いことか……夢を現実化する道であった。それに陰謀はもともとロマンチックなものではないだろうか。

三年後には渋民小学校の代用教員の立場で、彼は遠藤校長排斥のストライキをやる。前述の如く父一禎復帰運動とからんだ名残りみたいなものであった。啄木追出しの計画が村にあり、啄木からみると遠藤校長はその手先と思えた。

これからもずっとそうであるが、彼は、たえず詩や文章を書きつづけ蘇峰や高山樗牛や姉崎嘲風に傾倒し、やがて綱島梁川に移りというぐあいにうつり変って、その時の最尖端の思想をうけ入れている。放屁も、ストライキも、カンニングも新詩社に属した詩作活動も、みんな大いにつながりをもっている。

中学生が学業を怠けてふざけたりしはじめるのは、だいたい自我というものがふくれあがってくるときであるのは、だれにも経験があって分っている。東北の貧しい渋民村の寺で育ったから大分違うが、精神的にエリートみたいに育ったものだから、東京を中心として捲き起った新風の中へ入ったり、それを取り入れたり、今度は田舎をその新風の雛型の場所にしたり、東京以上に中心としたり、世界の渋民村にしようと思う大ゲサなことを空想していくことは事実であるが、そこには、おそらく相応の必然性がある。私はまだ訪れたことはないが、平泉に平安京を再現しようとしたことはよく知られているし、その面影はのこっているという。

伊達政宗がローマへ使節を派遣している。これは、有力な諸侯がしたことだから南部の一村落と無関係なことかもしれないが、日本の奥の置き忘れられているところの人々が、一きょに中心になろうとするその思いにはどこか似たものがある。

啄木が東京へ出たとき、渋民村のもともと金にあまり恵まれないが、金がないようなあるようなともいえる寺に育った一エリートは、一流の思いがあった。この一流は、東京の一流と直接に接触しようとした。

金田一京助や多くの友人たちは、東京市長の尾崎行雄に会ってきたといったりするお先棒かつぎの彼に呆れ返っているが、ほんとうは啄木のようなのは、彼等の心の中にあるものの代弁者であったともいえる。

この一流は、中学を中途退学して上京し、中学の先輩の野村胡堂に私立中学へでも入って勉強を続けろといわれて一応その気になって一緒に当ってみたが、空いた学校がなかった。そのとき啄木少年は、内心ホッとしたにちがいない。

学校に入っていたって続けるはずもないし、おそらく大学へは行かなかったが、行っても騒ぎを起し、渋民のエリートここにありというふうに過したに相違あるまい。

大ゲサな空想は、詩歌の道では、少しも大ゲサではない。けっきょくは、模倣があるにしたって少年は、大体が、模倣者以外の何ものでもない。

もともと東京をのぞんで模倣から出発したのだから、彼にとっては、当然のことだった。年齢の若さと、この地方が東京を模倣するという態度とがおそらく合致したことになる。

とにかく一流らしくなることについては、詩の道では、忽ち天才少年というところまで行った。渋民村は、中心になることが出来たと彼は心の中で思った。

南部富士の岩手山と北上川が見え、後ろに姫神山が見えるという地形は、日本の中心という思いがなくはない。詩神は、東京よりもまとまった小天地の渋民村にこそ降りてくる。ひょっとしたら、世界の中心かもしれない。彼の詩の世界は、考えは西洋から入ってきたものを日本の昔からある言葉でうけとめている。ここそ中心ではないか。ところが、現実はどうか。やがて住む盛岡は、そして戻って行った渋民村は？　そして遺憾なことは、彼がしたいことでは、一向に金が入ってこないことであった。彼のやる仕事やストライキは、金から離れる方向へ進んで行くことであった！

明治三十七年十月三十一日、啄木は処女詩集『あこがれ』刊行のために上京した。下宿料が払えないから追い出されて下宿を渡り歩いているが、詩作の方はずいぶんしている。

こういうことは忘れるわけには行かない。

翌三十八年の三月には父が一家を伴って寺を出、一時渋民村へ移りやがて四月には盛岡に出てきている。

その頃啄木は高等小学校時代の同級生の弟小田島尚三が、戦争に行くから一時不要になった三百円を出資してもらって詩集を出すことが出来た。

詩集が刊行されたら代用教員をやめて待機している婚約中の堀合節子や家族を呼んで世帯をもつつもりで家を借りることになっていたらしいが、けっきょく東京にいるわけには行かなくなった。

東京の借金はかさみ、田舎へ引っ込んで、暮すことには決めたものの、先立つものはないし、計算が立たぬままに困り果てていた。愛人が出来てその方の処置で帰国できぬとわざと友人をおこらせるようなハレンチなウソをついたりした。結婚式の日取りは決っていた。中学時代の勉強会、ユニオン会のメンバーたちの骨折りで東京の者が田舎と連絡し汽車の切符を買って送り届けるようにしたりしたがかんじんの啄木は仙台で下車してしまった。

彼は土井晩翠を訪ねた。土井は留守であったので宿に泊り込み土井夫人から母危篤だと偽って、十五円かそこいらを借り出し、あとで宿ののみくいのツケまでまわした。啄木一生のうちでこの時が一番無茶をしている。自嘲のあげく、「恰度《ちょうど》かゆい腫物《はれもの》を自分でメスを執って切開する様な快感を伴う事もあった」と「食《く》うべき詩」の中で回想している。

東京を発つとき与謝野夫妻から十円かそこいらのセンベツを貰っていた。だから土井夫人から入手したものを合わせて彼がフトコロに出来たのは二十五円ぐらいであった。彼はこうして新郎なしの結婚式が終って何日もたってから盛岡にもどり新婚生活に入るのだが、ユニオン会員は絶交を申し渡した。

啄木が、一息ついたのは、「岩手日報」の大信田氏が出資して「小天地」という文芸雑誌を出版することになったときである。この雑誌には、白鳥、泡鳴、粱川、寛、薫、万里などが執筆し啄木が表紙のデザインをやったりしていた。

いかなる計算からか分らないが、三十五万部を出し、盛岡と、彼がその詩集を紹介していたヨネ・野口のいるアメリカとの間を雑誌をのせた船が往復すると弟子にいったりした。この弟子も金を借りられたが、この頃の彼は髪を長くし、りゅうとした恰好をし、人力車を乗りまわした。

思うに彼が盛岡へ帰りあぐねていたのは、おそらく何か「小天地」を出すような、そんな計画であったのだと思う。帰りあぐねていたのではなくて、計画を考えあぐねていたのであると思う。その名の如く、小天地が、盛岡に到来したのである。そしてそう空想できる根拠もあった。中央が、地方にやってきたとは、顔ぶれを見ても見えぬことはない。

彼の茶目っけと常識をハミ出る特徴は、色々の屈折を経て、奇行となって現われる。愛人があるのでといってみたり、途中仙台で下車したり、土井夫人から、ひどい金の借り方をしたりしたのは、そして結婚式に間に合せなかったりしたのは、カンニングをして、人より先に答案を提出して友人を笑わせながら、教室を出るのと似ている。

ただ違うのは、大人の世界と、金の問題が入ってきていることである。しかし、大人の世界は破られるものだし、金は偉大なる仕事に奉仕すべきものではないか。それに自分も偉大であるべき人間と思った。少なくとも、自分のやろうとしていることは偉大な、なさるべきことであると思ったのかもしれない。したがってハッタリもまた必要である。自ら意気あがるばかりか、そこに空想が入っている喜びもなくはないからだ。

空想は、模倣と共に少年の特権ではないか。そして、その空想の中にまた、たいがい茶目っけがまざりこんできている。

「小天地」の二号は出なかった。例によって彼は食いつめ、病気になった。出版資金はあとでそっくりサギとして訴えられる羽目になって彼をあわてさせた。

明治三十九年一月、父が野辺地へ対月を頼って行ったあと、啄木は義兄を訪ねて相談した。彼はこの時、アメリカ行きの計画を語り、家族の面倒を見てくれるように頼んで断わられたり、教員にでもなったらどうだとか、徴兵検査をうけるにも田舎の方が都合がよいといわれたかもしれない。また、父親の復帰は出来ないものかといわれたかもしれない。

　けっきょく妹の光子を盛岡女学校の教師宅にあずけて渋民村へうつり、小学校教員になる就職運動をした。この頃の啄木の姿から、生活の困窮を訴えて他人に相談をしている姿というものは、どうしても浮んでこない。このことは、どうも面白い重大なことらしい。お寺の「ブラリちょうちん」啄木は、父の復帰運動の進みぐあいを見ながら、渋民小学校の田植え休みに東京へ出て『坊っちゃん』と『破戒』とを読んだ。このとき彼は、小説家としては、問題にすべきは、この二人だと思った。夏目氏は驚くべき、文才をもっている。しかし「偉大」でない。『破戒』は確かに群を抜いている、しかし天才ではない、と日記に書いている（『渋民日記』八十日間の記）。

　この両作品に眼をつけたことはさすがであって、彼が一流を見とどける批評眼を持ちつづけていた証拠がここでもハッキリすることはいうまでもないが、その短い評言が何ともいえない理解というものを感じさせる。啄木はこのとき二十歳である。この両作はそろって教師を扱っている。『破戒』が天才でなかったり、『坊っちゃん』が偉大でないのは、それはそれとして、そのあと啄木が書いた『雲は天才である』を見ると、学校を動かし生徒の心をキャッチし、そこに小天地を作る気概が、つまり革命健児がこの先輩の二作品には描かれていないということが不満であり、自分の書きたいものとの違いであると思ったのであろう。漱石や藤村がずっと年上であったことばかりではない。啄木が小学校で経験していた世界は違っている。藤村は部落民出身の丑松を主人公にしている。しかしだからといって何も丑松のようにザンゲし涙を流してから新天地へ出発する必要がどうしてあるのか、一方、『坊っちゃん』は何だってもっと生徒を掌握しないのだろう。何だって教師達の陰謀をもっと早く見抜き彼等を追出さないのか。きっぷもいいし、それが文才といっしょになって軽快に読ませるのはさすがである。

しかし、と彼は思ったにちがいない。偉大なものは、松山の生徒や学校の中に何ものかを吹きこむことが出来、意気昂揚する新天地の開放を書くことなのである。啄木はこの小説を書くとき、正に渋民村を相手にちょうどそういう気持でいた最中であった。彼は『破戒』の丑松よりも『坊っちゃん』よりもずっと貧しい生活をしていた。しかし自分は、違う、とこう思った。そうしてこの作品は、たしかに彼自身の状態を書いている。両先輩教師の中にある女々しいというか、アキラメがいいというか、そういうものは嫌っている。

啄木は早くからゴーリキイを読んでいるので、その影響がここに見られる。未熟で青くさく、彼の生活を肯定し、英雄主義が表に出ていて、いい気になっているというふうにもとれて、小説としては説得力がどうしても弱いが、ここには彼が教え子を動かしたと同じような素朴な力がある。この小説の途中で彼は「面影」という百四十枚ほどの小説を書き小説家をやっつけているらしいが、方々へ送ったが返されてあとで函館大火で焼けてしまった。彼はこれらの小説を書いているとき、小説が金になり、借金は返済し、新しい小説家の誕生として喧伝されるかもしれないと空想していたに違いない。彼は渋民村の教員をしていることを天に感謝し、いよいよ鼓舞されるものを覚え、その前には借金は何するものでもないと考えた。自分が書こうとすることは正に時代の最も要求しているものではないか。……

　デモの不穏の空気をかもしていた彼は生徒をひきいてストライキを行い、生徒が先生はどうする、ときいたところ、人を呪わば穴二つだから、やめることになるだろうな、とこたえた。その通り彼は明治四十年四月、免職になった。代用教員を長くするつもりはなかったとはいえ、一年しかたっていない。

　少し戻るが彼は渋民で徴兵検査をうけ、筋骨薄弱で不合格となり、その時の検査官から、お前の筋肉を全部集めても一皿になるかどうか分らぬ、と嘲笑された。背丈は五尺二寸二分、体重は十二貫ぐらいだった。田舎で検査をうけるのは兵隊にとられたくなかったからだから嘲笑された方がありがたいくらいのものだ。しかし彼が肩をそびやかしていたのは小さいからだということも勘定に入れておくべきであろう。

　失業した啄木は母を渋民へおき、既にうまれていた京子と妻の節子を盛岡の実家に返し、妹を小樽の姉に托すべく函館に向うことになった。「あこがれ」を実現しようとする俊敏なきちがいじみた若者ほど危険なものはない。あいつが来るとロクなことはない。これでもう帰ってくることもあるまい。村はそう思ったに相違ない。

啄木は『雲は天才である』という小説を書く数ヵ月前、渋民へきて暗澹とした気持でいるときに「林中日記」を書いている。これは『雲は天才である』のような昂揚した内容とは裏腹の揺れのはげしいもので、三月四日から二十七日に及んでいる。一週間前に亡くなった姉（金がなくて葬式に行けなかった）を悲しんだり、村にいる他国者を撲滅しなければならないといってみたり、教育は芸術の一部であると考えたり、喧嘩をしてみたいと思ったり、魔術をおぼえ愚弄してみたがったり、病気の方がいいのだといったりする。

　とりわけ「紳士はシルクハットを被って黒塗馬車に乗る、貴女は金剛石の指環を買いに蓮歩を宝玉屋の店に運ぶ……急げ、急げ、地獄の門に至るまで。第二のノアの洪水が、明後日の晩来るそうだ」

　と都会の紳士淑女を呪っている。また三月十七日のところは不意に、

「亜米利加《アメリカ》を発見した」

　と始まる。そのあと何かと驚いてみると「今の世には、洋食店の給仕の様な男が沢山ある」と料理そのものを味わったことのない批評家先生を嘲笑し、それが奴らのアメリカなのだ、といっている。そしてしばらくして雑誌の論文に対する答案として、

（一）糊口に暇なし。

（二）どうもお気の毒さま。

（三）旅費を下さい。

と勝手に反応している。

さらに、姉の死因が肺結核と分ったことから、身内の者を不運のうちに死なしたくない、と泣く。

三月二十日には社会主義について考え、「そうだ、賛成することは出来ぬ」

「何に？　社会主義に」

と記している。

二、三日後にはオルガンをひきに小学校へ出かけ、自分から危険人物由井正雪と思われているという。二十五日、世間は無事だ、といい「長髪を背に垂れ、猩々の毛皮を着、麒麟に跨り、角笛を吹いて東京の街街を練り歩いたなら」ということを空想している。ヒッピイのことを考えるといい。

二十七日、「今日予は一時間一人泣いた」とある。

『雲は天才である』を書いたときこの揺れがまったくおさまっていたということはあるまい。たとえ大部分がおさまっていたとしても、渋民を去るときにはまた甦ってきた心境であった。いずれにせよ彼が二つの小説に書いたものは、この日記の中で威勢のいい部分に限られている。

二十歳の時に、いかにも若者特有の揺れとして書いた日記の内容、その振幅は、生涯ほとんど変らなかったように思えるということは、「林中日記」がやはり独特なのであろう。やがて彼は小説を書き、短歌を書く。そのうち、だんだん「林中日記」ぜんたいに当ることを小説に書きたいと思いはじめる。色々に思う人間をそれぞれ人物化して行こうとする。ところがそれは容易なことではない。短歌や詩は「林中日記」の一断面、一断片みたいに、まるで小説にならぬ恨みのように出てくる。このようなことについては後で述べて行くことにして、「林中日記」が小説の萌芽を抱いていること、それだけでなく自分の中の矛盾を見る眼をもっていること、何よりもユーモアがうかがわれること。そのユーモアは、「一時間泣いた」というような、詩歌に出てくるなげきと、漢文調の「涙ボウダと下る」といったような表現とが、並列の姿で顔をのぞかせるところから出てくるものだ、ということをいって、北海道へ進もう。

北海道へくると函館の青柳町で文芸誌「紅苜蓿」（ベニクローバー）を出していた苜蓿社の同人と仲間になった。啄木はこの雑誌に詩を投稿していた。節子の妹ふき子の夫となった宮崎郁雨が主宰者だった。彼が編集するようになると評判もよかったそうだが（そういう力は十分にあった）収入に期待がもてないのでやがて弥生小学校の代用教員となり、妻子や母や妹を迎えた。宮崎氏の話では、

　　こころざし得ぬ人々の／あつまりて酒のむ場所が／我家なりしかな

という回想に出てくるように酒をのむなどということはなく、南部せんべいをかじる程度だったというが、そのせんべいは母か節子が持ってきたものだろうか。「小天地」を出していた頃とは違って、キセルタバコをやって気えんをあげるという冴えない有様だった。この頃また短歌をはじめる。しらべてみなければならないが、明星派から離れてきていたのかもしれぬ。弥生小学校では彼はあまり意気あがらなかった。生徒の数も先生も多く、彼の教育方針の提言は問題にされなかった。たとえ問題にされたとしても、彼は月給の少ない代用教員なのだから、爆発的な新風でも起きぬ限り不平不満で彼の方から辞めていたはずだし、そういうことの分っている啄木を受入れるわけはなかった。

「函館日日新聞社」に入って一週間後に函館は大火に襲われ、九月札幌に向った。ただ行ったのではなくて、同人がいたし、一家は小樽の姉の家に移ったのである。「北門新報」の校正係の仕事をもった。「北海道タイムス」の記者になりたかったが、望を果さず、創刊された野口雨情がいる「小樽日報」に入った。ここでも主筆をやめさせようというようなことで争ったりその後も事務長と喧嘩したりして、八十日あまりで辞めてしまった。

彼の頭の中に何がうごめいていたかといえば、私は一流だと思う。彼が金も欲しいこともあるが、何かやろうとすれば、すぐ一流を望む。子供の頃、神童といわれ、田舎のエリートとして育ったこともある。神童でなくなるとしたら、何かの意味でその分を補わなくてはならない。その補い方には色々ある。ストライキもその一つだが（勿論ただそれだけでストライキをしたわけではない）、そうこうしているうちに天才詩人ということにもなった。天才というほどのことではないし、本人も必ずしもほんとにそう思ったかどうかは別としても、一流を望むくせはついてしまった。自分は一流にふさわしくないかもしれないとしても一流を知り、一流しか望まぬという自負はのこっていたし、それは彼を支えるものであった。いうまでもなく問題は一流の名でなくて、その内容だ。

そして彼も内容を求めなかったはずはない。そういう青年が批評にずばぬけた眼力を発揮するのは当然であろう。

明治四十一年一月啄木は小樽市内で西川光二郎の社会主義の演説会をきいている。前年の暮れから金がなくて困っていた彼は「釧路新聞」に行くことにきめ家族を残して、岩見沢、旭川をへて釧路についた。月給二十五円で、だいたい今までのうちでいい方だ。ここで詩歌の欄のほかに花柳界の噂話を連載している。芸妓小奴と看護婦梅川操という二人をめぐって事件を起したとか、主筆に不満だったりしてやがて釧路を離れることになる。小奴は思い出の中で彼が、おとなしい静かな男で、専ら文学少女としておつきあいしていたといっている。小樽を発つとき見送りにきた節子が子供をおんぶして黙って睫毛に雪をのせて立っている姿や、残してきた父や母のことが頭にあった彼は、早くも東京に出て何とかしなければならないと思っていたのではないか。

　東京へ行く前に段取りがいる。四月はじめ函館にきて宮崎に相談し小樽から家族を函館に連れもどし、彼一人海路を東京に向った。このとき、日記に（最後の函館、明治四十一年四月二十四日付）、

「新たに築くべき創作的生活には希望がある」

　といい、

「噫、所詮自分、石川啄木は、如何に此世に処すべきかを知らぬのだ。犬ころの如く丸くなって三等室に寝た！」

その二つの文句の間に、

「涙が下る」

　と記している。

　自分の名に向って呼びかけているところも、涙が下る、と記すところもいかにも彼らしいが、東京の自然主義の機運にとび入り出来る自信と家族をかかえる心配とがいっしょになって押寄せてきている（前の東京生活とは違うのだ）。しかし、彼が盛岡、渋民、北海道で経験してきた生活上の悲惨やムダは（ようやく彼はムダに直接眼をすえてもよくなった）、逆に生かすことが出来るらしい。おそらく「涙が下った」分だけ、彼は家族の前で自信ありげな顔をしていたし、郁雨の十円のセンベツも（小奴からも五円センベツを貰った）胸を張って受けたに違いない。

四月二十八日、横浜で下船すると小島烏水に会いそこで、小説の時代になったということや二葉亭の話が出ているが、

「然しながら、遠からず自然主義の反動として新ロマンチシズムが勃興するに違いない」

という烏水の言葉を拝聴している。

その日、東京の与謝野寛の新詩社を訪問した啄木は都会の様子、本棚の本に新味がないこと、寛の着物の着方のだらしがないこと、本が売れないことに注目している。寛が漱石と風葉を賞めていて自然主義をけなし藤村の『春』をはじめてけなし、自分も小説を書こうと思うが、島崎君なんかの失敗を見てからにするさ、といっているのをきき、この言辞の中に何ともいいしれぬ悲劇がかくれている、と寛を見放したようなことを新詩社に泊りながら日記にかきつけている。

翌日、七三に髪を分けた金田一花明（京助）にあい、前から盛中の先輩で歌会の仲間であったこの人とはじめて東京弁で話したといっている。やがて金田一の下宿にいっしょに住みはじめた彼は優しい人、浄らかな人、こんな人は世に二人とはない、自分が女ならこの人に恋したであろうと思う。寛に絶望していたといいながら寛の世話で鷗外の観潮楼歌会に出席して、信綱、左千夫、万里、勇、白秋にも会ったりした。

野心も自信も家族を養う責任感もあったし、何よりも喰わねばならぬ彼は、早速小説にとりかかった。「菊池君」「病院の窓」といった北海道を材料にした三百余枚を書き、鷗外

にもあっせんして貰ったりするが金は入らなかった。このあとも、「二筋の血」「天鵞絨《ビロード》」などを書いているし、ツルゲーネフと競争しようとしたり、ゴーリキイの英訳本を読んだり懸命である。植木貞子という女性の訪問を度々うけて東京弁や風俗をきいたり、森鷗外を訪ねたり、京助から材料を仕入れたり散文詩を書いたり、勿論借金をしたりしている。その間に京子の危篤が伝えられて気をもんだり、といったぐあいである。幸い京子は治ったが川上眉山が自殺し独歩が茅ヶ崎で死んで彼を気落ちさせている。

六月二十四日と二十五日に一つの事件が起った。興に乗るままに徹夜して歌を作りはじめた彼はそのまま午前十一時までに百二十首作った（独歩が死んだのは前の夜だ）。翌日、頭がすっかり「歌になっている」彼は、何を聞いても皆歌になり、夜の二時までに百四十一首作り、そのうち父母のことを歌ったのが、四十首で、泣きながら。と日記に書いている。

いったいどういうわけで、こんな感興が起ったのか。そのことについて色々研究されているが、最も信用のおける意見はこうだ。

六月二十九日の日記に彼は、

「死という外に、安けさを求める工夫はない様に思える。生活の苦痛！　それも自分一人なら未だしも、老いたる父は野辺地の居候、老いたる母と妻と子と妹は函館で友人の厄介！」

と記している。

七月十四日の日記には、

「〝あこがれ〟を珍しくも取出した。あの頃が恋しい」

「古い日誌を取出して、枕の上で読む」

といって一日こうして暮している。そして、

「身一つ、心一つ、それすらも遣場がない今の自分！」

となげく。

こういう根元的な平凡な肉親や自分の過去に対する気持がいっきょに臆面もなく出てきて彼を揺り動かしたのであろうというのである（窪川鶴次郎「啄木の短歌」）。

それなら、もう一つ二つ、例をあげよう。七月五日、亡き姉の面影に似た人を通りすがりに見たり（よけいなことだが、この日は、白鳥に四年ぶりで会って、ブッキラ棒な応対にかえって気をよくして戻ってきた、あの日だ）翌六日、節子と妹から手紙がきて、妹はあやまってきている、といっている。啄木が何かいってやった返事だ。恋妻という我が一語に喜ぶ妻、この妻をしばり殺すほどに強く抱いてみたい、と記している。

そういえばこの頃、彼の書く小説はすぐ前の「刑余の叔父」にせよ「天鵞絨」にせよ、過去を思い起し、肉親を思い起すことばかりだ。それに六、七、八月は無収入だったからほとんど金は送っていない。以上のことが歌が噴出した理由だと考えてよかろうと思う。

　ここでもう一つ重要なことがある。彼は歌にうたうような回顧、肉親への思いのようなものは、直接小説では一つも扱っていなかったということである。啄木は、自然主義小説といっても自分の生活に即しすぎた、しかも女々しいことは書いてはいなかった。それ故に自分に即した分が歌の中に発露した。ここで「林中日記」を思い出していただければありがたい。

　九月六日、金田一の世話で下宿を出て、森川町の蓋平館別荘にうつった。東京毎日新聞に新聞小説「鳥影《ちょうえい》」が連載されるようになり、啄木は一息つくようになった。「明星」が廃刊になったあと、「スバル」は翌四十二年一月創刊された。啄木は発行名義人になっている。幸徳秋水の弁護人となった平出修の法律事務所が発行所である。「赤痢」「足跡」を載せている。ここまで一路小説を書きつづけてきた啄木は「早稲田文学」にのった、主人公は「誇大妄想狂だ」といった「足跡」の批評で気落ちしてしまい中断した。

　小説の内容は渋民小学校での辞表提出から始まるものだが、批評がまちがっているとはいえない。しかし渋民での自伝的長篇を書くとき、彼はたとえその部分がどうであろうと、英雄気取りの人間を書かぬわけには行かない。それをめぐって悲劇が起るというふうにもって行くつもりだったのではないか。もしそうとすれば啄木は自信をもつべきであったが、誤算があったのであろうか。たとえば『破戒』の感動を夢み、金が入ることを夢みていたのであろうか。評判のよくない金の入るあてのないものを書きつづける余裕はなかったことだけは間違いない。

三月、朝日新聞の校正係になった。母は上京を希望し六月十六日になって宮崎郁雨が家族を連れてきた。十五円で本郷弓町床屋の二階に間借りをしたが、下宿の方に百十九円余借金があって金田一の保証で十円ずつの月賦にして貰った。

十日の朝家族が上京の途にのぼったという手紙を見た啄木は、

「ついに！」

と思った。ついにやってきたという意味だった（「床屋の二階に移るの記」）。家族の上京におびえながら、彼はローマ字で日記をつけていた。

あわれみをうけたくない、愛されたくない、といっている。病気をしたい、そうすれば責任から逃れられる、愛されることは侮辱だ、というような当時としては珍しいいい方をしている。神よ死なせないでくれといい、いやそのくらいなら五銭だけめぐんでくれといったりしている。

写生文式短篇小説が横行するのに腹を立てている。それから、

《現在の夫婦制度——すべての社会制度は間違いだらけだ。予はなぜ親や妻や子のために束縛されねばならぬか？　親や妻や子はなぜ予の犠牲とならねばならぬか？　しかしそれは予が親や節子や京子を愛している事実とはおのずから別問題だ。》（明治四十二年

四月十五日）

というのが見える。

そうかと思うと吉原の女の肌を恋しがって出かけている。

ローマ字日記は四月七日から六月十六日にわたっている。どういうつもりでローマ字を用いたにせよ、ローマ字日記は、彼を解放し、その表現の抵抗のために他人を見るように自分を見たり、書きにくいことを思いつかせ、行わせ、書かせる役割を果したことは、その内容を見れば事実であることが分るのである。

　最初から不安のうちに家族は迎えられた。やがて節子が姑との間の不和と過労のために、盛岡に帰ってしまった。それを知って驚いた啄木は金田一などを通じて帰ってくるように懇願する。節子はやがて帰京した。

　この頃の半年間の日記は欠けている。どこまでも自分についてくると信じていた妻のこの行為は啄木にショックをあたえた。妻がよその男と逃げたのと変らぬどころかそれ以上かもしれない。あやまちというようなことではなく、積極的に夫を見すてたことになるからだ。貧と職とのことが問題となると逃れようもなく対立する。とくに文学観をくつがえしてしまうような性質の出来事であった。啄木が節子を裏切ったということを何一つしていなかったから尚更のことである。このあと秋水の事件などが影響をあたえることになっているが、この家庭事件の方が遥かにこたえたように私には思われる。

ローマ字日記は一応彼を解放したかもしれないが、どっちかというと泣言だという点もなくはなかった。そういう泣言はいっても仕方がないと彼は腹を決めた。これは大変化である。

原稿料かせぎもあって次々に仕事をしたと年譜にあるが、たとえばその仕事の一つ「食うべき詩」では、こういっている。「ローマ字日記」とくらべるといい。

《即ち真の詩人とは、自己を改善し、自己の哲学を実行せんとするに政治家の如き勇気を有し、自己の生活を統一するに実業家の如き熱心を有し、そうして常に科学者の如き明敏なる判断と野蛮人の如き率直なる態度を以て、自己の心に起り来る時々刻々の変化を、飾らず偽らず、極めて平気に正直に記載し報告するところの人でなければならぬ。》

そのあとで、

「まとまりがあってはならぬ」

といっている。

「（まとまりのある詩即ち文芸上の哲学は、演繹的には小説となり、帰納的には戯曲となる。詩とそれらとの関係は、日々の帳尻と月末若くは年末決算との関係である）」

「帳尻」とか「年末決算」という言葉は、借金のメモをとり、その統計を記していた彼らしいいい方だが、節子の帰京した十月二十六日からいくらもたってない十一月に書かれたものだが、その変化は思い当ることが出来る。一禎がいそいそと上京してきたのは十二月のことである。啄木の負担はいよいよ大きくなった。

明治四十三年に入ると、前年末から、増収のために引受けた二葉亭全集の校正を続けているが、四月『道』が「新小説」に載って「スバル」以外ではじめて稿料が入る。

この短篇は渋民小学校らしきS学校の教師五人が郡の教育会の授業批評会に出かける道々のことが書かれ青年教師が女教師と先にきて遅れてくる年輩の教師を待ちうける話である。作者は老年と青年との関係を象徴的に扱ったというがメーテルリンクなどの影響があるやもしれぬ。モダンな感じのするものだ。これは今読んでも会話のやりとりで運ばれて行くのが新鮮で、落着いたものである。

しかしながら「年末決算」という言葉にふさわしいのは、五月末から六月にかけて書かれた『我等の一団と彼』であった。作者は『道』よりもっと極限して現代の主潮を盛りこんだといっている。死後「読売新聞」に連載された中篇である。「極限して」とは、古い者は置いて行かれ、笑われねばならぬという一般的な関係から、それでは現代ではその新しい人間たちはどう生きているか、というつもりであろう。

新聞社の中におのずから党派が出来る。反対派に対して学問党ともいうべき仲間だが、敵があるわけでもない。反対党をあざけっていっしょにのんだあくる朝、紙ツブテなど投げあってふざけるという程度のものだ。彼ら一団が気になる高橋という男がいる。よほど馬鹿か謀叛をたくらんでいるか、女房の尻にしかれているかだろうという意見も出るが、ある機会から話しあうようになると、平凡主義を唱え、物には一得一失あるといい、「私」なる亀山に向ってきみは一番不穏な男であるが、それは単純だからだといったりする。そのあとで利己的感情の熾んな者に限って、周囲の景気が自分に都合よくなると直ぐ思いあがる。それと反対に、少しでも気に食わんことがあると、急に滅入って「下らない鬱霽《うさば》らしでもやってみたくなるんだね」といったりする、社会主義者でも無政府主義者でもない、利己的怠け者だという。高橋は肺病の松永という男にはよくしてやっている。亀山はあれはうさばらしにたのしんでるのじゃないかと疑ったりする。ある日、社を休んだ高橋が浅草の活動写真の小屋にいたことが分り、ひやかすと、活動はいい、という。批評をしなくともすむ。自分は自然を見ても心が休まらぬ。批評心がおきるのだ。一日分だけ世の中から先を走っている、記者の亀山は、休みの日、秋の日をあびて心が落着き松永に手紙を書く。

　高橋は『平凡』を書いた二葉亭がモデルになっているという。啄木は文学は男子一生の仕事ではない、という意味を前々から肌で感じていた。その二葉亭の編集にうちこんでいるうちにその思想がよく分ったのであろうか。それに彼の周囲のたとえば金田一のような人の意見なども入っていないともいえない。

高橋の話をじっくりさせて、ゆっくりときくという形をとっていて「道」と同じように会話が多い。会話をきくことによって高橋がだんだん分ってくるようになっている。

「不穏」という断片がある。企みをもった男が街をうろつきまわる話だ。梶井基次郎の『檸檬』を思い起させるし、これは執筆年月日がはっきりしないが、亀山はこの男がはめこまれたのだろうということは想像がつく。

もう一つ、四十二年三月二十四日に書かれた「島田君の書簡」という断片がある。新聞記者島田が、電車に乗って、電車は走り続けるがよい。乗りたいものは飛乗り、降りたいものは飛降りするがよいと思うような話で、僕自身に革命が起ったのだ、といっている。しばらくあとに書かれた漱石の『それから』の終りのところと似ているではないか。

忘れていたが『我等の一団と彼』の高橋については、その女房が若い男と逃げていることがわかるところがある。この小説に描かれている一種閉塞された世界は、批評心が休むからというので、画面の動く活動を見るとか、そのほか、現代と不思議に似ている。

六月五日、幸徳秋水事件が起きてショックをうけた啄木は西川氏を訪ねたり、社会主義の本をあさったりしていたが、評論「時代閉塞の現状」を書いた（八月下旬）。魚住氏の朝日の論文（「自己主張の思想としての自然主義」）に対抗したものなので、朝日に載せて貰うつもりだったが、死後しばらく人目につかなかった（魚住氏の文章の数日あとに書いたなどとは早すぎるという意見もあるそうだが、早過ぎはしないと思う。考え続けてきたことであるのだから)。

これは今読んでも驚くべき明快な必要なことしかいわぬ論文で、これ一つでもどういう眼力をもった男であったかがはっきりする。彼の今までの持論をもとにしたもので、文芸上の問題だけでなく、真実を見る必要を訴えたもので、浪漫主義から自然主義を経てようやく辿りついた、明日への考察といったものである。

この文の最後で彼は、

「私が文学に求むる所は批評である」

と結んでいる。この批評は時代に向ける批評ということを含んでいる。

ここで『我等の一団と彼』の高橋がどうしても思い起されてくる。啄木最後のこの小説を書いて二カ月後に、この論文では、高橋の立場をふり切ろうとしていることは一応事実である。しかしもともと高橋は、ほっておけば批評してしまう男である。高橋がいっているのは、結論だけで、彼の中へ入ると批評の波は揺れ動いている。いってみれば亀山と同じ穴のムジナであるし、啄木自身でもないことはない。

さて、もし亀山が秋の日差しを浴びて寛いだ気分になっているだけでなく何かをしようとしてどんなことが出来たであろうか。啄木はそういう行動をとる男を書きたかったかもしれないが、それを小説として書くのは非常にむずかしかったようだ。総決算としてのものである小説は、後退したところでないと作品化されないからだ。しかし啄木は歌の方では、その時々の気持を、矛盾していてもうたうことが出来た。

「朝日歌壇」の選者にもなったし、いくらか歌壇から認められるようになったが、父母も妻も病気がちになり、啄木自身も夜勤をやめた。そういう彼にあとになってみると画期的な事件が起きていた。二十円の前金をもらって約束が出来ていた、『一握の砂』が十二月一日に出版された。

「東海の小島の磯の……」「いのちなき砂のかなしさよ……」「たはむれに母を背負いて……」「わが泣くを少女《おとめ》等《ら》きかば……」「鏡とり……」「知らぬ家たたき起して……」のようなちょうど梶井の「瀬山の話」に出てくる話のような歌（「知らぬ家たたき起して逃げ来るがおもしろかりし昔の恋しさ」、梶井の断片「瀬山の話」では、瀬山は自分の下宿の前で夜、瀬山さん、と呼んであと逃げてしまうという話がある。こういうイタズラは潤一郎の小説にもあったような気がする）。「友がみなわれよりえらく見ゆる日よ」のような。「その昔……」「やはらかに柳あをめる……」「石をもて追はるるごとく……」それから渋民をうたったもの。こう抜き出してくるときりがないが、これが「我を愛する歌」と「煙」に入っているものだ。

このあと「秋風のこころよさに」「忘れがたき人々」「手套を脱ぐ時」というタイトルで歌が選ばれている。それらの多くは多種多様な小説の中の一部分になりそうなものである。

といって物語的なものではない。彼のいうようにキレギレでそれがかえって生きている。虚子が明治二十九年に子規に小説的であるといわれた俳句よりはずっと小説的で人間くさく屈折があり、俳句を遂に作らなかった啄木の特徴を出している。

　ここに歌われた世界はどういうふうに厳しくいっても分り易く、歌の約束を破って、読む者にとって直接に自分のことを歌ってくれたように思えるものであった。金田一への献辞も見えるが、社会主義を口にし出してからは、あまりつきあってはいなかった。

　翌年（明治四十四年）に入ると、啄木は秋水事件の弁護人・友人平出修のところへ出かけて行って、特別裁判記録や、幸徳が獄中から弁護士団に送った書簡などを借りて読ませて貰ったのが転機となって、土岐善麿と「樹木と果実」という文芸誌を出そうということになった。青年に社会批判の自覚をもたせようというものであった。そのうち幸徳らの判決が下った。このあと啄木はわずらいがちになりクロポトキンの自伝を読んだり印刷所がつぶれて雑誌が出ずつぎこんだ金が戻らなかった。啄木晩年の一家におそいかかった最後の惨《むご》い生活がはじまるがこの間に『悲しき玩具』の作品のノート、それから『呼子と口笛』の中の詩が作られている。

　この中でいくつかの身辺の事件が起きて、彼の輝かしい願望と裏腹に、いよいよ他人の世話になり、療養費どころか食べるものもない、着るものもないという有様になったのは、今迄の事情からしてみるとあたり前のことともいえる。月給もボーナスもずっと死ぬまでもらっていたが、焼石に水であった。したがって啄木は彼と考えの違う人の人情にすがらねばならない。それればかりではなく彼は、どういうふうに思いを進めたか分らないが、無政府主義になるのは、具合が悪くてやはり国家というものを考慮に入れたものでなければならないかもしれないと思ったりもしたらしい。金田一京助の言葉（「晩年の石川啄木」筑摩書房版、啄木全集第八巻）によると、弱り切った啄木が訪ねてきて話して行ったというからである。弱音を吐いたのかそうでないか、そういうことは私には興味はないが、これは真実であろうと思う。その考えは明治四十二年の「きれぎれに心に浮んだ感じと回想」の中に、

「私自身は、此頃初めて以前と今との徳富蘇峰氏に或聯絡を発見する事が出来るようになった」

とあるからであるし、無政府主義はいってみればもともと前からあるロマンチックな夢であった。放屁もストライキも、老年に対する青年も、文芸活動の底にある気概も、真実を必要とするという考えも、みんな無政府主義と縁が深い。ところが、彼は渋民で他国者を嫌い、自分を中心とした一つの天地を作ろうというのだから……そして東京に出ても、雑誌を創刊するにしても、そのもとにはその考えがあった。それを冷静につじつまを合わせると、さっきの「国家」というようなものが入って来ざるをえない。

今日もまた胸に痛みあり／死ぬならば／ふるさとに行きて死なむと思ふ

「労働者」「革命」などといふ言葉を／聞きおぼえたる／五歳の子かな

たゞ一人の／をとこの子なる我はかく育てり／父母もかなしかるらむ

庭のそとを白き犬ゆけり／ふりむきて／犬を飼はむと妻にはかれる

『悲しき玩具』の中の任意にとり出したこういう歌（歌として必ずしも上等の部類に属するかどうかは別として）からほのみえるものは、そこに病人だからということがあるにせよ、私がいったことを裏書きしているようだし、それはよく考えてみると『我等の一団と彼』という小説の世界に近い。

『呼子と口笛』の中にある「墓碑銘」というのは一人の労働者の死をうたったものだが、最後はこう結ばれている。

彼の遺骸は、一個の唯物論者として／かの栗の木の下に葬られたり。／われら同志の選びたる墓碑銘は左の如し、／「われには何時にても起つことを得る準備あり。」

実在の人物が美化されている観念的だという評もある詩だが、これには素朴なあこがれの力がある。それでどうしていけないか。それが啄木なのだから。「飛行機」も「今朝も、ふと、目のさめしとき、／わが家と呼ぶべき家の欲しくなりて、／顔洗ふ間もそのことをそこはかとなく思ひしが、」とはじまる「家」という詩も今にしてみるといかにも啄木そのものに思えてならないではないか。

四十四年から四十五年の間にあわただしく生活の方の総決算が行われた。節子は田舎へ帰って生活を建て直そうとしかかったが、自分も病におかされた。父は家を出た。母は死んだ。宮崎郁雨は節子に恋文を送り、啄木は借金し放しの彼を義絶した。金田一京助と節子、啄木との間に三角関係があったという噂もこの頃きく。近代人啄木がつけていた日記は心の揺れが批評あるが故に人をうつし、書簡は屈折に富んで、とくに借金するときのは面白いといわれている（啄木の書簡には、批評家、小説家の才能が見られる。大作家ドストエフスキイの借金をする手紙と較べると面白い。このロシアの作家はその手紙では一人物と化して泣言をいっている）。

その書簡を紹介するスペースがなくて残念だが、ほんとうは借金が嫌であったに違いないと語る宮崎郁雨の「啄木の借金のこと」によると、合計一三七二円五十銭になっている。啄木の書いたメモである。宮崎はもっとうまい借り方があったのに、となげいている。

漱石の書簡集をひろげて見ると、最初の五、六年の間は子規へあてたものに限られている。十通ぐらいもあろうか。ところが当時の子規の書簡集の場合、漱石あてのものは、ほんの一部である。子規が自分よりさきに松山から上京している友人にあてたものやら、二人のオジにあてたものやら、そのほか上京後、友人・後輩にあてたものの中に隠れてしまいそうである。

これは、誰でも知っていることであるが、実質は別のことであって、その証拠には当時子規が書いていた草稿の一つ『筆まかせ』（明治十七年から二十五年までの、随筆ふう、ノートふうのもの）の中に、わざわざ何組かの漱石と自分の往復書簡を書きぬいて見せ、それに面白おかしく注釈も施し、彼独特の、悦に入ったようなまとめ方をしている。つまり自分達の書簡を材料にして、ちょっとした作品の体裁をとらせているのである。何かそこには子規生得のものがほの見えている。このこと自体にユニークなものがある。これからも繰返して出てくるところの子規のおどけた戯作調の態度もそこにあることは事実だが、もっと大切な態度がそこにある。

明治二十二年の四月に子規は友人を訪ねがてら水戸方面へ旅行をして那珂川を下る舟の中でおこりを感じた。喀血の前ぶれのようなものだったらしい。二十六日、彼は「悟り」という題の面白い演説を、寄宿舎で行なった。この寄宿舎は本郷真砂町の渡辺一夫先生の隣りに当るところで、松山藩主の久松家が同郷出身の書生のために開放したもので、子規は久松家から七円の奨学金をもらい、ここに入れて貰っていた。演説「悟り」とは、寄宿舎にいる友人たちの「悟り」をめぐっての意見や生活を中心にしたもので、そんなことを話題にしたあと餅菓子と焼きいもなどをやたらに食い、「今夜は遺精をやりそうだ」などと話しながら寝たところ、やはり明方に精液をもらした。

朝起きて学校へ行こうとすると、何やら心に異常を呈し、もう生死のことなど考えないようになっていた。学校に行っても、いつものように苦しいとも思わなかったが、十時頃下校したときには、いくらかネジが戻り、煩悩も再発しかかり、午後向島へ行き、浅草など歩く時分には、もとの状態になり、浮世の中にあった。この演説には特に結論はないが、みんなの知っている学生が登場するし、恐らく喝采を博したものであろう。

結核による彼の喀血は、そのあと五月九日の夜おこった。前年に二度血を吐いているから、これで三度目である。五月十三日漱石は子規に手紙を送り、入院をすすめ元気づけ、和三郎兄がやはり病床にあると述べている。血をはくというところから、こう時鳥《ほととぎす》が多くてはさすが風流人の自分も閉口の外なし、と書き添えている。これが漱石書簡の第一である。

子規はこのとき時鳥の俳句を四、五十作ったり、漱石は女の子の泣かぬよう養生せよ、とふざけながらいたわっている。

子規は、七月、この年開通した東海道線を利用して帰省し、九月、『啼血始末』という不思議な文章を書いている。

判事、閻魔大王。立会検事、牛頭赤鬼。同、馬頭青鬼。それに被告の子規が登場している。

《判事閻魔大王「今日より其方《その》被告の病気に付取り調べをするから本官及び検察官の問に応じて逐一に答えよ。尤《もつとも》其方は読書したこともあり且つ哲学などと生意気にひねくる者と聞きし故、人を欺《あざむ》く様なこともあるまいが、念のため言いきかすから其《その》心得で居るがよかろう。

被告子規生「承知致しました。

判事「其方の姓名は。

被告「以前は蒲柳病夫と申したこともありましたが今日ではそれは用いず、専ら子規生という名を用います。又字の様に子規と書くこともあります。又ある友だちが都子規《ツネノリ》とつけてくれました。

検事赤鬼「被告は丈鬼という名もあるよし聞きしが、これは本官の名と似ているが何か関係のあることか。

被告「これは鬼貫から取りましたものでございます。御疑のすじなれば鬼貫へ御尋ねを願います。》

といった調子で始まる。原稿用紙で三、四十枚ぐらいのものであろうか。十年だけしか寿命をやるわけには行かぬと宣告が下るのに対し、貧困のせいだと反論すると、その方、すぐに金、金というが、金があったとて何もかも自由になるものではない、といわれ、閉廷となる。じっさいには、子規は、この後十二年ばかり生きることになるが、そういうことは別として、それまでこのような組立てで誰が自分の病気のことを書いたであろうか。

この「始末」にも要するに始末が書かれているのであって、それ以上の結論は内容的にはない。自分という一個の人間が喀血したということはどういう現象であるか、ということ、自分という人間は子規（ほととぎす）という一個の名前をもった人間であるということ、喀血から子規と名づけ自分を元気づけたことが、客観的にはどういうことをあらわしているのか、ということ、それら諸々のことは、つまり天地自然の中で自分の位置づけをしようとしているかのように見える。

明治二十二年（二十二歳）に書かれたこの『啼血始末』は、いうまでもなく素朴なものではあるが、直哉が書いた『范の犯罪』や、横光の『マルクスの審判』をちょっと考えさせる。

さて、『筆まかせ』の中にある、漱石との往復書簡は、明治二十二年の八月三日付からはじまっているが、そのあと翌二十三年の正月頃のが中心をなしている。

漱石は、『啼血始末』を書いたあと上京し、不忍池あたりに下宿をうつしてそこで書いた、子規の『水戸紀行』を読んでいたと見えて、その和文体がなよなよしている、とか、手習いばかりするのではなくて idea そのものこそが問題だ。お前さんは病人であるのだから、それを責むるのは酷なようだが、手習いなんかやめて、その余暇でもって knowledge をつけたらどうですか。こういうと、こっちのことを例によって冷笑しながら「馬鹿な奴だ」といわんかね、兎角、御前の coldness に恐入りやす、とふざけた口ぶりで結んだりもしている。

これに対して子規が返事をやったと見えるが、それは残っていない。そのあと漱石がよこした長い横文字のいっぱい入った手紙は、要するに idea、つまり、あとでよく漱石の使う趣向が問題で、レトリックが之に加ったときに一番いい文章になるのだ、というふうにいい、この二つのもの（アイデアとレトリック）の組合せを六つあげている。こういうやり方は、あとあとの漱石の意見とも同じであるし、そうした分析の仕方は、やがて「文学論」にも発展するものである。そうではあるが、何だか子規のお株を奪ったみたいで、この手紙を受取った子規は苦笑したかもしれない。しかし子規はレトリックとアイデアとの二つを比較するのは論理学的に間違っている、とわざと漢文に英語をまぜて書いている。

　二人のやりとりは茶化し合うことが多くて、あるときは子規は漱石を「旦那」と呼び、漱石は子規を「妾《めかけ》どのへ」と書いていることもある。威勢のいいところを子規に見せて、お前は女々しいというかと思うと、女義太夫に芸のいいのがいてきれいに見えた、と漱石はいってやる。子規は芸か女そのものかどっちが先か分るものか、といいかえす。

　このときの二人の関係は、一口にいえば、子規が和文の手習いをしている一方、漱石は西洋文学をもとにした趣向を勉強している、ということになる。しかし、それは一応はそうだが、表向きのことであって、それがそう簡単にいいきれるのなら問題はない。漱石自身がまだ何もこれといった散文の文章を書いていたわけではなかったからである。

　この年（明治二十三年）の七月に漱石の手紙が田舎にいる子規のところへきた。この中には浮世がいやになったといったふうのことを、メンメンと書きつらねてある。何の因果か女の祟《たた》りで、この頃は持病の眼が悪くて読書も出来ず、したがって九月に会っても、お前さんを驚かすほど勉強していないから安心せよ、その代りよく睡眠をとるから、夢の中に美人を見る功徳もある、という。八月九日付の手紙の中には『方丈記』の英訳の文章も入っている。こういう愚痴っぽい手紙はお前さんにやったのは始めてだから、苦い顔をせずに読め、ともつけ加えている。

女々しいといえば、漱石のこの手紙は子規の方からすると、いい餌をあたえられたことになる。漱石の方も餌を与えるつもりもいくらかなかったわけではない。男同十の青年のなれあいというものは、男女の間柄よりも甘いくらいのものだからである。

ところが、これに対して子規は当然のことながら、

「何だと女の祟りで眼が悪くなったと、笑わしやがァらァ」

とやっつける。こういうことになると子規の独壇場だから、得意の易でうらなって見たところ、とくる。君は、眼疾を粋病と間違えて女にいいより、女にかまれてケガをすると出た、と実に上手に、いってやる。そのうまさは短いスペースでは披露することは出来ない。江戸っ子の向うを張って、しかも粘りっこく、その諷刺的きどりも、江戸っ子の漱石の比ではない。漱石の手紙もそうであったが、子規の方も俳句やら漢詩やら英文やら総力をあげて野次りとばしている。

女の祟りというのは、非常に一般的にいったものであろう。青春時代の特定の女のいない若者たちの話にはこうした文句が入ってくる。面白がった見せびらかしでもある。それに子規のことを「妾」と手紙の中で呼び、「あなた」と子規にふざけたりしたことのある

漱石が、子規の祟りで、と面白くいっているのかもしれない。

「女の祟り」というい方は、俳句や何かで狂女を扱うのと同じように、何となくよくつかったいい方で、当時の男ぶった男たちがもつコンプレックスからの発想だったかもしれない。

私は「漱石」のことを書いたさいに（本書「狂気と羞恥」）、漱石が、頭の状態がおかしくなったときに、「女に気をつけろ！」とどなったということを書いたおぼえがあるが、このユウウツがっている当時の漱石はいくらか頭がおかしかったかも分らない。だいたい眼病というのが、もともと明治二十一年の初めにかかったトラホームというのがもとで、ずっと治っていないらしかった。このトラホームというのにしても、自律神経失調症からきたものであったかもしれない。いずれにせよ、こういう手紙や小説にはおかしいところが少しもあらわれないんだから、勝手に推測するだけのことだ。だから「女の祟り」というのも案外、誰にも分らぬ暗示的意味合いがなかったとはいえない。

とにかくそれはそれとして、表面上は「女」をもってきたりして、ユウウツな状態を披瀝したのだが、子規の方も上京してから、たえず脳の具合が悪いと訴えている。どうして、こう脳の具合が皆悪いのだろう。悪いというのだろう。

この往復書簡のタイトルとして、子規は「鬼の目に涙」とつけて編集している。鬼とは自分のことであろう。級友の中で漱石は、眼疾のためか、夏目という苗字のためか、その眼つきのためか（このことも十分に考えられる。私が本書で漱石のことを書いた文章の中の〝漱石の眼つき〟のことを読み直して貰いたい）、the Eyes（目）というアダ名を貰っている。これに対して子規は the Cold というアダ名だ。冷血漢とでもいうつもりであろうか。『筆まかせ』の中でアダ名一覧表を子規はノートしている（こうしたことについては後で述べることにしよう）。夏目の目にも悲しいユウウツの世をはかなんだ涙がうかんでいるが、それを読んで冷血漢も思わずホロリとさせられた、というふうの二つのことをかけているととった方がよかろう。いずれにせよ、そのレトリックはしたたかなもので、その逞しさにかけては漱石の比ではない。漱石は例によって煙にまかれ、あきれたに違いない。

漱石はその返事に、「女祟の攻撃昼寝の反対奇妙〳〵然し滑稽の境を超えて悪口となりおどけの旨を損して冷評となっては面白からず」といってやるが、けっきょく、そのあとに漢詩をつけ足して、一人は喀血するし、一人は愚劣なことをいう。きみの病気は治るがこっちは治らん、といったぐあいのことを述べてさようならをしている。

その返事に子規は漱石を笑わせてやろうと思って一生懸命に書いたのが、きみの忿怒を買ったとは恐れ入った、と大ゲサにいう。そして漢詩と俳句をのせ、御一笑に候。俗世界へ手紙を出すことは先ずこれにておしまい。と書いたあと、子規は琵琶湖いったいの旅行へと出かける。たった一度の甘えを子規がここぞとばかりやっつけた。こういう弱音を子規が吐かなかったわけではない。ただ青年のこうした鬱病状態の中で訴えたりはしなかった。

私はこう書いてきたが、「女の祟り」については、表面はふざけているが、具体的に彼を悩ます事件が起った、という想像もされないことはない。そうとすれば勿論、彼の多くの小説、とくに晩年の『明暗』の清子のように、自分の意志をハッキリ伝えぬがために恨みを抱いて去って行った女が、こちらにあたえる心理的いたみ、のようなもの、というふうにもとれぬことはない。その場合も漱石の病的ともいえる想像力が働いていたことには変りがないと思う。この文章が出来あがってから気づいたことだが、『虞美人草』の第九章に「紫が祟ったからである。祟があると眼玉が三角になる」とある。紫とは藤尾のことで、眼玉が三角になった男は小野である。

『筆まかせ』の中の往復書簡のノートはこれで終りとなるけれども、せっかく紹介したから、もう少し二人のやりとりを続けることにしたいと思う。

以上の文学論などをめぐっての手紙のやりとりのあった翌年の明治二十四年には、子規は前述したように（本書「虚子」参照）、碧梧桐《へきごとう》や虚子に俳句を教えている。虚子という名を、高浜清にあたえているのもその頃だ。後輩たちには文学をやるについては色道にふみ迷ってはいけないという注意をしている。文学少年が続々と子規のあとを追って上京しようという気配があり、郷里で甚《はなは》だ不評判であったせいもあろう。ちょうどその頃であると思うが、夏のある日、漱石は、兄和三郎の妻が妊娠中のエソがもとで病死するという不幸に遭っている。あの有名な手紙を松山にいた子規に出す（二十四年八月三日付）。当時子規は漱石にも俳句を盛んにすすめて教示を垂れた。和歌から俳句と変ってきた子規は、既に俳句の方面では漱石の先輩であり自信があった。漱石は、子規の俳句を見事だと賞めたあと、嫂《あによめ》の死を歎じ、一族には珍しい完全無欠な、まことに敬愛すべき女性であったといっている。その姿が、夫や自分のところにホウフツと現われてくれてもよいと思うともいい、嫂を恋うたりする俳句を添えているのは、「漱石」のところでも述べた通りである。

子規はこの手紙に対してどういう返事をしたか分らないが、その後の漱石の手紙（九月十二日付）によると、子規が漱石のヘリクツをゆるしてやる。その上で指図するというようなことをいってやったことが分るだけである。直接嫂のことについてのことや嫂の死をいたむ俳句については子規がどのようにいったのか分らない。

そのあと、子規はその頃新聞に連載されていた『明治豪傑譚』という本を送り、気節をもつべきだ、と忠告めいたことをいってやったらしい。漱石はこの手紙に反撥して二度も長い手紙を出している。子規は意と智によるのが気節のもとであり、これのないやつは道徳的にはだめだからきって捨てるというようなふうのものであって、これには漱石は驚いた。何という浅薄なことをおれにいってくるのだ、と思った。

そこで漱石がどう答えたかはここでは問題ではないから省くが、さすが漱石の論は大人的であって、人間の片言隻句だけでは気節のあるなしが分るかといったり、たとえば多妻論は、ヤソ教より見れば、論理的であるかないかは別として悪説だし、進化主義者も神造物主義者から見れば悪説、社会主義は高天原連より見れば悪説だ。道徳といっても、何がいいか悪いか難しいのだ、という。だから自分は厭世的になっても仕方ないのだ、と強くいっている。それにきみは前の意見とは違うではないか、そんなに反対のことをいい出すのでは話にならんというふうにも述べている。

一見茶化し合いのような『筆まかせ』の往復書簡のあと、二十四年四月二十日付の手紙で突然、漱石は子規の手紙（文章も入っているかもしれない）を見て、びっくりし、狂乱怒濤のフンイキがある、自分も狂にくみせん、と絶句している。

子規の文にはどんなことが書いてあったのか。『筆まかせ』の中のものの可能性もつよいようだが、『啼血始末』か、「悟り」の文章か。

とにかく子規はまるで若い弟子たちにいってきかすような道徳論、豪傑論をぶった。事実弟子たちにいっていたその調子が、つい漱石に出てしまったのであろうが、もっともらしい気節論を吐かせた動機となったのは、どうも嫂のことを語った漱石自身の手紙のような気もする。

ついでだがいっておくと、私は漱石と嫂とが何か深い関係があったというふうには思わない方であることは、本書の「狂気と羞恥　夏目漱石」のところで述べた通りである。嫂のことがつよい印象で残っていたことは私も大いに認めるが、それとこれとは違うのが、漱石の面白いところであろう。嫂と深い関係があったとしたら、漱石は、敬愛しているとか、いうようないい方で子規に手紙を書くということはまずしないであろう。当時の男同士というものは、なかなかそういうことにはうるさいケジメというものをもっていたと考えた方が納得がいく。子規の方もそのようなことがあったとはとらなかったに違いない。が、とらなかったうえで、激励するつもりで、一つ演説をぶつぐらいのことはしたのであろうと思う。しっかりしろ、the Eyes というぐあいに。

嫂についての私のこの意見に対しては、反対のこともいえるので、格別固執する気はない。いずれにせよ子規は、そういう私生活上のことでは、へこたれていると激励する方で、こまかく男女の内部に立ち入って考えるようなことは全くしなかった。

意志の力をつよくもって、子規自身が尊敬していた小説家露伴のような小説を書いてみようと既に学校の方は放棄していた。彼は張切って常盤宿舎を出て追分に一室を借りた。ということはもう久松家の厄介にはならぬということだった。子規が漱石に気節論などをぶったのは実はこの自分の覚悟のアオリであったと思う。

ここにこもった子規は、小説の難しさを歎じながら、不安で仕方がなかった。面会謝絶の札は出ていたが、漱石は裏からでも入って行ったのだろう。子規は便所へ火鉢をもって行ってキンカクシを後ろにして入り、出てくるとその火鉢に二人で当ったり、何か焼いて食べたりするというふうで、閉口した。子規はやがて自分が脱稿する小説は傑作で眉山や紅葉ぐらいの程度のものだといったりするものだから、ほんとに閉口したが、えらいマヤカシだったと漱石は述べている（「ホトトギス」子規七回忌号）。

この小説が失敗に終ったことは有名である。子規に限らず漱石にしても、当時、大した小説らしい小説は書けなかったのであろう。二人は二十四歳であったが、眉山や紅葉のタイプではなかった。

二人の手紙のやりとりを辿ってきたが、二人の相違や共通点が分っていただけたと思う。何のかんのといいながら実作を通して、子規の様子を見、おされながら少しは子規のいう通りにしている漱石の姿や顔が見える。

私がほんとにいいたいことは、子規が往復書簡を材料にしてそれに註釈を施して出して見せているということである。

たぶん彼は小説のことや新しくはじめた、ある大事業のことがなかったら、それに並行して俳句への没頭がなかったら、明治二十四年に入ってからのこういう漱石の手紙とそれをやっつけた自分の手紙とを並べて註釈を下すことをその後も続けていたかもしれない。彼は俳句の道で豪傑になろうとしていたのだから。それには意志力と智力がいる。

俳句分類という大事業をその頃やりはじめていた。これは不思議に『啼血始末』や「往復書簡」と似た趣向のものである。正に趣向のものだ。漱石が趣向というのなら、これまた別個の趣向だ。

もともと子規の父は松山久松藩の下級武士の息子で、早く父を失うと、母方の祖父で儒者の大原観山のところへ通って漢文を習った。勿論出来がいいから可愛がられた。そのあと松山中学に入ると碧梧桐の父河東静渓から漢詩を習っている。回覧小雑誌を作っている。書画会も作り、山水画もかいたりする。物資の豊かな松山は特にこうした気風がつよかったところかもしれないが、最初の県会が出来たところだそうで、土佐から自由民権論者が入りこんできたりして政治熱がさかんなところだった。政治熱が少年子規をとりこにしたというが、これは子規一人に限ったことではない。この時の愛媛県権令岩村高俊に可愛がられた内藤素行（鳴雪）が、若くして学務課長に抜擢され、やがて常盤寮の二代めの監督になる。

子規は後見人である母方の叔父・大原恒徳氏を説得し、中学途中で上京して、外交官であったその弟の加藤恒忠を頼り、「日本新聞」をやっていた陸羯南《くがかつなん》にも会った。大原氏にもやがてフランスへ渡った加藤氏にも子規は筆まめに連絡し続けるが、寮を出て「日本新聞」に勤め出してから、大原氏には生活の補助を、加藤氏には薬餌代の援助を申込み続けている。

本郷真砂町の常盤寮では子規を中心として文学熱が盛んになり、そのうち漢詩をやっていた内藤鳴雪までがいつしか俳句を作るようになっていた。もう一つ寮生の間で流行しだしたものがある。それはベースボールであった。子規らは「一人引き込み、二人引き込み」して遂に二十人ぐらいのベースボール仲間を生ずるに至った。寮生は二十八人いたというから三分の二である。上野公園の博物館のそばに吉原遊廓の駆黴院があり、その跡である二、三百坪の空地があった。どうしてこんなところにそんないかがわしい病院があったのか分らないが、そこへ棒と皮のボールをもって彼らは出かけていった。グローブはなかった。

そのような勇ましい戦闘的遊戯のために、それまで流行していた「トランプ」の方はすっかり下火になってしまった。つまり、一高のベースボールを子規が友人と取り入れて「ボール」会を作ったのである。二十三年の三月頃に興行されたときは第四回大会であったそうだが、子規は赤組のキャッチャーをやっている。ときにはピッチャーもやっていた模様だがやっぱりキャッチャーを守るぞい、というわけだったと思う。何故なら、キャッチャーとはいかにも彼らしいではないか。この位置にいて叱咤《しった》激励するのを、彼はもっとも得意としていたにちがいないからである。

当時は外人が軽気球を上野であげたこともあったという。軽気球をあげるわけにもいかぬから、せめて野球で外人に張り合うつもりもあっただろう。

その年五月にも隅田川吾妻家に常盤会寄宿舎のベースボール会が開かれた。「ベース四個、バット一本を買い来る。バットは即日折りたり。又新しきものを購いに行くなど混雑一方ならず」という文章が見える。彼らは自分たちだけで紅白二組に別れていたのみでなく、一高へも試合をしに行き敗けて帰った。

子規が二十二年の十二月三十日松山に帰ったとき、野球の存在を碧梧桐に教えた。子規は血を吐いてからもさかんにやっていたらしいが、これはその前のことだ。彼は門前に誘ってこの郷里の後輩に兄の鍛氏から言付かったボールを見せ投げたり受けとらせたりした。ソウ、ウマイ、ウマイとおだてられた、と碧梧桐は懐古している。そのうち相当に強いタマを投げたりもしたのであろうと想像する。それからルールを図解してくれた。この後輩は俳句を習う一年前に野球の方の手習いの指導をうけたのである。

《きょうは珍らしく元老が出かけるそうな、という元老の一人に子規も加わっていた。私は球をうける散兵隊の中に加って原の一方の隈《(ママ)》に立っていた。一通り打順の済んだあとで、子規が打方に立った。イヨーなどと囃す声も聞えた。二つ三つ打ってる間に、どうしてか空ばかり打つようになった。バットを十ぺん振って、やっと一つあたる位だった。上衣を肌脱ぎにした、真白いシャツが私の目にも何かを暗示するように沁み込むのだった。空を打つバットを気にしないで、元気よく振り廻はす力強さが、私自身をきまりわるがらせた。と同時に子規に対する気の毒さが湧いた。私達が顔や手足を洗って部屋に帰った頃、子規は私の部屋で兄と話していた。まだ肌も入れない、シャツのままで敷居に腰をかけるようにしていた。乳のあたりに刷毛で刷いたように赭土の泥がついていた。

馬鹿にくたびれたわい、バットがあたらないと、一層くたびれるようじゃナ。しばらくやらないと、ちょっとした呼吸を忘れる……恐ろしいもんじゃナ。

子規がこんな事を言っているのを小耳にはさみながら、きょうに限って血の気のない、艶のない、蒼ざめた其の横顔をぬすみ〳〵見ていた。顎の関節のところが、お能の面のように刻み出されているのでもあった。》（碧梧桐「子規を語る」）

明治二十四年三月より六月の間の出来事で、この時からあと子規はバットを握らなくなった。前年文科大学国文科に入学したが、ドイツ人ブッセの哲学概論などの試験に苦しみ、と年譜にある。といっても、俳句や和歌を作っていたらしい。やがて学年試験を放棄する頃のことである。彼の結核は治っていたわけではなかった。

野球という訳語を作った一人は、少なくとも子規であることは間違いない。そのほか野球に関する訳語を全部作っている。その一部は今も使われているが、そういうものを作ることに彼は、ベースボールを行うのと同じような、尋常でない喜びを抱いていた。

明治二十九年「日本新聞」に連載した「病稍〻間あり、杖にすがりて手のひら程の小庭を徘徊す」からはじまる随筆「松蘿玉液」の七月二十三日と二十七日にベースボールについてくわしくルールを記している。たとえば、そのうちの「ベースボールの球」の項には、こう書いている。そこから私たちは何を感じるであろうか。

《ベースボールには只一個の球《ボール》あるのみ。而して球は常に防者の手にあり、此球こそ此遊戯の中心となる者にして球の行く処即ち遊戯の中心なり、球は常に動く故に遊戯の中心も常に動く。されば防者九人の目は瞬時も球を離るるを許さず。打者走者も見ざるべからず。傍観者も亦球に注目せざれば終に其要領を得ざるべし。》

といったぐあいである。ここに彼の眼が光っている。只のルール解説に傍観者のことは書かれないはずである。彼はくりかえし、傍観者は球を見ることが肝腎だとくりかえす。やっているものばかりではない、観客が見て面白い、とたたえているし、その代り危ないから後方と両側で見るのが宜しいともいっている。

了規という男はまことに不思議だ、とつくづく思わざるを得ないのは、この喜びにあふれたベースボール解説のようなことを早くからやっていることである。

読者はベースボールがいかに彼の趣向に合致していたものであったかということや、ベースボールがただのボール遊戯以上のものであったことが次第に分ってくるに違いない。

子規全集の少年時代創作篇の一巻には、少年時代の詩篇やら、漱石に無視された和歌、俳句、漢詩ののっている『七艸集』やら『啼血始末』やら『水戸紀行』をはじめとして随筆、大学のレポート、文学論文をはじめとして例の『筆まかせ』がある。ここには、彼の興味をひくことが随時にかかれているが、彼の特徴がそこによく出ている。

《そも汝はいずくの馬の骨ぞ。面を見れば乞食の人相あり、打扮《うちぶり》を見れば仕事師にや、はた小使にやと疑わる。何物かと人に問えども知らず、汝は誰なりやといえば自ら笑わんと欲す。忽ち我なりけりと心づきて独り呆るるのみ……》

これは明治二十一年に書かれた「写真の自讃」という文の一部分で、吾妻橋から飛びこむわけにも行かんから独立独行、がんばりましょうというもので、せいぜいうまいもの食って糞袋のからにならぬように努めようといっている。

自分を見つめている彼の眼は、野球について考える彼の眼と似てはいないだろうか。球の行方が遊戯の行方だと感じる眼といってもいい。

明治二十二年、松山に帰省したとき、直ちに「帰郷中目撃事件」として次のように記した。

《本年夏期帰省して一昨年と変りたるものの著きものをあぐれば左の如し。

一、三津港に高き烟突の多くできしこと
一、三津松山間に軽便鉄道出来し事
一、我家の移転せしこと
一、老人のます〳〵弱り小児の非常に大きくなりしこと
一、親類に顔を知らぬ子の多く出来し事
一、家並のよくなりしこと
一、少しらしき家には陸軍歩兵少尉中尉大尉などという標札の必ずかけあること
一、立花橋が鉄橋風にできしこと
一、新道ができしこと
一、道後の公園少しさびしこと
一、我家に老人をかきしこと、少妹を嫁せしこと
一、友だちが官員となり新聞記者となりたるある事
一、友だちが口髯をはやせし者多きこと
一、友だちの妻帯せし者多きこと
一、友だちの子を生みし者あること
一、新たに城北に練兵場を設けしこと
一、知事書記官などの変りしこと

一、私立中学校のできしこと
一、総ての風が東京に似ること、言葉も多少東京に似ること
一、沖釣りの流行すること
一、三津にボートができし事
一、新浜に生簀ができしこと
一、萱町に公会堂がたちしこと
一、大街道の川上の家を取りのけし事
一、新栄座という芝居小屋のできし事
一、囚徒が車を引き鈴を鳴らし塵芥を集めにくる事
一、城楼の綺麗になりしこと》

松山市の変化が箇条書きにされている。なぜこのようなことをしたのか。たった一つや二つのことがあげられているのではない。網羅されている。網羅してリストのようにして見るということを喜んだということ——やがて、それらは整理されるものかもしれないが、先ず表にしてみる。

読者は、子規が朋友たちの中で、漱石を畏友として敬意を払っていたということは、よくきかされる。ところが、それは彼の「交際」という随筆（明治二十二年）に書かれた小

文の中で、友人の中でどういうタイプのを好むか、その順序を書き、そのことにつき交際論をのべ、そして最後に、十九人の友人に、愛友、良友、好友、直友、亡友、というぐあいに友人名をあげて書き並べているのを見ると唖然とせざるを得ないのである。どこかキチガイじみているとしかいいようがないのである。よしんば、友人に見せてそれを喜ぶためであったということが、半分ぐらいあったにせよ、その驚きは同じである。

ある日、学校の塗黒板に友人のアダ名を書きつらねたことは前にもいったことがあるが、これが今見るところ、明治二十二年である。その頃「忍びの術」について垣根をこえるに、疎なるところに人間の身体が入れる程度の桶をさして中をくぐるのが新発明だともいっている。こういうことをあげ出したら、その多方面にわたることと、その一つことを描くのに、それがまた分析すること、微細にわたっている。たとえば「賄征伐」と題する文章では、二年前一高（高等中学）の寮にいたときの模様を食堂の構造を図入りで説明している。賄について文句をつけているぐあいは、格別珍しいことが書かれているわけではない。しかし、その細かさとなると子規はすっかり身を乗り出している。

《机をうちて賄を呼び、此飯はつめたいとか、かたいとか、ごみがあるとかいう口実をつけて新たに持ち来らしむるなり。尤《もっとも》飯米中に藁《わら》などの混ずるのは常にて、時として虫の死骸を見出すことさえもある故、口実としては最妙なるものなり。否、ここの飯になれぬ人ならば実際食い得ぬ程の飯なりかし。（略）此時場中はただグワン〳〵とわるるばかりにひびきわたるのみなれども、其声を一々に分析すれば左の如し。》

とこんなぐあいに語って、十一項目に分けている。文章はこのあと、十枚ぐらい書き続けられる。十一名の者が退舎を命ぜられて一時、某下宿屋に入り、あとで子規等の弁明書で停学をとかれたが、剃髪させられて入舎した。退舎させられたものの中に自分が入っていなかったので、一点の喜びがあるのを苦く省みている。

物知らずの私の眼にはじめてうつった「正岡易占」という文章がある、明治二十三年に書かれたものだ。前に漱石が浮世がいやになった、と手紙に書き、女の祟りがあって眼が悪くて困る、といってやったとき、占いによれば、お前なんかはうっかり女に手を出して女に咬まれる卦なんだ、と上手に cold ないい方をして、漱石を呆れがっかりさせたことがあった。たぶんあのあとのことだろう。

漱石は冗談まじりに、

「おい、おれの運を正式に占って見てくれよ」

といったらしい。

漱石との往復書簡はこの前後に書きつらねて楽しんでいるが、前にこの畏友が西洋文学の影響があるために漢詩の中に、波の描写などにもおのずから擬人法などが入って、唐詩のような堂々たるものになっていることを書きつけている。相手にとって不足のない友人を畏友というところに位置づけていた子規は、そこにもう一つ幅を拡げ神秘的にして意味づけている。

「心得たりといいながら筮竹さら〳〵とおしもんで虚心平気に卜《うらな》うに升䷭の師䷆に之《ゆ》くに遇う。乃ち之を判断して曰く」といった調子で今、きみは師となって人を教え文壇を牛耳る。大学を卒業するとき、既に文学者の堂に升る。きみは人望もあるし教師の受けもいい。外国人も驚嘆することになろう。きみは抵抗をうけることがあって、降参することがあるかもしれないが、大したことはない。そねまれるがこれも大したことはない。交際を気をつけよ。しかしきみの文章には一癖あって天下を毒することなきにしもあらず。千思万考してかかった方がいい。

とこんなふうなことを長々ともっともらしく、述べたてたうえ（事実、漱石の前でやったのではないか）、

《どうです、是位の易ならば、上々大吉なり。君、西洋軒の昼飯に出かけやしょう。安いものです。僕之を卜《ぼく》するに牛の羊に之《ゆ》くに遇ふ、本文に大人来リ迫ル、利《ヨロシ》レ有ルニ所レ食スルとあり。大人は僕の事いうまでもなし。天、君に命ず、君躊躇するなかれ。右の易占あたるや否やは之を後日に徴せざるべからず。》

と終えている。

常盤寮へ出入りしていて、松山弁を使いながら文学談をやっている仲間に入ったりした漱石は、一度ぐらいはベースボールを見に行かせられたこともあったかもしれない。漱石は奇妙な結社的集団を眺めさせられていた。

翌年岡山へ行った帰りに松山へ寄ったりする漱石は、将来松山中学に英語教師として赴任することになるが、子規の中に位置づけされている自分というものに思いをいたさなかったはずはない。子規に抵抗をかんじながら、子規が中心になっている結社と大元である松山というところに、彼は拘わらざるを得なかったであろう。

子規と違って漱石には一種の暗さがあった。女の祟りということをくりかえし述べて申訳ないが、女の祟りという言葉の表面の意味あいは二人の間で異なるわけはないが、漱石の場合は病的といってもいいような連想作用が働くということは前にもふれた通りである。「女の祟り」には暗示的意味合いがあるようだ。女の祟りということは別としても、子規、松山、自分のこの三つのものは、想像以上の連想作用が働いて東京人の漱石の中にずっとうごめいたのであろう。

子規が「鬼の目に涙、付文学者心得」と漱石との往復書簡をノートの中に披露して見せているのは前述の如くだ。その直前に当る頃、つまり明治二十三年の四月七日に友人二人と「つくし狩り」に弁当もちで出かけ、途中でパン一斤と砂糖少量とを買い、坊主もちというやり方で交替に持ち替えた（巡査、馬、郵便箱、束髪《そくはつ》に逢えば持ちかえる）。本郷真砂町から出発、高等学校の前から転じて板橋街道についた。板橋から王子に至り滝野川にきたがつくしがない。西ヶ原で芋一本買って帰りくるうちに、小川に大根を洗うのを見ながら、俳句をよみ、ボール狂である彼らは植木屋の芝をうえてあるのを見ると、それが目について、そこでボールを打てたらと思った。「春風やまりを投げたき草の原」というタワイもない俳句を詠んでいる。

　碧梧桐が、ボール遊びのあとゲッソリとした顔をした「元老」の子規を見て心配したのはこれより一年あとのことである。その頃『筆まかせ』に、「活力統計表」その第二、を表記している。明治十八年六月（十七年十箇月）の時の体格表である。次に明治二十三年三月のもの、それから年月ははっきりしないが、明治二十一年の末か二十二年の春のものであろう、として、これを表第二として記している。二十三年春、検査の直後記すことにしたのであろう。これによると子規二十二年七ヵ月の時の活力から、次のことが分る。身長、五尺四寸一分、胸囲、常時、二尺七寸、握力右、四十四キロ、左三十九キロ、体重十四貫、視力、三十五フィート。それに肺活量は二百七十リットル（原文通り。二・七リットルのことか）で、これは二十一歳の時より七十リットル（〇・七リットルか）ばかり少ない。肺活量ははかり方にもよるから、アテには出来ないが、それにしても指極から臂のまわりまで記されてある、かなりくわしいものである（そのずっとあとのところにもう一つ、二十三年の十二月の検査の結果が見えている。これによると肺活量はむしろ増えていて三千二百になっているが、体重も胸囲も握力もいくらかへっている）。

彼は、どこの馬の骨かも分らぬと自画像をかいたあと、もう一度同じようなことを記している。この表も一種の自己認識の材料であるが、このようなくわしさは、有島武郎の日記のくわしさとは違って愉快なばかりではなくて自分を表にしてしまうアヤシサが感じられる。

小説『月の都』が思うような結果が得られず、明治二十五年の夏、松山に帰省中、子規は学年試験に落第したことを知った。漱石も旅行中だったので、一緒に上京したが、十月には中退してしまった。こんどの根岸の家は日本新聞社長の陸《くが》氏の家の隣りにあり、十二月から月給十五円で入社することになった。不足の十円は何とかなるだろう、と家族を連れに戻った。関西見物したり中等車に乗ったりしていくらかゼイタクし、親類藤野氏から文句が出たとき、叔父の大原恒徳氏に明細書を送っている。計五十七円四十銭かかり、不足の二、三円は記憶仕らず、しかし一生に一度母さまに孝行したのであって、他意はないといい、釜が大破したとか、皿も六、七枚、鏡台、本箱も多少破損に御座候、尤絹布ハ一つも……といったふうに書いているが、翌二十六年二月になると、大原氏に友人新海（非風）病気のため用立てたりして二十銭しかないから十円ばかり送金を頼み、生れてから一番の困難に陥っているという。十日後の十六日には風邪のため寒いので気をつけて出社もせず集会もせず悩んでいたが、血痰が出たので、陸氏の世話で西洋医にかかったが、牛肉も食う金がなく金を拝借したいといい、その十日後には、葡萄酒や滋養物をくわねばならず、放っておくとゆゆしいことになるといわれた、と書いている。その後、松山にいる弟子達には脳痛をおこし脳の衰弱著しいといいながらいつものように多くの俳句を披露している。こういうことは限りなく続くのであるが、前年二十五年の三月、碧梧桐宛の手紙に、自分は目下「俳書年表」と「日本人物過去帳」というものを編纂しつつある、といっている。「俳書年表」にのぼった本は四百部以上あってその過半は小生のところにある。そのほかに、「俳諧系統」という表を作ったし、ほかに「俳諧血統」という表も作った。もし必要あれば、御用立てしてもいいと書いている。このほかに「発句類題全集」なる大業に手をつけていたことは前述の通りである。

　子規が俳句を作りはじめたのは、明治十八年頃である。二十年には郷里で大原其戎《きじゅう》という旧派の師匠に手ほどきをして貰った。二十四年頃から漸く子規ぶりが発揮されはじめたが、数学上の錯列法《パーミュテーション》の理論のヒントで、十七字という限られた音数の組み合せは有限だから限界があるとし、俳句滅亡論を唱える（明治二十五年、『獺祭《だつさい》書屋俳話』の中の「俳句の前途」）。そうして命数は明治で終ると考えた。「俳句分類」に着手したのはその頃である。芭蕉以来の俳句の悉くを網羅し、季題などによって分類し、これは完結することはない建前のものである、ともいうようになる。

久保田正文氏はその著『正岡子規』の中で、あきれかえるような、絶望的なこの仕事をはじめた勇気については、俳句終末論とかんけいがあり、弔合戦のつもりで戦いぬいているうちに、とうとう勝ちいくさに転じたのではないか、といっている。よき俳句だけを選ぶというものではない。玉石混入したものすべてを扱っている。

もう一度いうと、二十四年頃から盛んに俳句を作りはじめた子規は、分類も行なっていたというわけだ。友人弟子たちの俳句について評するとき、自分が作るとき、過去の作品が例証として浮んでくるようになり、ちょうど多くの友人知己たちの中から誰が心を托すべき友人であるか見分けるように、芭蕉を偶像化した月並俳句から抜け出る道を考え出した。私は急ぎ過ぎたけれども、「俳句分類」が完結することはない、といったのは、病のためいつ死ぬか分らぬ身の上だからではなくて、もともと完結するはずのものではなく、いくらもあとから書き足される建前のものだ、というものが「分類」の仕組みであったのである。そういう仕組みの内容をうめ、それがまた分類を細かくして行くことに喜びをおぼえた。いや、分類をこのようにやれば、俳句の法則が自然とそこに出てきてしまうのではないか、ということも思っていたに違いない。

子規は二十六年「日本新聞」で俳句時評を行なった。月並俳句、旧派宗匠を論難した。非常に多くの俳句を作った。『寒山落木』巻二に含まれるのがそれで、二九九五句が見えている。一ヵ月にわたって地方俳諧師も訪ねたが、がっかりして戻った。

　翌二十七年二月、陸氏の反対側へ引越しをした。家賃は四円か四円五十銭である。「日本新聞」の姉妹紙「小日本」が創刊され、編集担当で三十円もらった。竹の里人の名で短歌をのせる。さしえに中村不折をつかったことがもとで子規は西洋画の写生に心ひかれ、彼が探しあてたものが何であるか、ようやくハッキリしてきた。西洋画を馬鹿にしていた子規がかえってもちあげはじめた。西洋画の描き方による方が文章の道においても革新が行えるのだ、と思った。こういう写生の態度は初期の俳句にもいくらか見えるが、私が例としてあげてきた随筆の文章や、表や、それから「俳句分類」という仕事の態度にむしろ、自然にうかがえるのである。そこに拡がりがあったことは読者は記憶されていると思うが、そうした拡がりが、ますます平明さを増して彼の俳句にも、やがてあとあと短歌にも出てくる。そういうふうに急ぐ前に私どもはどうしても、翌二十八年の彼の従軍のことに移らねばならぬ。

　子規は身体のことが気にならぬわけではなかったが、どうしても従軍を望んだ。いよいよ念願が叶って東京を離れるとき、神田あたりで食事をしたあと虚子に手紙を渡して、「あとでゆっくりお読みや」といった。冒頭は「王師十万深く異域に入る」といった調子でつづられている。そのあとあの有名な文句がくる。自分の志すところは文学で、それには二種ある。一つは、詩文小説を作ることでこれは雅事だ。今一つは、文学書を編纂し文学者を教育する。これは俗事だ。この二つのうち、どちらが果せるか、また果せないか分らぬが出かける。死ぬかもしれない。そのときお前達二人があとを継げ、というものだ。碧梧桐と虚子と二人にあてたものだが、それを読んだ五、六歳年少の弟子虚子は途方にくれたらしい。

　戦争は既に終り、彼は喀血し、他人に隠したまま故国に上陸し路傍に倒れ、道行く人に病院へ走らせるように頼んだ。出征中、従弟（母の妹の子）の藤野古白が自殺したことが伝えられた。古白は新橋を発つ時見送りにきていた。後に何年か下級生の芥川が自分に似ているといった古白は、子規の跡を追い、反撥し、それをまた子規はやっつけた。行きづまっていたという古白は子規が従軍するのをうらやんでもいたという。幼少の頃からナイフで友人を傷つけるようなところがあったこの詩人は、子規と激しさの点で似ているがために、子規は、恐れ、つきはなしたといわれる。

　子規はこれより前、『月の都』を露伴に見せたあと碧梧桐に手紙を書き（明治二十五年五月八日付）、脳痛に悩まされ、何となく精神昏乱の模様だ、といったあと、「何故に区々たる〇〇に屈托するやと疑うべし僕も亦左思いながら猶脳痛を引起し来る。僕乃ち曰くこれ遺伝なり僕の小叔を見よ、僕の従弟（古白）を見よ。右の結果として僕の心非常に卑屈に陥りたり」

　と述べている。そのあと、碧梧桐にお前さんは磊落《らいらく》快豁《かいかつ》だから一笑に付するかもしれない。虚子は之をきいて顔をしかめるかもしれない。もし一笑するようなら虚子はまだここまで進んできていない証拠だ、といっている。

　この手紙の中の○○は何を示すか、私には正確には分らないが、それはさておき脳痛がおきると古白のことを思いうかべていることや、何か子規らしくなく気が弱くなっているところが感じられる。

　明治二十八年十二月、子規はいよいよ先が長くないと思った。虚子にねらいを定め、後継者になるように説得した。そのためには学問せよと、学業を放擲しているこの弟子に、道灌山の茶屋で談判をはじめた。彼の頭の中に離れて行った古白とは違い、自分の正反対の人柄であるものとしての虚子のことが脳中にあったのであろう。虚子が感激して引受けてくれるものと子規は思っていた。

　ところが虚子の方は、その子規をつきはなした。古白も虚子も自分の方は捨てなかったが、向うが捨てた、と子規はあとでいっている。学問することも、野心名誉心を起すことも好まない、と虚子はいって譲らなかった。

　子規のような人間とつきあうには、下駄をあずけることである。そうでないと危険なのだ。その危険を感じていた虚子は、いよいよその時が来たかとむしろ冷静に驚いたのであろう。

　うろたえた子規は、仲間の五百木瓢亭や漱石のところに手紙を出して歎いた。親子、兄弟としてではなく友人としてつきあうことに切りかえた、とも子規はいっている。

それより前その年の八月、病を患って松山にもどったとき、子規は漱石の下宿の半分を占領し、極堂をはじめとする松山の俳人たちと集会を催し、主人格の漱石は、この横暴な食客と騒々しい毎日にあきれかえっていたが、いつのまにか仲間に入り、かなり熱心に俳句を作るようになった。子規は弟子にするように、友人の前でさっさと朱を入れて見せた、と漱石は面白く回顧している。

漱石がその立場ならたぶんそうはしなかったのに、子規はそうしたという意味で、これは面白い挿話になっている。しかし東京にもどった子規が、虚子のことを訴えてきたり、翌二十九年の二月から起床できぬ身体となり、やがて二十九年の俳句界の決算を発表し、碧、虚を新派の例として称揚しはじめ、子規の名が失われてくるにつれて、漱石は、松山での子規の横柄な生活を思い出し、さだめし狂気というか殺気を感じ、「狂にくみせん」を思いだしたりしたことであろう。

子規は果物野菜になぞらえて、俳句の仲間の一覧表を作っている。その中で虚子は、サツマイモである。甘いが、あまり屁を出しっぱなしにせぬようにせよ、といっている。漱石は、子規の大好物の柿にされている。旨いが、いくらか渋味がある、といっていることを紹介しておこう。

松山で「ホトトギス」が柳原極堂の手で創刊され、やがて東京へうつされると（明治三十年）、下宿屋をやりながら虚子が編集責任者となって意外に成功をおさめ千部を売るようになった。「俳句」や、俳句についての文章は「ホトトギス」に、短歌の方は「日本」にのせるようになった。

蕪村をもちあげたとはいえ、子規が芭蕉をしりぞけたわけではないことはいうまでもない。子規は「古池」の俳句によってある日芭蕉が悟りをひらいたということが重大であるといった（『芭蕉雑談』）。これは子規自身の態度であることを知っていた。

明治三十一年頃から、足のない自分は写生が出来ぬから面白い句も出来ぬといってみたり、俳句は若いもの達に任せるといったふうにいったりして、子規は短歌の革新に乗り出した。もともと古今集ぶりの歌をよんでいた子規が、俳句に写生をとり入れようとしたのであったが、書簡をめくっていると、彼は手紙に俳句を書いて、これを一つ短歌になおしてみてくれないか、といってやっている。彼がもう一つ並行してはじめたのは文章を書くことである。

虚子にいわせると（「子規居士と私」）、俳句は完成の域に達したが短歌はそれほどではなく、写生文に至っては、一番体をなしていなかった。だが短歌にしても、写生文にしても、ほとんどレールは子規によって敷いてしまわれていた。

瓶《かめ》にさす藤の花ぶさみじかければたゝみの上にとどかざりけり

は明治三十四年に作られている。井手逸郎氏は俳句でこれに匹敵するものは、

鶏頭の十四五本もありぬべし

のほかに見当らぬ、といっている。

明治三十一年、子規は陸氏の催した観月会にようやく身体を運ぶことが出来て、筑前琵琶をきいたあと百首を作った。そのうち任意の一つをあげよう。

ある僧の月も待たずに帰りけり

それから、

新米を河の東に運びけり
涼しそうな処をよつて行き給へ
ここぢやあろ家あり梅も咲いて居る

というような自由な句も紹介しておこう。

「瓶……」の歌と同じ年に、香取秀真が妻をうしなって赤子を守して苦しんでいた時にあたえた、

振《ふる》ひ立つ時来たり妻をなみ君ふるひたつ時今来たり

というのは平凡にみえて、子規らしい歌ではないか。

茂吉は、「竹乃里歌」の中の、

木のもとに臥せる仏をうちかこみ象蛇どもの泣き居るところ
人皆の箱根伊香保とあそぶ日を庵にこもりて蠅殺すわれは
冬ごもる病の床のガラス戸の曇りぬぐへば足袋《たび》干せる見ゆ

など、五首をあげて、清新で、むずかしくない。自分でも出来るように思われたので、歌を作る気持になったといっている（「文学の師・医学の師」）。これらは『赤光』の作者のものに大いに似ている。

『病牀六尺』『仰臥漫録』『墨汁一滴』などの随筆や、ノートには、写生文のほか、その後

の文学世界のヒントとなるものがちらばっている。数えれば切りがないが、そのつかまえ方の態度や広さのことである。ここではほんの一例としてあまり知られていない随筆をあげよう。

「赤」では、

《(略) 斯ぅいぅ精霊が潜伏して居る天然界の美しく見えるのは言ぅ迄も無いが、其美しい現象の最要素は色である。色は百種も千種もあるけれども、概して天然界の色はつややかにうつくしく、人間界の色はくすんで曇って居る。空の青、葉の緑、花の紅白紫黄の明るく愉快なるに反して、人間の製造した衣服、住居、器具などは皆暗く寒い色であって、何だか罪悪を包蔵して居るように思われる。併し天然の色でも其中で最も必要なのは赤である。赤色の無い天然の色は如何に美しくても活動する事が無い……》

このあと、赤が中心にある理想的な家の構造を述べている。女神が赤の薄物を着ている。女神が招くと自分の霊魂が自分のからだを離れる、というようなことが書かれる。ここに沢山の要素、ヒントがないだろうか。

身の不自由と視界がせまくされることが、彼が初期からもっていた態度を、いよいよ強くした。絵具を塗りつづけて、こんな稚拙なものが描けた人だったのか、とあとで漱石が書いた写生画を描いた。だんだん実物大にかき出した。眼の前の草花をかき分けるように細部へ心をひそめた。虚子の家賃と自分の家賃とを並べて書いた。貰った菓子果物のリストを作った。モルヒネ日記をかいた。興津へ転地をするというので左千夫が世話をしてくれたとき、彼は行く得点と失点とを、書きつらねた。彼は集会を催して、さまざまの食物をもちこませて暗くして放りこみ、闇汁なるものを食べることを愉快なりと喜んでいた。彼が貪婪《どんらん》に食っていたのは、ただの食物ではない。何かほかのものを食うように、食物を食っているようではない様子で、物を食っていた。虚子の前で京都の僧から届けられた釣鐘という名の柿をすざまじい勢いで食い進み、ヘタのそばまできて渋い、といった。それからもう一つ同じように食い進み、そのあと、うん、渋いのがうまいのだ、といった。漱石を柿だ、とたとえたのとどちらが先のことかしらべてみないと分らないが、それにしても何をしていたのであろう。日記をつけるように、手紙を書きつづけるように、添削を施すように、筆をかさねるように、食った。自らに怒り激励し、感謝し、自分の姿を見るものを激励するように食った。

　子規は三十五年九月十九日、家人が気のつかぬ間にこの世を去ったが、それより何年も前に墓碑銘を瓢亭に送っている。その最後に日本新聞社員タリ明治三十□年□月□日没ス享年三十□月給四十円とある。

　子規がこう書いたのは次のような意味からでも当然である。彼が文学生活を送ることが出来たのは、そして家族が食い、弟子たちを教育することが出来、明治の文学革新にあたることが出来たのは、もっぱら陸氏の日本新聞社の理解によるものだったからである。「ホトトギス」が妾で、「日本」が本妻。その本妻のおかげであると、どうしてもいっておかねばならなかった。

三十四年九月、

年をへて君しかへらば山陰のわがおくつきに草むしをらん
萩芒《すすき》来年逢むさりながら
秋の雨荷物ぬらすな風引くな

という歌を送られて、旅立っていった漱石は、間もなく、子規から、号泣している、もうだめだ。古白が来いといっているという意味のカナ書きの手紙を貰った（明治三十四年十一月六日付）。

多佳女の約束／続夏目漱石

先回子規を書いたときは、漱石の眼について書いた。子規の『筆まかせ』という随筆評論集の中に第一高等中学校の同級生の綽名《あだな》一覧表がのっており、その中で漱石のが the Eyes だったということである。

子規のときにはのせなかったので、ついでだから、このさいその一覧表を紹介しておく。

夏目――the Eyes　松本――the Beard　渡辺――the Bull
菊地（寿）――the Umbrella　山川――the Absent　中沢――the Fairy
深谷――the Golden Button　中山――the Chatter　本田――the Little
斎藤――the Tooth　阪巻――the Question　佐々木――the Wine
中野――the Silent　梅野――the Peculiar　赤沼――the Sincere

米山――the Hermit　　早矢仕――the Agent　　龍口――the Anxious
正岡――the Cold

なぜそういう綽名を漱石が友人からもらったかは、彼が眼を悪くしていたせいかもしれないが、ひょっとしたら、私が「狂気と羞恥」の漱石評伝の中で引用した林原耕三氏のいう漱石の独特な眼つきと関係があるのではないか、読み直してみてくれと読者に注文しておいた。前に書いたことをくりかえすのは気がひけるが、独特な眼つきとはこうだ。第一高等学校在学中の耕三は、明治四十二年八月七日に漱石宅を訪ねるようになっているからそれ以降のことだが、彼が漱石から貰っていた校正のアルバイトのことで漱石の家へ行ったときのことだ。鏡子夫人は不意に耕三に、あなた、うちの養子になりなさいといった。それをきいていた漱石は、自分の妻の突飛な発言に、恥しいようなユーモラスな独特な眼つきをして耕三を見たというのであった（『漱石山房の人々』）。この眼のことについて書いた文章は、林原氏のこの文章以外にはあるように思われなかったが、そうではないことがわかった。

つい二、三日前、あの有名な京都祇園の「大友」の女将であった磯田多佳が、俳句雑誌「渋柿」の漱石追悼号（大正六年二月号）にのせた日記を読んでいると、同じような言葉があった。

《廿五日

昨日おとといと二日宇治へ行きしため先生をおたずねせず、どうしておいでやらとひるすぎ大嘉（筆者注・漱石の京の宿）へゆく。まださむけれど二十日よりは日に日に少しあたたかくなった様なり。先生は南向の方の縁側へ横になりだまってねておいでになり、津田さん（筆者注・青楓）が先生には一昨日より御気分わるく、今夜の汽車で東京へ帰るとおっしゃるゆえ何とかしてとめてくれとなり。大分お顔色もわるく昨日より何もあがらぬため、元気なさそうにてもしやお帰りの途中にてわるうなっては難儀なり。津田さんも心配なされるゆえどうぞ二三日待て少しでもお快うなってからと色々言葉をつくしてお止めせしに、二日も訪うてくれぬから淋しさにこんなにわるうなったなどと苦しい中からじょうだん口をおききになる。先生のお笑いになる時少し口をゆがめて目尻に皺をよせて軽うお笑いになるのが又なくなつかしい。（以下省略）》（傍点筆者による）

（「洛にてお目にかかるの記」）

多佳が「又なくなつかしい」といった古文調の文章で書いているのは、いくらか気ざっぽい。それはそれとしてこの時の状況はかなり有名ではあるが御存知ない方もあろうから簡単に記してみる。

大正四年の三月、鏡子夫人は前々から山房に出入りしていた津田青楓が京都へ出かける前に漱石を誘い出してくれと頼んだ。また神経衰弱がはじまりそうだから、そっちに送りこむから京都見物させたりして頭休めをさせてくれというわけだ。京都については漱石は学生時代に子規に案内してもらったのが一回目だ。二回目のときは八年前に虚子などが案内をした。二回目も三回目も同じ三月だ。同じ時期だというのは面白いが、仕事との関係もあった。今回は四月一日から新聞小説がはじまるので、その前の一時をという軽い気分で漱石は寒い三月の十九日京都へ行く。朝八時、東京出発、岐阜で雨となり七時三十分京都へ着いたとき、津田が雨傘を小脇にかかえてやってきた。

　二十日、津田の兄の生花家元をしている一草亭から多佳へ電話がかかり、彼女は漱石の宿へ出むいた。晩食に呼ぶと漱石は日記に書いている。漱石と多佳は洒落《しゃれ》まくった。漱石が洒落好きの人であることは有名であるが、これは小説を読んでも分る。鏡子夫人もよく夫から洒落をいわれてからかわれたりしたが、このときも多佳は奥さんは洒落られるのですか、お二人で洒落ていらっしゃったら、さだめしお賑かなことでしょう、とか、何とか、多佳は洒落のついでにいったかもしれない。とにかく漱石はうちのかみさんは洒落嫌いなんだよ、とこたえ、それに対してどうしてですか？　ときくと、かみさんはおれの態度は上調子でいけないとおっしゃるよ、ぐらいのことをいったようである。

当時多佳は四十歳ぐらい。漱石は四十八歳になっている。文学芸妓といわれていた多佳は白川の流れに二尺ほど床が張り出した舟板塀の家の主人となっていた。源氏物語を読んだり、清元などの前身である一中節や河東節のような渋いものが好きで、画、俳句、歌をたしなんだ。かつて画家の浅井忠が出入りしたのも古節をきくためだった。色の黒い小柄な女で、既に『続風流懺法』の中で虚子がモデルにしている多佳は、お藤さんとして登場する。浅田先生（浅井忠）が亡くなったとき、「おかくれになった後一晩先生のお寝衣を拝借して奥様と御一緒に寝かしていただいた」という話を、「おとよ」がすることになっている。谷崎は少なくとも、この敬慕の仕方が尋常でない、と情的関係に疑いをのこしている。寝衣といったって、たぶん洗ったものだから体臭などないものであろう。浅井忠との関係がもしあったとすれば、かえって不思議な行為ともとれる。一方、きわめて何でもないこととも思える。尊敬する男性に対する態度が、男が女のことを考えるのとは違ったふうにあらわれるのかもしれない。これはしかし、このスナオといえばスナオな態度が、あとの多佳女の「約束」と、それをめぐる漱石の反応に何かの意味で関係があるようにも思える。

　数年前に若い谷崎が多佳によくあったときには、「大友」では伽羅をたいて廊下にもにおってきた（『青春物語』）というから、漱石があったとき彼女にもその妙なるにおいはにおっていたことであろう。

　青楓の『漱石と十弟子』によると、多佳が訪ねてきたときは漱石は宿で朝、髯をそりながら、鏡にうつる多佳の横向きの姿を眺めていた。漱石は前に虚子に紹介されて多佳には会ったことがある。多佳は津田にあいさつをしながら、眼は漱石の方に向けていた。

そのあとの漱石と多佳の会話を青楓はこう記している。

《多「夏目さん、えらい粋なとこへおこしやしたなあ。」（筆者注・「大嘉」のことである。「大友」とは白川をへだてている）

漱「津田君が世話してくれたんだ。」

多「津田さんえらいわ。ええとこ知っといやすなあ。」

津「兄と母が相談してきめてくれたのです。」

多「ああそうどすか。西川さん（筆者注・青楓の兄）しばらく逢いまへんなあ。」

漱「お多佳さんへ僕のことはSさんが知らしてよこしたんでしょう。」

多「ええ、Sさんええお人どすな。あの方東京へゆかはりまして寂しおすわ。おとなしいええお方どすえな。」》

漱石は珍しい京都の生活に興味をおぼえ、窓をあけて霞む東山を見たり、宿の中を見物したり、床の間の軸を眺めたり、料理に関心を抱いて仔細に書き記し、やがて書く小説の材料にでもしようと考えているらしい気配が見える。津田兄弟と大石忌に出かけたり、清水あたりも散歩したりしているが、彼の腹はいたんでいる。小説を書きはじめる前に神経衰弱気味になったらしいということは、前にも書いた。二十日の朝臥床中、「先生の顔は赤黒い」と青楓にいわれ、「あなただって同じだ」といいかえしている。赤い時は神経衰弱のときだ、とこれも前に私が書いたことがあるので、このやりとりは面白い。津田は事実、赤黒さに驚いたのであろうが、このときのことを日記からそのまま引用してみよう。

〇二十日〔土〕朝静甚し。硝子戸の幕をひく。

東山吹きさらされて、風料峭、比叡に雪斑々。忽ち粉雪、忽ち細雨、忽ち天日。

一草亭君来、自画十五六幅を示さる。鶏、雀、馬蓼、雀に蘆、椿、皆美事なり。

此朝、臥牀中一号二号三号の恋を聞く。津田君から。「先生の顔は赤黒い」「あなただって同じだ」「そんな事はない」「夫でも若い時は綺麗でしたか」「ええ今よりは」「いいえ他の人に比べて綺麗でしたか」「ええ」「じゃ女に惚れられましたか」「ええ少くとも今玆に三つあります」云々

青楓の兄が自分のかいたものを見せながらやってきたことが書かれたあと、いっしょに泊っていた青楓が、漱石の顔色のことをいったことから、青楓はそれでも恋人がいるのか、というふうにからかわれついでに、三人の恋人のことをききだされている。青楓自身京都

へ来たのは、仕事や生活に行きづまりを感じてのことであった。青楓もいくらか神経衰弱気味にあったのかもしれない。漱石はそのことを知ったうえであったと思われる。

二十二日は宇治へ出かける。その時も痛む腹をたえず気にしている。多佳はこの夜も漱石に淋しいからきてくれと電話で呼ばれている。翌二十三日、多佳は明日もし天気がよければ、北野の天満宮の梅を見に行きましょうか、と語った。それはいいね、というので漱石はあてにしていた。翌二十四日宿のものが電話をすると多佳はしばらく待ってくれといったというので待っていたが、けっきょく行けないということであった。青楓によると大阪から鉄成金のKという人がやってきて泊っていったためだという。返事は多佳が直接したのではなかった。

そのとき多佳が遠方へ行ったからまた夕方かけてくれといったということをきいた漱石は、夕方かけろといったって仕方ないじゃないかと腹を立てた。表面上はともかくとして日記にそう書き記しておいた。外へも出たが腹工合もわるく、気分もすぐれなかった。急に奈良行きを思い立ち、いっしょに行けと津田にいった。鏡子夫人から先生のことを頼まれている津田は胃の工合が悪いのに奈良行きを決行されては困るというので、翌二十五日多佳に応援をたのんだ。漱石は「病人となって寝た」と日記に書いている。苦しいうちから冗談をいいながら口を歪めて笑ったのはこの日のことである。

漱石はこのあと屢々《しばしば》訪れた多佳から一中節や河東節をきいたり画帖に合作をしているし、

四月に入ると、

春の川を隔てる男女哉

を作り、彼女にくれたりしている。

津田の文章によると、漱石は多佳にはあの事件以来、あまり心を開かなかったとある。東京へ帰ってから漱石は『道草』を起稿する。漱石が淋しさのせいもあって多佳に心を許し、母親に甘える子供のような気持にもなっていたのであろう。黒人《くろうと》といいながら、ここまでの境地に達すれば、大したものであるとも思い、心を開いた。人間として自然なものをもっているとも思ったのであろう。ところが彼女が嘘をついた。そこで裏切られたとの思いがつのることがあった。

『硝子戸の中』を送ったが着かないと多佳からいってきた。これに対し漱石はそんなはずはないがもし不思議と思うなら、郵便局へきいてみるといい、もしなければそのうえで送る、といっている（大正四年五月三日付書簡）。そのあと例の北野の梅見物のことをあげ、うそをつかぬように、と冗談めかしていっている。彼女は梅見の約束をしたおぼえはない、といってきた。しかし、津田によると、漱石がいう通り多佳は約束をした。

多佳は約束をしたさい、青楓によると、こうなっている。

「今日はお約束のお客さんがおこしやすので出られまへんが、明日どうどす。お君さん、金之助さん、どうえ、あんた方もお行きなるやろ。」

　そのあと漱石は得意の洒落を連発して女達を笑わせ、多佳女は河東節をきかせ、灯ともしころにぎやかに皆で夕餉をともにして帰っていったらしい。その約束の客がやってくるのが遅れたのだろうか。二十四日客がおこしやしたら（多佳は漱石らと話しながら、約束のKがくるかこないか気にしていたのであろう）漱石を案内することはかなわぬ。その場合のことを考えて、お君、金之助の二人の芸妓を誘ったのかもしれない。このとき既に行けないかもしれないと思っていたのかもしれない。Kは二十四日に来て泊って行ったのだろう。

　だがここに、おかしなことがある。漱石の日記では、二十四日の朝のことを「寒、（筆者注・さむし）暖かければ北野の梅を見に行こうと御多佳さんがいうから電話をかける」と書いている。電話をかけたのは宿のものであろうと思われるが、青楓のでは、芸妓の金之助ということになっている。ところが漱石の日記では、金之助、お君の二人が最初に漱石を訪ねたのは二十五日、つまり、漱石をなだめるときにこの二人もよばれたらしいということになる。しかし、多佳女の日記ではこの二人がはじめてきたのは二十七日というわけだ。二十五日にはこの二人はいなかった。いわんや、二十三日にはいなかったことになる。どうしてこういう食い違いがおきたのだろうか。いずれにせよ、漱石は日記を何日分もまとめて書いたと思えないし、二十五日のくだりを読むとほかにも登場人物がいたりしているだけに、漱石の記憶の一つが違えばほかにも影響があり、緊密さからいって記憶違いは考えられない。

それに意外なのは、二十四日の朝は寒いと書いている。暖かかったら行きましょうと多佳がいった。寒そうだが、どうするかね、と漱石は様子を問うてやったのであろう。とにかく、お君や金之助相手にいったというあの青楓の文章は、その相当部分が怪しいということになる。

多佳のような立場なら当然のことだが、その世界の常識を漱石は許すことができなかった、と青楓はいう。先ずこの意味は正しかろう。京都へ来て三日目、二十一日の夜、漱石は一草亭らと無我になるべき覚悟を語ったりしている。二十五日以後多佳の一件も、忘れ去る覚悟をし、多佳といっしょに絵をかいているときも、化粧一つしないという多佳の肌を近くに感じながら、女というものは、黒人《くろうと》というものは分らないものだ、という思いを、抑えつけようとしていたものと見える。

四月九日、漱石は、蕪村を読んだ。蕪村が太祇と共に夜、雨風はげしい夜道を歩いてくると「小とぼし」（手燭のこと）の火が消えた。こういうときに「馬ちょうちん」があればいい、心得あるべきことだ、と蕪村がいうと、太祇が、

「何馬鹿な事云な世の中の事は馬ちょうちんが能やら何がよいやら一つも知れない」とこたえた。これに対して蕪村は、太祇の俳諧がリクツにわたらないと賞めている。

漱石はこれを日記に感動したように記している。世の中のことが何がよいやら分らぬ。リクツにわたらない、というような文句は漱石には、多佳と自分自身と両者に対して向けられていると思えたのかもしれない。やがて『道草』を書く漱石にとっては、それが東京にいる妻に対しての反省ともなり、修善寺大患当時のことを思い出させたかもしれない。多佳の前で家内は洒落というものが分らぬ女だ、といった彼が、妻のことについて思いめぐらさなかったはずはない。漱石は胃をおさえながらさまざまに思いめぐらしたであろうが、やがて多佳の古節のことなどに思いをはせ、心中道行のなまめかしい文句を書き記している。

四月一日、金之助が津田に先生はそんな者呼ぶなといっているが、奥さんを呼んだらどうかときいた。津田はその気になって多佳に電報のことを頼んだ。鏡子夫人は三日の二時に京都へやってきた。夫は妻に「お前、何しにきた」といった。妻は夫のそばにいても仕方がない。この際京都見物させてもらいます、というわけで見物に出かけたりし、四月十六日、漱石と共に八時半の汽車で京都を発った。

話はずれるが、ここについでだが「渋柿」大正六年二月号の開巻第一頁か扉かにのっている漱石の文章がある。夏目道易禅者と署名があり、次のように書かれている。

問フテ曰《いは》ク　男女相惚ノ時什麼《いんも》漱石子筆ヲ机頭ニコロガシテ曰ク天竺《てんぢく》ニ向ツテ去レ

　讃曰
春の水岩を抱いて流れけり
問フテ曰ク　相思ノ女　男ヲ捨テタル時什麽漱石子筆ヲ机頭ニ竪立シテ良久《やゝ》シテ曰ク
日々是好日
　讃曰
花落ちて砕けし影と流れけり

明治四十年八月、松根東洋城にあてられたものである。松根は大正四年に虚子と別れて「渋柿」を創始した。

同誌五十頁から始まる多佳女の「洛にてお目にかかるの記」の第二頁、つまり五十一頁に漱石山人画の上に画讃の如くして、

　心中するも三十棒
朝皃《がほ》や惚れた女も二三日
　心中せざるも三十棒
垣間見る芙蓉に露の傾きぬ

から始まる文がある。これは明治四十三年東洋城あてのものでこれらは三十歳で世を去った大塚楠緒子を想うてのものだという。真偽のほどは分らないが、もしそうとすると松根は粋なことをしたものである。多佳女の日記中にこの文章がわりこんでいるからではないが、漱石は多佳女の古節をききながら今は遥かとなった楠緒子のことなどあらためて考えていたかもしれない。

楠緒子というよりも作中人物となって登場した女たち、夫をすてて別な男、前からの男に走ろうとした、あるいは走った女たちのことに、といった方がよいかもしれない。草平に、きみの雷鳥に当る女を書いてみせるといって書いた『三四郎』の美禰子であったように、楠緒子の小説に対して、漱石は彼の小説を書いたかもしれない。ヒントは楠緒子との間にあったかもしれないが、漱石のような小説家は、現実の事件に対しては適度に浅く受けとめて、想像力が動き易い状態にしていたと私は思う。そうしなければ……。

約束を破ったわけではない、とこたえてきた多佳女の手紙は、読むことが出来ないのでそのニュアンスは分らない。お君と金之助の二人の芸妓が多佳の口ききで紹介されて宿を訪れるようになり、二十四日にも二十七日にもこの二人を相手にして漱石はお前たちも浮気するんだろう、というようなことを冗談にしてきいている。金之助は俳句の中に自分の名が出てくるのを見せられて自分の名前が入っているのはけったいやなあ、といったりしたこともあるが、戦後のこと小林孚俊氏が会って昔話をきき出したとき、洒落る人はどうしても水臭いところがある、と多佳を評している（『漱石と多佳女』）。洒落るのが上調子なのかしらないが、これは芸妓の世界の話方である。それはよくテレビにも出てきた祇園の人、安藤孝子さんという人を考えても分る。それに京都弁の「おおきに」は「ノウ・サンキュウ」の意味もある。何もノウ・サンキュウを多佳がいったわけではあるまい。しかし利口者の多佳が漱石に対して約束を破ったのではない、といいはるということの真相はどうなのかということは、必ずしも分ってしまったことだとはいえない。

この問題そのものを追求することは私の仕事ではない。私の述べたいのは、漱石が多佳女にあてて、例によって京をなつかしがりつつ人格について説教をしたことがある。そういってしまうと、ああそのことかと思ってしまう人があるといけないからまあゆっくり読み進んで貰いたい。

彼は前年の一月、「素人と黒人」と題する一文を朝日新聞に載せている。素人と黒人の問題も前から彼が考えていたことであるが、そのまた前年の大正二年、青楓が潤達で明るい妻にいつもの如くいささかヘキエキして漱石山房を訪れると、長谷川時雨が菊五郎をつれてきていた。菊五郎はかん高い声で「あっしゃあ」と、魚河岸の兄いのような口をきいており、時雨は眼鏡をかけて一見産婆のように見えた。狂言座の顧問になってくれ、新しい芝居の台本を書いてくれという注文のためだったらしい。漱石は断わった。虚子が芝居に誘ったりしたこともあるが、彼は歌舞伎というものは踊り以外は認めなかった。そこに必然の運びがないともいっていた。「素人と黒人」の中で漱石が歌舞伎の中の黒人の悪さを指摘したのは当然である。

　素人にも黒人にも色々あるが、それは別としても黒人の欠陥は部分にのみ関心があり、一つの道をせまいところから広い道へ広げるぐらいが関の山で「大体」というものから考えない。ところが素人は「大体」から物を考えるといっている。

　素人と黒人の問題は芸妓の方面から、芝居の方面から、夫、妻の問題、師と弟子へとありとあらゆる問題にあてはまることである。夫であるということは黒人である。妻であるということは黒人である。その道の黒人だ。黒人と黒人のたたかいが、黒人を素人の眼で見るたたかいが、『道草』や『明暗』であるともいえる。作中の人物が不意に驚く場合の多くは、そうと気がつかずにいるその道での黒人たる者が、素人の眼にさらされる時に起きる。

「日記及断片」の中の大正四年の部分は、『硝子戸の中』のノートなどから始まっているが、忽ち㈢という項目で整理されているところに入ると、書物を送ったときの返事のくれ方について区分している。そうしてそのあとで「自覚なきものは度し易し、自覚あるものは度しがたし」となげき、次にいくら注意してやっても、善とか美とかについて思っていることは、自分が間違っているとは思わない、と記している。

これらのノートの文章の中からにおってくるものは、自覚あるもの、多佳に対する憤りのようなものである。「自覚なきもの」は妻であり、「自覚あるもの」は多佳女かもしれない。自覚なきものにも自覚あるものにも一応は漱石自身は入っていないようである。しかし、しばらくあとに、

《猫が庭の木立の下に寐ている。椅子に腰をかけた私を見ている。姿勢は落付払っている。然し呼吸がはげしい。自分に似ている。》

という文章がある。「落付払っている」が「呼吸がはげしい」漱石の心中に何があるのであろうか。こういう読みようをするのは、危険であるが、次の行に記された文章は読み過すわけに行かないものをもっている。

《猫が時〔々〕雀をとる事を思うと猫を飼うのがいやになる。》

雀をとる猫がいやになる。してみると、雀をとるようにして時に残酷な眼にあわせる自分がいやになる、というふうにとれることはいうまでもない。

こういうぐあいに一、二行ずつのノートが続いてきてすぐ後に多佳女へ手紙を書いたお

ぼえが記してある。（あるいは書く前のおぼえかも分らない）

《御多佳への手紙、アートと人格、人格の感化とは悪人が善人に降参する事》

この手紙とは五月十六日付のものであろう。

《（前文略）手短かにいうと、私はあなたをそらとぼけているというのが事実でないとすると私は悪人になるのです。夫《それ》からもし夫《それ》が事実であるとすると、反対にあなたの方が悪人に変化するのです。そこが際どい所で、そこを互に打ち明けて悪人の方が非を悔いて善人の方に心を入れかえてあやまるのが人格の感化というのです。然し今私はあなたが忘れたと云ってもそう思えないやっぱりごま化しているとしか考えられないのだから、あなたは私をまだ感化する程の徳を私に及ぼしていないし、私も亦あなたを感化する丈の力を持っていないのです。私は自分の親愛する人に対してこの重大な点に於て交渉のないのを大変残念に思います。是は黒人たる大友の女将の御多佳さんに云うのではありません普通の素人として〔の〕御多佳さんに素人の友人なる私が云う事です。（以下略）》

四月一日から始まる予定の小説は、『道草』となって六月三日から掲載されはじめた。薄幸の『道草』の主人公がめぐりあう裏切りのようなもの、一方自分の中にもある残酷さ、素人としてつきあうことのむつかしさ。忽ち人間、黒人に化する。それには、多佳のこの事件がなまめかしさを帯びながら一枚かんでいるように、私に思える。

多佳女は昭和二十七年五月にこの世を去った。潤一郎は翌年追悼の文章「多佳女のこと」というかなり長い文章を書いた。未読の方は是非、読まれるようのぞむ。潤一郎は多佳が三十四歳の時（明治四十五年）にめぐりあっている。東京生れの二十六歳の新進作家潤一郎は、漱石のようにはじめ京都に抵抗をかんじ、やがて金もないのに大いに遊び、しかも肥りすぎ、ノイローゼになって徴兵検査をうけに東京に帰ることとさえ出来ずにいた。手を出す勇気もなく何事もなかったが、多佳と枕を並べたこともあった。しかし、この文学芸者（彼女が芸妓に出ていたのは二十六年までである）から受けとるものが、漱石と潤一郎では大いに違った結果になっている。潤一郎の場合、たとえあの約束を破ったという事件のようなことがあったとしても漱石のような手紙を書いたであろうか。そして、潤一郎たちが以前の「大友」の多佳の部屋であった三畳で、白川の流れをききながら遊んだことなどきかされているに違いないから、多佳を理解するさい、漱石は潤一郎などのことに思いを馳せていたのかもしれない。谷崎が『門』を評したのは、明治四十三年のことだ。主人公宗助が禅門を叩くこの筋には谷崎は不賛成であった。そのうえ小説ぜんたいとしては事実の土台の上に立った『それから』に劣るともいっている。宗助のような恋は今日の青年には空想に過ぎない、という。京都で漱石がこの後輩である潤一郎を思いうかべたこともあるのが当り前だと思う。そうしてこの多佳女を責め自分を責めるあやしげなまでの態度と不即不離のかんけいにある態度で書かれた『明暗』を、潤一郎が大正九年になってはじめて読み、リクツの多い通俗小説と強く否定していることが実に面白いことだと思うのである。

「先生生きてて御呉れやす」

漱石『坊っちゃん』ファンの金之助が三月二十五日夜に、多佳が幽霊の話をするところわくて机にかじりついてふるえるのだ、というような話などを語ってきかせたあとにそういった。漱石は日記に、この日姉が危篤になったが動けば自分の方も危ないといって帰京をあきらめた、と書いたあと、

　　幽霊の出る話、先生生きてて御呉れやす

と行を変えて記している。

漱石の死はそれから一年八カ月後のことだ。それにしても、「虚子」のところで書いたことだが、漱石は京都に何か裏切りの気配を感じた模様である。

『明暗』の中で、津田は吉川夫人にそそのかされて湯河原の宿へ清子に会いにやってきた。青楓やそのほかの弟子たちは、鏡子夫人の命令で漱石のためではあるが色々のことを頼まれている。青楓は先生の京都旅行に一役買う。前に引用した『漱石山房の人々』によると、耕三は睡眠薬を鏡子夫人に買わされ、漱石は胃の薬にまぜてのまされている。事実を知って驚いた耕三が反抗したことがもとで山房のお気に入りだったこの弟子は、山房に出入りすることが出来なくなる。この一件はつい最近まで耕三は秘密にしていた。『明暗』の吉川夫人には鏡子夫人の気配があるし、津田には弟子たちの気配がいくらかある。そこまでは異論を唱える者はないだろう。しかし私は多佳女のことを考えながら空想をたのしむのである。

清子と会う目的のために津田が温泉へ出かける。その清子の中に、漱石が京都でめぐりあい一カ月近くの間、折にふれて行動を共にし、小さな裏切りにあい、その裏切りはとうとう漱石の一人角力に終ったように見えるところの多佳が、感じられる、という突飛なことである。勿論、それは清子のモデルが多佳女だというようなことではない。

清子は何か津田にも分らぬ理由のために津田を離れて別な男と結婚している。その理由は津田の中にあるということになっているが、果して漱石が語ろうとした理由は何であったのだろうか。いってみれば黒人として少しも疑わない部分に素人の眼で見られたときにうつった偽善のようなものであろう。偽善のことなら『明暗』の中にも暗示的にあっちこっちで分るように書いてある。

しかし、偽善としたところで、本人がほとんど分らぬような根の深いものであるとすると、『それから』にも『彼岸過迄』にも、直接あらわれていないけれども、『門』にも、『心』にも『行人』にも『道草』にも、特に『道草』にあらわれているものということは当然である。それは具体的には何であろう。

小さな裏切りに京都の宿であった漱石は、落ちついたとき人格のことを口にする自分の中に、『道草』の健三が感じたような自分勝手さを読みとった。読みとるといっても『道草』を書くうちにハッキリしたことであろう。

漱石は十月『道草』を本にすると、十一月九日から十七日まで友人中村是公と湯河原に遊んだ。そのうちリウマチス（あとで糖尿病と判る）になり、翌年一月から二月にかけて湯河原の中村のところで療養している。この湯河原は『明暗』の重要な場面となる。前に和歌山に講演に行ったとき和歌浦の宿で暴風雨にあった。この一夜は『行人』のお直と次郎の危険な一夜となって小説に登場した。同じ旅行中大阪で湯川病院に入院し、これが和歌浦事件より前の場面として『行人』にあらわれた。

こういうふうに考えてくると京都での一ヵ月近い漱石にとっての珍しい生活は、小説の中に甦ってこない方が不思議だともいえる。彼は清遊する以外、女と遊ぶことがなかった。

「気むづかしいお人かと思っていたら、意外に面白いことをいう人」と多佳女らに第一印象をあたえた学者ふうの東京の文学者は、この千載一遇の機会を小説に活用しようと思い、ノートをとり外へも出かけ、少しでも豊かにしようと実にマメだった。これらは小説の中では生かされなかった。しかし、青楓の知らせで東京から駈けつけ、
「あなた、またお悪いんですか」
とまことにそのものズバリのことをいった鏡子夫人（お延か吉川夫人となって湯河原湯泉に登場してもいい）は湯河原にいた漱石の頭の中に、その後『明暗』を書き進む彼の頭の中に、芽ばえてきたのではないか。というのが第一の空想である。

清子は「錦織」の女で、延子は「銘仙」の女だそうである。やっと最後になって登場し、そのままになってしまったナゾの女性清子は、けっこうズケズケいう女である。「錦織」の女かもしれないがしんが強いだけではなく、眼から鼻へぬけるようなところがある。しかし、この女の中にも私は、津田の欠点をチェックする、あるいはコケティッシュなところさえもなくはない、女を感じる。「大体」はつかんでいるのかもしれないが、感化をあたえるしきのものではない。

磯田多佳は梅見の約束の日、大切な客と、前に潤一郎が、それから二、三日前漱石が彼女といっしょに出かけていた宇治へ遠出した。こうして二日ばかり宿を訪れなかった。漱石は彼女が何故こなかったか見当がついた。彼が不機嫌になり宿のものや青楓らは困って

しまったことは前に書いた通りである。彼はそのとき彼の小説のパターンであるが、一人の女に二人の男がいる、というふうに考えることも出来たのではないか。

「日記及断片」の大正五年四月のある日、次のようなノートを記している。

《二人して一人の女を思う。一人は消極、sad, noble, shy, religious. 一人は active, social. 後者遂に女を得。前者女を得られて急に淋しさを強く感ずる。居たたまれなくなる。life の meaning を疑う。遂に女を口説く。女（実は其人をひそかに愛している事を発見して戦慄しながら）時期後れたるを諭す。男聴かず。生活の本当の意義を論ず。女は姦通か。自殺か。男を排斥するかの三方法を有つ。女自殺すると仮定す。男惘然として自殺せんとして能わず。僧になる。又還俗す。或所で彼女と会す。》

『明暗』がはじめられたのはこのノートを記してから一カ月ほどしてからであった。『断片』の中にあらわれた『明暗』のノートには清子のことがまったく記されていない。それなのに小説では冒頭から清子のことにはふれられている。なぜであるのか。清子のことはあまりにも彼のパターンの要素であるからなのか。それなら私がついさっきあげた二人して一人の女を思うから始まるノートは、果して『明暗』と無関係なのだろうか。

これはいったい何の筋書きなのだろうか。ドストエフスキイの『白痴』とも似ているが、終りの方は違うようだ。アメリカのヘンリイ・ジェイムズの影響を受けたというが、筋としては大分違うようである。たとえ何か外国の小説の筋を彼がうつしたとしても、sad, noble, shy とか、その他の語彙は、漱石自身の人物のつかみかたである。しかもシャイというのがある。

　彼の小説は多く、一種 shy（恥しがりや）であるために女を得る機会を逸し、あとからとり戻すという筋のものだ。シャイネス（「狂気と羞恥」夏目漱石）も一種の偽善ともいえないことはない。私は前にもいったようにこれが外国文学の影響があるかないかは別として、彼そのものをあらわした精神構造で、彼の特徴は一言でいえば、そうなのであった。もしそうなら、『明暗』もその構造から自由になるわけには行かないであろう。

　湯河原温泉に来た津田は清子の姿を追いながら風呂へ行った帰り、不可解な戦慄の前ぶれを感じるところがある。鏡を見たり、洗面所の水を見たりしたときだ。そのあと、清子と不意に顔を合わせると、彼女はおびえる。思いがけず津田に出会うのだからおびえるのは当然だが、彼女がおびえたのはどうもそのせいではなさそうだ。

　ノートの中に「女（実は其人をひそかに愛している事を発見して戦慄しながら）時期後れたるを諭す」と記してあることが暗示的に思われる。素人の眼にはいらぬものは幾重にもある。清子も新しい素人の眼にさらされる。おびえはそのためだ。そして最後には津田に素人の眼が全部あつまり、津田は生きることさえ困難になる。

神をよぶ姿／泉鏡花

鷗外が明治四十四年に書いた有名な小説に『百物語』というのがある。隅田川べりで、ある成金が百物語の会を催すというので彼の家によく来る写真師に誘われて出むく顚末が随筆ふうに書かれている。

百物語というのは、集まった者たちが、お化けの話を百したときに本物のお化けが出るという趣向のもので西鶴の作にも出てくるはずである。成金は実在の人物で写真家として一代で財をなした飾磨屋という男である。写真家がこうした化物につながる催しをするのは、何となく分るような気もしないではない。しかし鷗外は勿論そういうことは全然思ってはいないわけだ。

そもそも彼が連れ出されたことについてはその若い写真師が、あなたの芝居はなっていないからちょいちょい芝居を見るようにしたらいいですよ、と世話をやいてくれるような男だったからである。ところが、鷗外は、この意見には納得できない。少なくとも彼の翻訳のおかげで鷗外に続く若い作者が戯曲に新しく趣向をこらして成果をあげていると思っている。

鷗外は一年前に『生田川』という戯曲を書いている。これは一人の処女が二人の男に求められ川に身を投げて死ぬという筋のものである。四十四年にはハウプトマンの『寂しき人々』という、やはり妻と女との間にはさまれて苦しむ男の話（本書「田山花袋」参照）を訳している。またイプセンの『幽霊』を訳している。人間は過去の幽霊にとりかこまれている。なかなか自由にはなれない、と思う未亡人が出てくるといったものである。小説としてはあの蛇や雁の登場する『雁』を連載した。

ここで私がいいたいのは、鷗外が男女の生臭い思いのようなものに思いをいたしていたと同時に、幽霊とか霊とかいうものに彼流に何か関心を抱いていたらしいということである。それだから、川開きの頃に行われるその夏の催しに足を運んだのであろう。

鷗外は自分が訳し、上演を見たイプセンのことを思い浮べている。今どき怪談とか「百物語」などは世の遺物でそういうもの全体がイプセンのいうところの幽霊、つまり形骸だけで実体のないものになってしまっている。

こんなふうに鷗外は思いながら、たとえば船の中に能役者のような風態の男がいてお酌をからかったりするのを見ている。この女は舟に乗り込むとき、友禅の赤い裾をちらつかせていた。大きなタライに入れて鮨が出される。向う岸について飾磨屋の別荘に入ると出来合いのお化けをしつらえている男にあったりする。

やがてこの催しの主人である飾磨屋が、太郎という芸名であった女にかしずかれて姿を見せると、この二人が何か病人と看護婦であるように感じられる。鷗外はこの太郎という女が芸者をしていた頃、「湖月」の宴席で見たことがある。紅葉はじめ硯友社の連中が多くて、そのとき紅葉は火鉢のそばで腕枕をして寝てしまった。そのあと芸者らしくない可愛らしい太郎の存在に気がついた。その女が今日はいかにも看護婦のように見えてならないという印象をもったのであった。

鷗外は飾磨屋が既に破産に瀕しているときいている。その男がこういう催しをしているのを考えるとこの男の中に何かいわくいいがたいものが潜んでいるし、付きそっている女もまた無気味なものがある。

鷗外はそうはあからさまに書いてはいないが、この二人から「百物語」の催し以上に幽霊を感じた、といいたがっているように見えるのである。幽霊はこの二人のみではない。ここに集まって来ている鷗外という人間にしてからが、色々な思い、色々な過去、怨み、意地というようなものをぎっしりと詰めこんでいる幽霊みたいなものではないか。途中で飾磨屋は女と一緒に座を離れて寝てしまうので鷗外も帰ってくる。そのときの感慨で小説は終っている。人を集めて眺めているこの主人たちに対してこう呟くのだ。傍観者というものは、やはり多少人を馬鹿にしたところがあるに極ったものだ、と。つまり幽霊もその極に達すると傍観者ふうにもなるし、人を馬鹿にしたようにも見えるというわけであろう。

　鏡花のことを話すのに、大分横道へそれるようだが、もう暫く勘弁して貰いたい。鷗外の訳したイプセンの『幽霊』は、御存知かもしれないが、頭をやんだ息子を未亡人が看護するところで終っている。これまた鷗外の訳したシュニツラーの『みれん』は、不治の病にかかった男が、妻にみれんを残す話だが、最初のうちは慰め続けていた妻が最後に活ける幽霊のような夫から逃れたいと思うということになっている。それから鷗外自身の、五、六年あとの作『寒山拾得』は考えてみると幽霊の話だ。

　霊験あらたかな水の呪《まじない》で僧侶豊干に病気をなおして貰う役人閭は、ノイローゼにかかっているともいえる。彼は豊干から閭の任地の台州へ行ったら自分の居た寺を訪ねたらどうかといわれた。めぐりあった寒山拾得二人の乞食坊主がこみあげてくるような笑いを漏らし、「豊干がしゃべったな」といって逃げる。役人はそれを見て真蒼になる。ここのところがよく分らない、ともいわれてきたが、私が今まで述べてきたことを合せて考えてみると、幽霊のことが脳裏を離れなかったということが分るような気がするが、どうだろうか。

　パパアも実は文殊（この場合、寒山）なのだが、まだ誰も拝みに来ないのだよ、と鷗外は子供に話してきかせている。閭も幽霊だがもうすっかり幽霊同然となった寒山拾得を見て茫然となる、こんなことでは闇はまたノイローゼになること受け合いである、いや、この瞬間つき物がおちたともいえないことはない。乞食坊主といえばさっき話題にした飾磨屋も無一文となって死んだ。鷗外が見たときもう大金持は、乞食坊主みたいなものであったわけだ。鷗外自身が博物館長となった頃屢々人々は彼の姿に幽霊を見たともいっていいエピソードを伝えている。ある人が館長室の彼のところへ色紙を書いてくれといって現われたときの鷗外のすさまじい顔付きである。そのとき彼は気をとり直して書いてやったというようなことであったと記憶する。

もう一つは私が前にも〝鷗外〟の章のところで引用した小島政二郎が伝えている話だ。ある日博物館を訪ねて行くと坂道をトボトボと登ってくる老人に出会った。それが鷗外先生であった。脚がむくんでいたために難渋していたのであるが、そのようにして出むいてくるところに問題がある。それからあの遺言である。

長男の森於菟によると、生涯鷗外は自分を追って遥々日本へやってきたドイツ娘のエリスのことを最も愛していたという。少なくとも心に残っていたのであろう。このような彼は出世のために、家運をあげるために彼女を捨てねばならなかった。鷗外は彼女の心を時空をこえて感じなかったはずはない。そういう女の心を秘めていなければならぬ哀れな彼自身が彼女ともども幽霊なのだ、と彼はいっているようなのだ。

以上が鷗外の場合の幽霊というものである。その考え方をノルウェーの劇作家などから受けついでいることは述べてきた通りである。そうしてこの考え方は、現代人一般の考え方からいうと、近いように思える。そこで冒頭に名を掲げた『百物語』に戻ると特に部分的にではあるが、泉鏡花を意識しているとも思えてならない。

はじめて鷗外が太郎を見かけた「湖月」の宴席で、その師紅葉のそばに果して鏡花が侍《はべ》っていたかどうかは今の私には分らないが、『百物語』を書いた頃には、鷗外は既に名声を得ていた鏡花に何度も会っている。当時鏡花が生物《なまもの》には絶対に箸をつけないようになっていたことで知っていたかもしれないし、能役者というものは鏡花の作にも登場する。鏡花が芸者の妻をめとることで苦労したことも知っている。鏡花が幽霊好きであることを知っていたことはいうまでもない。お化けは、お化け屋敷にいるわけではなくて、日常生きている人間の中にいる。一皮めくれば、あなたもぼくもお化けである。だが、鏡花はいわゆるお化けを信じているらしい。お化けくさいお化けを信じているらしい。ぼくは違うな、と鷗外はいっているように思える。

ところがその鏡花の随筆にも、明治二十九年に『百物語』というのがあり、続いて三十年に『雑句帖』の中に『百物語』がある。前者はいかにもお化け専売特許の鏡花らしく、草双紙ふうにふざけて、句を以ってお化け競べをするおどけた風流なものである。第二の『百物語』は次のような文章ではじまっている。

《席上の各々方、今や予が物語すべき順番の来りしまでに、諸君が語り給いし種々《くさぐさ》の怪談は、孰も驚魂奪魄の価値《あたい》なきにあらず、然れども敢て眼の唯一個なるもの、首の長さの六尺なるもの、鼻の高さの八寸なるもの等、不具的、仮装的の怪物を待たずとも、茲に最も簡単にして、而も能く一見直ちに慄然たらしむるに足る、最も凄じき物体あり。他なし、深更人定まりて天に声無き時、途上如何なるか一人の女性に行逢いたる機会是なり。》

深夜人通りのないところで行きあった女性ほどこわいものはない、といっている。これは常識みたいなものである。掛値なしに深夜の女は少なくとも男にとってはこわい。いったい何故なのか。続けて鏡花もいうようにいくら力がないからといって私は女をねじふせるくらいの力はあると思っているのに、といっている。その通りだ。それなら昔から女のこわい怨みがましい幽霊の話が頭をかすめるからだろうか。それだけとはいいきれない。それなら何故女がこわいのだろうか。

《座中の貴婦人方には礼を失する罪を免れざれども、予をして忌憚なくいわしめば、元来、淑徳、貞操、温良、恋愛、仁恕等あらゆる真善美の文字を以って彩色すべき女性というなる曲線が、其実陰険の忌わしき影を有するが故に、夜半宇宙を横領する悪魔の手

に導かれて、自から外形に露わるるは、恰も地中に潜める燐素の、雨に逢いて出現するが如きものなればなり。》

と続け、最後に「女が女とあったら其感覚果していかむ。（恐しく堅いことね。何も忿懣しなくっても可さそうなものだ。）」とふざけている。

鏡花の『百物語』の材料は、こうしてみると、畠の小狸であったり、病婦と蚊帳の月だったり、矢叫びのきこえる五月闇の沖であったり、それから、夜中に出あう只の女であったりする。怪談めいたものはいうまでもなく想像力にゆだねる部分に託されるということである。小説家の材料と考えているのだから、そのくらいのことは当り前といえば当り前のことで、それは彼のふざける態度とあわせ考えれば分ることである。つまりストレートではないのだ。そうしてお化け専門の作家ということの不思議さを除けば、あとはしごく当り前の感覚である。

広津和郎の鏡花についての有名なエピソードがある（「年月のあしおと」）。父の柳浪の家と紅葉の家とは横寺町のすぐ近くにあり、鏡花が遊びに来たことがあった。青蛙が樹の上から小便をひっかけた。それが鏡花の指にかかった。すると彼は真蒼になった。指に青蛙のオシッコがかかると、どうにかなると信じていたのである。後年和郎がすっかり大家になっていた鏡花に会ったときに、そのときの話をすると、昔の場面が甦ったようにあわてふためいたという話である。たかが青蛙のオシッコを不潔と思っているのか、何かよくない怪しげなことを起す力をもっているというふうに思うかしているのは、いかにも子供じみていて、文学者ともあろうものが、と不思議に滑稽に思うわけである。これは、鏡花自身の随筆の『百物語』の文章のような余裕がない。ストレートである。しかしながら、ひるがえって考えると物書きというものは、大なり小なり滑稽なところをそなえている。気を許した者、とくに家族の前では時々見せたらしい漱石の気違いじみた言動は勿論のこと、鷗外の苦《にが》い、何か意地っ張りの態度というものの中にはむしろ滑稽なものがあったに違いない。

　白鳥は鏡花を評して「うしろ鉢巻でステテコを踊っているようだ」と評したらしい。その一方、鏡花の文章を家へ帰ってくるとおばあさんに諳誦してきかせて、うまいもんだ、と感心していたともいわれる。文章はうまいが、どうしてああいうことを小説に書くのだろう、と分らなかったというのが本当のところだろう。昭和十二年三月の末、白鳥は毎月「花月」で開かれていた「二八会」という会合に出席してみた。すると真向いに坐った鏡花が、出された料理をいちいちじっと眺めながら、生物《なまもの》などには箸をつけないのを見て驚いた。その食物を見る眼の真剣さに、鏡花のオビエというものが本物であったかと今更のように思ったのらしい。そのあと、改造社二十年記念祝賀という別の会合で、鏡花は先年名古屋で狂犬が涎をたらして狂い死にする凄まじさを新聞で読んで、実にこわかったということを話した。その話し方の真剣さを白鳥はじっと見ていた。そして大いにショックを受けた。直接白鳥が見聞した鏡花のこの二つの事実で白鳥は鏡花に対する考えをあらためたらしい。少なくとも白鳥は鏡花には鏡花特有の真実があり、そして死に対する恐怖心を抱いているととった。そこからあとが面白い。死に対する恐怖心をあのように持っているのなら、どうして鏡花は、その恐怖心そのものをマトモに書こうとしなかったか。これは確か鏡花が亡くなったあとに書いた文章である。生物《なまもの》を恐れたり、狂犬を恐れたりするから死に対する恐怖心をつよく抱いていると思うのもおかしい。それにどうしてそれを書かないのだ、というのもおかしい。これは二重に間違っているようだ。そこが白鳥の白鳥たる所以だ。それほど白鳥自身が死に対して恐怖心を抱いてたということが分って面白いじゃないか、という人も多い。しかしそれにしても白鳥の考えは奇妙である。

　第一、世の中には死に対して平素から恐怖心を抱いている人ばかりいるわけではない。鏡花が生物《なまもの》を食べないのは、必ずしも若い頃からではなかったようであって、紅葉の死後、自然主義の時代になったとき、鏡花は逗子に三年ばかりひきこもった。赤痢にかかって、その後の療養をかねていたらしい。酒は熱燗《あつかん》でなければ絶対に飲まなかったり、生物《なまもの》には箸をつけなくなった。私事にわたって恐縮だが、私は一時酒をやめ、肉類をやめたことがある。そういうものは私の身体の中で毒作用をし肝臓を悪くさせると漢方医にいわれ、玄米食に切りかえたことがある。この習慣をつけると、鮨であろうが、肉類であろうが、眼の前に出された料理をにらむようになる。そのときはおかしな話だが、本当に毒そのものに見える。毒物として眺めている眼つきというものはハタから見て異様で気持のいいものではない。私は今、私の周囲に依然として同じことをくりかえしている男を見ているので第三者の受けるその感じはよく分るのである。それでは彼や私はその時、死を恐れていたのであろうか。そういうことは全く無関係なのである。それなら鏡花が死に対して恐怖心を抱いているという証拠が、作品の中に一箇所でもあるだろうか。読者がもしいくつかの作品を読んでおられたら思いうかべて貰いたい。

　狂犬の狂い死にする凄まじさを語ったとき、鏡花は何を白鳥らに語ろうとしていたのであろうか。異形のものの恐しさを伝えようとしていたと考えられる。異形のものは、何か超自然というか、何か隠された力のようなものによって人間をおびやかす気配をもっている。一人歩きの夜道で出会う女が恐しいのは、鏡花が自分でいっているように、隠されているものを不意にあらわして変幻と化する気配があるからだ。

　狂犬でなくとも、犬が道をブラブラやってきたとき、不意にかみつかないとはいえない。犬の顔つき、歯のぐあいの中にその気配が十分にある。犬は鏡花のように恐れる人間が近よってくると吠える。犬がうろつく通りを、鏡花はわざわざよけて通ったというが、現在自宅で犬を飼っている私の場合でも同じことである。そのとき、私は死をおそれたりしているだろうか。そんなことはない。犬が隠された力を発揮し、私のような何もしようとしない人間に向ってとびかかってくると思うからだ。

目に見えぬ細菌であっても、森であっても、辻に立った一本杉であっても同じことだ。カブト虫や昆虫や蛇のようなものでも、不意に叩きつけるように神出鬼没に出現し、天から家の中に突きささってくる雷でも同じことだ。

私には、紅葉の家の玄関に寄食し、畳のついた下駄をはいて、一月五十銭の小遣銭をいただき、通りの隅の方をうつむき加減に歩いていた頃の五尺そこそこの角刈りにした鏡花が、やはり角刈りにした紅葉の凧あげの手伝いをし、凧が落ちて隣りの寺の墓石にひっかかるのを怒鳴られてひきあげに行くときの恐懼しているさまが思いうかぶ。執筆の合間に紅葉は体操として弟子たちと角力をとったり、こうした凧あげなどをした。そのさいに正真正銘の江戸っ子である紅葉は、ただ怒鳴ったわけではなかったという。それなら、

「何だ、このヒョットコ野郎め、てめえ、墓石と心中しようとでもいうのか」

といった調子のことを、この何倍も面白く表現したのであろう。年齢は六つか七つしか違わないが、太い眉毛の上った男らしい紅葉先生の、雷のような神出鬼没の怒声と洒落を、それこそイナビカリや雷のようにきいていたのではないか。

これを要するに、鷗外が、ドイツ娘が日本にわざわざ追いかけてきたのに、あきらめて帰国（今のようにジェット機で来たのではない）して行くまで身を隠していたという一種独特なこもった生き方の中からのぼりあがってくる怪しげなものを、半ば楽しみながら作品

化して行ったことと、それから各種のお化けを楽しみながら、飼い馴らして行った鏡花とは別にとり立てていうほどの変りはないということを、まず読者に理解していただければよいのである。そうして各種のお化けの中で一番こわいものが夜道の一人歩きに出会う女だという。その女が夜叉のような顔をつきつけてくるというのでなしに、恋いこがれて、自分の死んだことを告げるために男のところへ急ぐところであるとしたら、その凄まじさというものは……どんなになつかしいものであり……あのトリスタンとイゾルデの話、アベラールとエロイーズの話にも似た……それらよりももっと具体的で直接的で……。

鏡花すなわち泉鏡太郎は、明治六年金沢市に生まれた。小学校では一年上に秋聲がいたが、二人は、紅葉門下生となって初めて知り合ったというのは、紅葉の存在が大きかったとはいえ、いかにも運命的である。作家の父親というものはヘンクツな職人であり、母親は物語の好きな女性である、というのはよくあるケースであるが、鏡太郎の場合そっくりそれに当てはまる。父清次は文字通り名人肌の彫金師で、そのまた父は足袋職人であった。この祖父を通じて知り合ったともいわれるが、東京の下谷にうまれた鈴は、加賀藩から金四枚をもらっていた葛野流太鼓師の娘で、一家と共に金沢へ移ってきて清次の妻となったのは十七歳の時であった。

鈴は鏡太郎と豊春、それから二人めの女の子の産後、産褥熱で死んだ。二十九歳で、鏡太郎は九歳であった。二十九歳の母は、男の子にとっては、ただの母だけではなくて女性として最も美しい存在である。それに長煩らいをしたわけでもなく不意にこの世を去ったのだから、父親ともども息子が彼女を恋い慕ったことは想像に余りある。鈴の死の翌年、父は後添えを貰ったが、こういう子供のいる家には長くいるわけには行かなかっただろう。何しろ子供を連れて摩耶夫人像を拝みに連れて行き、息子の母恋しさをあおったくらいだからである。こんなわけで僅か一年と十日で二度めの妻は去っていき、小説の中で継子いじめの母としてあつかわれている。母恋しさでいっぱいになった少年は当時小学校の上級生ぐらいの年頃であるが、この間、僅か一、二年の間に、十年後に傑作を書く実り多い経験をするばかりか、彼の生涯の小説のパターンを作るような情熱を経験した。そういうようなことは、たとえば一級年上だった秋聲にまず、ないことだ。

　彼の家のすぐ近くに、林寿三郎の照葉《てりは》狂言一座の小屋がかかると、そこへ出かけて行って女役者に可愛がられる。今様能狂言ともいわれるものである。そのほか近所の年上の女からも可愛がられたらしい。こっちの方は（小説『照葉狂言』では）継母にいじめられた女であるから、いってみれば二人の女性とも哀れな身の上である。母の存命中には野ぶすま（むささび）が出るからといって夜外出することを禁じられた子供が好奇の眼を光らせて、女役者の胸にあたためられた緋鹿子《ひかのこ》の座布団に坐って舞台を見ている。若い女役者たちが若お師匠様の小親にだんなさまが出来、お腹に子供も出来たとからかい、その相手の名前をきかせてくれとふざけながら迫り、くすぐる。そのあとこんどは「坊っちゃん」をからかい、隠しているとくすぐりますよ、という。坊っちゃんは毎晩来るが誰が気に入っているのか、と問いかける。おみこしのようになつかれる。そうして夢の中でのような色気のあるお芝居がはじまる。


《「惚れやしない、惚れるもんか。」

「だってお気に入ったんでしょう。佳《よ》い人だと思うんでしょう。」

「ああ。」

「じゃあ惚れたもおんなじだわ。」

「あら〳〵、惚れたの、おかしいなあ。」

また声をあげて笑いしが、
しのぶ手を拍《たた》きて遁げながら言う。

哄《どっ》と笑いて、左右より立懸り、小稲と重子と手と手を組みつつ、下より掬いて、足をからみて、われをば宙に舁《か》いて乗せつ。手の空いたるが後前《あとさき》に、「て」「り」「は」の提灯ふりかざし、仮花道より練《ねり》出して、

（お手々の手車に誰様《だれさん》乗せた。）

（若いお師匠様の婿様乗せた。）

（二階桟敷の坊ちゃん乗せた。）

と口々に唄いつれて舞台を横ぎり、花道にさしかかる。ものうければ下せとて、上にてあせるを許さばこそ。小稲はわが顔を仰向き見て、

「坊ちゃんも何ぞお唄いなさい。然うすると下してあげます。」

止むなく声をあげてうたいたり。

（一夜源の助がまけたに借りた、）

（負けたかりたはいくらほど借りた、）

（金子が三両に小袖が七ツ、）

（七ツ七ツは十四じゃあないか。……）（略）

木戸の外には小親ハヤわれを待ちて、月を仰ぎて佇《たたず》みたり。》

小説『照葉狂言』では、少年は大きくなってから二人の女に想われて板ばさみになり身を隠すというぐあいに作られている。牛若などを演じた今様能狂言の女役者と広岡の姉と称する人とである。その後に書かれた『一之巻』〜『誓《ちかい》之《の》巻』では米国から、遠く金沢にやってきていた宣教師の妹でミッションスクールの女教師に可愛がられるようになる。

女役者たちが、諸国をまわって金沢へと訪れてくるのと同じようにこの女教師も異国からやってきた。彼女らが母が遠い国から舞いもどってきたかのように彼を愛するのである。

この異国の女性は、中には彼女ぐらいの年齢の男の子もいる弟子たちを丘の上に連れて行く。麓で花をつんで投げすてたというので、彼女が彼らを駈足でとりに行くように命令すると、少年たちは、そう叱られるのを喜ぶように駈足をする。背の高い髪の色の違う色の白い彼女が馬の背にまたがって練り歩く姿を見るとこの世のものとも思えなかった。こういうぐあいだから、彼の英語の発音は外人ふうだった（秋聲もいっている）が、それはさておきこの小説では少年は年上の女・秀に将棋を負けてやるのを、盲人の富の市に見つけられ悶々の情やるかたなく、参観授業のとき彼女の質問に参観者の前で答えられず、彼女を絶望的にさせる。小説ではこれまた少年が秀を想い続けるのを恨みながら女教師が結核で死んで行くという作者にとって都合のいい筋である。小説で、ミリヤアドという名のこの女教師には樋口一葉の死の印象が入っているというのだから、執筆当時のまわりの女に対する気持が、そういう筋を選ばせたともとれなくはない。そればかりか、富の市に見つけられるところなど彼が執筆当時愛読した十返舎一九の『膝栗毛』式でもある。こういう調子だから、私があげた一番面白い二つの部分も相当に作られているとはいえ、母の死によって失ったものを、これほど貪婪に具体的に取り戻そうとした人は例がない。

　とにかく十七歳になった鏡太郎は紅葉の『二人比丘尼色懺悔』というようなものを読んだ。これは、同一人の男と関係があったことを知って尼になった二人の女の話でもある。これに感激したというのだから、自分の経験に近いことが書かれていると思ったのかもしれない。翌明治二十三年、十八歳の彼は、小説家になるつもりで東京へ出てきた。湯島をふり出しに一年近くの間、金沢出身の知人の下宿などを転々としたあげく紅葉の書生となることが出来た。

流行作家紅葉も、八円か十円かの家賃の家にありがたがって住んでいるという有様で、前述の如く鏡太郎は毎月五十銭の小遣銭をいただき（その大部分はタバコ銭にまわした）、感激して代書をしたり、凧あげの手伝いをしたり、風呂で先生の背中を流しながら、原稿を見て貰えるようにおねだりした。

紅葉は忍従のこの田舎育ちの青年の原稿に朱を入れたり売ってやったり、父親に死なれて故郷金沢に帰り、家の行末を思い自殺を思いたっているのを三円送って激励したりした。鏡太郎があとで新派の当り狂言となった『滝の白糸』のもとになる小説『義血侠血』を書いたのは、はじめて上京してから四年後の二十二歳のときである。この小説は師匠の筆が入っているが、筋は中国の小説から借りている。筋は中国の小説から借りたものとはいえ、彼の作品には違いない。女水芸人に貢がれた男がめでたく裁判官になって金沢に帰ると、盗まれた金をとり返すため強盗の罪を犯したその女を裁くことになり、彼女を死刑にし、彼は後追心中をする。中国小説はハッピーエンドに終る。このスリルにとんだ活劇小説で、女水芸人は東京へ出かけて行って男に会ってたわけではない。せっかくの再会がこのような悲劇に終る二人はあの世で結ばれるというわけである。このあと鏡花はこういう筋のものを書き続ける。

彼が紅葉宅を出たのは厄介になりはじめてから四年半ぶりでのことである。明治二十八年、まだ二十二歳という若さであった。もう『妖怪年代記』『神楽坂七不思議』のようなものも既に書きはじめていることが分るし、新進として認められるようになる。『外科室』『夜行巡査』はじめ多くの作品があり、「醜婦を呵す」とか、家と家との婚姻は女をドレイにするようなものだ、という「愛と婚姻」というようなエッセイがある。こういうものと心中物とは一脈通ずるところがあることは勿論だが、それが翌年になると、少年が年上の女に愛されるというものを書くようになる。

前に中国小説を読んで影響を受けたりしていた鏡花は鷗外の『即興詩人』を読んで、少年時代のことを、こうした文章で書けば書けると思ったらしい。『一之巻』『二之巻』『三之巻』『四之巻』『五之巻』『六之巻』『誓之巻』それから『照葉狂言』などがそうであるが、鏡花は心中物と同じようにこの世では結ばれることのない話を書いた。前に名をあげた『外科室』というのはある人妻が愛する外科医のメスをとって胸につきさして死に、『義血侠血』と同じように医者は後を追うというものであるが、鏡花はある日小石川の植物園を歩いているとき一人の美しい貴婦人を見て、この小説を思いついたらしい。つまりそれから先は私の想像だが、二人をめぐり合せ死なせるように、筋を仕組んだのである。これらの小説は心中物を真似たり、血なまぐさい絵双紙の思い出があったり、そうしてまたこさえ物めいた筋に見えるけれども、そこには予想外にみずみずしいものがある。作り物じみた筋は実はそれこそ彼の心にあるものを満すのに必要なものであったのであろう。

したがってこういうことはいえはすまいか。彼と彼女は結ばれることは出来ないとはいえ、この世でとにかくめぐり会った。しかし、もし、なかなか思うようにめぐり会えないとしたら、そうしてたとえば女がもうこの世にいないとしたら、そして別のところで一人死んで行ったとしたら、彼女はこの死の機会にこそ自由に訪れてきはしないだろうか。

私は大分先を急ぎ過ぎたようだ。さっき私は彼の心を満すのに必要なものがあったのだろう、といって逃げかかったが、それは今や常識となってしまっているのでいい淀んだのだが、めぐりあったのが母親であったとしたら、結ばれるわけには行かない、といったところもあるのである。もともと雪深い国にはそして古い町では、神秘な思いが深まるものらしい。淡金という蒔絵技法のかんじである。それに彼はせめて母親の霊なりともそこらあたりにあると思いたかった。だから色々なものに霊みたいなものを感じるくせが強くなって行った。また例に出すが白鳥は子供の頃、大きな物、森のようなもの、こんもりとした大きな樹木を見たりすると怖くて仕方がなかったといっている。鏡花は本当のものが背後に隠れているという感受性が――これは誰にも具っているものなのだが――もともと常人よりは強かったことは事実であっただろう。

明治三十二年、二十五歳になったこの新進作家に、画期的なことが起った。硯友社の新年宴会で胸にウッボッたるものを蔵しながらいつものように小さくかしこまって控えていた彼の前に、一人の神楽坂芸妓（桃太郎）が姿を見せた。彼女は清元と花柳流の踊りをよくしたが名取りというわけではなかった。性格も様子もはなやかなものはなくむっつりの方で目立たぬ存在だった。しかし鏡花はその本名が伊藤すず、というのをきいて自分の耳を疑わんばかりに驚いた。名前なんかそれほどのことがあるものか、と思うとしたら、それは間違っている。名前は人間の入口である。偶然の名が同じであるということほどありがたいことはない。しかも年齢をきけば十八歳。母が父のところへ輿入れしたのとだいたい同じ年齢だ。次第にこの芸妓の過去をきき出すと、そこに涙をそそられるような哀れな話がひそんでいた。おそらくきき出すまでもなく分っていた、と彼は思ったのかもしれない。彼女の母は京都の商人の娘で土佐浪人と江戸へやってきてすずを産んだ。夫に死なれる。芸妓に出て商人の妾となったが、破産するとすずを芸妓屋に預けて姿をくらました。一人前になるための仕込はいうまでもなく血のにじむようなものであった。それをきいて鏡花は我が身を思い浮べた。

　すずの身体を自由にする金はない。吉原の仲之町に育ち、神楽坂では蔦栄楽という置屋に抱えられていた。この年の暮、彼は『湯島詣』を書下した。鏡花は自分を華族に迎えられた大学生の美男、梓に仕立て、すずのような身の上の芸妓と恋しあう仲にさせ、おろした子供のことで悩んで気の狂って死んだあと、男もあとを追うような話にしている。湯島は母が生まれたところとして男にここでの出会いをなつかしがらせている。梓の友人には大学出柳田国男と笹川臨風の二人を一人にした人物や高山樗牛らをして紅茶をのんで結婚論をやらせたりしているが、物語は右に述べた如くであった。現実には鏡花とすずは勿論心中したりしたわけではなかったとはいえ、その事情は梓と芸妓、蝶吉との結婚をはばむ事情と根本的には大差のないものであった。そしてそれは、後にくわしく述べるところであるが、このように自分とかかわりあいのある人物を登場させて、心中ものにしてしまうについては、よほど彼を駆りたてるものがあったに違いない。それは年が明けて間もなく発表した傑作『高野聖』のことを考えると分るように思える。

『湯島詣』にしても紅葉の『金色夜叉』などともどこか似たところがある。ところが『高野聖』は若い僧が奥山で白い肌の美しい女に出会う話でやはり一種のお化けの話である。鏡花の友人の商人が大学生と飛驒の山の中の人も通わぬところの宿に泊り、谷川で汗を流していたら田舎娘に出食わしたという話が元になっているという。前に夜道で一人歩きしているときに女に出会う怖さを作者はいっていたが、これは夜道の代りに奥山でヒルが人を襲ったり、蛇が丸太のように道に横たわっているようなところに美しい女が白痴と暮らしているというのである。こういう女が隠された魔力を発揮するということになるのは、鏡花の作ならば当然である。その魔性の女の誘惑に乗って馬や猿にされたとしても、それはそれで悔いないという気持は、男が女から感じる最高の愉悦というもののように私には思われる。

《其手と手を取交すには及ばずとも、傍に附添って、朝夕の話相手、茸《きのこ》の汁で御膳を食べたり、私が榾《ほだ》を焚《た》いて、婦人《おんな》が鍋をかけて、私が木の実を拾って、婦人が皮を剝いて、それから障子の内と外で、話をしたり、笑ったり、それから谷川で二人して、其時の婦人が裸体になって私が背中へ呼吸が通って、微妙な薫の花びらに暖に包まれたら、其まま命が失せても可い！》（『高野聖』）

こういう女にはこれといって男に恨みがあるわけではないのだからそうなのである。作者はこの愉悦というものにひたっていたに違いない。彼の書く『照葉狂言』の女役者小親や、あの外人の女ミリヤアドなどが山奥にあらわれ、そしてこちらの方が少年でなく若者であるならば、忽ち隠されたものを見せるような、そういう性質のものである。掛川で「私」が旅の僧と汽車に乗り合せ名古屋で弁当を食い北国へ入ると雪だ。やがて敦賀の旅籠屋《はたごや》で同宿する。全篇これ旅日記のスタイルだ。旅の僧が語る話に乗って読者は「私」のようにいつのまにやら山の中へも来るし、その道連れの女好きの富山の薬売りの語る言葉がきこえてきて、その状景へ導かれる。そこへ「私」が時々相槌を打ったり先を促したりする。作者というようなものの姿はなくて語り手が次々といるばかりで、語られた言葉が即物語の世界、といったぐあいなのである。こういう語り口は能狂言の運びだといわれているが、なるほどそうである。だんだんあとになるともっと自由に闊達になり、その代り彼がいよいよ、すずから習いおぼえたりする江戸弁が至るところに入ってくる。旅行記であり能狂言式であるものから、弥次喜多道中式であり能狂言式の芝居を演じながら物語の世界にまぎれこむようになる。そうしてそれは面白いことに同郷人秋聲がもっともよく似てくるようにも思える。そういうことについて、語るのが後段でのネライなのだが、自他ともに行先が分らぬといけないからこのくらいのほのめかしにとどめて、先へ進むことにする。

　鏡花は自然発生ふうに文章を書いたというわけでない。その証拠に紅葉や、一時森田思軒ふうの（観念小説ふうといわれる。戦後派小説と思い較べるといい）文章も書いたし、『即興詩人』ふうの文章も書いた。それから『高野聖』から、このあと『註文帳』というふうにそれからあとはもっと変る。そして、そこのところが面白い。

　いずれにせよ、鏡花は、桃太郎、つまり自分の亡き母と同じ名の伊藤すずと一年近く逢う瀬をたのしんでいる間に、いくらか大ゲサだが二人のすずという女性から『高野聖』をうみ出したといってもいいところがあるのである。

　翌三十四年の『註文帳』はカミソリ研屋からカミソリが消えてなくなった日に必ず吉原遊女に自殺が起るということから大雪の日の新しい殺人の因縁話が……

《「見なさる通り恁《こ》うやって、二百三百と預ってありましょう。殊にこれなんざあ御銘銘使い込んだ手加減があろうというもんだから。然うでなくったって粗末にゃ扱いません。（略）今日だ、十九日というと不思議に一挺づつ失くなります。」

「何が、」と変な目をして、捨吉は解ったようで呑込めない。

「何がったって、預ってる中《うち》のさ。」

「おお、」

「（略）毎々のことでしょう。気をつけると毎月さ、はて変だわねえ、とそれから何時でも寝際にゃあ丁《ちゃん》と、ちう、ちう、たこ、かいなのちゅ、と遣ります。（略）

（白鳥はこの作品を愛読したのでこの文句が分らなくて下宿の主婦にきいたという（『追憶記』）。数をかぞえているのだ）

　すると其の前の月にも一昨日持って来たとッて、東屋の都という人のを新造衆が取りに来て、」

　五助は振向いて……（略）》

なるほど白鳥のいう鉢巻をしてステテコ踊りをやっているような文章である。それに職人たちの使う特有の言葉が入ってくる。会話も地の文も一様である。江戸のことに疎くとも、どうも人情本、草双紙のくさみには気がつく。新造衆とはくるわ言葉であって、この都なる女郎につき添う女郎のことである。その臭みで塗りつぶしてあり、くさいといってもリアリティがある。臭さそのものがリアリティなのだ。うまい芝居を見せられているような気がする。場面の展開のうまさのことだけではない。江戸市民たちの芝居である。幇間と客と芸妓のやりとりの芝居といってもいい。

愛すべきもの、魔性のものの住む世界は、そういう言葉と芝居の中でしか現われてくることがむずかしい。母親を想い出してもそうだった。

江戸の下町にうまれた江戸弁をつかう白い肌の少女は美しい着物をきて駕籠にゆられて峠を越えたりして金沢の（北国の血をうけついだ彼女はほんとうに色が白かったことと思われる）町へ入ってきた……。

明治三十六年十月に紅葉は癌で死ぬ。その年の六月に、鏡花は文筆業の弟と一緒に紅葉宅へ呼びつけられた。前年夏、鏡花は逗子で胃を悪くして静養しているときに紅葉が前ぶれもなくやってきたのであわてて彼女をかくしている。たしか寺木定芳「鏡花と逗子とモデル」によると、干してある腰巻を見て、あれは何だ、と問われて下女の物のようなことをいってごまかすと、紅葉に、素人が紐のついていない腰巻をするか、といってどなられるところがある。このときにそんなことがあったのかもしれない。この師の言葉は実に興味ぶかい。とっさとはいえ、江戸趣味にあこがれ、花柳の世界に傾倒していた鏡花自身が、紐あるなしを大切に考えていたに違いないのに、うっかりしたものだ。

事が事、時が時であっただけに、同じ土俵で相撲をとると、十両が横綱に一ぺんに押し出されるようなものであった。このとき紅葉はすずが度々訪ねてきていることや、二人が結婚しようと思いながら、自分に黙っていることを知っていたらしい。三月、鏡花は神楽坂二丁目へ転居してすずと世帯をもった。紅葉は四月十四日として、「十千万堂録」という日記に書いている。

《妓を家に入れしを知り、意見のため赴く。彼秘して実を吐かず。怒り帰る。
右の件に付再人を遣し、鏡花兄弟を枕頭に招き折檻す。十二時放ち還す。疲労甚しく怒罵の元気薄し。》

そして十六日には、

《夜鏡花来る。相率じて其家に到り、明日家を去るといえる桃太郎に会い、小使十円を遣す。》

その頃まで鏡花は好むと好まざるとにかかわらず紅葉の添削を受けることがあった。師はこの愛する弟子にしかるべき家の娘を世話するつもりがあったかもしれない。紅葉が相手にした同じ神楽坂の芸妓小えんが、ジェラシーのためすずのことをあまりよくいわなかったためではないか、ともいわれる。『婦系図』で小えんに当る妓が、せっかんされる早瀬との間に立ってとりなしたというのは事実の反対ではないか。そうしてまた小説では十円でなくて「折目のつかない拾円札三枚」をくれたと、実際と違うのは、鏡花が根にもっていたのではないか、とか面白い説がなされている。

　こういう自説をふくめて色々の意見を紹介したあと、鏡花研究家の村松定孝氏は、桃太郎と親しかった年下の芸妓畑井つるせにあって当時のいきさつをきき出し、意外な真相のあった、ということを知った。それは友人に金を借りて借金を返し、桃太郎が鏡花と家をもったあとも、まだ契約が切れたわけではなく、芸妓として出ていたというのである。というようなわけで鏡花自身としても桃太郎のことを結婚させてくれとは師にいい出すことが出来なかった（神楽坂二丁目へ引越したのも、まだ勤めがあったからかもしれない）。師の方も、「わが弟子が女房に芸者勤めをさせながら、同棲しているような卑しい生活を清算させるがためだったことになり」と、この真相は『婦系図』にも紅葉の日記にも、鏡花の自筆年譜にも省かれているとつけ加えている。

　そうしてみると、これは私の想像だが、『婦系図』のスリを助けたというスキャンダルが酒井に分っては困ると思う気持は、この依然としてお座敷を勤めさせているというスキャンダルと何か結びつくようにも思われる。紅葉の死後書かれた『婦系図』のせっかんの場面、後に芝居となった「湯島の境内」の切れろというのなら、死ね、といえ、と迫るお蔦や、お前は、おれと女とどちらをとるか、と大恩ある先生に迫られた、と語る早瀬は、あのまま文字通り一つの芝居的場面を作りあげている。そうして、こうした芝居を盛りあげるには、拾円札一枚より三枚の方がよいのであるし、いわんや先生が既に病気にあって拾円札一枚だってなまなかのものではない、というのであれば尚更のことである。

　人眼をしのんで逗子にあいに来たり、いや逗子のような離れたところでなくとも、お座敷がひけてから夜道を鏡花の住居にやってくる。それがただの素人ではなく、客の相手をしていた芸妓である。彼女らは並みの結婚は出来ぬものとあきらめているし、だから男をだますのだ、とこう思いこもうとする意地がある。こういう意地を鏡花はいとおしく思ったに違いない。それは『湯島詣』を読めば手にとる如く分かるのである。女が逢わんがために幽霊となって訪れてくるというような空想をたのしんでいる姿を私は想像する。とくにいったん世帯をもった二人が先生の命令でまた別れるとなったあとは、よけいそうであったといってもよいと思うが、どうであろうか。「湯島の境内」のあの悲しい別れは、紅葉によって強いられたものだが、それだけに、もっとも鏡花らしい芝居の成り立つ、まことに好都合な出来事そのものだった。

その後病床へお伽《とぎ》にやってきた鏡花に、この小説材料をやがて提供することになる紅葉は、こんどのお前の新聞小説の原稿料はいくら貰えるのか、ときく。当時の金で一円か一円五十銭ぐらいかと思ってきくうちに、三円ときいて、「ありがたいと思え」といって弟子の出世を喜んだ。弟子は師との悲しい別れを思い、ひたすらかしこまっていた。

紅葉の死を境にして硯友社一派に代って自然主義作家が擡頭してくるのは、ついさっき引用した『註文帳』の文章を見れば分る。鏡花などは金沢生まれのくせに江戸趣味、江戸言葉にとっぷりつかろうとするから、勢いこれ見よがしのところがあって確かに鼻持ちならない。私がいうまでもないことだ。ところが鏡花の場合、何しろ自然主義作家たちがヒンシュクする言葉や、江戸下町にのこった言葉をありがたがるということが、積極的な彼の世界に磨きをかけるための大事な条件だから始末が悪い。もはや紅葉を気にしなくなることが出来るすずが、その言葉の世界をせっせと運んでくれる。

年譜によると三十九年七月にまた一家をあげて逗子に移って静養している。素人となったすずを連れている。注文はさっぱり出なくなった。それは恐ろしいことだったと思う。粥とじゃが芋を食するだけだという。生物《なまもの》に手を出さなくなっていたらしいから一種の栄養失調状態にでもなっていたに違いない。そうなると天地自然と我というものが一体となるというふうに感じるものだ。家も破れ、雨もささ蟹も入りこんできたし、そして波の音がきこえた。すすきの穂が家のまわりになびいた。蝶か夢か殆んど恍惚の間にあり、と書いている。これを助けたのは彼が愛読した中国の李長吉の残酷美、幻想美の詩であったらしい。思うにとうとう彼自身が蝶にでもなったと思うことがあった。『春昼』『春昼後刻』の作はこの状態から生まれた。

近頃とくに評判になっているらしいこの小説を私ははじめてしばらく前に目にした。逗子とハッキリ名が出ていたかどうかおぼえてないが、それらしきところを散策子が歩いている。石垣の内からスルスルと入りこんでいく蛇を見て、そのことを住人にいわねばならぬのではないかと気にかける。音もなく落ちる椿だの、内には大きなどじょうがいる。それから次々と、彼が何か気になるようなことがいくつかあり、そうして寺へいき、住職からこの村でおきた事件、思う人が東京におり、妾のようなことをしている女のこと、そうしてその若い男の溺死のことなどきかされる。沖合からは何か男の声がきこえたりしていたのだと思う。

彼が寺のうしろの谷に何か祭りの音のような気配を感じて丘をこえて行くと、そこで舞がかかり、そこに縛られて（?）向うむきになっている（?）男の姿がある。まわりに女たちがいて（?）何か演じられている。その男が自分である。驚いて引返してくる。ステッキをもった東京の旦那も登場してきて彼と歩いたりするのだったか（?）そんな場面もある。春の昼、菜種畑に女がいるのに会ったりする。幽霊じみている。それが確かあのかくまわれていた女だったと思う。細かいことは忘れてしまった。この男は『高野聖』の中の、語り手の若狭の商人と違う。

《咄嗟《とっさ》の間、散策子は杖《ステッキ》をついて立窘んだ。曲角の青大将と、此傍《かたわら》なる菜の花の中の赤棟蛇《やまかがし》と、向うの馬の面とへ線を引くと、細長い三角形の只中へ、封じ籠められた形になる。

奇妙なる地妖ではないか。

しかし、若悪獣囲繞《にゃくあくじゅういにょう》、利牙爪可怖《りげそうかふ》も、蚖蛇及蝮蠍《がんじゃぎゅうふっかつ》、気毒煙火燃《けどくえんかねん》も、薩陀彼処《さったかしこ》にましますぞや。しばらくして。……》

といいきかせる。自然主義作家たちも、やまかがしもこの馬にされていることになるのかもしれない。

なるほどこの小説は一層能狂言に近いと思える。好みの文章で好みの世界にひらひらと飛びかっている。そうして蝶も一役買って、一つの霊となって一層芝居をしていることが分る。こうした芝居のコツ、生きるコツ、生活の仕方をおぼえこんだように思われるが、どこか一人芝居といったところもなくはない。それは明治四十三年の『歌行燈』や四十五年の『南地心中』や大正十三年の『眉かくしの霊』のような名作にさえなくはない。とりあえず四十年に『婦系図』を書き、四十二年にもともと好意を抱かれていた漱石のところへ赴き仕事を頼み、それが朝日に連載された『白鷺』であるということや、『白鷺』が第一回鏡花会（出席者には、喜多村緑郎、長谷川時雨、笹川臨風、斎藤信策、木下利玄、登張竹風、小村雪岱、橋田邦彦などがいた）の席上知った鏡花より三寸程背の高い大柄の目の大きい、つんとした築地の待合「浜松」の女中お富がモデルであることを述べておこう。

鏡花はこのあとだいたい三十年生きのびるわけである。その間、臨風とハウプトマンの『沈鐘』だとかを共訳し、その後ワイルドの『サロメ』だとかの影響も受ける。劇『天守物語』などがそれだ。荷風や鷗外にも声をかけられる。自然主義文学が下火になってからも潤一郎や芥川に絶讃されはしたが、文壇の主流ではなかった。それは、彼の世界と文章のことを考えてみれば、想像のつくことである。それはそれとして、夫人、水上滝太郎、里見弴、臨風、久保田万太郎など、霊を相手にすることを許してくれる連中とつきあいながら、さまざまな妖怪や妖精、凄まじいものから優しいおかしげなものを呼びおこし、自分の書く文字もそういったスピリットの一つとして感じたりしながらひとり芝居ではあるがずっと昔からある、ちょうど私たちがカマドをあがめまつるのを教えられていたので今でもひっそりとした火の気のないカマドを見ると、何かがそこに潜んでいると思ったりするような気持もあって、祈るような気持でいたのではないか。想が浮ぶと、ポンとおでこを一つ叩いて階段をかけあがったという。テレると江戸の職人ふうに幇間ふうに首筋をポンと叩いたという。部屋には紅葉全集が飾られ、卯年であった母にちなんで兎の玩具や、ぬいぐるみがいくつも置いてあったという。そこの前でお蔦と早瀬でもあった二人が江戸ふうな会話をして芝居をたのしんだ姿を想像する。そのとき、私は潤一郎が夫人を床の間にあげといて、タスキがけをして廊下に雑巾がけをしていた光景を思い浮べる。

《お二人、さし向の時、それも、御きげん頗るよろしい時に限るんだが、真面目な顔で奥さんを、
「御貴殿の」とか「御貴殿は」とか呼んだものだそうだ。更に御きげん頗るよろしく相なると、何と「そこもと」とやったそうだ。但し是は決して酒の上ではなく、白面の時の事で。》（寺木定芳『人・泉鏡花』）

鏡花は臨風とは古いつきあいであるが、弥次、喜多と互いに呼びはじめ、手紙も弥次から喜多へというふうに書いたりしている。彼は昼寝のときにも『膝栗毛』を枕もとに置いて眠り、薬の代りにしていたということだ。そうしてこれまた前に名をあげた『歌行燈』をはじめとするような作品は『膝栗毛』の如くふざけながら旅をして、しかるべき気合いで登場してくることになっている。ヒラヒラと蝶の如く舞うのも弥次喜多としてふざけるのも彼の好みの世界にあいわたる礼儀のようなものである。

《ステッキと手提袋をお互にふり〱、町はずれの草原へ出れば、まるで、十二三の少女と十五六の少年が植物園にでも行ったような騒になる、草を摘む、蛇を恐がる、駆け出す、追いかける、食いつく、抓ねる、までは人前だからしないが、第三者の目には、心をピンと張ってどうよく解釈しようとしてもこれは、じゃれ合っておいで遊ばしているとより外みえない。》（『人・泉鏡花』）

鉢巻をしてステテコの踊りをしていると見える姿は、神をよぶ姿ではないか。

昭和十四年、六十七歳で肺腫瘍を病んで鏡花は死んでいる。紅葉を見送ってから三十七年後になる。

紅葉への鏡花の弔辞も芥川が死んだときの鏡花の弔辞も名文であるが、臨風のこのときの弔辞も名文であるばかりか鏡花小説の特長をモウラしている。

《伏して惟みれば、幽幻院花日彩居士は本天上の謫仙にして、恐らくは人間の種にあらざるべきやに思われる。才、馬郷を凌いで、気は長吉を軼ぎ、英華煥発、尋常の徒の企て及ぶべき所ではない。羅浮、夢は絶えんとして仙骨縹渺に、窈冥倏忽、容易に捕捉し難い。其の一たび想を構うるや、奇思横生し、或は佳嬪美媛紛として花の如く、或は一転して魑魅魍魎、百鬼白日行き、神出鬼没、変化窮りなく、其の文章の鎔冶洗煉せる、一時一句に的鑠たる春星を点じて、一辞の軽なく、隻句の俗なく、尽く是れ神斧鬼削、まことに超世絶代の奇文と称すべきである。居士以前に居士の想居士の文なく、居士以後に居士の想居士の文なきのみではなく、居士の如き人は今後求めて決して求め得られない。居士狷介にして潔癖、然も其の交遊中には居士の為めに一意労めて已まない諸君子の少くなく、鏡花宗徒には強烈なる信奉者の多く存するを見れば、居士の大ならざれども高く、広からざれども深きを知るべきである。秋風未だ吹き到らざるに、帝勿ち召して白玉楼の記を作らしめ給い、永く人界と絶つ、傷しいかな。落月依微として、晟星又滅、空しく天の一方を仰いで、旧夢の尋ね難きを嘆くあるのみ。》

名文、名文、名文である。

同じ川岸／近松秋江

大正四年の三月から四月にかけて、漱石は京都に滞在していて、白川のほとりの宿で磯田多佳や、もと彼女の仲間であった金之助やお君といった芸妓を呼んで風流な時間を過していた。

漱石は病む胃をかかえこんでいた。頭の中にはもやもやしたものがいっぱいあった。頭の中のすっきりしない状態と胃病というものは、どちらが原因か分からなくなる。多佳はそういう漱石の相手をつとめていたわけだ。こういう次第は前にかなりくわしく述べたところだ。

ところがちょうどその頃、もう一人、少年の頃から胃病もちの、岡山県生れの小説家近松秋江が、東京から京都に移り住んでいて、その頃売り出していた年少の小説家長田幹彦と漱石のことを話題にしていた。秋江は財産分けのことで一時郷里へ帰っていた。財産の方の首尾はどうだったか分らないが、京都へ戻り、南座の向う裏にある葉村屋というところに宿をとったが、じっさいは幹彦が大尽遊びをしていた西村屋へやってきて、たかっていたらしい。

　葉村屋は大阪役者の営む小粋な席貸しだということだから、それ以前にいた宿よりは大分上等であるが、いずれにしても満足に宿代を払える状態ではなかった。

　その西村家から二軒川下の席貸しにいた漱石は、秋江にたわいないが悪口をいわれていた。

「漱石は文壇の貴族だから、お多佳と趣味があうでしょう。君は彼の作品をどう思うですか」

　というぐあいに始まるのである（長田幹彦『文豪の素顔』―近松秋江）。芸妓のいる席のことだし、幹彦はこの先輩作家に適当に調子を合せながら、あなたは中国育ちだから、江戸っ子の書くものの味わいが分らないのじゃないか、といったりしていると、自分も寄席遊びもしているし、江戸っ子のことは分るが、大した作家じゃない、ボリュウムがない。それに個人攻撃をしては何だが、マイザー（けちんぼ）だ、という。博士号を辞退するくらいなら、大学の教授もやめるべきである。あれは気取りだ。学位の代りに金の一万円もやったら、貰っただろう、といったりする。そのうち、神楽坂の伊勢重という質屋の話が出る。漱石は銀行の月掛貯金の金が不足すると、夫人にその質屋へ通わせる。今にあの先生、金を貯めよるよ、といったぐあいである。

銀行の月掛貯金の金が足りなくなると、伊勢重へ通ったり、行李ごと質屋に預けてあるのは、ほかならぬ秋江自身のことであって、そのことを以前に面白おかしく幹彦に語っていたものだから、「武士は相見互いじゃありませんか」と幹彦はいい返して当りさわりなくヤユしたりする。

北風が吹きはじめると、口のあたりに皺がよりはじめるというから、懐の淋しさが身にしみるというわけであろう。秋江の顔つきやかっこうがサマにならないということを、白鳥も広津もこの幹彦も口をそろえていっている。誰であれ彼であれ、たとえば漱石の顔にしろ、いつも見よい顔ばかりであったわけではないが、およそ、私が扱ってきた小説家の中で、彼のように与《くみ》しやすしといった感じでいわれた人は、ほかには先ずないように思う。私が紹介した幹彦の文章で秋江の面目は躍如たるものがあるが、秋江は以前に漱石を訪ねたことがある。新聞に原稿をのせて貰うために出かけたのであろう。そのとき漱石と門下生との様子を見てきて「あの仲間はいかにも睦まじそうだ。自然派の連中のように仲間うちで悪口を云い合ったりしないようだ」（正宗白鳥『近松秋江』）と、寧ろ感心したようなことを、口にしたこともある。

漱石のことを話題にして物の分ったところを後輩に見せようとしたり、サービスもかねていくらか面白そうなことを語るつもりもあったと思われるけれども、秋江のいっていることは、いかにも漱石の一面をよくあらわしていることも事実であって、実は彼は文壇人の多くの人々の腹にあることを代弁しているのである。

銀行の月掛貯金をするために女房を質屋へ通わせたという漱石についての話は、デタラメであるとしても、よく考えてみると教授をやめて朝日新聞の社員になるに当って、綿密な銭勘定をして契約を結んだり、弟子に金を貸すに当って、返す当てがあるのか、ないのか、ときいたりしたことなどは、秋江の愚かな無駄話である漱石評と満更関係のないことではない。養父の無心に対する漱石の苦慮のことなど、『道草』の出る前のことだから知るはずもないが、これなども、満更無関係といえなくはない。夫がイギリスにいる間、鏡子夫人が実家で乏しい生活をしていたことも、そうだ。

彼のいっていることがなるほどと思われたとしても、それを語っている秋江自身のこととなると、まことにサマになっていないのは、幹彦のいう通りである。しかし、考えてみると、その矛盾の中に、多くの暗示がある。

彼は席貸しで先生、先生とチヤホヤされていたいと思うが、そうかといって多佳女のような女は肌に合わないと感じていたに違いない。彼は金はノドから手の出るほどほしいと思っていたが、質屋へ通うような男や、とくに女房の姿というものには好感をもっていなかったわけではない。彼は「貴族」ぶっていると文句をつけているが、自分もまたどこかに自分ふうに貴族的なものをもとうとしているのだということを知らなかったわけではない。彼は自分のサマにならぬことを気づいていなかっただろうか。そのことは微妙であるが、それより興味があることは、そうしてそのことが彼自身にとっても重大なことであったわけだが、彼は他人が自分のことをサマにならぬと思うところに、それこそ、サマになるものを感じていたということだ。どういうことか、というと次のような意味である。

たとえば大阪の名代の商家に生まれたボンボンが、商売には身を入れず、廓《くるわ》通いをして身代をすりへらし、人々には罵られ、妻子には歎きを見させ、世間の義理をも果すことが出来ず、遂には心中に追いやられる近松門左衛門の作品の中の男たちを思いうかべてみると、彼等に一人として、しっかりとしたものがいたであろうか。『心中天網島』の紙屋治兵衛や『冥途の飛脚』の忠兵衛はもともと一種の能なしのボンボンふうの人間である。彼等登場人物は、もし一つ一つの場面をとってみるとしたなら、お話にならないようなサマにならぬ恥かしい言動を見せている。そこのところが秋江のサマにならぬところと似ている。そうしてそのサマにならぬところは一篇の作品を仕上げて行くための必要な部分なのである。

さてここでボンボンの話が出たから、ついでに次のことだけいっておこう。幹彦と同じように東京に生まれて関西に遊んでいた小説家に潤一郎やそれから里見弴などがいる。これらの大正作家たちは関西を舞台にしてめざましい活躍をするが、大岡昇平によるとこれら大正作家はみな成金趣味作家である（『詩と小説の間』――「近松秋江『黒髪』」）。成金という言葉をつかったついでにいうと、漱石が風流な日々を共に送ったことになっている多佳女のパトロンは大阪の鉄鋼会社の社長であったという説もある（あるいは単なる〝大切な客〟か）。漱石が多佳女と北野天満宮の梅見のピクニックに出かけるつもりだったのが、彼女はパトロンがやってきたので、漱石との約束を果し得なかった。漱石が腹を立てて、彼女の技巧についても色々考えた。いくら何でもパトロンがいたことで腹を立てたわけではないが、漱石にはショックであった。潤一郎は三年前の明治四十五年に新進作家として京都にやってきて幹彦などといっしょに多佳と遊んだりしている。すっかり肥ってしまって、心臓神経症みたいなものになってしまった。潤一郎はあとで関西に移り住むようになるが、『猫と庄造と二人のをんな』を書いたのは、昭和十二年のことである。御承知のように、これは大阪のボンボンが二人の女の間にはさまって、彼が大事にしている猫を二人の女が奪いあって自分の方へひきつけようとする話である。

　庄造はいうまでもなく作家潤一郎をもとに作られた人物であって、何年か前に潤一郎は二人の女との間に似たことがあり、彼自身も猫をたいへん可愛がっていた。潤一郎という人は、ボンボンを主要人物として一篇の小説を書く傾向がある。『細雪』にしてもだいたいそうである。ボンボンを主人公にして書くのにふさわしいのである。だが谷崎は若い頃から馬鹿にされたり滑稽視されたりしたことは、おそらく一度もない点では、漱石と同じといっていい。その谷崎が『春琴抄』の佐助が春琴を遇したように松子夫人を床の間にあげといて、丁稚のようにタスキがけで雑巾掛けをしていたという、あとで述べるように、まるで誰よりも秋江に近い行為があったということは、松子夫人が夫の死後に語るまでは、誰も思って見もしなかった（『倚松庵の夢』―森鷗外の項参照）。潤一郎がその小説の中で、女を背中にのせて自分は馬になって、部屋の中を歩きまわったというようなことはちょっと大正時代の成金の遊びのにおいがするばかりか、誰に一番近いというと、これまた秋江の名をあげないわけには行かない。女をのせて馬になって歩きまわったのは、小説の中の人物に限ったことではなくて、十中八九まで作者の潤一郎のしたことであると想像がつくのに、その想像をさけてきた。よしんば想像したとしても、そういうことをあえて問題にする者もなかったようである。

ところが秋江は笑い者にされたというわけである。そしてその彼がいくつかの大正時代の傑作を残した。といっても秋江という人物のことについてまだほとんど語っていないので、一般の読者にはよく分らないかもしれない。このしばらくあと、その機会をねらっていたかの如くにして、金山太夫という売れっこの祇園の芸妓との奇妙な話が始まり、それに当然幹彦がからんでくることも、先のこととして一先ず、秋江の閲歴をさぐることにしよう。

近松秋江、本名徳田丑太郎は明治九年に岡山県の今の和気町に生まれている。醸造業をかねた農家の四男だ。村こそ違うが同じ郡に三年後に白鳥が生まれたとは因縁である。鏡花と秋聲が紅葉門下生となってはじめて同郷のことを知ったように、二人は東京へ来てから知り合った。慶應の学生の時秋江は、早稲田大学（当時の東京専門学校）に、「模擬国会」を聴きに行き、はじめて白鳥に話しかけた。丑太郎という名は浩司と変える。秋江は、僧にされかかってやめることになったり、養子になって復縁したり、岡山中学に入ってすぐやめると、三月大阪の商業学校を受験したが、身体検査ではねられてもどってくると、九月上京して慶應義塾に入学した。福沢諭吉にほれこんだわけである。ところが、この年父の死に遭い帰国し、二年後にまた上京、また国民英学舎と二松学舎で勉強しているが、翌年身体を悪くして帰郷する。それから上京するが今度は長与胃腸病院に入院し帰国する。ところが翌年、二十二歳のとき、またもや上京して前述の東京専門学校に入るが、これまた、歴史科、英語政治科、それから英文科と変った。

　彼は紅葉、鏡花、一葉のような軟文学にほれこむ一方、政治小説を耽読したという。歴史科に入学したが、早稲田大学では歴史科は生徒が五、六人でやってゆけなかったから一年きりで廃止になった。歴史科にいた白鳥といっしょに英文科へ移った。英文科には樗牛や逍遥や王堂らが教師としていた。そういう具合に転々とするのだが、それにも拘らず、ここで目立つのは、彼が何度も方向を変えて突撃を企てようとしているいささか執拗な姿と、何かしら、直ぐ方向転換をする態度である。勿論病気であったということを含めてのことである。それからもう一つはその夭折（明治二十九年）によってあきらめざるを得なかったが、二度目の上京の目的が一葉の弟子になるためだったことである。『わかれ道』『たけくらべ』『十三夜』などのような作品を読んで感心したと書いている。この二十歳の文学青年がこれら傑作に惚れこんだのは、この小説の内容が、おきゃんな女が弱い女の前に姿よく立っている魅力にひかれたのではないか。

　秋江の写真は、だいたい三、四枚がよく使われている。胃腸の弱い秋江はいつも痩せた身体で撮られているが、馬のように長い顔で眼は感情的で、特に一枚の写真なんかは、何のためか眼を大きく見開いて遠くを眺めている。わざとのようにさえ見える。白鳥は、しまりようのない顔を一層ゆるませて、というように悦に入った友人秋江を書いている。茫洋とゆるんでいるところも、実はなかなか趣がある。大事ではあるが人間以下の道具である胃腸という器官と調子を合せてしまっているような、人々が問題にし忘れているところを問題にしていることを示すような、そうしてそのことをほとんど知っているような眼つきに思える。この顔つきをした二十歳の秋江が一葉の門を叩くことは遂に実現しなかったけれども、一葉の小説が軟文学とするならば、その中には正義を目ざして世の中を改革し、庶民の権利を拡張させる必要があるという考えだって十分に入っているのである。岡山では流行していた義太夫にかぶれていた秋江は自分もサワリを唸っていたし、女義太夫をききに寄席通いをしはじめた。卒業後、秋江は博文館へ勤めるようになったが、それからあとの秋江は白鳥にいわせると急速に地金をあらわしはじめたという。世間へ出て自分が働いて食うことになると、誰しもそうなると断わっているが。そうして白鳥は自分が人間嫌いになったのは、秋江のせいだ、となげいている。

そもそも私たちが人間嫌いになるのは、どういうときかというと、自分のワクでどうにも理解が出来ず、そのことに拘っていると、自分だけが拘っていて損をし、相手は恬然《てんぜん》としている。少なくともしているように見えるというような場合である。モリエールの『人間嫌い』という劇は、理想主義者で正義の士アルセストが、浮気な未亡人を恋する。友人はその恋の実らぬことを説くが彼は理性を以ってしては恋心を抑えるわけには行かぬ、ともっともらしいことをいって実行し、恋に破れる。一人角力をとったことが腹立たしい。我と我が身がいやになる。自分と相手がどちらかがどうかしているのではないかと考える。自分がおかしいと思いたくなければ、相手をそうだとするより仕方がない。浮気な女だからとか、義理をわきまえぬヤツだからとかいってみても、そういうものとつきあっている以上仕方がない。そればかりか、そういう相手とのつきあう仕組の方のレールがしかれていて、なかなかそこから脱れ出ることは出来ないときている。

あとになって関西で下宿生活をするようになる秋江は、白鳥のいる東京がいやになったといったというから、この形はずっと止むことなく延々と続いたことになる。秋江の方がいやになったというのである。逍遥の世話で入った博文館を数ヵ月でやめた秋江が、白鳥も編集をしていた早稲田文学で講義録や学報の仕事をするようになったのを、白鳥は割り込んできたといっている。ここで校正の仕事は俗で面白くない、といってサボった。白鳥は抱月の世話でその仕事をしていた関係上一人で秋江の分までやったのが、やがていや気がさしてやめてしまった。秋江はあとで「中央公論」の編集をするようになったが、ここでも彼は大学生のときアルバイトのかたちで入ってきた滝田哲太郎（樗蔭）にやらせてサボり、自分は家にいるというぐあいで長続きはしなかった。

　白鳥は秋江が博文館にいる間も、編集者であった小波や花袋や天渓や樗蔭などの噂話は面白かったといって認めているから、女のことで、あの女はどこがいかすだの、堪らないだのというぐあいに細かくいってきかすのと同じように、男の弱点やら些細な失敗談のような、何か馬鹿くさくなるような、それでいて何かその人間の真実をあらわす話をしてきかせたに違いない。偉大なことに夢中になるように、そうした下世話なことに執心をもっているようでは、機械的な校正の仕事など阿呆らしく思われたのであろうか。胃腸の弱さがなせるわざなのか、そういう生理から習い性になったのか、自分の好みのこと以外一切しないという強情を、肉体条件によっておぼえたのか、私にはよく分らない。面白いことはこれまた生来胃が弱く、ずっとあとで分ったところでは、ほとんど胃はソシャクということをしない怠け胃袋で、その分だけ腸が働いていたという不思議な肉体の持主の白鳥が、それを近しく見守っていたり、そのあおりを受けたりしたことである。

その場合、秋江はどうも周囲の人間の中に彼の好みのものたちの姿を敏感に見つけ、好みの部分とそうでない部分とにわけて眺めることに興味を抱いていたのではないかと思う。それでは、どういうものが好みであって、どういうものが好みでないか、ということは、読者にも見当がつくことと思う。それはそうであっても、信長が侍女たちを容赦なく切って捨てる場面を芝居にするような白鳥が、秋江によって人間嫌いにさせられたという白鳥が、どこかで人間嫌いにさせられた、その元をとらないはずはない。そのエピソードは白鳥も自分で回想しているし、小説『微光』にも書いていることで、しかも秋江自身も小説『別れたる妻に送る手紙』（明治四十三年）に書いていることだ。ありふれているようだが、そういうことを私ふうに考えてみて、やがて傑作『黒髪』を書いた秋江にうつることにしよう。

　明治三十七年、秋江は中央公論社を七カ月でやめさせられるが、この年に、牛込の赤城神社のなかにある清風亭の女中の大貫ますという年上の女と同棲し、その実家に住むようになる。この神社の境内には今では会館が出来て結婚式場ともなっているが、どのあたりにあったのだろうか。早稲田の同窓の連中がよく集まったが、秋江はいつのまにかますと深い仲になった。猫背の丸まっちい身体つきの、薄汚い顔をした女だと評価のあった女性であった。秋江は身をかため落着いた生活をして勉強したいといったというが、みんなの知っている女を手に入れたので得意でもあったのであろう。彼は帰朝した抱月が復刊させた「早稲田文学」を、二十円か二十五円を貰って編集員の一人となり、小説を書いたり、トルストイの翻訳をしたりし、白鳥のいた読売新聞に「文壇無駄話」をのせたりしていたが、そのうち小間物業をますにやらせた。面白いことに私がよく通る赤城神社のそばには今でもそういう店がある。何度も引越をしたあげく、赤城神社わきへ舞いもどってきた。資本は秋江が郷里の兄から財産わけをして貰った金を投入した。これはグッド・アイデアだと秋江もますも思ったに違いない。こういう程度の智恵にしても、彼の友人の中ではぬきんでているという感じを、秋江自身ももっていたことであろう。このグッド・アイデアの商売は失敗してしまった。ますはこの文学というヘンに真面目なむつかしいことを日夜考えていながら、生活苦しかもたらさない、人のいいこの年下の男、女のことを知っていると思いこんで、機嫌のいいときなどそういう眼つきをして自分を眺めたり、花火を見るとき物干台へあがり、自分の腰や背中へ手をまわしたりして（この場面は花袋の妻だったかが見ているというような文章があったように記憶する）、いたわるような、いたわってもらいたがっているような男、胃が悪いために飯のたき方に小ウルサかったり、おそらく筆者の想像では、朝のうちはうすぼんやりしている男と別れようと思い立った。

彼女はそれまでも度々別れようと思った。あるときフロシキ包み一つをもってとび出した。たまたま白鳥がやってきて彼女の姿を見た。びっくりしていると彼女のあとを追っかけてくる秋江に出あった。そこに白鳥がいるにもかかわらず、その前を通り過ぎてアタフタと走っていった。どうして自分に挨拶一つしないのか、と思ったと白鳥は書いている（小説『近松秋江』）。小説だからそんなことがあったかどうか分らないが、しかし、ここには、いずれにしてもある種の真実がある。つまり、秋江を浮彫りにするためにわざとトボケてそういっている文章ではないから、額面通り白鳥にはたかが小料理屋勤めのその年増女のためにそのようにとり乱しているのが不思議だったのであろう。翌日か翌々日かに訪ねると二人で仲よく暮しているので馬鹿らしくなったとも白鳥はいっている。

　しかし、やはり白鳥がますを追っかける秋江にぶつかったことは、私には象徴的な事件だったと思われる。とにかく彼女は度々別れるといって姿をくらましたが、また舞いもどるということをくりかえし、とうとう、ほんとうに出た。といっても、一応話し合いをし納得させたうえでのことだった。そうでないと血迷ったこの男が何をしでかすか分らないと思ったからかもしれない。前に出たときもいい含めていた。そのときも見つけられて踏みこまれることをおそれておびえていたことがある。神楽坂界隈のことだから出っくわすのもムリもないが、そのときも彼女は夫に見つけられてしまったのではないかとビクついていた。しかしそこに居合せた白鳥は別の家の窓から見て窓下の小料理屋にいる彼女に気づいていたし、彼女の方も知っていたが、肝腎の秋江の方は知らなかったのだ。断わっておくがこれまた、小説『近松秋江』の中にあることである。そしてある真実がある。

　とにかく彼女は私一人なら十分食べて行けるから、またもとのひとりの生活に戻るといった。一人の食いぶちがへるからいいではないか、というふうにいったらしい。彼女は小間物店が失敗すると比較的大きい家を借りて秋江の郷里の若者を何人か下宿させて食う算段をした。秋江は、その下宿人の一人と彼女とを散歩に行かせたり、三人で一緒に酒をのんだりしているうちに、彼女が寝ているところにパンツ一枚になった若者が寝ころがっているというような場面に出会ったりするが、それというのもその若者に借金をしているという弱味があるのと、いうまでもないことだが、けっきょくのところは、彼は彼女を信じていたからであった。

　こういう事情は、人類のうちで秋江のことだけはすべてが分っていると思えるという白鳥の『近松秋江』という小説や、秋江自身の小説『別れたる妻に送る手紙』や『疑惑』（大正二年）などから想像するわけである。そしてさっきアワテフタメキとり乱した秋江の姿というものに白鳥は、そうは書いてはいないが、近松門左衛門の作品の一場面を見るような気がしたに違いないと思う。それは翌日訪ねたときの秋江とますが仲よくしている光景が、治兵衛がおさんと仲直りをして、もう小春のところへは通わぬといっていたり、あるいはおさんが小春にすまぬ、義理が立たぬ、あの人は死ぬかもしれない、行ってあげてくれといって泣き、治兵衛も、おさんの手をとって有難涙にくれるというような場面を、地で行っているような気がしたに相違ない。

　何かそこには見ていられない、他人から見ると、筋道の通らぬ、いいかげんな、舌打ちしたくなるような堕落したフンイキがあると感じたことであろう。

秋江に限らず白鳥にしても、漱石や鷗外などと較べると表面上は堕落書生である。蠣殻《かきがら》町あたりの、白鳥にいわせると売笑窟なるものを白鳥は徘徊し、白鳥が遊んでいた女のいるところへ秋江も遊びに出かける。白鳥はまだうら若い女が平然と違った男をとるのを見て、女の子だけは産みたくない、と思うようなことはあった。そういうふうに思うことはなかった秋江は、女の美点をさがし出してそのよさに酔うという点は違っていた（この二人はどこかで似ているではないか）。白鳥は、紅葉だって美しい芸妓を相手にしていたように見えるが、それは作品の世界だけのことで、実際は薄汚い世界であり、自分らの遊んだ世界と大差はなかったと書いている。しかし、帝大出の大作家紅葉は、妻のほかに神楽坂芸妓のパトロンになっているという、当時としては堂々たる生活ぶりであった。白鳥は読売新聞の記者をしていたが、白鳥自身が書いているように、独り者でも食えるだけの給料からは程遠かったから、翻訳や雑文で何とかごまかしているという有様で、東京帝国大学出身の学士であった漱石が松山中学の教師をしているときに八十円の月給を貰っていたのと較べると処遇のされ方も違う。新聞記者というものは羽織ゴロといわれるもので、彼等は尊敬される立場にはなかった。

漱石は小説家というよりは学者であると白鳥もいっているけれども、博士号を拒絶した学者が書いた小説であるから彼の全集は書棚に置くにふさわしいものとなったことも事実だろう。

　秋江は蠣殻町のある女のところへ通いはじめた。大学生と同棲したことがあるとか、結婚したことがあるとか素性はよく分らないが妄想癖のある女で、それとは別に彼女を追っかけている男がいるともいった。この女と遊んでいて金に困った秋江が人力車夫を使いにやって新聞社の白鳥に前借を頼んだのを断わったというようなことも有名な話だが、白鳥が翌日その女を訪ねて行き、秋江のことをきき出し、自分も彼女を買ったあと、秋江にそのことを告げた。そればかりか、出て行った秋江の内縁の妻おますに会いたいが、どうか、といい、何ならおれが探し出してとってしまってやろうか、というようなことをいった。こうして白鳥に限らず、早稲田の連中は彼をなぶりものにした。女のことなら、友人連中の誰より心得があると思っている秋江のような男をなぶるのは、その女をとるのが一番誘惑的なことである。白鳥はその気になればますは自分のものに出来るぐらいの気はあったと思う。私は前に元をとるといういい方をしたが、何も引きかえに復讐してやろうというような意味でいっているわけではない。泣きべそをかいたり、参った、といったり、つまり真剣になることをしてやりたいという気持のことをいうのである。ワクを外した相手だから、こっちもワクを外してみせるというふうに思ったといってもいいのであろう。

　白鳥はその女をかこって、時々訪ねて行った。その女に自分はひかれたのだろう、といっている。秋江はそのことを白鳥から知らされてからは、その女のことは口にしなくなった。白鳥は白鳥ふうに秋江のワクに入り、彼もまた堕落したともいえる。

　この間のことは前に書いたように、秋江には『別れたる妻に送る手紙』『疑惑』、白鳥には『微光』という傑作を書かせている。この秋江の二作は、直接妻に語りかけ、かきくどくスタイルをとっている。

《拝啓
　お前――別れて了ったから、もう私がお前と呼び掛ける権利はない。それのみならず、風の音信に聞けば、お前はもう疾くに嫁いでいるらしくもある。もしそうだとすれば
（略）》

というふうに始まる。けっしてひとりよがりではない。相手のことを考え、そのあげく、これだけはいわせて貰いましょう、と哀れな歎きを伝える。

　お前は大方忘れたろうが、私はよく覚えている。あれは去年の八月の末――二百十日の朝であった。お前は、という調子で語りはじめ、妻のいった言葉を、たとえばこう書く。

　《「もう話の着いているのに、あなたが、そう何時までも、のんべんぐらりと、ずるずるにしていては、皆に、私が矢張しあなたに未練があって、一緒にずるずるになってい

るように思われるのが辛い。少しは、あなただって人の迷惑ということを考えて下さい。いよいよ別れて了えば私は明日の日から自分で食うことを考えねばならぬ。……それを思えば、あなたは独身になれば、何をしようと、足纏いがなくなって結句《けっく》気楽じゃありませんか。そうしている間にあなたはまた好きな奥さんなり、女なりありますよ。兎に角今日中に何処か下宿へ行って下さい。そうでなければ私が柳町の人達に何とも言いようがないから。」》

妻に情理を尽させている。「私は文学者は嫌い。文学者なんて偉い人は私風情にはもったいない」ということも妻はいっている。

男が今夜だけはいてくれというと、

「そうすると、またあなたが因縁を付けるから……厭だ。」

という。

このようにしてけっきょく妻の母と一緒に残された男は夜も落々眠れぬとか、お前の母親がよくしてくれるが、何しろ不愛想な人だし、飯のたき方が不味いし、自分が起きる頃にはボロボロになっている。間食をしない自分は三度の食事が唯一の楽しみだったと、かきくどく。そうして昔いっしょに二人で暮した家をのぞきに行く。そのうち例の蠣殻町の女とのことに移り、白鳥に当る男にいじめられるさまが語られる。

作品としては直接妻にかかわるところがいいことはいうまでもないが、互いに思い合っているが、前に四年、今度はあなたと七年、あわせて十一年も暮してみたが、いつまでたってもよく分らないうえに、猫の目のように考えが変る。というようなわけで、この小説の面白さは私が気軽に引用した部分によっても分っていただけるように、なつかしがって思い起す妻の言葉や動作が彼の腕の中からすりぬけて行こうとする食い違いと、そこに立ちのぼってくる、何ともいえぬユーモラスなフンイキで、そういうときには一種の真実が顔をのぞかせている。

　猫の目のように変るとは、七年同棲しても籍を入れなかったことと関係があるかもしれない。何もかもハッキリ分るというわけではないが、飯のことにこだわっている、身近で日常的で物悲しいまでに生活的なこの訴えは、誰が考えても分るように、彼がその姓を借りはじめた近松門左衛門の作品の中の特徴だ。

　たとえば、あのコタツを前にしておさんが夫をかきくどくコタツをめぐっての場面がそうである。おさんは、蒲団をかぶって寝ている夫をおこすと、それこそ身を浮かせんばかりに泣いている。引起し、引立ててコタツの櫓につきすえて、顔をつくづくと打眺めて、あんまりじゃ、という。それから一昨年《おととし》の十月の亥の日にコタツ明けの内祝いとして、ここで枕を並べて寝てからあとずっと、女房の懐には鬼が住むか蛇が住むか、とこんなふうにかきくどく。

ところが大きく違うことが一つある。切々たるところは似ているが、いや切々たると感じるより早く滑稽になってくる。

その滑稽さは、この秋江の作品を堕落させ独りよがりにするような危険さがあるようでいて、その実、ほとんどそんなことを読者は思いもしない。思う必要もない。いったいこれはどうなっているのだろう。このムダのなさはどうしたことだろう、と秋江の友人たちは不思議に思ったに違いない。そうしてみると、あの男が書き続けている「文壇無駄話」という、唯一といっていい面白い文章の、ムダのことを考え合せたはずであった、と私は考える。

大貫ますと下宿人との情事の確証を握ったのは『別れたる妻に送る手紙』を書いた翌年の明治四十四年の五月のことだそうである。日光へ出かけて宿帳をしらべたりする場面が『疑惑』の中にあり、下宿人との光景を思い出したりする。その後岡山に同棲していると知ると、出かけて行って、ますの居場所をつきとめたそうだ。この小説が発表されたのは、二年後の大正二年のことで秋江は関西へやってきて旅館を転々と移り住みはじめ、ナジミの遊女が出来たりしている。『別れた妻』であのように一応は切々と、心中をする気はないが、おさんや小春に呼びかけるようなつもりで書き、白鳥をモデルにした長田という男にいじめられる口惜しさを告げるところで終る小説を書いたのも、よもや、と思い、わざとわき眼をしているつもりだったのに。

それというのも物を書いて生きて行くことの困難さにかまけ、女房のことにいつもかまってはいられないということもあったからである。

『疑惑』の男は、まるでロシヤのゴーゴリの『鼻』の中で鼻を失くした八等官が、持主の自分を裏切って馬車に乗って逃亡する鼻を追うという悲しい立場になる。新聞社を訪れて広告を出そうとすると、トンチンカンなる会話をすることになる。何だって自分の鼻をちゃんと管理していなかったのだ！

秋江の小説の主人公の追跡は鼻を追跡するように悲しい相貌を呈する。彼は私立探偵社になまなかの金額ではない五円を払って依頼するが、どうして事が起ってから二年間もたってから急に探索を思い立ったのか、とか何とか返事に窮することばかりいわれる。窮することは構わないが、そのたびに明るみに出るのは、この男の特殊とも見える愚かさを通して実は相手の女というものの事情が、いろいろなつながりの中で顔を見せはじめるのである。

なぜ二年間も？　ウヌボレだとか自信だとか、甘ちゃんだとか、何といってもいいが、本当はこういうウカツなことは誰の身にも起ることなのである。人間は重要なことには意外にウカツなのである。ウカツなのは忙しかったり、自分の生き易いように生きるためにもある。何かを信じているというせいだ。しかし、何かを信じるということは、これは生きているということである。そのあらわれに多少の差はあるにしても、いや、多少の差というふうに感じさせるというふうの比較の感じが残っているうちは、ほとんど別問題のことだ。

なぜ二年間も大事なものを？　なぜ自分の鼻を？　ひょっとしたら、鼻の管理をし損った程度に鼻を愛していたかもしれない。少なくとも手をかけ、時々かんでやり、賞めたり時々激励し、そして手を抜いてきた。しかし現実には愛とはそういうことではないか。その程度のことではないか。本人にはよくいえぬ。よくは分らぬ。忽ち霧の中にさまよいこみ、二年間がそうであったように、今もまたそうなのである。ただ事実を本人がつきとめるだけであるが、目的としているのは、どうも違う。女が今どういう顔をして自分と対面するか、ということや、あのとき自分の前にああいうことをしてみせたことの意味である。いや、違う、自分の思いの底にあったものだ。自分と相手と顔をつき合せればいいのだ。それをしたいのだ。

宿帳で例の下宿人の若い男と泊ったことがハッキリする。巡査の好意さえも男のみっともなさを増すが、するとそれを、このように年齢をいつわり夫婦気取りでいる、と宿の人に告げたりする。恥の上ぬりであるが、不思議に恥をかくのは、男でもなければ女でもなく、そこにはいない青年でもなくて、私たちが高をくくっている人生というもののようだ。

追跡は、それではあれはああだったのか、と別れる前の家の中の夫婦と下宿人との生活に向けられる。そうして今頃岡山で夫婦気取りならともかく、旦那と妾になり変って暮しているのに違いない。このままですますものかというぐあいに、これはすべて現在ではじまって現在に終り、未来へ向って及び腰になる。二年前のことを語るにしても、ハイ、ここから回想といったふうのものではなくて、それもひょっとしたら、妄想に過ぎないという可能性を残してさえいるというものである。

　私はさっき『鼻』のことをあげたが、ひょっとしたら、秋江先生はドストエフスキイあたりでも翻訳で読んでいたかもしれないと思う。たとえば『貧しき人々』のようなものの翻訳はあったと思われないが、あの書簡体小説の中の馬鹿にされるが自負心がつよくそれが一向に尊敬されぬあの中老の人、ジェーブシキンのにおいがする。もっとも『罪と罰』の中のマラメラードフだってそういうタチの人間なのだから、そっちの方をのぞいていたかもしれない。こういう主人公は、葛西善蔵や嘉村礒多の中の男たちに見える。ただしこれらの男たちは、そろって、自負心があるとはいえ、気宇大ではない。何かしらタカが知れているところがある。そういういい方をしていいのなら、いかにも日本人ふうで、もし、かかるタイプの人物が気宇大であったら、あれらの小説はかえってつまらぬものになったことであろう。いずれにしても『疑惑』というのは、それ以前にもないし、そのあとにもあまりないような小説の骨格をそなえていて、今読んでこの小説に肩を並べられる現代小説はめったにない。

　秋江は明治四十五年の六月（三十七歳）、つまり妻のますの情事のことが分ってから一年たった頃に『伊年の屏風』という短篇を書いている。金に困った男は妻に伊年の屏風が田舎の家にあるから、あれを送らせて金にしようと考える。妻からは皮算用ではないかといわれるが、まだ望みをもっている。

骨董屋に話してみると話をきいただけでまったく問題にしない。そのあと大きな荷物が到着する。だいたいこんな話だ。これは男の失敗談をユーモラスな筆致で綴ったものである。

大正四年（三十九歳）秋江は『舞鶴心中』という、京都の宿の息子が女中と心中する話で、四、五年前に実際にあった事件を元に、彼は二人がアイビキをしていた宿の女中からきき出して堂々とした客観小説にしているが、当時、旦那と女中との間に関係があったと噂があったが、そんなことはないという、事件のあった宿の女中の話の方を自分はとることにしたと回顧している（『舞鶴心中物語』）。もっと神韻縹渺としたものにしたかったが、自分の能力が足りなかったともいっている。京都を離れいよいよ丹波（？）の山の中に入るとき、若い女中がさめざめと泣く場面や舞鶴の景色などには型通り思いがこもっている。型通りである故に、といってもいいかもしれない、次第に息子が心中に追いこまれて行く過程は驚くほどちゃんと生々と書かれている。父に仲をさかれ、その中傷の言葉を半ば信じたい気になり、今は自分の家である宿屋を出て囲った形になっている女のところへ行き、その腹の子は誰の子だとなじる。女からは追いすがられ、亡き母恋いしの息子は（父は女中を妾にしている）心中を決意する。そこの運びは美しく確かな容易ならぬものである。

この二つの小説は『疑惑』を書く前と後とにまたがっている。『伊年の屏風』はやはり一つの型である。ウカツ者の話と心中物の話である。心中をするわけではない現実生活では男のウカツなところだけが目立ってくる。それでは心中がなくて心中に代るものがあるとすれば、それは何であろうか。『疑惑』はそれに答えているように思える。『舞鶴心中』は『疑惑』のあとの作品であっても大差はないと思う。

つまり、彼は事件の正体がハッキリと分ったあと（事件の正体がほんとに分っていなかったであろうか）、彼は二年間告白の恥しさに堪えようとしたのではなくて、告白の仕方を考えたといった方がいいように思う。仕方といっても方法そのもののことというより、人間の正体にかかわることに思いをいたし『疑惑』の筋に辿りつく努力をしていたのではないか（筋は型といってもいい）。

少なくともウカツ者の話を書いて太ザオをひびかせることだといってもいいかもしれない。なかなか自分で自分のことが納得が行かなかったというわけだ。

秋江は前から自分より十五歳年少の、少年時代大阪で過し、名古屋生まれの女義太夫豊竹呂昇などをきいたり、近松の心中物の中に出てくる町や所や橋や寺を見て暮した、やはり顔の長い、物語りの名手宇野浩二と知り合った。彼も秋江の如く、近松の世話物のサワリを口ずさみ、私の言葉でいうと外人がシェイクスピアをおぼえているように、三十あまりのサワリを宙でおぼえていた。今は溝のように濁った蜆《しじみ》川に背を向けている茶屋のあるせせこましい暗い光景は、これが花やかな茶屋町であったかと、うら寂しくて長く見てはいられなかったという（岩波、日本古典文学大系「近松浄瑠璃集」上、月報）。

　秋江が大阪の宿にいる頃のこと、心斎橋筋を浩二が歩いているとバッタリと秋江に会った（宇野浩二『近松秋江論』）。このときはある呉服屋の店飾の鏡の中で顔が合った。幹彦も大阪でバッタリあったり、京都で女義太夫の三味線ひきの呂八といるところをバッタリ会い、ねちねちと話しかけられている。秋江は往来で会ったり、会われたり、呼びかけたりするところにエピソードを残している作家であるが、浩二は大阪の遊女の話をきかされたあげく、それではさようなら、とつきはなされている。自分の顔をまじまじと眺めている浩二に気がついたのか、飯を食わす金はないし、おごられる可能性はないし、何より自分の世界に水をさされることをおそれたのかもしれない。

　あとで大森の海岸べりの宿で広津和郎ととなりあわせの部屋で小説を書いていた頃、秋江は近松のサワリを口ずさみ、書けん、書けんというのがきこえているうち、やがて駄弁《だべ》りにあらわれたそうだが、そんなとき、質屋へ着物やフトンを入れ、その面倒を見に蔵の中へ泊りに行く女同様、着物好きの自分の話をしたのを広津から又ぎきした浩二が大正九年に出世作『蔵の中』を書いた。勿論途中からあと三分の二は浩二自身の経験が入っているというふうに、浩二はむしろ大阪落語ふうの心得た物語作家で、ハナシ家の眼で先輩作家を眺めていたのであろう。浩二には近松秋江論が三つばかりあり、特に戦後書かれたものは哀惜と敬意に溢れた名文であるが、自分の本の『蔵の中』の序文に秋江論をかかげているとは、まことに不思議な本である。みんなにナブリものにされたことにふれているから、自分も同類と思われ、さすが気がひけたのかもしれない。驚くことに墓碑銘まで書いている。そのときまだ、秋江一代の傑作『黒髪』一連の作は書かれてはいなかった。

ここでこの文章の冒頭の幹彦と会いだした頃のことに戻ることにする。『祇園夜話』などですっかりベスト・セラー作家になり大尽遊びをしていた幹彦が、祇園の太夫というので風俗の研究をするために座敷に呼んだ。そのとき秋江もいっしょにいたがそのまま帰すのは勿体ないというので秋江が抱いて寝た。その後一週間ばかりたって、秋江の宿へ行ってみると二階の六畳にその金山太夫がふだん着で女房気取りで縫物などしていたという。茶屋へよって話を聞くと、その頃の金で千三百円の貸しになっているといわれ青くなっていたと幹彦は回想している。

そのあと秋江は、女が既に女房子供もあったらしい日本画家と出来ていて、それと張合うために前借や稿料をつぎこんでそれは総計三千円にのぼることになる。幹彦によると、女は秋江に会うとすねたり甘えたりしてまるめこんでしまった。こうして茶屋や置屋や秋江の宿の支払いは幹彦も当てにされている有様なのに、秋江は太夫と大阪へ逃げるつもりで、別にその金を用意しており、一方既に年季があいていた女は秋江の金で小料理屋を愛人の画家と開いていた。茶屋では女が発狂して大河原村（奈良の手前）へ保養に行っていると白を切るから、彼はそこへ出刃包丁をふところに忍ばせて出かけていった。

幹彦はその女をどこから見てもとるに足らぬ女であんな女をあんなふうに書くとは、秋江も通俗小説家だ、といっている。四十面下げてどうして近松気取りの芝居をするのか、という。思う存分踊らせてあげたと思えばうれしいのだ、あの人もピエロだったのだ、という。一番悪い夢を見たのは幹彦だが、その幹彦は『黒髪』一連の作品には登場しない。実生活のうえでは必要だった幹彦は、秋江の小説世界の芝居の中では不必要であり、邪魔であった。

大正四年四月に漱石は帰京し、前にもいった通り六月からは早くも『道草』の連載をはじめる。翌五年には『明暗』にかかり、その年の暮れに宿痾《しゅくあ》でこの世を去る。貴族的であったことには間違いはないが、そねみながら秋江が悪口をいっていたとき、次の小説を書く準備の状態にあり、義父塩原から金をせびられる話や、女房という女のことをあらためて考えようとしていた。そうして幹彦や多くの友人小説家たちや、太夫や、祇園の芸妓たちに、「小説家ってこわうおすわ」と幹彦にきこえるよう悪口をいわれていた秋江が、上京してきた老妓たちが幹彦と昔を偲んであんなふうに見えたとは、と腹の皮をよじり合った平凡な売笑婦をもとに、近松門左衛門の作品の人物に近い状況を演出しつつあった。

今、年譜を見ると、大正十年四十五歳になった秋江は相互印象として幹彦のことを、

「玉の杯底なしとでも申しましょうか」という題で書いている。例のものだな、と何となく内容も想像がつく。前年に帰京した秋江は大森の「大金」という宿で仕事をはじめる。疲労コンパイし、年来の痼疾の偏頭痛が起きていたというから、胃腸の方はどうなったのだろうか。マッサージに来た猪瀬イチの治療は効果があった。翌年正式に結婚して居を構えることになるが、その間に『黒髪』（『黒髪』は「改造」一月号）一連の作品を発表しはじめた。その一連の作品の中に『霜凍る宵』というのがあるのでも分るように、そしてつい昨日河盛好蔵氏からおききしたように、京都の冷たさが、これほど出ている小説はない。その冷たさには人情の冷たさも入っている。したがって、これは秋江作品の恰好の舞台である。

『黒髪』一連の作品の中には、勿論、縄のれんの店を女が日本画家と持っていたというようなことは何処にも出てこない。画家の位牌を仏壇にかざっていることが出てくるだけである。

　女がほんとうに頭がおかしくなったのかどうかは、幹彦の文章によっても分らない。本心がつかめぬままに女と宿であうところから始まる『黒髪』はあくまで現在進行中の、女を前にした男といったかんじで運ばれる。この美しい優しいいとしい女が、どうして丸々自分の心にとけこんできてくれないか、と女をかきくどくが如くである。やがて二階を間借りした女のところに住んでもいいといわれ、心も和むが、女は姿をくらます。そのあと女の母親の言葉をもとに山の中へ行ったりする。男は祭しのつく通り、例の如く往来をさまよったり、山の中へ行く荷車にのせて貰ったり、人に道をきいたりする。こういう時にはいつもそうであるように、自然も人間も違った独特な姿を見せる。自然も人も、今はじめてそこにあった如く見えるのである。こういう男の前に幹彦のような人物はグチをきいて貰う相手に過ぎないということになる。女の容色や程度や正体を見誤ったりすることで、通俗小説ふうのものを書く可能性もあるが、もともと正体とは何であるのだろうか。正体は次第にこの四十年輩の愚かで身勝手と見える作家が築きあげつつあったともいえる。彼の好みの女に飢えていた彼は、好みの女を作りあげ、金をつぎこみ、自分の好みに合せてくれることを求め、自分を男立てにしてくれと願う。この彼の典型から女はすりぬける。物語りへひき戻そうとすると逃げる。

男が夜、女の母親のルスに櫺子《れんじ》窓を外からそっとあけて中をのぞくと、女がこちらを見てにっこりと笑ったという場面がある。自分とのことで頭がおかしくなって母親が会わさないようにしているのである。それをのぞくのだ。にっこりと笑ったのはそう思いたい秋江の幻想と見る向きもある。にっこりと笑ったと思いたかったからそう書いた、という。男はそう思いたかったかもしれず、そのため喜んだのかもしれないが、読者は女が絶望的になり恐怖心を抱いていたことはハッキリ分る。作者が判らせようとする真相は、動いている判断不能の状態の中からすけて見えてくるようになっている。告白の恥に堪える時間をかせいでいたというよりは、彼の恥や外聞の悪さなら彼よりまわりのものの方がいつだってよく知っていた（真相に気づいて恥しく思い、その恥を整理するのに時間がかかったのだろうか。私はそうは思わない）。どうして、あのときの女の言動はああであり、母親の言動はああであり、次の言動と、矛盾するのだろう。どうして自分のあの小説世界にふさわしい人々の動きが、破られるのだろう。それは破られていいものなのだろうか（読者よ　草平の『煤煙』を思い出して貰いたい。藤村の『春』や『家』でもいい。あれら作品の女は東京で学んだ女学生たちである。彼女ら相手にこれらの小説の主人公達は同じようなことをしていたのである）。

恥も外聞もなく自分の神話を守り、神話にすがろうとすればするほど、彼は愚かに見える。しかしほんとうに愚かに見えるのだろうか。そうではなくて、ここで見えてくるのは、真相の方、つまり人生という、誰も脱れることの出来ないものの方である。『疑惑』の場合と同じである。

こういう小説が戦前にあっただろうかと考えるにどうも思い当らない。

大正十三年『黒髪』（新潮社刊）が出たとき、谷崎の有名な序文がのった。谷崎は秋江を好きではなかったと先ずいっている。そうしてこの作品を読むに至って作者が意外にシタタカ者だということがわかったといっている。そうしてその後に書いたものは、随筆に至るまでみな好きだ、と書いている。

谷崎は新しい衣裳を装った神話を書いたが、神話が無惨に読者の前にさらされ、真相があらわれてくる、ということを書くことのない人だから、よけい驚いたかもしれない。秋江が大正十一年四十七歳で猪瀬イチと結婚した翌年、長女百合子が生まれた。その翌年の十三年には『子の愛の為に』を書いた。秋江のファン達はこの作者があいかわらず放浪生活をし、ウカツな恋愛をし愚痴をいい、愚弄されながら、『黒髪』のような作品を書いて貰いたいものだ、と批評をしたものだが、本人は今度は百八十度転換して子の愛のために身を捧げるのだ、と作品の中でいいはじめた。

作品の中ではマッサージ師であった妻は、子供を育てるのに疲れきっている。そのうち大病をして死にかける。彼女はこんなに手のかかる子供をうんだことをなげいている。自分が治療してやったから子供が出来たのだ、となげく。彼はマッサージをさせる度に料金を今でも妻に払っていて、それで着物を買わせている。着物は自分で買ったり、料金分は小遣銭にさせているのかもしれない。夫は例によってこのくらい物が分っているのに細君は先にたってグチをいう。秋江の女たちはグチをいわなかったというわけではない。『別れた妻』の女も『黒髪』の女も『舞鶴心中』の女もグチる。しかし、これらの女たちのグチは一口にいえば、近松の世話物の中の女たちのようにどこかで色恋沙汰と結びついたグチである。ところが『子の愛の為に』の妻は、なるほど、マッサージをさせるためにあなたは私を女房にした、と乱暴な口調でなげく。妻は——だからこそ、料金を支払うようにしたのかもしれなかったが――そうして別れる、別れるという妻は行儀よく世話物の女のようにおさまらないどころか、逃げる姿勢を示すのである。妻があきらかにマッサージ代として亭主から金を貰うのを恥じている。そうして彼が世話物ふうにグチると、高飛車に別種のグチ、彼が驚くようなグチをつきつけてくる。

　子の愛のためには、何とか妻にも分って貰わなければならぬ。恋人への愛を子供の愛に切りかえたのだから、リクツからいえば以前と同じようである。そうして一方、親子の愛情というものも、世話物に入りこんでくる重要な要素の一つであるには違いない。自分が愛していると思い、少なくとも愛しているはずだったと思う女が逃げ出したり、それを追っかけたりするのと較べると、愛する相手が子供である。なるほど妻はもう一つ大きなグチをいったり逃げ出すといったりするが、けっきょく逃げ出しはしないし、逃げ出させまいと努力する。

　昭和八年に『苦海』という小説を書いている。五十を過ぎた小説家の夫と病弱な子供と借金と「頭の悪い」妻と女中などの登場人物のいるこの家庭的小説は、その題名の通りの内容である。

　これらはいずれも説得力のある小説で心境もよく伝わってくるが、ウカツさが次から次へと息を切らせず続くということはなく、したがって苦しいが、生きて行く人生は語られているが、人生は問われてはいない。こういう成行きは当然のことのように思える。たとえば潤一郎は昭和十年に松子夫人と結婚したが、この人はとうとうほんとうには結婚しなかった。戸籍上結婚してはいたが、普通の意味では結婚しないと同じであった。彼は妻と一線を画して妻を床の間にあげて、春琴に仕える佐助の立場をとり続けるために、とうとう子供をうませなかった。漱石は普通の意味で結婚していたどころか、時々カンシャクを起したが一個の紳士として暮して『明暗』を書いた。

　昭和のはじめに日本文学全集が出て秋江にもまとまった金が入った。彼は伊豆に温泉が出るというので一万五千坪の土地を買ったが、温泉は出なかった。こうして彼の苦海は、続いたことになる。

　年譜によると昭和六年に時の浜口内閣を諷したという、『水野越前守』を書いている。それから昭和九年に反米、反ソ的傾向の新聞の論調に憤慨して時のリベラリスト松本学あるいは清沢洌に書を送り取締るよう強く要望したとある。年譜の文章の中から彼の知人たちの嘲笑が立ちこめてくるように思える。

　秋江は戦争中昭和十九年に六十八歳で亡くなった。野垂死にしなかった、と白鳥はいっている。

ひとおどり／宇野浩二

大阪の鮓《すし》

前回、近松秋江のことを書いたところ、秋江の遺族の方から手紙をいただいた。その趣旨はこうである。

あなたは正宗白鳥の小説『近松秋江』を信じて、秋江の妻が頭が悪いというふうにとっているが、高熱の出る大病をして頭を悪くしたこともあるとはいえ、八十いくつになる今でも、決してボケてなぞいない。頭の悪い人などではない。秋江は野垂死《のたれじ》になんかしなかった。それから白鳥先生の亡くなるときのことは当時の「週刊朝日」にのっていたのでそれを読んで知っているが、植村さんに懺悔されている。というのは私（小島）の書いたものは、殆んどが白鳥先生の小説を事実として取り扱っている。したがって甚だ迷惑至極に思う。

それから追伸が入っていて、いつか親類の文科大学生が白鳥先生の前記の文章を読んで、なぐってやりたい、といって来たことがあった由。なお、臼井吉見先生が、評伝を書くときは、よほど調べて書かないと、とんでもない間違いをおかすことがあると新聞に書いておられたことがある。あなた（小島）も大いに気をつけて迷惑をかけぬようしてくれ、というようなものである。それから私がそう書くことを許していただければ、この追伸の冒頭に、私（小島）が、秋江に何か怨みがあるのではないのか、と記してある。

秋江の遺族、正確に述べると、お嬢さまからいただいた手紙で、母堂、つまり、秋江夫人のことなどが、右の私の文章にもふれた程度に記されてある。まことにもっともなことで、私の文章が立腹を呼んだことを先ずお詫びしなければならない。そのことをめぐってしばらく述べたいから読者も耳を貸してもらいたい。これは秋江一人や私個人のことの問題だけではないからであるし、やがて、今回の宇野浩二のことにもつながるからである。秋江夫人が頭が悪いかどうか、ということは、私も書きはしたが、秋江の小説『苦海』に「脳の鈍い母親」、「脳の悪い母親」と書いてある、ということであって、現実にどうであったかということは、もともと問題にならないことである。問題にならなくとも、そういうことが話の種に出てきただけ誤解の元であるし、第一遺族の方にとっては不愉快千万なことであろう。

秋江という作家も夫人もお嬢さまの皆さんも、みんな一生懸命に生きたのであり、その結果が、秋江や白鳥の小説の中で気にかかる言葉で表現されるような結果になった。一生懸命に生きたのは秋江に限らず、私だって白鳥だって、任意の家族だって同じことである。たまたま秋江は歴史にのこる名作を書いた名誉ある作家で、それ故に申訳ないけれども人間研究として材料にさせて貰うわけである。

　秋江は野垂死にはしなかった。

　というのは、なるほど白鳥の言葉である。白鳥は若い頃からの友人である秋江のことぐらい分る存在はない、と思っている、というふうなことを書いている。私は、白鳥はある一つの事件が起ったときの秋江の反応の仕方が、その都度手にとるように分っているつもりだったということもあろうと思う。といっても秋江の反応の仕方はむしろ度々白鳥を裏切ったことの方が多かったわけだ。そのことは私の前回の文章でお分りのことと思う。白鳥が裏切られたと思ったのは、秋江のことを自分ふうに考えていた。つまりその都度、秋江を思い違いしていたといってもいいだろう。

　それでいて、秋江のことだけはこの世で一番知っている、というのは、そういう自分の考えを裏切るんだという意味を含めて、よく知っている、といっているのであろう。

　私がくどくどいうことは、また遺族の方をおこらせるもとかもしれないが、私のいいたいのは、白鳥は、秋江が野垂死にするだろうとかねてから思っていたところ、彼の予想を裏切った。結婚し、子供が出来ると可愛がり、一心に仕事をし、前借をし、そうして、当時の文士生活という大変な暮しぶりでは、それに夫人が寝こんだりすれば、どれほど困難であったことであろうか。子供のない白鳥には秋江の変貌が一種の驚きであったのかもしれない。

常識からいえば、ある点では秋江より白鳥の方が変っている。いかなる事情にしろ子供を作るのをやめた、というのは変っている。秋江が齢を重ねてから子供をもうけ、子供に愛情を傾けはじめ育てていった以上、野垂死にすることの方があり得ないことである。

白鳥が普通の生活をはじめた秋江を見てびっくりしたというのなら、それは白鳥という人が、非常に自分ふうに考える人だからであろう。子供のない、子供を作ろうとしない、あるいは、子供を作れなかった白鳥に、平凡人の秋江を理解することはムリなことかもしれない。それより何より、野垂死にすると思うことが、白鳥らの好みに合ったと私は考える。それは秋江を馬鹿にした考えではない。どこかで馬鹿にしているけれども、秋江の作品のいくつかを尊敬しているのである。その作品を尊敬しているが、人間の方は大分馬鹿にしているということは、起り得ることである。そうしてそれは結局のところ、その作家、秋江なる人間を馬鹿にしているわけではないことにもなる。これだけの手数をへた思い方に徹底できたというより、徹底せざるを得なかったのが、正宗白鳥という人であったに違いない。そういう人が心の中で、一つの道を平然と歩み続けるというぐあいにゆくわけはない。だから強い人だ、というような簡単なことではないのだ。

私は死の床にあって白鳥がどのように懺悔されたか本当のところは知らないが、人間というものは、そういうもの以外であるわけはない。秋江の運命も、白鳥の運命も、これから述べる浩二の運命も、ほかでもない、私の運命であり、みんなの運命である。近松秋江を敬愛こそすれ、どうして私が怨みなどあろうか。ところが家族にとっては、そこはなかなか事情が違うのである。

　それにつけてもまったく当時の作家たちは、何と仲がよかったことだろう。そしてそのことこそが問題なのである。彼らはあるときには互いに小説の材料にしたりした。そうしてその中には各々の妻や家族も材料にされた。互いに腹を立てることもあったが、そういうことを決して心から厭がっていたわけではないどころか、大部分の作家にとっては、心を焼くような楽しみのもとでもあったのである。大部分といったのは、志賀直哉の場合のように、不快だった、と小説にも書き、生涯、不快に思い続ける作家もいたからである。しかし多くの人は、必ずしもそうではなく、そうしてセッサタクマでもあった。そういう仲よしだが、たとえば、白鳥などはじっさい愛憎二つながらを、秋江に対して抱いていたに違いない。憎しみあうことも仲よしのあらわれであったのであろう。それは夫婦の場合と大差はない。

　生存中、作家同士はそういう付合いをしていたが、家族のものたちは、いうまでもないが、不安で面白くない気持を抱いて夫や父親たちをうかがっていたはずだ。つまり彼らはいつも取り残されていた。作家が亡くなる。そうすると、ようやくのこと、晴れて家族の所有となる。印税が入ればなおのことである。ところが、昔の仲よしであった、そうして厳しいところを身上ともする作家たちは、小説という名を冠するとはいえ、夫や父のことを材料にしてまたもやスキャンダルを書き、自分たちの中から愛する人を奪いとり、せっかく安らかに天国にいるものを、もう一度にがい思い出の中へ突きおとし、地獄へあらためて落してしまう。とくに子供にとってはそうである。それを孫引きする私の如きものに至っては、ある意味では一層許せぬ、ということになるのもムリからぬことである。それは本質的には間違っているとかいないとかいうようなことではないのだから困ってしまう。

　ロシアの大作家、ドストエフスキイに『永遠の良人』という中篇、日本でいえば長篇小説がある。永遠の良人には、妻を寝とられた人というような意味が含まれているようであるが、その夫トルソツキーは死んだ妻と別の男とのあいだに出来たリーザという女の子を育ててきた。夫はいやがらせにリーザを連れて相手の男のところへやってきたりするが、女の子が気の毒なふうに死んだあと再婚するという。その相手の娘の家へ、一緒についてきてくれという。男が見ているとトルソツキーは婚約しようと思っているその女性にからかわれる場面がある。その場面を見ていると、こっちがからかわれているような気分にさえなるのである。

　実は作者のドストエフスキイは最初の妻に死なれたあとでおかしくなっているときに、小説家志望の女の子を自分のものにしようとその家へ度々出かけて行ったことがある。そのときこの文豪はこの少女アンナに体よくあしらわれ、彼女は軍人であった若い男と話していて、彼は絶望する。このとき十三になる妹がいた。アンナ以上にドストエフスキイを慕っていた妹娘は尊敬する文豪が自分に一顧を払わず、しかも醜態をさらすところを目のあたりに見ていた。

　この少女はソフィヤ・コワレスカヤである。彼女は長じて数学者・哲学者となり「剛体の回転について」という論文を発表し、彼女の発見した一つの微分方程式はその一つでもってドストエフスキイに匹敵するような人であったといっても過言ではないらしい。文学作品にも、筆を染め、ストックホルムに住んでいた晩年（一八八六―一八九一）には、『ニヒリストの女』や『幸福のためのたたかい』などの小説をスウェーデン語で書いている。ところが彼女には晩年の二年間に書いた幼年時代の回想がある。これに死後弟子によって書き足されたものを合せて、『ソフィヤ・コワレスカヤ伝』なるものがある。ドストエフスキイ自身にも永遠の良人的な経験があったようであるが、それはさておいても、ソフィヤの家のものはとくにその子供たちとなると、『永遠の良人』という作品は、いつまでも名誉あるコワレスカヤ家に汚物を投げかけるものであったであろう。それはソフィヤ個人の思いとは無関係である。この名家のものたちは、ドストエフスキイのことは語りたがらなかったとも、どこかで読んだことがある。

　このソフィヤの姉のアンナ（当時小説家志望で、後に革命家となった）は後に『白痴』のアグラーヤともなったということになると、尚更かもしれない。ついでにいっておくと、コワレスカヤ家でドストエフスキイは娘たちの前で、二十年前に夜おそくまでさんざん飲み歩いたあと、酔った仲間たちにそそのかされ、十歳になる少女を強姦したことを話したので、夫人はあわててやめさせたといわれている（このときドストエフスキイは四十三歳になっていて、前述した如く最初の妻マリヤを失ったばかりであった。もっとも妻がこの世にいたころからアポリナリヤという愛人がいて、これを追いかけまわしていたのだが）。

宇野浩二は、大正八年自分の文壇的処女作『蔵の中』の本を出すときに、近松秋江論を序文としてつけている。これは大正八年九月「文章世界」に書いたものである。昭和二十二年にもう一度「近松秋江論」を書いている。その間にもう一度、秋江の選集に文章をのせているはずである。

この序文（大正八年）の中でこういっている。今の新進作家は今は羽ぶりはいいがそれは今のうちのことだ。要するにあれは丘みたいなものだ。「それから思えば白鳥もあれで大きく言えば白馬山とか御嶽、花袋だってあれで何々山、泡鳴だって何々山、そして秋江もそうだよ、無論秋江もあれで一つの立派な山だよ。――こんな話をするのだよ。」と書いている。そうして秋江は見物からはあまり声はかからないが、楽屋では相当に認められている人であるという。僕がこんなことをいうのは釈迦に説法だが、と前置きし、

《僕平生、今の世は官吏や軍人は言うに及ばず（筆者注。ここに注意あれ、「官吏や軍人は言うに及ばず」とは面白いではないか。普通はその反対にいうでしょう）、芸を売って万人に訴える役者、芸者の輩でさえも、決してその技倆を以て等級がつけられるものではない、それから思うと、勝った負けたで等級のつく角力取ほど公平なものはない、と思っていた（筆者注。筆者なぞいつもこう思っているのでこの浩二の言葉にびっくりした。読者よ注意されよ。あとあとで述べる予定であるが、浩二ほど等級をつけて物語る人はいないのだ）。ところがその角力取でさえ、人気から油が乗って力が出たり、かと思うと、稽古が強くてもいつも本当の成績がよくなかったり、そう完全に公平には行かぬものらしい。力があるのに、人気や、元気で負けるなぞという程、変てこなものは、当人の身になって見給え、情けないことはないに違いない。

近松秋江！

その後は如何？

〽　うすずみに、かく玉章のおもいして、かり鳴きわたる宵暗の、月かげならでぬしさんに、こがれて愚痴なたたみ算、思い廻せばままならぬ、はやく苦界をそろかしく。》

といった調子でいかにも秋江なら、そこで一節うたいそうな苦界にあって男を思う女郎の文句をつけ加えている。

秋江が心の中で思っていることを、浩二の文章は先まわりしていっている。それはお追《つい》従《しょう》かというと、そうではない。ここにほとんど真実が語られている。しかしながら、秋江の思いは、何といっても秋江自身としては自分のことだから、そこに多少なりとも思い過しがあるはずである。そのことも勿論、この文章の中には勘定に入れてはいる。何というすばらしいバランスだろう。何という駈引きであろう。もしそう言うことが出来るなら、何という人情味が漂っていることであろう。相手の秋江の思いと語りかける自分の思いとの両方を、一度に表現している。これは江戸にも違った形であると思うが、しかし正に関西の、特に大阪ふうの語りかたである。

御承知のように大阪の人達は数人が集まれば忽ちそこで芝居をする。そこに観客に当る第三者がおれば尚更のことである。その場所は舟の中でも、汽車の中でもいい。もちろん、いくらかノンビリしたゆるやかな状況であれば一層うまい。ノンビリ、ゆるやかといっても、シケている（死ぬほどではない。難破するほどではない）舟の中で、奪うようにして桶の中へ腹中のものを吐いている。その運命はいつ自分にもめぐってこないとも限らない、というようなせっぱつまった時でもかまわないのである。

私は十年以上前に伊豆の新島から東京へ向う舟の中で、そのような状況で、苦しみながら笑っていた一行のことを忘れることが出来ない。その一行は大阪からわざわざ関東の南の方の島まで、正月休みに釣りにやってきていた道中であった。浩二のこの文章は、正にシケた海上を走るあの舟の中の舞台化されたやりとりと、まことによく似ていると私は思う。浩二が角力取や山になぞらえていうのなら、これこそ正にこれ海上の舟の中ではないか。文壇丸という船に乗り合わせた……。

さっきもふれたが「うすずみに、かく玉章の……」といったあのさわりのところに至っては如何？　これこそ秋江が浮世のことを知り尽した顔をして口ずさみそうなことなのだ。そればかりでない。この文句は苦界にある、籠の鳥である苦界の女郎が客に思いをかけ、はやく苦界をさりたいくらいだという意味が語られている。私はここまで語ってきて、もう啞然とせざるを得ないのである。

何故かならば、これは女郎の歎きであるが、ある意味では文壇における秋江の歎きにも当る。女郎だってこうなのだからあなたは……とこういうつもりがある。しかし、それだけであろうか。そうではない、もっと先へこの語り手浩二の思いは届いている。それは、ちょっと恐ろしくもある。

秋江は当時、祇園のある女に入れあげていた。それはみんなが知っていることであった。これはこの序文を書いたときから大分あとに『黒髪』一連の作品となって世に出る。そうでなくともその前に『青草』の女のように大阪の女郎と交際が続いていた。とくにこの女を秋江は浩二に紹介した。わざわざその話をしに下宿へ連れてきて話がすむと秋江は、ハイ、サヨーナラをした。そういう秋江にとっては、女郎というものは、自分が思いをかけ、金をかけた女郎というものは、私が引用したこの女郎の切なる思いを、客である自分に対して抱いているというのが、その理想なのであった。その身勝手な理想と現実との食いちがいが、ある程度は何といっても文壇人の嘲笑の的であったわけだ。

　そういうことを浩二はこの文章の引用によって描出している。といって、それは一つは文壇を相手にした描出でもある。もちろん、文壇の一員である秋江が読むこともアテにはしている。このように追究していくと、これはいつまでたっても奥へ奥へ、まわりまわって、際限がない。そして際限のないというのがわれわれの生きている現実世界である。これが「仲よし」の一つのあらわれでもあったが、白鳥の「仲よし」ぶりと何という隔りがあることであろう。そして今一つ、これは、彼が秋江をモデルにして書いた『蔵の中』という作品の序文であることを考えると、実に復雑なのである。

　さらに、

「友達のために、芸術のために、そして女のために、悩み多き一生を送りし人ここに眠る。」

　と墓碑銘を送っている。もっとも、こういう但し書きがついている。

「年の順で、君が僕より先に死んだら、『墓域』に依ると、君は西洋流の簡単な碑文が好きだそうだから、気に入らぬかも知れないが、僕がその碑文を書こうではないか？」

『墓域』とは秋江が四、五年前に書いたのだが、その中で、作者は、英国の詩人トマス・

グレイの詩の中の「この村の先人永えに此処に眠る」という詩の句を誦しながら、郷里の墓域をさ迷うて、そこに眠る過去の人々も、現在の自分たちと変らぬ愛慾の生活をしていた頃のことを描いて無常感の漂うた客観的で落着いた小説であった、と浩二はいうのである。ウソではない、しみじみした感想を語った一種の名文であると書いている。そうしてカッコして次の如く挿入している。

〈今の文学に、この「嘘ではない」ということがどんなに欠乏していることだろう？　知って嘘を吐く者の文学はまだしも取り所があるが、度し難いのはむきになって、真面目のつもりで嘘を書いた小説だ〉

　秋江のしみじみとしたこの『墓域』という小説は、いま手もとにないので浩二の言葉と較べて見ることは出来ないが、後世の我々の間にこの小説の題名が残っていないところをみると、たぶん傑作というわけには行くまい。『黒髪』一連の作品に対しては、浩二はあいかわらず愛慾は、描いてあるがしみじみとしたものであって、ウソがない小説というような程度の文句でもって余裕を作って語るというわけにはとても行かないと思った。「知っていて嘘を吐く」という作家のものの中には浩二自身の小説を入れているつもりであるかもしれない。いずれにしても、秋江に対してはバカにするというわけではぜったいにないが、ゆとりをもって接している。

我を忘れて墓域をさ迷い感慨にふけるロマンチックなけしきに対し、ロマンチックな感慨をこめて、あたかも秋江がみずから口ずさみそうな墓碑銘を余裕をもって語るというわけである。そうしてこの墓碑銘はこれを読んだ秋江を、どんなに我が意を得たりと喜ばせ、

「宇野浩二という男は大分文学が分っておるわい」

といったであろうと思う。そしてそのことを浩二はよく分ったうえで書いている。

それからまた秋江の顔の長さのせいもあるがと但し書きをつけて、この先輩をキリストが全人間の神様なら、秋江は少し範囲が狭くなって、芸者、淫売、遊女の神様ぐらいになれよう、といっている。つまり「街のキリスト」と呼んでいる、といってもいい。「街のキリスト」というと、ルオーの「ミゼレーレ」の中にある一連の作品を思い出すが、とにかく、きれいごとではない、街で汚れたキリストという意味であろう。娼婦の中にもマリヤはいるし、娼婦こそマリヤだという意味合と似たものだと思う。余計なことだが、私は前にアメリカのウイリアム・サローヤンという作家のことを書いたときに、この人の書きたいのは「街のキリスト」ではないか、と述べたことがある（私の文学論集に入っているから見たい人は見て下さい）。もう十五年も前のことだが、そういう言葉をつかったことを、浩二の文章を見て思い出した。街のキリスト・秋江如何せん。前回もう刷りかかっているところだったから、そのことは次の回つまり今回にまわすことにした。そうしたら、秋江のご遺族から前記のような手紙をいただいたというわけだ。

浩二が秋江に対して、早々と記した墓碑銘の文句と「街のキリスト」というい方と二つを並べると、私は白鳥の「野垂死に」という文句が浮んでくるような気がする。だから白鳥の表現は残酷だが、必ずしもまちがっていたとはいえないのである。しかし、浩二の方は同じことを、直接的にいわないで芝居めいたユーモラスなお話ふうにいった。そして筆者がもしその一文を引用したとしても、浩二の文章なら、よもやご遺族の方も立腹なさることはあるまい。

そういう言葉をつかっていいのなら、宇野浩二という作家は、なかなかの曲者である。もちろん曲者であるだけではない。どの人間も一色というものではないことは、さっきも述べた通りだ。そうして私のいった如く曲者であったとしても作家はそれ相応の報いを受けねばならないように感じられてならないのは、私が駆け足でこの作家のことを調べているときの感想であるが……このくらいにして、要するに『蔵の中』はそういう浩二の文壇処女作である。

大正五年二十六歳になったときまで浩二は、沢山の文学や芸術を勉強をしており、沢山のこうした方面のことに情熱をもやしている青年男女を知っている。それは、田舎の小都市に生まれて、そこでそのまま住んでいる人では到底得られない機会をたっぷりと羨ましい程得ている。こうした次第は生い立ちをも含めて後で述べるとして、さてこの年になって彼は全く新しい運命にめぐりあった。

当時、童話や翻訳で辛じて食をつないでいた浩二は、広津和郎に誘われて蠣殻町に遊びに行き、そこの銘酒屋に働く伊沢きみ子を知った。その女性とのことは『苦の世界』にくわしく物語られている。東京近辺の市へ芸妓に出ていたのを、彼女のヒステリィに脅迫されて連れ出すと、東京で浩二の母と三人で隠れ家で侘び住いをするというぐあいだった。

彼女は伯父に警視庁のえら物がいるとか、それから私の郷里の岐阜と関係があるとか何とか、ということが、別の小説にも出てくるが、彼女はその姉たちから出入りを禁じられるような変ったところがあった。私はこの『苦の世界』を昔に読んだことはあるが、今度読み返そうにも遂に時間がなくて、今パラパラめくっていて、ちょっと驚くことは、この小説は秋江の『別れたる妻に送る手紙』とてもよく似ているということである。秋江のは、やっぱり同じような勤めをしていた女と同棲したが、その女に逃げられて、メンメンと訴える小説であったが、浩二の『苦の世界』は食物に文句をいったり、母親と息子が用意をととのえ出かけようとして待っているのに、ベッタリ坐りこんでまだ髪を直しているとか、一口にいうと我儘な女であるうえに、月に一回の生理のときに強力なヒステリイを起し、一度にうっぷんを晴らすという有様である。抵抗をすると余計にわめくので、やむなくおとなしくしていると、一時は一層つのるけれども、やがてノレンに腕押しだから静かになって泣きはじめ、そうしておさまる。こういう様子であった。

秋江も浩二も女のことは、どちらもよく心得ている方であったが、秋江は度々つかまえようとしては逃げられるというような結果になったが、浩二の方は、一生通じて一口にいうと女の方から選ばれるというか、押しきられるというところがあるように見受けられる。浩二の『苦の世界』や『軍港行進曲』によると、きみ子に当る女はよく逃げ出す。一回目は横須賀から一人で逃げてくるが、十日程でニセ刑事か地廻りかに連れ帰られる。二回目は、なんとなく成行きで女に押しきられ、二人で追手のかかるのをおそれながら逃亡する。こうしてみると彼女の方は行動的で思い切った人である。

秋江が約束を守らない、といって、秋江の最初の妻は身をひくといい出すようなことになっているが、浩二の最初の妻はヒステリイを起すのである。考えてみれば、まだ存命中の秋江夫人もおそらく時々逃げだそうとするか、ヒステリイを起されたようだった。それを書いたのが、秋江の『苦海』だった。そんなことをいえば、漱石の『道草』にも描かれているように、熊本で鏡子夫人はヒステリイを起し川の中へとびこんだといわれている。

これらはすべて、約束を守らず、男らしくない（あるいは夫らしくない）、ということが暗黙の原因になっている。浩二の最初の妻はこういうふうに書かれている。

　《見たところは、彼女は大変大人しい女子《をなご》なのであった。》（『苦の世界』）

「お」ではなくて「を」と発音すべきなのである。大人しい「をなご」は女子にも女性にも、婦人にももちろん「をんな」にもなる。この世に woman として生をうけて、ママゴト遊びをし人形とあそび、赤い着物から白い二本脚を出して、赤い鼻緒のついた下駄（それは男のはくものとは違う。名前も違うし形態も違うのである）。そして長じて、髪を結い、生理が起り、いよいよ女となる。しかし女であるが故に、芸者になることもあり、男の玩弄物ともなり、その代りそれによって生活の資を得る。彼女らは好みの男といっしょになり、今は世間にパッとしないけれども、何やら大望を抱いている、その男に、女の夢をかけ、時には生命から二番目に大事な自分の着物をさえ質入れをする。

　つまり彼女らは大なり小なり、あの泉鏡花の『滝の白糸』の水芸人水島友にあやかろうという気持をもっているのである。その意味で彼女らは古いようで新しく、新しいようで古いのである。彼女らはヒステリイを起す。男たちは芸術家以外の者を問題にせず、同業者の先輩たちに対しては、自分たちは新しい旗手だと信じており、同年輩の連中を見比べながら、競争心を燃やしている。彼らは会社の平社員であるならば、とくにすぐ上の係長や係長代理の悪口をいうように、現在でも夕暮時、酒をのんでいる若ものたちの悪口の対象であり、酒の肴《さかな》であるのは、これらのすぐ上の連中である。こういうふうに彼女らの夫たちは、うっぷんを晴らし、不安ながら意気もさかんである。しかし将来の保証は何一つないという点では会社員以上である。こういう男を夫としてもった女性である。

　こういう女性には、やさしいところのある男としては、あるいは時々反省する能力のある男としては、彼女らが大人しいときだけでなく、いかにも女子《をなご》だなあ！　という感慨をおぼえる。「をなご」というのは、さまざまな背景と運命とを背負ったものなのである。何としても物悲しい、近松浄瑠璃の世界の中に住むような存在なのである。その意味では、『滝の白糸』の女主人公であるだけでなく、いくらかモダーンなところのある大正女であって、親から芸者に売られるというよりも、自分から芸者になったりするようなところのある何といっても無軌道というか冒険心に富んだ、自由な女性であっても、けっきょくは、紙屋治兵衛の妻のおさんであり、女郎の小春でもある。

　冒険心に富んだといえば、彼女は前にもいった通り、二度も三度も逃亡している。『冥途の飛脚』の女郎の梅川と忠兵衛とは彼の生まれた故郷の大和へ逃避行をする。紙屋治兵衛は小春と手に手をとって急ぐ。難波から京から山城から大和から、近畿一帯が秋江や浩二の浄瑠璃の道行ふうの背景なのである。浩二の祖母の墓は金剛山や葛城山の見えるあたりであり、中将姫伝説の大和の当麻寺のあるあたり、二上山のあるあたりであった。みんな死出の旅路を急ぐことになる。その道行ほど日本人の心をそそるものはない。芝居の見せ場であるが、私たちの心の中にかくれているアコガレの世界であるらしい。筆者にしても、そう思うところがある。秋江が浄瑠璃の人物にあやかりたいとロマンチックな夢を描いたのは、そう不思議ではない。女を見るとき、浄瑠璃の世界に近い境遇の女であれば尚更のこと、男と女がああした物語りの世界のようであればよいと願うものである。男と女という性の違うものが、ひかれあうという以上、大なり小なり、こうしたものがあるのだ。秋江がいよいよ道行をやろうとしたとき、その前に道行はほかの男によって行われてしまっているという有様で、下手すると悪者は秋江自身であった。少なくとも「しつこい人」「ああ怖わ」といわれる、まことに不体裁な旦那に扱われてしまったことは「同じ川岸」で述べた如くである。ジタバタする旦那というのは、実にみっともない。

浩二の最初の妻は、彼女の方から、このオトナシイ男をせき立てて逃避行を実行させた。なかなか美しい物語りのような呼吸ではないのである。しかし、秋江の相手であった若い女性も、浩二の相手だった若い女性もどちらも要するに、外の存在ではない。「をなご」である。秋江の相手の女に対しても、浩二なら、その中に「をなご」を見出したに違いないと思われる。いや、こういってしまうと、間違いのもとだ。もう少しゆっくり歩こう。日常、文学仲間とおしゃべりをするときに、話題は文学と女と政治談義であった。

大正に入って間もなくの頃、大阪のカッフェでのことだ。秋江は大阪を讃美し、もと大阪毎日の増野三郎は、ペルシャのオオマル・カイアムとか、インドのタゴールとかを讃美し、交互に自分自分の話をして互いの話が壁の如く立ちはだかる会話になった。

《君の話がある切目に来て、そこで君がもし一分でも息を切ると、

「ところで波斯では……」と言ったように三郎の話が始まる。その彼の話がどこかで一

寸でも切れると、すかさず君は、「それやそうだがね、あの難波新地の……」といった風に、相手に切られた君の先の話の続きをつづける。すると又、その切目に、「だからオオマル・カイアムは……」と彼が、君のために一度遮られた、先からの彼の話のつづきをするといった風だ。》（宇野浩二「近松秋江論」）

それで浩二の大阪人の友人は、

「君、東京の人はみんなあんな物の言いようをするのんか、あれで分るのんかいな？」

と聞いた位だった、という（これはいうまでもないことだが、浩二の感想でもある）。

秋江こそ、女の話をするときに「をなご」とわざと心得顔にいったと思う。あるいは、めすとか、めんとか、いったかもしれない。どっちでもそう代りはない。しかし、それはいかにも心得顔で、秋江が大阪を讃美するのも、本場物ではない、憧憬だったし、増野が単にまだ見ぬペルシャを憧憬するのとほぼ似たような接し方であった。それあるが故にロマンチックな夢をかきたてるということもあった。讃美しなければしないで同じことだ。讃美しているのはいっきょに浄瑠璃の物語的世界だからだ。

ところが浩二が当時なら「をなご」とルビつきで「女子」と書くときの、女というものは、女の性《さが》というようなものなのである。それならば、大正七年に発表された『或る女』の女に、その作者有島武郎も女の性《さが》というものを見てはいなかっただろうか。真面目そうな顔をしてウソをついているというのは武郎のことか、やはり大正七年作の『新生』の藤村のことなのか。とにかくここでは一足とびに一応、浩二の女子（をなご）には、「すし」でいうのなら大阪鮓のような味わいがあるということをいっておくことにしよう。いや、もう一つ付け加えよう。これも前おきというか中おきというか、要するに道草であるが、芥川龍之介とのことを、（いずれあとでくわしく述べることになると思うが）とりあえず、『苦の世界』の頃の挿話をちょっと紹介しよう。つまり「ヒステリイ女性」にまつわることであるから。

戦後書かれた『小説の文章』（創芸社刊）の中からの引用である。が、この本は浩二のほかの文章とダブるところは勿論あるが、とにかく独立したもので多くの作家が扱われている。この本の内容のことは、これまた後で、おそらくこの次の回あたりで語ることになろう（どういうわけか全集に入っていない）。宇野浩二の話は、今回だけではすまなくて、あと二回ぐらい続けることになりそうだからである。

私のコンタンを少しあかすと、私は大正末から昭和への移り変りの時期は、多くの作家が考えこんだり、もがいたりしたことに興味を抱いていて、浩二の周辺の人々との中で、その有様を辿りたいと思い出したからである。

《私が初めて芥川龍之介という名を知ったのは、その時分、谷中清水町にいた江口渙の家であった。私は、その頃、放浪していた。何故なら、江口は確かに清水町にいたが、私自身は、渋谷に間借りをしていた頃であったか、渋谷で家を持っていた時であったか、それとも神田に下宿していた時分であったか、よく思い出せないからである。それと共に、江口その人も既に評論を書き始めていたか、まだ無名の文学青年であったか、それも覚えていない。当時、私は、無名の不遇な文学青年であったが、少し大袈裟に云うと、胸に鬱勃たる文学的野望を燃やしていた。

「どうだい、」と私は江口に云った、「近頃何か新らしい作家のもので小説らしい小説が見あたったかい。」そういう言葉の裏には、『いずれを見ても田舎育ち』どれと云って図抜けた者もなさそうではないか、今に見ろ、己が一つ書き出して、あっと云わせて見せるから、」という程の意気ごみを含んでいた。さすがの江口もその頃のそういう私の鼻息には辟易して見えた。

――ある時、江口が私に云った、「芥川を読んだか、芥川の『鼻』を、漱石が激賞したというものだ。」

その頃、私は、どんなに貧乏で、真に三度の食事に困るような日を送っていた時でも、文学と文壇のことに気をつけていない日はなかったと云ってよかった。どんな作品を書いて、どんな風に、谷崎潤一郎が文壇に出たか、また長田幹彦が認められたか、あるいは、志賀直哉が、里見弴が……それどころか、彼らが認められる迄に既にどういう作を

発表していたか、その作がどんなものか、等、等、ということを。》

とこんなふうに自信にみちた武者修業をしている武芸者のような様子が語られ、そうしてこの興味の抱き方は晩年になっても持ち続けられるのであるから、どの作家にも共通する立身出世物語につきものの冷飯時代の話と笑ってすますわけにはいかない。それに当時から、彼は小説が読めるということにかけては、誰よりも自信があり、評価に困っているとき、今まで陰気な顔つきをして、黙っていた浩二が、「どれ、僕に貸してみい」というようなことをいって手を差し出す、という調子であった。ああ、読めるとはどういうことなのか！　このことも私はあとで語らねばならぬ。何故なら、それが浩二を語ることだから。そもそも、読める人とは何であるか？

ところが浩二の「近松秋江論」の中に興味ぶかい一節がある。浩二と増野三郎が幹彦の作について意見が割れている時、近松が、「よしよし」と僕等を制して、「僕はまだそれを読んでいないんだ。僕が読んで見たら分る。まあ、待ちたまえ」と云うのである。

近松は自分なら読める。鑑識眼がある。任せろ、というのだ。そして面白いことに、そのことを宇野が書いているのである。近松も読める人であったかもしれないが、そこにおのずから異なるところのあるということは読者は想像がつくことであろう。

さて、これほど文壇に眼をくばっていたにもかかわらず、どういうものか芥川の『鼻』

事件を知らなかった。そして結局、この作品に難くせはつけたが認めざるを得なかった、といい、そのあとこう書いている。

《だが、今はそんな批評めいたことは省略して、その時、私の側にいて、私より一そう『鼻』に感心した者があった。それは、私自身の恥じをさらすことになるが、当時私と同棲していた、私の小説『苦の世界』に出て来る、ヒステリイの婦人（傍点、筆者）であった。因より、彼女は、決して優れた文学的鑑賞眼を持っている女性（傍点、筆者）などではなく、唯、いくらか文学が好きという程度の者であった。が、彼女は、この時（『鼻』を読んだ時）以来、芥川の小説というと必ずそれの載っている雑誌を手に入れて読む習慣になった。》

彼は貧乏だがヒステリイをおそれて買わせていたというふうに、その戯文ふうの文章を続ける（また道草だが何と伊藤整の文章に似ていることか）。

私はここで要するに、彼女が芥川の小説の載っている雑誌を買いたがるような女性であったということを紹介したいというのが、一番の目的だったのである。そして彼女は、文学青年たちが問題にしていた作者や作品よりも、『鼻』を喜び、『鼻』の作者を喜んだのであろう（少なくとも浩二はそのことに興味を抱き問題として書くのである）。

彼女はこの江口渙がキヨシという名であるために、期待をもっている。そうしてみると、逃亡者である浩二が仮寓の標札に水上潔（キヨシ）という仮名を使ったのも、彼女の意を迎えるつもりとふざけるつもりと二色あったのであろうか。彼女が芥川龍之介という名にも惚れこんだ、と書く。浩二はその芥川を直接自分の眼で見たのは大正七年の十二月七日であった。そのとき彼は牛込の神楽坂近辺を歩いていた。彼は当時そのあたりに下宿していた。肴町で電車を降りて、南の方へ人ごみを抜けて歩いていた。

その頃彼は、二、三篇の小説を書いて持っていたが広津和郎の世話で、そのうちの一つ『蔵の中』が生田長江の手にわたり、生田が文芸部長（編集顧問ともいわれる）をしていた「中外」の新年号にのることになっていた。ところがこれが故あって、四月号の「文章世界」にのることになり『苦の世界』も三分の一ほど脱稿していて前途に明りが差しこんできた頃であった。だから「その明りに向って突進するかのように、多分風を切って歩いていたに違いない、道行く人の顔がみな間抜けに見えた。」

と書く。そのあと「それなのに」とくる。

《「それなのに、どういう風にしてであったか、ちらと二三間も離れた、私と反対の町の側を、反対の方向に、一人の洋服の男が、これ又燕のような早さで通り過ぎるのに私は目を引かれた。――それが私に芥川だと思えたのである。」

「彼は、私ではない、もしかすると私の近くに、偶然、美人でもが通っていて、その方を見たのかも知れないが、彼も亦、ちらりと私の方を見たように私は思った。当時、私が彼を知っていても、彼が私を知っている筈がなかったであろうが。――こういうと、私自身を己惚れるようであるが、その私の方を見た彼の目は、どうもやはり、通りすがりの美人を見た目とは違うように思われた。それは鋭く青く光って見えた。……英国の文学者、アアサア・シモンズか、ダブリュウ・ビイ・イエエツか、そういう人の様子に似て見えて、甚だ感心した。」》

もっともこの話は、その後芥川にあってからでも話したことはない。「僕はそんな町を通ったことがないよ。」などといわれるのが癪《しゃく》だからであると書いている。ここには秋江に対する場合と同じような配慮と批評と、人と人とのことを語るには、これくらいにしませんと、という態度とその喜びがこの文章に溢れている。それは正に大正時代の文章だ、と私は思わざるを得ないのだが、ここでは、とりあえず彼女のことを思っていただければ宜しいのである。

　前おきが大分長くなってしまったが、もう一度さっきの『苦の世界』の第一章の中の文句をくりかえして引用をすすめることにしよう。

《見たところは、彼女は大変おとなしい女子《をなご》なのであった。実際、彼女は極端なはにかみやで、或いは人と挨拶するのを、或いは初めての人と会うのを、言い換えると、少しでも人が、殊に年若い娘なぞが、きまりが悪いという種類の事を、それは私の様なよくその呼吸を呑み込んでいる者さえが、なる程こんな事もやっぱしはにかみの対象になるのか、と時々意外な発見に驚かされた程、そういう風な一切の事を、病的にはにかむ質《たち》なのであった。だから、そんなに我儘者でありながら、彼女が思った十分の一も着物をこしらえてくれるどころか、彼女自身の小さい慾望を充たすために、往々却って彼女自身の着物を質に入れて失くなすようなことになったり、小遣が十分に供給されなかったり、一口に言うと、彼女の夫たる私が余りに不甲斐なく貧乏であるということや、そして彼女の夫たる私が大人しいというだけで、てきぱきした、要領を得た男でないということや、そういう色々な不満を、彼女はそういう性質から、平素は口に出さずに含んでいるために、それが時々彼女のヒステリィ性に助けられて、前に言ったように、又後で色々と述べるであろうような、病的な発作を彼女に起させるらしいのであった。》

ここで一息いれて……こうして書いてくると、実にさまざまのことを、読みとることが出来ると思うが、どうだろうか。しかし、それはあとで触れるとして、とりあえずこの続きを書きぬくと、……さあ、こういう文句が来るではないか。

《私はそれを悉く知っている。けれども、実に心では彼女を愛する私だが、それに依って稍稍《やや》救われると思われる、私たちの平和を得べき唯一の方法であるところの、少し十分な金さえも、私には得るだけの腕がなかったのであった。》

そして、そのあと……

《「何故あなたは、」と彼女は屢々言った。「私が始《はじめ》にあなたと一緒になろうと言った時に、逃げようと言った時に、いい加減な返事をしないで、いけない、俺は甲斐性なしの意気地なしなんだから、と白状してきっぱりと断らなかったんです？……」そして最後には屹度《きっと》吐出すように、「意気地なし！」と斯う叫ぶのが常なのであった。》

宇野浩二もなかなか長い顔をしている。秋江が受難の「街のキリスト」であるとしたら、彼本人は何といったらいいだろうか。想像するに、浩二自身も、時々、自分は「街のキリスト」だと思ったのではないだろうか。浩二の本名は、格次郎というが、潔でなくとも浩二も好かれそうな名である。浩二はどこか役者ふうの顔をしていたが、彼は三味線もひけるし、あまり上手ではなかったというが唄もうたえたし、踊りもおどれたかもしれない。

たぶん役者のようなかんじは、全体のフンイキにあったに相違ない。それでいて平生は陰気でもあったし、大人しげでもあって、頭からきめつけるようなことを女に向っていわないで、女の気持をソンタクして、女というものは、こういうものなのかなあ、と優しい微笑を時々うかべている男というものは、玄人じみた女性からすると魅力を感じるものらしい。しかし、こういう物分りのいい男というものは、得てして女を絶望的にするものである。いったい何を考えているか分りゃしない、と思わせるところがあるからである。

いろんなことがよく分っていて、天下をヘイゲイしていて、そして入るものは入らない。それほどのよきところのある男が世に認められないということが、ハタのものには信じられない。ウソつきではないにしても、ウソつきと同じ結果になる。新進作家として世に出ない限り、当時の作家志望者は、わずかなホンヤク料しか入らない。その貧乏ぶりは、今の人には分らない。あまりの金の入らなさに、苦労人である実の母親も唖然とするくらいだから、妻の立場にあるものは、たまりたまっていっきょに吐け口を見出すように喚き出すより仕方がない。それは本当は夫の甲斐性なし、約束を守らなさを罵倒するよりは、世間に対して罵倒するのがいいのかもしれない。おそらくそういうことは、女の方には分っている。夫よりも分っている。何故なら夫の方は、今に見ろ、とこう思っているし、その貧乏の中にあって、浮世の苦労と悲しみをかみしめ、それを起動力にしようとしている無名作家というものは、本来化物みたいにワケの分らぬ存在である。がいずれにせよ、じっと堪えている陰気な顔の方が、世間という、夫以上に漠然とした、トリトメのないものより、当りちらすのによき対象物である。そしてすべての原因は、何といっても彼本人である。どうして物など考えていられるのだろう。そしてより集まれば、文学論である。そういう彼女の喚き声に堪えているということこそが、『蔵の中』とか『苦の世界』という作品になったというのだから、考えてみるとそういう関係等はよく慣れている私でさえ、何だかとてもヘンな感じにとらわれる。何も彼女は自分のヒステリイや、自分が夫にあたえた苦しみ、自分が夫からうけた苦労、そういったものが、将来、自分の死後（伊沢きみ子の死は大正八年の七月か十二月とされる）、小説になって、夫が華々しく文壇に脚光をあびるようになる、そしてそこには自分のヒステリイぶりや生理日のことや、生理が近づくと夫が必要な品物を用意するというまでに徴候が外にあらわれるというようなことまで材料になると思ってはいなかったであろう。だが何かインビな目的が察しがつく。

　どこか役者のようで、浮世のことに心得顔で、優しく、おそらくいくぶん滑稽なところがあり、すいこまれるように陰気で、黙って脱脂綿をタモトから取り出して、差し出す夫というもの。それから金は入ってこないが、自分との間のことで、何かしら精密機械みたいな正確さでバランスのとれた一言をさっといったりする。そうして時にはまったく無意味ともトンチンカンともいえることを口にする。秋江ではないが、浄瑠璃の一節を口ずさんだり、口三味線をひいたり、ひょっとしたら自分をつかまえて、外国の小説家の話をしたり、彼らがいかに苦労したかを語ったりする夫というもの。

既に分っているのだが、友人の文学仲間との話では、夫の書かんとする小説なるものは、『滝の白糸』や『婦系図』や『金色夜叉』や『不如帰』『己が罪』や、夫の訳しているというトルストイの『戦争と平和』のようなものではなく、そうして若くて世に出た、いかにもハイ・ブロウな、丈よりも高い洋書のいっぱいつまった本棚を背にして、ひょっとしたら夫よりも背丈のある、いかにも、これなら外国の小説家まがいの舶来品的なところがあって、尊敬に価する芥川龍之介の書くようなものでもない。話によると、夫たちとは違って東京帝大の出身である。そして書くものは『鼻』である。これなら夏目漱石先生が激賞するのもムリからぬものだ。

夫が『鼻』を友人達の前でケナしている声がきこえる。いや、自分にも問いつめる、『鼻』を読んでいるのか。それが面白いのか。平生無口の夫が珍しく長々と説得しようとし、ケナし、そうしてやがてまたケナす。こっちは腹の中で笑ってやっている、というより、この人にこういうのが書けるかしら。こういうものをケナすようでは心細い。

あれは「理想は理想のうちが花」ということを書いたものだ。あれは菊池寛のシングの翻訳を土台にしたものだ。なるほどよく自分のものにしているが、これは日本の『今昔物語』に元がある。元を二つ合せたようなものだ。夫の浩二は花と鼻ともかけたつもりでいるらしいが、知らん顔をしていてやろう。やっぱり、ゴーゴリのことをいいだした。

「だいたいゴーゴリの『鼻』というのには、もっとコワーいものがあるんや。〝理想は理想のうちが花〟みたいなこと書いてみたってあかんわ。理想は理想のうちが花に決っとるやないか。そういうことは、大前提やないか。文学というものは、そこが出発なんや」

「鼻がまたもとの大きさになるところなんかいいわ」

「ゴーゴリの鼻だって戻ってくる。戻らんのは『外套』の外套や」

「じゃあ、もう私を愛していないというのね。理想はもう消えたのでしょ、私の中のあなたの理想は」

「………」

「いや、もう雑誌買わないからいいわ」

いや、おそらくこういう会話はまったくなかったかも分らない。としても、けっきょくはあったと同じことだ。

「何さ、読みが深いとか、読めるとかいわれ、いい気になってさ」

おそらくそこまではいうまい。いわぬとしても「私という女に対してそれで読みが深いというつもりなのかい」

という意味のことを、別の方法で表現したに違いない。それがすなわち、ヒステリイだ、ともいえなくはない。現実の浩二は口応えせずに、ただ、ヒステリイを恐れて、芥川の載っている雑誌を買い与えた。

宇野浩二は、早くからロシヤのリアリズムの始祖といわれるガーネットによるゴーゴリの英訳本を読んでいる。芥川の『芋粥』という作品も、ゴーゴリの『外套』や『ネフスキー通り』をとり入れている。つまり『今昔物語』といっしょにしている。こういう材料があるうちはいいが、いずれ種が尽きるだろう。『今昔物語』全部の中で、そういくつも面白い話があるものではない。いったいこの小説には、本音がどこにあるのか。ゴーゴリはゴーゴリそのものである。ネフスキー通りを歩いているとき、天から降ってきたように、ある朝、窓から汚れが、ほかならぬ彼の頭の上に落ちてきたに違いない。

ロシヤの外套は生命から二番目の必需品である。神さまだってロシヤでは外套がいるのだ。特に暖かそうな外套を着ていらっしゃるところかもしれないのだ。アカーキー・アカーキエビッチは、しがない筆耕者だ。九等官だ、彼は筆耕に甘んじている。誰に原稿を渡されるか問題ではなく、彼は字が問題なのだ。紙と字としか見てはいない。そこに喜びがある。これが彼の抵抗というのも愚かな抵抗なのだ。宇野浩二にはつい先だって、中学生のナショナル・リーダーの学習書と国語の本の学習書を頼まれたときのことが思いだされた。それというのも、ホンヤクが一向に金にならず、その代りに貰った仕事であった。そのことではえらい目にあった。あまり何度もその家に出かけたので、同じ道を通るのが体裁が悪かったくらいだ。彼はそのときの自分と『外套』の主人公と思い較べる。すり切れた外套はもう土台が駄目で修理がきかないといわれて、ユダヤ人の仕立屋に苦心さんたんして作らせる。その外套は何ものともしれぬやつに盗まれる。
そこまでは、ゴーゴリがきいた猟銃を失った男の話がもとになっているのだ、と彼は思った。ある男が苦心して買いこんだ銃をもって鴨うちに出かけた。葦の間でウトウトして眼をさましたとき、虎の子の鉄砲は姿を消している。真蒼になった件《くだん》の男はその日うちへ帰ると飯も食わずに寝こんでしまった。

　この噂話をしているのを何人かが聞いていた。その一人がゴーゴリだった。みんなゲラゲラ笑った。だが、ゴーゴリ一人は物思いに沈むように、じっとうつむいていた。鉄砲が外套に変ったのだ。そうしてこのロシヤの作者は、気の毒なアカーキー・アカーキエビッチを幽霊にして、辻に立って外套をはぐように仕組んだのだ。こういう話は気持が迫っていなければいけない。

　幽霊はつまりヒステリイなのだ。男のヒステリイの昂じたものだ。何ものともしれぬやつに盗られたから、何ものともしれぬ幽霊の身分になって装うのだ。……とこう宇野浩二は考えたのではないか。
『鼻』の中の床屋は、朝起きるとパンの中に鼻が入っている。これは昨日顔をあたってやった八等官殿の鼻である。忽ち床屋のかみさんがヒステリイを起す。仕方なしに彼は運河へすてようと橋の上に立つ。鼻は四等官に化けて馬車にのって逃亡する。そこには何ものともしれぬものの力が働いている。ウクライナから官吏の都市ペテルブルグへやってきたゴーゴリは、話によると八等官であるのに四等官だとニセの官位をつけていたということである。そういう彼の思いがここに裏返しになってこもっている。浩二は、肴町あたりの通りをアーサー・シモンズまがいの風態で、チラと青く光る目を向けて風の如く去って行った芥川らしき男と、この四等官に化けた男とを心の中で較べる。――これはまったくの筆者の想像であるが。

《朝から町を何かの広告の楽隊が行く、喇叭《らっぱ》吹が一人、笛吹が一人、太鼓打が一人、それから旗持が二三人。

「喇叭吹君！」と私はそれを見て心の中で叫ぶのだ。（筆者注、主人公は貧乏と女のヒステリイに追われるようにして町へ出る）「僕も君のように喇叭が吹きたいよ。胸を張って、反《そ》り身になって、君はこの暑いのに威勢がよさそうだね。それがいいのだ、青年は威勢のいいのが何よりだよ。だが……よく見ると、君の顔色は青黒くと、誠に失敬な言分だが、如何にも営養（ママ）不良らしいね、それにしても、仲々君の喇叭は爽快な音を出すね。盛ん、盛ん！　君はそういう立派な武器があるんだから、それを思いきり鳴らし給え、鳴らし給え。僕もそういう奴で、一つ大いに不平のありったけを吹いてみたいよ。」

「よおッ！」と又私は笛吹を見て心で叫ぶのだ。「笛吹君、君はまだ少年のようだね。やれクラリオネットのメロディだとか、チャルメラのすすり泣きだとか、昔の詩人なぞという一人よがりの人間共は、悲しくもない癖に悲しいようなことを言わなければ詩が作れなかったと見えて、君たちの神聖な器に勝手な気焔を吹きかけているが、そういう僕もやっぱし同じような罪を犯している訳かも知れないが、許してくれ、許してくれ、由来人間という奴は勝手なものさね。だが、その方がまだ〱罪が浅い方なんだよ。それから思うと、今の詩人や小説家の方がよっ程質《たち》が悪いよ。やれ人道主義の、やれデモクラシイの、やれ労働者の味方の、と実は流行かぶれでそんな事を叫んでいるのだが、彼等は君たちが喇叭を吹き、笛を吹いている程にも、本気でやっているんじゃないんだよ……（略）》

というぐあいに、楽隊に向って次々に叫びかけるところで『苦の世界』の第一章は終っている。

往来でのこの心の中の叫びは、楽隊に対して向けられているが、これは私には『外套』のアカーキー・アカーキエビッチの往来での叫びにも似ている気がする。楽隊に向っていることになっているが、誰ともないものに向って叫んでいる。だから場所は往来なのであると思う。女は男に対してヒステリィを起すし、男は往来で誰ともしれぬものを相手に呼びかける。『鼻』の床屋も橋の上に立つ。もっとも鼻を失くした八等官は鼻をさがし求めて、新聞社の失踪者の広告係をたずねる。

このゴーゴリふうの朗誦は、ゴーゴリが大体そうであるように、浩二もまた、右のようなところでつかわれているようなのである。女がヒステリイを起す相手を求めて浩二のところへやってきたともいえなくはない、と私はひそかに空想する。何もかもさらけ出す相手として来たようにも思える。その男が黙って堪えているうちはいいが、逃げられはじめると、女は死ぬことになるのかもしれない。

《それは実際どうにもならないものらしかった。それは彼女の最も愛する者に対する憤りでも、或いは又因業な大田原富松に対するものでもなかった。（中略）が、彼女には憤ることの何の理由もなかった。しかし、彼女は始終何かえたいの知れないものに憤りを感じていたのだ。このえたいの知れないものを感じた人間にとっては、神と共に、世界の隅々にそれが遍在するに違いなかった。》（『軍港行進曲』）

浩二は、本当に「彼女には憤ることの何の理由もなかった」と思っていたのだろうか。彼は、この本の最後に「若し彼女は二年待って、私と元の夫婦になったところが、落着いていたろうか？　矢張りそこで以前より充たされた生活に満足しないで、何かを求めて何処かへ泣きながら行きはしなかったか？」と記している。

　彼女のヒステリイをおさめてしまう方法は浩二の小説の中の男のようであってはならな

いのかもしれない。かえって無理解な男の方がよいのかもしれない。だがそういう男をおそらく彼女は求めなかった。ヒステリィの原因が医学的に見て何であるにしても、「えたいの知れないいものを感じた人間」という理解を示す男に、彼女は自分の分身を感じていたともいえる。

ひとおどり

自分が「小説」から離れてゆくのか、「小説」の方から自分を見放したのであろうか、どうも書けなくなってきた、と浩二は『思い川』の中で大正十二、三年頃のことを回顧している。離れるとか、見放すとか、まるで鼻が自分の中から姿をくらましてしまうのと似ている。それからあと、音曲とか唄とかを師匠についてかなり身を入れて習いはじめる。悪魔払いをするような感じがする。そのうち、どうもやたらにおしゃべりをしている自分を発見したりする。『蔵の中』が大正八年で『苦の世界』が翌年の九年だから、それから四、五年たっている。室生犀星にそのことをいうと、文壇に出て五年持ちこたえれば大丈夫だ、という。しかし浩二は、七年たとうが何年たとうが、そんなことは何の保証にもならない、そういう年数のこととは違うのだ、という。

犀星のことを、「なにごとも、一途にかんがえ、剥き出しにものをいう質の人」だ、とも書いている。一躍流行作家となって、角力の番付でいうと幕内に入り、当時の金で七、八万の財産をもっているのと同じくらいになっていると自他ともに許している。短篇といっても比較的長い小説が多いが、A五判の彼の全集の中に入っているものだけでも六巻分（編年体岩波全集の六巻分の意味）はあり、新聞小説も書き、その頃も新聞に連載中であった。ある日久しぶりに芥川を訪ねて行くと、彼は、

《その上がり口のところに、両手で（両手をひらいて、）鴨居をつかまえ、両足をひらいて、立ちはだかった。

牧は、一瞬間、呆気にとられた。それから、吃驚した。それは謂わゆる「通せん坊」の形であったからである。》（『芥川龍之介』）

実際は、芥川は自分がたよりなくて仕方がないのと、一種の虚勢だったかもしれない。

宇野は大正九年に芸妓名小竹という諏訪の芸者であった村田キヌと結婚している。そのあとに書いた『夢見る部屋』（大正十一年）という小説がある。小説家である「私」が、朝はやく不忍池のそばを通って仕事場の下宿へ出かけるその秘密の部屋の中でどういう暮し方をしているかを、例によって面白おかしい語り方で半ばうたうように書いて見せている、夢みる小説家の夢を語っている話である。

この「私」は寝床でうつぶせになって文章を書くが、壁にはアルプスの山々の写真がい

くつもかけてある。不忍池をのぞむところでいつもどこかの屋根が湖のように見える。只一瞬の内にその幻想は消えてしまうけれども、毎日、そこに立つと一応はそう見えるのである。妻の前で友人のところへ送るような顔をしてその下宿へ、そこでひそかに弾こうとする長唄三味線の胴に、義太夫三味線の棹をつけたというアイノコのような道具を荷造りさせる。知りあったタバコ屋の女から出させる手紙は、××方というふうにして送らせるが××というのは外《ほか》ならぬ「私」自身である。夢を見るということは、自分であって自分でないようになることである。自分というものは、操作をし、ある覚悟をすれば、さまざまに利用価値のあるものである。アルプスの山、といっても、それは麓から見上げるだけの、そのことが十分にたのしいのであるが、その保証のもとで、それ以上低くなれない位置に身を置いている。

　山というのは、妻が芸者に出ていた湖のある町から見える山々でもある。少なくともそういう山々と同じような山である。その湖のほとりにある、町の製糸工場をバックにして成金を相手に商売をしている芸者がいるが、そういう子持の芸者――小説ではゆめ子、これは妻の朋輩である――とまだ会っていて、彼女のことを考えている。

　小説では彼女の写真は妻に見つけられて失くなっているのでネガをもとに（ネガがあることまでは妻は気がつかない！）、それを自分で引伸しをして、山の写真といっしょにかけている。あの人とだけはつき合わないでくれ、と妻はいっている、その女である。

夢をたのしんでいるおかしな人間の姿を紹介してみせている。人間というものは、まことにおかしなもので夢を抱かなくては、立ち行かない。そして夢を抱く権利は、小説家であれば特にそれこそ、このデモクラシイの世の中にはあるわけだ。そのためには妻を裏切るのも仕方がない。裏切るといっても、妻は妻として大事な存在で、家事をしっかりと守ってくれる。さすが自分の眼鏡にかなった女である。そうはこの小説では書いてはいないが、あの最初の妻は若気のあやまちであった。こんどの女房は（これもこの小説には書いてないことだが）母親とも仲よくやってくれている。母親はデパートへ出かけるのと活動写真を見ることが好きで、母親が連れて出かける。母親は飯のたき方から、家庭料理から裁縫まで妻に教えてくれるし、実の母親の味を知らない妻は、ほんとうの母親にめぐりあえたように喜んでいる。しかし浩二は、この小説の中の「私」のように家の中の自分と違うもう一人の人間になる。『蔵の中』では御承知のように、着物を生命の次に大事にする男が、新しい着物を買うために前の着物が質屋から出せず、そうかといって流すこともいやなので、利子を払い、その金の総額にしたら金持になってもいいくらいである男だ。彼は質屋へ虫干しに行くことを許されてこれも質に入っている自慢の自分のフトンの中に寝るが、それというのも出もどりの質屋の女の好意からであった。

　ところがこれがヒステリイを起す女であるから、喜びも束の間、もとのもくあみになる。着物はその男の夢である。

『苦の世界』もなかなか夢を思うように持つことが出来ぬがために、それは大したことではない夢なのに果されなかったり、奪われたりするということなのである。夢というものがこわれ易かったりなかなか得られないものならば、そのことを面白おかしく語ることが、この世をつかさどる神様のサボタージュに対する人間のする道である。そうでなければ、夢というものをなるべく夢として神棚にあげておいて、そうして、夢の中へは登って行かないで低いところのまわりに眼をくばっているのが一番いい。しかし考えてみればこういう姿こそ人に語るに足る人間のおかしな状態である。

しかし、そのおかしなことも、元を正せば、夢というもの――幻想というものが実に早々とこの世から失われるということの責任ではありませんか。

《人はよく恋の終りは結婚であるというが、恋の終りは結婚よりまだ一つ手前である。つまり、恋人たちが接近した時がその終りなのである。言い換えると、恋というものは世に「なきもの」をいうのである。気障な言い廻しをするようであるが、恋という字を私の字引で引くと、夢の別名としてあるのである。》（『夢見る部屋』）

二十三歳のときに書いた『清二郎　夢見る子』という小品がありますよ、あれを読んでくれ、と彼はいっているように見える。幼い頃、伯父の家に厄介になっている母親と自分とが、家を出る場面である。「お前は未亡人のくせに、きれいな着物を着たがったり遊ぶのが好きなのは、どういうわけか。それで厄介になっているつもりか」というようなことをいわれる。母親は、それでは出て行かせて貰います、というようなことをキッパリという。母親の眼にも自分の眼にも涙があった、という話が一つ。

今一つは、美しい母親が、息子の見つけた写真の一枚を胸の中にかくして、一枚をもう一方の手で高く差しあげ、はなやいだ顔で、娘のように見せまいとする場面である。

この二つは、絵双紙の中にあるような場面だが、十四歳のときに読んだ二葉亭訳の『むかしの人』というゴーゴリの作品が頭になかったとはいえないが、この夢見る清二郎の中には、母親の中にある女の性というものがある。これは幸福なことに物語的世界である。物分りよく理解すれば、直ちに分ってしまう、許すことの出来る世界である。どうして許さぬわけに行こう。母親の生活はたしかに世間の眼から見ると、少し奔放かもしれない。しかし遺産をなくしてしまったのは、伯父ではないか。そういうことがみんないっきょに分ってしまい、色々のことが重なりあって、決して一つに割り切ってしまうわけには行かない。甲といえば、乙のことだってある。そういうものが人間というものだ。こういうことを理解する智恵はたぶん庶民や、おそらく大阪育ちの人々の中に誰にも共通してあるものに違いない。バランスをとって、いくつものものを共存させてしまうやり方である。

ところが幼い清二郎の中に印象づけられたものは、ひどく危ないところに成り立っている世界で、ふくらんで行ったり、くずれて行ったりする可能性のあるものだ、だから、おそらく夢なのだ。女はいつ鬼となったり蛇となったり、ヒステリイや幽霊となって出現しないとも限らない。鬼にさせたくない。蛇にさせたくない。幽霊にさせたくない。

それが残念ながら変幻するのだ。これだけ覚悟をし心得、用心をしているのに、変幻してしまうとしたら、どうしたらいいだろう。どうして向うの方から踏みこんで土足で荒らすように何でも許されるという顔をするのだろう。おれの心の中には、高いアルプスの山々や夢見る清二郎の夢である、子持の芸者——それはほとんど肉体的関係をもったことのない芸者——これほど妻を悩ますことがあろうか。そういうことを彼は知らぬはずはないが、まるで知らないような顔をして秘密の部屋の住人に夢を見させている。こういうふうに書くから、小説は身勝手の人間のようにも見えるが、それにしては面白過ぎるからさきに笑ってしまう。夢を見るということに一生懸命になれば、多少おかしなこともするさという態度がどこかにある。秘密の場所——心の中では自分という人間は分裂もするが、夢というものがあると心がけねばならない。夢見る部屋はしたがって彼の心の中である。身勝手さをもし文句をいうのなら、文句の持って行くところは別のところである。そういってしまうときもあるが、そうはわざといわないときもある。どっちの場合でも神様が処理し、御存知であるのに、神様は御存知ない顔をなさる。尻はそっちへ持って行って貰いましょう。さあ、となれば、そういう姿勢がほの見える。

《人間がこんなに、本当に文字そのままに毎日の食に困るということは、安成二郎の歌に「豊葦原瑞穂の国に生まれ来て、米が食えぬとは嘘のよな話」というのがあるが、そうだ、そんな筈がないと私にも思えたものだ。あるいはまた困る方が「あたりまえ」で、困らないみんなはきっとそこになにか手品のようなことをしているにちがいないとも私には思えた。（略）

　私は、こんなに正直に、こんなに一所懸命に働いてるのに、世界のすみずみまで見張っておられるという神様は、彼が私に味方しない筈がない、と夜の寒空の下を、ふるえながら、あるきながら、考えたものだ。私は、下をむいてあるきながら、彼はきっと私をあわれんで、私が拾って使ってもいいお金を、誰かにこの道に落とさしておいてくれるにちがいない、と本当にまじめに考えたものだ。だが、何にも落ちてはいないのだ。この上は「どろぼう」をしても差支《さしつか》えがあるまいともちょっと考えたことだが。これだけ文学の修業をしても、文学で飯を得られないものを、修業もなしに「どろぼう」する能力など思いもおよばぬにちがいなかった。》（『あの頃の事』）

　神様が御存知か、御存知ないか、ということは、ほとんどレトリックかもしれない。しかし実際はよく庶民は、こういういい方をするものだ。嘆きのきまり文句かもしれないが、そうとしても、意外に神様は近くに呼び求められ、相談の相手にされる。そのくせ神様がいないということも一番早く正確に知っているというのも彼らであると思う。そういうわけで彼らは自分でチエを働かすのであろう。

　今の大和高田市、当時の高市郡の天満というところに母親が移り住んだのは、前に『清二郎　夢見る子』の文章のところでふれたようなわけである。ここは遠い親類である。このとき、浩二の兄は父のイトコであったと思うが、本多義知という、一躍マッチ会社で巨万の富を築いた人のところに預けられた。兄は彼らの父が脳溢血で頓死したときには脳膜炎で脳がぐあい悪かった。

　母が浩二を連れて出た伯父が、この親子が頼りにしていた遺産を商売で失ったことは前に述べたが、これは面白いことに漱石の『門』という小説の中の重要な太い糸になっている話とよく似ている。あれも後見人であった伯父が、ふやそうと思ってなくしたのである。ついでにいうと、『門』の中で抱一の屏風を売って弟の学資の足しにしようと思ったところ、骨董屋は意外な安価をつけた。売られた屏風は隣りの大家が買い、そのときには十倍もの値になっているというのであった。これは本物であったが、売ろうとしてみたところが贋物《にせもの》であったという小説は秋江の短篇にあったし、善蔵の小説にも『贋物さげて』というのがあるようである。屏風とは親の代あるいはもう一つ前の代のものであるから、そこに興味深い問題もひそんでいるが、これは道草であった。

さてこの「遠い親類」の中に「中戸丈助」という名で度々小説に登場してくる人物がいる。彼についてはこの次の章でかなりくわしく述べる予定である。母が厄介になっていたこの親類のある村は、小説では天満村でなくて高天村というふうに書いてあるが、ここへ浩二が祖母を連れて戻ってくると忽ちその死に遭っている。祖母が死んだのは丈助の兄の家であるが、それから一ヵ月もたつと「私」は東京へ出てくる。その出発の前に、丈助は今年はあかんかもしれんが、そのうち何とかして東京へ出るつもりやで、そのときは宜しく頼みまっせ、といったことになっている。この丈助は三年後になってある日、浅草の子供靴屋の二階に間借りして自炊生活をしているときに大きなフロシキ包みを背負って、「家内と、娘と、孫と、わしと四人や。今はちょっと知り合いの家に泊めてもらってるんやが、わしもあんたみたいなこんな二階でも借りたいな」というふうに羨ましげにいう。

こういうことを（度々、ほんとうに度々この場面は語られる）語るときの作者の筆つきは何と楽しげであろう。

浩二はこのとき二十二歳。彼は羨ましがる丈助にその二階を提供して、丈助はそんなにして貰って申訳ないと後ずさりする。このような丈助の後ずさりを度々書いている。もっともこの丈助は、この後ずさり的な控え目な態度のほかに、もう一つのものを秘めている。後年になって、その二つのものが交互に出現するさまを、喜び勇んで書いているのである。

話はとぶが、『出世五人男』という長篇の中で、語り手の赤木（ここで、作者はアカーキー・アカーキエビッチの名にあやかっている。もっともこのあやかり方は、度々ほかの人にも使われるもので、中野重治の『空想家とシナリオ』の主人公は、このような名だったと思う）は、控え目で無口であるが、上機嫌になってよくしゃべる男と書いてあるし、たとえば、丈助の登場する小説の一つ『高天ヶ原』にも、丈助と応対する「私」はそのような性質だと断わってある。この「私」の性質は、私の見るところ、必ずしもどこにも気楽に書いてあるわけではないのであって、今ここにあげたような人物たちが出てくる小説に特に見られることのようである。丈助は五尺七寸豊かな頑丈な男であるが、その性質は、どこか「私」に似ているのである。

　東京での先輩である年少の文学青年は、これといって商売のアテもないのに上京してきた丈助とこれから始める商売のことで相談に乗ってやる。丈助は兄から二百五十円もらってやってきたが、そのくらいの金は直ぐなくなるから遊んでいるわけには行かない。作者は丈助は二百五十円もっているときも、五万円もっているときも同じようにさらけ出しにする男だ、といっている。こうしてラシャの小ぎれで作る子供靴をやったらとすすめる。それならば階下の商売がとりあえずの見本だから、事は簡単である。丈助はそのうちやはり浩二のすすめで、ラシャの端切れを買いしめる仕事をはじめ、巨万の富を築くようになる。がそこまで行かぬ内、無名の浩二は逆に丈助の家の二階に間借りするようになる（実際のところ、ある時期にはひそかにこの下宿住いをアテにするようになっていた）。ここで二人は不思議というよりは、きわめて当り前の会話をすることがある。それは、ほかでもない。丈助が二階にあがってきて、恩人のこの青年に、

「どや、小説、ちっとは書けましたか」

ときく。まあ、まあだ、とか、ボツボツ、というように返事をするが、その後も度々、丈助は様子を見にくるので、商売のようにはいかない、と苦笑したりするのである。ここらは『枯野の夢』でこうなっているが、『高天ヶ原』では、丈助に部屋を貸して貰う前となっている。

小説書きが、一種の商売であることに間違いはない。文学青年仲間や、文壇関係者が、進捗状況をきくのと丈助がきくのとは違う。ある日、高等小学校の一年下級であった横綱大錦が小説というものの進捗状況を見にくるのとも多少違うかもしれない。いやほとんど同じかもしれない。それは案外彼の天王寺中学の同級生の軍人や学者たちが、小説は如何？　ときく場合とも、大体似ているかもしれない。

しかしもっとも遠いようで近いのは、丈助の立場であろう。共存共栄、扶《たす》け合いのこの二人は同じ奈良県の大和の「高天村」から上京してきて、ほとんど裸一貫で角力の世界でいうと、少なくとも「幕内」程度のところに入り——この角力の世界では、幕内に入ることはどんなに大変であり、どんなに素人と較べれば強いことであろう。そうして角力こそ、ほんとに裸で出発するのである——（当時の金で七、八万の財産をこさえ、注文もあり仕事も

あって困るようになる。つまり大正の末年、上京後十五、六年たったときのことであるか）
しかし彼等は、浩二も丈助もおかしなぐあいにしてデビューして行くのである。丈助はラシャの端切れそのものを買占めるという方法で、それまで子供靴を作るために自分が買い集めに行くと後手にまわり、材料はなくなっている。その仕組を逆転して、買占め専門に廻り、彼のところへ来なければ商売が出来ぬようにした。そのチエをつけたのは、この文学青年である。丈助はこの青年が小説という仕事の上で、きっと成功するに相違ないと思ったであろう。文学青年は、貧乏暮しと、貧乏暮しも大いに影響したとはいえ、ヒステリイ女性との、端切れで子供靴をこさえるような惨めな生活から、今までには日本の小説には先ず前例を見ないような、暗さのない、面白おかしい、職人にもよく分る、とくに関西の人々にはよく分る話を語ることに成功した。なぜ面白おかしく語らなければならないか、というと、誰も責任を負ってはくれないからである。

　人間は平等であるし、デモクラシイの声はきこえるし、世の中はいろんなことが許されたり可能になったように見えるが、苦労が新しくなっただけで、夢はなかなかかなえられるものではない。同じ面白おかしい物の分った語り方でも、みんなが話している面白い話とは違うのである。『苦の世界』の中のどこの場面をとってみてもいいのだが、「私」が語ったり嘆いたりしていることが、人間のままならぬ屈折したものを、必ずひきずっているのはいうまでもないが、登場人物がしゃべったり行動したりしていることは、その人たちが理解している以上のものを読者に分らせるようになっている。ほんとうに面白いとすれば、そこが面白いので、大阪落語の面白さよりはもう一つ奥行きがある面白さなのである。少し長くなるが引用してみよう。

《鶴丸はもう私たちの方を振り返ることを止めて、今度は見物の群衆の方に向って、両手を上げては頻《しき》りに「万歳！」と叫んでいた。見物の中の子供や、或いは大人までも鶴丸の万歳に対して、「万歳！」と応じている者もあった。また或一群の見物の前を通る時には、定《きま》って「万歳、青瓢簞！」と叫ぶ声が聞かれた、それは恐らく彼の顔色の青いのから来たものであろう。ふと見ると、いつの間にか先の客引の白髯《しろひげ》の老人が、鶴丸の隣の空《あ》いた木馬に横乗りに乗っていた。それが、後から見ると、何ということなしに、親子が並んで乗っているような気が私に一寸した。その時、突然、例の甲高《かんだか》い声で、「川下《かわした》さん！」と並んでいる山本が私に、私の偽名を呼びかけた。「このメリイ・ゴオ・ラウンドというのは、英語なんですか？　一体、何という意味なんです？」

先にも言ったように、山本の声は非常に大きくてかつ甲高いので、楽隊と台の軋《きし》む音を通しても、少なくとも二間四方位にまでは聞きとれた。で、私は少し面喰って、「そうですね」と言ったが、その声は隣の山本にさえ聞えなかったに違いなかった。

すると、前の鶴丸が振り返って、

「メリイというのは『楽しく』です」と大きな声で答えた。

「はあ、楽しく」と山本はくり返した。

「ゴオは『行く』……」と鶴丸は言った。「ラウンドは、さあ、ラウンドは、（ランドじゃない、ラウンドですよ、）さあ、ラウンドは『廻る』ですな。……『楽しく、行く、廻る』です。」

「ははあ」と山本は私の赤くなるのもかまわず、突拍子な声でくり返した。「メリイは楽しく、ゴオは……ゴオは何でしたっけな？　ああ、行くですか、そしてランド、いやラウンドは廻るですか？　はあ、メリイ・ゴオ・ランド、じゃなくってラウンド――楽しく、行く、廻るですか。なアる程ね、楽しく、行く……」と言っている時に、どうしたはずみだったのか、山本はゴトン「あッ！」という叫びと共に、木馬から落ちたのであった。

「わあッ！」とはやす声が見物から起った。すると、さすがに、鶴丸の隣の木馬に横乗りに乗っていた例の白髯の老人は、職掌柄ひらりと軽く木馬から下りて、転がった山本の傍に歩いて行った。そして老人は半分起き上りかけていた山本の肩に手を掛けて、「危《あやう》いですよ、怪我はありませんか？」とか何とか言ってたのだろう。その途端に、或いは急に廻転の速力が緩くなったので、身体の中心をとり損ったのであろうか、ごろりと彼も亦《また》転んだのであった。それと共に、半分起き上りかけていた山本が又転んだのであった。それを見ていた見物たちが大喜びをしてはやし立てたのは無論であった。しかし、丁度それが止まる時間だったと見えて、その時楽隊の囃子《はやし》が止んで、メリイ・ゴオ・ラウンドは次第に速力を緩めて来た。私もそこで木馬から下りて、転んでいる二人の傍に近寄ると、山本が先に起き上った。老人は起き上ろうとしながら、洋服こそ着ているが、流石《さすが》に老人だけに、仏様の信者と見えて、「南無阿弥陀仏、南無阿弥陀仏！」と唱えているのだった。私が起き上る彼に手を貸してやると、「有難うございます、南無阿弥陀仏、南無阿弥陀仏！」と更にくり返して言う彼の声は、先に喇叭を吹き吹き客を呼んでいた人とは、殆ど別人のような気がした程老いぼれていた。すると、「南無阿弥陀仏、南無阿弥陀仏！」とつい無意識に、それに応ずるように、私も亦《また》口の中で呟いたことであった。》（『苦の世界その二』「一　哀れな老人等」）

　ここにいる人々はメリイ・ゴオ・ラウンドに乗ったり、運転したりしているが、この遊びをするのには全くふさわしくない人達である。彼等はそもそもメリイではない。たぶん、それだから乗るのであろう。この引用の前の章に登場する「花屋敷」の監督をする老人は、デモクラシイのありがたい世の中について論じ、生あるドジョウをオットセイにいくら金を払うとはいえ、どんどんくれてやるのは勿体ないと文句をつけたばかりである。しかし、この老人がそういうことをいうのは、まことにふさわしくない。にも拘らず実はもう一つ考えれば、監督老人の文句も、白髯老人の言葉もふさわしいのである。人の言行はその意味で、おのずからなるときは、皆ふさわしいはずのものだからである。何故老人はドジョウをどんどんくれてやることに拘泥《こだわ》るのか。何故大声を出してしゃべりまくるのか。そのいい方は役人や軍人に似ていさえする。彼は怒る資格が最もなく、しかも最もある。役人や軍人に最も似ていないが故に、もっとも似ていて然るべきなのである。

「メリイ・ゴオ・ラウンド」で廻りながら、一つ一つ口ずさむ連中や、見物している連中のしているこの言行は、誰かが見るならば、その意味が即座に分るのである。それが読者でもあるという仕組になっている。

親子の如く見える！　さっき怒鳴った人と怒鳴られた人達なのである。

喇叭を吹いてキカイを廻している老人。私が思い出すのはここで、この小説のその一、のチンドン屋の連中のことだけではない。実はあの浩二が大正十四、五年にやりだした音曲の遊びを思い出すのである。やがてしばらくしておかしくなるのだが……。

いったい「私」が思わず唱える「南無阿弥陀仏、南無阿弥陀仏！」は、どういう効果をあたえているであろうか。ここにある角川書店の「近代文学大系」の注によると、

《おそらく、「私」は哀れな老人のためにも、また彼のような運命をたどらぬといいきれないおのれ自身のためにも、思わず何かにすがりたい気持ちになったに違いない。》

とある。この注釈というものはなかなか有益で面白くもあるが、この部分に関しては私はこう受けとりたい。

「私」は一種の反射のようにいったのであろう。それだからこそ、この無意識の「南無阿弥陀仏！」のヒビキは小説ぜんたいに深くひびき、南無阿弥陀仏というのは、もう、ナンマイダ、とふり仮名をつけた方がいいような、思わず口からついて出てくるような、庶民の中に根を下してしまった、ほとんどマジナイに化した言葉のように思える。

それでいてというより、それだからこそ、この小説一つとってみても、中戸丈助は宇野の小説を理解したに違いないと思う。もしその気になり、その余裕があればの話だが。

年譜（中央公論・宇野浩二全集第十二巻）によると、宇野は高等小学校で「聖人」、中学校では「フナ」とかいうアダ名を貰っている。考えてみると「聖人」も「フナ」もどちらも同じようなものである。これも年譜では、十二、三歳まで祖母と同じ床で寝たというふうに書いてある。そばにいない美しかった母親のことを思いえがきながら、しっかりものの祖母に育てられたというわけだから、内気で、思慮深げで腕白者の喧嘩の外に立っていたことは想像できる。この「聖人」は普通の人間の眼とは違う焦点の結び方をして眺めていたのであろう。

芥川龍之介のことは度々書いているが、この東京育ちの秀才で、めったにない才能があったことだけは間違いないと、その死後雑談の中で作家たちがいいあったといわれている芥川を、このフナの眼で眺めていたことが、よく分る。このことについて述べてみよう。

大正八年七月伊沢きみ子が猫いらずを飲んで自殺したあと、宇野は諏訪温泉で鮎子の芸妓名で出ていた原とみと知りあったという順序になる（原とみと知り合ったあと自殺したという説もある）。

高原のこの湖のほとりの町にいた芸者は子持であった。彼女は、「もう一人子供をうんで、あなたにあげましょうか」などという。それというのも、もっと子供をうんでダンナに金を出させるか、貯金をするかして芸者置屋かなんかを開いて娘を働かせて暮したらいいじゃないか、というような処世のチエの披露を、たぶんコタツにあたりながら浩二がいったからであった。もっともこれはそれほどユニークな着想というわけではない。ただそう実行するか、実行できるかということである。

ところが、意外というか、当然というか、彼女は彼の提案（?）を笑って、うんであなたにあげましょうか、というわけである。もっとも、これはすべて彼の小説、たとえば『人心』などに出てくる話である。このあやしげなやりとりは、高原の現場で行われているけれども、夢見る部屋の夢の延長みたいなものである。子持というものは、とくにそれが芸者であるのだから、実に男の気持をそそるものがある。世帯じみた条件が、不思議なことに夢を誘うのである。これは重要なことであるが、宇野は彼女に対しておとなしい物分りのいい客として終始している模様である。それはあたかも夫のあるよその妻のところへ通うときに、子供の面倒を見てやったり、その夫だけでは足りないところを埋めてやったりするのとよく似ている（唐突だが、私たちの中には、文章だけの役柄である、あの大鼻のシラノにさえなりたいという気持がひそんでいるのである）。それが出来るのは、今もいったように物分りのいい、大人しい男でないといけない。

そうして彼女の方から、肉体的にも結ばれたいと申出る機会をつかむことさえ、なかなか出来ないほど物分りがよい、つまり、それこそ、街のキリストというか、聖人のようでなくてはならない。今や数えで三十歳になった『清二郎　夢見る子』は、昔、子持であった母親のことを夢見たように、この芸者の中に幼い頃の自分と母親との夢を見ていたのかもしれないということになると、高原のこの女性との出会いは、金沢の浅野川のほとりにある卯辰山の中腹にある鏡花碑の俳句「ははこひし　夕山桜　峰の松」を思い出させる。ついでにいっておくと、この山の頂上の公園には、秋聲の文学碑があって、有名な彼の文章についての心得みたいなものの一節が刻みこまれている。

《だが、そんな風にしてくらすと、一日は一年のように長い退屈な思いがするのである。以前は私はこの町にくるごとに、夜でも昼でも、ちょっとでも間《ま》があると芸者をよんで、芸者とそうして窓の外の山々を楽しんでくらした。芸者はたいていゆめ子を呼んだことはいうまでもない。今も退屈だから、ほかの知らぬ芸者でもよぼうか、と、幾度、私は、机の前の柱にとりつけてあるベルを押そうとしたかしれない。が、私は辛抱した。》

こうして操を守る女のように、彼は二十歳の青年にもどったように感傷的になって、主人のない犬のような気持で「この町の物のにおいまで私の腸にしみる」ようにして三日を送り翌朝、不景気になって生糸の相場が下落している町を眺めたあと、

《してみると、それらの何本かの煙突の持ち主の、私のゆめ子の子の父も、この頃は見らるるように商売も不景気だからなどといって、彼女への仕送りをへらしたり、あるいはことわったり、していないかしら。そうして、また思い出したことには、先日私の女房に五百円の金を催促してきた男というのも、やはりそれらの煙突の持ち主で、世の中の景気がわるいにつれて、むしゃくしゃ腹からあんな手紙をよこしたものであろうか。その男も今はあの煙突の下あたりで眠っているか、子もち芸者も眠っているか、子は泣いてはいはせぬか、泣いているなら乳をやれ、乳を飲んで子がまた寝入ったら、ゆめ子よ、まだ朝は早い、君ももう一度おやすみなさい。……》

といったぐあいに、これは同じ町の芸者、小竹と結婚したあとだから大正十年頃だと思うが（第一次世界大戦のあとの不景気の時代）、ちょっと中野重治の詩のような、春夫や犀星の抒情小曲のようなうたをうたう。そうして春は桜の咲く公園のある丘へのぼり、公園へは行かずに別の道を辿って行ったあとしゃがんでいると、眼下で一つの光景に接するのである。六十ちかくの老婆が二人でやってきて立ち止ると背中から枠をはずして、次のようなうたの文句をうたって踊る。

「エー引エ、せくなせきやるな、浮き世はアくるま、めぐる日なみの、ソラ、めぐるウ日なみの、やくウそく（約束）に……」

宿に帰った「私」はこんなことも思うのである。

《ふと、また、私のかわいそうな、この町でいばって芸者をして（筆者注、この傍点のところ注意）いた時よりも決して心の嬉しくなっていない、どうぞあの町の話をしてくださいますな、唄や三味線を私は忘れたいと思っております、私はもう大分わすれました、といって、料理の本などを一所懸命に見ている、私の女房のことを考えた。》

いつか、自分たち三人でたとえば、同じ土地に住むことでもあれば、柴刈に行ったり、

今のように一緒におどりなさい、とこう思う。そうして東京の家に戻ると、

《「やっと原稿を書いたよ。もう少しゆっくり遊んでこようと思ったが、原稿をはやくわたさねばならないので、帰って来た、」と、しかつめらしい浮き世の夫の顔をして、女房にいったのである。》

『苦の世界』の「南無阿弥陀仏、南無阿弥陀仏！」と思わずいってしまったように、ここで拍子をとっていっしょにおどろう、と呟《つぶや》く。神様や仏様のにおいがするけれども、口に唱えてみたり、踊ってみたりするので、神様や仏様を頼りにしているというより、アテにしてないようにさえ見えたというか、むしろテレくさいとさえ思っているのである。勿論マトモな神様然たるものや仏様然たるものは、かえってテレくさいものだ、というようなことでもある。といって雑然たる神様や仏様が堂々たるものであるというわけでは勿論ない。

　こういう踊りで「私」は事がすむと思おうとしているわけではない。それは夢である。夢がかなえられぬとすれば、それはもうほかにどうにもこうにもならない。そのための踊りなのだ、とこういう気配がある。しかし、作品の中であり、「私」の頭の中でのことである。したがって浮世の夫は「しかつめらしい顔」をしてウソをつくということをしなけ

ればならない。ゆめ子の前で聖人ふうであった「私」はここでは、多少、雑然たる日本的な神様か仏様の顔つきをしていることはうかがわれるのである。

芥川は関西講演旅行の帰りに、宇野といっしょに、この山国を訪れた。この旅行には、直木、菊池、久米、田中（純）らが加っており、宇野は一度も講演をしなかったということになっている。講演の花形はたぶん芥川であっただろうか。講演会のあと、大阪から南の方、生駒山の山腹の東側に歓喜天をまつっている「生駒聖天《しょうてん》」宝山寺がある。これは霊験あらたかとして近畿地方の人の信仰の対象になった寺で、隣近所七軒の財産が自分のものになり、自分から後の七代の財産を自分のものにする、という「真に空おそろしき霊験である」。生駒駅から宝山寺へ登るケエブルが出来、そのケエブルに沿うた道にアイマイ茶屋が十数軒あり、そこに芥川と宇野が置いてけぼりになった（読者よ、さっきの神様仏様のことと思い合せて考えて下さい）。こう書いたあと、宇野は佐佐木茂索が生駒へ同行しており、その口からもっとほかのものもいたのだ、といわれた、と書き足している。

何十年も前のことであるから記憶ちがいは当然ともいえるが、この夜、自分の床中に忍びこんできた女に何もしなかったので花代を返されたということと、翌朝女と二人でいる芥川の部屋へ行ったことや、翌日、芥川を訪ねて生駒の女が宿へ土産物をもってきたことを書いている。そのまた翌日平野町の御霊神社境内で「文楽」を見て京都で芥川と彼は同じ廓へ泊った。

先に立って歩く芥川が、途中、ある店で「ハリガタ」という道具を買い、その夜も宇野は朝まで何もせずにすませたという有様であったが、芥川の方からは「アツイ！」とか、くすくす笑う声がしたが、翌日きいてみると、「ハリガタ」に湯を入れたのがあつ過ぎたというのであった、というタワイのない話である。大分あとのところで芥川はこの「ハリガタ」を自分に托して、きみも使ってみたら、といったと記している。

それはそれとして、その後諏訪へ二人は向うのである。こうして宇野に対して腕白ぶりを大いに発揮している芥川は、この寒い湖畔の町に来て、ゆめ子に紹介された。このとき例によって頭を畳につけてテイネイなお辞儀をした芥川が、やがて桟敷になった小屋へ活動写真を見にいった。そうして宇野がふと見るとコタツの中でゆめ子の手を握っているらしいとか、あるいはそのときの行きの車の中でゆめ子が、自分の方によりかかってくるので不思議に思うと、芥川がめずらしくおしゃべりをしながら彼女を押しつけて来ているのであった、というようなことを書いている。この戦後書かれた芥川龍之介論については、いうべきことが沢山あるが、とりあえず今いいたいことは、芥川の話の中に、宇野に対してどういう考えがあったか、ということである。そうして宇野がそれをどういうふうに受けとめ、芥川理解の抽出のケースの中におさめていたか、ということである。

話は違うが、芥川が岡本かの子のところへやってきたときに、畳に手をついて深く頭を下げてお辞儀をした（これは芥川が諏訪の「ゆめ子」と初対面のときのアイサツのしぐあいと全く同じである。このアイサツを彼は宇野にも誰に対してでもしたのである）。いかにも礼儀正しく育った良家の坊っちゃんという気がしたと『鶴は病みき』の中に書いていることに宇野は、この岡本の作品を岡本の中でも最高のものだと思うが（そうだろうか）、あの部分の芥川のお辞儀の解釈は正しくない、といっている。ただああいうお辞儀をするだけのことだ、といっている。このお辞儀を「ゆめ子」に対してもした。そうしてそのあとのことは前述の如くである。このアイサツと丈助の後退りのアイサツとは、宇野の頭の中にあったわけである。

関西育ちの、いかにも長火鉢のそばに芸者といっしょにいるのにふさわしい風丰をした、一つ年上のヒステリイ女にくるしめられたり、着物好きの近松秋江をもモデルにして、おかしな小説『蔵の中』を書いたり、やがて『苦の世界』のモデルの女に自殺され、それから「ゆめ子」という女と会い、同じ町の別の芸者と結婚し、その後も「ゆめ子」に会いにきている、この宇野浩二という、一種の自分（芥川のこと）とは違う天分をもった男。この顔つきのどこの部分に、大阪落語といいきれない新しい文学をとり入れている才能が隠れているのか。講演をしない、と首を横にふった男。

自分の書く小説を「理想は理想のうちが花」というふうに考えているらしいが、宇野の夢であるその名も「ゆめ子」という人物名をもった女の正体はどんなものであろうか。この女の前で、「聖人」はどんな顔つきでいるだろうか。女房とこの女との間をどう処理しているのだろうか。どう夢は夢として生きのびさせているのだろうか。

果して宇野の書いた通りに芥川が行動したかどうか、真相は分らないが、宇野は私が紹介した芥川論の中で分るように、芥川の「ハリガタ」と生駒山の霊験あらたかなことになっている生駒の寺と茶屋と女と土産物と、それが御霊神社の文楽とそういう一連の物象の中で、「ゆめ子」とコタツとの中で、芥川という人間をはめこんでいたように、もっと漠としたものであったとしても、宇野は三十歳のときに二十九歳の芥川をやはりほぼ同じように位置づけしていたのであろうと思われる。芥川が時に、その人にも似合わないような三角の目をして見ることがあったと屡々書いているように、宇野はフナの目をして腕白とも意外とも見える行動を、水を透して眺めるように眺めていた、と私は想像する。

年譜によると、大正九年頃浩二は、たしか銀座の台湾喫茶店であったと思うが（そしてウーロン茶などを飲ませるとかいう）、そこで星野玉子という女性に会った。くりかえし、くりかえし、小説の中でその顔つきが自分の好みではないぽちゃぽちゃした、おかめ型の顔立ちで顔が子供子供している割に大人っぽい口のきき方をする。笑うと愛嬌がこぼれるのだが、その中に人に顧みられない、哀れっぽい感じがあったというふうに記している。小説では彼女とは「好きだよ」とか何か冗談をいっているうちに「特別の仲になってしまった」、といっても自分の家に泊めている母の兄の息子である少年を子役にして、小説によると鎌倉へ二日半ばかり行ったり、その人と今度は二人で小説によると伊香保へ三日間旅行したことがあった。年譜によると大正十年に玉子と伊豆の大仁へ、と記してあるばかりであるが。いずれにしても僅かの機会が元で玉子が身ごもり、子供が出来たらうんでいいか、という話があったさい、子供を貰うとかどうとか、いう話もあった。

ある日彼女が自分の家に来てくれというので訪ねてみると、そのことをきかされ、その後、月に一度ぐらいは訪ねるようにした。ところが、母にこのことが知れるようになり、ある日、その頃もまた浩二がいた本郷の菊富士ホテルの四階の部屋の寝台に寝ころんでいると、電話をかけて母が訪ねてきたので動悸がした。母は窓の外から見える山を眺めて、その山がある国の名前などきいたり、目の下の町の方角をきいたりしたあと、

《「外でもないんだがね、」と彼女は窓の外と私の顔とを半分半分に見ながら、「お前は私に何にもいわないけど、――今日、私が来たのはね、よし子に内所よ、――私、いろんな事を知ってるの、お前に他所に子があるということも……」

私は黙ってうなずいた。どうして、誰から聞いたのです、と聞いても仕方がないと思ったので。

「そんなこと、若《も》しよし子が聞いたら随分心配するだろうと思うけど、」と母はつづけた、

「お前が斯うして他所で暮していることも、夜遅くでなければ帰って来ないことも、み

んなその方に結びつけて考えるものね……」

「いえ、それだけは違います、」と私は遮っていった。

「まあ、それやそうでなくっても、そう思えるからさ。しかし出来たことは仕方がないとして、その子をもらうなり、何なり早く片をつけた方がいいと思うが……？」

「僕、しかし、どうしてもその女の人も、その子も好きになれないんです、」と私はいった。》

母に甘えるような気持にさえなっていた彼と母との間で話は続くが、母はこういう。ここでいう兄さんとは、脳を病んだ彼の兄のことである。

《「私はお前の兄さんのことなんか、ちっとも心配していない。私にはああいう愚かな子のことだが、あの子より斯うしてちゃんとしているお前のことの方が気にかかって、あの子のことまで考えが行かない位なんだよ、お前とよし子のことばっかり……」》

息子は幼い頃からお化の恐怖からかばってくれ、少年の頃欲しいものを買ってくれた母が、大人になった今かばってくれそうな気がして、母の足下に身を投げだしたいような気がした、と書いている。この『四方山』は大正十三年の作である。

私は今、この部分を引用しながら、何か驚くのである。玉子が守道をうんだのは、大正十一年のことである。

浩二はデビューしてから、実に多くの小説を一流雑誌に書き続けている。内容には、重複するものも多くて、いつの頃のことか知らぬが、編集者が受けとってみたら、前と全く同じ内容のものであった、ということをきいたことがあるが、一つにはその分量にもよる。雑誌の小説としてはくだけていてよく載るものであった。

たとえば、白鳥が名作と賞めたという『子を貸し屋』のような作品は、誰でも気楽に好んで読む立身出世物語の裏返しの、うだつのあがらぬ男女の生活を、それこそペーソスとユーモアとをまじえて、浅草の職人のおかみさんか、うだつがあがらぬ女か、あるいはいくらか出世しかかった職人の口からでもきいた話そのままのような印象をうける、いってみれば一種の人情物語であり、またどこか大衆物語めいた気配もある。たとえば職人たちは、特別鋭い見方や、美的な態度やあるいはきつい道徳的な立場にたって、物語るようなことはない。困ったときには、神頼みにお参りに出かけたり、縁起をかついだり、尻餅をついたときに「ナンマイダー」と唱えるようなところがある。『子を貸し屋』の文章はそういうふうに書かれている。登場人物を眺めている作者の目は、フナの目である。

この小説の主人公といっていいと思うが、心ならずも子を貸し屋を開いていることになった男は、浅草公園裏の横丁の律義な団子屋の佐蔵で、もともと友達の太十とラシャの端切れで子供靴をこさえていた、というから、私たちは、あの同じ仕事から始めて出世した中戸丈助になり損ねた男だということが分る。この小説のモデルは、丈助の周辺にいたのかもしれない。

　これはまたアカーキー・アカーキエビッチである。太十が流行性感冒で死んだので、その子供、太一を育てている。それには気の毒ないきさつもあり、彼等なりに植物が枝をのばすように、それはそれなりに希望をもったのだが、実らない。それが細かく語られているのだ。夜は佐蔵と子供とはいっしょに寝ている。この生活にある日から異変が起きた。銘酒屋の女が子供を借りにくるようになったからだ。

　心ならずも女のいうなりになり、そのうち別の女がまた借りにくるようになる。女は客をとるのだが、怪しまれるので連れて歩く子供が必要だというわけだ。こうして子貸し業は繁昌し、好きな酒は飲めるが、子供を貸したがる母親まで現われる。太一は、次第に外へ遊びに行くくせがついて、とうとう姿を消し、それっきり戻ってこない。

《「そうでしょうね、」とおみのがいった。「あの子はあんまり人なつっこ過ぎましたものね。」「そうよ、気味がわるくなる事があるくらいだわ。」とおせきがいった。「そういっちゃあ何《なん》だけど、猫でも、犬でも、あんまりなつきやすいのにかぎって、取られるもんですからね。それでいて、そんなのにかぎって、どこか『しん』が薄情なのね。」

「そうよ、そうよ。あの子も、……」と、おみのは、もう、はっきり、目に袖をあてて、泣きながらいった。

「なんといっても、自分の子でなければ、だめだわね、」とおせきがいった。「おみのさん、ほしいわね、私たちも……」

そうして、おせきも、とうとう、顔に袖をあてて、泣き出した。

そこへ、佐蔵が帰って来た。

「だめですか、」と女たち二人は、声をあわして、聞いた。

「まだわからんよ、」と佐蔵は、いいながら、すごすごと、はいって来た。

そうして、その時分から、順三や、お俊や、その他の商売の子供たちが、ぽつぽつ、親たちに送られて、やって来た。》

宇野の家に小学生になった息子がやってくるのは、ずっとあとのことであって、宇野夫人はよその女のうんだ子供を育てることになる。外面《そとづら》のいい子供はどこか太一と似ている。少なくとも似ているように小説の中でとり扱われる。登場する男や女たちの掌中の玉が、犬や猫の如く出ていってしまうという話は、小説家である夫以外に宇野家の中での話題でもあったと思われる。そしてその限りでは、よくある話として安心できるところもあるが、その掌中の玉は、子供のことだけではなくて、宇野自身であり、やがて宇野夫人であるのかもしれない。母親が眠れぬというのを、妻が伝えたりするというような有様では、次第に彼をおびやかすものが、頭を抬《もた》げはじめていたと思われる。

　私はこんなふうに考える。この作者は自分の夢が奪われるというなげきを、あのような陽気な語り口で語ってきた。やがて彼は自分の夢が奪われるというようなことをいうのには、そぐわないとも感じるところがあったのであろう。

　事実彼は友人知人の出世物語を書いた。そして出世せぬものに、涙をそそいだ。それというのも、夢というものは、なかなか充されるものではないのに、そこを滑稽にもうまく行ったという意味もあったからであろう。そして、そういうことをよく理解し（理解の天才ではないか。ましてもともと大阪人にはその理解の自信はあるものなのだ）、見えていた。読みが深かった。しかしそういう彼は読まれていた。そうして、『悲しきチャーリイ』に書かれた脳の悪い兄以上に、心配の種であるということになっていた。

　夢は自分から奪われるというよりも、奪っているのは、この自分なのではないだろうか。自分から奪うのも、自分が奪うのも、押しつめて行けば同じ人間の営みのあらわれであるのだが……。

　秋江が『黒髪』を「改造」に発表したのは、大正十一年の一月であり、『狂乱』はその年の四月、『霜凍る宵』は五月である。やがて『黒髪』が本となって出版されると、谷崎潤一郎が序文を書いた。浩二も潤一郎も、秋江のこの一連の作品には、身心のひきしまるのと、それから不安とをおぼえたのではないだろうか。それは見えたり読めたりするということの不安と空しさである。見えると思っているものが、実はそう思うことで、かえって見られたり、曝《さら》されたりしているということである。

浩二は、年譜によると大正十二年の一月、直木三十五に誘われて、富士見町の待合に行き『思い川』の女主人公の村上八重を知ったとある。名古屋に祖父がいて如露作りであるというような女性で、いわゆる愛人として、自由恋愛を求める人間として度々宇野を旅行に連れ出している。

八重に当る女性と親しくなる手はじめとして、彼女は自分の写真を不意に作者の胸の中へ押しこむ。この動作を、よほど作者は気に入ったと見える。女性の色気というものは、そういうことや、彼女が「先生のおかげで『アンナ・カレエニナ』や『赤と黒』を読むようになったのよ。私がこういうものが分るようになったのは、先生のおかげよ」といったり、彼女の新築した家に、彼の仕事場を作ったりするようなことや、彼女のところへくる客の話、経営の話などを聞いたり、彼女がソロバンをはじいていたり、キチョウメンであったりするところに色気を感じている。ぼくは男だから仕事があるから、そう恋愛に夢中になれないよ、というと、

「女だって、仕事はあるわよ。仕事と恋愛は別なのよ。私の生甲斐は恋愛なの」というところに困りながら愛着をかんじている。

「そうね、ぼくは文学が第一、次が母親……」と、いうと、「じゃあ、私は第三番目？」とがっかりするところに困りながら愛着もかんじている。そこには夢があるからである。

この交際は通のものであるともいえるが、同時にまことに庶民ふうのものであることは、あらためていっておこう。

『思い川』によると、大正十五年頃か、この文章にのべたように、大正作家はどうも行きづまってきたと犀星と話しあっている。その後、一日に、三時間ぐらい小唄と哥沢《うたざわ》の稽古をし、「しかし、それでも、遣る瀬なさは、不断に牧の心から去らなかった。」と書く。

《その頃の或る日、妻の良子が、牧が書斎にしている二階の六畳の部屋に来て、その部屋の入り口に敷居の近くに、改たまった形で、坐りなおって、こころもち俯むいて、目をしばたたきながら、

「どうぞ、お気にされないでくださいませ……」と云った。

そう云ってから、かなり間をおいてから、良子は、こんどは、はんぶん涙声で、ほかの土地では幾らあそんでもよいが、「あの土地だけは、……お止め下さいませんでしょうか、……」

という意味のことを、きれぎれに、云った。》

良子が「あの土地」というのは、いうまでもなく、三重次（八重）の住んでいる色町のことである。このあと牧の態度は次のように書かれている。

《牧は、この言葉を聞きおわると、だまって立ちあがった。それから、少しいそぎ足で、廊下を横ぎって、隣の座敷にはいって行った。そうして、その隣の座敷の片側に据えてある箪笥《たんす》の引き出しを一つ抜き出しては、廊下に出て、そこから、それを、梯子段の下に、ほうり出し、また、一つ抜き出しては、それを、梯子段の下に、ほうり出した。》

事件後、二十何年もあとに書かれたこの小説によると、その頃から、牧は小唄と哥沢の稽古を午前中にやり、夜になると、三重次の色町のあるところと反対の方角にある色町へ出かけ、自分が歌って、芸者に三味線をひかせたり、あるいはその反対のことをするようになり、こうして落ちつき過ぎるほど、落ちついていた彼が、妙に落ちつかなくなったと、書かれている。順序が逆になったが、良子がいい出す前に、大正十三年の半ば頃、ある夜幾日ぶりかで自分の家に泊ったとき、友達にもしゃべるように（何故か？）三重次のことをふとしゃべってしまった。

《「二十三四でしたら、……盛りでしょう。……綺麗ざかりでしょう、……」

「そんなものかね、……おい、僕は、もう、ねるよ……寝る、といったら、おまえも、よく知っているように、僕は、半分間ぐらいで、ねむるよ、……眠ってしまったら、少しぐらい、体をゆすられても、目をさまさない質だから、……」

この牧の言葉は本当であったが、この時の牧の心は、まったく、思いがけなく、突然、底のしれない、ふかい、穴の中に落ちこんだような、云いようのない、不安を、感じた。そうして、その不安を、宥《なだ》めるようなつもりで、「おとしの、十月なかの亥の子に、火燵《こたつ》あけた祝儀とて、まあ、これ、ここで、枕ならべて、このかた、女房のふところには、鬼がすむか蛇がすむか、」という、『心中天の網島』のなかの一節を、心の中で、節をつけて、口ずさんでから、しかし、「女房の、ふところには、鬼がすむか、蛇がすむか、」などという事は、西洋流にいえば、「神様だけが知る、」ということになるが、しかし、これだけは、「神様にも、わからないであろう、」などと冗談のように、牧は、口の中で云っているうちに、いつか、うつらうつらと、眠りいってしまった。》

良子が牧に話があると切り出したのは、こういうことがあってから大分たってのことである。冗談のように口ぐせのようになった「神様々々」という文句を呟き、つまり、「クワバラ、クワバラ」とつぶやくのと同じ気分で、逃げこんだのである。

妻につい話してしまったと三重次に打ち明けたとき、彼女は、「……先生は、実に、たよりない、張り合いのない人ねえ……」といった。

こうして想像するに、彼のかろうじてつないでいた、ひとりよがりともいえる結果になっていた夢は、くずれてしまった。流行作家でありながら文壇で仕事の上で頼りなくないと感じていた彼は、家の中や外の女からも、頼りない人、といわれることになった事情はかくの如くである。

彼がちょうどヒステリイ女がヒステリイを起すときに行うのと同じように、（実際は簞笥をひっくり返したのは妻の良子がしたことかもしれないが、どちらであっても、けっきょく同じことだ）簞笥をひっくり返した。お化けが顔を出してきたのである。彼が小唄と哥沢で追い払おうとしていたのは、このお化けであるが、さまざまの鬼にとりつかれていた彼は、少なくとも、躍鬼の鬼になっていた。あるときはクワバラ、クワバラといいながら、あるときは唄をうたった。とうとう彼は面倒を見られる立場になった。広津が訪ねたとき、浩二はちょうど昭和八年の作である『器用貧乏』の中の丈三郎がバイドクその他の病気でおかしくなり、小さな妻お仙がいないとヤッキになり、彼女がくるとおさまるように、それを書いた浩二も昭和元年に、たとえばそこにあった小泉八雲の話など文学の話になると、急に普通になった。

そして、浩二が入院した時、留守のことは心配するなと元気づけてくれ、そうして、現に留守宅へやってきて夫人に困ったことがあったら何でも、といったという芥川が彼の耳もとに、「君は天才だから、天才は誰もかかる病気なんだから」とささやいたのである。

周知のように茂吉の紹介で茂吉が院長をしていた病院とは別の病院に入っていた浩二が、芥川の自殺を知ったのは、それからいくらもたっていなかった。そのとき、みんなはその記事の載った新聞を見せまいとしたが、自分はその死を知っても沈静だったと書いている。

連れづれ

前回で宇野がさまざまな鬼にとりつかれていたと書いたあと、ヤッキ（躍鬼）の鬼にとりつかれるところを述べた。宇野の小説の題名を見ると分ることだが、鬼という文字がさかんに出てくる。さっきの「躍鬼」というのも勿論出てくるし、そのほか、『善き鬼、悪き鬼』『鬼子と好敵手』、「文学の鬼」などがある。とりわけ文学の鬼というのは宇野の専売特許の感があるし、それには相応の理由がある。筆者もそのことをめぐって述べることがあるのはいうまでもない。彼自身が一種のヤッキになって、往来で広津に向っていったのか、あるいは家族のものを抱きかかえるようにして、和郎の前でいったのか、あるいは家族からきいた話だったか、今しらべてみないと分らないが、おれにあるのはこの家族だけだ、というようなことをいったらしかった。戦後弟子ということになった水上勉は、このときの浩二のことを、あまりにも悲しい浩二発狂の光景といっていたように記憶する。

いずれにしてもそれは昭和二年頃の話で、斎藤茂吉の世話で小峰病院に入院し退院後もう一度入っている。茂吉が院長をしていた青山病院は焼けた直後であった。

その間に、村上八重（『思い川』の三重次）という「愛人」は、金づるのことではなしに、宇野以外の男を愛人の代りにして、その関係が決定的になったことを宇野に報告し、もう会わせる顔がない、と泣きながら訴えて去って行くようなことがあった。

前回で触れておいたように八重が自分との「秘密」を夫人に打ち明けてしまったという話を宇野からきいて「先生て、ほんとに頼りない方ねえ」と嘆いたあとのことである。不安な状態にあった宇野が、八重のこの泣きながらの訴えに、どのような気持でどのような表情で応対していたか、私はよく分らぬままに何かそのさまがホウフツと浮ぶような気がする。

昭和十三年に彼は『ゴオゴリ』という書下し単行本を小林秀雄が関係していた創元社から出している。彼がゴーゴリを早くから読んでいたことはいうまでもないが、直接には誰かのすすめによって、この書下しを思い立ったのであろうか。彼がその同人となっていた「文学界」の小林とか河上徹太郎とかいう人であったかもしれない。病気のあと何種類か出版された文学全集で食っていた浩二が、その全集本を開いて明治大正の作家のものを読みはじめたということが、もともと評論めいたものを書かぬようにしていた彼に作家論を書かせたり、ひいては『文学的散歩』のような本を書かせることになったのであるが、この『文学的散歩』の中でもゴーゴリの英訳本や翻訳本についてくわしく比較しながら述べている。この比較のことも、それから、小説を読んでいた間に彼が盛んに童話を書いていたことも看過できないことなのだが、それはあとにゆずるとして、真っ先に、次の文章を読んで貰いたいのである。

《「いや、もうどうしても我慢出来ない。何てことだ！　おれをどうしようと言うのだ！頭から冷水をザアと注ぎかけやがる！（中略）おれが何か悪い事でもしたと言うのか！何故おれを苦しめるのか？　可哀そうなおれにどうしろって言うのだ？　おれは何も与える事なんか出来やしない！（中略）（ここまでの引用は宇野のままだが、ここで筆者がこのあとを略して……）一方は海で、今一方はイタリヤだ。そら、ロシヤの丸木小屋も見えるぞ。遠方に見えるのはおれの家ではないか？　窓に向っているのはおれの母ではないか？　お母さん、可哀そうなあなたの息子を救って下さい！　この病気の息子のために一滴の涙をそそいで下さい！　そら、こんなひどい目に遭っているのです！　この一人ぽっちの子を抱きしめて下さい！　この世に体《からだ》のやり場もないのです！　その子はいじめられているのです！　お母さん、病気の子を可哀そうだと思って下さい！　……ところで、アルジェリアの、知事の鼻の下へ瘤《こぶ》があるのを知っていますか？」

この最後の「日記」は、今まで陽気で騒がしかった狂人が、ふと寂しくなり、急に染々《しみじみ》した気持になり、古里が恋しくなり、母が懐かしくなり、果《はて》は母を呼ぶところ、それが、四十歳の九等官で、局長の令嬢に恋慕し、終《つい》に発狂して、自分をスペインの王になったとまで妄想した人の挙句《あげく》の果《はて》かと思うと、少しも通俗的な意味でなく、妙に人の心に迫るものがある。そうして、最後のところで、「お母さん、病気の子を可哀そうだと思って下さい！」と書いた後に、突然の如く、「アルジェリアの、知事の鼻の下へ瘤があるのを知っていますか？」と結んだところに、既にゴオゴリの嘲笑的才能を見ることが出来よう。》（『ゴオゴリ』の中の「中期のゴオゴリ」から）

先ず第一にこの引用文は、私が前回に引用した浩二の小説『四方山』の中の一節と如何に似ているか、思い起して貰いたいのである。妻と玉子との板挟みになって母に助けを乞うところである、この引用文については、色々述べるつもりだが、ついでに別の部分を引用してみよう。

《劫説（筆者注、さてと読む）、そういう家庭で少年時代を過したゴオゴリは、一千八百二十一年の初め、十二歳の年に、ネエジンの中学校に入学したが、初めの間は、成績が余りよくなかった上に、なるべく友達を避けるようにし、中学生らしい遊戯の仲間にも加わらなかったので、友達の学生たちも彼をよく思わなかった。そうして「秘密な小人」という綽名をつけた。しかし、それはこういう理由もあった。それは、ゴオゴリが幼少の頃から人見知りをする性質であった上に、物心つく時分から次第に陰気になり、人と話をする時など、何でもない事でも正面から物を云わず、自分の思っている事を遠廻しに云ったり冗談めかして話したりするので、聞く人に如何にも秘密があるように思わせたからでもある。それを、少年独特の勘で、「秘密な小人」という綽名をつけたのであろう。》（「初期のゴオゴリ」）

これは前回の、浩二のアダ名のところを思い浮べてもらうとありがたい。『ゴオゴリ』の著者はこの書下しを心がけてから並々ならぬ労力を傾けた。あらためてロシヤ文学史を読んだり、ゴーゴリの英訳や翻訳を読み直したりしたのであるから、そのさい、極端な禁欲主義者となり、偏狭な神秘主義者となり狂って死んだゴーゴリと彼自身のことを思い較べたに違いない。狂う前に『狂人日記』を書き、ヒステリイ的幽霊となって夜な夜な辻に出現したアカーキー・アカーキエビッチを書いたり、一つタガが外れたような人物群の登場する『検察官』や、結婚しまいと恋から逃げ出す『結婚』や、その他すべての作品の中には、何か一種の鬼、デーモンといってもよいし、もっと日本ふうの庶民的な鬼におきかえてもいい、ウクライナのビーという妖精におきかえてもいいものがある。そういうことを『ゴオゴリ』の中で当然だがふれている。勿論自分とのつながりなどは一言も述べてはいないが、彼は考えながら書いていたに違いない。そうして、この『ゴオゴリ』は、私の考えでは、特別に卓抜な文章とはいえないような気がする。というより卓抜でないことを頭においた気配さえ感じられるといった方がいいかもしれない。そしてそのことがまた興味ぶかいことでもある。

とにかく、先ず第一に宇野との比較において面白いのである。この作品は、なるべく自分が表面に出ないように心がけて書かれている。そうして、私が奇妙に動かされるのは、ゴーゴリが出現するまでのロシヤ文学史をなるべく自分を無にするような姿勢の下に要約して読者の手引としている一種の緊張をひめた努力感のようなものである。落着いているように見えるくせに躍鬼になるというふうに、自分のことを書いていた、あの落着きの鬼というものにとりつかれているというふうにさえ見えるものである。少なくとも落着きの鬼にとりつかれていると、自分にいいふくめているかのように見えるところがある。

彼のロシヤ文学史の要約を、また私が要約すると、ロシヤ語というものが、如何なる国の国語をも十分にホンヤクすることが出来るほど多種多様な豊富な言葉をもっているということ、別ないい方をすれば、あらゆる思想や感情を最も完全に表現し得る言葉はロシヤ語であるということである。これはツルゲーネフの言葉を引用しているのである。今一つは、アレクサンドル一世やニコライ一世のきびしい統制や流刑の不幸が幸福なことにロシヤ文学をうみ出していたという事情である。こういうことを学者でない彼が落着いた筆でハメをはずさぬようにもっともらしくも語っているときに、彼は日本にうまれた宇野浩二という作家の位置づけのことをどこかでたしかめていたのであろうと思う。

《一千八百二十八年、三十三歳の時、彼（筆者注・グリボェエドフ）は十六歳になる公爵令嬢と結婚した。結婚後間もなく、彼は、新妻を残して、ペルシャのテエランに赴任して行ったが、その翌年、一千八百二十九年一月三十日、長い間隠忍していたペルシャ民のロシヤに対する不平が些細な事件から爆発して、ロシヤ公使館を襲撃し、三十七人のロシヤ人を虐殺した。それから三日後、城外の大穴に埋められた死骸の中から、グリボェエドフの死骸が発見された。――グリボェエドフはこういう死に方をした。》（「ゴオゴリ以前」）

グリボェエドフは『智恵の悲しみ』の作者である。任意の部分、たとえば「ゴォゴリ以前」の最後のところを引用してみよう。

《そこに、プウシキンとゴオゴリを、近代ロシヤ文学の二大柱石とみたり、近代ロシヤ文学の父と母と称したりする説が出て来る。この説は間違っていないと思う。

それから、ロシヤ文学はゴオゴリから新時期に入った。文芸批評家はこの時期を「ゴオゴリ時代」と呼び、「ゴオゴリ時代」は今日まで続いている、という説がある。この説も当を得ていると思う。

それから又、プウシキンと殆ど同時代人であって、プウシキンの薫陶と教化を受けたゴオゴリは、プウシキンが基礎を置いた写実主義を一層堅固にした功績者である、という説がある。この説も尤もであると思う。》

筆者は引用したこれらの任意の部分に傍点を打つことにしたが、独得な文体のにおいをかいで貰いたいがためである。こういう落着き払ったかに見える文体は以前からのものであるけれども、ここには何か奇妙さがあるということを読みとって貰えればよいのである。鷗外の史伝小説ふうであり、それよりもフローベルの史伝ふうのものや、同じくフローベルの『三つの物語』の中の『純な心』ふうである、といえば、その通りであるが、そこにある奇妙さは、「おどり」のせいともいえなくはない。用心深さといっしょになったおどりである。用心深さの中にこめられたおどりともいうべきものかもしれない。

浩二は『ゴオゴリ』の中でゴーゴリが若いときから、躁から鬱の状態に突然に移ることを語っている。それから、ゴーゴリの中篇小説『イワン・イワノビッチとイワン・ニキフォロビッチとが喧嘩をした話』という傑作をあらためて読み直して、傑作であるという感を深くしたが、その最後に出てくるところの、あの「諸君、この世は何と退屈な事でしょう」という部分を読むにいたって、実に後味が悪くてしようがない。しかし一番後味が悪くて仕方がなかったのは、作者自身ではなかったろうか、といっている。

ゴーゴリの「嘲笑的才能」というものは、実在していたよく喧嘩をする二人の人間がすぐに仲直りをするはずであったのに、仲直りをする機会に不意にそもそもの退屈なまで長い喧嘩の発端となった「鵞鳥」という言葉をイワン・ニキフォロビッチに吐かせて、また永遠の争いの中に放りこんでしまっている。それはあたかも、晴れるべき陽に雨雲をおびき寄せたり、雨雲をどうしても予想しなければ落着かない悪魔に鼻先を握られてしまう男の悲しみと嘆きといったものでもある。躁の報いの鬱であるが、鬱を予想したり、鬱にとりまかれているがために隙間から吹き出してくるような躁だといってもいいかもしれない。

ゴーゴリは晩年、私の登場人物は、実は私自身だったのだ、といっている。狂いはじめるころの述懐だから、アテにならぬともいえるが、外にばかり眼が向いているようでは、いくら嘲笑的世界がふんだんに外に存在している時代であるとはいえ、あのようなキラメキを発揮し得るものではない。とうとう結婚しなかったゴーゴリの「おそれ」（もしそう呼んでいいのならのことだが）は、キルケゴールの病でもあるし、フランツ・カフカの病でもある。少なくとも病に対するおそれがいつも追いかけてきている。結婚をした宇野浩二の中にも何かしら病に対するおそれといったものがあったように思える。

しかし、一番後味が悪いのは、作者自身ではないだろうか、というこの文句は、一読すると説得力を欠くただのレトリックのようにさえ見えるが、よく考えてみるとそこにかえって浩二の本心を語っているようにも思えるのである。「ロシヤは何という退屈な国であろう」という広野へ向っての唐突な叫びは、『外套』のアカーキー・アカーキエビッチを幽霊にさせて外套をはがすべく、夜な夜な辻に立たせることで、この哀れな男を救い、無関心な上役どもにおそれの何たるかを知らせた結末と同工異曲なのであろう。

　私は前に山国の女をアコガレることを書いた『夢見る部屋』などに触れて、浩二の夢のことを語った。そして、この夢とは、あれはあれで病へのおそれから脱れる一つの手段だったといってもいいわけである。してみるとあの歌舞音曲は、この病へのおそれをふり払う、一つの易しい解決の道、神頼みのような道であったともいえる。勿論、このおそれというのは、躁鬱病というものの予感に対するおそれということだけではなしに、それと底のところでつながっているとはいえ、さっきもいった通り、女をおそれるといった気質（？）のことでもあるのだ。

　浩二は『ゴオゴリ』の中で、このロシヤの嘲笑的才能の抜群の大作家が、女を描くのが概して下手であることに触れている。多くの言葉を費《ついや》しても、女が変に概念的になるだけだ、というふうに述べている。およそ喜劇というものが女に喜ばれるのは、知的水準の高い国に限られるとは、あの漱石が熟読したメレデスという人が、その『喜劇論』の中でいっていることである。チェホフでさえ、女を愛するために、結婚の時期を遅らせ（肺病という宿痾のためとはいえ）、距離をおいてつきあい、接近すれば、ユーモアとシニシズムのベールに包んで、自他ともに霧の中に漂わせるという操作をしなければならなかった。彼女たちが白痴の如く可愛くあることを許し、何度となく結婚させることを許す（『可愛い女』）ためには、行ける可能性のないモスコーを夢みさせたり、昔の夢ばかり追わせたりすることを許す（『三人姉妹』）ためには、彼自身は結婚生活から離れていたというわけである。血なまぐさいロシヤ文学史を浩二が綴ったことは述べた。大正の末期に不安な危機感のある状態を世の中が迎えていたことはまちがいないが、浩二はこう思っていたのではないか。ロシヤのようなきびしい事情はない。少なくとも作家にとって日本のその程度の変化というものは、大したことではない。その大したことでない、というふうに思わざるを得ない、という思いが、徐々に頭を擡《もた》げてきたが、それをどう処置しどう作品化したらいいか、ということのメドがつかぬこと、このことの方が重大である。そうしてこのことが大正作家ぜんたいを襲ってきている問題である、ということを、彼は自分を土台にして考えていたのであろう。そういうところに、「病のおそれ」が忍びこんできた。「日本という国は何という退屈なところだ！」と浩二は、彼ふうに呟いた。

『検察官』を皇帝が見るか見ないか、ということが問題であったり、舞台にかけたあと外国へ亡命しなければならなかったり、そしてロシヤ語をみずから確立しようとしたのは、ほかならぬピョートル大帝であったり、宮中を諷刺した詩をエカテリーナ女帝が率先して賞めるというような、「一枚上」の「役者」であったり、そのくせやがて保守的となって作者を弾圧したりするような文学に関するロシヤの歴史。それは刑一等を減じて流刑にするつもりであるのに、それを秘して銃刑に処するという処置をしたニコライ一世に、ドストエフスキイが、じかに嘆願書を書くというようなことは、『文学的散歩』の中で、浩二がこういう人こそ、芸術院の会員になるにふさわしいといった、岩野泡鳴の、総理大臣西園寺公にあてて自著の発禁に対する意見書を送ったという事件とも違う。

大正十二年九月一日の関東大震災のあとで、プロレタリア文学運動が盛んになったり新感覚派運動が起ったりした。文明開化の中心であった東京の遺産が瓦礫と化し、そのあとの空虚感がそういう運動を齎《もたら》したと考えられている。ちょうど外国でもう人間は大丈夫だと夢をもっていたときに第一次戦争が起った。そのとき表現派運動が起ったのと時期的にも、その内容としても似ている。しかしそうとするなら、そこは人災と天災という差がある点が根本的に違うのかもしれない。人災の代りに天災であったことが、いかにも象徴的に日本的だともいえる。

そして第二次大戦後の日本においては、あの戦災は天災ではなくて、人災であったと思いながらも、何かしら天災とまじり合ってしまうことに喜びを感じさえする日本人の特徴も興味ぶかいことだ。そうして、日本のこんどの戦災があってからもう三十年近くが経過したが、ふりかえってみると、敗戦直後にはやはり、プロレタリア運動と新感覚派運動が擡頭したとこう考えてもいい。

　とにかくこういう十年間ばかりの間、大正作家たちは、たとえば、震災直前の大正十二年六月に有島が自殺したり、昭和二年に芥川が自殺する。芥川がおかしくなった頃、その友人であった内田百閒もおかしくなったらしい。小説だから分らないが、どうも顔がふくらんでだんだん大きくなってきた（『山高帽子』）。そして芥川らしい人物の顔が細長くなってきたのと正反対だと書いている。年譜によると、百閒はその後教師をやめ、家を出て漂泊の旅に出る、ということになっている。おかしくなったもの同士のことが小説に書かれている。芥川と宇野、広津の三人もみんなおかしいもの同士だったわけだ。志賀直哉も、谷崎潤一郎も、何か考えこんでいる。秋聲も同様である。直哉の『転生』は、昔からよくある、うっかり生まれ損う話がつかわれている。おしどりになる約束なのに狐になってしまっている。良人は女狐の臭気にむせ返りながら、それでも直ぐ持前の癇癪を起し、怒鳴り出した。「何と云う馬鹿だ！」。しかし、うっかりものと主人からいわれていた妻が、夫を食ってしまう。そのあと、これは私の家の話ではございませんよ、というところを含めて、暗示に富んだ寓話ふうの短篇だが、これは鷗外の『寒山拾得』に当るもののようだ。そして『転生』は後年の直哉の小品『夫婦』というものともよく似た趣旨のものだ。ついでにいっておくと、この『転生』はガーネットの中篇小説『狐になった奥さま』とよく似ているが、すさまじい寓話である。そして寓話というものはこのようにすさまじいものだ。人間が考えこむとき、たぶんいつもそうなのだから、作家たちは、自分とは何ものであるのか、ということを考えていたわけで、別のいい方をすると、それぞれ病を意識したり、対面したり、組伏せようとしたりした気配があり、直接的には、病を考えさせた張本人は、女であり、彼らの妻であった。

年譜によると浩二は、病後、昭和六年頃まで、沢山の童話を書いている。『父の国と母の国』とか『母いづこ』という題名が見えている。不安な頭をいためつけずに食うためには童話は恰好なものであった。そして翻案のようなものも多かったというから、やはり病をいやすのに好都合であることを、彼は心得ていたのではないかと思われる。そしてひょっとしたら、それは作者である「私」を語り手でなくて登場人物の一人として登場させる工夫を、易しい道から入って行こうとしたのではないか。それとも少なくとも最初の間は、夢を返そうと願っていたのかもしれない。いや、それとも夢をさぐりつづけていたのかもしれない。いくら金を得る手段といっても、作家というものは、そこに何か本気なものがなければ、書くことは出来ないものだからだ。彼が童話を書いているときに、童話を読むにふさわしい年頃の彼の息子が育ちつつあった。こうして翌七年、星野玉子のところから、妻の発意で彼の家にひきとることになった子供がやってくる。

昭和七年作『枯木のある風景』は、本格的な復活第一作といわれる。「改造」の記者であった上林暁が五年の督促ののち得たものである。これは書き直し書き直し、何倍もの反《ほ》古《ご》を作って出来たものだそうである。表面上全く反対であるように見えながら、ゴーゴリとフローベルはやはり相当な反古を作った。『ゴオゴリ』を書いたとき浩二が愛読したヴェレサエフ著、ナウカ社昭和十年刊、馬上義太郎訳の『ゴオゴリ研究（彼はどういう風に仕事をしたか?）』には、ゴーゴリが少なくとも八回は書き直しをした、と書いてある。

『枯木のある風景』は、画家の小出楢重らしき人物をその友人の鍋井克巳らしき人物を通して語ることになっている中篇小説である。読み直してみると、その重苦しさは、作品の内容の重苦しさとは関わりのないもののようで、したがって作品の出来としては必ずしも傑作とはいいがたい気もする。何か眼に見えないものと戦っているような手さぐりの重苦しさ、息苦しさを感じさせる。枯木のある風景を書いて死んで行く画家がその夫人がとってきた注文仕事を沢山させられておる。といってその仕事の内容は悪いというわけではないが、その夫人のやりように対して非難めいたものがうかがえる。核心は家庭内夫婦の問題にあるともいえる。手さぐりは作者がどこにもいないところから、作者をさがし当てねばならない作業が、作者に一番近づくにつれて何か混乱をひきおこしそうなために、距離の測定が不安定になる。自分に問いかけられたときに、きこえぬ様子であったり、あらぬところに向って空返事をするといったところが、原稿用紙の面上で生じてくる。ここで、ひとおどりしたいところだが、何しろ、自分も登場させて踊るのが建前のおどりであった。

そのような踊りをする易しい道を求めている自分というものの立場はもう、そこにはない。たどたどしく自分に向って用心深く横眼をつかいながら接近しなければならない。

　犯罪者が犯罪の行われた現場へ戻って行くといわれているが、小説家だってやっぱりそれに似たもので現場へ出かけて行かなくっちゃあならない。誰しもそうとったように、その意味で「枯木のある風景」は作者の心象の風景である。

　ここでつけ加えておくと、『イワン・イワノビッチとイワン・ニキフォロビッチとが喧嘩をした話』という小説はもと、ナレジュヌイの『二人のイワン或いは訴訟三昧』からヒントを得て書かれたという。二人のイワンはゴーゴリの小説では何から何まで違う人間として細かく描写されている。しかしナレジュヌイの題名の如く、やはりそれは二人のイワンであって、けっきょくまったくよく似ているところがある。似ているところは何も書かれていないけれども、むしろそれだけを書こうとしているといってもいいくらいだ。その点では共にイワンなのである。

　ゴーゴリは、別の作品の中で、ホフマンとかシルレルとかいう名の人物をもち出してきて、これは有名な作家のホフマンとかシルレルとは関係がない、とわざと断わっている。つまりゴーゴリはこの名前ということにこだわっている。彼等を同じシルレルでもあのシルレルとは無関係だというように、イワノビッチとニキフォロビッチとの違いはあり、くせも風貌も正反対でもあるように見えて、実は瓜二つだ、といいたいのである。退屈なのはそのためである。鵞鳥という言葉にひっかかるのは、心の奥底で、同じ人間だと思っているところがあるからともいえるし、そもそもそうでもしなければ、どっちみち生甲斐がないからだともいえる。どっちにしたって虫干をした相手の鉄砲がほしくて仕方がないから、一人のイワンは別のイワンのところへ出かけたのだ。もともとがその程度のことなのだ。要するに瓜二つであるのは彼らだけではない。それはつまり作者ゴーゴリ自身でもある。その意味でゴーゴリは自分とつきあっていた。前述したように晩年このロシヤ人はそういった。あれらの人物が私の姿であるというのは、反省の言葉であるが、そういうことは抜きにして、どうしてああいうおそろしい笑いが書けたであろうか。こういうゴーゴリに対する考えは宇野にもないわけはないから、ゴーゴリを襲った反省は彼をもなにがしかは苦しめたであろう。そしてそれに似たことは、既に私は前にいったことである。『子の来歴』という短篇のことに入るに当ってもう一度いっておきたかった。

　これを絶讃した一人は、川端康成である。「計算は天地自然がやってくれている『子の来歴』は、この天の計算に順いながら、人間の心のありがたさが素直に流れているところ、合掌したいばかりである」と褒められた。もちろん計算は天地自然がやるということを強調したのは浩二である。「秋聲」のところでも述べたように、昭和八年は多喜二が獄死した年である。この年に『春琴抄』『町の踊り場』などの作品が出た。大家復活の年だといわれる。浩二の『子の来歴』は息子の守道がもどってくる話だが、これは潤一郎の『蓼喰う虫』とか秋聲の『元の枝へ』などともどこか似たものがある。

浩二は『子の来歴』と同じような内容の話は前に何度も書いている。ところが、この小説では子供がやってくるまでのことを妻の立場で、妻の努力を中心に書かれ、彼に似た小説家は、その妻の夫であり、弁慶が子供をうませたように、たった一度か二度の機会に、しかもうかつにこさえてしまい、それをめぐって二つの家で色々みんなが思案する。いわんや子供に至っては、うまれてきてしまったのである。先方の女の母親は「ほんまに弁慶はんみたいに」という。

彼は小説家という職業に携わる人で、一種の商売人である。どの商売人も世の中に顔を出し、角力でいえば幕内に入るぐらいとなれば、あけくれ努力がいる。夢中になったりもしなければならない。職業もあるし、一人前の男であれば、女つきあいもし、瑞々しさを保たねばならない。大阪の商人などはだいたい囲い女をおいていたものだ。家の一大事であるし、将来のことを考えると、女房がしっかりしなくっちゃならない。小説を書きはしない女房が、家のため、主人のため、母のために、この世の生活の場で小説家に代って筋書きを作ることになる。

こうして今まで語り手であった浩二という作家は、この小説の中では、一人物となる。そうしてこの童話めいた物語の中では、女の実際的で事務的で、主人の名を傷つけまいとする配慮もあるし、両家のかけひきもあるし、緊張し、うわついたものが入りこむ隙というものがないという真面目な舞台の上で書かれている。夫は出てこない方がうまく行く。この小説は『枯木のある風景』のように反古をいっぱい作って書かれたかどうか私は知らない。しかし、このような問題を処理するさいには、「あなたはおとなしくひっこんでいて下さいね」といわれてひっこんでいるという小説を自分の方から書くのではなくて、ひっこませておいて行動するいじましく、おそろしいところのある妻の活動を、妻の立場から書くということのために、彼は見られる方に廻らざるを得ないことになってくる。そして、こういう話は始末の次第が言葉少なく書かれることの方が遥かに想像力を刺戟する。『一と踊』という小説の中の山国の芸者が、小説家が小説を書く苦労をするように、身のふりかたを自分で考えたりしたのと同じように、つまり外から眺めていて、自分ふうの空想をしたり、将来、女房も彼女もいっしょになって三人で踊ろうではないか、この二人の老婆の如くに……とこう考えながら、家へ帰ると、仮面をかぶって仕事をしてきて候（それはウソではないのだが）といった表情を見せる。話こそ違うがけっきょくそういう矛盾を、女たちの直接行動によって事件は落着する。

小説家はむつかしい表情をしている。このような話は小説家の方から書くと、ほとんど意味がない。書こうとすれば悲鳴をあげねばならない。その無意味さに頭がおかしくなる。自分が何をしているのか分らなくなる。

しかし、この名作を距離をおいて考えると、どこか女たちに向って手を合せている、神頼みの姿勢が見られる。そんなことはない、『子の来歴』を書いたのは、宇野浩二という作家なのだから、作者が退いて綴っている姿勢には、作者の毅然とした立姿がある、というお叱りを受けるかもしれない。このことはだんだん述べることにして、とかく浩二は家庭の中での女の位置の確保（といっても何とはかないことか）によって、新しい夢を作ることに成功したもののように見える。

『子の来歴』は義理と人情の物語で、勿論、義理を立てる筋である。童話じみて見えるのは、そのためでもある（童話であるというのではなくて、童話じみて見える、というわけである。童話というのは、かえって血なまぐさいものである。童話だから血なまぐさいという感じがしないが）。おさんと小春とは手を取り合うことが出来る。子供は宇野の家で育てるのが一番よい道であり、宇野夫人が子供をひきとるのが、けっきょく一番いい道である。治兵衛はまさか、こたつの中でふてねをしているというわけではないが、立役者は女たちである。こうなると、村上八重のことで、ヒステリイを起してタンスの物を投げ出したりするというような甘いことではすまない。ここで紙屋ならぬ小説家の宇野浩二は、義理と人情、つまり当然のことだが、義理を立てる姿というものにあこがれを見つけ出すことに切りかえる。それはフローベルの『純な心』の女中フェリシテのように、甥やオウムを自分の子供のように愛するという「純な心」に対する讃辞にもなる。こういう愛は報いられることはない。その意味では、このような情愛というものは、この世の死という掟によって裏切られる。そう考えると、つまりこの掟を義理とおきかえると、広い意味の義理と人情の物語である。いいかえると有為転変の中に夢の所在があると思いはじめたのである。

《おお、如何に早く月日の流れ去ることよ！　彼が鰥夫《やもめ》になってから、もう十年以上の時が経った。彼には子供がなかった。が、召使いのガープカには子供があって、よく屋敷の中を駆け廻っている。イワーン・イワノビッチは、何時もそれ等の子供の一人々々に、ブーブリク（ドーナッツに類する小ロシヤの食物）を一つずつか、真桑瓜を一片れずつか、梨子を一つずつ分けてやる。ガープカは彼の家の部屋々々の鍵と穴倉の鍵を預っている。が、寝室にある大きな衣裳櫃の鍵と中の間の鍵は、イワーン・イワノビッチが自分でしっかり握っていて、そこには如何なる人の立入ることも嫌っている。ガープカは水々しい腓《ふくらはぎ》と頬ぺたとを持っている健康そのもののような下女で、ザパースカ（下袴というより、むしろ、前垂れに近い代物）を穿いて歩き廻っている。》

これは「この世は何という退屈なことでしょう」と小説の最後で結ぶ運命をもっている。ところが浩二の方はむしろ夢を見出す方が一途で、奇妙ささえある。

浩二が『器用貧乏』を三回にわけて雑誌に発表したのは、昭和十三年と十四年の間である。前にいった通り『ゴオゴリ』を書いたのはその昭和十三年のことである。妻の腹ちがいの妹であったか、とにかく、それに似た関係の身体の小さな女性が、色々手仕事が器用にやれて、身体の並はずれて大きな夫を助けて働く話である。夫は梅毒で頭がおかしくなり、この大きな男や、壱岐の蘆辺から戻ってきた妹や、その娘の面倒を見ながらきりきり働き続ける。その間、亭主の一族や自分の身内は悉く次々と死んで行く。彼女によくしたもの、彼女を邪慳に扱ったもの、そういうものを見送らねばならぬ。自分勝手な妹の子供は盲腸で入院する。彼女にあるのは器用な働き者であるというだけで、けっきょく浮びあがることは出来ない。夫が病気になって五年目ごろから始まって二人のなれそめに戻り、色々と浮世の苦労があったあと、夫の死で小説は終っている。

『器用貧乏』を読むと、フローベルの『三つの物語』の中の一つの中篇『純な心』(「まごころ」と訳している人もいる)と、あらゆる点で似ている。これはこのフランスの作家の最後の本である。私どもが学生の頃、この作品は声を大にしてその価値が唱えられた。それは浩二の小説といっしょになって伝わってきていたのか、多くの評者がそういうふうにいったのか、浩二自身が喧伝したのか、私には分らないが、とにかく小説の手本の一つだった。『ボバリー夫人』が傑作であることは分ったうえで、『純な心』がもてはやされ、文章も易しいので、原書を買ってきて読んだ。それは昭和十三年頃であったが、もてはやされていたのは、もう何年か前だったかもしれない。私の怪しい記憶では、昭和八年に死んだ嘉村礒多あたりも、この本のことを書いていたように思うからである。

フローベルのこの作は、作者の過去の再現であるという。女中のフェリシテは奥さまやその子供に仕え、やがて自分の甥に生きる望みをかけるが、彼が南米で死ぬと、オウムを育てる。奥さまにもお嬢さまにも、甥にもやがてオウムにも死なれ、ある日彼女の番がやってくる。『器用貧乏』のお仙がきりきりと働き続けるのと同じようにフランスの女中はたしか未婚のまま仕え尽す。そうして二人に共通している重要な点は、小説が終ったとき、まだお仙は生きているという違いはあるが、全部の死に立ちあっているということである。浩二は、お仙のモデルである女性にも会っているし（七、八年後には彼の家に手伝いにくるようになる）、妻を通してくわしくきいた。それにしても、作者をいっさい登場させずに、お仙とその夫と、彼らをめぐる多くの人々との震災をはさんでの長年にわたる生活を彼女を中心にして、このように微細に書き得るほどきき出すということは、たとえ空想の部分が相当にあるとしても容易なことではない。『純な心』以上にその気になってきき出さなければならない。

ここでは、ほとんどそうとは見えず、丈三郎には浩二自身が、お仙には彼の妻が、そして至るところに、浩二の中に生きている人間たちの、とくに庶民たちの姿が投影されている。そこには何か、無事なものがある。彼の家庭も彼も妻も、勿論、直接に登場しないから無事である。耳を傾けながら、一つ一つ納得し作者は追究して行く。書く腕は彼自身の腕であるが、もう腕の働かせようが定まっているために、用心深さをもって努力することになる。どこか、解説をしているような感じがあるのは、そのためである。

《お仙は、はじめて丈三郎を見た時は、自分が小さい女であるために、大き過ぎる男である丈三郎が毒毒しく見えた。それが、何度か逢ううちに、しだいに、丈三郎の、毒毒しいところが目立たなくなり、一種の立派さのようなものだけが目につくようになった。小さい時分から、両親からも、兄弟からも、友だちからも、陰気だといわれたお仙は、いつとなく、陽気そのもののような丈三郎に心を引かれるようになった。丈三郎は、お仙にとって、笛井とは別の意味で、見知らぬ世界の人であり、憧憬する人であり、また、笛井より、底に親しみの持てる人であり、堅苦しい言葉でいうと、おなじ階級の人の感がするのであった。

文字に書くと、お仙が丈三郎に対して、こういう感を抱いていた時、丈三郎は、丈三郎流に、「あさがお」の大勢の女中のなかで、「あさがお」ばかりでなく、彼が毎日まわる料理屋待合の数多《あまた》の女中のなかで、お仙だけが彼の頭に残るので、何となく、あの女が好きだと思った（略）。そのうちに、丈三郎は「あさがお」だけに、まちがったような顔をして、一日に二度行くようになった。すると、当のお仙より「あさがお」の外の女中たちが、誰が初めに云い出すとなく、「丸八」の丈ちゃんはお仙さんに……と云い触らした。そのうちに、お仙さんも「丸八」の丈ちゃんに……と云い出す者があった。

お仙はこういうありふれた筋をとおって、丈三郎と結婚した。》（『器用貧乏』）

ここには冷静に作者の感情をつぎこまないような配慮の意志が感じられるが、その実、何かおどりをおどっているような身ぶりがある。感情はつぎこまれないようにと努力していることが、実は感情といって具合がわるければ、何かの思いがつぎこまれている。その思いとは何であろう。

ありふれた筋を通って結婚をした二人は、どこにもありふれたような、それでいて数限りない連続した不幸というものに出合う。しかし考えてみれば、連続して起る不幸というものも、そもそも、ありふれている。また、そもそもそれをありふれていると思わぬのは、人々が夢を抱くからであって、その夢は思うように行き続けるためしはない。それがこの世の掟である。つまり病気と死である。だがこの世にこの掟があるように、それに見合うように人間の方にはフェリシテや、お仙や丈三郎にあるような哀れな何かを思いつめたものがある。それは純な心、まごころであり、働くことが好きで好きでたまらぬ、じっとしていられぬ、というようなことである。人の苦労を見て見ぬふりは出来ぬということでもある。それはもっと人間たちの中にある掟で、掟というにはおこがましいものだが、義理であり、義理によって生きてくる人情というようなものである。夢というものがあるとすれば、何はともあれ、そこには夢を托することが出来る。そう彼は一種の解説を行うのである。そうして彼は語るのである。それは道行になり、鐘のひびきがきこえ、ほのぼのとした空気が流れる。

震災が、精一杯に手をのばして仕事をしていた商人たち（作家も例外でないかもしれないことは前述の如くだ）を破滅させたように、向島でうで卵をおろしていた丈三郎の仕事を破滅させた。たまたま彼は震災直前に資本を投じ規模を拡張しようとしたのだ。そういう意味では浩二は、プロレタリア作家たち以上に庶民をえがいているのだ、という自負があったのかもしれない。

《それから、久しぶりで、二人は火鉢をはさんで低い声で四方山《よもやま》の話をした。そのとき、お仙は、半間《はんげん》の床の間の上に置いてある物に目をとめて、「あれ、何、」と聞いた。それは、絹張り絵日傘の内職の材料で、竹細工であるが、骨ばかりの傘をひらいておいて、その骨に絵絹をはり、それを糸でかがる仕事で、「糸こっち持ちで一本二十四五銭になるわよ、」とお半が云うと、「それはいい口銭だわねえ、」とお仙は、病人のことをわすれて、おもわず、大きな声を出した。》（『器用貧乏』）

こういうお仙のほほえましい働き者ぶりは、事情を決してよくはしないのであるが、その場その場で彼女はそれ相応実績をあげているのである。これは彼の周囲にいた多くの作家や親類知人たちがそうであった。彼自身も例外ではない。『高天ヶ原』の「中戸丈助」の死、「中戸丈助」の最初の妻とその娘の死。父の死からはじまって、おびただしい親類の者の死（それは彼の小説の中で屢々語られるが）。昭和三年の葛西の死。昭和四年、早稲田の同級生沢田正二郎の新橋演舞場での死。昭和八年、嘉村礒多、結核性腹膜炎で死ぬ（昭和三年、その『業苦』を文芸時評で強く推した）。昭和九年、直木三十五肺結核で死ぬ。昭和十年、その母の死。昭和十一年、牧野信一、小田原で縊死。昭和十六年、加能作次郎の死。昭和十八年、田畑修一郎、盛岡の旅行先で、急性盲腸炎で死ぬ。昭和二十一年、妻の死。『器用貧乏』が書かれたときには、牧野信一の死までであるが、これらの作家たちの営々たる努力――つまり働き者（葛西だって一種の働きもの、不器用であろうと、その全体から見ると、一種の器用貧乏、純な心の持主なのである。それは、そのとき死んではいないが、近松秋江だって同様なのである）に拘らず死んで行く。

　この間、浩二は、『器用貧乏』の中の人物が世話をし合うように、嘉村の世話をし、牧野の本の出版のために出版社に声をかけてやったり、嘉村の全集三巻をほとんど一人で編集したり、秋江の選集の編集・解説を独力でやったりした。その方面では彼は作品活動のほかに行動をした。作家としての「純な心」を発揮せんとしていたかに見える。

　そうして、これらの作家のことを小説ふうに伝記ふうに書いたものの中では、作品を書くためには、それぞれの作家たちは「純な心」をもっていた。それ故に奇妙な言動をしたりし、家庭、家族、友人間で事は必ずしもスムーズには運ばなかった。その生活のしぶりを、その特徴とくせを、たとえば、『器用貧乏』のように、そう特別うがったと見える見方でもない、といった方がいい、割合に一様な、固定した平凡とも見える見方で描いた。そうして、いったん伝記の中で彼らの小説の話が出てくると、こまかくその優劣、その文章の変遷をあげつらった。人間より文章や小説についての方が細かい態度であるといった具合だ。

純な心――フローベルの『純な心』の「純」は英語でいうシンプルに当る単語がつかわれている。英語とフランス語もそう意味は違わないから、純粋というよりも単純という響きの方が強いともいえる。私はこういうことをいうのは好きではないが、あえていうと、戦争がだんだん拡大して行く時期だったということと考え合せることも興味ぶかいことではある。だが、それはそれとして、それより、浩二が積極的にその作品をとりあげ、積極的に支援し応援してきたせいもあるが、その幸い薄い短かい一生を終えた嘉村礒多に対する情愛は、先輩、秋江に対する情愛（?）と似ているのが面白い。さっき述べたように生活に困っている秋江のために三巻の選集の刊行に努力し、その編集・解説に当ったというのは、昭和十四年のことであるが、大正時代の秋江論を思い出すと、これは、選集は昭和のことであるけれども、簡単にいうと、大正の秋江、昭和の嘉村に対する情愛が一きわ強く浮びあがってくる気がする。

伊藤整はたしか戦後書いた『我が文学生活』の昭和文壇を回顧する文章の中でだったと思うが、横光の『機械』の出現したとき、道を歩きながら雑誌を読んだ昂奮を語る文章と、嘉村の存在が昭和文壇全体を揺がすほどのものを持っていた、とする文章とが私の記憶に残っている。この二つは同じ箇所で並べてあったわけではないが、私の頭の中にはまるで並んであったようにさえ思える。この『機械』のことはともかくとして……といってしまうのは、こう口にした以上、具合が悪いが、とにかく嘉村は気になる存在だった。秋江が嘗て浩二や潤一郎などにとって何か気になる存在だったように。秋江は気づいているように見えて気づかず、嘉村はまた何か愚直という言葉でもって代表されるイメージがある。少なくとも文壇はそういう扱いをして、一方に何か気になっていた。

　秋江と嘉村とに共通する何か気になるものは、ひょっとしたら、シンプルという形容詞がくっつくような点かもしれない。当時の「中央公論」に小説が載ることが如何に大変なことであったにしても、その吉報を受けて山口県の田舎の家で床《ゆか》の上で卒倒してしまうとか、それに似たようなことを書き、しかもそれが迫力をもっているというようなことが、気になる。犀星が嘉村の『業苦』だったか、ほかの小説だったか、幼稚な書き方をしているというような批評に対して、宇野は腹を立てた。広津もいくらか似た批評をして宇野に攻撃されている。あれだけの文章というものは、たいへんな技術なのだ、といっている。なかなかの曲者なのだ、ともいっていたはずだ。

こういうことについて、当時の人々も後世の人々も何か誤解していて、愚直さを嘲ったり、まるで愚直さが名作をうみ出すかの如くきこえる讃め方をする。そういうことはともかくとして、シンプルという形容詞がつきそうだ、ということはいえると思う。つまり宇野はそのシンプルというものの理解者であった。そして、それは芥川や葛西と彼との間柄よりは、ずっとウマの合うもので、特に嘉村は弟子ともいえる間柄であるせいもあるが、宇野にしてみると嘉村といること、嘉村のことを考えることが、直接的に一つの世界を作るのに好都合だったのであろう。何か、この世の秘密が分った気がし、そうしてこの世のありようというものの一種の有難味というものが分るといった具合のものである。

シンプルということを考えると、次第に色々のことが思い合されてくる。前にも例にあげたが、チェホフに『可愛い女』という短篇がある。彼女は何度も結婚するが、前の亭主に死なれるからである。夫が死ぬと悲しみの日を送るが、やがて次の夫と結婚するとその夫を愛する。チェホフは、フローベルの『純な心』を読んだこともあったのであろう。一度も結婚しないフェリシテは、この可愛い女の裏返しである。この二人の女性を描く作者の筆つきと較べると、宇野の文章は、これらの人物をおどらせながら、自分もいっしょになっておどっている様子がある。勿論、落着いた、そうして抑制したともいえるタッチでもってである。そこには何かしら、前述したように、解説ふうであり、童話じみており、そうしてこれらと矛盾するようだが、いかにも、あまりにも小説家ふうでもあるという感じがするのである。それは名作といわれる作品にも見られることだ。

ここでさっきの秋江と嘉村のことをもう一度考え合せてみると、この二人の小説は、近松門左衛門の世話物の浄瑠璃のことを思いうかべるような道行的なところがある。そして宇野も屢々いってるようにサワリがある。サワリは秋江にもある。極端にいえばこの二人は全篇これサワリであるし、晩年の傑作、『思い川』『思い草』『うつりかわり』のようなものは、これ全篇サワリであり、道行である。サワリは宇野浩二の初期の作品からのつきもので、それ故に私がおどりという言葉をつかう所以なのであるが、しかしこれら晩年の作品は直接道行に似て、鐘や音楽がきこえる中を、手をとりあって彼岸へ向って歩いて行くように見える。秋江や嘉村は思いのままならぬ不幸や、くいちがいや苦しみをなげきながら、進む姿が、結果において道行になる。したがって作者に近い人物はおどっているし、ヤッキになってはいるが、作者がおどらせているのではない。その意味で秋江も嘉村もシンプルである。

宇野はシンプルさを描こうとした意味で、チェホフやフローベルの方にずっと近いところにいるわけで、一種ほのぼのとした有難味のある作品であるが、それは作者もいっしょにおどっているということのためでもあり、ずっといかにも小説家ふうである。そうして、それが大家宇野浩二をほんとうに大家たらしめることを妨害する点であるように見える。宇野が好んで分類し位置づけて、幕内だの、横綱だの、佐官級だの、何等官だの、一流だの二流だの、という解説ふうのユーモラスで、皮肉のまじった、ある程度、多義的で、時にシチ面倒くさいような面白いいい方の中にも、同じようなものがひそんでいる。このような分類、等級のつけ方は、これもひょっとしたらゴーゴリの影響なのかもしれない。等級の問題こそ官吏の市ペテルブルグの、何というか、うまくいえぬが、通行証（？）みたいなものだろうか。そして等級をつけるところに、意外に、別な意味でシンプルなものの気配が感じられるような気がする。

『思い川』は村上八重との、思い合いの流れである。四十年間にわたって続いた不思議さをとく秘密は、浩二の夢がその内容を変えて行きながら、連れづれの相手であると思うことが出来たからともいえる。『思い草』は亡き母を中心とした祖母や一族たちの物語である。『うつりかわり』は亡き妻と息子との家中の物語である。

昭和二十四年、彼は息子・守道のすすめで、その実母、玉子と同居することになり、二十六年に正式に結婚する。『うつりかわり』はその間の昭和二十五年に書かれている。うつりかわりはいよいよ完全に、一つの流れを走るばかりでなく、円を閉じながら進んで行くように見える。道行は、円を閉じているともいえる。一族も妻たちも一つに集まって作者の筆によって、そのタッチに動かされて、静かな盆踊りをおどっているように見える。話にきくと、あの盆踊りというものは霊がもどってきて踊る姿をマネることによって霊を呼びよせ、霊と一つになるものだともいう。あの手つきは、幽霊の手つきであるのは、それであるという。

　また円環を作ってぐるぐるまわりながら踊るのは……つまり、輪舞《ロンド》こそ無限に通じるものであり、無限への志向であり、無限の姿だ、と。

「ほんまに弁慶はんみたいですな。あんたはんもびっくりしておいでやすやろ」（私の引用はいくらか不正確かもしれないが）と口につぶやきながら、踊っているようにも思える。

「文学の鬼」といわれてきている「鬼」も、もしそういうものがあるものなら、落着きの鬼ももちろんヒステリイの鬼も、そうして一種のヒステリイである幽霊も、善き鬼も悪き鬼も、鬼子も、この踊りの中に加わっているということも、読者には分っていただけるであろう。そしてその踊りは、家の中での話であろうと、庭で手拍子をとって腰を振って、連れづれに、作者もいっしょになって行われているように思われるのである。この連れづれの踊りは、いわば易行《いぎょう》というものだそうである。難行、易行の易行である（では、どの作家が難行の作家であるか、ということは読者よ想像されよ）。別のいい方をするなら、実に登場人物たちの営みは、往来の上で行われているように思えるのである。

　うつりかわりに対する強い執着は小説だけではなくて、『小説の文章』を支える態度である。前にも触れたように、全集にも入っていないこの本は、第一版が昭和二十三年に出て、私の持っている第四版は昭和二十七年のものである。

《前に書いた文章は、荷風の、三十歳の年の作であり、この文章は、六十歳に近い年の作（『濹東綺譚』）である。つまり、前の文章とこの文章の間に三十年の隔たりがある。いい換えると、荷風のような比《たぐ》い稀な才能を持って、三十年の修業（二十歳の年に短篇小説『簾の月』を携えて広津柳浪の門を叩いた年から数えれば四十年の修業）を積んで、こういう文章を書けるようになったのである。

　この文章は、唯「わたくし」という男がふいに夕立に逢った事を書いたものである、と云えば何でもないように思われるが、「葭簀《よしず》や何かの倒れるような音がして、紙屑と塵芥とが物の怪のように道の上を走って行く。」（これだけの文句でもなかなか書けるものではない、）と云い、それに鋭く閃く稲妻、ゆるやかに響く雷鳴、大粒の雨、というような騒がしい有様が、落ついた穏やかな言葉を使いながら、却《かえ》って真に迫った情景を現している。つまり、目立たない平凡な言葉を使って、一種の異常な事件を、このように、淀みなく、平明に、書き現すことは、荷風のような、比い稀な才能を持ち、数十年の修業を積んだ士《し》でなければ出来ないのである。》

　ある意味では作風も全く違う荷風の中に、宇野は共通する自分の姿を見ている。変遷ということである。変遷にこだわる宇野の修業の内容がどのようなものかというのが、私の文章の意味である。

文庫本のためのあとがき

こんど『私の作家評伝』（Ⅰ、Ⅱ、Ⅲ）（新潮選書）が、一冊にまとめて、文庫本で刊行されることになった。

私はもともとどんなふうにして、これらの作家評伝を書くようになったか、そのいきさつなどを、前に選書につけた〈あとがき〉を見ながら、書いてみたい。

昭和四十四年に、別冊季刊『潮』（『日本の将来』）に六十枚で一作家ずつの評伝を頼まれた。

これはめんどうな仕事だし、過去の作家のことは、それまでたまたま頼まれて、秋聲と独歩と草平を書いただけで、勉強不足だから断わった。そのうち、サマセット・モームの『世界十大小説』のことを思い出し、イギリス人と日本人だから考え方は違うが、大ざっぱにいって、あんなふうのものなら、時間が許せばやってもいいと、ふと洩らした。それが事のはじまりである。

　モームが扱っているのは代表作一作だし、評伝と作品評とを分けて書いている。そうではなくて六十枚の中に一応各作品を入れて貰いたいという注文である。おまけに三月に一つずつと書きつないで行くということだ。

　私は秋聲や独歩や草平を読み、これらの作家のことをしらべているうちに、当然のことながら、これらの先人の歩んだ道は、私らの血の中に色こくあとをとどめていることを知った。それならほかの作家たちも、きっと、そうしたものを見せてくれるに違いあるまい。私は秋聲からはじめた。その理由は、私にとって秋聲はもっと考えてみたいところのある人だという気がしていたのであろう。川端康成が、明治以後の作家では、時間に堪え得るように思えるのは秋聲と直哉ぐらいだ、という意見が気になっていたのかもしれない。

　とにかく私は秋聲からはじめ、そのあと、何か私の中で、次に扱うのに必然性があると思われる作家を選び、それにとりかかることにした。したがってこの順序は、私にとってはそれ相応に意味があるものということになる。とはいっても、必然性なるものの内容は、色々とあって、私自身の作家や作品に対する考え方、感じ方が固まりそうになるのをさけようという場合もあった。

　過去に研究し尽され、述べ尽されている先人文学者たちも、一番何でもないことが、必ずしも十分に理解されているとは限らない。時代のかけたベールというものや、研究家たちの焦点のあて方によって、印象の異なる場合もある。私は小説家としての僅かながらの経験と、昔なら当然死んでもいい年齢まで生きてきた経験とを生かして、いくらか、過去の文学者の姿を描いてみることができれば、と思った。

人によっては、私が小説家の傾向として、独断的な割り切り方をしているようにとる向きもあるかと思うが、私として、そういうことをできるだけ避けたつもりである。平凡なことが、実はいちばん斬新で真実に近い、という腹づもりであった。（出来あがりがどうなっているかは別として）

一人の文学者を書き終えたとき、ようやく知己が一人ふえた感がした。やがてその人と別れて別の人とつきあわねばならない。それは浮気するようで、つらいことでもあった。こいねがわくは、一人一人の文学者と、もう少しゆっくりとつきあい、遊びたいと思った。とはいえ、次第に私は、この仕事を、できることなら生涯つづけよう。またもっと、もっと過去の文学者や文学にさかのぼり、また日本の私たちに影響をあたえた外国の文学者にも手をのばそう。文学者だけでなく思想家にも、と大それた夢みるようになった。そうしてなるべくそうできるように、私自身を自由にするようにつとめることにもした。

こんなぐあいにして、私は鏡花まで書きつづけてきたとき、『日本の将来』が休刊になったので、私は『潮』の本誌に、秋江を、それから浩二を書いて行った。これは月刊だったので、ペースが狂い、たしか、浩二は、六十枚ずつ三回ということになってしまった。

いずれにしても、ここまでの分を、三冊本にして新潮選書として刊行することになった。その第一巻の冒頭に前に『季刊藝術』に書いた草平を掲げることにした。

私はそのあと、小泉八雲にとりかかった。いうまでもなくラフカディオ・ヘルン（ハーン）のことで、あまり深い考えがあってのことではなかった。実は私は、深い考えというものを、どちらかというと、わざと知らん顔をしたいと思うところがあった。深いものは、こちらがねらったりせずとも、もし、そういうものが、先方にあるのなら、こちらの態度によって、おのずと姿を見せるものだという信念があった。

信念というより、何年間か休みなく評伝を書きつづけてきた経験からして、何となくそう思えたのであった。私はいまこちらの態度といったけれども、こちらがいつでも白紙になるとか、とらわれないようにするとか、いうことである。むしろ、こういうべきであろう。次々と、私を楽しませる相手をえらんで、つきあってくるうちに、自然と、私が白紙になるということなのである。楽しませる、というと勝手な我儘な態度のように見えるが、ほんとうは、そうではないようだ。我儘な態度を、どうして私たちが自分で楽しく思えようか。むしろ自分を固定させないでときに打ち破るようなことが、ほんとの楽しみなのだ。それは開かれているからだ。

私が八雲を扱い出したきっかけの一つは、鏡花の部屋に、八雲全集があったということを知ったからである。また広津和郎が浩二のところへ見舞に行ったとき、浩二の書斎に八雲全集があり、それを浩二が話題にしたということなどである。私の記憶ちがいでなければたしか浩二は、そのあと精神病院に入院した。

もちろん私は、私の年齢になる一般の小説家ていどには八雲のことを知っていた。しかし、そんなことが何であろう。私のそれまでの経験によると、そんなこと物の数ではない。何も知らぬ、も同然なのである。たとえばこの私が八雲なら八雲に親身になってつきあったり、自分の友人知己の如く思いはじめるのは、いざ、その人を取り扱わねばならぬことになってはじめてなのである。

つきあうようになるキッカケは、むしろほんのつまらぬと見えることの方がいい。私は八雲を書きはじめるようになって、全集を求め書きながら資料をあつめた。といったって、大したことはない。富山大学の図書館に行けば、ぜんぶそろっている。

私は八雲のことについて、やけに長々としゃべったが、それまで扱ってきた作家へ移るときも、それに似たようなものであった。八雲も、それまでの『私の作家評伝』と同じく、六十枚か、せいぜい三回分ぐらいになる予定であったのが、どういうわけか、私はハメを外したというか、興に乗ったというか、それとも、もっとほかの理由によるのか、次第に長くなり、とうとう、六十枚ずつ、六十回になった。これは、『私の作家遍歴』三巻として潮出版社から刊行された。

私は今では、また六十枚、一回あるいは二回ぐらいで以前の『私の作家評伝』を続けたいと考えている、というのは、私は、日本の文学者の一部を扱ったに過ぎないからである。私は当然扱うべき文学者たちを、近いうちにつきあうことを念頭に置いて、わざと迂回し、道草をくうようなことをしたところもあったからである。

私は評伝を書くに当って、友人や先輩研究家や批評家や文学者から、書物のみならず教えを受けた、日常の談話の中でヒントをいただいたことが、ずいぶんと刺戟になった。校閲には、

挿画の故坪内節太郎氏は、『評伝』や『遍歴』のさしえをかいていただいた。内海靖彦さんなどの世話になった。

昭和六十年八月十三日

著　者

略年譜

森田草平

明治14年　3月19日、岐阜県稲葉郡鷺山村の農家に生れる。

〃　28年　攻玉社海軍予備校に入学。

〃　32年　金沢第四高等学校に入学。11月、森田つねとの同棲が発覚し退学。

〃　33年　第一高等学校に入学。

〃　36年　同校卒業。上田敏らの雑誌「芸苑」同人となる。

〃　38年　11月、夏目漱石を訪ね、門下生となる。

〃　39年　東京帝国大学英文学科を卒業。

〃　40年　与謝野晶子創始の閨秀大学講座の講師となる。

〃　41年　3月、平塚明子と塩原尾花峠に情死行を企てる。

〃　42年　1月より「煤煙」（朝日）連載。

〃　44年　「扉」「初恋」

大正2年　「岡崎日記」、森田たま、素木しず弟子入り。

〃　4年　「自叙伝」「産婦」

〃　5年　12月、漱石没。「明暗」校正に従事。

〃　6年　翌7年まで「漱石全集」に従事。

〃　11年　この頃「赤い鳥」への童話多し。

〃　12年　「輪廻」大正14年まで雑誌「女性」に連載。

昭和3年　「私の見たる漱石先生」

〃　4年　「吉良家の人々」（朝日）連載。

〃　7年　「道三の死」

〃　9年　大正9年より勤めた法政大学を大学事件のため退職。

〃　16年　「豊臣秀吉」

〃　17年　「夏目漱石」

〃　18年　「続夏目漱石」

〃 21年 「私の『共産主義』」
〃 23年 日本共産党へ入党。
〃 24年 「細川ガラシャ夫人」未完。12月14日、肝臓癌のため没す（68歳）。

徳田秋聲

明治4年 12月23日、金沢に生れる。
〃 24年 父を失い、石川県第四高等中学校を途中退学。
〃 25年 上京し、紅葉・逍遥に入門を求める。
〃 28年 再上京、博文館に入り、紅葉の弟子となる。
〃 29年 「藪柑子」、博文館退く。
〃 32年 読売新聞入社。「惰けもの」
〃 33年 「雲のゆくへ」読売に連載、認められる。
〃 36年 「桎梏」、結婚。「結婚難」読売連載。
〃 37年 「少華族」
〃 40年 「おのが縛」「凋落」
〃 41年 「新世帯」
〃 43年 「足跡」
〃 44年 「黴」
大正2年 「爛」
〃 4年 「あらくれ」「奔流」
〃 8年 「誘惑」
〃 9年 花袋・秋聲生誕50年祝賀会。
〃 13年 「花が咲く」「風呂桶」、この年、山田順子訪れる。
〃 15年 「折鞄」「元の枝へ」、妻を失う。
昭和2年 「春来る」「和む」、山田順子との愛慾を綴る。
〃 3年 「挿話」「未解決のままに」
〃 8年 「町の踊り場」、これ以前「失意の時代」と称す。
〃 10年 「仮装人物」（～13年）「勲章」
〃 11年 「秋聲全集」刊行され始める。
〃 16年 「縮図」都新聞に連載、弾圧により未完。
〃 18年 11月没す（72歳）。

夏目漱石

慶応3年　夏目小兵衛直克の5男として江戸牛込に生れる。
明治元年　塩原昌之助の養子となる。
〃　9年　塩原家に在籍のまま夏目家に引き取られる。
〃　11年　神田錦華小学校より第一中学校に入学。
〃　18年　大学予備門（後の第一高等中学校）に入学。
〃　21年　夏目家に復籍。
〃　22年　正岡子規を知る。漱石と名のり、漢詩文を書く。
〃　23年　帝国大学文科大学英文科入学。
〃　26年　「英国詩人の天地山川に対する観念」講演。文科大学卒業。
〃　27年　鎌倉円覚寺帰源院にて参禅。
〃　28年　松山中学に赴任。
〃　29年　熊本第五高等学校講師になる。中根鏡子と結婚。
〃　33年　英国留学のため9月横浜を発ち、ロンドンの下宿屋を転々とする。
〃　34年　「文学論」執筆始む、神経衰弱ひどし。
〃　36年　帰国、東京帝大英文科講師となる。神経衰弱ひどく離婚を思う。
〃　38年　「吾輩は猫である」（ホトトギス）で文名あがる。
〃　39年　「坊っちゃん」「草枕」
〃　40年　教職を辞し、朝日新聞入社。「虞美人草」
〃　41年　「夢十夜」「三四郎」
〃　42年　「それから」発表。満韓各地旅行、「満韓ところどころ」
〃　43年　「門」発表。胃潰瘍のため修善寺に転地療養。
〃　45年　「彼岸過迄」、このころ書画に親しむ。
大正2年　強い神経衰弱再発、「行人」中絶しつつ、11月完。
〃　3年　「こころ」

〃　4年　「硝子戸の中」「道草」

〃　5年　「明暗」朝日連載中、未完のまま12月、宿痾胃潰瘍のため没す（49歳）。

森　鷗外

文久2年　石見国津和野藩主亀井家の典医森家の長男として出生。

明治5年　上京、本郷壱岐殿坂の進文学社に入学、西周邸に寄寓。

〃　14年　東京大学医学部卒業。陸軍軍医副に任ず。

〃　17年　ドイツ留学

〃　21年　帰朝、陸軍軍医学校、陸軍大学校教官となる。

〃　22年　「航西日誌」「於母影」他、「しがらみ草紙」創刊。赤松登志子と結婚。

〃　23年　「舞姫」「うたかたの記」、9月離婚。

〃　24年　逍遥と「没理想」論争。

〃　25年　「即興詩人」

〃　32年　第十二師団軍医部長として小倉に赴任。

〃　35年　荒木茂子（志け）と結婚、第一師団軍医部長として上京。

〃　37年　日露戦争に従う。

〃　40年　「うた日記」

〃　42年　「半日」「キタ・セクスアリス」他創作多し。

〃　43年　「青年」、この年大逆事件。

〃　44年　「雁」「灰燼」「百物語」

大正元年　明治天皇没。「興津弥五右衛門の遺書」、「ファウスト」訳。

〃　2年　「阿部一族」

〃　3年　「大塩平八郎」「堺事件」

〃　4年　「山椒太夫」「魚玄機」

〃　5年　陸軍現役引退。「澀江抽斎」「高瀬舟」「寒山拾得」

〃　6年　帝室博物館総長兼図書頭になる。

〃　11年　7月9日没す（60歳）。

有島武郎

明治11年　薩摩藩士、武の長男として東京に生れる。
〃15年　横浜に住む、武士的教育と先進的洋風教育をうける。
〃29年　札幌農学校予科5年に入学。
〃32年　2月、定山渓に森本厚吉と死を決して行くが未遂。
〃36年　米国ハヴァフォード・カレッジ大学院に入る、経済、歴史専攻。
〃37年　マスター・オブ・アーツとなり、ハアヴァード大学に入る。
〃39年　処女作「かんかん虫」、アメリカより欧州旅行に出る。
〃40年　帰国、東北帝国大学農科大学講師になる。
〃42年　神尾安子と結婚。
〃43年　「白樺」創刊・同人となる。
〃44年　「或る女のグリンプス」、札幌独立教会を退会。
大正3年　「An Incident」
〃5年　「クロポトキンの印象」、妻と父に死別し、文学専念を決意。
〃6年　「惜みなく愛は奪ふ」「カインの末裔」「クララの出家」他、多くの作品を発表、著作集の刊行。
〃7年　「小さき者へ」「生れ出づる悩み」他。
〃8年　「或る女」前後篇。
〃10年　「ホイットマン詩集」
〃11年　春、生活革命を宣言し、借家に移り北海道有島農場を小作人に解放。個人雑誌「泉」創刊。
〃12年　「酒狂」「骨」。6月、波多野秋子と軽井沢の別荘にて死去（45歳）。

島崎藤村

明治5年　島崎正樹4男として長野県神坂村馬籠に生れる。
〃14年　上京、京橋泰明小学校に通う。
〃20年　明治学院入学。

〃 21年　木村熊二により受洗。
〃 25年　明治女学校教師となる。
〃 26年　関西へ漂泊の旅に出る。
〃 27年　透谷自殺、「透谷集」編集。
〃 29年　仙台東北学院に赴任。
〃 30年　帰京。「若菜集」
〃 31年　音楽学校選科入学。「一葉集」「夏草」
〃 32年　小諸義塾に赴任。秦冬子（フユ）と結婚。
〃 35年　「旧主人」「藁草履」等小説に着手。
〃 36年　「爺」「老嬢」
〃 37年　「破戒」起稿。
〃 38年　小諸より上京。
〃 39年　「破戒」
〃 40年　「緑葉集」「並木」
〃 41年　「春」
〃 43年　冬子死去。
〃 44年　「家」上・下巻。
〃 45年　「千曲川のスケッチ」、短篇集「食後」
大正2年　姪との事件からフランスに渡る。
〃 5年　帰国。
〃 7年　「新生」連載発表。
〃 11年　「藤村全集」12巻、雑誌「処女地」発行。
昭和元年　「嵐」発表。
〃 3年　加藤静子と結婚。
〃 7年　「夜明け前」第一部、第二部（10年）完成。
〃 11年　国際ペン・クラブ大会出席のためアルゼンチンに赴く。
〃 18年　「東方の門」（中央公論に連載）、8月大磯にて没す（71歳）。

二葉亭四迷

元治元年　江戸市ヶ谷尾州上屋敷に、長谷川吉数の長男辰之助として生れる。
明治13年　森川塾に通う。これまで陸軍士官学校三度受験するも不合格。
〃 14年　東京外国語学校露語科入学。
〃 19年　東京商業学校露語科退学。「小説総論」発表、「父と子」訳。
〃　20年　「浮雲」第1篇、二葉亭名乗る。
〃　21年　「浮雲」第2篇、「あいびき」「めぐりあい」訳。
〃　22年　「浮雲」第3篇、「落葉のはきよせ二籠め」
〃　23年　「落葉のはきよせ　三籠め」
〃　24年　「浮雲」合冊。
〃　25年　「悲壮体院劇論解釈」訳。
〃　26年　福井つねと結婚。
〃　29年　「片恋」訳。つねと離婚。
〃　30年　「肖像画」「夢かたり」「うき草」訳、「作家苦心談」
〃　31年　「猶太人」訳、「小説文体意見」
〃　35年　高野リウと結婚。外国語学校教授を辞しハルビンへ。
〃　36年　帰朝、「戦争と平和」訳試みる。
〃　37年　「つつを枕」訳、「露西亜の婦人界」、大阪朝日入社。
〃　38年　「猶太人の浮世」訳、「ひとりごと」
〃　39年　「ふさぎの虫」「むかしの人」「根無し草」訳。「予の愛読書」「老の繰言」「余が言文一致の由来」「其面影」
〃　40年　「二狂人」「狂人日記」「乞食」訳、「写生文に就いての工夫」「閑人」「露国文学談片」「平凡」
〃　41年　「文壇を警醒す」「予が半生の懺悔」「うき草」、朝日新聞露西亜特派員として渡露。
〃　42年　「露都雑記」、5月、肺炎及び肺結核のため、帰国途上ベンガル湾洋上にて没す(45歳)。

岩野泡鳴

明治6年　兵庫県津名郡に直夫の長男として生れる。
〃　20年　大阪泰西学館入学、受洗。
〃　21年　一家上京麻布へ、明治学院入学。
〃　22年　信仰に疑問を抱き、明治学院中退、専修学校で経済を学ぶ。
〃　24年　仙台神学校1年級に入る。

〃27年　詩作「樹だま集」、泡鳴と号す。
〃28年　「基督教聖歌集」改訂増補、竹腰こうと結婚。
〃31年　「蜻蛉の歌」
〃32年　滋賀県警察本部で通訳兼巡査教習所英語教師「英和警察会話篇」
〃34年　「露じも」
〃36年　「明星」「少年」に詩作。
〃37年　「夕潮」
〃38年　「悲恋悲歌」
〃39年　「神秘的半獣主義」「焔の舌」、日光に増田しも江と遊ぶ。
〃40年　イプセン会結成、評論多し。
〃41年　父死去、下宿屋相続、「新自然主義」
〃42年　「耽溺」、蟹罐製造のため樺太に渡るも失敗。
〃43年　「悲痛の哲理」「放浪」
〃44年　「断橋」「閻魔の眼玉」「発展」
〃45年　「寝雪」、「発展」発売禁止。こうと離婚。
大正2年　「正美先生」「ぼんち」、清子と結婚。
〃3年　「毒薬を飲む女」「解剖学者」
〃4年　「悪魔主義の思想と文芸」
〃5年　「新日本主義」創刊、主幹となる。
〃6年　清子と離婚。
〃7年　「憑き物」「浅間の霊」、英枝と結婚。
〃8年　「一元描写論の実際証明」「泡鳴五部作叢書」
〃9年　「おせい」他おせい物を書く、5月没す（47歳）。

高浜虚子

明治7年　伊予松山市に池内庄四郎の四男清として生れる。
〃24年　子規と交友、虚子の号を受ける。
〃25年　京都第三高等学校入学、「俳句」に句作。
〃28年　神戸病院にて喀血した子規を看病。「日本人」に俳話。
〃29年　漱石、村上霽月と「神仙体」の句作、

「国民新聞」選者。
〃 30年　「文庫」募集句の選と短評。
〃 31年　子規庵にて第一回「蕪村輪講」、「ホトトギス」発行人となり発行。
〃 32年　「半日あるき」
〃 35年　「春夏秋冬」夏秋之部、碧梧桐と共選。9月子規没。
〃 37年　「連句論」、「尼」(漱石と共作)
〃 38年　漱石の「吾輩は猫である」を「ホトトギス」に。
〃 40年　「風流懺法」「斑鳩物語」等、小説への意慾示す。
〃 41年　「俳諧師」
〃 42年　「続俳諧師」
〃 44年　朝鮮旅行、「朝鮮」「子規居子と余」
大正2年　「ホトトギス」二〇〇号に。
〃 4年　「柿二つ」「落葉降る下にて」「進むべき俳句の道」
〃 8年　「実朝」
昭和3年　「時雨をたずねて」、講演「新写生論」「花鳥諷詠」
〃 8年　「俳句は花鳥諷詠詩」「俳句の概念を与える」
〃 9年　「高浜虚子全集」刊行。
〃 11年　フランス旅行、「渡仏日記」
〃 12年　帝国芸術院会員に推される、「五百句」
〃 18年　「五百五十句」
〃 22年　「虹」「音楽は尚お続きおり」
〃 23年　「俳話小話」
〃 29年　文化勲章受章。
〃 30年　「虚子俳話」「六百五十句」
〃 32年　「老いての旅」
〃 34年　4月没す(85歳)。

田山花袋

明治5年　群馬県館林の士族円山鍋十郎の次男録弥として生れる。
〃 19年　一家上京、「穎才新誌」に漢詩漢文投稿。

〃 22年　桂園派の松浦辰男に和歌を学ぶ。
〃 24年　紅葉に入門、江見水蔭に師事。「瓜畑」、柳田国男を知る。
〃 25年　「寺の秋」「落花村」「秋社《まつり》」
〃 26年　「コサアク兵」訳、「小詩人」
〃 28年　「夕霜」「笛吹川」
〃 29年　「無名草」「野分」「大洪水」、藤村、独歩と交わる。
〃 30年　湖処子、独歩、國男と「抒情詩」刊行。
〃 32年　太田玉茗の妹伊藤リサと結婚。「南船北馬」「ふる郷」、博文館入社。
〃 35年　「重右衛門の最後」
〃 36年　「大日本地誌」編集、「女教師」
〃 37年　「露骨なる描写」、第二軍写真班員として日露戦争従軍。
〃 38年　「第二軍従征日記」「名張少女」
〃 40年　「少女病」「蒲団」
〃 41年　「花袋集」出版、「生」「妻」
〃 42年　「花袋集第二」「小説作法」「田舎教師」
〃 43年　「縁」「新選名勝地誌」
〃 44年　「髪」
〃 45年　「朝」
大正2年　日光医王院に寄寓、「楽園」
〃 5年　富士見の山荘に独居、「時は過ぎゆく」
〃 6年　「一兵卒の銃殺」「東京の三十年」「ある僧の奇蹟」「残雪」
〃 8年　「河ぞいの春」、肺尖カタルを病む。
〃 9年　花袋秋聲50年祝賀会、「水郷めぐり」
〃 11年　「花袋紀行集」刊行開始。
〃 12年　「花袋全集」刊行。
〃 15年　「恋の殿堂」
昭和2年　「百夜」飯田代子との愛慾生活を記す。
〃 3年　満州蒙古に旅行、脳溢血で倒れる。「花袋随筆」
〃 5年　5月、喉頭癌のため没す（58歳）。

徳冨蘆花

明治元年　熊本県水俣の郷士一敬の次男、蘇峰の弟、健次郎として生れる。
〃18年　熊本のメソジスト教会で受洗、伝道に携わる、蘆花を称す。
〃19年　退学した同志社に復学、山本久栄との恋愛。
〃20年　兄、民友社設立。久栄に訣別書送り、鹿児島へ。
〃23年　「国民新聞」創刊、入社、翻訳や解説記事を書く。
〃24年　「トルストイ伯の飲酒喫烟論」、この頃よりトルストイに親しむ。
〃27年　原田愛子と結婚、勝海舟邸内に借家。
〃28年　「老武者」「恐ろしき一夜」
〃30年　「トルストイ」「画家コロー」「河島大尉」
〃31年　「此頃の富士の曙」「不如帰」
〃33年　「おもい出の記」「自然と人生」
〃35年　「黒潮」
〃36年　「黒潮」巻頭に兄への告別の辞。
〃37年　「不如帰」の英訳“NAMIKO”刊行。
〃38年　富士登山、遭難、兄と和解。
〃39年　トルストイ訪問、「順礼紀行」
〃40年　「黒潮」第二号。
〃42年　自殺した小笠原善平のノートをもとに「寄生木」
〃44年　幸徳秋水死刑宣告に対し助命嘆願、講演「謀叛論」
〃45年　「パレスチナの回顧」
大正2年　国民新聞社襲撃さる。「十年」「みみずのたわごと」
〃3年　「黒い眼と茶色の目」
〃6年　「粕谷にて」「死の蔭に」
〃7年　「新春」
〃8年　第二のアダム・イブと自覚し、夫婦で世界一周。
〃9年　「日本から日本へ」（妻と共著）
〃12年　「竹崎順子」

〃 13年 「平和と私」「天皇陛下に願い奉る」「死刑廃止」
〃 14年 「冨士」第一巻。
〃 15年 「冨士」第二巻。
昭和2年 「冨士」第三巻。9月、心臓弁膜症のため没す（58歳）。

石川啄木

明治18年 岩手県日戸村日照山常光寺の住職、一禎の長男一として生れる、戸籍上は私生児。
〃 20年 父、万年山宝徳寺に転住。
〃 25年 戸籍姓、工藤より石川に改姓。
〃 31年 盛岡尋常中学校入学。
〃 33年 金田一京助、野村胡堂らを知る。
〃 34年 「爾伎多麻」発刊、短歌発表。
〃 35年 「明星」に短歌一首掲載、盛岡中学中退し上京。
〃 36年 行きづまって帰郷。「ワグネルの思想」「愁調」
〃 37年 「鶴飼橋」
〃 38年 「あこがれ」、父、住職罷免で故郷を失う。堀合節子と結婚。「小天地」発刊。
〃 39年 渋民小学校代用教員となる。「葬列」
〃 40年 「林中書」、代用教員を辞し、北海道へ。
〃 41年 「釧路新聞」に「釧路詞壇」を、芸者小奴と交情、単身上京。「菊池君」「病院の窓」他の創作に没頭。「鳥影」（東京毎日連載）
〃 42年 「赤痢」「足跡」、朝日新聞社校正係として入社。「弓町より」
〃 43年 「性急な思想」「道」「我等の一団と彼」、幸徳秋水事件により「時代閉塞の現状」を書く。「一握の砂」で歌人としての位置高まる。
〃 44年 「日本無政府主義者陰謀事件経過及び付帯現象」「呼子と口笛」
〃 45年 4月、肺結核のため、若山牧水らに見とられて没す（26歳）。「悲しき玩具」

正岡子規

慶応3年　陰暦9月17日、四国松山藩御馬廻加番、正岡隼太の長男処之助（後に升）として生れる。

明治13年　松山中学入学。

〃16年　松山中学中退、上京する。

〃17年　随筆「筆まかせ」を書き始め25年に及ぶ。

〃18年　学年試験に落第、陸羯南と交る。

〃20年　俳句の師、大原其戎を得る。この頃、野球に熱中。

〃22年　5月、喀血、子規と号す。「啼血始末」「水戸紀行」

〃23年　文科大学国文科に入学。

〃24年　房総を行脚する。「かくれ蓑」「隠蓑日記」、この年より「俳句分類」に着手。

〃25年　小説「月の都」、露伴に見せたが不評、俳句に没頭。学年試験落第のため、中退。12月、日本新聞に入社。「獺祭書屋俳話」

〃26年　俳句時評にて、旧派の月並俳諧を批判す。「寒山落木」（巻二、2995句）、「芭蕉雑談」

〃27年　「小日本」創刊。写生論「地図的観念と絵画的観念」

〃28年　周囲の反対をおして従軍、休戦協定のため、一ヵ月で帰る途中喀血、重体となる。松山にて漱石の下宿に移り、俳会開く。12月、虚子に道灌山で後継を頼むがことわられる。

〃29年　腰部疼痛のため、歩行困難となる。「三十棒」「我が俳句」

〃30年　「ホトヽギス」松山にて創刊。「病床苦吟」、「古白遺稿」出版。

〃31年　和歌革新にのり出す。「歌よみに与ふる書」

〃32年　「俳諧大要」「闇汁図解」

〃33年　「叙事文」発表、写生文を主張した。「竹里歌話」、「寒玉集」

〃34年　「墨汁一滴」（日本新聞連載）、「仰臥漫録」、10月、精神錯乱を起す。

〃35年　「病牀六尺」（日本新聞連載）、127が

最終稿となる。9月19日没す（35歳）。

磯田多佳

明治12年　京都新橋縄手、妓楼「大友」に生れる。父は舞鶴藩武士、磯田木間太、母とも女は、祇園の芸妓で、姉の祇園「一力楼」女将おさだと妹多佳をもうける。

芸妓としてのくわしい事は判らないが、明治27、28年頃より10年程、祇園に出ていたらしい。その間一度、落籍され茶屋を出したが、その某人の夭折で2人の生活は終った。

〃　40年　焼物屋「九雲堂」を開く。当時交情の深かった浅井忠の描いた焼物が多いので有名だった。浅井の愛妾という説もある。40年12月浅井没。

この「九雲堂」には多佳女の才気もあって池辺義象、岡本橋仙、水落露石、高浜虚子といった歌人、俳人、通人の出入りが多かった。

〃　41年　「風流ぬすっと」の文章がある。

〃　43年　「新小説」に代表的婦人として、平塚明子、豊竹呂昇その他とともに多佳女の名が、「一時文学芸伎の名高かりし」と記されている。

多佳は絵を浅井忠、久保田米僊に学び、歌を池辺義象、俳句を水落露石に学んでいる。妓楼「大友」は、母とも女に代り、多佳女の姪が経営していたが、「九雲堂」を人にゆずった多佳女が、表に出ることを嫌う姪の代りに、気ままに座敷で客の相手をしていたらしい。

〃　45年　谷崎潤一郎、長田幹彦、多佳女を訪ねる。

大正4年　漱石、京都木屋町「大嘉」に宿泊、多佳と会い、滞在中幾度か往来する。

谷崎は、明治45年以来35年間の多佳女は、岡本橋仙氏の「おもいもの」、「友達」であり、あらゆる意味での「好伴侶」であったと記している。岡本氏は京都三条の宿「萬家」の主人であったが、「文芸倶楽部」等に、まれに寄稿する通人であり、石橋忍月等の交際も深かった。

「大友」には漱石、谷崎、幹彦、吉井勇等多くの文人が立ち寄った様子である。また、多佳の河東節、一中節はかなり有名で、坂東寿三郎、小唄の春日豊等が習いに来た。

昭和20年　5月15日没、橘仙氏の亡くなった2カ月後のこと。

泉　鏡花

明治6年　11月4日、石川県金沢市に彫金師の父、能楽師の娘を母に生れる、鏡太郎。

〃15年　母鈴を喪う、9歳。

〃17年　北陸英和学校に入り、ミリヤアドのモデルであるポートルに教わる。

〃22年　尾崎紅葉「二人比丘尼色懺悔」に感激する。

〃23年　紅葉門下たらんと上京す。24年10月、尾崎家の玄関番になる。

〃26年　「冠弥左衛門」を畠芋之助の名で「京都日出新聞」に連載する。

〃27年　父没、帰郷。「義血侠血」、この頃、生活に窮し自殺を思うが、祖母や紅葉の激励により再び上京する。

〃28年　紅葉宅を出て大橋乙羽宅に移る。「夜行巡査」「外科室」にて漸く評価を得る。

〃29年　郷里より祖母を迎え一家を構える。「海城発電」「一之巻」～「六之巻」、翌年「誓之巻」の連作発表、「照葉狂言」

〃30年　「化鳥」、評論「醜婦を呵す」

〃32年　硯友社の新年会で、神楽坂の妓桃太郎、後の夫人すずを知る。「湯島詣」

〃33年　「高野聖」

〃34年　「註文帳」

〃36年　2月、すずと同棲したが、4月、紅葉の叱責で別れる。10月紅葉没、すずと結婚。

〃39年　静養のため、逗子に転地、三年を過す。「春昼」「春昼後刻」

〃40年　「婦系図」、登張竹風と共訳「沈鐘」（ハウプトマン）

〃41年　評論「ロマンチックと自然主義」、

「婦系図」新富座初演。
〃 42年 「白鷺」（朝日新聞連載）
〃 43年 「歌行燈」「三味線堀」
大正2年 戯曲「海神別荘」
〃 6年 戯曲「天守物語」
昭和2年 「金色夜叉小解」
〃 4年 「山海評判記」
〃 8年 この年徳田秋聲と和解。
〃 12年 「薄紅梅」（東京日日新聞連載）
〃 14年 「縷紅新草」、9月7日、肺腫瘍のため没す（67歳）。

近松秋江

明治9年 岡山県和気郡藤野村に、徳田啓太4男として出生。
〃 25年 岡山中学入学。「国民之友」「八犬伝」を耽読。
〃 27年 慶應義塾入学。11月、父死去のため帰郷。
〃 29年 樋口一葉に就いて小説家になろうと思い再度上京、秋一葉死去。
〃 31年 4度目の上京、東京専門学校入学、白鳥と同級。
〃 34年 「読売新聞」月曜付録に小説月評を寄稿。東京専門学校卒業、博文館入社。
〃 35年 大貫ますと知り合う。
〃 41年 「文壇無駄話」、トルストイ「生ひ立ちの記」翻訳。
〃 42年 8月、大貫ますと別れる。
〃 43年 「別れたる妻に送る手紙」で作家的地位を確立。
〃 44年 「舞鶴心中と鷗外氏の心中」
〃 45年 「伊年の屏風」、9月、関西放浪に出る。
大正2年 「疑惑」を発表、発売禁止となる。
〃 3年 「津の国屋」「青草」「男清姫」
〃 4年 「舞鶴心中」「墓域」、この年金山太夫を知る。
〃 5年 「葛城太夫」
〃 6年 「女難」「あだ夢」「忍ぶ夜」

〃　7年　5月、金山太夫と1月程暮す

〃　10年　「玉の杯底なしとでも申しませうか」（相互印象）。後の妻、猪瀬イチを知る。

〃　11年　「黒髪」「狂乱」「霜凍る宵」

〃　12年　「旧恋」「二人の独り者」、長女百合子出生。

〃　13年　「子の愛の為に」、以後の愛児物の始まり。

〃　14年　秋江生誕50周年記念。

昭和6年　「水野越前守」

〃　8年　「苦海」

〃　13年　左眼、緑内障のため失明。

〃　19年　老衰のため、没す（68歳）。

宇野浩二

明治24年　7月26日、福岡市南湊町に宇野六三郎の次男として生れる。

〃　43年　早稲田大学英文科予科に入学。

大正元年　「清二郎の記憶」

〃　2年　「清二郎　夢見る子」

〃　4年　早稲田大学中退、母上京。

〃　5年　伊沢きみ子を知り同棲、翌年暮まで続く。

〃　8年　「蔵の中」「苦の世界」で文壇に出る。下諏訪で、「ゆめ子」もののモデル、原とみを知る。

〃　9年　「恋愛合戦」、村田キヌと結婚。また、星野玉子を知る。

〃　10年　「一と踊」

〃　11年　「夢見る部屋」「山恋い」

〃　12年　「思い川」のモデル村上八重を知る。

〃　13年　「四方山」、評論「文学的散歩」「子を貸し屋」

〃　14年　「思ひ出の記」「千万老人」「如露」

昭和元年　「高天ヶ原」「出世五人男」

〃　2年　「軍港行進曲」「日曜日」、この頃より神経衰弱激しく小峰病院に入院（70日）。

〃　5年　静養につとめ、童話の発表多し。

〃　7年　星野玉子との間の一子、守道を引き取る。

〃 8年「枯木のある風景」を復活第一作とする、「子の来歴」
〃 10年「旅路の芭蕉」
〃 13年「器用貧乏」、作家論「ゴオゴリ」
〃 14年「妙な働き者」
〃 15年「文学の三十年」
〃 16年 評論「文学的散歩」、「二つの道」
〃 21年「思い草」、妻キヌ死去。
〃 23年「思い川」
〃 24年「うつりかはり」
〃 26年 星野玉子と結婚。評伝「芥川龍之介」
〃 28年 この年、初めて喀血する。
〃 33年「独断的作家論」
〃 36年 9月21日、肺結核のため没す（70歳）。

鼎談　漱石と鷗外の志と現代

——柄谷行人・山崎正和

過去を振り返ったとき

柄谷　自分の書いたものを読み返して山崎さんの『鷗外　闘う家長』を読んで考えてみると、ぼくの漱石論はずいぶん歪曲しているというか、デフォルメしているというか、捨象しているわけですよ。捨象しているのは、基本的にいうと、明治という時代だと思います。それと、漱石の多様な面を、捨象しているといえると思います。だけど、捨象する意志はあったわけです、はじめから。それは、書いてみると、書く気がしないわけです。それで、自分の好きなようにという形で捨象したわけですが、漱石という人は、イギリスでいえばシェークスピア、ロシアでいえばドストエフスキー、アメリカでいえばフォークナーのような国民作家ですよね。だから、たんにあらゆることをやったというだけではなくて、その国の伝統というか、様式みたいなものも、ぜんぶ混じり込んでいる人だろうと思います。正宗白鳥が『虞美人草』のことを馬琴みたいだ、と書いていますけれども、実際そういう側面もあるわけです。そういう面で漱石というのは非常に意味がある。文明批評家としても重要な意味がある。ぼくは、それをぜんぶ捨象した。それはぼくの主観じゃなくて、漱石自身にそういうところがあったと思いますね。

たとえば漱石が死ぬ年、大正五年の元旦、上野のへんを歩いていると、自分がぜんぜん歩いてないような感じがする。ずっとやってきたことが夢みたいだ。しかし、自分がいまここにいることは確実にいるんだ、夢みたいだけれども、大正五年の現実を自分は生きる覚悟だということをいってるわけですよ。死ぬ年の元旦に。

ぼくはそういうのを聞くと、わりとよくわかるような気がするんです。三十年しか生きてないのですが、いろいろな事件があったり、自分では一生懸命生きているような気がすると同時に、なにか、ぜんぶ夢みたいな気がするんですよ。内側からみた生というところからみると、外でやったことは夢みたいなもんだという感じがするわけです。漱石自身が、文明開化が急速に進むと、神経衰弱になるということをいっていますが、それは外から自分をみている考えですね。ところが、漱石は、一方では神経衰弱になった人間の状態を、一つの内的な現実だと考えているんですよ。ぼくがデフォルメしたというのは、そっちだけを拡大したものなのです。外からみれば、こういうことの結果なんだということはいえると思うけれども、人間の精神にとってはそれが一つの現実であるというふうに、そっちからみようというふうに考える。漱石についてはあまり書いてないから、大きなことはいえないけれども、山崎さんの本を読んで、前半までは、これは外から見ているという感じがあったんです。第二章に「闘う家長」というのがありましたね。ぼくは、自分のことについても意識しない部分が明るみに出されたという感じがしました。以前は「家長」ではなく「父」という概念でいわれてきたことですが、家長と父とはかなりちがうわけですね。家長というのは、いばって、強いやつで、いやなやつだというのがありますが、「闘う家長」というのはそうじゃないですよね。そこからみていくと、鷗外という人に、ちょっと親近感をおぼえるんです。漱石という人も、捨て子みたいな感じで育てられたわけですが、しまいにはいやいや家長をやらされるわけですよ。こんなもの、ほっぽり出してしまいたいというものがあると思うんです。ぼくなんかも家長なんです（笑）。末っ子なんですけど、家長なんです。オヤジが死んで、ここ四、五年間というもの、いろいろうまくいかないことが起こってくるのは、ぜんぶそれに関係してくるんですよ（笑）。

　いままで、ぼくは『道草』に、わりと共感していたわけです。ところが、ある意味で、鷗外の『半日』というのも最近はわりとよくわかってきたような気がする。

小島　それはわかるね。

山崎　昔から、鷗外好きと漱石好きというのは、日本人の二つの類型だと、いろいろな人がいってるんですが、ぼくはどうもその分類が特に鷗外に関する誤解の上に立っているという気がして、かねがねあきたらなく思っていたんです。こんど鷗外を書いたら、はたせるかな、漱石と鷗外が非常に近かった。行動の上では正反対だったけど、内部は非常に近かったという気がして来たのです。私は鷗外を座標軸のうえに位置づけるために、漱石や荷風と対比したんですが、その反面、明治という時代なのか、日本人というワクなのか、近かったという気がしているのです。漱石が自分のやってきたことは夢だったという。自分の過去というものは、ちゃんと一歩一歩歩いてきたはずなのに、なんとなく夢のようにみえるという。夢についての柄谷さんの意味づけは非常に面白いものですが、それはそれとして、人生についてそういう感慨を抱く点では鷗外も同じなんです。

小島　『なかじきり』がそうね。

山崎　あれは大正六年に書かれ、実際上、公的社会にあてた遺言ですね。彼の場合は夢ということばは使ってませんが、自分は何ものでもなかった、医者でもなかった、文学者でもなかった、哲学者でもなかったし、歴史家を以て自ら任じたこともない、と自分の心もとなさを述懐しているわけですよ。そういう感慨は、ひとり文学者だけのことではなくて、日本の男が中年以上に達して、過去を振り返ると、なにかそういう考えになるんだな。これはそうとう俗な、政治家とか、実業家の場合でもそうですよ。

小島　大正六年というころは、どうもそういう傾向が強いと思うんです。それは時代のせいか、よくわからないが、高浜虚子が大正四、五年に切り替わるんです。それまで『ホトトギス』を独力で盛り上げて、自分一人で小説も書き、芝居も書き、奮闘するわけですよ。

そうしたあげく挫折して病気になるわけですね。そして、温泉へ行って、自分の子供を薪の上で焼いているような場面を見て引き返す。自分の子供も死なせているわけですけれども、そのあと、俳句に戻ってしまうわけですよ。それまでは小説書くとか、彼らしくないことをいいますでしょう。俄然かわるのが、大正四年に発表した『落葉降る下にて』からで、志賀直哉でいうと『城の崎にて』（大正六年）のような小説を書くのですね。写生文とか、小説に近い写生文を書こうという気持ちは失ったわけではないが、とにかく、極楽浄土式の俳句へ戻っていくわけですね。そういうふうにかわっていくのがそのころですね。『城の崎にて』は、一、二年あとだけれども、志賀直哉も切り替わる。同じように電車にはねとばされてケガをして温泉へいって、小動物の生死を見るという文章です。あのころというのは、そういう時代なのかどうかしらないけど、非常にそういう傾向がみられます。

山崎　ああ、おもしろいですね。そのご指摘にどうつながるかわからないけど、そのまえの時代というのは、鷗外にしても、漱石にしても、荷風にしてもそうだけど、割り合いに人の世話をして、そして、組織者として動いてるんですよ。漱石なんかずいぶん狷介《りんかい》な人で、作品読めば、なかへなかへとこもるようだけど、ご承知のように、五高の先生になったときは、彼は自分の学校を経営するようなつもりでいますね。東京から先生を呼んでポジションを確保したり、給料の相談までしている。のちに朝日新聞に作家として入るわけですが、事実上文芸欄編集長ですよ。つぎつぎといろいろな人を紹介して、かなり成功しています。漱石の編集者業というのはそうとうなものだと思います。

柄谷　そうですね。そういう面があると思います。

山崎　鷗外ももちろんやっているわけですよ。軍隊にいるわけですから、官僚としての組織者ですが、軍医部を刷新するという具体的なことをやっている。文壇でも同人雑誌を何度もつくってるでしょう。最後には慶應義塾の文学部の刷新にまで口をだして、荷風を教授にする。そういう仕事が、文学者の本来の仕事、書くことと矛盾しなかったような時代が、大正のはじめぐらいで終わってるんじゃないか。そのへんで、いわゆる小説一筋というか、ほんとうに文学のジャンルのなかでも小説しか書かない、評論もやらなければ芝居も書かないという作家がでてくる。時期的に一年の線は引けませんけれども、どうもそういう時代の変化というものが、いろいろ公的な仕事をやってきた人たちのメンタリティーに合わなくなってきて、むなしくなったのじゃないかな。

自己と国家の一致した時代

柄谷　このあいだ、『マクベス』論を書いたのですが、イギリスは一五八八年に無敵艦隊を破り、士気高揚するわけですね。自分を拡張することと、国家を拡張することは一致していたわけです。日本でいえば日露戦争だと思うんです。その後、そのようなことはなくなるわけですよ。市民階級のあいだにピューリタニズムがはいってくる。ピューリタニズムというのは、自分の内部で独立しちゃう。国家なんかどうでもいいわけですよ。エリザベス女王のほうも、自分で独立するためにいろいろやる。それが、悲劇が書かれるときの基本的な状況だと思うんですけれどもね。個人が自分を拡大していって、それが同時に国家を拡大することといっしょだという時期は、どこの国にもあるんじゃないですか。そういうものを経験した時期の人間と、こっちはこっちだ、公のことは公のことだと、分離してしまった人間というのはちがうし、もう、ああいう大きな仕事というのは、そのあとの人間にはできないんじゃないかと思いますね。

山崎　ほんとうに国家と個人がピッタリくっついて、「私」というものと、国家というものとがいっしょに拡張していった時期は、おそらく鷗外の青春時代どまりですね。漱石になるとはじめからズレがありますよ。

柄谷　でも、半分はあるでしょう。

山崎　これは誰でもいうことだけれども、漱石のいう自己本位という概念には、彼の講演を読んでみると、おかしいような論理の混乱がある。彼はもともと英文学を日本人がやることについて悩んでいるわけですよ。そして、自己本位の立ち場にたち至った、というのですが、論理からいえば、彼はここで、日本人本位の立ち場に立つはずだ。それが彼の頭のなかで、自己本位として感じられていた。そのへんの混乱は、たしかに漱石の国家との一体感の側面を物語っているような気がする。

柄谷　さっきの夢ということですけど、鷗外の『妄想』の中に、いまの自分のはほんとうの生じゃない、別にあるんだ、自分は役者にすぎないと書かれている。鷗外も漱石も同じことを思っていたに違いないわけですよ。ところがほんとうの生活というときに、漱石というのは、非常に具体的な、むしろ官能的なイメージがあったんじゃないかと思いますね。

山崎　漱石を問題にしている方があまりいわないことですが、漱石がイライラしたり、神経衰弱になったり、癇癪《かんしゃく》起こしたりする場合、彼の家庭に対する美的、倫理的な要求水準がきわめて高いということですね。私小説の典型的なものを考えてみた場合、たとえば葛西善蔵のような人の要求水準はあんなに高くない。勿論、家のなかが単に片づいているかどうか、家計はやりくりされているかどうか、子供はよく育っているかどうかというような、ごくこまかいことにちがいないのですが、漱石のは要求水準が高いですよ。高いからそれに合わないと癇癪起こす。あの高さというのは、明治の志の高さです。自分が五高の運営にかかわったり、洋文学の隊長になろうと思ったりする、氏の公的な志につながっています。だから私などはああいうイライラをみていると、漱石のピンとしたヒゲを思い出してしまう。あの立派な鼻の下のヒゲをはやした人なんですよ、漱石という人は……。

柄谷　その要求のしかた、要求の高さというのは、明治の人間というより、あまりにも現代的だという感じがするんですね。

山崎　それは両面あるんです。私は明治というのはそういう矛盾した性急な時代だったと思います。たとえば女房に一人前の女であることを求めたりする。しかし、そういう近代性を求めるならお客さんを家へ呼ぶのに、女房の顔色もみなければいけないのに、一方では書生みたいな文学者集めて梁山泊みたいな感覚でいる。五高にいるときでしょう、正月の食べものがなくなるほどお客さんが食っちゃうわけですよね。ミミッチイ話をするなら、われわれは、あの感覚はもてないですよ。とにかく、矛盾したまま、あらゆる面で要求度が高いですね。その水準の高さというものは、鷗外と背中合わせで、結局ふたりのやり方のどっちで処理するかということなんですよ。要求が満たされないと癇癪起こすところを文学にして、それで自分の位置を見いだすか、せっせと自分の要求水準まで事態が高まるように処理して回るか、そのことの空しさを文学にするか……。

小島　たとえば、戦場からの妻への手紙がありますね。あれと漱石のロンドンから出した手紙と、部分的に似ていますね。

山崎　似ていますよ。気分が似ている。

小島　そういうときに現われてくるものは似ているということを思います。もう一つは、鷗外は奥さんや子供にも『源氏物語』を教えますね。ところが漱石はそういうことはやらなかったですね。奥さんがそういうタイプじゃなかったんでしょう、おそらく。そういったタイプであれば教えたかもしれないが、教えなかった。もちろん、漱石もいろいろとこまかいことをいった時期もあったが、どうも、現われた結果は、違うところがあったかもしれない。ある状況のなかでは、ひどく似ているときがあるんですね。そこのところはどうですか。手紙はたしかに似てるんですよ。

山崎　ふたりとも自分を励ましているという点で似てるんですよ。漱石も自分を励ましつつ朗らかな手紙を出していますよ。日記に現われる顔とはべつの顔をしてるんですよ。小島さんがお書きになったように、外国にいるときに自分の女房を思い出すと、ああいう感覚があるものだというのはたしかですが、ちょっと理屈をつけると、そばにいないということで、本来の姿がよく見えるという側面もある。たとえば、一家というものはこういうものであるはずである、一家の父としてこんな家庭を設計してみたかったという、その設計のほうが抽象的に浮かんでくる。ところが、実際に家へ帰ってみると、女房がふくれっツラしてたり、たまたま病気になったりしてぐあいわるいために、カンシャク起こして設計図を放り出す。外国にいると設計図の面がでてくる。設計図の面だけみると、鷗外と漱石は非常に一致する。もちろん二人の違いは確かだけれども、いままでの評価では対比することだけに急であったという感じがするんだな。

柄谷　それはそうですね。奥さんに要求する内容は、鷗外の場合武士の家のせいか、もともとベッタリしないですね。漱石は町人の家で、打ちとけたいという感じがあるでしょう。しかも、彼自身ぜんぜん打ちとけられない生活をしている。奥さんに対する要求というのもただ仲のいい夫婦というだけではダメで、もっと結合したいというような欲求があったんじゃないですか、個人的にはそのちがいは……。

『寒山拾得』に見るニヒリズム

小島　それは大きいと思います。晩年の作品のちがいもそういうことがあると思います。だから『寒山拾得《かんざんじっとく》』という作品は、気味わるい作品のような気がするんですよ。頭をわるくして神経衰弱みたいになった中国の役人が治してくれる人をいろいろたどっていく。もっと先にもっとえらい人がいると思っていくと、乞食坊主みたいな寒山拾得がいる。あとで「寒山拾得縁起」をつけ加えていっていますね。

山崎　「実はパパアも文殊なのだが、まだ誰も拝みに来ないのだよ」と。

小島　あれはおもしろいんだけれども、あのへんにニュアンスがあるような気がするんですね。ああいうふうにいえる部分というのは、漱石の「則天去私」と、どういうつながりがありますか。それは作品としてはおもしろいですよ、ああいう作品は。いまのぼくらは、いろいろな意味で共感をおぼえるのです。漱石のほうは現代にそっくりくっついている感じの作品が多いが、鷗外のかなり特異な作品は、漱石のぜんぶやったこととまったく対照的に、こっちへおいても、じゅうぶん耐えうるような要素をもっているという感じがするのです。ああいう作品をみると、気持ちわるいものがあって、そこには、いわくいいがたいものがいっぱいこめられるような気がして、そういう作品はほんとうに漱石と一対一になるものだと思う。鷗外の作品みんなおもしろいけれども、ある面を強調しますでしょう。その強調している面というのは、われわれにもあるが、ずれている面で、非常に共感をおぼえるものがあるわけですよ。『寒山拾得』のようなものは、意地の小説じゃないですね。

山崎　『寒山拾得』という作品はニヒリスティックな作品ですね。気持ちがわるいというのは、まさにおっしゃるとおりです。漱石の「則天去私」の話がでましたが、鷗外の場合の「レジグニション」というのは、教科書に書いてあるような、人間の悟りの境地というものではなかったと思うんですよ。つまり、いろいろな人間の葛藤みたいなものをのりこえて、向こうに諦めの境地があるというのではなくて、いろいろなものをかき分け、かき分け、人生を生きたときに、かき分ける自分の力の根底になにもなかったという気がする。それを「レジグニション」といってるんです。むしろ行動的でありながら建設的なニヒリズムというようなもので、『寒山拾得』にでてくるものも、それだという感じでしょう。漱石の「則天去私」だって、いわゆるお弟子さんがいう悟りの境地とちがうんじゃないか。

小島　ぼくもそう思います。

柄谷　それは作品が証明している。

小島　作品の気持ちわるさは、死ぬ直前の鷗外の生活にも現われている。

柄谷　ぼくは山崎さんの本を読んでて、学んだことが一つあるんですけれどもね、まえに江藤淳が『夏目漱石』という本で、漱石のことを拙劣な生活者といった。たしかにそうだと思います。ところが、鷗外という人も、ぼくは拙劣な生活者だと思うんですよ。

山崎　ああ、そうですか。

二枚腰、三枚腰

柄谷　山崎さんが指摘されましたが、なにかつまらない事件が起こる。それが、パッと最後までいっちゃうわけですね。『ぢいさんばあさん』でも、金借りて買った刀をみんなに披露しているときに、金を貸した人がきて、いやみをいうものだから怒って切っちゃう。そのために事件が起きるわけですね。そういうささいなところからはじまるんだけれども、鷗外というのは、ある事件についても、表面に現われたつまらない小さいことであっても、非常に重層的な構造が底にあって、それが表面にでているだけだという認識があったと思うんですよ。漱石というのは、それを切開する人だと思います。『明暗』もそうですけど、手術する場面からはじまるんだけど、手術していくと、これは「行きどまり」のようだけれども、「まだ奥がある」ということばがある。鷗外というのは、それをむしろ漱石よりよくわかっている人だと思うんですね。もっと奥があるんだけれども、現実にでてくるのは表面のことででてくるわけですね。そのときに、表面だけでもつくろわないといけない、むしろそれしかできないということが鷗外の認識だったと思います。

小島　ぼくは実をいうと、その表面だけでもというのは、ほんとによくわかるんですよ。

これは大変なことで、それでもっているという気がする。いつでしたか、再婚したのは。

山崎　四十一ですか。

小島　年齢にもよりますけどね、あれだけ複雑になってくると、とにかく、格好つけてなにかしなければならない。小説書かせることもそうかもしれないけど、それ以上はいり込んでいくことをしようとしないくらい、そういう配慮を全面的にしていると思うんですよ。ぼくはよくわかるような気がするんですけれどもね。それと、もう一つは、なんといったって侍気質《かたぎ》ですね。つまり、多くのことを分析しない。医者であるけれども、分析の仕方が、そこへ到達する分析かもしれないけど、ある種の分析はしないという、侍気質があると思う。それは、ある意味ではとうぜんのことかもしれませんけれどもね。

山崎　鷗外の家というのは半分は侍ですが、本当は職人の家ですよ、医者というのは職人ですから。職人というのは奥さんがしっかりしていないと、家がもたないですよ。彼の家は家のなかで、女と大事な話をする習慣があるんですよ。だから小説を書かせることも、奥さんがはじめてじゃなくて、妹の小金井喜美子というのにも詩を書かせる。読めもしないドイツ語の翻訳をやらせているわけですよ。

小島　お母さんの関係もそれに近い。

山崎　書いた作品も家族に読んで聞かせるという伝統があるのです。ですから、けっしてそういうふうな意味ではないと思います。私はべつのいい方でいうならば、鷗外という人は、本質なんて、物事の裏側にありゃしないんだ。むしろ、もののこっち側にあるということに気がついた人です。彼は哲学的な素養をもっていて、カントなんかもかなり読んでいた人ですが、そういういい方をすると、本質なんてものは人間の構成していくものだと考えていたといえる。人生論風にいえば、世の中万事どうでもということ。しかし、配慮でなんとか自分を励まして世の中に心を配って生きなければならない。つねにその励まし方を考えている人ですよ。

小島　それは晩年になるとはっきりしてくるな。

山崎　だから彼は二枚腰、三枚腰、『なかじきり』で、ニヒリスティックなことをいうかと思うと、そのつぎから帝室博物館長になって、営々と働くわけです。『妄想』（明治四十四年）というのが『なかじきり』の六年前ですが、じつは『妄想』で同じことをいってるんです。ところが、それとはうらはらに、『なかじきり』とのあいだに、ものすごい作家活動がある。彼の後半の作品、ぜんぶはいっているわけです。いわば彼は、人生なんて生きるに値しない、しかるがゆえに一生懸命生きようといっているわけですね。そういうところが、ぼくは漱石にもどこかあったんじゃないかと思います。漱石の場合、一つちがうところは、あの人は大病をするわけです、そしてなおるのですね。あの実感というものは漱石には強かった。私は漱石の作品いろいろと好きですが、たいへん感動的なのは、大病がなおって最初に、口のなかへ重湯が溶けていくような味がする、といっているところです。おそらく柄谷さんのいう生にふれたような瞬間なんでしょう。高級なことじゃないですが、生々しいものですね。だから少なくとも晩年の漱石はいろいろ困って、困りきったときに思い出すものとして、病気からなおった印象があるのですね。

分かれ目の瞬間

小島　『明暗』を書くまえに、ロシアの小説を読んで、その中にあるクライシス（危機）共感を覚えて、クライシスをうまく通り抜けたかどうかによってきまるというようなことを、断片か日記に書いていますね。その「危機」というやつが、病気のことも含まれていると思うんです。もう一つは、小説のなかの、あるプロットのポイントになる危機もあると思うんですよ。だから実生活上でも、病気を頂点として、いろいろなことがあったけれども、ときどき彼を襲ってくる病気のこともあったかもしれないし、そのほかに小説のなかで、これからどうする、こうする、ああするという分かれ目のところがありますね。『明暗』でいえば温泉へいくところとか、ああいう部分は、かなりそういう感じがあったと思うのです。つまり、ここが分かれ目だという感じのもとは、あなたのいう病気……。

山崎　病気だけじゃないと思いますが……。

小島　そのことは『明暗』の筋と関係があるような気がする。みんなあまり例に出さないけれども、ロシアの小説を読んだと書いてある直後に、筋が書いてあるわけですよ。これはなんの筋かわからないけど、読んでいくと『白痴』の筋のようにもみえる。シャイな男がアクティブな男に、女を譲ってしまう。ところが、あるときからそれを取り戻そうとする。そのとき女がどう対応するか、姦通するか、どうするか、括弧して「女、このとき戦慄す」と書いてあるわけですよ。けっきょく自殺するとすれば、何年後に男同士が会って、どうのこうのといういろいろな筋がある。「女、戦慄す」と書いてあるわけですよ。

　これはカンぐりみたいだけど『明暗』で、宿屋へいって、水がでるところがありますね。そのあとだったか清子と会いますね。清子が蒼白になって、おびえるような顔をしますね。それとなんとなく共通のところが、どこかにあるんじゃないかと思います。清子がおびえるということは、筋のうえでもかなり重要な部分になるかもしれない。おびえた顔というような意味合いは、なにを示しているか、よくわからないんですよ。なにか予感があるからおびえたんだろうけれども、要するに分かれ目のときというものがあるんだという考え方、それをもとに小説もできているわけですね。そういうことは『雁』にはありますか。最後に岡田が去っていきますね。あの途中ではありますか、あの女が決意をしたり……。

山崎　それがおもしろいと思ったのですが、鷗外というのは、いつもそういう瞬間をとり逃がしているんですね。『青年』がそうですよ。青年が未亡人と一夜をともにする。もっとなにかあったはずだ、大変なことであるはずだけれども、どうも大変なことじゃないんだな。そこでスルッと一つのドラマがおいてけぼりを食ってしまう。また追っかけるわけですね。これもたまたま温泉に行くのですが、未亡人を追っかけて、そこでも何ごとも起こらない。あの場合も、彼の不安感の非常に典型的な現われだと思って、本のなかで書きましたが、彼の悲劇というのは、けっして向こうから堂々と汽車が走ってきて衝突するようにはならないのですね。いつでも自分の決意が迎え撃とうとする瞬間をはずしてやってくる。気がついたときは悲劇に踏み込んでいるか、ぶつかろうとすると向こうが避けてしまって、大事なものを見る瞬間を失っちゃう。鷗外はそのことをしつこく書いていますね。

柄谷　大事なものをみる瞬間を失うというのは、大事なものがくる時期というのがいつも彼自身にはくいちがっている、一種の齟齬があるということだと思うんです。なぜそうなのかといえば、これは山崎さんが書かれていたけど、鷗外が「守る人間」だったからだと思うんです。攻める人間というのは、重要な時期を知ってると思うんですよ。守る人間にはそれがわからないですね。ぼくは去年、庄野潤三とか島尾敏雄のことを書いたのですけれども、そのときに感じたのは、鷗外の感受性に近いということですね。島尾さんでも庄野さんでも、なにがどこから出てくるかわからない。だから書くときも伏せていますよ。奥さんが自殺未遂しても、人形抱いていたということしか書いてない。鷗外の文体とその意味で似てます。肝心なことは書いてない。切り合いがあるところなんか、ふつうの作家ならそこでものすごく書くわけだけど。小品『ぢいさんばあさん』みたいに、ついカッとしたために一生を棒にふる。このようなことは鷗外にもあったと思う。そうならないように努めた人だが、突如としてしでかしてしまう。

山崎　漱石という人は自分の実生活というものを、一番近いところでは書いてないですね。

小島　うーん……。

山崎　鷗外の『半日』の如きものは漱石にないでしょう。勿論、随筆にはありますが……。

柄谷　書いておりませんね。

山崎　実生活のありそうなのは、文鳥の話みたいに、きれいに書いてあるでしょう。凄惨なところというのは、案外、近いところでは書いてない。

柄谷　書いてないですね。

山崎　彼は闘う人ではあるけれども、白兵戦はやらないんだな。もう少し向こうでやってますよ。

小島　江戸っ子はそれ、やりますか。江戸っ子はやりたくないんじゃないですか。どうも日本の田舎の人のやることで、ヤボくさくてやらないんじゃないかと思います。江戸っ子であってそういうことをやる人もいるかもしれないけど、漱石ふうなやり方を好むところがある。そこのところは、わりあい大勢の人にいわれることで……。

柄谷　鷗外はものを書くことで軍の内部でまずい状態になったことがある。いまだともっとまずいんじゃないですか。

山崎　いまだってまずいでしょう。

柄谷　よくあれで通用したなと思うんですよ。

山崎　さて、通用したというのは疑問ですね。おそらく彼がああいうことをやってなかったらもっと出世したでしょうね。だから通用したかしなかったか……（笑）。

小島　そうですね。

柄谷　だから拙劣なる生活者なんですよ。

小島　そうしてみるとわかるところがあるでしょう。悔しさとか意地とか、遺恨とか……。

漱石を理解しなかった弟子

山崎　で、漱石のお弟子さんというのは、森田草平にしても、漱石を理解してなかったという気がするんですよ。

小島　草平なんか理解しているほうですよ。ある点では欠けている人だけれども。ほかの人は能力はあったけれども、理解してない。

山崎　よくつき合ってますよ、漱石は、草平に。

小島　その点はまったくそう思いますね。そういう時期だったのかもしれないけど。

山崎　なんかやさしいんですよ、あまいという意味じゃなくて。鷗外が荷風とつき合ってるのもそうなんですよ。あのつき合いのよさというものは、まったくニヒリズムだろうと思います。日本人の場合、ニヒリズムがよくはたらくと、いいものになるんだな。

小島　だから、ほんとうのことは、弟子のほんの一部にしかしゃべってないでしょう。そういう意味ではニヒリズムだと思います。

柄谷　鷗外、漱石といえば、わりと柳田、折口と類似したところがある。柳田に弟子はいない。どこか距離をおいているわけですよ。ぜんぜん踏み込ませない。非常に寛大であるけれども、どこか冷たいところがあるんですよ。それは鷗外に似ていると思います。折口なんか女装して写真とってるわけですが、漱石も女装している。長谷川如是閑という人は、漱石と弟子との関係なんか、自分たちの時代にはあんなものなかった、あれは特別だ、といっている。折口の弟子関係にしても異様な感じがするんですね。ある意味でホモ・セクシュアルな関係だったから、漱石は弟子に、理解されなくてもよかったんじゃないですか。

小島　そうですね。

山崎　そうなんだ、それをよく知ってコツコツとやっている。そういうことでなければ、国はつくれなかったんでしょうね。

留学体験と現代

小島　鷗外と漱石は、現代にどうつながるだろうかということに関連して、山崎さんが留学しておられたときのことを、話してくださいませんか。日本が外国の文学を受け入れるときに、どういうふうに受け入れてきたかということですね。技術は受け入れられるけれども、文化というものはそう簡単に受け入れられない。そういうことが図式的にも書いてあって、よくわかるんですよ。その問題は漱石はどうですか。

山崎　まさに漱石は、きわめてアンビヴァレントだったと思います。彼は実際に洋文学の隊長になろうと覚悟してやったわけで、近代文学というものを受け入れる国家的事業に参与しているという自覚はあったと思います。ところが、そううまくいくものではないとわかったときに、彼の時代というのは、近代化というのがかなりの程度に進んでいましたから、彼がものを書きはじめたときには、文化摂取ということの矛盾なり、歪みなりを嘆くことのできる場所があったわけです。もちろんそこに漱石が最後まで安定してないことはたしかで、だからこそ、五高の先生になったり、朝日新聞の〝編集者〟だったりしたわけですよ。荷風になると、わりあいはっきりしちゃう。日本の近代化のなかで、政治の部分を拒否する、文化の部分を歓迎するというふうにいって、座っていられる場所が成立している。そして大正から昭和にかけての政治過剰の時代に抵抗する。

小島　田山花袋にしろ、鷗外、漱石にしろ、虚子にしろ、志賀直哉だってそうですが、晩年になるとかわってきますね。一人一人はそういうものを繰り返してるんだけれども、われわれのものの考え方なり、人生を理解しようというときにいろいろ参考になりますね。そういうときのサゼッションとか……。

山崎　私個人のことをいいますと、非常に矛盾した二つの体験を外国でもっているんです。

一つは、自分の能力が高いとか、志が高いということとは無関係に、ほんとうに私たちの青春というのは、日本の国が自分より小さくみえた瞬間なんです。われわれの世代の人間は、いろいろな方向へいきましたし、右にいった人も、左にいった人もいますけれども、もう日本はダメだ、どっちにしろ、なにかしなければしようがない。それぞれの領分を考えても、先輩の業績と、自分たちがやろうとすることのあいだに、ずいぶん大きな溝があるわけですよ。戦争の空白があったり、先輩が死んだあとの世代ギャップを見ていると、国家というものは自分より小さく見える。一方、外国へ留学した先で、日本へ帰ったらなにをするんだと思うわけです、帰りぎわになりますと。そうすると、自分はなにも国家から付託されていない。私どもが芝居の勉強したり、芸術の勉強していったって、日本の誰が喜ぶか……。そうすると、鷗外が晩年に感じたようなことを、青春時代に感じていたわけですね。このへんの感じというのはどういうものなんだろう。そこで鷗外に結びついていったわけですね。

小島　それはぼくのほうが年が多いから、とくにそうかもしれないけど、漱石の場合、初期の作も含めて、晩年まで、いろいろ考えると、どうしてもそういうふうになってきますね、だからあなたのいうこと非常によくわかる。小さくみえるということは、文化が表立ってみえないということですか。

山崎　ええ、文化も政治も含めて、日本という国が負けてしまった。

小島　底がみえてしまったという感じじゃないですか。外国へいくといつもそう思うんだけど、外国へいくと、日本のしていることの底がみえちゃうんですよ。そういう恐怖心に襲われますよ。それとも関係あるでしょう。

山崎　ええ、私が自然科学者だったら、もう少し楽だったけれども、ことばにかかわる人間ということになると、どうしても切れないものがあるでしょう。その切れない何者かがなんとかしなければ死んでしまいそうな顔してるわけですよ。いまはずいぶん大きな顔してますけど、そのときみた顔というものは、忘れられないわけですよ。同時に同じ時期に、私は日本の国民からも、国家からも、なんにも頼まれてないということもわかっているわけですよ。だから、いろいろなものがどうでもよくみえて、ニヒリズムに対して、わりあい強くなったという感じがします。漱石も鷗外もその気分をわかっていた人なんだなということで、非常に引きつけられるわけですね。

柄谷　ぼくは外国へいったことはないからある程度想像するほかはないけど、自分のしていることの底が、みすかされているとおっしゃったけれども、それが夢みたいな感じじゃないかと思うんです。

小島　そうですよ。

柄谷　夢みたいな感じということについては、ぼくは歴史的な遠近法というのはないんじゃないかと思います。ずっとそうじゃないかと思います。三島由紀夫の小説でも、最後にこれは夢だというふうに思うところがある。ずっとやってきた人は、みんなそこへいくでしょう。自分が確実なものを摑んでないという感じが必ず出てくる。大正以後の人というのは、自分が公的な存在として生きていることにリアリティをもてなくなっていますから、かわりに、普遍的なものを求めるようになったと思うんです。マルクス主義、人類愛もそうですが、そういうものは抽象的ですね。ほんとうは観念的なものにすぎなくて、自分の実在感というのはないと思うんです。いまやそれはきわまったという感じです。

山崎　そうですよ。

柄谷　公的なものから切り離されている、私的に生存しているということはいま極端にそうだと思う。それが鷗外、漱石の時代からある意味で連続してきていることだと思うんです。底のほうでは連続しているということが、彼らの文学がぼくらに近いという感じを与えているんだと思います。

山崎　それは大事なことだと思うけど、公のものというのは、漱石にしても鷗外にしても、自分でつくったものだから、底がみえている。未熟でも自分でつくったんだからしようがない。したがって、そこで生きる場合に怨みがないですよ、公に対して。いま、公に対しては、誰かがつくったものだと思うから、恨んだり尊敬したりしていると思うんです。逆説的ないい方すれば、みんなが公を尊敬しすぎていると思うな。

（からたに・こうじん　一九四一―／やまざき・まさかず　一九三四―二〇二〇）

『私の作家評伝』
初出　「森田草平」（「季刊藝術」一九六七年七月）、「徳田秋聲」～「高浜虚子」（「別冊潮」一九六九年九月～七一年一月）、「田山花袋」～「続夏目漱石」（「日本の将来」一九七一年五月～七二年十一月）、「泉鏡花」～「宇野浩二」（「潮」一九七三年五月～七四年三月）
既刊　新潮選書（全三巻）一九七二年八月、十月、七五年四月／潮文庫　一九八五年四月／水声社　二〇一一年三月

本書は、『私の作家評伝』潮文庫版を底本としています。新潮選書版／水声社版所収の索引は割愛し、新たに、鼎談「漱石と鷗外の志と現代」（「潮」一九七三年三月）を巻末に加えました。

底本中、明らかな誤植と考えられる箇所は訂正し、難読と思われる語には新たにルビを振りました。また、歴史的かなづかいは新かなづかいに改めました。

本文中、今日の人権意識に照らして不適切な語句や表現がありますが、著者が故人であること、執筆当時の時代背景と作品の文化的価値に鑑みて、そのままとしました。

中公文庫

私《わたし》の作《さっ》家《か》評伝《ひょうでん》

2024年3月25日　初版発行

著　者　小《こ》島《じま》　信《のぶ》夫《お》

発行者　安部　順一

発行所　中央公論新社
〒100-8152　東京都千代田区大手町1-7-1
電話　販売　03-5299-1730　編集　03-5299-1890
URL https://www.chuko.co.jp/

DTP　嵐下英治
印　刷　三晃印刷
製　本　小泉製本

Published by CHUOKORON-SHINSHA, INC.
Printed in Japan　ISBN978-4-12-207494-1 C1195

各書目の下段の数字はISBNコードです。978－4－12が省略してあります。

中公文庫既刊より

こ-62-1
小説作法 小島信夫
書き続けるために本当に大切な事とは……これからの創作者に伝える窮極のエッセンス。単著未収録のトークを中心にした文庫オリジナル。〈解説〉保坂和志
207356-2

や-19-19
無想庵物語 山本夏彦
忘れられた作家・武林無想庵の生涯を、若き日にパリで生活を共にした著者が哀惜深く描きだす傑作評伝。第四十一回読売文学賞受賞。〈解説〉finalvent
207265-7

こ-21-6
田端文士村 近藤富枝
巨星芥川の光芒のもとに集う犀星、朔太郎、堀辰雄ら多くの俊秀たち。作家・芸術家たちの濃密な交流を活写する澄江堂サロン物語。〈解説〉植田康夫
204302-2

さ-55-3
君と私 志賀直哉をめぐる作品集 里見弴
絶交と復縁を繰り返しながら、生涯にわたる友情を育んだ二人の作家。若き志賀との交友を描く小説・随筆を初集成。文庫オリジナル。〈解説〉麻井朝
207364-7

ち-8-16
対談 日本の文学 素顔の文豪たち 中央公論新社編
森鷗外、夏目漱石、芥川龍之介、谷崎潤一郎、太宰治……文豪の家族や弟子が間近に見たその生身の姿を語る。全集『日本の文学』の月報対談を再編集。全三巻。
207359-3

ち-8-17
対談 日本の文学 わが文学の道程 中央公論新社編
川端康成、小林秀雄、宇野千代、井伏鱒二、武田泰淳、三島由紀夫、有吉佐和子、開高健……作家が自らの作品、当時の文壇事情や交友を闊達自在に語り合う。
207365-4

ち-8-18
対談 日本の文学 作家の肖像 中央公論新社編
泉鏡花、国木田独歩、島崎藤村、林芙美子、柳田国男、菊池寛、稲垣足穂、横光利一……全集編集委員や同時代評論家による作家論。〈解説〉大岡昇平／関川夏央
207379-1